御製

佛光恩照　三千大千　隨緣徧滿

恒沙法界　普度衆生　悉證菩提

身心安泰　年時豐稔　風雨調順

日月升恒　乾坤清寧　百昌蕃熾

上下樂利　中外協和　庶物咸亨

萬善圓成　情與無情　同登正覺

大清雍正十三年四月初八日

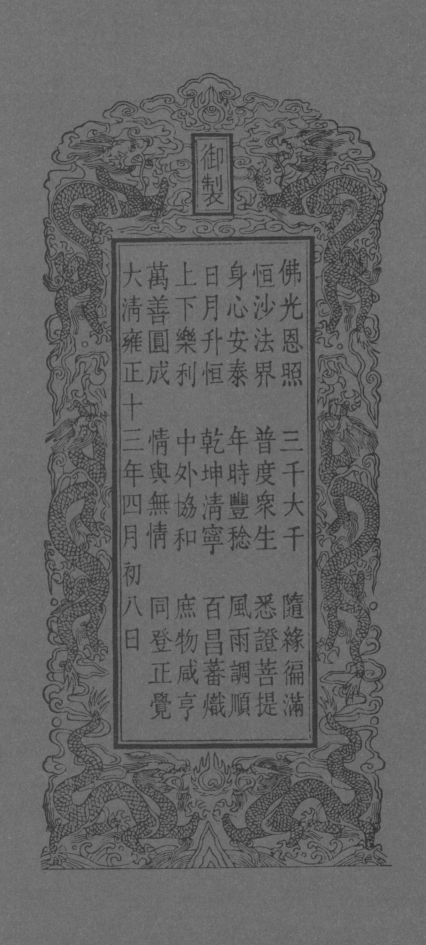

第二七册　大乘經　華嚴部（四）

大方廣佛華嚴經

唐于闐國三藏沙門實叉難陀譯

清刻龍藏佛說法變相圖

大方廣佛華嚴經卷第七十六

唐于闐國三藏沙門實叉難陀譯

入法界品第三十九之十七

爾時善財童子一心欲詣摩耶夫人所即時獲得觀佛境界智作如是念是善知識遠離世間住無所住超過六處離一切著知無礙道具淨法身以如幻業而現化身以如幻智而觀世間以如幻願而持佛身隨意生身無生滅身無來去身非虛實身不變壞身無起盡身所有諸相皆一相身離二邊身無依處身無窮盡身離諸分別如影現身知如夢身了如像身如淨日身普於十方而化現身住於三世無變異身非身心身猶如虛空所行無礙超諸世眼唯是普賢淨目所見如是之人我今云何而得親近承事供養與其同住

觀其狀貌聽其音聲思其語言受其教誨作是念已有主城神名曰寶眼眷屬圍繞於虛空中而現其身種種妙物以爲嚴飾手持無量衆色寶華以散善財作如是言善男子應守護心城謂不貪一切生死境界應莊嚴心城謂專意趣求如來十力應淨治心城謂畢究斷除慳嫉諂誑應清涼心城謂思惟一切諸法實性應增長心城謂成辦一切助道之法應嚴飾心城謂造立諸禪解脫宮殿應照耀心城謂普入一切諸佛道場聽受般若波羅蜜法應增益心城謂普攝一切佛方便道應堅固心城謂恒勤修習普賢行願應防護心城謂常專禦扞惡友魔軍應廓徹心城謂開引一切佛智光明應善補心城謂聽受一切佛所說法應扶助心城謂深信一切佛功德海應廣大心城謂大慈普及一切世間應善覆心城謂集衆善法以覆其上應寬廣心城謂大悲哀愍一切衆生應開心城門謂悉捨所有隨應給施應密護心城謂防諸惡欲不令得入應嚴肅心城謂逐諸惡法不令其住應決定心城謂集一切智助道之法恒無退轉應安立心城謂正念三世一切如來所有境界應瑩徹心城謂明達一切佛正法輪修多羅中所有法門種種緣起應部分心城謂普曉示一切衆生皆令得見薩婆若道應住持心城謂發一切三世如來諸大願海應富貴心城謂集一切周徧法界大福德聚應令心城明了謂普知衆生根欲等法應令心城自在謂普攝一切十方法界應令心城清淨謂正念一切諸佛如來應知心城自性謂

知一切法皆無有性應知心城如幻謂以一切智了諸法性佛子菩薩摩訶薩若能如是淨修心城則能積集一切善法何以故蠲除一切諸障難故所謂見佛障聞法障供養如來障攝諸衆生障淨佛國土障善男子菩薩摩訶薩以離如是諸障難故若發希求善知識心不用功力則便得見乃至究竟必當成佛爾時有身衆神名蓮華法德及妙華光明無量諸神前後圍繞從道場出住虛空中於善財前以妙音聲種種稱歎摩耶夫人從其耳璫放無量色相光明網普照無邊諸佛世界令善財見十方國土一切諸佛其光明網右繞世間經一帀已然後還來入善財頂乃至徧入身諸毛孔善財即得淨光明眼永離一切愚癡闇故得離翳眼能了一切衆生性故得離垢眼能觀一切法性門故得淨慧眼能觀一切佛國性故得毗盧遮那眼見佛法身故得普光明眼見佛平等不思議身故得無礙光眼觀察一切刹海成壞故得普照眼見十方佛起大方便轉正法輪故得普境界眼見無量佛以自在力調伏衆生故得普見眼覩一切刹諸佛出興故時有守護菩薩法堂羅刹鬼王名曰善眼與其眷屬萬羅刹俱於虛空中以衆妙華散善財上作如是言善男子菩薩成就十法則得親近諸善知識何等爲十所謂其心清淨離諸諂誑大悲平等普攝衆生知諸衆生無有眞實趣一切智心不退轉以信解力普入一切諸佛道場得淨慧眼了諸法性大慈平等普覆衆生以智光明廓諸妄境以甘露雨滌生死熱以廣大眼

徹鑒諸法心常隨順諸善知識是爲十復次佛子菩薩成就十種三昧門則常現見諸善知識何等爲十所謂法空清淨輪三昧觀察十方海三昧於一切境界不捨離不缺減三昧普見一切佛出興三昧集一切功德藏三昧心恒不捨善知識三昧常見一切善知識生諸佛功德三昧常不離一切善知識三昧常供養一切善知識三昧常於一切善知識所無過失三昧佛子菩薩成就此十三昧門常得親近諸善知識又得善知識轉一切佛法輪三昧得此三昧已悉知諸佛體性平等處處值遇諸善知識說是語時善財童子仰視空中而答之言善哉善哉汝爲哀愍攝受我故方便教我見善知識願爲我說云何往詣善知識所於何方處城邑聚落求善知識

羅刹答言善男子汝應普禮十方求善知識正念思惟一切境界求善知識勇猛自在徧遊十方求善知識觀身觀心如夢如影求善知識爾時善財受行其教即時覩見大寶蓮華從地涌出金剛爲莖妙寶爲藏摩尼爲葉光明寶王以爲其臺衆寶色香以爲其鬚無數寶網彌覆其上於其臺上有一樓觀名普納十方法界藏奇妙嚴飾金剛爲地千柱行列一切皆以摩尼寶成閻浮檀金以爲其壁衆寶瓔珞四面垂下階陛欄楯周帀莊嚴其樓觀中有如意寶蓮華之座種種衆寶以爲嚴飾妙寶欄楯寶衣間列寶帳寶網以覆其上衆寶繒旛周帀垂下微風徐動光流響發寶華幢中雨衆妙華寶鈴鐸中出美音聲寶戶牖間垂諸瓔珞摩尼身中流出香水寶象

口中出蓮華網寶師子口吐妙香雲梵形寶輪出隨樂音金剛寶鈴出諸菩薩大願之音寶月幢中出佛化形淨藏寶王現三世佛受生次第日藏摩尼放大光明徧照十方一切佛刹摩尼寶王放一切佛圓滿光明毗盧遮那摩尼寶王興供養雲供養一切諸佛如來如意珠王念念示現普賢神變充滿法界須彌寶王出天宮殿天諸采女種種妙音歌讚如來不可思議微妙功德爾時善財見如是座復有無量衆座圍繞摩耶夫人在彼座上於一切衆生前現淨色身所謂超三界色身已出一切諸有趣故隨心樂色身於一切世間無所著故普周徧色身等於一切衆生數故無等比色身令一切衆生滅倒見故無量種色身隨衆生心種種現故無邊相色身普現種種諸形相故普對現色身以大自在而示現故化一切色身隨其所應而現前故恒示現色身盡衆生界而無盡故無去色身於一切趣無所滅故無來色身於諸世間無所出故不生色身無生起故不滅色身離語言故非實色身得如實故非虛色身隨世現故無動色身生滅永離故不壞色身法性不壞故無相色身言語道斷故一相色身無相爲相故如像色身隨心應現故如幻色身幻智所生故如燄色身但想所持故如影色身隨願現生故如夢色身隨心而現故法界色身性淨如空故大悲色身常護衆生故無礙色身念念周徧法界故無邊色身普淨一切衆生故無量色身超出一切語言故無住色身願度一切世間故無處色身恒化衆生不斷

故無生色身幻願所成故無勝色身超諸世間故如實色身定心所現故不生色身隨衆生業而出現故如意珠色身普滿一切衆生願故無分別色身但隨衆生分別起故離分別色身一切衆生不能知故無盡色身盡諸衆生生死際故清淨色身同於如來無分別故如是身者非色所有色相如影像故非受世間苦受究竟滅故非想但隨衆生想所現故非行依如幻業而成就故離識菩薩願智空無性故一切衆生語言斷故已得成就寂滅身故爾時善財童子又見摩耶夫人隨諸衆生心之所樂現超過一切世間色身所謂或現超過他化自在天女身乃至超過四大天王天女身或現超過龍女身乃至超過人女身現如是等無量色身饒益衆生集一切

智助道之法行於平等檀波羅蜜大悲普覆一切世間出生如來無量功德修習增長一切智心觀察思惟諸法實性獲深忍海具衆定門住於平等三昧境界得如來定圓滿光明消竭衆生煩惱巨海心常正定未嘗動亂恒轉清淨不退法輪善能了知一切佛法恒以智慧觀法實相見諸如來心無厭足知三世佛出興次第見佛三昧常現在前了達如來出現於世無量無數諸清淨道行於諸佛虛空境界普攝衆生各隨其心教化成就入佛無量清淨法身成就大願淨諸佛刹究竟調伏一切衆生心恒徧入諸佛境界出生菩薩自在神力已得法身清淨無染而恒示現無量色身摧一切魔力成大善根力出生正法力具足諸佛力得諸菩薩自在之力速疾

增長一切智力得佛智光普照一切悉知無量衆生心海根性欲解種種差別其身普徧十方刹海悉知諸刹成壞之相以廣大眼見十方海以周徧智知三世海身普承事一切佛海心恒納受一切法海修習一切如來功德出生一切菩薩智慧常樂觀察一切菩薩從初發心乃至成就所行之道常勤守護一切衆生常樂稱揚諸佛功德願爲一切菩薩之母爾時善財童子見摩耶夫人現如是等閻浮提微塵數諸方便門既見是已如摩耶夫人所現身數善財亦現作爾許身於一切處摩耶之前恭敬禮拜即時證得無量無數諸三昧門分别觀察修行證入從三昧起右繞摩耶幷其眷屬合掌而立白言大聖文殊師利菩薩教我發阿耨多羅三藐三菩提心求善知識親近供養我於一一善知識所皆往承事無空過者漸來至此願爲我說菩薩云何學菩薩行而得成就答言佛子我已成就菩薩大願智幻解脱門是故常爲諸菩薩母佛子如我於此閻浮提中迦毗羅城淨飯王家右脇而生悉達太子現不思議自在神變如是乃至盡此世界海所有一切毗盧遮那如來皆入我身示現誕生自在神變又善男子我於淨飯王宫菩薩將欲下生之時見菩薩身一一毛孔咸放光明名一切如來受生功德輪一一毛孔皆現不可説不可説佛刹微塵數菩薩受生莊嚴彼諸光明皆悉普照一切世界照世界已來入我頂乃至一切諸毛孔中又彼光中普現一切菩薩名號受生神變宫殿眷屬五欲自娱又見出家往詣

道場成等正覺坐師子座菩薩圍繞諸王供養爲諸大衆轉正法輪又見如來往昔修行菩薩道時於諸佛所恭敬供養發菩提心淨佛國土念念示現無量化身充徧十方一切世界乃至最後入般涅槃如是等事靡不皆見又善男子彼妙光明入我身時我身形量雖不踰本然其實已超諸世間所以者何我身爾時量同虛空悉能容受十方菩薩受生莊嚴諸宮殿故爾時菩薩從兜率天將降神時有十佛刹微塵數諸菩薩皆與菩薩同願同行同善根同莊嚴同解脫同智慧諸地諸力法身色身乃至普賢神通行願悉皆同等如是菩薩前後圍繞又有八萬諸龍王等一切世主乘其宮殿俱來供養菩薩爾時以神通力與諸菩薩普現一切兜率天宮一一宮中悉現十方一切世界閻浮提內受生影像方便教化無量衆生令諸菩薩離諸懈怠無所執著又以神力放大光明普照世間破諸黑闇滅諸苦惱令諸衆生皆識宿世所有業行永出惡道又爲救護一切衆生普現其前作諸神變現如是等諸奇特事與眷屬俱來入我身彼諸菩薩於我腹中遊行自在或以三千大千世界而爲一步或以不可說不可說佛刹微塵數世界而爲一步又念念中十方不可說不可說一切世界諸如來所菩薩衆會及四天王天三十三天乃至色界諸梵天王欲見菩薩處胎神變恭敬供養聽受正法皆入我身雖我腹中悉能容受如是衆會而身不廣大亦不迫窄其諸菩薩各見自處衆會道場清淨嚴飾善男子如此四天下閻

浮提中菩薩受生我爲其母三千大千世界百億四天下閻浮提中悉亦如是然我此身本來無二非一處住非多處住何以故以修菩薩大願智幻莊嚴解脫門故善男子如今世尊我爲其母往昔所有無量諸佛悉亦如是而爲其母善男子我昔曾作蓮華池神時有菩薩於蓮華藏忽然化生我即捧持瞻侍養育一切世間皆共號我爲菩薩母又我昔爲菩提場神時有菩薩於我懷中忽然化生世亦號我爲菩薩母善男子有無量最後身菩薩於此世界種種方便示現受生我皆爲母善男子如此世界賢劫之中過去世時拘留孫佛拘那含牟尼佛迦葉佛及今世尊釋迦牟尼佛現受生時我爲其母未來世中彌勒菩薩從兜率天將降神時放大光明普照法界示現一切諸菩薩衆受生神變乃於人間生大族家調伏衆生我於彼時亦爲其母如是次第有師子佛法幢佛善眼佛淨華佛華德佛提舍佛弗沙佛善意佛金剛佛離垢佛月光佛持炬佛名稱佛金剛楯佛清淨義佛紺身佛到彼岸佛寶燄山佛持明佛蓮華德佛名稱佛無量功德佛最勝燈佛莊嚴身佛善威儀佛慈德佛無住佛大威光佛無邊音佛勝冤敵佛離疑惑佛清淨佛大光佛淨心佛雲德佛莊嚴頂髻佛樹王佛寶璫佛海慧佛妙寶佛華冠佛滿願佛大自在佛妙德王佛最尊勝佛栴檀雲佛紺眼佛勝慧佛觀察慧佛熾盛王佛堅固慧佛自在名佛師子王佛自在佛最勝頂佛金剛智山佛妙德藏佛寶網嚴身佛善慧佛自在天佛大天王佛

無依德佛善施佛燄慧佛水天佛得上味佛出生無上功德佛仙人侍衛佛隨世語言佛功德自在幢佛光幢佛觀身佛妙身佛香燄佛金剛寶嚴佛喜眼佛離欲佛高大身佛財天佛無上天佛順寂滅佛智覺佛滅貪佛大燄王佛寂諸有佛毗舍佉天佛金剛山佛智燄德佛安隱佛師子出現佛圓滿清淨佛清淨賢佛第一義佛百光明佛最增上佛深自在佛大地王佛莊嚴王佛解脫佛妙音佛殊勝佛自在佛無上醫王佛功德月佛無礙光佛功德聚佛月現佛日天佛出諸有佛勇猛名稱佛光明門佛娑羅王佛最勝佛藥王佛寶勝佛金剛慧佛無能勝佛無能映蔽佛衆會王佛大名稱佛敏持佛無量光佛大願光佛法自在不虛佛不退地佛淨天佛善天佛

堅固苦行佛一切善友佛解脫音佛遊戲王佛滅邪曲佛瞻蔔淨光佛具衆德佛最勝月佛執明炬佛殊妙身佛不可說佛最清淨佛友安衆生佛無量光佛無畏音佛水天德佛不動慧光佛華勝佛月燄佛不退慧佛離愛佛無著慧佛集功德蘊佛滅惡趣佛普散華佛師子吼佛第一義佛無礙見佛破他軍佛不著相佛離分別海佛端嚴海佛須彌山佛無著智佛無邊座佛清淨住佛隨師行佛最上施佛常月佛饒益王佛不動聚佛普攝受佛饒益慧佛持壽佛無滅佛具足名稱佛大威力佛種種色相佛無相慧佛不動天佛妙德難思佛滿月佛解脫月佛無上王佛希有身佛梵供養佛不瞬佛順先古佛最上業佛順法智佛無勝天佛不思議功德光佛隨法

行佛無量賢佛普隨順自在佛最尊天佛如是乃至樓至如來在賢劫中於此三千大千世界當成佛者悉爲其母如於此三千大千世界如是於此世界海十方無量諸世界一切劫中諸有修行普賢行願爲化一切諸衆生者我自見身悉爲其母爾時善財童子白摩耶夫人言大聖得此解脫經今幾時答言善男子乃往古世過不可思議非最後身菩薩神通道眼所知劫數爾時有劫名淨光世界名須彌德雖有諸山五趣雜居然其國土衆寶所成清淨莊嚴無諸穢惡有千億四天下有一四天下名師子幢於中有八十億王城有一王城名自在幢有轉輪王名大威德彼王城北有一道場名滿月光明其道場神名曰慈德時有菩薩名離垢幢坐於道場將成正覺有一惡魔名金色光與其眷屬無量衆俱至菩薩所彼大威德轉輪聖王已得菩薩神通自在化作兵衆其數倍多圍繞道場諸魔惶怖悉自奔散故彼菩薩得成阿耨多羅三藐三菩提時道場神見是事已歡喜無量便於彼王而生子想頂禮佛足作是願言此轉輪王在在生處乃至成佛願我常得與其爲母作是願已於此道場復曾供養十那由他佛善男子於汝意云何彼道場神豈異人乎我身是也轉輪王者今世尊毗盧遮那是我從於彼發願已來此佛世尊於十方刹一切諸趣處處受生種諸善根修菩薩行教化成就一切衆生乃至示現住最後身念念普於一切世界示現菩薩受生神變常爲我子我常爲母善男子過去現在十方世界無

量諸佛將成佛時皆於齋中放大光明來照我身及我所住宮殿屋宅彼最後生我悉爲母善男子我唯知此菩薩大願智幻解脱門如諸菩薩摩訶薩具大悲藏教化衆生常無厭足以自在力一一毛孔示現無量諸佛神變我今云何能知能説彼功德行善男子於此世界三十三天有王名正念其王有女名天主光汝詣彼問菩薩云何學菩薩行修菩薩道時善財童子敬受其教頭面作禮繞無數帀戀慕瞻仰却行而退遂往天宮見彼天女禮足圍繞合掌前住白言聖者我已先發阿耨多羅三藐三菩提心而未知菩薩云何學菩薩行云何修菩薩道我聞聖者善能誘誨願爲我説天女答言善男子我得菩薩解脱名無礙念清淨莊嚴善男子我於此解脱力憶念過去有最勝劫名青蓮華我於彼劫中供養恒河沙數諸佛如來彼諸如來從初出家我皆瞻奉守護供養造僧伽藍營辦什物又彼諸佛從爲菩薩住母胎時誕生之時行七步時大師子吼時住童子位在宮中時向菩提樹成正覺時轉正法輪現佛神變教化調伏衆生之時如是一切諸所作事從初發心乃至法盡我皆明憶無有遺餘常現在前念持不忘又憶過去劫名善地我於彼供養十恒河沙數諸佛如來又過去劫名爲妙德我於彼供養一佛世界微塵數諸佛如來又劫名無所得我於彼供養八十四億百千那由他諸佛如來又劫名善光我於彼供養閻浮提微塵數諸佛如來又劫名無量光我於彼供養二十恒河沙數諸佛如來又劫名

最勝德我於彼供養一恒河沙數諸佛如來又劫名善悲我於彼供養八十恒河沙數諸佛如來又劫名勝遊我於彼供養六十恒河沙數諸佛如來又劫名妙月我於彼供養七十恒河沙數諸佛如來善男子如是憶念恒河沙劫我常不捨諸佛如來應正等覺從彼一切諸如來所聞此無礙念清淨莊嚴菩薩解脫受持修行恒不忘失如是先劫所有如來從初菩薩乃至法盡一切所作我以淨嚴解脫之力皆隨憶念明了現前持而順行曾無懈廢善男子我唯知此無礙念清淨解脫如諸菩薩摩訶薩出生死夜朗然明徹永離癡冥未嘗惛寐心無諸蓋身行輕安於諸法性清淨覺了成就十力開悟羣生而我云何能知能說彼功德行善男子迦毗羅城有童子師名曰徧友汝詣彼問菩薩云何學菩薩行修菩薩道時善財童子以聞法故歡喜踊躍不思議善根自然增廣頂禮其足繞無數帀辭退而去從天宮下漸向彼城至徧友所禮足圍繞合掌恭敬於一面立白言聖者我已先發阿耨多羅三藐三菩提心而未知菩薩云何學菩薩行云何修菩薩道我聞聖者善能誘誨願爲我說徧友荅言善男子此有童子名善知衆藝學菩薩字智汝可問之當爲汝說爾時善財即至其所頭頂禮敬於一面立白言聖者我已先發阿耨多羅三藐三菩提心而未知菩薩云何學菩薩行云何修菩薩道我聞聖者善能誘誨願爲我說時彼童子告善財言善男子我得菩薩解脫名善知衆藝我恒唱持此之字母唱阿字時入般

若波羅蜜門名以菩薩威力入無差別境界唱多字時入般若波羅蜜門名無邊差別門唱波字時入般若波羅蜜門名普照法界唱者字時入般若波羅蜜門名普輪斷差別唱那字時入般若波羅蜜門名得無依無上唱邏字時入般若波羅蜜門名離依止無垢唱拖輕呼字時入般若波羅蜜門名不退轉方便唱婆蒲我切字時入般若波羅蜜門名金剛場唱荼徒解切字時入般若波羅蜜門名曰普輪唱沙史我切字時入般若波羅蜜門名爲海藏唱縛房可切字時入般若波羅蜜門名普生安住唱哆都我切字時入般若波羅蜜門名圓滿光唱也以可切字時入般若波羅蜜門名差別積聚唱瑟吒字時入般若波羅蜜門名普光明息煩惱唱迦字時入般若波羅蜜門名無差別雲唱娑蘇我切字時入般若波羅蜜門名降霔大雨唱麼字時入般若波羅蜜門名大流湍激衆峯齊峙唱伽上聲輕呼字時入般若波羅蜜門名普安立唱他他可切字時入般若波羅蜜門名眞如平等藏唱社字時入般若波羅蜜門名入世間海清淨唱鎖字時入般若波羅蜜門名念一切佛莊嚴唱柂字時入般若波羅蜜門名觀察簡擇一切法聚唱奢尸何切字時入般若波羅蜜門名隨順一切佛教輪光明唱佉字時入般若波羅蜜門名修因地智慧藏唱叉楚我切字時入般若波羅蜜門名息諸業海藏唱娑蘇紇切多上聲呼字時入般若波羅蜜門名蠲諸惑障開淨光明唱壤字時入般若波羅蜜門名作世間智慧門唱曷攞多上聲呼字時入般若波羅蜜門名生死境

界智慧輪唱婆蒲餓切字時入般若波羅蜜門名一切智宮殿圓滿莊嚴唱車上聲呼字時入般若波羅蜜門名修行方便藏各別圓滿唱娑蘇紇切麼字時入般若波羅蜜門名隨十方現見諸佛唱訶婆訶婆二字皆上聲呼字時入般若波羅蜜門名觀察一切無緣衆生方便攝受令出生無礙力唱縒七可切字時入般若波羅蜜門名修行趣入一切功德海唱伽上聲呼字時入般若波羅蜜門名持一切法雲堅固海藏唱吒字時入般若波羅蜜門名隨願普見十方諸佛唱拏乃可切字時入般若波羅蜜門名觀察字輪有無盡諸億字唱娑蘇紇切頗字時入般若波羅蜜門名化衆生究竟處唱娑同前音迦字時入般若波羅蜜門名廣大藏無礙辯光明輪徧照唱也夷舸切娑蘇舸切字時入般若波羅蜜門名宣說一切佛法境界唱室者字時入般若波羅蜜門名於一切衆生界法雷徧吼唱侘恥加切字時入般若波羅蜜門名以無我法開曉衆生唱陀字時入般若波羅蜜門名一切法輪差別藏善男子我唱如是字母時此四十二般若波羅蜜門爲首入無量無數般若波羅蜜門善男子我唯知此善知衆藝菩薩解脫如諸菩薩摩訶薩能於一切世出世間善巧之法以智通達到於彼岸殊方異藝咸綜無遺文字筭數蘊其深解醫方呪術善療衆病有諸衆生鬼魅所持寃憎呪詛惡星變怪死屍奔逐癲癇羸瘦種種諸疾咸能救之使得痊愈又善別知金玉珠貝珊瑚瑠璃摩尼硨磲雞薩羅等一切寶藏出生之處品類不同價直多少村營鄉邑大小

都城宮殿苑園巖泉藪澤凡是一切人衆所居菩薩咸能隨方攝護又善觀察天文地理人相吉凶鳥獸音聲雲霞氣候年穀豐儉國土安危如是世間所有技藝莫不該練盡其源本又能分別出世之法正名辯義觀察體相隨順修行智入其中無疑無礙無愚闇無頑鈍無憂惱無沈没無不現證而我云何能知能說彼功德行善男子此摩竭提國有一聚落彼中有城名婆呾那有優婆夷號曰賢勝汝詣彼問菩薩云何學菩薩行修菩薩道時善財童子頭面敬禮知藝之足繞無數帀戀仰辭去向聚落城至賢勝所禮足圍繞合掌恭敬於一面立白言聖者我已先發阿耨多羅三藐三菩提心而未知菩薩云何學菩薩行云何修菩薩道我聞聖者善能誘誨願爲我說賢勝答言善男子我得菩薩解脫名無依處道場旣自開解復爲人說又得無盡三昧非彼三昧法有盡無盡以能出生一切智性眼無盡故又能出生一切智性耳無盡故又能出生一切智性鼻無盡故又能出生一切智性舌無盡故又能出生一切智性身無盡故又能出生一切智性意無盡故又能出生一切智性功德波濤無盡故又能出生一切智性智慧光明無盡故又能出生一切智性速疾神通無盡故善男子我唯知此無依處道場解脫如諸菩薩摩訶薩一切無著功德行而我云何盡能知說善男子南方有城名爲沃田彼有長者名堅固解脫汝可往問菩薩云何學菩薩行修菩薩道爾時善財禮賢勝足繞無數帀戀慕瞻仰辭退南行到

於彼城詣長者所禮足圍繞合掌恭敬於一面立白言聖者我已先發阿耨多羅三藐三菩提心而未知菩薩云何學菩薩行云何修菩薩道我聞聖者善能誘誨願爲我說長者答言善男子我得菩薩解脫名無著念清淨莊嚴我自得是解脫已來於十方佛所勤求正法無有休息善男子我唯知此無著念淨莊嚴解脫如諸菩薩摩訶薩獲無所畏大師子吼安住廣大福智之聚而我云何能知能說彼功德行善男子即此城中有一長者名爲妙月其長者宅常有光明汝詣彼問菩薩云何學菩薩行修菩薩道時善財童子禮堅固足繞無數帀辭退而行向妙月所禮足圍繞合掌恭敬於一面立白言聖者我已先發阿耨多羅三藐三菩提心而未知菩薩云何學菩薩行云何修菩薩道我聞聖者善能誘誨願爲我說妙月答言善男子我得菩薩解脫名淨智光明善男子我唯知此智光解脫如諸菩薩摩訶薩證得無量解脫法門而我云何能知能說彼功德行善男子於此南方有城名出生彼有長者名無勝軍汝詣彼問菩薩云何學菩薩行修菩薩道是時善財禮妙月足繞無數帀戀仰辭去漸向彼城至長者所禮足圍繞合掌恭敬於一面立白言聖者我已先發阿耨多羅三藐三菩提心而未知菩薩云何學菩薩行云何修菩薩道我聞聖者善能誘誨願爲我說長者答言善男子我得菩薩解脫名無盡相我以證此菩薩解脫見無量佛得無盡藏善男子我唯知此無盡相解脫如諸菩薩摩訶薩得無限智無礙

辯才而我云何能知能說彼功德行善男子於此城南有一聚落名之爲法彼聚落中有婆羅門名最寂靜汝詣彼問菩薩云何學菩薩行修菩薩道時善財童子禮無勝軍足繞無數帀戀仰辭去漸次南行詣彼聚落見最寂靜禮足圍繞合掌恭敬於一面立白言聖者我已先發阿耨多羅三藐三菩提心而未知菩薩云何學菩薩行云何修菩薩道我聞聖者善能誘誨願爲我說婆羅門答言善男子我得菩薩解脫名誠願語過去現在未來菩薩以是語故乃至於阿耨多羅三藐三菩提無有退轉無已退無現退無當退善男子我以住於誠願語故隨意所作莫不成滿善男子我唯知此誠語解脫如諸菩薩摩訶薩與誠願語行止無違言必以誠未曾虛妄無量功德因之出生而我云何能知能說善男子於此南方有城名妙意華門彼有童子名曰德生復有童女名爲有德汝詣彼問菩薩云何學菩薩行修菩薩道時善財童子於法尊重禮婆羅門足繞無數帀戀仰而去

大方廣佛華嚴經卷第七十六

音釋

防 符方切隄防也　禦扞 禦魚巨切拒也扞侯旰切抵也　璫 音當耳珠也　滌 音狄洗也　階陛 階音皆砌也陛部禮切升堂之階也　鐸 達各切　佉 丘迦切　綜 子宋切統理也　療 力照切治也　鬼魅 魅明秘切精怪也　呪詛 呪則救切願也詛莊助切沮也　癲癇 癲音顛癇音閑狂病也

大方廣佛華嚴經卷第七十七

唐于闐國三藏沙門實叉難陀譯

入法界品第三十九之十八

爾時善財童子漸次南行至妙意華門城見德生童子有德童女頂禮其足右繞畢已於前合掌而作是言聖者我已先發阿耨多羅三藐三菩提心而未知菩薩云何學菩薩行云何修菩薩道唯願慈哀爲我宣說時童子童女告善財言善男子我等證得菩薩解脫名爲幻住得此解脫故見一切世界皆幻住因緣所生故一切衆生皆幻住業煩惱所起故一切世間皆幻住無明有愛等展轉緣生故一切法皆幻住我見等種種幻緣所生故一切三世皆幻住我見等顛倒智所生故一切衆生生滅生老病死憂悲苦惱皆幻住虛妄分別所生故一切國土皆幻住想倒心倒見倒無明所現故一切聲聞辟支佛皆幻住智斷分別所成故一切菩薩皆幻住能自調伏教化衆生諸行願法之所成故一切菩薩衆會變化調伏諸所施爲皆幻住願智幻所成故善男子幻境自性不可思議善男子我等二人但能知此幻住解脫如諸菩薩摩訶薩善入無邊諸事幻網彼功德行我等云何能知能說時童子童女說自解脫已以不思議諸善根力令善財身柔軟光澤而告之言善男子於此南方有國名海岸有園名大莊嚴其中有一廣大樓閣名毗盧遮那莊嚴藏從菩薩善根果報生從菩薩念力願力自在力神通力生從菩薩善功方便生從菩薩福德智慧生善男子住不思議解脫菩薩以大

悲心爲諸衆生現如是境界集如是莊嚴彌勒菩薩摩訶薩安處其中爲欲攝受本所生處父母眷屬及諸人民令成熟故又欲令彼同受生同修行衆生於大乘中得堅固故又欲令彼一切衆生隨住地隨善根皆成就故又欲爲汝顯示菩薩解脱門故顯示菩薩徧一切處受生自在故顯示菩薩以種種身普現一切衆生之前常教化故顯示菩薩以大悲力普攝一切世間資財而不厭故顯示菩薩具修諸行知一切行離諸相故顯示菩薩處處受生了一切生皆無相故汝詣彼問菩薩云何行菩薩行云何修菩薩道云何學菩薩戒云何淨菩薩心云何發菩薩願云何集菩薩助道具云何入菩薩所住地云何滿菩薩波羅蜜云何獲菩薩無生忍云何具菩薩功德法云何事菩薩善知識何以故善男子彼菩薩摩訶薩通達一切菩薩行了知一切衆生心常現其前教化調伏彼菩薩已滿一切波羅蜜已住一切菩薩地已證一切菩薩忍已入一切菩薩位已蒙授與具足記已遊一切菩薩境已得一切佛神力已蒙一切如來以一切智甘露法水而灌其頂善男子彼善知識能潤澤汝諸善根能增長汝菩提心能堅汝志能益汝善能長汝菩薩根能示汝無礙法能令汝入普賢地能爲汝說菩薩願能爲汝說普賢行能爲汝說一切菩薩行願所成功德善男子汝不應修一善照一法行一行發一願得一記住一忍生究竟想不應以限量心行於六度住於十地淨佛國土事善知識何以故善男子菩薩摩訶薩應種無

量諸善根應集無量菩提具應修無量菩提
因應學無量巧迴向應化無量衆生界應知
無量衆生心應知無量衆生根應識無量衆
生解應觀無量衆生行應調伏無量衆生應
斷無量煩惱應淨無量業習應滅無量邪見
應除無量雜染心應發無量清淨心應拔無
量苦毒箭應涸無量愛欲海應破無量無明
闇應摧無量我慢山應斷無量生死縛應度
無量諸有流應竭無量受生海應令無量衆
生出五欲淤泥應使無量衆生離三界牢獄
應置無量衆生於聖道中應消滅無量貪欲
行應淨治無量瞋恚行應摧破無量愚癡行
應超無量魔網應離無量魔業應淨治菩薩
無量欲樂應增長菩薩無量方便應出生菩
薩無量增上根應明潔菩薩無量決定解應
趣入菩薩無量平等應清淨菩薩無量功德
應修治菩薩無量諸行應示現菩薩無量隨
順世間行應生無量淨信力應住無量精進
力應淨無量正念力應滿無量三昧力應起
無量淨慧力應堅無量勝解力應集無量福
德力應長無量智慧力應發起無量菩薩力
應圓滿無量如來力應分別無量法門應了
知無量法門應清淨無量法門應生無量法
光明應作無量法照耀應照無量品類根應
知無量煩惱病應集無量妙法藥應療無量
衆生疾應嚴辦無量甘露供應往詣無量佛
國土應供養無量諸如來應入無量菩薩會
應受無量諸佛教應忍無量衆生罪應滅無
量惡道難應令無量衆生生善道應以四攝
攝無量衆生應修無量總持門應生無量大

願門應修無量大慈大願力應勤求無量法常無休息應起無量思惟力應起無量神通事應淨無量智光明應往無量衆生趣應受無量諸有生應現無量差別身應知無量言辭法應入無量差別心應知菩薩大境界應住菩薩大宮殿應觀菩薩甚深妙法應知菩薩難知境界應行菩薩難行諸行應具菩薩尊重威德應踐菩薩難入正位應知菩薩種種諸行應現菩薩普徧神力應受菩薩平等法雲應廣菩薩無邊行網應滿菩薩無邊諸度應受菩薩無量記莂應入菩薩無量忍門應治菩薩無量諸地應淨菩薩無量法門應同諸菩薩安住無邊劫供養無量佛嚴淨不可說佛國土出生不可說菩薩願善男子舉要言之應普修一切菩薩行應普化一切衆生界應普入一切劫應普生一切處應普知一切世應普行一切法應普淨一切剎應普滿一切願應普供一切佛應普同一切菩薩願應普事一切善知識善男子汝求善知識不應疲倦見善知識勿生厭足請問善知識勿憚勞苦親近善知識勿懷退轉供養善知識不應休息受善知識教不應倒錯學善知識行不應疑惑聞善知識演說出離門不應猶豫見善知識隨煩惱行勿生嫌怪於善知識所生深信尊敬心不應變改何以故善男子菩薩因善知識聽聞一切菩薩諸行成就一切菩薩功德出生一切菩薩大願引發一切菩薩善根積集一切菩薩助道開發一切菩薩法光明顯示一切菩薩出離門修學一切菩薩清淨戒安住一切菩薩功德法清淨

一切菩薩廣大志增長一切菩薩堅固心具足一切菩薩陁羅尼辯才門得一切菩薩清淨藏生一切菩薩定光明得一切菩薩殊勝願與一切菩薩同一願聞一切菩薩殊勝法得一切菩薩祕密處至一切菩薩法寶洲增一切菩薩善根芽長一切菩薩智慧身護一切菩薩深密藏持一切菩薩福德聚淨一切菩薩受生道受一切菩薩正法雲入一切菩薩大願路趣一切如來菩提果攝取一切菩薩妙行開示一切菩薩功德往一切方聽受妙法讚一切菩薩廣大威德生一切菩薩大慈悲力攝一切菩薩勝自在力生一切菩薩菩提分作一切菩薩利益事善男子菩薩由善知識任持不墮惡趣由善知識攝受不退大乘由善知識護念不毀犯菩薩戒由善知識守護不隨逐惡知識由善知識養育不缺減菩薩法由善知識攝取超越凡夫地由善知識教誨超越二乘地由善知識示導得出離世間由善知識長養能不染世法由承事善知識修一切菩薩行由供養善知識具一切助道法由親近善知識不爲業惑之所摧伏由恃怙善知識勢力堅固不怖諸魔由依止善知識增長一切菩提分法何以故善男子善知識者能淨諸障能滅諸罪能除諸難能止諸惡能破無明長夜黑闇能壞諸見堅固牢獄能出生死城能捨世俗家能截諸魔網能拔衆苦箭能離無智險難處能出邪見大曠野能度諸有流能離諸邪道能示菩提路能教菩薩法能令安住菩薩行能令趣向一切智能淨智慧眼能長菩提心能生大悲

能演妙行能說波羅蜜能擯惡知識能令住諸地能令獲諸忍能令修習一切善根能令成辦一切道具能施與一切大功德能令到一切種智位能令歡喜集功德能令踊躍修諸行能令趣入甚深義能令開示出離門能令杜絕諸惡道能令以法光照耀能令以法雨潤澤能令消滅一切惑能令捨離一切見能令增長一切佛智慧能令安住一切佛法門善男子善知識者如慈母出生佛種故如慈父廣大利益故如乳母守護不令作惡故如教師示其菩薩所學故如善導能示波羅蜜道故如良醫能治煩惱諸病故如雪山增長一切智藥故如勇將殄除一切怖畏故如濟客令出生死暴流故如船師令到智慧寶洲故善男子常當如是正念思惟諸善知識

復次善男子汝承事一切善知識應發如大地心荷負重任無疲倦故應發如金剛心志願堅固不可壞故應發如鐵圍山心一切諸苦無能動故應發如給侍心所有教令皆隨順故應發如弟子心所有訓誨無違逆故應發如僮僕心不厭一切諸作務故應發如養母心受諸勤苦不告勞故應發如傭作心隨所受教無違逆故應發如除糞人心離憍慢故應發如已熟稼心能低下故應發如良馬心離惡性故應發如大車心能運重故應發如調順象心恒伏從故應發如須彌山心不傾動故應發如良犬心不害主故應發如旃荼羅心離憍慢故應發如㹀牛心無威怒故應發如舟船心往來不倦故應發如橋梁心濟渡忘疲故應發如孝子心承順顏色故應

發如王子心遵行教命故復次善男子汝應於自身生病苦想於善知識生醫王想於所說法生良藥想於所修行生除病想又應於自身生遠行想於善知識生導師想於所說法生正道想於所修行生遠達想又應於自身生求度想於善知識生船師想於所說法生舟檝想於所修行生到岸想又應於自身生苗稼想於善知識生龍王想於所說法生時雨想於所修行生成熟想又應於自身生貧窮想於善知識生毗沙門王想於所說法生財寶想於所修行生富饒想又應於自身生弟子想於善知識生良工想於所說法生技藝想於所修行生了知想又應於自身生恐怖想於善知識生勇健想於所說法生器仗想於所修行生破寃想又應於自身生商人想於善知識生導師想於所說法生珍寶想於所修行生捃拾想又應於自身生兒子想於善知識生父母想於所說法生家業想於所修行生紹繼想又應於自身生王子想於善知識生大臣想於所說法生王教想於所修行生冠王冠想服王服想繫王繒想坐王殿想善男子汝應發如是心作如是意近善知識何以故以如是心近善知識令其志願永得清淨復次善男子善知識者長諸善根譬如雪山長諸藥草善知識者是佛法器譬如大海吞納衆流善知識者是功德處譬如大海出生衆寶善知識者淨菩提心譬如猛火能錬真金善知識者出過世法如須彌山出於大海善知識者不染世法譬如蓮華不著於水善知識者不受諸惡譬如大海不

宿死屍善知識者增長白法譬如白月光色圓滿善知識者照明法界譬如盛日照四天下善知識者長菩薩身譬如父母養育兒子善男子以要言之菩薩摩訶薩若能隨順善知識教得十不可說百千億那由他功德淨十不可說百千億那由他深心長十不可說百千億那由他菩薩根淨十不可說百千億那由他菩薩力斷十不可說百千億阿僧祇障超十不可說百千億阿僧祇魔境入十不可說百千億阿僧祇法門滿十不可說百千億阿僧祇助道修十不可說百千億阿僧祇妙行發十不可說百千億阿僧祇大願善男子我復略說一切菩薩行一切菩薩波羅蜜一切菩薩地一切菩薩忍一切菩薩總持門一切菩薩三昧門一切菩薩神通智一切菩薩迴向一切菩薩願一切菩薩成就佛法皆由善知識力以善知識而爲根本依善知識生依善知識出依善知識長依善知識住善知識爲因緣善知識能發起時善財童子聞善知識如是功德能開示無量菩薩妙行能成就無量廣大佛法踊躍歡喜頂禮德生及有德足繞無量帀慇懃瞻仰辭退而去爾時善財童子聞善知識教潤澤其心正念思惟諸菩薩行向海岸國自憶往世不修禮敬即時發意勤力而行復憶往世身心不淨即時發意專自治潔復憶往世作諸惡業即時發意專自防斷復憶往世起諸妄想即時發意恒正思惟復憶往世所修諸行但爲自身即時發意令心廣大普及含識復憶往世追求欲境常自損耗無有滋味即時發意修行佛

法長養諸根以自安隱復憶往世起邪思念顛倒相應即時發意生正見心起菩薩願復憶往世日夜劬勞作諸惡事即時發意起大精進成就佛法復憶往世受五趣生於自他身皆無利益即時發意願以其身饒益衆生成就佛法承事一切諸善知識如是思惟生大歡喜復觀此身是生老病死衆苦之宅願盡未來劫修菩薩道教化衆生見諸如來成就佛法遊行一切佛刹承事一切法師住持一切佛教尋求一切法侶見一切善知識集一切諸佛法與一切菩薩願智身而作因緣作是念時長不思議無量善根即於一切菩薩深信尊重生希有想生大師想諸根清淨善法增益起一切菩薩恭敬供養作一切菩薩曲躬合掌生一切菩薩普見世間眼起一切菩薩普念衆生想現一切菩薩無量願化身出一切菩薩清淨讚說音想見過現一切諸佛及諸菩薩於一切處示現成道神通變化乃至無有一毛端處而不周徧又得清淨智光明眼見一切菩薩所行境界其心普入十方刹網其願普徧虛空法界三世平等無有休息如是一切皆以信受善知識教之所致耳善財童子以如是尊重如是供養如是稱讚如是觀察如是願力如是想念如是無量智慧境界於毗盧遮那莊嚴藏大樓閣前五體投地暫時斂念思惟觀察以深信解大願力故入徧一切處智慧身平等門普現其身在於一切如來前一切菩薩前一切善知識前一切如來塔廟前一切如來形像前一切諸佛諸菩薩住處前一切法寶前一切聲

聞辟支佛及其塔廟前一切聖衆福田前一切父母尊者前一切十方衆生前皆如上説尊重禮讚盡未來際無有休息等虚空無邊量故等法界無障礙故等實際徧一切故等如來無分别故猶如影隨智現故猶如夢從思起故猶如像示一切故猶如響緣所發故無有生遞興謝故無有性隨緣轉故又決定知一切諸報皆從業起一切諸果皆從因起一切諸業皆從習起一切佛興皆從信起一切化現諸供養事皆悉從於決定解起一切化佛從敬心起一切佛法從善根起一切化身從方便起一切佛事從大願起一切菩薩所修諸行從迴向起一切法界廣大莊嚴從一切智境界而起離於斷見知迴向故離於常見知無生故離無因見知正因故離顛倒見知如實理故離自在見知不由他故離自他見知從緣起故離邊執見知法界無邊故離往來見知如影像故離有無見知不生滅故離一切法見知空無生故知不自在故知願力出生故離一切相見入無相際故知一切法如種生芽故如印生文故知質如像故知聲如響故知境如夢故知業如幻故了世心現故了果因起故了報業集故了知一切諸功德法皆從菩薩善巧方便所流出故善財童子入如是智端心潔念於樓觀前舉體投地慇懃頂禮不思議善根流注身心清涼悅澤從地而起一心瞻仰目不暫捨合掌圍繞經無量帀作是念言此大樓閣是解空無相無願者之所住處是於一切法無分别者之所住處是了法界無差别者之所住處是

知一切衆生不可得者之所住處是知一切法無生者之所住處是不著一切世間者之所住處是不著一切窟宅者之所住處是不樂一切聚落者之所住處是不依一切境界者之所住處是離一切想者之所住處是知一切法無自性者之所住處是斷一切分別業者之所住處是離一切想心意識者之所住處是不入不出一切道者之所住處是入一切甚深般若波羅蜜者之所住處是能以方便住普門法界者之所住處是息滅一切煩惱火者之所住處是以增上慧除斷一切見愛慢者之所住處是出生一切諸禪解脫三昧通明而遊戲者之所住處是觀察一切菩薩三昧境界者之所住處是安住一切如來所者之所住處是以一劫入一切劫以一切劫入一劫而不壞其相者之所住處是以一刹入一切刹以一切刹入一刹而不壞其相者之所住處是以一法入一切法以一切法入一法而不壞其相者之所住處是以一衆生入一切衆生以一切衆生入一衆生而不壞其相者之所住處是以一佛入一切佛以一切佛入一佛而不壞其相者之所住處是於一念中而知一切三世者之所住處是於一念中往詣一切國土者之所住處是於一切衆生前悉現其身者之所住處是心常利益一切世間者之所住處是能徧至一切處者之所住處是雖已出一切世間爲化衆生故而恒於中現身者之所住處是不著一切刹爲供養諸佛故而遊一切刹者之所住處是不動本處能普詣一切佛刹而莊嚴者

之所住處是親近一切佛而不起佛想者之所住處是依止一切善知識而不起善知識想者之所住處是住一切魔宮而不耽著欲境界者之所住處是永離一切心想者之所住處是雖於一切衆生中而現其身然於自他不生二想者之所住處是能普入一切世界而於法界無差別想者之所住處是願住未來一切劫而於諸劫無長短想者之所住處是不離一毛端處而普現身一切世界者之所住處是能演説難遭遇法者之所住處是能住難知法甚深法無二法無相法無對治法無所得法無戲論法者之所住處是住大慈大悲者之所住處是已度一切二乘智已超一切魔境界已於世法無所染已到菩薩所到岸已住如來所住處者之所住處是雖離一切諸相而亦不入聲聞正位雖了一切法無生而亦不住無生法性者之所住處是雖觀不淨而不證離貪法亦不與貪欲俱雖修於慈而不證離瞋法亦不與瞋垢俱雖觀緣起而不證離癡法亦不與癡惑俱者之所住處是雖住四禪而不隨禪生雖行四無量爲化衆生故而不生色界雖修四無色定以大悲故而不住無色界者之所住處是雖勤修止觀爲化衆生故而不證明脱雖行於捨而不捨化衆生事者之所住處是雖觀於空而不起空見雖行無相而常化著相衆生雖行無願而不捨菩提行願者之所住處是雖於一切業煩惱中而得自在爲化衆生故而現隨順諸業煩惱雖無生死爲化衆生故示受生死雖已離一切趣爲化衆生故示入

諸趣者之所住處是雖行於慈而於諸衆生無所愛戀雖行於悲而於諸衆生無所取著雖行於喜而觀苦衆生心常哀愍雖行於捨而不廢捨利益他事者之所住處是雖行九次第定而不厭離欲界受生雖知一切法無生無滅而不於實際作證雖入三解脱門而不取聲聞解脱雖觀四聖諦而不住小乘聖果雖觀甚深緣起而不住究竟寂滅雖修八聖道而不求永出世間雖超凡夫地而不墮聲聞辟支佛地雖觀五取蘊而不永滅諸蘊雖超出四魔而不分別諸魔雖不著六處而不永滅六處雖安住真如而不墮實際雖說一切乘而不捨大乘此大樓閣是住如是等一切諸功德者之所住處爾時善財童子而說頌言

此是大悲清淨智　利益世間慈氏尊
灌頂地中佛長子　入如來境之住處
一切名聞諸佛子　已入大乘解脱門
遊行法界心無著　此無等者之住處
施戒忍進禪智慧　方便願力及神通
如是大乘諸度法　悉具足者之住處
智慧廣大如虛空　普知三世一切法
無礙無依無所取　了諸有者之住處
善能解了一切法　無性無生無所依
如鳥飛空得自在　此大智者之住處
了知三毒真實性　分別因緣虛妄起
亦不厭彼而求出　此寂靜人之住處
三解脱門八聖道　諸蘊處界及緣起
悉能觀察不趣寂　此善巧人之住處
十方國土及衆生　以無礙智咸觀察

了性皆空不分別　此寂滅人之住處
普行法界悉無礙　而求行性不可得
如風行空無所行　此無依者之住處
普見惡道羣生類　受諸楚毒無所歸
放大慈光悉除滅　此哀愍者之住處
見諸衆生失正道　譬如生盲踐畏途
引其令入解脫城　此大導師之住處
見諸衆生入魔網　生老病死常逼迫
令其解脫得慰安　此勇健人之住處
見諸衆生嬰惑病　而興廣大悲愍心
以智慧藥悉除滅　此大醫王之住處
見諸羣生没有海　沈淪憂迫受衆苦
悉以法船而救之　此善度者之住處
見諸衆生在惑海　能發菩提妙寶心
悉入其中而濟拔　此善漁人之住處
恒以大願慈悲眼　普觀一切諸衆生
從諸有海而拔出　此金翅王之住處
譬如日月在虛空　一切世間靡不燭
智慧光明亦如是　此照世者之住處
菩薩爲化一衆生　普盡未來無量劫
如爲一人一切爾　此救世者之住處
於一國土化衆生　盡未來劫無休息
一一國土咸如是　此堅固意之住處
十方諸佛所說法　一座普受咸令盡
盡未來劫恒悉然　此智海人之住處
徧遊一切世界海　普入一切道場海
供養一切如來海　此修行者之住處
修行一切妙行海　發起無邊大願海
如是經於衆劫海　此功德者之住處
一毛端處無量刹　佛衆生劫不可說

如是明見靡不周　此無礙眼之住處
一念普攝無邊劫　國土諸佛及衆生
智慧無礙悉正知　此具德人之住處
十方國土碎爲塵　一切大海以毛滴
菩薩發願數如是　此無礙者之住處
成就總持三昧門　大願諸禪及解脫
一一皆住無邊劫　此眞佛子之住處
無量無邊諸佛子　種種說法度衆生
亦說世間衆技術　此修行者之住處
成就神通方便智　修行如幻妙法門
十方五趣悉現生　此無礙者之住處
菩薩始從初發心　具足修行一切行
化身無量徧法界　此神力者之住處
一念成就菩提道　普作無邊智慧業
世情思慮悉發狂　此難量者之住處
成就神通無障礙　遊行法界靡不周
其心未嘗有所得　此淨慧者之住處
菩薩修行無礙慧　入諸國土無所著
以無二智普照明　此無我者之住處
了知諸法無依止　本性寂滅同虛空
常行如是境界中　此離垢人之住處
普見羣生受諸苦　發大仁慈智慧心
願常利益諸世間　此悲愍者之住處
佛子住於此　普現衆生前　猶如日月輪
徧除生死闇　佛子住於此　普順衆生心
變現無量身　充滿十方剎　佛子住於此
徧遊諸世界　一切如來所　無量無數劫
佛子住於此　思量諸佛法　無量無數劫
其心無厭倦　佛子住於此　念念入三昧
一一三昧門　闡明諸佛境　佛子住於此

悉知一切剎　無量無數劫　衆生佛名號
佛子住於此　一念攝諸劫　住隨衆生心
而無分別想　佛子住於此　修智諸三昧
一一心念中　了知三世法　佛子住於此
結跏身不動　普現一切剎　一切諸趣中
佛子住於此　飲諸佛法海　深入智慧海
具足功德海　佛子住於此　悉知諸剎數
世數衆生數　佛名數亦然　佛子住於此
一念悉能了　一切三世中　國土之成壞
佛子住於此　普知佛行願　菩薩所修行
衆生根性欲　佛子住於此　見一微塵中
無量剎道場　衆生及諸劫　如一微塵內
一切塵亦然　種種咸具足　處處皆無礙
佛子住於此　普觀一切法　衆生剎及世
無起無所有　觀察衆生等　法等如來等
剎等諸願等　三世悉平等　佛子住於此
教化諸羣生　供養諸如來　思惟諸法性
無量千萬劫　所修願智行　廣大不可量
稱揚莫能盡　彼諸大勇猛　所行無障礙
安住於此中　我合掌敬禮　諸佛之長子
聖德慈氏尊　我今恭敬禮　願垂顧念我

爾時善財童子以如是等一切菩薩無量稱揚讚歎法而讚毗盧遮那莊嚴藏大樓閣中諸菩薩已曲躬合掌恭敬頂禮一心願見彌勒菩薩親近供養乃見彌勒菩薩摩訶薩從別處來無量天龍夜叉乾闥婆阿脩羅迦樓羅緊那羅摩睺羅伽王釋梵護世及本生處無量眷屬婆羅門衆及餘無數百千衆生前後圍繞而共來向莊嚴藏大樓觀所善財見已歡喜踴躍五體投地時彌勒菩薩觀察善

財指示大衆歎其功德而說頌曰

汝等觀善財　智慧心清淨　爲求菩提行
而來至我所　善來圓滿慈　善來清淨悲
善來寂滅眼　修行無懈倦　善來清淨意
善來廣大心　善來不退根　修行無懈倦
善來不動行　常求善知識　了達一切法
調伏諸羣生　善來行妙道　善來住功德
善來趣佛果　未曾有疲倦　善來德爲體
善來法所滋　善來無邊行　世間難可見
善來離迷惑　世法不能染　利衰毀譽等
一切無分別　善來施安樂　調柔堪受化
諂誑瞋慢心　一切悉除滅　善來眞佛子
普詣於十方　增長諸功德　調柔無懈倦
善來三世智　徧知一切法　普生功德藏
修行不疲厭　文殊德雲等　一切諸佛子
令汝至我所　示汝無礙處　具修菩薩行
普攝諸羣生　如是廣大人　今來至我所
爲求諸如來　清淨之境界　問諸廣大願
而來至我所　去來現在佛　所成諸行業
汝欲皆修學　而來至我所　汝於善知識
欲求微妙法　欲受菩薩行　而來至我所
汝念善知識　諸佛所稱歎　令汝成菩提
而來至我所　汝念善知識　生我如父母
養我如乳母　增我菩提分　如醫療衆疾
如天灑甘露　如日示正道　如月轉淨輪
如山不動搖　如海無增減　如船師濟渡
而來至我所　汝觀善知識　猶如大猛將
亦如大商主　又如大導師　能建正法幢
能示佛功德　能滅諸惡道　能開善趣門
能顯諸佛身　能守諸佛藏　能持諸佛法

是故願瞻奉　欲滿清淨智　欲具端正身
欲生尊貴家　而來至我所　汝等觀此人
親近善知識　隨其所修學　一切應順行
以昔福因緣　文殊令發心　隨順無違逆
修行不懈倦　父母與親屬　宮殿及財產
一切皆捨離　謙下求知識　淨治如是意
永離世間身　當生佛國土　受諸勝果報
善財見衆生　生老病死苦　爲發大悲意
勤修無上道　善財見衆生　五趣常流轉
爲求金剛智　破彼諸苦輪　善財見衆生
心田甚荒穢　爲除三毒刺　專求利智犂
衆生處癡闇　盲冥失正道　善財爲導師
示其安隱處　忍鎧解脫乘　智慧爲利劒
能於三有內　破諸煩惱賊　善財法船師
普濟諸含識　令過爾燄海　疾至淨寶洲
善財正覺日　智光大願輪　周行法界空
普照羣迷宅　善財正覺月　白法悉圓滿
慈定清涼光　等照衆生心　善財勝智海
依於直心住　菩提行漸深　出生衆法寶
善財大心龍　升於法界空　興雲霔甘澤
生成一切果　善財然法燈　信炷慈悲油
念器功德光　滅除三毒闇　覺心迦羅邏
悲胞慈爲肉　菩提分支節　長於如來藏
增長福德藏　清淨智慧藏　開顯方便藏
出生大願藏　如是大莊嚴　救護諸羣生
一切天人中　難聞難可見　如是智慧樹
根深不可動　衆行漸增長　普蔭諸羣生
欲生一切德　欲問一切法　欲斷一切疑
專求善知識　欲破諸惑魔　欲除諸見垢
欲解衆生縛　專求善知識　當滅諸惡道

當示人天路　令修功德行　疾入涅槃城
當度諸見難　當截諸見網　當枯愛欲水
當示三有道　當爲世依怙　當作世光明
當成三界師　示其解脫處　亦當令世間
普離諸想著　普覺煩惱睡　普出愛欲泥
當了種種法　當淨種種剎　一切咸究竟
其心大歡喜　汝行極調柔　汝心甚清淨
所欲修功德　一切當圓滿　不久見諸佛
了達一切法　嚴淨衆剎海　成就大菩提
當滿諸行海　當知諸法海　當度衆生海
如是修諸行　當到功德岸　當生諸善品
當與佛子等　如是心決定　當斷一切惑
當淨一切業　當伏一切魔　滿足如是願
當生妙智道　當開正法道　不久當捨離
惑業諸苦道　一切衆生輪　沈迷諸有輪
汝當轉法輪　令其斷苦輪　汝當持佛種
汝當淨法種　汝能集僧種　三世悉周徧
當斷衆愛網　當裂衆見網　當救衆苦網
當成此願網　當度衆生界　當淨國土界
當集智慧界　當成此心界　當令衆生喜
當令菩薩喜　當令諸佛喜　當成此歡喜
當見一切趣　當見一切剎　當見一切法
當成此佛見　當放破闇光　當放息熱光
當放滅惡光　滌除三有苦　當開天趣門
當開佛道門　當示解脫門　普使衆生入
當示於正道　當絕於邪道　如是勤修行
成就菩提道　當修功德海　當度三有海
普使羣生海　出於衆苦海　當於衆生海
消竭煩惱海　令修諸行海　疾入大智海
汝當增智海　汝當修行海　諸佛大願海

汝當咸滿足　汝當入剎海　汝當觀眾海
汝當以智力　普飲諸法海　當覲諸佛雲
當起供養雲　當聽妙法雲　當興此願雲
普遊三有室　普壞眾惑室　普入如來室
當行如是道　普入三昧門　普遊解脫門
普住神通門　周行於法界　普現眾生前
普對諸佛前　譬如日月光　當成如是力
所行無動亂　所行無染著　如鳥行虛空
當成此妙用　譬如因陀網　剎網如是住
汝當悉往詣　如風無所礙　汝當入法界
徧往諸世界　普見三世佛　心生大歡喜
汝於諸法門　已得及當得　應生大喜躍
無貪亦無厭　汝是功德器　能隨諸佛教
能修菩薩行　得見此奇特　如是諸佛子
億劫難可遇　況見其功德　所修諸妙道

汝生於人中　大獲諸善利　得見文殊等
無量諸功德　已離諸惡道　已出諸難處
已超眾苦患　善哉勿懈怠　已離凡夫地
已住菩薩地　當滿智慧地　速入如來地
菩薩行如海　佛智同虛空　汝願亦復然
應生大欣慶　諸根不懈倦　志願恒決定
親近善知識　不久悉成滿　菩薩種種行
皆為調眾生　普行諸法門　慎勿生疑惑
汝具難思福　及以真實信　是故於今日
得見諸佛子　汝見諸佛子　悉獲廣大利
一一諸大願　一切咸信受　汝於三有中
能修菩薩行　是故諸佛子　示汝解脫門
非是法器人　與佛子同住　設經無量劫
莫知其境界　汝見諸菩薩　得聞如是法
世間甚難有　應生大喜慶　諸佛護念汝

菩薩攝受汝　能順其教行　善哉住壽命
已生菩薩家　已具菩薩德　已長如來種
當升灌頂位　不久汝當得　與諸佛子等
見苦惱衆生　悉置安隱處　如下如是種
必獲如是果　我今慶慰汝　汝應大欣悅
無量諸菩薩　無量劫行道　未能成此行
今汝皆獲得　信樂堅進力　善財成此行
若有敬慕心　亦當如是學　一切功德行
皆從願欲生　善財已了知　常樂勤修習
如龍布密雲　必當霔大雨　菩薩起願智
決定修諸行　若有善知識　示汝普賢行
汝當好承事　愼勿生疑惑　汝於無量劫
爲欲妄捨身　今爲求菩提　此捨方爲善
汝於無量劫　具受生死苦　不曾事諸佛
未聞如是行　汝今得人身　值佛善知識
聽受菩提行　云何不歡喜　雖遇佛興世
亦值善知識　其心不清淨　不聞如是法
若於善知識　信樂心尊重　離疑不疲厭
乃聞如是法　若有聞此法　而興誓願心
當知如是人　已獲廣大利　如是心清淨
常得近諸佛　亦近諸菩薩　決定成菩提
若入此法門　則具諸功德　永離衆惡趣
不受一切苦　不久捨此身　往生佛國土
常見十方佛　及以諸菩薩　往因今淨解
及事善友力　增長諸功德　如水生蓮華
樂事善知識　勤供一切佛　專心聽聞法
常行勿懈倦　汝是眞法器　當具一切法
當修一切道　當滿一切願　汝以信解心
而來禮敬我　不久當普入　一切諸佛會
善哉眞佛子　恭敬一切佛　不久具諸行

到佛功德岸　汝當往大智　文殊師利所
彼當令汝得　普賢深妙行

爾時彌勒菩薩摩訶薩在衆會前稱讚善財大功德藏善財聞已歡喜踊躍身毛皆竪悲泣哽噎起立合掌恭敬瞻仰繞無量帀以文殊師利心念力故衆華瓔珞種種妙寶不覺忽然自盈其手善財歡喜即以奉散彌勒菩薩摩訶薩上時彌勒菩薩摩善財頂爲説頌言

善哉善哉眞佛子　普策諸根無懈倦
不久當具諸功德　猶如文殊及與我

時善財童子以頌答曰

我念善知識　億劫難值遇　今得咸親近
而來詣尊所　我以文殊故　見諸難見者
彼大功德尊　願速還瞻覲

大方廣佛華嚴經卷第七十七

音釋

淤泥 淤依倨切淤泥泥滓濁泥也　踐 慈衍切踐蹈也　記莂 莂彼列切記莂謂授將來成佛之記莂也　擯 必刃切擯斥也　傭 餘封切傭雇作也　旃茶羅 梵語也亦云旃陀羅此云屠者旃諸延切茶同都切　犗牛 犗居隘切犍牛也　捃拾 捃居運切捃拾收拾也　霔 之戍切霖霔也　哽噎 哽古杏切噎烏結切哽噎聲悲塞也

大方廣佛華嚴經卷第七十八

唐于闐國三藏沙門實叉難陀譯

入法界品第三十九之十九

爾時善財童子合掌恭敬重白彌勒菩薩摩訶薩言大聖我已先發阿耨多羅三藐三菩提心而我未知菩薩云何學菩薩行云何修菩薩道大聖一切如來授尊者記一生當得阿耨多羅三藐三菩提若一生當得無上菩提則已超越一切菩薩所住處則已出過一切菩薩離生位則已圓滿一切波羅蜜則已深入一切諸忍門則已具足一切菩薩地則已遊戲一切解脫門則已成就一切三昧法則已通達一切菩薩行則已證得一切陀羅尼辯才則已於一切菩薩自在中而得自在則已積集一切菩薩助道法則已遊戲智慧方便則已出生大神通智則已成就一切學處則已圓滿一切妙行則已滿足一切大願則已領受一切佛所記則已了知一切諸乘門則已堪受一切如來所護念則已能攝一切佛菩提則已能持一切佛法藏則已能持一切諸佛菩薩祕密藏則已能於一切菩薩衆中為上首則已能為破煩惱魔軍大勇將則已能作出生死曠野大導師則已能作治諸惑重病大醫王則已能於一切衆生中為最勝則已能於一切世主中得自在則已能於一切聖人中最第一則已能於一切聲聞獨覺中最增上則已能於生死海中為船師則已能布調伏一切衆生網則已能觀一切衆生根則已能攝一切衆生界則已能守護一切菩薩衆則已能談議一切菩薩事則已

能往詣一切如來所則已能住止一切如來會則已能現身一切衆生前則已能於一切世法無所染則已能超越一切魔境界則已能安住一切佛境界則已能到一切菩薩無礙境則已能精勤供養一切佛則已與一切諸佛法同體性已繫妙法繒已受佛灌頂已住一切智已能普生一切佛法已能速踐一切智位大聖菩薩云何學菩薩行云何修菩薩道隨所修學疾得具足一切佛法悉能度脫所念衆生普能成滿所發大願普能究竟所起諸行普能安慰一切天人不負自身不斷三寶不虛一切佛菩薩種能持一切諸佛法眼如是等事願皆爲說爾時彌勒菩薩摩訶薩觀察一切道場衆會指示善財而作是言諸仁者汝等見此長者子今於我所問菩薩行諸功德不諸仁者此長者子勇猛精進志樂無雜深心堅固恒不退轉具勝希望如救頭然無有猒足樂善知識親近供養處處尋求承事請法諸仁者此長者子曩於福城受文殊教展轉南行求善知識經由一百一十善知識已然後而來至於我所未曾暫起一念疲懈諸仁者此長者子甚爲難有趣向大乘乘於大慧發大勇猛擐大悲甲以大慈心救護衆生起大精進波羅蜜行作大商主護諸衆生爲大法船度諸有海住於大道集大法寶修諸廣大助道之法如是之人難可得聞難可得見難得親近同居共行何以故此長者子發心救護一切衆生令一切衆生解脫諸苦超諸惡趣離諸險難破無明闇出生死野息諸趣輪度魔境界不著世法出欲

淤泥斷貪鞅解見縛壞想宅絶迷道摧慢幢拔惑箭撤睡蓋裂愛網滅無明度有流離諂幻淨心垢斷癡惑出生死諸仁者此長者子爲被四流漂汨者造大法船爲被見泥没溺者立大法橋爲被癡闇昏迷者然大智燈爲行生死曠野者開示聖道爲嬰煩惱重病者調和法藥爲遭生老死苦者飲以甘露令其安隱爲入貪恚癡火者沃以定水使得清涼多憂惱者慰喻使安繫有獄者曉誨令出入見網者開以智劒住界城者示諸脫門在險難者導安隱處懼結賊者與無畏法墮惡趣者授慈悲手拘害蘊者示涅槃城界蛇所纒解以聖道著於六處空聚落者以智慧光引之令出住邪濟者令入正濟近惡友者示其善友樂凡法者誨以聖法著生死者令其趣

入一切智城諸仁者此長者子恒以此行救護衆生發菩提心未嘗休息求大乘道曾無懈倦飲諸法水不生厭足恒勤積集助道之行常樂清淨一切法門修菩薩行不捨精進成滿諸願善行方便見善知識情無厭足事善知識身無疲懈聞善知識所有教誨常樂順行未曾違逆諸仁者若有衆生能發阿耨多羅三藐三菩提心是爲希有若發心已又能如是精進方便集諸佛法倍爲希有又能如是求菩薩道又能如是淨菩薩行又能如是事善知識又能如是如救頭然又能如是順知識教又能如是堅固修行又能如是集菩提分又能如是不求一切名聞利養又能如是不捨菩薩純一之心又能如是不樂家宅不著欲樂不戀父母親戚知識但樂追求

菩薩伴侶又能如是不顧身命唯願勤修一切智道應知展轉倍更難得諸仁者餘諸菩薩經於無量百千萬億那由他劫乃能滿足菩薩願行乃能親近諸佛菩提此長者子於一生內則能淨佛刹則能化衆生則能以智慧深入法界則能成就諸波羅蜜則能增廣一切諸行則能圓滿一切大願則能超出一切魔業則能承事一切善友則能清淨諸菩薩道則能具足普賢諸行爾時彌勒菩薩摩訶薩如是稱歎善財童子種種功德令無量百千衆生發菩提心已告善財言善哉善哉善男子汝爲饒益一切世間汝爲救護一切衆生汝爲勤求一切佛法故發阿耨多羅三藐三菩提心善男子汝獲善利汝善得人身汝善住壽命汝善值如來出現汝善見文殊師利大善知識汝身是善器爲諸善根之所潤澤汝爲白法之所資持所有解欲悉已清淨已爲諸佛共所護念已爲善友共所攝受何以故善男子菩提心者猶如種子能生一切諸佛法故菩提心者猶如良田能長衆生白淨法故菩提心者猶如大地能持一切諸世間故菩提心者猶如淨水能洗一切煩惱垢故菩提心者猶如大風普於世間無所礙故菩提心者猶如盛火能燒一切諸見薪故菩提心者猶如淨日普照一切諸世間故菩提心者猶如盛月諸白淨法悉圓滿故菩提心者猶如明燈能放種種法光明故菩提心者猶如淨目普見一切安危處故菩提心者猶如大道普令得入大智城故菩提心者猶如正濟令其得離諸邪法故菩提心者猶如

大車普能運載諸菩薩故菩提心者猶如門戶開示一切菩薩行故菩提心者猶如宮殿安住修習三昧法故菩提心者猶如園苑於中遊戲受法樂故菩提心者猶如舍宅安隱一切諸眾生故菩提心者則爲所歸利益一切諸世間故菩提心者則爲所依諸菩薩行所依處故菩提心者猶如慈父訓導一切諸菩薩故菩提心者猶如慈母生長一切諸菩薩故菩提心者猶如乳母養育一切諸菩薩故菩提心者猶如善友成益一切諸菩薩故菩提心者猶如君主勝出一切二乘人故菩提心者猶如帝王一切願中得自在故菩提心者猶如大海一切功德悉入中故菩提心者如須彌山於諸眾生心平等故菩提心者如鐵圍山攝持一切諸世間故菩提心者猶如雪山長養一切智慧藥故菩提心者猶如香山出生一切功德香故菩提心者猶如虛空諸妙功德廣無邊故菩提心者猶如蓮華不染一切世間法故菩提心者如調慧象其心善順不獷戾故菩提心者如良善馬遠離一切諸惡性故菩提心者如調御師守護大乘一切法故菩提心者猶如良藥能治一切煩惱病故菩提心者猶如坑穽陷沒一切諸惡法故菩提心者猶如金剛悉能穿徹一切法故菩提心者猶如香篋能貯一切功德香故菩提心者猶如妙華一切世間所樂見故菩提心者如白栴檀除眾欲熱使清涼故菩提心者如黑沈香能熏法界悉周徧故菩提心者如善見藥王能破一切煩惱病故菩提心者如毗笈摩藥能拔一切諸惑箭故菩提

心者猶如帝釋一切主中最爲尊故菩提心者如毗沙門能斷一切貧窮苦故菩提心者如功德天一切功德所莊嚴故菩提心者如莊嚴具莊嚴一切諸菩薩故菩提心者如劫燒火能燒一切諸有爲故菩提心者如無生根藥長養一切諸佛法故菩提心者猶如龍珠能消一切煩惱毒故菩提心者如水清珠能清一切煩惱濁故菩提心者如如意珠周給一切諸貧乏故菩提心者如功德瓶滿足一切衆生心故菩提心者如如意樹能雨一切莊嚴具故菩提心者如鵝羽衣不受一切生死垢故菩提心者如白氎線從本已來性清淨故菩提心者如快利犂能治一切衆生田故菩提心者如那羅延能摧一切我見敵故菩提心者猶如快箭能破一切諸苦的故

菩提心者猶如利矛能穿一切煩惱甲故菩提心者猶如堅甲能護一切如理心故菩提心者猶如利刀能斬一切煩惱首故菩提心者猶如利劒能斷一切憍慢鎧故菩提心者如勇將幢能伏一切諸魔軍故菩提心者猶如利鋸能截一切無明樹故菩提心者猶如利斧能伐一切諸苦樹故菩提心者猶如兵仗能防一切諸苦難故菩提心者猶如善手防護一切諸度身故菩提心者猶如好足安立一切諸功德故菩提心者猶如眼藥滅除一切無明瞖故菩提心者猶如鉗鑷能拔一切身見刺故菩提心者猶如臥具息除生死諸勞苦故菩提心者如善知識能解一切生死縛故菩提心者如好珍財能除一切貧窮事故菩提心者如大導師善知菩薩出要道

故菩提心者猶如伏藏出功德財無匱乏故菩提心者猶如涌泉生智慧水無窮盡故菩提心者猶如明鏡普現一切法門像故菩提心者猶如蓮華不染一切諸罪垢故菩提心者猶如大河流引一切度攝法故菩提心者猶如大龍王能雨一切妙法雨故菩提心者猶如命根任持菩薩大悲身故菩提心者猶如甘露能令安住不死界故菩提心者猶如大網普攝一切諸衆生故菩提心者猶如罥索攝取一切所應化故菩提心者猶如鉤餌出有淵中所居者故菩提心者如阿伽陀藥能令無病永安隱故菩提心者如除毒藥悉能消歇貪愛毒故菩提心者如善持呪能除一切顛倒毒故菩提心者猶如疾風能卷一切諸障霧故菩提心者如大寶洲出生一切覺分寶故菩提心者如好種性出生一切白淨法故菩提心者猶如住宅諸功德法所依處故菩提心者猶如市肆菩薩商人貿易處故菩提心者如鍊金藥能治一切煩惱垢故菩提心者猶如好蜜圓滿一切功德味故菩提心者猶如正道令諸菩薩入智城故菩提心者猶如好器能持一切白淨法故菩提心者猶如時雨能滅一切煩惱塵故菩提心者則爲住處一切菩薩所住處故菩提心者則爲壽行不取聲聞解脫果故菩提心者如淨瑠璃自性明潔無諸垢故菩提心者如帝青寶出過世間二乘智故菩提心者如更漏鼓覺諸衆生煩惱睡故菩提心者如清淨水性本澄潔無垢濁故菩提心者如閻浮金映奪一切有爲善故菩提心者如大山王超出一切

諸世間故菩提心者則爲所歸不拒一切諸來者故菩提心者則爲義利能除一切衰惱事故菩提心者則爲妙寶能令一切心歡喜故菩提心者如大施會充滿一切衆生心故菩提心者則爲尊勝諸衆生心無與等故菩提心者猶如伏藏能攝一切諸佛法故菩提心者如因陀羅網能伏煩惱阿脩羅故菩提心者如婆樓那風能動一切所應化故菩提心者如因陀羅火能燒一切諸惑習故菩提心者如佛支提一切世間應供養故善男子菩提心者成就如是無量功德舉要言之應知悉與一切佛法諸功德等何以故因菩提心出生一切諸菩薩行三世如來從菩提心而出生故是故善男子若有發阿耨多羅三藐三菩提心者則已出生無量功德普能攝

取一切智道善男子譬如有人得無畏藥離五恐怖何等爲五所謂火不能燒毒不能中刀不能傷水不能漂煙不能熏菩薩摩訶薩亦復如是得一切智菩提心藥貪火不燒瞋毒不中惑刀不傷有流不漂諸覺觀煙不能熏害善男子譬如有人得解脫藥終無橫難菩薩摩訶薩亦復如是得菩提心解脫智藥永離一切生死橫難善男子譬如有人持摩訶應伽藥毒蛇聞氣即皆遠去菩薩摩訶薩亦復如是持菩提心大應伽藥一切煩惱諸惡毒蛇聞其氣者悉皆散滅善男子譬如有人持無勝藥一切寃敵無能勝者菩薩摩訶薩亦復如是持菩提心無能勝藥悉能降伏一切魔軍善男子譬如有人持毗笈摩藥能令毒箭自然墮落菩薩摩訶薩亦復如是持

菩提心毗笈摩藥令貪恚癡諸邪見箭自然墮落善男子譬如有人持善見藥能除一切所有諸病菩薩摩訶薩亦復如是持菩提心善見藥王悉除一切諸煩惱病善男子如有藥樹名珊陀那有取其皮以塗瘡者瘡即除愈然其樹皮隨取隨生終不可盡菩薩摩訶薩從菩提心生一切智樹亦復如是若有得見而生信者煩惱業瘡悉得消滅一切智樹初無所損善男子如有藥樹名無生根以其力故增長一切閻浮提樹菩薩摩訶薩菩提心樹亦復如是以其力故增長一切學與無學及諸菩薩所有善法善男子譬如有藥名阿藍婆若用塗身身之與心咸有堪能菩薩摩訶薩得菩提心阿藍婆藥亦復如是令其身心增長善法善男子譬如有人得念力藥凡所聞事憶持不忘菩薩摩訶薩得菩提心念力妙藥悉能聞持一切佛法皆無忘失善男子譬如有藥名大蓮華其有服者住壽一劫菩薩摩訶薩服菩提心大蓮華藥亦復如是於無數劫壽命自在善男子譬如有人執翳形藥人與非人悉不能見菩薩摩訶薩執菩提心翳形妙藥一切諸魔不能得見善男子如海有珠名普集衆寶此珠若在假使劫火焚燒世間能令此海減於一滴無有是處菩薩摩訶薩菩提心珠亦復如是住於菩薩大願海中若常憶持不令退失能壞菩薩一善根者終無是處若退其心一切善法即皆散滅善男子如有摩尼名大光明有以此珠瓔珞身者映蔽一切寶莊嚴具所有光明悉皆不現菩薩摩訶薩菩提心寶亦復如是瓔

珞其身映蔽一切二乘心寶諸莊嚴具悉無光采善男子如水清珠能清濁水菩薩摩訶薩菩提心珠亦復如是能清一切煩惱垢濁善男子譬如有人得住水寶繫其身上入大海中不爲水害菩薩摩訶薩亦復如是得菩提心住水妙寶入於一切生死海中終不沈没善男子譬如有人得龍寶珠持入龍宫一切龍蛇不能爲害菩薩摩訶薩亦復如是得菩提心大龍寶珠入欲界中煩惱龍蛇不能爲害善男子譬如帝釋著摩尼冠映蔽一切諸餘天衆菩薩摩訶薩亦復如是著菩提心大願寶冠超過一切三界衆生善男子譬如有人得如意珠除滅一切貧窮之苦菩薩摩訶薩亦復如是得菩提心如意寶珠遠離一切邪命怖畏善男子譬如有人得日精珠持向日光而生於火菩薩摩訶薩亦復如是得菩提心智日寶珠持向智光而生智火善男子譬如有人得月精珠持向月光而生於水菩薩摩訶薩亦復如是得菩提心月精寶珠持此心珠鑒迴向光而生一切善根願水善男子譬如龍王首戴如意摩尼寶冠遠離一切寃敵怖畏菩薩摩訶薩亦復如是著菩提心大悲寶冠遠離一切惡道諸難善男子如有寶珠名一切世間莊嚴藏若有得者令其所欲悉得充滿而此寶珠無所損減菩提心寶亦復如是若有得者令其所願悉得滿足而菩提心無有損減善男子如轉輪王有摩尼寶置於宫中放大光明破一切闇菩薩摩訶薩亦復如是以菩提心大摩尼寶住於欲界放大智光悉破諸趣無明黑闇善男子譬

如帝青大摩尼寶若有爲此光明所觸即同其色菩薩摩訶薩菩提心寶亦復如是觀察諸法迴向善根靡不即同菩提心色善男子如瑠璃寶於百千歲處不淨中不爲臭穢之所染著性本淨故菩薩摩訶薩菩提心寶亦復如是於百千劫住欲界中不爲欲界過患所染猶如法界性清淨故善男子譬如有寶名淨光明悉能映蔽一切寶色菩薩摩訶薩菩提心寶亦復如是悉能映蔽一切凡夫二乘功德善男子譬如有寶名爲火燄悉能除滅一切闇冥菩薩摩訶薩菩提心寶亦復如是能滅一切無知闇冥善男子譬如海中有無價寶商人采得船載入城諸餘摩尼百千萬種光色價直無與等者菩提心寶亦復如是住於生死大海之中菩薩摩訶薩乘大願船深心相續載之來入解脫城中二乘功德無能及者善男子如有寶珠名自在王處閻浮洲去日月輪四萬由旬日月宮中所有莊嚴其珠影現悉皆具足菩薩摩訶薩發菩提心淨功德寶亦復如是住生死中照法界空佛智日月一切功德悉於中現善男子如有寶珠名自在王日月光明所照之處一切財寶衣服等物所有價直悉不能及菩薩摩訶薩發菩提心自在王寶亦復如是一切智光所照之處三世所有天人二乘漏無漏善一切功德皆不能及善男子海中有寶名曰海藏普現海中諸莊嚴事菩薩摩訶薩菩提心寶亦復如是普能顯現一切智海諸莊嚴事善男子譬如天上閻浮檀金唯除心王大摩尼寶餘無及者菩薩摩訶薩發菩提心閻浮

檀金亦復如是除一切智心王大寶餘無及者善男子譬如有人善調龍法於諸龍中而得自在菩薩摩訶薩亦復如是得菩提心善調龍法於諸一切煩惱龍中而得自在善男子譬如勇士被執鎧仗一切寃敵無能降伏菩薩摩訶薩亦復如是被執菩提大心鎧仗一切業惑諸惡寃敵無能屈伏善男子譬如天上黑栴檀香若燒一銖其香普熏小千世界三千世界滿中珍寶所有價直皆不能及菩薩摩訶薩菩提心香亦復如是一念功德普熏法界聲聞緣覺一切功德皆所不及善男子如白栴檀若以塗身悉能除滅一切熱惱令其身心普得清涼菩薩摩訶薩菩提心香亦復如是能除一切虛妄分別貪恚癡等諸惑熱惱令其具足智慧清涼善男子如須彌山若有近者即同其色菩薩摩訶薩菩提心山亦復如是若有近者悉得同其一切智色善男子譬如波利質多羅樹其皮香氣閻浮提中若婆師迦瞻蔔迦若蘇摩那如是等華所有香氣皆不能及菩薩摩訶薩菩提心樹亦復如是所發大願功德之香一切二乘無漏戒定智慧解脫解脫知見諸功德香悉不能及善男子譬如波利質多羅樹雖未開華應知即是無量諸華出生之處菩薩摩訶薩菩提心樹亦復如是雖未開發一切智華應知即是無數天人衆菩提華所生之處善男子譬如波利質多羅華一日熏衣瞻蔔迦華婆利師華蘇摩那華雖千歲熏亦不能及菩薩摩訶薩菩提心華亦復如是一生所熏諸功德香普徹十方一切佛所一切二乘無

漏功德百千劫熏所不能及善男子如海島中生椰子樹根莖枝葉及以華果一切衆生恒取受用無時暫歇菩薩摩訶薩菩提心樹亦復如是始從發起悲願之心乃至成佛正法住世常時利益一切世間無有間歇善男子如有藥汁名訶宅迦人或得之以其一兩變千兩銅悉成眞金非千兩銅能變此藥菩薩摩訶薩亦復如是以菩提心迴向智藥普變一切業惑等法悉使成於一切智相非業惑等能變其心善男子譬如小火隨所焚燒其燄轉熾菩薩摩訶薩菩提心火亦復如是隨所攀緣智燄增長善男子譬如一燈然百千燈其本一燈無減無盡菩薩摩訶薩菩提心燈亦復如是普然三世諸佛智燈而其心燈無減無盡善男子譬如一燈入於闇室百千年闇悉能破盡菩薩摩訶薩菩提心燈亦復如是入於衆生心室之内百千萬億不可説劫諸業煩惱種種闇障悉能除盡善男子譬如燈炷隨其大小而發光明若益膏油明終不絶菩薩摩訶薩菩提心燈亦復如是大願爲炷光照法界益大悲油教化衆生莊嚴國土施作佛事無有休息善男子譬如他化自在天王冠閻浮檀眞金天冠欲界天子諸莊嚴具皆不能及菩薩摩訶薩亦復如是冠菩提心大願天冠一切凡夫二乘功德皆不能及善男子如師子王哮吼之時師子兒聞皆增勇健餘獸聞之即皆竄伏佛師子王菩提心吼應知亦爾諸菩薩聞增長功德有所得者聞皆退散善男子譬如有人以師子筋而爲樂絃其音既奏餘絃悉絶菩薩摩訶薩

亦復如是以如來師子波羅蜜身菩提心筋爲法樂絃其音既奏一切五欲及以二乘諸功德絃悉皆斷滅善男子譬如有人以牛羊等種種諸乳假使積集盈於大海以師子乳一滴投中悉皆變壞直過無礙菩薩摩訶薩亦復如是以如來師子菩提心乳著無量劫業煩惱乳大海之中悉令壞滅直過無礙終不住於二乘解脱善男子譬如迦陵頻伽鳥在卵㲉中有大勢力一切諸鳥所不能及菩薩摩訶薩亦復如是於生死㲉發菩提心所有大悲功德勢力聲聞緣覺無能及者善男子如金翅鳥王子初始生時目則明利飛則勁捷一切諸鳥雖久成長無能及者菩薩摩訶薩亦復如是發菩提心爲佛王子智慧清淨大悲勇猛一切二乘雖百千劫久修道行所不能及善男子如有壯夫手執利矛刺堅密甲直過無礙菩薩摩訶薩亦復如是執菩提心銛利快矛刺諸邪見隨眠密甲悉能穿徹無有障礙善男子譬如摩訶那伽大力勇士若奮威怒於其額上必生瘡疱瘡若未合閻浮提中一切人民無能制伏菩薩摩訶薩亦復如是若起大悲必定發於菩提之心心未捨來一切世間魔及魔民不能爲害善男子譬如射師有諸弟子雖未慣習其師技藝然其智慧方便善巧餘一切人所不能及菩薩摩訶薩初始發心亦復如是雖未慣習一切智行然其所有願智解欲一切世間凡夫二乘悉不能及善男子如人學射先安其足後習其法菩薩摩訶薩亦復如是欲學如來一切智道先當安住菩提之心然後修行一

切佛法善男子譬如幻師將作幻事先當起意憶持幻法然後所作悉得成就菩薩摩訶薩亦復如是將起一切諸佛菩薩神通幻事先當起意發菩提心然後一切悉得成就善男子譬如幻術無色現色菩薩摩訶薩菩提心相亦復如是雖無有色不可覩見然能普於十方法界示現種種功德莊嚴善男子譬如猫狸纔見於鼠鼠即入穴不敢復出菩薩摩訶薩發菩提心亦復如是暫以慧眼觀諸惑業皆即竄匿不復出生善男子譬如有人著閻浮金莊嚴之具映蔽一切皆如聚墨菩薩摩訶薩亦復如是著菩提心莊嚴之具映蔽一切凡夫二乘功德莊嚴悉無光色善男子如好磁石少分之力即能吸壞諸鐵鉤鎖菩薩摩訶薩發菩提心亦復如是若起一念悉能壞滅一切見欲無明鉤鎖善男子如有磁石鐵若見之即皆散去無留住者菩薩摩訶薩發菩提心亦復如是諸業煩惱二乘解脫若暫見之即皆散滅亦無住者善男子譬如有人善入大海一切水族無能為害假使入於摩竭魚口亦不為彼之所吞噬菩薩摩訶薩亦復如是發菩提心入生死海諸業煩惱不能為害假使入於聲聞緣覺實際法中亦不為其之所留難善男子譬如有人飲甘露漿一切諸物不能為害菩薩摩訶薩亦復如是飲菩提心甘露法漿不墮聲聞辟支佛地以具廣大悲願力故善男子譬如有人得安繕那藥以塗其目雖行人間人所不見菩薩摩訶薩亦復如是得菩提心安繕那藥能以方便入魔境界一切衆魔所不能見善男

子譬如有人依附於王不畏餘人菩薩摩訶薩亦復如是依菩提心大勢力王不畏障蓋惡道之難善男子譬如有人住於水中不畏火焚菩薩摩訶薩亦復如是住菩提心善根水中不畏二乘解脫智火善男子譬如有人依倚猛將即不怖畏一切冤敵菩薩摩訶薩亦復如是依菩提心勇猛大將不畏一切惡行冤敵善男子如釋天王執金剛杵摧伏一切阿脩羅衆菩薩摩訶薩亦復如是持菩提心金剛之杵摧伏一切諸魔外道善男子譬如有人服延齡藥長得充健不老不瘦菩薩摩訶薩亦復如是服菩提心延齡之藥於無數劫修菩薩行心無疲厭亦無染著善男子譬如有人調和藥汁必當先取好清淨水菩薩摩訶薩亦復如是欲修菩薩一切行願先當發起菩提之心善男子如人護身先護命根菩薩摩訶薩亦復如是護持佛法亦當先護菩提之心善男子譬如有人命根若斷不能利益父母宗親菩薩摩訶薩亦復如是捨菩提心不能利益一切衆生不能成就諸佛功德善男子譬如大海無能壞者菩提心海亦復如是諸業煩惱二乘之心所不能壞善男子譬如日光星宿光明不能映蔽菩提心日亦復如是一切二乘無漏智光所不能蔽善男子如王子初生即爲大臣之所尊重以種性自在故菩薩摩訶薩亦復如是於佛法中發菩提心即爲耆宿久修梵行聲聞緣覺所共尊重以大悲自在故善男子譬如王子年雖幼稚一切大臣皆悉敬禮菩薩摩訶薩亦復如是雖初發心修菩薩行二乘耆舊皆

應敬禮善男子譬如王子雖於一切臣佐之中未得自在已具王相不與一切諸臣佐等以生處尊勝故菩薩摩訶薩亦復如是雖於一切業煩惱中未得自在然已具足菩提之相不與一切二乘齊等以種性第一故善男子譬如清淨摩尼妙寶眼有翳故見爲不淨菩薩摩訶薩菩提心寶亦復如是無智不信謂爲不淨善男子譬如有藥爲呪所持若有衆生見聞同住一切諸病皆得消滅菩薩摩訶薩菩提心藥亦復如是一切善根智慧方便菩薩願智共所攝持若有衆生見聞同住憶念之者諸煩惱病悉得除滅善男子譬如有人常持甘露其身畢竟不變不壞菩薩摩訶薩亦復如是若常憶持菩提心甘露令願智身畢竟不壞善男子如機關木人若無有楔身即離散不能運動菩薩摩訶薩亦復如是無菩提心行即分散不能成就一切佛法善男子如轉輪王有沈香寶名曰象藏若燒此香王四種兵悉騰虛空菩薩摩訶薩菩提心香亦復如是若發此意即令菩薩一切善根永出三界行如來智無爲空中善男子譬如金剛唯從金剛處及金處生非餘寶處生菩薩摩訶薩菩提心金剛亦復如是唯從大悲救護衆生金剛處一切智智殊勝境界金處而生非餘衆生善根處生善男子譬如有樹名曰無根不從根生而枝葉華果悉皆繁茂菩薩摩訶薩菩提心樹亦復如是無根可得而能長養一切智智神通大願枝葉華果扶踈蔭映普覆世間善男子譬如金剛非劣惡器及以破器所能容持唯除全具上妙之

器菩提心金剛亦復如是非下劣衆生慳嫉破戒懈怠妄念無智器中所能容持亦非退失殊勝志願散亂惡覺衆生器中所能容持唯除菩薩深心寶器善男子譬如金剛能穿衆寶菩提心金剛亦復如是悉能穿徹一切法寶善男子譬如金剛能壞衆山菩提心金剛亦復如是悉能摧壞諸邪見山善男子譬如金剛雖破不全一切衆寶猶不能及菩提心金剛亦復如是雖復志劣少有虧損猶勝一切二乘功德善男子譬如金剛雖有損缺猶能除滅一切貧窮菩提心金剛亦復如是雖有損缺不進諸行猶能捨離一切生死善男子如少金剛悉能破壞一切諸物菩提心金剛亦復如是入少境界即破一切無知諸惑善男子譬如金剛非凡人所得菩提心金剛亦復如是非劣意衆生之所能得善男子譬如金剛不識寶人不知其能不得其用菩提心金剛亦復如是不知法人不了其能不得其用善男子譬如金剛無能銷滅菩提心金剛亦復如是一切諸法無能銷滅善男子如金剛杵諸大力人皆不能持唯除有大那羅延力菩提之心亦復如是一切二乘皆不能持唯除菩薩廣大因緣堅固善力善男子譬如金剛一切諸物無能壞者而能普壞一切諸物然其體性無所損減菩提之心亦復如是普於三世無數劫中教化衆生修行苦行聲聞緣覺所不能者咸能作之然其畢竟無有疲厭亦無損壞善男子譬如金剛餘不能持唯金剛地之所能持菩提之心亦復如是聲聞緣覺皆不能持唯除趣向薩婆若者

善男子如金剛器無有瑕缺用盛於水永不滲漏而入於地菩提心金剛器亦復如是盛善根水永不滲漏令入諸趣善男子如金剛際能持大地不令墜沒菩提之心亦復如是能持菩薩一切行願不令墜沒入於三界善男子譬如金剛久處水中不爛不濕菩提之心亦復如是於一切劫處在生死業惑水中無壞無變善男子譬如金剛一切諸火不能燒然不能令熱菩提之心亦復如是一切生死諸煩惱火不能燒然不能令熱善男子譬如三千世界之中金剛座上能持諸佛坐於道場降伏諸魔成等正覺非是餘座之所能持菩提心座亦復如是能持菩薩一切願行諸波羅蜜諸忍諸地迴向受記修習菩提助道之法供養諸佛聞法受行一切餘心所不能持善男子菩提心者成就如是無量無邊乃至不可說不可說殊勝功德若有衆生發阿耨多羅三藐三菩提心則獲如是勝功德法是故善男子汝獲善利汝發阿耨多羅三藐三菩提心求菩薩行已得如是大功德故善男子如汝所問菩薩云何學菩薩行修菩薩道善男子汝可入此毗盧遮那莊嚴藏大樓閣中周徧觀察則能了知學菩薩行學已成就無量功德

大方廣佛華嚴經卷第七十八

音釋

曩（乃朗切往昔也）擐（音患貫也）鞅（於兩切羈也）㑦（郎計切惡也）穽（音靜陷穽也）篋（苦協切箱篋也）氎（徒協切細毛布也）矛（莫浮切勾兵也）鋸（居御切刀鋸也）鉗鑷（鉗巨淹切鑷尼輒切）餌（仍吏切食也）貿（莫候切交易也）臰（尺救切與臭同穢氣也）銖（市朱切十黍曰銖）椰子（椰以

遷切木名竄七亂切逃也㲉苦角切銛息廉切利也疱皮教切

慣習慣古患切猫狸猫音苗狸理之切礠疾之切針石也噬時制切齧噬也瘦所祐切臞也稚直利切幼小也銛音田礠音慈

大方廣佛華嚴經卷第七十九

唐于闐國三藏沙門實叉難陀譯

入法界品第三十九之二十

爾時善財童子恭敬右繞彌勒菩薩摩訶薩已而白之言唯願大聖開樓閣門令我得入時彌勒菩薩前詣樓閣彈指出聲其門即開命善財入善財心喜入已還閉見其樓閣廣博無量同於虛空阿僧祇寶以爲其地阿僧祇宮殿阿僧祇門闥阿僧祇窻牖阿僧祇階陛阿僧祇欄楯阿僧祇道路皆七寶成阿僧祇旛阿僧祇幢阿僧祇蓋周迴間列阿僧祇衆寶瓔珞阿僧祇眞珠瓔珞阿僧祇赤眞珠瓔珞阿僧祇師子珠瓔珞處處垂下阿僧祇半月阿僧祇繒帶阿僧祇寶網以爲嚴飾阿僧祇寶鐸風動成音散阿僧祇天諸雜華懸阿僧祇天寶鬘帶嚴阿僧祇衆寶香鑪雨阿僧祇細末金屑懸阿僧祇寶鏡然阿僧祇寶燈布阿僧祇寶衣列阿僧祇寶帳設阿僧祇寶座阿僧祇寶繒以敷座上阿僧祇閻浮檀金童女像阿僧祇雜寶諸形像阿僧祇妙寶菩薩像處處充徧阿僧祇衆鳥出和雅音阿僧祇寶優鉢羅華阿僧祇寶波頭摩華阿僧祇寶拘物頭華阿僧祇寶芬陀利華以爲莊嚴阿僧祇寶樹次第行列阿僧祇摩尼寶放大光明如是等無量阿僧祇諸莊嚴具以爲莊嚴又見其中有無量百千諸妙樓閣一一嚴飾悉如上說廣博嚴麗皆同虛空不相障礙亦無雜亂善財童子於一處中見一切處一切諸處悉如是見爾時善財童子見毗盧遮那莊嚴藏樓閣如是種種不可思議自在

境界生大歡喜踊躍無量身心柔輭離一切想除一切障滅一切惑所見不忘所聞能憶所思不亂入於無礙解脫之門普運其心普見一切普申敬禮纔始稽首以彌勒菩薩威神之力自見其身徧在一切諸樓閣中具見種種不可思議自在境界所謂或見彌勒菩薩初發無上菩提心時如是名字如是種族如是善友之所開悟令其種植如是善根住如是壽在如是刼值如是佛處於如是莊嚴剎土修如是行發如是願彼諸如來如是衆會如是壽命經爾許時親近供養悉皆明見或見彌勒最初證得慈心三昧從是已來號爲慈氏或見彌勒修諸妙行成滿一切諸波羅蜜或見得忍或見住地或見成就清淨國土或見護持如來正教爲大法師得無生忍

某時某處某如來所受於無上菩提之記或見彌勒爲轉輪王勸諸衆生住十善道或爲護世饒益衆生或爲釋天呵責五欲或爲燄摩天王讃不放逸或爲兜率天王稱歎一生菩薩功德或爲化樂天王爲諸天衆現諸菩薩變化莊嚴或爲他化自在天王爲諸天衆演說一切諸佛之法或作魔王說一切法皆悉無常或爲梵王說諸禪定無量喜樂或爲阿脩羅王入大智海了法如幻爲其衆會常演說法斷除一切憍慢醉傲或復見其處閻羅界放大光明救地獄苦或見在於餓鬼之處施諸飲食濟彼飢渴或見在於畜生之道種種方便調伏衆生或復見爲護世天王衆會說法或復見爲忉利天王衆會說法或復見爲燄摩天王衆會說法或復見爲兜率天

王衆會說法或復見爲化樂天王衆會說法或復見爲他化自在天王衆會說法或復見爲大梵王衆會說法或復見爲龍王衆會說法或復見爲夜叉羅刹王衆會說法或復見爲乾闥婆緊那羅王衆會說法或復見爲阿脩羅陀那婆王衆會說法或復見爲迦樓羅摩睺羅伽王衆會說法或復見爲其餘一切人非人等衆會說法或復見爲聲聞衆會說法或復見爲緣覺衆會說法或復見爲初發心乃至一生所繫巳灌頂者諸菩薩衆而演說法或見讚說初地乃至十地所有功德或見讚說滿足一切諸波羅蜜或見讚說入諸忍門或見讚說諸大三昧門或見讚說甚深解脫門或見讚說諸禪三昧神通境界或見讚說諸菩薩行或見讚說諸大誓願或見與諸同行菩薩讚說世間資生工巧種種方便利衆生事或見與諸一生菩薩讚說一切佛灌頂門或見彌勒於百千年經行讀誦書寫經卷勤求觀察爲衆說法或入諸禪四無量心或入徧處及諸解脫或入三昧以方便力現諸神變或見諸菩薩入變化三昧各於其身一一毛孔出於一切變化身雲或見出天衆身雲或見出龍衆身雲或見出夜叉乾闥婆緊那羅阿脩羅迦樓羅摩睺羅伽釋梵護世轉輪聖王小王王子大臣官屬長者居士身雲或見出聲聞緣覺及諸菩薩如來身雲或見出一切衆生身雲或見出妙音讚諸菩薩種種法門所謂讚說菩提心功德門讚說檀波羅蜜乃至智波羅蜜功德門讚說諸攝諸禪諸無量心及諸三昧三摩鉢底諸通諸

明總持辯才諸諦諸智止觀解脫諸緣諸依諸說法門讚說念處正勤神足根力七菩提分八聖道分諸聲聞乘諸獨覺乘諸菩薩乘諸地諸忍諸行諸願如是等一切諸功德門或復於中見諸如來大衆圍繞亦見其佛生處種姓身形壽命刹劫名號說法利益教住久近乃至所有道場衆會種種不同悉皆明見又復於彼莊嚴藏內諸樓閣中見一樓閣高廣嚴飾最上無比於中悉見三千世界百億四天下百億兜率陀天一一皆有彌勒菩薩降神誕生釋梵天王捧持頂戴遊行七步觀察十方大師子吼現爲童子居處宮殿遊戲園苑爲一切智出家苦行示受乳糜往詣道場降伏諸魔成等正覺觀菩提樹梵王勸請轉正法輪升天宮殿而演說法劫數壽量衆會莊嚴所淨國土所修行願教化成熟衆生方便分布舍利住持教法皆悉不同爾時善財自見其身在彼一切諸如來所亦見於彼一切衆會一切佛事憶持不忘通達無礙復聞一切諸樓閣內寶網鈴鐸及諸樂器皆悉演暢不可思議微妙法音說種種法所謂或說菩薩發菩提心或說修行波羅蜜行或說諸願或說諸地或說恭敬供養如來或說莊嚴諸佛國土或說諸佛說法差別如上所說一切佛法悉聞其音敷暢辯了又聞某處有某菩薩聞某法門某善知識之所勸導發菩提心於某劫某刹某如來所某大衆中聞於某佛如是功德發如是心起如是願種於如是廣大善根經若干劫修菩薩行於爾許時當成正覺如是名號如是壽量如是國土

具足莊嚴滿如是願化如是衆如是聲聞菩
薩衆會般涅槃後正法住世經爾許劫利益
如是無量衆生或聞某處有某菩薩布施持
戒忍辱精進禪定智慧修習如是諸波羅蜜
或聞某處有某菩薩爲求法故棄捨王位及
諸珍寶妻子眷屬手足頭目一切身分皆無
所悋或聞某處有某菩薩守護如來所說正
法爲大法師廣行法施建法幢吹法蠡擊法
鼓雨法雨造佛塔廟作佛形像施諸衆生一
切樂具或聞某處有某如來於某劫中成等
正覺如是國土如是衆會如是壽命說如是
法滿如是願教化如是無量衆生善財童子
聞如是等不可思議微妙法音身心歡喜柔
輭悅懌即得無量諸總持門諸辯才門諸禪
諸忍諸願諸度諸通諸明及諸解脫諸三昧
門又見一切諸寶鏡中種種形像所謂或見
諸佛衆會道場或見菩薩衆會道場或見聲
聞衆會道場或見緣覺衆會道場或見淨世
界或見不淨世界或見淨不淨世界或見不
淨淨世界或見有佛世界或見無佛世界或
見小世界或見中世界或見大世界或見因
陀羅網世界或見覆世界或見仰世界或見
平坦世界或見地獄畜生餓鬼所住世界或
見天人充滿世界於如是等諸世界中見有
無數大菩薩衆或行或坐作諸事業或起大
悲憐愍衆生或造諸論利益世間或受或持
或書或誦或問或答三時懺悔迴向發願又
見一切諸寶柱中放摩尼王大光明網或青
或黃或赤或白或玻瓈色或水精色或帝青
色或虹蜺色或閻浮檀金色或作一切諸光

明色又見彼閻浮檀金童女及衆寶像或以其手而執華雲或執衣雲或執幢旛或執鬘蓋或持種種塗香末香或持上妙摩尼寶網或垂金鎖或挂瓔珞或舉其臂捧莊嚴具或低其首垂摩尼冠曲躬瞻仰目不暫捨又見彼眞珠瓔珞常出香水具八功德瑠璃瓔珞百千光明同時照耀幢旛網蓋如是等物一切皆以衆寶莊嚴又復見彼優鉢羅華波頭摩華拘物頭華芬陀利華各各生於無量諸華或大一手或長一肘或復縱廣猶如車輪一一華中皆悉示現種種色像以爲嚴飾所謂男色像女色像童男色像童女色像釋梵護世天龍夜叉乾闥婆阿脩羅迦樓羅緊那羅摩睺羅伽聲聞緣覺及諸菩薩如是一切衆生色像皆悉合掌曲躬禮敬亦見如來結加趺坐三十二相莊嚴其身又復見彼淨瑠璃地一一步間現不思議種種色像所謂世界色像菩薩色像如來色像及諸樓閣莊嚴色像又於寶樹枝葉華果一一事中悉見種種半身色像所謂佛半身色像菩薩半身色像天龍夜叉乃至護世轉輪聖王小王王子大臣官長及以四衆半身色像其諸色像或執華鬘或執瓔珞或持一切諸莊嚴具或有曲躬合掌禮敬一心瞻仰目不暫捨或有讚歎或入三昧其身悉以相好莊嚴普放種種諸色光明所謂金色光明銀色光明珊瑚色光明兜沙羅色光明帝青色光明毗盧遮那寶色光明一切衆寶色光明瞻波迦華色光明又見諸樓閣半月像中出阿僧祇日月星宿種種光明普照十方又見諸樓閣周迴四

壁一一步內一切衆寶以爲莊嚴一一寶中皆現彌勒曩劫修行菩薩道時或施頭目或施手足脣舌牙齒耳鼻血肉皮膚骨髓乃至爪髮如是一切悉皆能捨妻妾男女城邑聚落國土王位隨其所須盡皆施與處牢獄者令得出離被繫縛者使其解脱有疾病者爲其救療入邪徑者示其正道或爲船師令度大海或爲馬王救護惡難或爲大仙善說諸論或爲輪王勸修十善或爲醫王善療衆病或孝順父母或親近善友或作聲聞或作緣覺或作菩薩或作如來教化調伏一切衆生或爲法師奉行佛教受持讀誦如理思惟立佛支提作佛形像若自供養若勸於他塗香散華恭敬禮拜如是等事相續不絕或見坐於師子之座廣演說法勸諸衆生安住十善

一心歸向佛法僧寶受持五戒及八齋戒出家聽法受持讀誦如理修行乃至是於彌勒菩薩百千億那由他阿僧祇劫修行諸度一切色像又見彌勒曾所承事諸善知識悉以一切功德莊嚴亦見彌勒在彼一一善知識所親近供養受行其教乃至住於灌頂之地時諸知識告善財言善來童子汝觀此菩薩不思議事莫生疲厭爾時善財童子得不忘失憶念力故得見十方清淨眼故得善觀察無礙智故得諸菩薩自在智故得諸菩薩已入智地廣大解故於一切樓閣一一物中悉見如是及餘無量不可思議自在境界諸莊嚴事譬如有人於睡夢中見種種物所謂城邑聚落宮殿園苑山林河池衣服飲食乃至一切資生之具或見自身父母兄弟內外親

屬或見大海須彌山王乃至一切諸天宮殿閻浮提等四天下事或見其身形量廣大百千由旬房舍衣服悉皆相稱謂於晝日經無量時不眠不寢受諸安樂從睡覺已乃知是夢而能明記所見之事善財童子亦復如是以彌勒菩薩力所持故知三界法皆如夢故滅諸衆生狹劣想故得無障礙廣大解故住諸菩薩勝境界故入不思議方便智故能見如是自在境界譬如有人將欲命終見隨其業所受報相行惡業者見於地獄畜生餓鬼所有一切衆苦境界或見獄卒手持兵仗或瞋或罵囚執將去亦聞號叫悲歎之聲或見灰河或見鑊湯或見刀山或見劍樹種種逼迫受諸苦惱作善業者即見一切諸天宮殿無量天衆天諸采女種種衣服具足莊嚴宮殿園林盡皆妙好身雖未死而由業力見如是事善財童子亦復如是以菩薩業不思議力得見一切莊嚴境界譬如有人爲鬼所持見種種事隨其所問悉皆能答善財童子亦復如是菩薩智慧之所持故見彼一切諸莊嚴事若有問者靡不能答譬如有人爲龍所持自謂是龍入於龍宮於少時間自謂已經日月年載善財童子亦復如是以住菩薩智慧想故彌勒菩薩所加持故於少時間謂無量劫譬如梵宮名莊嚴藏於中悉見三千世界一切諸物不相雜亂善財童子亦復如是於樓觀中普見一切莊嚴境界種種差別不相雜亂譬如比丘入徧處定若行若住若坐若卧隨所入定境界現前善財童子亦復如是入於樓觀一切境界悉皆明了譬如有人

於虛空中見乾闥婆城具足莊嚴悉分別知無有障礙譬如夜叉宮殿與人宮殿同在一處而不相雜各隨其業所見不同譬如大海於中悉見三千世界一切色像譬如幻師以幻力故現諸幻事種種作業善財童子亦復如是以彌勒菩薩威神力故及不思議幻智力故能以幻智知諸法故得諸菩薩自在力故見樓閣中一切莊嚴自在境界爾時彌勒菩薩摩訶薩即攝神力入樓閣中彈指作聲告善財言善男子起法性如是此是菩薩知諸法智因緣聚集所現之相如是自性如幻如夢如影如像悉不成就爾時善財聞彈指聲從三昧起彌勒告言善男子汝住菩薩不可思議自在解脫受諸菩薩三昧喜樂能見菩薩神力所持助道所流願智所現種種上

妙莊嚴宮殿見菩薩行聞菩薩法知菩薩德了如來願善財白言唯然聖者是善知識加被憶念威神之力聖者此解脫門其名何等彌勒告言善男子此解脫門名入三世一切境界不忘念智莊嚴藏善男子此解脫門中有不可說不可說解脫門一生菩薩之所能得善財問言此莊嚴事何處去耶彌勒答言於來處去曰從何處來曰從菩薩智慧神力中來依菩薩智慧神力而住無有去處亦無住處非集非常遠離一切善男子如龍王降雨不從身出不從心出無有積集而非不見但以龍王心念力故霈然洪霔周徧天下如是境界不可思議善男子彼莊嚴事亦復如是不住於內亦不住外而非不見但由菩薩威神之力汝善根力見如是事善男子譬如

幻師作諸幻事無所從來無所至去雖無來去以幻力故分明可見彼莊嚴事亦復如是無所從來亦無所去雖無來去然以慣習不可思議幻智力故及由往昔大願力故如是顯現善財童子言大聖從何處來彌勒言善男子諸菩薩無來無去如是而來無行無住如是而來無處無著不沒不生不住不遷不動不起無戀無著無業無報無起無滅不斷不常如是而來善男子菩薩從大悲處來爲欲調伏諸衆生故從大慈處來爲欲救護諸衆生故從淨戒處來隨其所樂而受生故從大願處來往昔願力之所持故從神通處來於一切處隨樂現故從無動搖處來恒不捨離一切佛故從無取捨處來不役身心使往來故從智慧方便處來隨順一切諸衆生故從示現變化處來猶如影像而化現故然善男子汝問於我從何處來者善男子我從生處摩羅提國而來於此善男子彼有聚落名爲房舍有長者子名瞿波羅爲化其人令入佛法而住於彼又爲生處一切人民隨所應化而爲說法亦爲父母及諸眷屬婆羅門等演說大乘令其趣入故住於彼而從彼來善財童子言聖者何者是菩薩生處答言善男子菩薩有十種生處何者爲十善男子菩提心是菩薩生處生菩薩家故深心是菩薩生處生善知識家故諸地是菩薩生處生波羅蜜家故大願是菩薩生處生妙行家故大悲是菩薩生處生四攝家故如理觀察是菩薩生處生般若波羅蜜家故大乘是菩薩生處生方便善巧家故教化衆生是菩薩生處生

佛家故智慧方便是菩薩生處生無生法忍家故修行一切法是菩薩生處生過現未來一切如來家故善男子菩薩摩訶薩以般若波羅蜜爲母方便善巧爲父檀波羅蜜爲乳母尸波羅蜜爲養母忍波羅蜜爲莊嚴具勤波羅蜜爲養育者禪波羅蜜爲浣濯人善知識爲教授師一切菩提分爲伴侶一切善法爲眷屬一切菩薩爲兄弟菩提心爲家如理修行爲家法諸地爲家處諸忍爲家族大願爲家教滿足諸行爲順家法勸發大乘爲紹家業法水灌頂一生所繫菩薩爲王太子成就菩提爲能淨家族善男子菩薩如是超凡夫地入菩薩位生如來家住佛種性能修諸行不斷三寶善能守護菩薩種族淨菩薩種生處尊勝無諸過惡一切世間天人魔梵沙門婆羅門恭敬讚歎善男子菩薩摩訶薩生於如是尊勝家已知一切法如影像故於諸世間無所惡賤知一切法如變化故於諸有趣無所染著知一切法無有我故教化衆生心無疲厭以大慈悲爲體性故攝受衆生不覺勞苦了達生死猶如夢故經一切劫而無怖畏了知諸蘊皆如幻故示現受生而無疲厭知諸界處同法界故於諸境界無所壞滅知一切想如陽燄故入於諸趣不生倒惑達一切法皆如幻故入魔境界不起染著知法身故一切煩惱不能欺誑得自在故於一切趣通達無礙善男子我身普生一切法界等一切衆生差別色相等一切衆生殊異言音等一切衆生種種名號等一切衆生所樂威儀隨順世間教化調伏等一切清淨衆生示

現受生等一切凡夫衆生所作事業等一切衆生想等一切菩薩願而現其身充滿法界善男子我爲化度與我往昔同修諸行今時退失菩提心者亦爲教化父母親屬亦爲教化諸婆羅門令其離於種族憍慢得生如來種性之中而生於此閻浮提界摩羅提國拘吒聚落婆羅門家善男子我住於此大樓閣中隨諸衆生心之所樂種種方便教化調伏善男子我爲隨順衆生心故我爲成熟兜率天中同行天故我爲示現菩薩福智變化莊嚴超過一切諸欲界故令其捨離諸欲樂故令知有爲皆無常故令知諸天盛必衰故爲欲示現將降生時大智法門與一生菩薩共談論故爲欲攝化諸同行故爲欲教化釋迦如來所遣來者令如蓮華悉開悟故於此命終生兜率天善男子我願滿足成一切智得菩提時汝及文殊俱得見我善男子汝當往詣文殊師利善知識所而問之言菩薩云何學菩薩行云何而入普賢行門云何成就云何廣大云何隨順云何清淨云何圓滿善男子彼當爲汝分別演說何以故文殊師利所有大願非餘無量百千億那由他菩薩之所能有善男子文殊師利童子其行廣大其願無邊出生一切菩薩功德無有休息善男子文殊師利常爲無量百千億那由他諸佛母常爲無量百千億那由他菩薩師教化成就一切衆生名稱普聞十方世界常於一切諸佛衆中爲說法師一切如來之所讚歎住甚深智能如實見一切諸法通達一切解脱境界究竟普賢所行諸行善男子文殊師利童

子是汝善知識令汝得生如來家長養一切諸善根發起一切助道法值遇眞實善知識令汝修一切功德入一切願網住一切大願爲汝說一切菩薩祕密法現一切菩薩難思行與汝往昔同生同行是故善男子汝應往詣文殊之所莫生疲厭文殊師利當爲汝說一切功德何以故汝先所見諸善知識聞菩薩行入解脫門滿足大願皆是文殊威神之力文殊師利於一切處咸得究竟時善財童子頂禮其足繞無量帀慇懃瞻仰辭退而去

大方廣佛華嚴經卷第七十九

音釋

呵責（呵虎何切怒言也）闡（昌善切顯明也）蠡（落戈切蚌屬）虹蜺（虹户公切蜺五西切虹蜺蝃蝀也）肘（陟柳切臂肘也二尺曰肘）

大方廣佛華嚴經卷第八十

唐于闐國三藏沙門實叉難陀譯

入法界品第三十九之二十一

爾時善財童子依彌勒菩薩摩訶薩教漸次而行經由一百一十餘城已到普門國蘇摩那城住其門所思惟文殊師利隨順觀察周旋求覓希欲奉覲是時文殊師利遙申右手過一百一十由旬按善財頂作如是言善哉善哉善男子若離信根心劣憂悔功行不具退失精勤於一善根心生住著於少功德便已爲足不能善巧發起行願不爲善知識之所攝護不爲如來之所憶念不能了知如是法性如是理趣如是法門如是所行如是境界若周徧知若種種知若盡源底若解了若趣入若解說若分別若證知若獲得皆悉不能是時文殊師利宣說此法示教利喜令善財童子成就阿僧祇法門具足無量大智光明令得菩薩無邊際陀羅尼無邊際願無邊際三昧無邊際神通無邊際智令入普賢行道場及置善財自所住處文殊師利還攝不現於是善財思惟觀察一心願見文殊師利及見三千大千世界微塵數諸善知識悉皆親近恭敬承事受行其教無有違逆增長趣求一切智慧廣大悲海益大慈雲普觀衆生生大歡喜安住菩薩寂靜法門普緣一切廣大境界學一切佛廣大功德入一切佛決定知見增一切智助道之法善修一切菩薩深心知三世佛出興次第入一切法海轉一切法輪生一切世間入於一切菩薩願海住一切劫修菩薩行照明一切如來境界長養一

切菩薩諸根獲一切智清淨光明普照十方除諸闇障智周法界於一切佛剎一切諸有普現其身靡不周徧摧一切障入無礙法住於法界平等之地觀察普賢解脫境界即聞普賢菩薩摩訶薩名字行願助道正道諸地地方便地入地勝進地住地修習地境界地威力地同住渴仰欲見普賢菩薩即於此金剛藏菩提場毗盧遮那如來師子座前一切寶蓮華藏座上起等虛空界廣大心捨一切剎離一切著無礙心普行一切無礙法無礙心徧入一切十方海無礙心普入一切智境界清淨心觀道場莊嚴明了心入一切佛法海廣大心化一切衆生界周徧心淨一切國土無量心住一切劫無盡心趣如來十力究竟心善財童子起如是心時由自善根力一切如來所加被力普賢菩薩同善根力故見十種瑞相何等爲十所謂見一切佛剎清淨一切如來成正等覺見一切佛剎清淨無諸惡道見一切佛剎清淨衆妙蓮華以爲嚴飾見一切佛剎清淨一切衆生身心清淨見一切佛剎清淨種種衆寶之所莊嚴見一切佛剎清淨一切衆生諸相嚴身見一切佛剎清淨諸莊嚴雲以覆其上見一切佛剎清淨一切衆生互起慈心遞相利益不爲惱害見一切佛剎清淨道場莊嚴見一切佛剎清淨一切衆生心常念佛是爲十又見十種光明相何等爲十所謂見一切世界所有微塵一一塵中出一切世界微塵數佛光明網雲周徧照耀一一塵中出一切世界微塵數佛光明輪雲種種色相周徧法界一一塵中出一切

世界微塵數佛色像寶雲周徧法界一一塵中出一切世界微塵數佛光燄輪雲周徧法界一一塵中出一切世界微塵數衆妙香雲周徧十方稱讚普賢一切行願大功德海一一塵中出一切世界微塵數日月星宿雲皆放普賢菩薩光明徧照法界一一塵中出一切世界微塵數一切衆生身色像雲放佛光明徧照法界一一塵中出一切世界微塵數一切佛色像摩尼雲周徧法界一一塵中出一切世界微塵數菩薩身色像雲充滿法界令一切衆生皆得出離所願滿足一一塵中出一切世界微塵數如來身色像雲説一切佛廣大誓願周徧法界是爲十時善財童子見此十種光明相已即作是念我今必見普賢菩薩增益善根見一切佛於諸菩薩廣大境界生決定解得一切智於時善財普攝諸根一心求見普賢菩薩起大精進心無退轉即以普眼觀察十方一切諸佛諸菩薩衆所見境界皆作得見普賢之想以智慧眼觀普賢道其心廣大猶如虚空大悲堅固猶如金剛願盡未來常得隨逐普賢菩薩念念隨順修普賢行成就智慧入如來境住普賢地時善財童子即見普賢菩薩在如來前衆會之中坐寶蓮華師子之座諸菩薩衆所共圍繞最爲殊特世無與等智慧境界無量無邊難測難思等三世佛一切菩薩無能觀察見普賢身一一毛孔出一切世界微塵數光明雲徧法界虚空界一切世界除滅一切衆生苦患令諸菩薩生大歡喜見一一毛孔出一切佛刹微塵數種種色香燄雲徧法界虚空界

一切諸佛衆會道場而以普熏見一一毛孔出一切佛刹微塵數雜華雲徧法界虛空界一切諸佛衆會道場雨衆妙華見一一毛孔出一切佛刹微塵數香樹雲徧法界虛空界一切諸佛衆會道場雨衆妙香見一一毛孔出一切佛刹微塵數妙衣雲徧法界虛空界一切諸佛衆會道場雨衆妙衣見一一毛孔出一切佛刹微塵數寶樹雲徧法界虛空界一切諸佛衆會道場雨摩尼寶見一一毛孔出一切佛刹微塵數色界天身雲充滿法界歎菩提心見一一毛孔出一切佛刹微塵數梵天身雲勸諸如來轉妙法輪見一一毛孔出一切佛刹微塵數欲界天王身雲護持一切如來法輪見一一毛孔念念中出一切佛刹微塵數三世佛刹雲徧法界虛空界爲諸衆生無歸趣者爲作歸趣無覆護者爲作覆護無依止者爲作依止見一一毛孔念念中出一切佛刹微塵數清淨佛刹雲徧法界虛空界一切諸佛於中出世菩薩衆會悉皆充滿見一一毛孔念念中出一切佛刹微塵數淨不淨佛刹雲徧法界虛空界令雜染衆生皆得清淨見一一毛孔念念中出一切佛刹微塵數不淨淨佛刹雲徧法界虛空界令雜染衆生皆得清淨見一一毛孔念念中出一切佛刹微塵數不淨佛刹雲徧法界虛空界令純染衆生皆得清淨見一一毛孔念念中出一切佛刹微塵數衆生身雲徧法界虛空界隨其所應教化衆生皆令發阿耨多羅三藐三菩提心見一一毛孔念念中出一切佛刹微塵數菩薩身雲徧法界虛空界稱揚種

種諸佛名號令諸衆生增長善根見一一毛孔念念中出一切佛刹微塵數菩薩身雲徧法界虛空界一切佛刹宣揚一切諸佛菩薩從初發意所生善根見一一毛孔念念中出一切佛刹微塵數菩薩身雲徧法界虛空界於一切佛刹一一刹中宣揚一切菩薩願海及普賢菩薩清淨妙行見一一毛孔念念中出普賢菩薩行雲令一切衆生心得滿足具足修習一切智道見一一毛孔出一切佛刹微塵數正覺身雲於一切佛刹現成正覺令諸菩薩增長大法成一切智爾時善財童子見普賢菩薩如是自在神通境界身心徧喜踊躍無量重觀普賢一一身分一一毛孔悉有三千大千世界風輪水輪地輪火輪大海江河及諸寶山須彌鐵圍村營城邑宮殿園

苑一切地獄餓鬼畜生閻羅王界天龍八部人與非人欲界色界無色界處日月星宿風雲雷電晝夜月時及以年劫諸佛出世菩薩衆會道場莊嚴如是等事悉皆明見如見此世界十方所有一切世界悉如是見如見現在十方世界前際後際一切世界亦如是見各各差別不相雜亂如於此毗盧遮那如來所示現如是神通之力於東方蓮華德世界賢首佛所現神通力亦復如是如賢首佛所如是東方一切世界如東方南西北方四維上下一切世界諸如來所現神通力當知悉爾如十方一切世界如是十方一切佛刹一一塵中皆有法界諸佛衆會一一佛所普賢菩薩坐寶蓮華師子座上現神通力悉亦如是彼一一普賢身中皆現三世一切境界一

切佛刹一切衆生一切佛出現一切菩薩衆及聞一切衆生言音一切佛言音一切如來所轉法輪一切菩薩所成諸行一切如來遊戲神通善財童子見普賢菩薩如是無量不可思議大神通力即得十種智波羅蜜何等爲十所謂於念念中悉能周徧一切佛刹智波羅蜜於念念中悉能往詣一切佛所智波羅蜜於念念中悉能供養一切如來智波羅蜜於念念中普於一切諸如來所聞法受持智波羅蜜於念念中思惟一切如來法輪智波羅蜜於念念中知一切佛不可思議大神通事智波羅蜜於念念中說一句法盡未來際辯才無盡智波羅蜜於念念中以深般若觀一切法智波羅蜜於念念中入一切法界實相海智波羅蜜於念念中知一切衆生心智波羅蜜於念念中普賢慧行皆現在前智波羅蜜善財童子既得是已普賢菩薩即申右手摩觸其頂既摩頂已善財即得一切佛刹微塵數三昧門各以一切佛刹微塵數三昧而爲眷屬一一三昧悉見昔所未見一切佛刹微塵數佛大海集一切佛刹微塵數一切智助道具生一切佛刹微塵數一切智上妙法發一切佛刹微塵數一切智大誓願入一切佛刹微塵數大願海住一切佛刹微塵數一切智出要道修一切佛刹微塵數諸菩薩所修行起一切佛刹微塵數一切智大精進得一切佛刹微塵數一切智淨光明如此娑婆世界毗盧遮那佛所普賢菩薩摩善財頂如是十方所有世界及彼世界一一塵中一切世界一切佛所普賢菩薩悉亦如是摩

善財頂所得法門亦皆同等爾時普賢菩薩摩訶薩告善財言善男子汝見我此神通力不唯然已見大聖此不思議大神通事唯是如來之所能知普賢告言善男子我於過去不可說不可說佛刹微塵數劫行菩薩行求一切智一一劫中爲欲清淨菩提心故承事不可說不可說佛刹微塵數佛一一劫中爲集一切智福德具故設不可說不可說佛刹微塵數廣大施會一切世間咸使聞知凡有所求悉令滿足一一劫中爲求一切智法故以不可說不可說佛刹微塵數財物布施一一劫中爲求佛智故以不可說不可說佛刹微塵數城邑聚落國土王位妻子眷屬眼耳鼻舌身肉手足乃至身命而爲布施一一劫中爲求一切智首故以不可說不可說佛刹微塵數頭而爲布施一一劫中爲求一切智故於不可說不可說佛刹微塵數諸如來所恭敬尊重承事供養衣服卧具飲食湯藥一切所須悉皆奉施於其法中出家學道修行佛法護持正教善男子我於爾所劫海中自憶未曾於一念間不順佛教於一念間生瞋害心我我所心自他差別心遠離菩提心於生死中起疲厭心懶惰心障礙心迷惑心唯住無上不可沮壞集一切智助道之法大菩提心善男子我莊嚴佛土以大悲心救護衆生教化成就供養諸佛事善知識爲求正法弘宣護持一切内外悉皆能捨乃至身命亦無所吝一切劫海說其因緣劫海可盡此無有盡善男子我法海中無有一文無有一句非是捨施轉輪王位而求得者非是捨施一

切所有而求得者善男子我所求法皆爲救護一切衆生一心思惟願諸衆生得聞是法願以智光普照世間願爲開示出世間智願令衆生悉得安樂願普稱讃一切諸佛所有功德我如是等往昔因緣於不可說不可說佛刹微塵數劫海說不可盡是故善男子我以如是助道法力諸善根力大志樂力修功德力如實思惟一切法力智慧眼力佛威神力大慈悲力淨神通力善知識力故得此究竟三世平等清淨法身復得清淨無上色身超諸世間隨諸衆生心之所樂而爲現形入一切刹徧一切處於諸世界廣現神通令其見者靡不欣樂善男子汝且觀我如是色身我此色身無邊劫海之所成就無量千億那由他劫難見難聞善男子若有衆生未種善根及種少善根聲聞菩薩猶尚不得聞我名字況見我身善男子若有衆生得聞我名於阿耨多羅三藐三菩提不復退轉若見若觸若迎若送若暫隨逐乃至夢中見聞我者皆亦如是或有衆生一日一夜憶念於我即得成熟或七日七夜半月一月半年一年百年千年一劫百劫乃至不可說不可說佛刹微塵數劫憶念於我而成熟者或一生或百生乃至不可說不可說佛刹微塵數生憶念於我而成熟者或見我放大光明或見我震動佛刹或生怖畏或生歡喜皆得成熟善男子我以如是等佛刹微塵數方便門令諸衆生於阿耨多羅三藐三菩提得不退轉善男子若有衆生見聞於我清淨刹者必得生此清淨刹中若有衆生見聞於我清淨身者必得

生我清淨身中善男子汝應觀我此清淨身爾時善財童子觀普賢菩薩身相好肢節一一毛孔中皆有不可說不可說佛剎海一一剎海皆有諸佛出興于世大菩薩衆所共圍繞又復見彼一切剎海種種建立種種形狀種種莊嚴種種大山周帀圍繞種種色雲彌覆虛空種種佛興演種種法如是等事各各不同又見普賢於一一世界海中出一切佛剎微塵數佛化身雲周徧十方一切世界教化衆生令向阿耨多羅三藐三菩提時善財童子又見自身在普賢身內十方一切諸世界中教化衆生又善財童子親近佛剎微塵數諸善知識所得善根智慧光明比見普賢菩薩所得善根百分不及一千分不及一百千分不及一百千億分乃至筭數譬喻亦不能及是善財童子從初發心乃至得見普賢菩薩於其中間所入一切諸佛剎海今於普賢一毛孔中一念所入諸佛剎海過前不可說不可說佛剎微塵數倍如一毛孔一切毛孔悉亦如是善財童子於普賢菩薩毛孔剎中行一步過不可說不可說佛剎微塵數世界如是而行盡未來劫猶不能知一毛孔中剎海次第剎海藏剎海差別剎海普入剎海成剎海壞剎海莊嚴所有邊際亦不能知佛海次第佛海藏佛海差別佛海普入佛海生佛海滅所有邊際亦不能知菩薩衆海次第菩薩衆海藏菩薩衆海差別菩薩衆海普入菩薩衆海集菩薩衆海散所有邊際亦不能知入衆生界知衆生根教化調伏諸衆生智菩薩所住甚深自在菩薩所入諸地諸道如

是等海所有邊際善財童子於普賢菩薩毛孔刹中或於一刹經於一劫如是而行乃至或有經不可說不可說佛刹微塵數劫如是而行亦不於此刹沒於彼刹現念念周徧無邊刹海教化衆生令向阿耨多羅三藐三菩提當是之時善財童子則次第得普賢菩薩諸行願海與普賢等與諸佛等一身充滿一切世界刹等行等正覺等神通等法輪等辯才等言辭等音聲等力無畏等佛所住等大慈悲等不可思議解脫自在悉皆同等爾時普賢菩薩摩訶薩即說頌言

汝等應除諸惑垢　一心不亂而諦聽
我說如來具諸度　一切解脫眞實道
出世調柔勝丈夫　其心清淨如虛空
恒放智日大光明　普使羣生滅癡闇
如來難可得見聞　無量億劫今乃值
如優曇華時一現　是故應聽佛功德
隨順世間諸所作　譬如幻士現衆業
但爲悅可衆生心　未曾分別起想念

爾時諸菩薩聞此說已一心渴仰唯願得聞如來世尊眞實功德咸作是念普賢菩薩具修諸行體性清淨所有言說皆悉不虛一切如來共所稱歎作是念已深生渴仰爾時普賢菩薩功德智慧具足莊嚴猶如蓮華不著三界一切塵垢告諸菩薩言汝等諦聽我今欲說佛功德海一滴之相即說頌言

佛智廣大同虛空　普徧一切衆生心
悉了世間諸妄想　不起種種異分別
一念悉知三世法　亦了一切衆生根
譬如善巧大幻師　念念示現無邊事

隨衆生心種種行　往昔諸業誓願力
令其所見各不同　而佛本來無動念
或有處處見佛坐　充滿十方諸世界
或有其心不清淨　無量劫中不見佛
或有信解離憍慢　發意即得見如來
或有諂誑不淨心　億劫尋求莫值遇
或一切處聞佛音　其音美妙令心悦
或有百千萬億劫　心不淨故不聞者
或見清淨大菩薩　充滿三千大千界
皆已具足普賢行　如來於中儼然坐
或見此界妙無比　佛無量劫所嚴淨
毗盧遮那最勝尊　於中覺悟成菩提
或見蓮華勝妙刹　賢首如來住在中
無量菩薩衆圍繞　皆悉勤修普賢行
或有見佛無量壽　觀自在等所圍繞
悉已住於灌頂地　充滿十方諸世界
或有見此三千界　種種莊嚴如妙喜
阿閦如來住在中　及如香象諸菩薩
或見月覺大名稱　與金剛幢菩薩等
住如圓鏡妙莊嚴　普徧十方清淨刹
或見日藏世所尊　住善光明清淨土
及與灌頂諸菩薩　充徧十方而說法
或見金剛大燄佛　而與智幢菩薩俱
周行一切廣大刹　說法除滅衆生翳
一一毛端不可說　諸佛具相三十二
菩薩眷屬共圍繞　種種說法度衆生
或有觀見一毛孔　具足莊嚴廣大刹
無量如來悉在中　清淨佛子皆充滿
或有見一微塵内　具有恒沙佛國土
無量菩薩悉充滿　不可說劫修諸行

或有見一毛端處　無量塵沙諸刹海
種種業起各差別　毗盧遮那轉法輪
或見世界不清淨　或見清淨寶所成
如來住壽無量時　乃至涅槃諸所現
普徧十方諸世界　種種示現不思議
隨諸衆生心智業　靡不化度令清淨
如是無上大導師　充滿十方諸國土
示現種種神通力　我說少分汝當聽
或見釋迦成佛道　已經不可思議劫
或見今始爲菩薩　十方利益諸衆生
或有見此釋師子　供養諸佛修行道
或見人中最勝尊　現種種力神通事
或見布施或持戒　或忍或進或諸禪
般若方便願力智　隨衆生心皆示現
或見究竟波羅蜜　或見安住於諸地
總持三昧神通智　如是悉現無不盡
或現修行無量劫　住於菩薩堪忍位
或現住於不退地　或現法水灌其頂
或現梵釋護世身　或現刹利婆羅門
種種色相所莊嚴　猶如幻師現衆像
或現兜率始降神　或見宮中受嬪御
或見棄捨諸榮樂　出家離俗行學道
或見始生或見滅　或見出家學異行
或見坐於菩提樹　降伏魔軍成正覺
或有見佛始涅槃　或見起塔徧世間
或見塔中立佛像　以知時故如是現
或見如來無量壽　與諸菩薩授尊記
而成無上大導師　次補住於安樂刹
或見無量億千劫　作佛事已入涅槃
或見今始成菩提　或見正修諸妙行

或見如來清淨月　在於梵世及魔宮
自在天宮化樂宮　示現種種諸神變
或見在於兜率宮　無量諸天共圍繞
爲彼說法令歡喜　悉共發心供養佛
或見住在夜摩天　忉利護世龍神處
如是一切諸宮殿　莫不於中現其像
於彼然燈世尊所　散華布髮爲供養
從是了知深妙法　恒以此道化羣生
或有見佛久涅槃　或見初始成菩提
或見住於無量劫　或見須臾即滅度
身相光明與壽命　智慧菩提及涅槃
衆會所化威儀聲　如是一一皆無數
或現其身極廣大　譬如須彌大寶山
或見跏趺不動搖　充滿無邊諸世界
或見圓光一尋量　或見千萬億由旬
或見照於無量土　或見充滿一切刹
或見佛壽八十年　或壽百千萬億歲
或住不可思議劫　如是展轉倍過此
佛智通達淨無礙　一念普知三世法
皆從心識因緣起　生滅無常無自性
於一刹中成正覺　一切刹處悉亦成
一切入一一亦爾　隨衆生心皆示現
如來住於無上道　成就十力四無畏
具足智慧無所礙　轉於十二行法輪
了知苦集及滅道　分別十二因緣法
法義樂說辭無礙　以是四辯廣開演
諸法無我無有相　業性不起亦無失
一切遠離如虛空　佛以方便而分別
如來如是轉法輪　普震十方諸國土
宮殿山河悉搖動　不使衆生有驚怖

如來普演廣大音　隨其根欲皆令解
悉使發心除惑垢　而佛未始生心念
或聞施戒忍精進　禪定般若方便智
或聞慈悲及喜捨　種種言辭各差別
或聞四念四正勤　神足根力及覺道
諸念神通止觀等　無量方便諸法門
龍神八部人非人　梵釋護世諸天衆
佛以一音爲說法　隨其品類皆令解
若有貪欲瞋恚癡　忿覆慳嫉及憍諂
八萬四千煩惱異　皆令聞說彼治法
若未具修白淨法　令其聞說十戒行
已能布施調伏人　令聞寂滅涅槃音
若人志劣無慈愍　厭惡生死自求離
令其聞說三脫門　使得出苦涅槃樂
若有自性少諸欲　厭背三有求寂靜
令其聞說諸緣起　依獨覺乘而出離
若有清淨廣大心　具足施戒諸功德
親近如來具慈愍　令其聞說大乘音
或有國土聞一乘　或二或三或四五
如是乃至無有量　悉是如來方便力
涅槃寂靜未曾異　智行勝劣有差別
譬如虛空體性一　鳥飛遠近各不同
佛體音聲亦如是　普徧一切虛空界
隨諸衆生心智殊　所聞所見各差別
佛以過去修諸行　能隨所樂演妙音
無心計念此與彼　我爲誰說誰不說
如來面門放大光　具足八萬四千數
所說法門亦如是　普照世界除煩惱
具足清淨功德智　而常隨順三世間
譬如虛空無染著　爲衆生故而出現

示有生老病死苦　亦示住壽處於世
雖順世間如是現　體性清淨同虛空
一切國土無有邊　衆生根欲亦無量
如來智眼皆明見　隨所應化示佛道
究竟虛空十方界　所有人天大衆中
隨其形相各不同　佛現其身亦如是
若在沙門大衆會　剃除鬚髮服袈裟
執持衣鉢護諸根　令其歡喜息煩惱
若時親近婆羅門　即爲示現羸瘦身
執杖持瓶恒潔淨　具足智慧巧談說
吐故納新自充飽　及風飲露無異食
若坐若立不動搖　現斯苦行摧異道
或持彼戒爲世師　善達醫方等諸論
書數天文地衆相　及身休咎無不了
深入諸禪及解脫　三昧神通智慧行
言談諷詠共嬉戲　方便皆令住佛道
或現上服以嚴身　首戴華冠蔭高蓋
四兵前後共圍繞　警衆宣威伏小王
或爲聽訟斷獄官　善解世間諸法務
所有與奪皆明審　令其一切悉欣伏
或作大臣專弼輔　善用諸王治政法
十方利益皆周徧　一切衆生莫了知
或爲粟散諸小王　或作飛行轉輪帝
令諸王子采女衆　悉皆受化無能測
或作護世四天王　統領諸龍夜叉等
爲其衆會而說法　一切皆令大欣慶
或爲忉利大天王　住善法堂歡喜園
首戴華冠說妙法　諸天覲仰莫能測
或住夜摩兜率天　化樂自在魔王所
居處摩尼寶宮殿　說眞實行令調伏

或至梵天衆會中　說四無量諸禪道
普令歡喜便捨去　而莫知其往來相
或至阿迦尼吒天　爲說覺分諸寶華
及餘無量聖功德　然後捨去無知者
如來無礙智所見　其中一切諸衆生
悉以無邊方便門　種種教化令成就
譬如幻師善幻術　現作種種諸幻事
佛化衆生亦如是　爲其示現種種身
譬如淨月在虛空　令世衆生見增減
一切河池現影像　所有星宿奪光色
如來智月出世間　亦以方便示增減
菩薩心水現其影　聲聞星宿無光色
譬如大海寶充滿　清淨無濁無有量
四洲所有諸衆生　一切於中現其像
佛身功德海亦爾　無垢無濁無邊際
乃至法界諸衆生　靡不於中現其影
譬如淨日放千光　不動本處照十方
佛日光明亦如是　無去無來除世闇
譬如龍王降大雨　不從身出及心出
而能霑洽悉周徧　滌除炎熱使清涼
如來法雨亦復然　不從於佛身心出
而能開悟一切衆　普使滅除三毒火
如來清淨妙法身　一切三界無倫匹
以出世間言語道　其性非有非無故
雖無所依無不住　雖無不至而不去
如空中畫夢所見　當於佛體如是觀
三界有無一切法　不能與佛爲譬喻
譬如山林鳥獸等　無有依空而住者
大海摩尼無量色　佛身差別亦復然
如來非色非非色　隨應而現無所住

虛空眞如及實際　涅槃法性寂滅等
唯有如是眞實法　可以顯示於如來
刹塵心念可數知　大海中水可飲盡
虛空可量風可繫　無能盡說佛功德
若有聞斯功德海　而生歡喜信解心
如所稱揚悉當獲　慎勿於此懷疑念

大方廣佛華嚴經卷第八十

音釋

覲（渠遴切見也）阿閦（梵語也此云無動閦初六切）嬪（符真切婦也又服也）須臾（臾羊朱切須臾不久貌）吸（許及切呼吸也）弼（薄密切輔也）

大方廣佛華嚴經普賢菩薩行願品

清刻龍藏佛說法變相圖

大方廣佛華嚴經卷第一

唐罽賓國三藏般若奉　詔譯

入不思議解脫境界普賢行願品

如是我聞一時佛在室羅筏城逝多林給孤獨園大莊嚴重閣與菩薩摩訶薩五千人俱普賢菩薩摩訶薩文殊師利菩薩摩訶薩而爲上首其名曰智慧勝智菩薩普賢勝智菩薩無著勝智菩薩華勝智菩薩日勝智菩薩月勝智菩薩無垢勝智菩薩金剛勝智菩薩無塵勞勝智菩薩毗盧遮那勝智菩薩星宿幢菩薩須彌幢菩薩寶勝幢菩薩無礙幢菩薩華幢菩薩無垢幢菩薩日幢菩薩妙幢菩薩離塵幢菩薩毗盧遮那幢菩薩地威德光菩薩寶威德光菩薩大威光菩薩金剛智光菩薩無垢光菩薩法日光菩薩福山光菩薩

智焰光菩薩普賢吉祥光菩薩普賢焰光菩薩地藏菩薩虛空藏菩薩蓮華藏菩薩寶藏菩薩日藏菩薩淨德藏菩薩法海藏菩薩毗盧遮那藏菩薩齋藏菩薩蓮華吉祥藏菩薩妙眼菩薩清淨眼菩薩無垢眼菩薩無著眼菩薩普見眼菩薩妙觀眼菩薩青蓮華眼菩薩金剛眼菩薩寶眼菩薩虛空眼菩薩普眼菩薩天冠菩薩徧照法界摩尼智冠菩薩道場冠菩薩光明徧照十方冠菩薩諸佛所讚冠菩薩超諸世間冠菩薩光明普照冠菩薩無能勝冠菩薩持諸如來師子座冠菩薩大光普照法界虛空冠菩薩梵王髻菩薩釋主髻菩薩一切諸佛變化差別光明髻菩薩真實菩提塲髻菩薩一切願海聲摩尼王髻菩薩出生大捨諸佛圓光摩尼王髻菩薩現等虛空界一切寶蓋摩尼王髻菩薩現一切佛神通光幢網垂覆摩尼王髻菩薩出一切佛大法輪聲髻菩薩大福圓滿名字音聲髻菩薩大焰光菩薩無垢焰光菩薩離垢威德焰光菩薩寶焰光菩薩星宿焰光菩薩法焰光菩薩寂焰光菩薩日焰光菩薩神通焰光菩薩天焰光菩薩福聚菩薩智聚菩薩法聚菩薩神通聚菩薩光焰聚菩薩華聚菩薩菩提聚菩薩梵聚菩薩一切衆生光聚菩薩摩尼寶聚菩薩梵聲菩薩大海聲菩薩大地吼聲菩薩世主聲菩薩山王自在聲菩薩徧滿一切法界聲菩薩一切法海潮聲菩薩摧破一切魔力聲菩薩大悲雲雷教聲菩薩速疾救護一切世間苦惱聲菩薩法出生菩薩勝出生菩薩智出生菩薩福德須彌出生菩薩最

勝功德寶王出生菩薩名稱出生菩薩普賢光出生菩薩大悲出生菩薩智聚出生菩薩如來種性出生菩薩光吉祥菩薩最勝吉祥菩薩正勇出生吉祥菩薩毗盧遮那吉祥菩薩蓮華吉祥菩薩月吉祥菩薩虛空吉祥菩薩寶吉祥菩薩積吉祥菩薩智慧吉祥菩薩山自在王菩薩法自在王菩薩世自在王菩薩梵自在王菩薩數自在王菩薩龍自在王菩薩寂靜自在王菩薩不動自在王菩薩威力自在王菩薩最勝自在王菩薩最寂音菩薩無等音菩薩地震音菩薩大海潮音菩薩大雲雷音菩薩法光音菩薩虛空音菩薩一切衆生廣大善根音菩薩演昔大願音菩薩降魔王衆音菩薩寶覺菩薩須彌覺菩薩虛空覺菩薩無垢覺菩薩無著覺菩薩廣大覺菩薩開敷覺菩薩普照三世覺菩薩廣嚴覺菩薩普觀覺菩薩法界光明覺菩薩如是等上首菩薩摩訶薩一切皆從普賢菩薩行願所生所行無礙普徧一切諸佛刹故現身無量親近一切諸如來故離諸蓋障如淨月輪普現一切佛神變故得現覺智悉見諸佛所現自在神通境故得無量明照一切佛大法教海智慧光故具無礙解以清淨辯於無量劫說佛功德無窮盡故住最勝智猶若虛空所行清淨無染著故無所依止隨諸衆生心之所樂現色身故離諸翳障了知衆生我人壽者皆非有故智慧普徧猶如虛空以大光網照法界故復與五百聲聞衆俱其諸聲聞有大威德悉覺真諦皆證實際深入法性永出有海依於如來虛空境界離結使縛不著

依處其心寂靜猶如虚空於諸佛所永斷疑
惑於佛智海深信趣入復與無量諸世主俱
已曾供養無量諸佛常勤利樂一切衆生與
諸衆生爲不請友常勤守護無歸向者不捨
世間入殊勝智從諸佛教境界而生護持如
來所有正法起大誓願不斷佛種從行願力
生如來家專求如來一切智智時諸菩薩及
大聲聞世間諸王并其眷屬咸作是念如來
境界如來智行如來神通如來力如來無畏
如來三昧如來所住如來最勝如來身如來
智一切世間諸天及人無能通達無能趣入
無能信解無能徧知無能分別無能思惟無
能觀察無能揀擇無能開示無有能令衆生
悟入唯除諸佛加被之力佛神通力佛威德
力佛本願力及自宿世善根之力親近善友
力深淨信解力廣大志樂力趣向菩提清淨
心力求一切智廣大行願力唯願世尊以方
便力隨順我等及諸衆生種種心量種種信
解種種智慧種種言詞種種名字種種證得
種種地位種種根清淨種種意方便種種心
境界種種依止如來功德隨能聽受諸所說
法顯示如來往昔趣求一切智道往昔所趣
菩薩大願往昔所淨諸波羅蜜往昔所證諸
菩薩地往昔圓滿諸菩薩行往昔所乘智莊
嚴道往昔所行諸清淨道往昔出離殊勝法
海往昔所起遊戲神通大莊嚴海往昔所集
無量本事相應行海及徧顯示如來現前成
正覺門神通智海如來自在轉法輪海如來
神通淨佛刹海如來調伏一切衆生巧方便
海如來開示一切智城如來顯示諸衆生道

如來善入一切衆生生死之處如來普爲一切衆生最上福田如來普爲一切衆生說施功德如來所說一切衆生種種心行如來普爲一切衆生演說教誡如來能以三昧神通現衆影像如是等法唯垂大悲普爲開演爾時世尊知諸菩薩一切大衆心之所念大悲爲身大悲爲門大悲爲首以大悲法而爲方便充滿虛空徧周法界入於師子頻申三昧入三昧已一切世間普皆嚴淨于時此大莊嚴樓閣忽然之間高廣嚴麗徧周法界金剛爲地衆寶嚴飾如意寶網無能勝幢列布其中無數寶華及衆摩尼普散其上一切寶聚處處盈滿毗瑠璃寶以爲其柱光明照世摩尼寶王以用莊嚴閻浮檀金及諸摩尼周徧嚴飾一切衆寶門闥牕牖含輝交暎相望間列階墀軒檻一切皆以妙寶莊嚴奇形異像如諸世主一切衆生種種相海摩尼寶網以覆其上於諸門側悉建幢旛一一嚴事各各流光徧周法界於樓閣外階砌欄楯其數無量不可稱說靡不咸以摩尼所成衆雜妙寶周徧校飾爾時復以佛神力故令逝多林忽然廣博與不可說佛刹極微塵數諸佛世界其量正等一切妙寶間錯莊嚴以不可說寶莊嚴其地無數摩尼寶以爲垣墻寶多羅樹莊嚴行列其間復有無量香河香水盈滿湍激洄澓一切寶華隨流右轉演出一切佛法音聲不思議寶芬陀利華菡萏芬敷一切妙寶波頭摩華鮮榮布濩不思議數妙寶華樹高顯榮茂列植其岸不思議數種種雜寶臺榭樓觀於其岸上次第行列摩尼寶網之所

彌覆阿僧祇摩尼寶放大光明阿僧祇衆雜妙寶莊嚴其地蘊衆香藏騰出香雲香氣氤氳普熏法界復建無量種種寶幢所謂無量寶香幢無量寶衣幢無量寶旛幢無量寶繒幢無量寶華幢無量寶瓔珞幢無量寶鬘幢無量寶鈴幢無量威德寶網幢無量摩尼寶王傘蓋幢無量光明普照摩尼王幢無量出一切如來名號圓滿音聲摩尼王幢無量師子遊步摩尼王幢無量說一切如來本事相應行海摩尼王幢無量普現法界差別影像摩尼王幢如是一切諸妙寶幢周徧十方處處嚴飾爾時逝多林上虛空之中有不思議天寶宮殿諸樓閣雲復有無數香樹雲不可說須彌山雲不可說妓樂雲出美妙音歌讚如來不可說寶蓮華雲徧覆莊嚴不可說寶師子座雲敷以天衣菩薩坐上歎佛功德不可說天王形像摩尼寶雲不可說白真珠雲不可說赤真珠寶樓閣雲徧覆莊嚴不可說一切堅固金剛珠雲雨莊嚴具如是一切寶莊嚴雲皆悉盡於虛空法界周徧嚴飾何以故如來所種清淨善根不思議故如來所成白淨法聚不思議故如來威力祕密加持不思議故如來神變能以一身普徧一切諸佛世界不思議故如來能以神力普令十方一切諸佛及佛國土皆入其身不思議故如來能於一極微塵中普現一切差別世界不思議故如來能於一一毛端現過去際一切諸佛出興次第不思議故如來能於一一毛孔放大光明一一光明悉能顯照一切世界不思議故如來能於一一毛孔出一切佛剎極

微塵數變化雲充滿一切諸佛刹土不思議故如來能於一一毛孔普現十方一切世界成住壞劫不思議故如於此逝多林給孤獨園見佛國土清淨莊嚴如是十方盡法界虛空界一切世界亦如是見所謂見如來身徧逝多林菩薩衆會各各圓滿見普雨一切莊嚴具雲莊嚴建立見普雨一切寶威力光明雲照耀法界見普雨一切摩尼寶雲周徧莊嚴見普雨一切莊嚴蓋雲覆一切刹見普雨一切天身變化雲皆妙嚴飾見普雨一切華樹雲其華開敷猶如海藏見普雨一切繒綵雲盤旋宛轉見普雨一切衣服雲繽紛而下見普雨一切華鬘瓔珞雲相續不絕見普雨一切燒香雲其形旋轉如衆生身見普雨一切寶華網雲周徧莊嚴相續不斷見普雨一切末香雲香氣周流彌布十方見普雨一切衆寶幢旛雲天女執持周旋空界見普雨一切寶蓋雲其蓋周圓衆寶所成微妙蓮華莊嚴其上流出樂音聲聞法界見普雨一切寶師子座雲如諸衆生所有形像雜寶鬘網瓔珞莊嚴爾時毗盧遮那如來住此師子頻申三昧即時東方過不可說佛刹極微塵數世界海外有世界海名金沙燈雲幢佛號毗盧遮那吉祥威德王於彼如來大衆海中有菩薩摩訶薩名毗盧遮那焰願藏光明與不可說佛刹極微塵數諸菩薩俱受彼佛教從彼佛土道場衆海而來向此娑婆世界毗盧遮那佛所悉以神力出興種種諸供養雲所謂天華雲天香雲天寶蓮華雲天鬘雲天寶雲天瓔珞環釧雲天寶蓋雲天妙衣雲天寶幢

旛雲天一切妙寶莊嚴具雲皆悉充滿虛空法界既至佛所頂禮佛足以爲供養修敬畢已即於東方化作寶莊嚴樓閣摩尼寶網彌覆其上於樓閣中化作光照十方摩尼寶王大蓮華藏師子之座諸菩薩衆各於其上結跏趺坐以大如意摩尼寶網羅覆其身南方過不可說佛刹極微塵數世界海外有世界海名金剛海藏佛號普光徧照吉祥藏王於彼如來大衆海中有菩薩摩訶薩名難摧伏速疾精進王與不可說世界海極微塵數諸菩薩俱從彼佛會向如來所悉以神力賫持種種微妙寶鬘諸供養具交絡莊嚴所謂持一切妙寶香華鬘持一切妙寶輪網鬘持一切寶華瓔珞鬘持一切金剛寶瓔珞鬘持一切摩尼寶網鬘持一切諸寶繒綵鬘持一切寶形像瓔珞鬘持一切出現吉祥光摩尼寶瓔珞鬘持一切毗盧遮那摩尼莊嚴寶網鬘持一切師子遊步摩尼寶瓔珞網鬘悉以神力充滿一切諸世界海既至佛所頂禮佛足以爲供養修敬畢已即於南方化作毗盧遮那衆寶莊嚴勝妙樓閣摩尼寶網彌覆其上於樓閣中化作普照十方摩尼寶蓮華藏師子之座諸菩薩衆各於其上結跏趺坐以天拘蘇摩妙寶華網羅覆其身西方過不可說佛刹極微塵數世界海外有世界海名須彌山幢毗盧遮那摩尼寶燈佛號法界智燈王於彼如來大衆海中有菩薩摩訶薩名普徧出生吉祥威德王與不可說世界海極微塵數諸菩薩俱從彼佛會向如來所悉以神力出興種種須彌山雲所謂不可說佛刹極微

塵數種種色幢須彌山雲不可說佛刹極微
塵數種種色塗香燒香末香須彌山雲不可
說佛刹極微塵數種種色金光莊嚴摩尼寶
王衆妙資具須彌山雲不可說佛刹極微塵
數種種焰光圓滿莊嚴星宿幢須彌山雲不
可說佛刹極微塵數種種妙色金剛月藏摩
尼寶王莊嚴境界須彌山雲不可說佛刹極
微塵數種種光明普照法界閻浮檀金摩尼
王幢須彌山雲不可說佛刹極微塵數種種
法界差別光明普照一切摩尼王幢須彌山
雲不可說佛刹極微塵數一切如來差別相
好摩尼寶王須彌山雲不可說佛刹極微塵
數一切如來本所修行諸菩薩行本事因緣
相應行海微妙音聲摩尼王幢須彌山雲不
可說佛刹極微塵數一切如來徧坐道場摩

尼寶王須彌山雲一一充滿虛空法界既至
佛所頂禮佛足以爲供養修敬畢已即於西
方化作一切香王樓閣真珠寶網彌覆其上
於樓閣中化作種種因陀羅差別光幢摩尼
寶王妙蓮華藏師子之座諸菩薩衆各於其
上結跏趺坐冠以如意摩尼寶冠以妙色差
別摩尼珠網羅覆其身北方過不可說佛刹
極微塵數世界海外有世界海名寶衣光焰
幢佛號吉祥大光明徧照一切虛空法界於
彼如來大衆海中有菩薩摩訶薩名無礙吉
祥勝藏王與不可說世界海極微塵數諸菩
薩俱從彼佛會向如來所悉以神力出興一
切妙寶衣雲周徧莊嚴盡虛空界所謂黃色
光明摩尼寶王衣雲種種香熏摩尼寶王衣
雲淨妙日幢摩尼寶王衣雲金焰熾盛吉祥

光照摩尼寶王衣雲雜寶流光摩尼寶王衣雲一切上妙星宿形像摩尼寶王衣雲白玉光焰因陀羅網摩尼寶王衣雲毗盧遮那殊勝赫奕吉祥光焰摩尼寶王衣雲光照諸境能令十方一切法界皆出光明互相涉入毗盧遮那摩尼寶王衣雲大海莊嚴摩尼寶王衣雲如是等雲一一充滿虛空法界既至佛所頂禮佛足以爲供養修敬畢已即於北方化作大海出生摩尼寶王樓閣及毗瑠璃寶勝蓮華藏師子之座諸菩薩衆各於其上結跏趺坐以星宿幢妙莊嚴藏摩尼寶王爲髻明珠以師子遊步妙威德王摩尼寶網羅覆其身東北方過不可說佛刹極微塵數世界海外有世界海名一切大地王佛號放寶光網徧照法界無相眼於彼如來大衆海中有

菩薩摩訶薩名妙變化徧法界願月王與不可說世界海極微塵數諸菩薩俱從彼佛會向如來所悉以神力化作種種妙寶嚴飾諸樓閣雲所謂現一切寶幢樓閣雲現一切香王樓閣雲現一切燒香樓閣雲現一切白栴檀香樓閣雲現一切拘蘇摩華樓閣雲現一切摩尼寶王樓閣雲現一切金剛寶王樓閣雲現一切閻浮檀金樓閣雲現一切繒綵衣服樓閣雲現一切衆妙蓮華樓閣雲如是等雲一一彌覆虛空法界既至佛所頂禮佛足以爲供養修敬畢已即於東北方化作一切法界門妙寶山峯摩尼寶王樓閣及無比香王摩尼寶蓮華藏師子之座諸菩薩衆各於其上結跏趺坐冠以種種雜色摩尼寶王妙莊嚴冠以拘蘇摩華如意寶網羅覆其身東

南方過不可說佛刹極微塵數世界海外有世界海名香雲莊嚴幢佛號龍自在王於彼如來大衆海中有菩薩摩訶薩名法慧光明威德王與不可說世界海極微塵數諸菩薩俱從彼佛會向如來所悉以神力出興種種上妙寶色圓滿光明雲所謂金色幢圓滿光明雲無量寶色圓滿光明雲如來頂髻色圓滿光明雲如來眉間毫相色圓滿光明雲種種寶色圓滿光明雲蓮華藏色圓滿光明雲寶樹垂枝色圓滿光明雲摩尼寶王色圓滿光明雲閻浮檀金色圓滿光明雲日月星宿色圓滿光明雲如是等雲一一充滿虛空法界旣至佛所頂禮佛足以爲供養修敬畢已即於東南方化作離垢摩尼拘蘇摩華毗盧遮那吉祥摩尼寶王樓閣及金剛摩尼寶蓮

華藏師子之座諸菩薩衆各於其上結跏趺坐以衆寶光焰摩尼王網羅覆其身西南方過不可說佛刹極微塵數世界海外有世界海名日藏光明摩尼寶王佛號普智光照法月王於彼如來大衆海中有菩薩摩訶薩名摧碎一切魔力智幢王與不可說世界海極微塵數諸菩薩俱從彼佛會向如來所於一一毛孔出等虛空界種種焰雲所謂拘蘇摩華寶焰雲種種音樂寶焰雲一切色寶焰雲金剛寶焰雲種種香熏衆寶衣焰雲如龍電光寶焰雲毗盧遮那摩尼寶焰雲騰輝摩尼寶焰雲吉祥熾盛光藏摩尼寶焰雲等三世如來普光教海摩尼寶焰雲如是等雲一一皆從毛孔中出徧虛空界旣至佛所頂禮佛足以爲供養修敬畢已即於西南方化作一

念普現十方法界種種光明摩尼寶王樓閣及香焰燈光摩尼寶王勝蓮華藏師子之座諸菩薩衆各於其上結跏趺坐以離垢藏摩尼寶王妙光明網羅覆其身西北方過不可説佛刹極微塵數世界海外有世界海名毗盧遮那願藏佛號普光徧照須彌山王於彼如來大衆海中有菩薩摩訶薩名毗盧遮那願智星宿幢與不可説世界海極微塵數諸菩薩俱從彼佛會向如來所於念念中各於其身一切相好一切支分一切毛孔一一皆出三世一切諸影像雲所謂出一切如來影像雲出一切菩薩影像雲出一切如來衆會影像雲出一切如來變化輪影像雲出一切如來本事海相應身影像雲出一切聲聞辟支佛影像雲出一切如來菩提樹種種光色影像雲出一切如來神通影像雲出一切世主身影像雲出一切清淨佛刹影像雲念念出生如是等雲一一充滿虛空法界既至佛所頂禮佛足以爲供養修敬畢已即於西北方化作普照十方毗盧遮那摩尼寶王莊嚴藏樓閣及光明徧照一切世間摩尼寶王大蓮華藏師子之座諸菩薩衆各於其上結跏趺坐冠以普焰光明摩尼寶冠以無能勝光明真珠網羅覆其身

大方廣佛華嚴經卷第一

音釋

齎音齊　揀擇揀古限切揀擇謂分別選擇也　闥他達切宮中小門曰闥　牖與久切穿壁以木爲交窻曰牖　欄楯欄郎干切正作闌門闌也楯食尹切闌檻也　湍激湍他端切疾瀨也激古歷切疾波也又蕩激也　菡萏菡胡感切萏徒感切芙蓉與荷花未舒皆爲菡萏　布濩濩胡誤切布濩散也　氤

氤氳 氤於眞切氳於云切香氣浮動之貌 鬘 莫班切 繽紛 繽紕民切繽紛雜亂之貌 環釧 環胡關切正作鐶指鐶也釧樞絹切臂鐶也 跏趺 跏居牙切趺音夫跏趺屈足坐也 冠以 冠古玩切戴冠口冠 赫奕 赫呼格切奕羊益切赫奕光明盛大貌

大方廣佛華嚴經卷第二

唐罽賓國三藏般若奉　詔譯

入不思議解脱境界普賢行願品

爾時下方過不可説佛刹極微塵數世界海外有世界海名一切如來圓滿普焰光佛號無著智星宿幢王於彼如來大衆海中有菩薩摩訶薩名破諸蓋障勇猛智自在王與不可説世界海極微塵數諸菩薩俱從彼佛會向如來所悉以神力於其身上一一毛孔出演説種種法海妙音聲雲所謂出演説一切法義衆生語言陀羅尼海音聲雲出演説一切三世菩薩修行方便海音聲雲出演説一切菩薩誓願方便海音聲雲出演説一切菩薩圓滿清淨波羅蜜海音聲雲出演説一切菩薩徧一切刹圓滿行海音聲雲出演説一切菩薩成滿種種神通輪海音聲雲出演説一切如來往詣道場破魔軍衆銷竭煩惱成等正覺神通輪海音聲雲出演説一切如來轉妙法輪種種名句修多羅海音聲雲出演説一切如來隨應教化調伏衆生方便行海音聲雲出演説一切如來隨時隨善根隨其願力普令獲得一切智智善巧方便海音聲雲如是等雲一一充滿虛空法界既至佛所頂禮佛足以爲供養修敬畢已即於下方化作現一切如來宫殿光明種種色藏寶樓閣及一切妙形像寶蓮華藏師子之座諸菩薩衆各於其上結跏趺坐以普現一切菩提場影像光幢摩尼王冠以嚴其身上方過不可説佛刹極微塵數世界海外有世界海名無盡佛種性佛號普智圓滿差别光明大聲王

於彼如來大衆海中有菩薩摩訶薩名普徧法界大願際與不可說世界海極微塵數諸菩薩俱受彼佛教發彼道場而來向此娑婆世界毗盧遮那如來所悉以神力各於其身一切相好一切身分一切支節一切毛孔一切言音一切名句一切衣服一切莊嚴具中現毗盧遮那等盡過去際一切諸佛盡未來際一切諸佛盡現在際一切諸佛并其衆會十方刹土清淨雜染廣狹大小靡不皆現亦現彼佛過去所行檀那波羅蜜隨順積集一切施行受者財物本事影像相應行海亦現彼佛過去所行尸羅波羅蜜隨順積集本事影像相應行海亦現彼佛過去所行羼提波羅蜜斷截支體心無動亂隨順積集本事影像相應行海亦現彼佛過去所行毗梨耶波羅蜜勇猛不退隨順積集本事影像相應行海亦現彼佛過去所求一切如來禪那波羅蜜隨順積集而得成就本事影像相應行海亦現彼佛過去所求般若波羅蜜一切如來所轉法輪所成就法發勇猛心一切皆捨本事影像相應行海亦現彼佛過去所成方便波羅蜜樂見一切佛樂行一切菩薩道樂化一切衆生界本事影像相應行海亦現彼佛過去所發願波羅蜜一切菩薩廣大誓願清淨莊嚴本事影像相應行海亦現彼佛過去所成一切菩薩力波羅蜜了種種行清淨和合本事影像相應行海亦現彼佛過去所修一切菩薩智波羅蜜圓滿清淨種種差別證悟法門本事影像相應行海如是所現一切如來本事影像相應行海悉皆徧滿廣大法

界既至佛所頂禮佛足以爲供養修敬畢已即於上方化作一切金剛寶王種種莊嚴藏樓閣及帝青金剛寶王蓮華藏師子之座諸菩薩衆各於其上結跏趺坐以演説三世如來名號大音聲海摩尼寶王爲髻明珠莊嚴寶冠以一切妙寶光焰熾盛摩尼王網羅覆其身如是十方一切菩薩各以種種神通興種種供養雲來會道場普周法界此諸菩薩并其眷屬皆從普賢行願所生以淨智眼普見三世一切諸佛衆所樂見種種相海得無礙耳普聞十方一切如來所轉法輪修多羅海已得至於一切菩薩最勝自在究竟彼岸於念念中現大神變能徧親近十方諸佛一身充滿一切世界普現諸佛道場衆會光明徧照一切世界於一塵中普現十方盡虚空界一切世界於彼世界現種種身隨諸衆生應受化者調伏成熟未曾失時一切毛孔出大音聲周聞十方演暢如來妙法輪雲廣大境界知諸衆生悉皆如幻知諸如來悉皆如影知諸界趣業行受生悉皆如夢知諸世間所現果報如鏡中像知諸世間諸有生起如熱時焰知諸國土依心想住皆如變化通達如來十種智力威德自在如大牛王得無所畏能師子吼深入無盡辯才大海了知衆生諸祕密海深入文字語言智海了達法界猶如虚空得諸菩薩神通智慧威力勇健摧伏魔軍智力通徹了達三世知一切法無有違諍而常趣求一切智地以無斷智入諸世間以法界智流出教海得神通力能令十方一切世界展轉相入得善根力於諸世界自在

受生得周徧眼普見十方一切世界廣狹大小得無礙智於微細境現廣大剎於廣大境現微細剎以自在力於一佛所得一切佛功德智慧威神所加普見十方無有疑惑於一念頃能以神通普徧十方一切剎海具足如是無量功德諸大菩薩滿逝多林皆是如来威神之力于時上首諸大聲聞大智舍利弗神通目揵連摩訶迦葉離婆多須菩提阿㝹樓馱難陀劫賓那迦旃延富樓那彌多羅尼子等在逝多林皆悉不見如來神力如來嚴好如來境界如來遊戲如來神變如來最勝如來妙行如來威德如來加持如來剎海亦復不見不可思議菩薩境界菩薩集會菩薩徧入菩薩親近菩薩神通菩薩遊戲菩薩眷屬菩薩方處菩薩師子座菩薩宮殿菩薩威儀菩薩三昧菩薩周徧觀察菩薩師子頻申菩薩勇猛菩薩供養菩薩受記菩薩成熟菩薩業身清淨菩薩智身圓滿菩薩願身顯示菩薩色身普徧菩薩相好具足菩薩常光圓滿菩薩放大光網菩薩起變化雲菩薩普徧方網菩薩諸行圓滿如是種種皆悉不見何以故以善根不同故彼於過去本不修習見一切佛種種神通妙善根故本不讚說十方剎海普徧莊嚴淨功德故本不稱歎諸佛世尊種種神通變化事故本不能於生死之中發阿耨多羅三藐三菩提心故本不勸發一切衆生令住廣大菩提心故本不能令如來種性不斷絕故本不精勤攝受一切諸衆生故本不勤修一切菩薩波羅蜜故本於生死不勸衆生求智眼故本不修習順一切智諸

善根故本不覺了如來出世勝善根故本不獲得普徧嚴淨一切佛刹神通智故本不欣求得菩薩所知廣大境界清淨眼故本不發起一超出世間究竟不共大善根故本不從於一切菩薩廣大誓願出離智故本不能知一切諸如來威力加持之所生故本不能知一切諸法皆如幻故本不能知菩薩所知思想執持皆如夢故本不能得菩薩勇猛廣大志樂深歡喜故如是種種皆是普賢智眼境界不與一切二乘所共以是因緣彼諸上首大德聲聞不能聞不能信不能知不能見不能憶念不能觀察不能籌量不能思惟不能證入不能分別何以故諸佛菩薩神通境界非諸二乘狹劣境故是故雖在逝多林中不見如來廣大神變復次彼諸聲聞無如是菩薩所修

最勝善根故無如是見佛神通清淨智眼故無如是甚深三昧微細觀察故無如是廣大神力所加持故無如是不可思議解脫門故無如是神通自在故無如是廣大勢力故無如是廣大威德故無如是最勝住處故無如是智眼所行境故是故於此不能知不能見不能入不能得不能徧解不能出生不能觀察不能忍受不能修行不能安住不能開示亦復不能廣爲人說不能讚歎不能指示不能授與不能攝取不能勸進不能教誨令其修習令其安住令其證入諸佛境界何以故彼諸聲聞無有如是大智慧故依聲聞乘而出離故入聲聞道得智慧故修聲聞行求滿足故住聲聞果爲究竟故悟解聲聞實諦智故住於差別真實際故樂住寂靜爲涅槃故

於諸世間捨大悲故遠離救護諸衆生故恒住自事趣寂滅故是故雖在逝多林中不見如是種種神變何以故本於如來一切智性不能智求不能積集不能樂欲不能出生不能修習不能清淨亦於如來三昧神通不能入不能行不能知見不能證得何以故如是境界唯諸菩薩廣大智眼乃能見知非諸聲聞所行境故以是因緣諸大聲聞雖復住在逝多林中不見如來種種神變種種加持種種佛刹種種嚴淨及大菩薩普徧衆會遊戲神通皆悉不見譬如恒河於其兩岸多有百千萬億無量餓鬼倮露饑渴羸瘦憔悴皮肉筋骨内外焦然風飄日曝徧體乾枯烏鷲豺狼諸惡禽獸競來搏撮爲渴所逼欲求水飲雖住河側而不見河設有見者見其枯涸或見流火或見煻煨何以故深厚業障之所覆故諸大聲聞亦復如是雖復住在逝多林中不見如來廣大神變何以故不樂種智無明翳瞙蔽其眼故不曾種植一切智地勝善根故譬如有人於衆會中假寐昏寢忽然夢見須彌山頂帝釋所住善見宫城殊勝寶殿園苑莊嚴天子天女百千萬億柔軟寶地普散天華種種衣樹出妙衣服種種華樹開敷妙華諸珍寶樹出諸珍寶諸莊嚴樹出諸嚴具諸音樂樹奏天音樂無量諸天於中遊戲其人自見著天衣服住止周旋受諸快樂其衆會中一切人衆雖同一處不見不知不能觀察何以故此人夢中所見境界非彼衆會所能見故一切菩薩及諸世主現前所見廣大莊嚴神通變化亦復如是以得一切佛加持

故以久積集善根力故發一切智廣大願故修習如來勝功德故善住菩薩莊嚴道故圓滿一切種智門故成就普賢諸行願故趣入菩薩一切智地清淨解故遊戲菩薩一切三昧神通海故觀察菩薩一切境界智無礙故是故悉見如來世尊不可思議自在遊戲神通境界能入能知一切聲聞諸大弟子雖有智慧具勝神通皆不能見皆不能知何以故以無菩薩清淨眼故譬如雪山多諸藥草猶如種植處處出生有大良醫成就明智知諸藥性差別功能隨病所須於中採取其諸捕獵放牧之人遊止其中不見不知況能採取此亦如是以諸菩薩普入如來智慧境界出生菩薩種種遊戲能了如來三昧境界諸大弟子本不修習一切種智不能利樂一切衆生雖復住在逝多林中不見不知如來三昧廣大神變譬如大地衆寶所依多諸伏藏百千萬億珍奇雜寶處處盈滿一一莊嚴無不備足有一丈夫聰慧明達善知寶藏所在之處及知衆寶功能勢力其人復有大福德力能隨所欲自在而取奉養父母賑給宗親老病窮乏靡不均贍諸有所求咸令充足其餘無福無智慧人雖於寶處行住坐卧以無智故不見不知此亦如是諸大菩薩以有清淨普徧智眼於逝多林能入如來不可思議甚深境界能見諸佛廣大神變能了諸佛一切法門能入無邊佛三昧海能勤供事一切如來能以勝法開悟衆生能以四攝攝受羣品彼諸聲聞雖住林中不能得見如來神力亦復不見菩薩衆會譬如有人以繒蔽目至大

寶洲行住坐卧不能得見寶樹寶衣寶香寶果衆寶形色貴賤功能復有一人開目至彼一切皆見悉能了知諸菩薩等亦復如是至於如來大法寶洲最勝功德莊嚴之處悉皆明見諸大弟子雖在林中親近世尊不見如來自在神變三昧境界亦不得見普徧莊嚴菩薩衆會何以故以諸聲聞與佛智慧不相應故無明覆障蔽其目故無諸菩薩無礙智故不能次第入法界故以是因緣不見如來自在三昧差別神變譬如有藥名無垢光若復有人用塗其眼眼得清淨一切暗色不能為障其人有時處於夜闇無量百千人衆之内悉見彼衆形相威儀行住坐卧此人所有威儀形相進退往來彼諸人衆皆不能覩此亦如是彼諸菩薩成就如來清淨智眼悉能明見一切世間無有障礙其所顯示三昧神通廣大境界大菩薩衆所共圍繞諸大聲聞悉不能見譬如比丘於衆會中入徧處定所謂地徧處定水徧處定火徧處定風徧處定青徧處定黃徧處定赤徧處定白徧處定天徧處定種種衆生身徧處定一切音聲語言徧處定一切所緣徧處定入此定者見其所緣地水等相光明周徧乃至一切所緣定境其餘大衆悉不能見唯除有住此三昧者此亦如是如來所現不可思議三昧神通廣大境界一切菩薩能入能知一切二乘不知不見譬如有人得翳形藥用以塗眼身則隱蔽於衆會中行住往來無能見者而能悉覩衆會中事應知如來亦復如是成就智眼超出世間普見世間無有障礙所現三昧神通境

界非諸聲聞之所能知唯除趣向一切智境諸大菩薩乃能得見譬如世人初始生時則有二天同時而生一曰同生二曰同名彼天與人恒相隨逐天常見人人不見天如來亦爾住不思議一切智智廣大三昧神通境界諸大菩薩衆會莊嚴彼諸聲聞悉不能見譬如比丘得心自在入滅盡定想受皆滅六根作業皆悉不行亦非涅槃世變遷流不知不覺何以故由此定力所加持故彼大聲聞亦復如是雖復住在逝多林中具足六根而於如來自在神變廣大境界不見不知不解不入亦復不見菩薩衆會三昧神通何以故如來境界微細甚深祕密廣大難見難知難量難測超過一切世出世間不可思議無能壞者非諸聲聞及辟支佛所知境故是故如來自在神力所現境界不可思議眷屬莊嚴菩薩衆會及逝多林普徧一切無量阿僧祇清淨世界如是等事一切二乘悉不能見何以故以非菩薩廣大器故爾時東方毗盧遮那焰願藏光明菩薩摩訶薩承佛威力觀察十方而說偈言

汝等觀佛智　微妙難思議　於此逝多林
神變無能勝　大覺威神力　顯現無數行
迷惑諸世間　不解佛深法　甚深法王法
無量難思議　所現諸神通　舉世無能測
諸佛所現相　稱揚不可盡　雖以相嚴身
所現皆無相　佛種種神變　顯現逝多林
所現皆甚深　言辭莫能及　不思議億刹
具德諸菩薩　衆會廣莊嚴　奉佛故雲集
大願悉皆滿　威儀無所著　難思心境界

舉世莫能知　利智辟支佛　及彼大聲聞
皆悉不能知　菩薩行境界　菩薩智甚深
最勝難超越　建立精進幢　一切無能動
已入無量定　已得大名稱　顯現大神通
徧周於法界

爾時南方難摧伏速疾精進王菩薩摩訶薩承佛威力觀察十方而說偈言

汝觀諸佛子　妙智功德藏　能集菩提行
安樂諸世間　三昧妙威神　智慧無邊際
彼心及境界　一切皆甚深　今此逝多林
正徧知住處　菩薩衆雲集　普現大莊嚴
汝觀無所著　菩薩大衆海　各坐蓮華座
安處於道場　無去亦無來　無依無所著
究竟離分別　普現於十方　勇猛大智幢
堅固無能動　能於無相海　現相滿塵方
十方諸億剎　一切諸佛所　普詣不分身
悉離有無相　汝觀釋師子　種種力神通
能令大威德　菩薩皆雲集　法界無分別
諸佛身亦然　世間唯假名　佛子咸通達
諸佛住真實　寂滅平等際　常轉差別輪
無動無分別

爾時西方普徧出生吉祥威德王菩薩摩訶薩承佛威力觀察十方而說偈言

汝觀無上士　廣大智圓滿　不擇時非時
演法恒無盡　能摧諸外道　種種差別見
普隨衆生心　為現神通力　正覺非有量
亦復非無量　若量若非量　牟尼悉超越
如日處虛空　光明恒徧照　佛智亦如是
能除三世暗　譬如淨滿月　一切皆樂見
佛德圓滿時　見者咸欣悅　譬如空中日

周行無暫已　諸佛現神通　相續恒無盡
譬如十方空　不礙於諸刹　智燈照世王
無礙心如是　譬如世間地　一切同所依
諸佛於衆生　爲依亦如是　譬如迅疾風
行空無所礙　佛智亦如是　不礙於世間
譬如大水輪　世界所依止　三世佛亦然
恒依智輪住

爾時北方無礙吉祥勝藏王菩薩摩訶薩承佛威力觀察十方而說偈言

譬如大寶山　普益諸含識　見佛亦如是
能生出世智　譬如大海水　深廣淨無垢
見佛亦如是　能銷諸渴愛　譬如須彌山
高出於大海　智山亦如是　安住深法海
譬如深大海　衆寶之所生　覺海亦如是
能生諸智寶　世雄甚深智　無數亦無量
所現諸神通　無能測量者　譬如巧幻師
幻作種種相　佛智亦如是　現化量難思
譬如摩尼珠　所欲皆隨意　佛寶亦如是
能滿諸淨願　譬如光淨寶　徧照於虛空
佛寶亦復然　普照於羣有　譬如八面寶
照現於諸方　無礙大智燈　徧照於法界
譬如水清珠　能清諸濁水　見佛亦如是
諸根悉清淨

爾時東北方妙變化徧法界願月王菩薩摩訶薩承佛威力觀察十方而說偈言

譬如帝青寶　照物皆同色　衆生見佛時
同佛菩提色　一一刹塵中　諸佛現神變
念念常不斷　所化皆清淨　甚深希有智
不可得思議　菩薩乃能知　羣生莫能入
佛身極清淨　具足相莊嚴　普入於法界

成就諸菩薩　不可思議剎　皆現成正覺
降魔坐道場　菩薩衆圍繞　釋迦無上尊
於法恒自在　一切極微剎　神通不可量
菩薩種種行　無礙妙光明　佛力不思議
一切皆能現　佛子應善學　甚深諸佛法
證入諸法中　無著智境界　法王大威力
常轉妙法輪　所現諸神通　能淨十方界
甚深圓滿智　世間真實寶　佛智大龍王
隨心悉能濟

爾時東南方法慧光明威德王菩薩摩訶薩承佛威力觀察十方而說偈言

盡十方三世　一切大聲聞　不能知如來
所有微妙法　復盡彼三世　十方諸緣覺
亦不知如來　所有神通事　況復處流轉
盲瞑諸凡夫　結使之所纏　而能測佛境
如來無礙智　過量及非量　離於語言道
一切無能說　佛以相嚴身　凝光如滿月
曩劫因修忍　化現於十方　諦觀諸佛力
三昧及神通　億劫共思量　不能知少分
諦觀諸佛智　自覺妙難思　一一功德門
無能測邊際　若有發大願　愛樂於佛法
於斯難見境　通達不爲難　若以清淨心
精勤集福智　具足大功德　聞教能隨入
若人依佛慧　志願亦弘深　是向佛菩提
當成一切智

爾時西南方摧碎一切魔力智幢王菩薩摩訶薩承佛威力觀察十方而說偈言

智身無所著　遠離於身相　難思佛境界
衆聖莫能知　不思議淨業　起此微妙身
相好及光明　三世無能礙　徧照於世間

法界恒清淨　開佛菩提門　常生一切智
體淨無諸垢　遠離一切障　猶如世間日
普放智光明　永絕三界流　能除生死怖
成就諸菩薩　令滿菩提願　顯現無量色
此色無依住　所現雖無量　一切難思議
佛於一念中　普現難思事　菩提深境界
無有能測知　佛於一念中　顯現三世佛
所現雖無盡　念性曾無異　智者應善思
念念恒相續　唯智無別業　專向佛菩提
是法難思議　性離於言說　亦非心境界
諸佛從此生

爾時西北方毗盧遮那願智星宿幢菩薩摩訶薩承佛威力觀察十方而說偈言

淨念離癡亂　勇猛恒持法　圓滿智能觀
無盡菩提海　若得決定解　則能入佛境
自在智從生　永斷諸疑惑　念念心增進
所行無懈倦　於法常智求　究竟諸佛法
從彼諸善根　能生廣大信　常樂常觀察
無相無依住　億劫常修習　圓滿諸善根
皆爲佛菩提　證於無比樂　行於生死中
不著於生死　於法無疑惑　常樂佛境界
於諸有爲法　世間虛妄樂　永離貪著心
專求佛功德　凡夫迷佛智　沒溺生死流
菩薩無著心　普救咸令出　菩薩無動行
舉世無能測　普現隨類身　等與羣生樂
已淨菩提智　於世起慈悲　如日出世間
光照無邊際

爾時下方破諸蓋障勇猛智自在王菩薩摩訶薩承佛威力觀察十方而說偈言

無量億千劫　佛名難得聞　況復於現前

見佛除疑惑　如來無盡智　照世圓滿燈
三世流福河　能令衆清淨　如來妙色身
清淨無過失　億劫常瞻仰　其心無猒足
佛子善觀察　如來妙色身　智淨恒無著
能成自他利　如來深智力　無盡妙辯才
開佛菩提門　所說皆無礙　牟尼徧照尊
導彼難思衆　授勝菩提記　令登解脫門
廣大福德聚　出與於世間　開悟諸羣生
令集菩提行　曾供養諸佛　智度恒清淨
能破諸惑網　永除惡道怖　能觀兩足尊
發大菩提願　獲佛自在力　能生大智光
若見人中尊　求佛心決定　當知如是人
必獲如來智

爾時上方普徧法界大願際菩薩摩訶薩承佛威力觀察十方而說偈言

牟尼殊特尊　衆德皆圓滿　見者心清淨
回向大菩提　如來興出世　寂靜大慈悲
普轉妙法輪　利益諸含識　佛於無量劫
勤苦爲衆生　云何諸衆生　能報大師恩
寧受三塗苦　備經無量劫　終不捨如來
而求於出離　寧代諸衆生　永受輪迴苦
終不捨如來　而求於少樂　寧惡道多劫
受苦聞佛名　不願生善道　暫時不聞佛
寧地獄多劫　受苦常見佛　不願離三塗
生無佛法處　何故於惡道　而無猒離心
由見於法王　智慧常增長　見佛自在力
能除一切苦　得入諸如來　甚深智境界
若得見佛時　滅除諸惡趣　增長福智芽
必獲菩提果　衆生若見佛　能破種種疑
世出世間樂　所願皆圓滿

大方廣佛華嚴經卷第二

音釋

狹劣（狹胡夾切隘也劣力輟切弱也）倮（郎果切赤體也）羸（力追切瘦也）

憔悴（憔昨焦切悴秦醉切形容憔悴謂勞苦見於貌也）日曝（曝步木切日乾也）

豺狼（豺士皆切狼屬也狼魯當切似犬銳頭白頰高前廣後牡爲獾牝爲狼）

搏撮（搏補各切手擊也相搏也撮子活切挽也兩指撮也）

煻煨（煻徒郎切煨烏恢切煻煨灰火也）翳瞙（翳於計切障也瞙慕各切目不明也）

寐（彌二切息也）寢（七稔切臥也）捕獵（捕薄故切擒也獵力涉切逐禽獸也）

賑給（賑章刃切瞻也濟也給訖立切相睭足也）

大方廣佛華嚴經卷第三

唐罽賓國三藏般若奉　詔譯

入不思議解脫境界普賢行願品

爾時普賢菩薩摩訶薩普觀一切菩薩衆會欲爲開發如來最上師子頻申大三昧故以等虛空界方便等三世方便等法界方便等一切世界等一切業等一切衆生心等一切衆生欲等一切衆生根等一切衆生成熟時等一切法光影方便告諸菩薩言佛子我今爲汝以十種法門清淨名句開示演說師子頻申廣大三昧神通境界何等爲十所謂等虛空界如來所現徧法界一切佛刹極微塵中一切諸佛出興次第及一切刹成壞次第法門名句等虛空界一切佛刹盡未來際一切劫中讚歎如來殊勝功德法門名句等虛空界一切佛刹如來出世顯現無量菩提門海法門名句等虛空界一切佛刹如來所坐最勝道場菩薩衆會圓滿境界法門名句一切毛孔於念念中出等三世一切諸佛變化身雲充滿法界法門名句以威神力能令一身普現十方一切刹海光明徧照諸佛世界法門名句以威神力能於一切諸境界中普現三世一切諸佛種種神變如觀掌中明了顯現法門名句能令三世一切佛刹極微塵中普現三世一切佛刹極微塵數佛顯現種種神通境界經於劫海相續不斷法門名句能令一切毛孔出聲演說三世一切諸佛大願海音盡未來際加持出生一切菩薩法門名句能令所處師子之座量同法界最勝覺解大菩薩衆莊嚴道場徧一切處盡未來際

轉於法輪無間成熟相續不絕法門名句佛子此十法句以爲其首有不可說佛刹極微塵數清淨名句微妙法門皆是如來智慧境界非我及汝所能證知爾時普賢菩薩欲重宣此如來所入師子頻申廣大三昧少分境界承佛神力一心瞻仰觀察如來不可思議菩薩衆海觀察如來不可思議三昧神通種種變現觀察如來不可思議入出一切諸世界海觀察如來不可思議入一切法幻智境界觀察如來不可思議普現三世一切諸佛悉皆平等觀察如來不可思議無量無邊諸語言道開悟一切諸法門海而說偈言

一一毛孔中刹海　等一切刹極微數
佛悉於中坐道場　菩薩衆會共圍繞
一一毛孔所有刹　佛悉於中坐道場
安處最勝蓮華座　普現神通周法界
一毛端處所有佛　一切刹土極微數
悉於菩薩衆會中　皆爲宣揚普賢行
如來安坐於一刹　一切刹中無不現
十方無盡菩薩雲　普共同來集其所
功德光明菩薩海　百千億刹極微數
俱從會起讚如來　徧往十方充法界
自在遊於深法界　悉住普賢無等行
現一切刹放光明　普入無邊諸佛會
普於十方一切刹　安住最勝諸佛所
聽聞正法具修行　一一土經無量劫
菩薩常修種種行　皆入普賢願海中
住佛境界德無邊　法海光明無不徧
通達普賢廣大行　出生諸佛無盡法
讚佛功德海無涯　現衆神通充法界

身雲普現如塵數　念念恒周一切刹
甘露法雨潤羣生　普徧法界令開悟
爾時世尊以最勝甚深廣大意樂正念思惟欲令衆會諸菩薩等安住如來師子頻申大三昧故從眉間白毫相中放大光明名普照現三世法界門以不可說佛刹極微塵數光明而為眷屬普照十方一切刹海時逝多林菩薩衆會悉見十方盡法界虛空界一切世界所有極微一一極微各有一切佛刹極微塵數諸佛國土種種名字種種色相種種莊嚴種種清淨種種依住種種形狀如是一切諸國土中皆有最勝菩提道場一一道場皆有莊嚴寶師子座一一座上皆有菩薩成等正覺一切菩薩所共圍繞一切世主恭敬供養或見處在不可說佛刹大會衆中轉正法輪其聲無礙徧周法界或見處在天王宮中龍王宮中夜叉王宮乾闥婆阿修羅迦樓羅緊那羅摩睺羅伽人非人等諸王宮中及餘人間村營城邑王都聚落乃至種種衆生住處現種種神力說種種法門所謂生種種族姓受種種色身住種種威儀示種種相好佩種種圓光放種種光網處種種衆會入種種三昧起種種神變現種種威力發種種音聲出種種言辭以種種名句演種種教法如此會中菩薩大衆見於如來甚深三昧廣大神變如是盡法界虛空界東西南北四維上下徧一切處種種方轉變中種種方法門中種種方想住中種種方出生中種種方分齊中種種方解起中種種方海中依於衆生心想而住始從前際至今現在所有一切國土身

一切衆生身一切毛孔中一切極微中及彼一切虛空界中一一毛端量處皆有一切刹土極微塵數種種刹海種種業起相續不斷次第而住其中所有道場衆會見佛神力悉亦如是以得見佛神通力故悉能徧入十方三世一切世界衆生心中現其影像隨諸衆生種種樂欲出妙言音隨其所應演說諸法普入衆會中普現衆生前色相有別智慧無異徧一切刹盡未來際自在示現常無休息教化調伏一切衆生其有見此神通力者皆是毗盧遮那如來過去修習願力善根之所攝受或昔曾以四攝善根之所攝受或是往昔見聞憶念親近供養之所成熟或是往昔令其發起阿耨多羅三藐三菩提心或昔曾於如來所修菩薩行時經遊之處勇猛精勤善根所攝或昔曾於一切佛所與佛同種相似善根或是如來於過去時爲求無上一切智故種種方便教化成熟是故皆得入於如來不可思議甚深三昧盡法界虛空界廣大神變或有得見入佛法身或有得見入佛色身或有得見入佛智身或有得見入於如來過去所修清淨行海或有得見入於如來究竟圓滿功德彼岸或有得見入於菩薩莊嚴行輪或有得見入於菩薩所證諸地或有得見入於如來成正覺智或有得見入於佛所住諸三昧門平等神變或有得見入於如來十種智力四無所畏或有得見入於如來四無礙解辯才大海入如是等十不可說佛刹極微塵數如來種種大神變海彼諸菩薩以種種信種種解種種道種種門種種入種種

教種種隨順種種方所種種根器種種國土種種世界種種智慧種種法聚種種神變種種方便種種三昧以如是等入於如來神變大海云何菩薩種種三昧所謂入一切菩薩普徧莊嚴法界三昧菩薩光照三世無礙境三昧菩薩法界無斷智光明三昧菩薩住一切佛境界三昧菩薩光照無邊虛空際三昧菩薩入出遊戲如來自在力三昧菩薩勇猛無畏奮迅莊嚴三昧菩薩入一切法界方便漩澓藏三昧菩薩徧法界如月普現以無礙音演一切法三昧菩薩種種法雲平等莊嚴三昧菩薩離垢繒繫頂法王幢三昧菩薩觀一切佛智慧海三昧菩薩無分別光幢照一切世間差別身三昧菩薩入如來無分別界身三昧菩薩大悲藏隨一切世間轉三昧菩薩安住一切法無依跡威力三昧菩薩照一切法最極寂靜圓滿智三昧菩薩知諸法空巧能化現徧一切世間三昧菩薩威力平等普出生一切佛剎三昧菩薩於一切佛剎現成正覺莊嚴相三昧菩薩觀一切世間色空三昧菩薩不著一切世間最勝圓滿空三昧菩薩出生一切如來威力毋三昧菩薩修行入一切佛究竟功德海三昧菩薩觀察一切境界出生神變盡未來際威力三昧菩薩入一切如來次第本事海三昧菩薩能以威力盡未來際護持一切如來種性三昧菩薩以決定解力令現在十方一切佛剎皆清淨三昧菩薩一切剎那中普照一切佛差別住處三昧菩薩深入觀察無礙際三昧菩薩能以威力令一切世界爲一佛剎三昧菩薩出生

一切佛變化身三昧菩薩以金剛智知一切諸根海三昧菩薩知一切如來同一胎藏身三昧菩薩知一切法界隨所安立悉住心念際三昧菩薩於一切法界廣大刹中現成正覺及般涅槃大威力三昧菩薩令住最上威力處三昧菩薩照一切佛刹衆生身無分別威力三昧菩薩入一切佛智慧旋轉藏三昧菩薩知一切法性相差別三昧菩薩一刹那中以無分別智普見三世法三昧菩薩念念中普現法界藏身三昧菩薩以勇猛智如師子王隨順悟解一切如來種性三昧菩薩觀一切法界圓滿智慧眼三昧菩薩正勇猛趣向十力三昧菩薩以普徧眼觀察一切圓滿功德三昧菩薩徧照出生一切衆生色相圓滿三昧菩薩旋轉不動藏三昧菩薩演說一法普入一切法三昧菩薩於一法以一切言辭差別訓釋辯才三昧菩薩演說一切佛無二法句威力幢三昧菩薩知三世無礙際三昧菩薩隨順悟解一切劫無差別三昧菩薩入微細十力方便三昧菩薩以金剛智起一切菩薩行三昧菩薩能於十方隨心速疾普現身雲三昧菩薩現徧法界成正覺身種種神變三昧菩薩受一切觸安樂幢三昧菩薩出一切莊嚴具莊嚴虛空界三昧菩薩念念中出等一切世間數變化形像雲三昧菩薩如來無垢月光照虛空三昧菩薩一切如來加持三昧菩薩一光照一切法根本差別莊嚴三昧菩薩廣演一切法義燈三昧菩薩照十方境圓滿三昧菩薩三世諸佛星宿幢三昧菩薩一切佛一密藏三昧菩薩觀一切相

皆究竟三昧菩薩無盡福德藏三昧菩薩見盡無邊佛境界三昧菩薩見一切法如金剛師子吼威力三昧菩薩現一切如來變化正見平等三昧菩薩一切佛日念念周行三昧菩薩一念普照三世法三昧菩薩普音演說淨光等照一切法自性清淨三昧菩薩見一切佛差別力三昧菩薩見一切佛覺一切差別法界如蓮華開敷三昧菩薩觀察諸法如虛空無住處三昧一方普出十方海旋轉藏三昧菩薩入一切法界門三昧菩薩一切法海差別身藏身三昧菩薩以寂靜身放差別光照一切衆生身三昧菩薩一剎那心以大願力出生一切神通三昧菩薩常於一切處正覺威力普徧三昧菩薩隨順悟解以一莊嚴入一切法界三昧菩薩正念一切佛身普照三昧菩薩悟解最勝神通智徧一切世界三昧菩薩一念令無量教字本母普徧法界三昧菩薩以一教法莊嚴一切法界法光明三昧菩薩一切佛威力光明圓滿輪三昧菩薩以行願網攝一切衆生界三昧菩薩見一切世界不斷絕三昧菩薩蓮華吉祥種種神變普遊步三昧菩薩知一切衆生身旋轉智三昧菩薩威力普現一切衆生前三昧菩薩悟解一切衆生音聲言詞祕密海三昧菩薩觀一切衆生差別智三昧菩薩無分別大悲藏三昧菩薩入一切如來際三昧菩薩觀察一切如來解脫處師子頻申三昧彼諸菩薩以如是等不可說佛剎極微塵數菩薩三昧而爲方便入毗盧遮那如來過去所修廣大功德念念充滿一切法界諸佛三昧大神變

海其諸菩薩住逝多林不離如來道場衆會各各自見普於十方一切佛刹極微塵數廣大世界坐於種種寶蓮華藏師子之座皆已具足廣大智慧普現種種神通境界已住寂靜諸菩薩地自在出生明利智慧已得隨順普徧智行從佛智慧種性而生已證現前一切智智得無癡翳清淨智眼善巧調御一切衆生住一切佛平等法性於一切法隨順悟解已能觀察一切諸法自性清淨知諸世間究竟寂滅無有所依普詣十方一切國土而無所著常勤觀察一切世間而無所住普往十方一切刹土而無所去已入一切妙法宮殿而無所來徧於諸法了達性空知無積聚而恒教化成熟衆生示諸衆生安樂行處開示智慧解脫境界恒以智身住離貪際超越一切生死苦海普示衆生諸蘊實際智光圓滿照徹一切定力堅固無能傾動於諸衆生常起大悲了一切法悉皆如幻知諸世間悉皆如夢觀一切佛現差別身悉皆如影知所説法音聲語言悉皆如響現見諸法生成住持悉皆如化善能積集最勝行願普徧智慧圓滿清淨善巧隨順究竟寂靜善入總持種智境界具足無畏諸三昧力勇猛精進徧修諸行住法界際獲明智眼到一切法無所住處修習無邊智慧行海到智波羅蜜究竟彼岸得般若波羅蜜之所攝持以神通波羅蜜度諸衆生依禪波羅蜜得心自在證一切佛真實境界以善巧智開示法藏以明了智訓釋文詞以辯才力説無盡法雄猛無畏能師子吼常樂觀察無差別法以淨慧眼普觀一

切無生智月等照世間觀諸衆生見眞實諦福智堅固如金剛山一切譬喻說不能及增長一切智慧根芽勇猛精進摧諸魔衆無量智慧威光圓滿身相殊特趣諸世間得一切法無礙智慧解了諸法盡無盡際智慧淸淨住普徧際能徧隨順入眞實際無相觀智常現在前善巧圓滿諸菩薩行以無二智觀諸世間知諸衆生往來所趣徧諸佛刹得圓滿智於一切法離諸暗障普放法光照十方界爲諸世間最勝福田廣大願輪如月普現福德超勝如須彌山一切世間無能過者摧伏一切外道邪論於一切刹普現其身以微妙音演說諸法普見諸佛心無猒足已得諸佛自在威力隨所應化現種種身乘大智舟泛生死海周旋普濟所往無礙智慧圓滿身光暎徹如日輪出普照世間隨衆生心現衆色像知諸衆生根性欲樂入於無諍淸淨境界知一切法自性無生以自在智能令一切小大境界互相涉入決了佛地甚深理趣知諸世間文字句義以無盡句說無盡法於一句中演出一切修多羅海具足獲得廣大智慧陀羅尼身隨所受持盡未來劫初無忘失一念能憶不可說劫宿住之事一念能了三世一切諸衆生心與諸衆生一切諸佛總持法藏常轉淸淨不退法輪令諸衆生生大智慧入佛境界具一切智常善安住甚深三昧巧能分別一切法句而於諸法悉無所著最勝智慧自在遊戲於諸境界皆得解脫觀察一切淨莊嚴身其身普入十方法界隨所應化悉能徧往知諸刹海所有極微悉於其中現

成正覺於無色性現一切色能以一方入一切方其諸菩薩具足如是無量智慧功德之藏十方所有一切諸佛悉共稱揚說其功德不能令盡靡不咸在逝多林中悉見於佛光明所照深入如來功德大海爾時彼諸菩薩得不思議正法光明照故其心歡喜安隱快樂各於其身及師子座衆寶樓閣諸莊嚴具徧逝多林凡所受用一切物中化出種種大莊嚴雲充滿十方一切法界所謂於念念中普放一切微妙廣大光明網雲充滿法界徧能開覺一切衆生咸令歡喜於念念中出現一切摩尼鈴雲充滿法界出微妙音稱揚讚歎三世諸佛一切功德於念念中出現一切天音樂雲充滿法界出微妙音演說衆生諸業果報於念念中出現一切諸大菩薩種種行願身色相雲充滿法界悉以妙音說諸菩薩所有一切廣大行願於念念中出現一切如來自在種種神通妙變化雲充滿法界以隨類音徧衆生界演說諸佛廣大言音於念念中出現一切種種莊嚴諸相隨好菩薩身雲充滿法界徧一切刹說諸如來普於十方一切國土出興次第相續不斷於念念中出現一切三世如來菩提場雲充滿法界顯現諸佛成等正覺普徧觀察顯示成佛莊嚴功德於念念中出現一切諸大龍王相似身雲充滿法界一一身雲徧諸佛刹普雨一切諸上妙香於念念中出現一切諸世間主相似身雲充滿法界一一世主普徧觀察演說普賢菩薩之行於念念中出現一切妙寶光明淨佛刹雲充滿法界顯示十方一切諸佛所

轉法輪是諸菩薩以得如是不可思議光明所照入於廣大不可思議神通境界法應如是出興此等不可說佛刹極微塵數種種神變大莊嚴雲爾時文殊師利菩薩摩訶薩承佛威力欲重開示逝多林中諸神變事觀察十方而說偈言

汝應觀此逝多林　廣博莊嚴量無際
一切身雲皆示見　以佛威神充法界
清淨色相莊嚴身　十方無量諸佛子
咸來影現道場中　衆會普觀無不見
從諸佛子毛孔中　演佛法音若雷震
焰雲種種莊嚴相　普徧十方一切刹
又於寶樹華葉中　出現梵釋莊嚴相
動止威儀恒寂靜　從禪定起而遊步
佛身一一毛孔中　常現難思衆菩薩
相好端嚴甚微妙　悉與普賢菩薩等
逝多林上諸嚴具　充徧虛空發妙音
讚說三世諸菩薩　種種莊嚴功德海
逝多林中諸寶樹　亦出無量妙音聲
演說一切諸羣生　種種業報差別海
林中所有諸境界　悉現三世諸如來
十方刹海極微中　皆起神通無不徧
一切刹海極微中　所有十方諸國土
於佛一一諸毛孔　普徧莊嚴皆顯現
寶焰香雲皆現佛　等衆生數徧世間
一一咸起大神通　方便隨宜而化度
如虛空量寶宮城　盡妙莊嚴如日現
寶藏及與菩提樹　靡不普徧於十方
十方三世諸如來　所有道場菩薩衆
劫海修行功德相　一切於此林中現

普賢大行諸菩薩　已於剎海具莊嚴
其數無量等羣生　於此林中無不見
爾時彼諸菩薩蒙佛三昧光明照故一一皆得不可說佛剎極微塵數大悲門以得如是大悲門故攝受利益安樂衆生即於其身一一毛孔各出不可說佛剎極微塵數衆色光明一一光明各各化現不可說佛剎極微塵數菩薩身雲復出一切世主相似身雲充滿十方一切法界普現一切諸衆生前隨諸衆生身相言音種種方便教化調伏令其成熟或現不可說佛剎極微塵數諸天宮殿退墮無常門或現不可說佛剎極微塵數一切衆生隨業受生門或現不可說佛剎極微塵數夢中境界令心覺悟門或現不可說佛剎極微塵數一切菩薩圓滿諸行門或現不可說佛剎極微塵數一切菩薩圓滿大願門或現不可說佛剎極微塵數震動世界門或現不可說佛剎極微塵數一切如來悉捨内外檀波羅蜜門或現不可說佛剎極微塵數一切如來修諸功德正行圓滿尸波羅蜜門或現不可說佛剎極微塵數一切菩薩斷截支體心無動亂羼提波羅蜜門或現不可說佛剎極微塵數一切菩薩勤修種種智慧神通毗梨耶波羅蜜門或現不可說佛剎極微塵數修諸靜慮等持等至神通解脫禪波羅蜜門或現不可說佛剎極微塵數智光照世般若波羅蜜門或現不可說佛剎極微塵數勤求佛法爲一一名句一一文義皆捨國城妻子財物無數身命門或現不可說佛剎極微塵數於諸如來親近供養諮求請問一切法要

心無疲猒門或現不可説佛刹極微塵數隨諸衆生根欲成熟往詣其所開發示導令其悟入智海光明門或現不可説佛刹極微塵數一切菩薩大福智聚摧伏衆魔制諸外道勝幢威力門或現不可説佛刹極微塵數知一切工巧技術明智門或現不可説佛刹極微塵數知一切衆生心行微細差別明智門或現不可説佛刹極微塵數知一切諸法種類差別殊勝明智門或現不可説佛刹極微塵數知一切衆生種種心樂差別明智門或現不可説佛刹極微塵數知一切衆生根行差別煩惱習氣令其除滅明智門或現不可説佛刹極微塵數知一切衆生品類差別業報明智門以如是等不可説佛刹極微塵數諸方便門往詣一切衆生住處攝受調伏而成熟之所謂或往梵王宫或往帝釋宫或時往詣天龍夜叉乾闥婆阿修羅迦樓羅緊那羅摩睺羅伽人非人等閻摩羅界諸王宫中或往畜生餓鬼地獄之所住處以平等大悲平等大願平等智慧住平等三昧教化攝取而調伏之彼諸衆生或有見已而調伏者或有聞已而調伏者或有憶念而調伏者或聞音聲而調伏者或聞名號而調伏者或見圓光而調伏者或見光網而調伏者隨諸衆生心之所樂皆詣其所令其獲益而此林中一切菩薩爲欲成熟諸衆生故雖以神力或時現處種種嚴飾諸宫殿中或時示現住自樓閣寶師子座道場衆會所共圍繞充滿十方一切刹海普徧示現皆令得見然亦不離此逝多林如來之所又此菩薩爲欲成熟諸衆

生故示現無量變化身雲或現其身眷屬莊嚴或現其身獨一無侶所謂或現沙門身或現婆羅門身或現異道出家身或現苦行身或現充盛身或現醫王身或現商主身或現婬女身或現妓樂身或現毘沙門身或現世主身或現奉事諸天身或現工巧技術身現如是等諸變化身徃詣一切諸衆生所隨其所應起如幻智於諸世間猶如帝網行菩薩行以種種形相種種威儀種種音聲種種言論種種住處演說諸法所謂或說一切世間工巧事業或說一切福德智慧照世明燈或說一切所證真實威力加持或說一切業力所持莊嚴世趣或說一切建立十方清淨乘位或說一切圓滿智燈照法境界如是菩薩雖普周徧十方法界教化調伏成熟衆生而亦不離此逝多林如來之所

大方廣佛華嚴經卷第三

音釋

分齊　分符問切齊才詣切謂分齊限量也

奮迅　奮方問切迅思晋切

漩澓　漩旬宣切澓房六切

大方廣佛華嚴經卷第四

唐罽賓國三藏般若奉　詔譯

入不思議解脫境界普賢行願品

爾時文殊師利童子從善住樓閣出與無量同行大菩薩衆及常侍衛諸金剛神普爲世間現大威力身衆神久發堅誓供養諸佛足行神念昔大願樂聞正法相續不斷主地神深淨大悲莊嚴法界普潤衆生主水神智慧威力光明徧照主火神摩尼寶冠以嚴其首主風神光照十方差別儀式主方神專勤除滅無明黑闇主夜神一心開現如來智日主晝神普徧莊嚴虛空法界主空神能勤方便拔濟衆生出生死海主海神常勤積集出過心量趣一切智勝幢善根主山神發大誓願運度衆生稱讚諸佛勇猛無倦主河神常勤守護一切衆生菩提心城主城神常勤守護一切衆生諸大龍王常勤守護一切智城諸夜叉王常令衆生增長歡喜乾闥婆王常勤除滅一切餓鬼所有饑渴鳩槃荼王恒願拔濟一切衆生度生死海迦樓羅王願諸衆生普得成就超諸世間如來力身阿修羅王曲躬恭敬樂見諸佛種種功德摩睺羅伽王深猒生死常樂瞻仰諸佛相好諸大天王尊重於佛恭敬供養稱揚讚歎諸大梵王文殊師利與如是等種種色像威德莊嚴大菩薩衆及諸世主前後圍繞從自住處來詣佛所右繞如來經無量帀以諸供具種種供養供養畢已頂禮辭退右繞而出往於南方爾時尊者舍利弗承佛神力見文殊師利菩薩與如是等諸大菩薩及諸世主種種神通威德自

在衆會莊嚴從逝多林安詳而出作是思惟我今當與文殊師利俱往南方時舍利弗即與眷屬六千比丘前後圍繞出自住處往詣佛所到已頂禮一心觀佛具白世尊世尊聽許右繞三帀作禮辭退往文殊師利童子所此諸比丘皆舍利弗之所化度出家未久自所同住所謂海覺比丘妙德比丘福光比丘大悲比丘電德比丘淨行比丘天德比丘實慧比丘梵勝比丘寂慧比丘與如是等六千人俱曾於過去供養諸佛深種善根於甚深法悉能悟解深信趣入最極清淨志行寬博等佛境界於佛教法能證修行悉能了知諸法本性能大饒益成就衆生常樂勤求諸佛功德皆是文殊師利童子之所教化爾時尊者舍利弗將諸比丘隨路而行觀諸比丘告海覺言汝可觀察文殊師利清淨相好莊嚴之身諸天及人莫能思議汝可觀察文殊師利圓光暎徹普照十方能令衆生心生歡喜汝可觀察文殊師利放光明網微妙莊嚴除滅衆生無量苦惱汝可觀察文殊師利衆會威德皆是菩薩往昔善根之所攝受汝可觀察文殊師利所行之路左右八步清淨平坦衆寶莊嚴汝可觀察文殊師利所住之處周迴十方常有道場顯現莊嚴隨逐而轉汝可觀察文殊師利所行之路具足無量福德莊嚴左右兩邊皆有伏藏種種珍寶自然而出汝可觀察文殊師利由昔供養諸佛善根隨其所在有雜寶樹於其樹間寶藏開敷出莊嚴具汝可觀察文殊師利隨其所在一切世主興供養雲而諸供具周布陳列以爲供養

汝可觀察文殊師利十方諸佛將説法時悉放眉閒白毫光明來照其身從頂上入爾時尊者舍利弗爲諸比丘稱揚讚歎開示演説文殊師利如是無量種種功德具足莊嚴時諸比丘聞是讚已心意清淨信解堅固踊躍歡喜不能自持形體柔軟諸根和悅垢障咸盡憂苦悉除常見諸佛恒聞正法迴向趣求一切智智成就菩薩無礙善根速得菩薩無量諸力出生無盡圓滿大悲發起無邊廣大誓願深入諸度究竟彼岸十方佛海皆悉現前於佛境界深生信樂即白尊者舍利弗言唯願和尚將導我等親近於彼勝妙丈夫時舍利弗即與俱行詣文殊師利童子所見已頂禮白言仁者此諸比丘願得奉覲爾時文殊師利童子與無量自在神通菩薩圍繞并其大衆種種眷屬如象王迴觀諸比丘時諸比丘頭面禮足恭敬合掌白如是言惟願大聖文殊師利和尚舍利弗世尊釋迦牟尼悉當證知我等今以得見大士勝妙丈夫奉覲瞻禮恭敬信樂所有善根及以我等過去所集福智善根以此善根願令我等於仁所有如是色身如是相好如是音聲如是自在一切功德悉當具足爾時文殊師利菩薩告諸比丘言若善男子善女人成就十種趣大乘法無疲猒心則能速疾深入如來究竟之地況菩薩地何等爲十所謂見諸如來以廣大心親近供養心無疲猒積集成就一切善根究竟不退心無疲猒勤求一切諸佛正法心無疲猒勤行一切菩薩殊勝諸波羅蜜心無疲猒普徧修習一切菩薩甚深三昧心無疲

猒次第趣入三世流轉一切諸法心無疲猒莊嚴十方一切刹海悉令清淨心無疲猒教化調伏一切衆生皆令成熟心無疲猒於一切刹行菩薩行經一切劫心無疲猒爲欲成熟一切衆生故修一切刹極微塵數波羅蜜門成就圓滿如來十力如是次第爲一切衆生成就如來一切智力心無疲猒比丘當知若善男子善女人成就深信發此十種無疲猒心則能長養一切善根捨離一切生死流轉悉能超出一切世間不墮聲聞辟支佛地成就如來一切種性滿足菩薩清淨大願積集一切如來功德修行一切菩薩諸行獲得如來力無所畏摧伏衆魔及諸外道滅除一切煩惱習氣入菩薩地近如來地時諸比丘聞此法已即時同證廣大三昧名見一切佛境界無礙眼得此三昧威神力故悉見十方一切世界諸佛如來及其所有道場衆會亦悉見彼一切世界所有衆生種種趣類各各差別亦悉見彼一切世界同異染淨各各差別亦悉見彼一切世界所有極微塵相差別亦悉見彼諸世界中一切衆生所住宫殿種種莊嚴種種成就及所受用種種資具各各差別及聞彼佛諸音聲海演說諸法種種名句文詞訓釋性相祕密悉能解了亦能觀察彼世界中一切衆生心行根欲各各差別亦能憶念彼世界中一切衆生過去未來各十生事亦能憶念彼世界中過去未來各十劫事亦能憶念彼諸如來十本生事十成正覺十轉法輪十種神通十種記心十種教誡十種說法十種辯才又由得此三昧力故即時

獲得十千真實菩提之心成就十千甚深三昧具足十千諸波羅蜜圓滿十千智慧光明發起十千自在神力以得如是菩薩三昧種種威神無礙勢力所莊嚴故令其身心柔軟微妙增長信樂住菩提心堅固不動爾時文殊師利菩薩具足安住真實吉祥微妙功德普賢勝行勸諸比丘令其安住勝普賢行住勝行已入於其勝廣大願海入願海已普徧成就甚深大願以得成就大願海故得心清淨心清淨故得身清淨身清淨故得身輕利身輕利故則得廣大不退神通以得如是大神通故不離文殊師利足下普於十方一切世界諸如來所悉現其身具足成就一切佛法爾時文殊師利菩薩勸諸比丘發阿耨多羅三藐三菩提心已漸次南行經歷人間城邑聚落至福生城於其城東住莊嚴幢娑羅林中往昔諸佛曾所止住教化成熟一切衆生大塔廟處亦是世尊毗盧遮那於往昔時行菩薩行能捨無量難捨之處是故此林名稱普聞無量佛刹此處常爲天龍夜叉乾闥婆阿修羅迦樓羅緊那羅摩睺羅伽人非人等恭敬供養時文殊師利與諸眷屬到此林已即於其處坐師子座說修多羅名普照法界圓滿光明百萬億那由他修多羅以爲眷屬說此經時有無量百千億那由他諸大龍王并其眷屬聞此法已自猒龍趣於佛功德深生愛樂咸捨龍身生人天中一萬諸龍於阿耨多羅三藐三菩提得不退轉復有無量無數衆生於三乘中各得成熟時福城人聞文殊師利住莊嚴幢娑羅林中大塔廟處皆

從城出來詣其所有優婆塞名曰大慧與其
眷屬五百人俱所謂須達多優婆塞寶德優
婆塞圓光優婆塞名稱天優婆塞月吉祥優
婆塞月喜優婆塞月智優婆塞大智優婆塞
賢護優婆塞賢吉祥優婆塞如是等衆前後
圍繞來詣文殊師利童子所到已禮足右繞
三帀却坐一面復有優婆夷名曰大慧與其
眷屬五百人俱所謂妙圓光優婆夷梵德優
婆夷吉祥優婆夷妙臂優婆夷賢光優婆夷
賢吉祥優婆夷月光優婆夷星宿光優婆夷
賢德優婆夷妙眼優婆夷如是等衆前後圍
繞來詣文殊師利童子所到已禮足右繞三
帀却坐一面復有童子名曰善財與其眷屬
五百人俱所謂善禁童子善戒童子善威儀
童子善行童子善思惟童子善智童子善慧

童子善眼童子善臂童子善光童子如是等
衆前後圍繞來詣文殊師利童子所到已禮
足右繞三帀却坐一面復有童女名曰妙賢
與其眷屬五百人俱所謂大慧童女善賢童
女端嚴面童女堅慧童女吉祥賢童女吉祥
智童女供養德童女吉祥圓光童女妙覺童
女如是等衆前後圍繞來詣文殊師利童子
所到已禮足右繞三帀却坐一面爾時文殊
師利童子知福城人悉已來集普徧觀察隨
其心樂即以神力現自在身威光赫奕蔽諸
大衆以大慈力令其衆會皆得安隱清涼快
樂以大悲力起說法心普徧成就以大智力
令其開悟滅除一切煩惱心垢以無礙辯將
說甚深廣大佛法復於是時觀察善財以何
因緣而立此名知此童子初入胎時於其宅

内自然而出七寶樓閣其樓閣下有七伏藏於其藏上生七寶牙所謂金銀瑠璃玻瓈赤珠硨磲碼碯善財童子處胎十月然後誕生形體端正支分具足其七伏藏縱廣高下量各七肘忽自開現光明照耀内外家族視之無猒復於宅中自然而有五百寶器珍奇雜寶各各盈滿所謂金剛器中盛滿諸香於香器中盛種種衣美玉器中盛滿飲食摩尼器中盛滿雜寶黄金器中盛滿銀粟白銀器中盛滿金粟金銀器中盛滿瑠璃瑠璃器中盛滿金銀及摩尼寶玻瓈器中盛滿硨磲硨磲器中盛滿玻瓈碼碯器中盛滿赤珠赤珠器中盛滿碼碯星幢摩尼器中盛滿水精摩尼水精摩尼器中盛滿星幢摩尼如是等五百寶器自然出現復於宅中徧雨種種珍寶財物及諸資具一切庫藏悉皆充滿以此事故父母親屬及善相師共呼此兒名曰善財又知此童子已曾供養過去諸佛深種善根信解廣大常樂親近諸善知識身語意業皆無過失勇猛精進淨菩薩道求一切智成佛法器心行清淨猶如虛空爾時文殊師利菩薩如是觀察善財童子殊勝相已熙怡微笑安慰開諭廣爲演說一切佛法所謂說一切佛積集法說一切佛相續法說一切佛次第深入法說一切佛衆會清淨法說一切佛法輪化導法說一切佛色身相好清淨法說一切佛法身普徧成就法說一切佛無礙辯才法說一切佛圓滿莊嚴法說一切佛平等無二法爾時文殊師利童子爲善財童子及諸大衆說此法已復以種種善巧方便慇勤勸諭

令其開覺增長勢力生大歡喜發阿耨多羅三藐三菩提心又令善財憶念過去所種善根復爲福城一切人衆隨其根欲顯現神通如所應度廣爲說法然後而去爾時善財童子從文殊師利童子所聞說諸佛如是種種勝妙功德大威力已勤求愛樂阿耨多羅三藐三菩提隨逐文殊師利瞻戀不捨一心歸向合掌諦觀而說偈言

有大智慧威神力　行菩薩行利衆生
無量境界誓當求　唯願仁尊哀聽許
愛水深濬爲池壍　憍慢高舉爲垣墻
諸趣出入爲門戶　三有難超作城郭
癡闇無明常所覆　嗔恚熾盛火恒燒
魔王自在處其中　愚童凡夫依止住
諂誑忿恨惑亂戲　貪欲所纏如羂索
疑惑所蔽若生盲　恒行險趣諸邪道
常爲慳嫉之所縛　入於三塗八難中
五趣輪迴不覺知　恒受生老病死苦
滅惑大悲清淨日　智光普照圓滿輪
能竭生死煩惱海　願降慈光少觀察
圓滿大慈清淨月　福德光明無垢輪
一切衆生咸施安　願賜清涼少觀察
一切法界功德王　白業成就爲輪寶
所向導前無所礙　願順我心乘教勅
廣博福智大商主　勇猛不退求菩提
普利一切諸衆生　唯願垂慈拔濟我
身被最勝忍辱鎧　手提明利智慧劒
常能自在破魔軍　願雄猛者守護我
安住妙法須彌頂　繞以三昧諸天女
摧滅業惑阿修羅　真實帝釋願觀我

三有昏闇凡愚宅　煩惱輪迴地趣因
仁尊永滅盡無餘　照世真燈示我道
衆生惡趣行已除　修治善道咸清淨
度諸有海橋梁者　示我真乘解脫門
常樂我淨顛倒想　厚重邪執常迷覆
明利智眼悉能除　開我真乘解脫路
善了真諦無迷惑　於諸法中無所畏
調伏衆生自在人　願示於我菩提道
安住如來正見地　增長諸佛功德樹
雨一切佛妙法華　願速示我菩提道
去來現在一切佛　如日光明出世間
爲衆能開甘露門　彼所得道願宣說
能善解除諸業縛　巧轉諸乘妙法輪
智慧決了自在人　示我普焰摩訶衍
大悲爲轂行願輪　信轄深固堅忍軸
淨功德寶真實輮　令我載此菩提乘
一切總持圓滿箱　慈愍普覆莊嚴蓋
妙辯才音鈴震響　令我載此最上乘
清淨戒品爲茵褥　諸妙三昧爲采女
法鼓洪音驚有情　令我載此摩訶衍
具足四攝無盡藏　莊嚴瓔珞功德寶
自他慚愧爲羈鞅　令我載此無上乘
常放大捨圓滿光　恒塗淨戒真實香
永滅煩惱瘡疣者　令我載此最勝乘
三業調伏不退輪　六根寂靜三昧箱
最勝智慧方便軛　令我載此妙法乘
大願回向善御者　總持諸法堅固力
智慧周旋常徧轉　令我載此速疾乘
交絡普賢諸行網　悲心廣運能徐轉
所行無畏得安詳　令我載此無上乘

任持堅固等金剛　妙智巧成如幻事
一切障礙皆能斷　令我速載普賢乘
大慈無垢等羣生　普與世間賢聖乘
淨智如空照法界　願速令我載此乘
能淨一切業惑塵　亦斷世間流轉苦
摧伏諸魔及外道　令我載此妙法乘
智慧境界等虛空　行力莊嚴徧法界
普滿一切羣生欲　願速令我載此乘
志樂清淨量難窮　無明愛見皆除滅
利益一切心無盡　願速令我載此乘
願力如風速疾行　定心安住恒無動
普運一切諸含識　願速令我載此乘
堅誓如地無傾動　大悲如水恒饒益
勇健荷擔無疲倦　願速令我載此乘
普照衆生智慧日　四攝光明圓滿輪
總持勝妙清淨光　願示於我咸令見
能於劫海勤修學　一切種智圓滿因
摧滅堅執有爲城　與我如是金剛智
仁於諸佛大智海　獲是智海廣無涯
一切佛德靡不充　善哉大聖當宣說
已入法王妙法城　已冠智王大智冠
已繫諸佛離垢繒　最勝智眼願觀察

爾時文殊師利菩薩如象王迴觀察善財作如是言善哉善哉善男子汝已能發阿耨多羅三藐三菩提心復欲親近諸善知識行菩薩行問諸菩薩所行之道善男子親近供養諸善知識是集一切智最初因緣由樂親近善知識故令一切智疾得成滿是故於此勿生疲猒善財白言聖者唯願慈悲廣爲我說我應云何學菩薩行應云何修菩薩行應云

何起菩薩行應云何行菩薩行應云何滿菩薩行應云何淨菩薩行應云何轉菩薩行應云何深入菩薩行應云何出生菩薩行應云何觀察菩薩行應云何增廣菩薩行應云何成就菩薩行應云何令普賢行速得圓滿爾時文殊師利菩薩爲善財童子而說偈言

善哉清淨功德海　佛子能來至我所
發起廣博大悲心　勇猛志求無上覺
爲欲度脫諸有情　一切世間流轉苦
已發大願深如海　勤修一切菩薩行
若有菩薩心堅固　久處生死無疲猒
彼當具足普賢行　得佛功德無能壞
福德威光福德星　福德生處福德海
汝能普爲諸衆生　誓修普賢清淨行
汝見無邊諸佛土　去來現在一切佛
示聞所轉妙法輪　念力憶持無忘失
汝於十方一切剎　普見無量諸如來
願海清淨悉皆成　具足菩薩塵沙行
汝入方便大法海　安住如來功德地
導師勝行汝當修　當成一切無師智
汝於一切廣大剎　所有剎土微塵劫
於中修習普賢行　成就最勝菩提道
汝於無邊劫海中　普徧十方一切剎
爲欲成滿諸大願　修行普賢諸妙行
此中無量諸衆生　聞汝願已皆歡喜
悉發廣大菩提意　專心願學普賢乘

爾時文殊師利菩薩說此偈已告善財童子言善哉善哉善男子若有衆生能發阿耨多羅三藐三菩提心是事爲難能發心已復欲勤求行菩薩行倍更爲難善男子汝今發心

求菩薩道爲欲成就一切智智應當勤求真善知識善男子求善知識勿生疲懈見善知識勿生猒足於善知識所有教誨當念隨順不應違逆於善知識善巧方便但應恭敬勿見過失善男子於此南方有一國土名曰勝樂其國有山名曰妙峯彼有比丘名吉祥雲汝可往問菩薩云何學菩薩行菩薩云何修菩薩行乃至菩薩云何於普賢行疾得圓滿善男子彼善知識當爲汝說具足圓滿普賢行願時善財童子聞是語已心生歡喜踊躍無量於彼比丘深生渴仰於文殊師利殷勤戀慕頂禮雙足繞無數帀悲泣流淚辭退而去爾時善財童子漸次南行往勝樂國登妙峯山於其山上東西南北四維上下周徧求覓經于七日竟不能見由爲勤求善知識故捐捨身命無饑渴想正念觀察心安無退過七日已見彼比丘在別山上徐步經行即前往詣頂禮雙足右繞三帀合掌而住白言聖者我已先發阿耨多羅三藐三菩提心而未知菩薩云何學菩薩行云何修菩薩行云何起菩薩行云何行菩薩行乃至云何於普賢行疾得圓滿我聞聖者善能誘誨唯願慈哀爲我宣說云何菩薩速得成就阿耨多羅三藐三菩提時吉祥雲比丘告善財言善哉善哉善男子汝已能發阿耨多羅三藐三菩提心是事爲難復能請問行菩薩行難中之難所謂勤求菩薩道勤求菩薩境界勤求菩薩廣博淨行勤求菩薩出現神變勤求菩薩示現廣大諸解脫門勤求菩薩示現世間種種作業勤求菩薩隨順衆生種種心行勤求菩

薩示現入出生死涅槃勤求菩薩於爲無爲心無所著勤求菩薩除斷衆生種種煩惱微細過失善男子我得自在決定解力信眼清淨智光照曜普眼明徹具清淨行慧眼徧觀一切境界善巧方便離一切障以清淨身普詣十方一切國土恭敬供養一切諸佛以信解力常念十方一切諸佛以總持力受持十方一切佛法以智慧眼常見十方一切諸佛所謂見於東方一佛二佛十佛百佛千佛百千佛億佛百億佛千億佛百千億佛那由他億佛百那由他億佛千那由他億佛百千那由他億佛乃至見無數無量無邊無等不可數不可稱不可思不可量不可說不可說不可說佛乃至見閻浮提極微塵數佛四天下極微塵數佛小千世界極微塵數佛中千世界極微塵數佛大千世界極微塵數佛千佛刹極微塵數佛百佛刹極微塵數佛千佛刹極微塵數佛百千佛刹極微塵數佛億佛刹極微塵數佛百億佛刹極微塵數佛千億佛刹極微塵數佛百千億佛刹極微塵數佛那由他億佛刹極微塵數佛乃至見不可說不可說佛刹極微塵數佛如見東方一切諸佛南西北方四維上下所見諸佛亦復如是隨其所見一一方中所有諸佛種種色相種種形貌種種神通種種受用種種遊戲種種衆會莊嚴道場種種光明無邊照耀種種宮殿莊嚴國界種種壽量示有脩短隨諸衆生種種心樂示現種種成正覺門於大衆中廣現神變作師子吼度脫衆生善男子我唯得此念諸佛平等境界無礙智慧普見法門如諸

菩薩摩訶薩無量智慧具足圓滿清淨行門豈能了知所有邊際所謂智光普照差別境界念佛門常見諸佛種種國土宮殿莊嚴悉現前故令安住種種增上意樂念佛門隨諸衆生心之所樂皆令見佛得清淨故令安住究竟佛力念佛門令入如來十種力中隨順行故令安住種種如來究竟正法念佛門見一切佛演說正法咸聽聞故徧照十方無差別藏念佛門普見一切諸世界中等無差別諸佛海故入不可見極微細處念佛門徹見一切微細境中如來神變自在事故住種種劫念佛門於一切劫常見諸佛施作佛事咸親近故住一切時念佛門於一切時常得見佛與佛同住不相離故住一切刹念佛門一切刹土咸見佛身超過世間無等比故住一切世念佛門隨於自心所有樂欲普見三世諸如來故住一切境念佛門普見一切諸境界中諸佛相續咸出興故住一切性寂滅念佛門於念念中見一切刹一切諸佛示涅槃故住一切時處念佛門於一日中見一切佛從其住處而往化故住一切境廣大念佛門見一切佛結跏趺坐一一佛身滿法界故住一切法微細念佛門於一毛孔見不可說諸佛出興咸至其所而承事故住刹那際莊嚴念佛門於一念中見一切刹皆有諸佛成等正覺現神變故住一切法念佛門見一切佛出興於世以智慧光轉法輪故住自在心念佛門隨其自心所有欲樂一切如來現其影像咸得見故住一切業念佛門能隨法界一切衆生所修行業爲現其身令覺悟故住一

切神變念佛門見一切佛住於廣大香水海中坐蓮華臺普現神變滿十方故住等虛空界念佛門觀察如來所現身雲莊嚴法界虛空界故如是等無量無數念佛門而我云何能知能說彼功德行善男子南方有國名曰海門彼有比丘名爲海雲汝往彼問菩薩云何學菩薩行修菩薩道海雲比丘能善分別開發廣大善根因緣當令汝入廣大助道位當令汝成廣大善根力當爲汝說發菩提心因當令汝生廣大乘光明當令汝得廣大波羅蜜當令汝入廣大諸行海當令汝轉廣大誓願輪當令汝淨廣大莊嚴門當令汝起廣大慈悲力時善財童子禮吉祥雲比丘足繞無數帀殷勤瞻仰戀慕而去

大方廣佛華嚴經卷第四

音釋

宬 音成貯也 濬 私閏切深通川也 塹 七豔切遶城流水也 罥 古泫切罥也 鎧 可亥切甲也 轂 古祿切車轂也輻所輳者 轅 雨元切車前曲木上鉤衡者謂之轅 茵褥 茵於眞切褥而欲切茵褥車重席也 羈鞅 羈居宜切首絡也鞅於兩切頸組曰鞅 軛 音厄轅前橫木駕馬頸者爲軛 荷擔 荷胡可切負也擔都甘切任也

大方廣佛華嚴經卷第五

唐罽賓國三藏般若奉　詔譯

入不思議解脱境界普賢行願品

爾時善財童子聞善知識教一心正念隨順思惟所有智慧光明門隨順通達所有甚深解脱門隨順憶持所有自在三昧門隨順敬奉所有清淨教海門隨順觀察所見諸佛威德門隨順欣樂所見諸佛住處門隨順解了所見諸佛軌則門隨順思念所見諸佛出現門隨順趣入所見諸佛法界門隨順安住所見諸佛境界門漸次南行向海門國詣海雲比丘所頂禮雙足繞無數帀於前合掌白言聖者我已先發阿耨多羅三藐三菩提心欲入甚深最上智海而未知菩薩云何能具菩薩行長養菩提種云何能捨凡夫家生於如來家云何能度生死海入佛智慧海云何能離凡愚地入佛最勝地云何能斷生死流入佛淨行流云何能壞生死輪成就大願輪云何能滅魔境界顯示佛境界云何能竭愛欲海增長大悲海云何能閉三塗八難門開人天涅槃門云何能出三有繫縛城入種智解脱城云何能棄捨一切珍玩資具饒益攝受一切衆生唯願慈哀爲我宣説時海雲比丘告善財言善男子汝已發阿耨多羅三藐三菩提心耶善財言唯我已先發阿耨多羅三藐三菩提心海雲告言善哉善哉善男子發菩提心者不可得聞何況自能深心發趣善男子若諸衆生未曾修種深固善根則不能發阿耨多羅三藐三菩提心是故菩薩要得平等無礙境界普門善根光明照故要得真

實巧方便藏正道三昧光明照故要得積集功德海藏廣大福聚莊嚴身故要得增長種種白法念念出生無休息故要能供事真善知識諮問法要無疲猒故要捨慳悋無所藏積於身命財無愛著故要離憍慢心無高下安住不動如大地故要恒慈愍隨順衆生平等饒益無違逆故要處生死於惡趣中度苦衆生心不捨故要恒觀察如來境界欣求修習至究竟故要恒利益安樂一切諸衆生故如是乃至發菩提心發菩提心者所謂拔濟苦惱諸衆生故發大悲心平等福祐諸衆生故發大慈心除滅衆生諸苦蘊故發安樂心爲息衆生不善心故發饒益心救護怖畏諸衆生故發哀愍心捨離執著障礙法故發無著心普徧法界諸佛刹故發廣大心等虛空界無不往故發無邊心見一切佛妙色身故發無垢心觀三世法智無盡故發清淨心爲欲普入一切智智甚深海故發大智心發如是等種種心故是名菩薩發菩提心善男子我初止住此海門國十有二年常以十事觀察大海而爲境界所謂思惟大海寬廣難量思惟大海深難得底思惟大海同一鹹味思惟大海出生衆寶思惟大海吞納衆流思惟大海水色差別不可思議思惟大海種種衆生之所依住思惟大海容受無量大身衆生思惟大海能受大雲所雨之雨思惟大海究竟恒滿無有增減善男子我復思念世間之中頗有深廣過此海不乃至容受無增減過此海不善男子我作如是思惟之時從大海中有大蓮華衆寶莊嚴欻然出現以無能勝

帝青玻胝迦金剛摩尼王寶爲莖毗瑠璃摩尼王寶爲臺無垢清淨閻浮金爲葉隨時芬馥白檀香沉水妙寶而爲其藏黃色映徹碼碯寶王以爲其鬚百萬摩尼寶莊嚴網羅布其上凡所校飾周圓無際光榮四照彌覆大海百萬欲天王普雨種種天寶天華天鬘天香天燒香天塗香天末香天妙衣服天幢旛蓋如雲而下百萬龍王起大香雲雨衆香水百萬夜叉王獻以種種珍奇寶藏百萬羅刹王各以慈心合掌觀察百萬乾闥婆王以妙樂音歌詠讚歎百萬阿脩羅王執持其莖曲躬而立百萬迦樓羅王銜諸瓔珞妙寶繒帶四面垂下百萬緊那羅王起饒益心歡喜愛樂百萬摩睺羅伽王起清淨心恭敬禮拜百萬人王起殷重心合掌瞻仰百萬轉輪聖王各以七寶莊嚴供養百萬梵天王頭頂禮敬百萬淨居天恭敬合掌百萬主海神俱時出現恭敬作禮百萬主火神各持種種妙寶莊嚴百萬味光摩尼寶光明普照百萬淨福摩尼寶布散莊嚴百萬徧照摩尼寶爲清淨藏百萬離垢藏摩尼寶其光赫奕百萬吉祥藏摩尼寶放妙光明百萬妙藏摩尼寶光照無邊百萬閻浮幢摩尼寶周布行列百萬不壞金剛摩尼寶清淨莊嚴百萬日藏摩尼寶廣大清淨圓光普照百萬可愛樂摩尼寶顯現衆色具足莊嚴百萬心王摩尼寶放雜色光雨無盡寶此大蓮華所有莊嚴皆從如來過去積集出世廣大善根所生令諸菩薩各於此華信願成滿普於十方一切世界無不顯現從如幻觀香王業生以無生法所莊嚴

故從如夢觀離相法生以無作法之所印故從無染著離淨法生隨境觀察無所著故恒出妙音演說如來廣大境界其聲充滿一切諸佛清淨剎土假使無數百千億劫以妙辯才稱讚此華功德無盡善男子我時於此蓮華之上見有如來結跏趺坐相好具足形量高廣上至有頂如來所處寶蓮華座不可思議道場衆會不可思議圓滿智慧不可思議圓光照耀不可思議威儀隨現不可思議光明熾盛不可思議諸相隨好不可思議變現自在不可思議神通調伏不可思議清淨妙色不可思議無見頂相不可思議舌相長廣不可思議辯才善巧不可思議圓音普現不可思議無量智力不可思議清淨無畏不可思議無礙解智不可思議憶念彼佛往修本

行不可思議菩提自在不可思議法雷震吼不可思議普門示現不可思議種種莊嚴不可思議隨其左右見各差別不可思議普徧饒益咸令成熟不可思議善男子時彼如來於蓮華上即伸右手而摩我頂爲我演說普眼法門顯發一切菩薩諸行開演一切如來境界闡揚一切諸佛妙法光照一切諸佛剎土圓滿一切諸佛相好摧伏一切外道邪論散滅一切諸魔軍衆能令一切衆生歡喜調伏一切衆生煩惱能照一切衆生心行善了一切衆生根性能以威力普轉法輪隨衆生心悉令開悟我從彼佛得聞於此普眼法門受持讀誦憶念思惟假使有人以大海量墨須彌聚筆書此無盡廣大海藏普眼藏普眼法門一品中一門一門中一法一法中一義

一義中一句乃至少分尚不可得何況盡能具足書寫善男子我於彼佛千二百歲受持如是普眼法門相續不斷於日日中常以十種陁羅尼門領受記持十無數品所謂以聞持陁羅尼光明領受無數品以寂靜門陁羅尼光明趣入無數品以無邊旋陁羅尼光明普入無數品以隨地觀察普徧照耀陁羅尼光明分別無數品以具足威力陁羅尼光明普攝無數品以蓮華莊嚴陁羅尼光明引發無數品以微妙言音陁羅尼光明開演無數品以虛空藏陁羅尼光明顯示無數品以光聚山陁羅尼光明增廣無數品以海藏普持陁羅尼光明辯析無數品善男子是時十方一切世界各有無量諸衆生等爲聽法故而來我所所謂天王龍王夜叉王乾闥婆王阿脩羅王迦樓羅王緊那羅王摩睺羅伽王人王梵王如是諸王并其眷屬來詣我所諮問我法我悉爲其次第開演分別解說咸令歡喜心生愛樂深信趣入悟解成就安住於此諸佛菩薩光明妙行普眼法門善男子我唯知此普眼法門如諸菩薩摩訶薩深入一切菩薩行海隨其願力皆清淨故深入一切廣大願海盡一切劫住世間故深入一切諸衆生海隨其心行普饒益故深入一切衆生心海出生無礙十力智故深入一切衆生根海隨時調伏令成熟故深入一切同異剎海爲滿本願悉嚴淨故深入一切無盡佛海常願承事與供養故深入一切正覺法海能以智慧咸悟入故深入一切佛功德海於真實道具足修故深入一切諸言辭海徧一切剎轉

法輪故而我云何能知能說彼功德行善男子從此南行六十由旬楞伽道邊有一聚落名爲海岸彼有比丘名曰妙住汝詣彼問菩薩云何令菩薩行速得清淨時善財童子禮海雲足右繞瞻仰辭退而去爾時善財童子隨順思惟善知識教專心憶念普眼法門專念如來神變威力憶持微妙法句身雲趣入無邊法門教海觀察善友威儀法式游泳甚深法海旋澓普徧趣入虛空法界淨治法眼所有翳障捃拾善友所集法寶如是作意漸次南行至楞伽道海岸聚落觀察十方周徧求覓妙住比丘見彼比丘在虛空中經行來往不思議數諸淨居天與宮殿俱於虛空中恭敬合掌發弘誓願而爲供養不思議數諸梵天王曲躬合掌出妙音聲以人間法稱揚讚歎而爲供養無數千萬欲界諸天及諸天王恭敬圍繞滿虛空中布天華雲雨天華雨作天妓樂出妙音聲無數繒綺寶幢旛蓋種種嚴飾悉徧虛空而爲供養復有無數諸大龍王於虛空中興不思議沉水香雲普徧虛空震雷激電而爲供養無量不思議數諸夜叉王各以眷屬周帀圍繞恭敬守護而爲供養無量不思議數諸羅刹王與諸眷屬其形長大甚可怖畏咸起慈心親近瞻仰而爲供養無量阿脩羅王興不思議摩尼寶雲放大光明徧滿虛空雨種種寶莊嚴照耀而爲供養無數迦樓羅王作童子形諸妙婇女之所圍繞起大慈愍無殺害心恭敬合掌而爲供養無數緊那羅王拊擊衆樂演出種種微妙音聲復以種種稱法言辭歌詠讚歎而爲供

養無數摩睺羅伽王持不思議上妙微細天諸衣服親近隨逐周迴布列而爲供養無量主海神作諸妓樂出和雅音而爲供養善財童子見此比丘於虛空中經行自在復有如是供養之事充滿虛空歡喜踊躍不能自持五體投地一心敬禮良久乃起合掌白言聖者我已先發阿耨多羅三藐三菩提心而未知菩薩云何勤求佛法云何積集佛法云何滿足佛法云何熏習佛法云何修行佛法云何淨治佛法云何隨順佛所行法云何通達佛筭數法云何增長佛普徧法云何清淨佛究竟法云何總攝佛功德法云何能入佛隨順法我聞聖者善能誘誨唯願慈悲爲我宣說菩薩云何恒見諸佛聞法勤修而不捨離菩薩云何恒同一切菩薩善根而不捨離菩薩云何恒以智慧證諸佛法而不捨離菩薩云何恒以大願饒益衆生而不捨離菩薩云何恒以修一切菩薩事業而不捨離菩薩云何恒住劫海修行無猒而不捨離菩薩云何恒住刹海普徧莊嚴而不捨離菩薩云何恒依佛力悉能知見諸佛神變而不捨離菩薩云何恒於六趣自在受生住無住道而不捨離菩薩云何恒受諸佛正法雲雨悉能憶持而不捨離菩薩云何恒發智光照三世佛所行處而不捨離唯願慈哀爲我開演爾時妙住比丘告善財言善哉善哉善男子汝已能發阿耨多羅三藐三菩提心今復志求一切智法及自覺法善男子汝能發心深信愛樂殷勤不捨請問於我汝當諦聽今爲汝說善男子我得菩薩普徧速疾勇猛不空供養諸

佛成熟衆生解脱門常於此門若行若止修習思惟或入或出隨順觀察即時獲得智慧光明名普照諸法究竟無礙由得如是智光明故知諸衆生種種心行無所罣礙知諸衆生種種殁生無所罣礙知諸衆生宿住之事無所罣礙知諸衆生未來劫事無所罣礙知諸衆生現在世事無所罣礙知諸衆生種種言音隨俗差別無所罣礙知諸衆生種種疑網咸爲決了無所罣礙知諸衆生種種根性受法差別無所罣礙知諸衆生應受化時悉往調伏無所罣礙知諸時分刹那臘縛牟呼栗多晝夜年劫延促相入無所罣礙知三世海諸法流轉相續次第無所罣礙知諸佛刹無量差別能以其身徧往十方無所罣礙何以故以得無住無作無行神通力故善男子我以得此神通力故於虛空中或行或住或坐或卧乃至現作種種威儀隱顯自在或以一身分爲多身或以多身合爲一身或以其身來往入出穿度石壁而無障礙或於空中結跏趺坐自在往來猶如飛鳥入地如水履水如地徧身上下普出煙焰光明熾盛如大火聚或時震動一切大地或時以手捫摸日月或現威德超自在天或現大身過於梵世或以神力轉變自在或現燒香雲盤旋如蓋彌覆十方或現寶焰雲光明熾盛普照一切或現變化雲其身隨類等衆生界或現光網雲具足衆色暎徹無礙或現其身於一念頃過於東方一世界十世界百世界千世界百千世界億世界百億世界千億世界百千億世界百千億那由他世界乃至無數世界無

量世界無邊世界無等世界不可思議世界不可量世界不可稱世界不可說世界不可說不可說世界乃至或過閻浮提極微塵數世界乃至過不可說不可說佛刹極微塵數世界如是一切世界海中所有一切世界出生中一切世界方處中一切世界旋轉中一切世界普徧中一切世界變化中一切世界名字中一切世界法門中一切世界時劫中一切世界微細中一切世界菩提場中一切世界莊嚴具中一切世界大衆會中如是一切種種世界其中所有一切刹土皆有如來現成正覺彼諸如來一一復現一切佛刹極微塵數大衆集會差別之身我悉於彼一切佛所普現其身於一一身普雨一切諸佛刹海極微塵數諸供養雲所謂一切華雲一切香雲一切鬘雲一切蓋雲一切幢雲一切旛雲一切帳雲一切綱雲一切末香雲一切塗香雲一切衣服雲以一切身各持如是諸供具雲而爲供養一一如來所轉法輪種種宣說所謂廣說略說讚說毀說明了說隱密說有餘說無餘說不定說決定說我皆悟解憶念受持一一國土諸佛刹海所有莊嚴我皆憶持曾無忘失如於東方南西北方四維上下亦復如是善男子如是一切諸世界中所有衆生若聞我名若見我身或覩經行止住之處或以一心禮拜供養或時散亂懷疑不信如是一切皆決定於阿耨多羅三藐三菩提得不退轉彼諸世界一切衆生我皆明見隨其大小勝劣苦樂示同其形隨所應度教化調伏而成熟之隨其衆生親近我者悉令

安住如是法門善男子我唯知此普徧速疾勇猛不空供養諸佛成熟衆生無礙解脫門如諸菩薩摩訶薩具足受持大慈悲戒波羅蜜戒住大乘戒不離菩薩道戒不著一切法戒不捨菩提心戒不墮二乘地戒常以佛法爲所緣戒心常憶念一切智戒所發志樂等虛空戒一切世間無所依戒不闕漏戒不濁亂戒無遺失戒不雜染戒不追悔戒無猒怠戒清淨戒離塵戒無垢戒如是菩薩戒行功德無量無邊而我云何能知能說善男子從此南方有一國土名達邏叱吒其國有城名金剛層中有大士名曰彌伽汝往彼問菩薩云何學菩薩行修菩薩道時善財童子禮妙住足右繞瞻仰辭退而去爾時善財童子一心隨順善知識教正念觀彼法光明門以清淨心深信趣入念法威力順佛所行專心憶持紹三寶種歎離欲性念善知識普徧觀察照明三世憶本大願隨順修行以無礙心入衆生界常勤作意救護世間於諸有爲心無倚著觀一切法根本自性念念流入一切智海普徧嚴淨一切佛剎於諸如來道場衆會心無依住如是觀察漸次南行至達邏叱吒國入金剛層城周徧求覓彌伽大士乃見其人於市肆中處高臺上坐師子座十千人衆所共圍繞廣說輪字莊嚴法門善財往詣頂禮其足繞無數帀恭敬合掌白言聖者我已先發阿耨多羅三藐三菩提心而未知菩薩云何學菩薩行云何修菩薩道云何流轉諸趣常不忘失菩提之心云何心得堅固勤求佛法無有猒倦云何獲得清淨謙下之心無

能壞者云何得大悲力恒處生死不憚劬勞云何得陁羅尼力自在攝持普門清淨云何發生廣大智光離諸翳障云何得妙辯才善巧決擇甚深法藏云何得正念力憶持諸佛一切法輪云何得淨趣力演一切法普淨諸趣云何得成菩薩普徧智力於一切法種種分別悉能決定了真實義唯願慈哀爲我宣說爾時彌伽告善財言善男子汝已先發阿耨多羅三藐三菩提心耶善財白言唯然大士我已先發阿耨多羅三藐三菩提心彌伽遽即下師子座由爲尊重菩提心故於善財前五體投地一心禮敬從地而起散金銀華無價寶珠及以上妙碎末栴檀復以雜綵無量寶衣以覆其上復散無數殊勝光潔悅意香華衆妙供具而爲供養然後合掌以柔軟音而稱讚言善哉善哉善男子汝乃能發阿耨多羅三藐三菩提心善男子若有能發阿耨多羅三藐三菩提心者則爲勤求一切智智不斷佛種則爲永離一切世間凡夫種性則爲嚴淨一切諸佛所有剎土則爲調伏一切衆生令其成熟則爲覺了一切法性出生死海則爲照解一切業種無所依著則爲勤修一切菩薩所有妙行則爲已發一切大願無有斷絶則爲隨順一切種智離欲行處則爲獲得一切菩薩堅固種性則爲已得一切諸佛威力加持則能明見一切三世所有差別則爲十方一切如來共所護念則與法界一切菩薩志樂平等則得一切賢聖咸共稱讚則得一切梵王一心禮覲則得一切天王恭敬供養則得一切夜叉王常勤守護則得

一切羅刹王隨逐侍衛則得一切諸大龍王迎接奉事則得一切緊那羅王歌詠讚歎則得一切諸世間主同心慶悅則令一切諸衆生界悉得安隱所謂令斷一切惡趣流轉故令捨一切諸苦難處故令息一切貧窮根本故令生一切人天快樂故令得親近供養一切善知識故令得聽聞受持諸佛廣大法故能令修習一切菩薩菩提分法故能令增長一切功德善法根芽故能令熏發一切菩薩無漏智種故能令智光普照一切差別智道故能令究竟住於菩薩真實智地故善男子如是菩薩難得出世亦難值遇諸有所作難識難知能爲衆生作甚難事若得見者倍更爲難何以故菩薩出世與諸衆生爲大利益如父母長養安慰令成就故如瓔珞莊嚴一切諸天人故如船師於生死海度衆生故如屋宅覆護一切諸世間故如商主能導羣生至寶所故如赫日智慧光明能普照故如君主覺法城中得自在故如熾火能燒衆生我愛薪故如大雲普霔無邊甘露雨故如時雨增長信等善根芽故如船舫運度衆生達彼岸故如橋梁能度衆生越生死故如津濟顯示一切出要道故如風輪持衆生不令墮落三惡趣故如大地悉能增長一切衆生諸善根故如大海具足一切無盡福智功德藏故如滿月普放智光破煩惱暗施清涼故如猛將悉能摧伏一切魔軍令退散故如須彌山勝智善根超出深廣生死海故爾時彌伽廣爲善財稱讚顯示發菩提心大功德力令諸衆生皆生歡喜同聲唱言善哉善哉善男子

今我衆會因見勝人得聞菩薩功德行願踊
躍歡喜不能自持是時彌伽還昇本座從其
面門放種種光普照三千大千世界時此世
界諸大梵王天龍夜叉乾闥婆阿脩羅迦樓
羅緊那羅摩睺羅伽人及非人如是諸王并
其眷屬蒙光照耀靡不來集是時大士觀察
衆心咸生恭敬離諸諂慢其心寂靜志意柔
順隨其樂欲廣爲分別開示解釋輪字句品
莊嚴法門彼諸衆生聞此法已信順悟入皆
於阿耨多羅三藐三菩提得不退轉所應作
已告善財言善男子我已成就妙音陁羅尼
光明法門於一念中能分別知三千大千世
界所有欲色諸天語言差別祕密諸龍夜叉
乾闥婆阿脩羅迦樓羅緊那羅摩睺羅伽人
非人等所有語言差別祕密亦知彼彼一切
衆生所有心想種種樂欲差別祕密所謂了
知色界梵王及諸梵衆所有心樂差別祕密
亦知欲界諸大天王天子天女所有心樂差
別祕密亦知龍等人及非人男女眷屬所有
心樂差別祕密亦能知此三千大千世界一
切聲聞及辟支佛所有向果各各修習一切
菩薩行願地位各各修習微細意趣差別祕
密及諸言辭分別解說辯釋文義無不明了
亦能了知三世諸佛爲諸衆生演說一切甚
深法海種種言辭意趣祕密如於一念知此
世界所有衆生及諸賢聖言辭心想行願地
位各各差別微細祕密亦知東方一十百千
萬億那由他無數無量無邊無等不可數不
可稱不可思不可量不可說不可說不可說
諸世界中所有衆生及諸賢聖言辭心想行

願地位微細祕密南西北方四維上下各盡不可說不可說諸世界中所有衆生及諸賢聖言辭心想行願地位各各差别微細祕密如是一切悉能了知無不通達善男子我唯知此妙音陁羅尼光明法門如諸菩薩摩訶薩普能隨入一切衆生種種想行眷屬海普能隨入一切衆生種種建立施設海普能隨入一切衆生種種稱讃名字海普能隨入一切衆生種種方俗語言海普能隨入一切諸佛甚深祕密法句海普能隨入一切諸佛究竟最上法句海普能隨入一切諸佛於一所緣中說一切三世所緣法句海普能隨入一切諸佛於一切語言中演說一切增上法句海普能隨入一切諸佛於一切語言中演說一切上上法句海普能隨入一切諸佛於一切語言中演說廣大差别法句海普能隨入一切諸佛於一切語言中演說一切差别善巧調伏法句海普能隨入一切諸佛於一切世界中演說種種呪術言辭差别祕密海普能隨入一切世界種種衆生音聲語言際普能隨入一切諸佛清淨法輪圓滿莊嚴際普能隨入一切世間種種字輪普徧出生顯示諸法際如是菩薩行智功德而我云何能知能說善男子從此南方有一聚落名爲住林彼有長者名曰解脱汝往彼問菩薩云何修習菩薩道菩薩云何出生菩薩德菩薩云何成就菩薩行菩薩云何思惟菩薩法時善財童子蒙善知識慈誨化誘於一切智法深生尊重於一切善根增益信樂於一切佛法倍起精勤於一切善知識敎普加隨順禮彌伽

足悲泣流淚繞無量帀戀慕瞻仰辭退南行

大方廣佛華嚴經卷第五

音釋

吞納吞吐根切并包也納奴合切容受也　所雨雨王遇切水從雲下也　欻然欻許勿切欻然猶忽然也　芬馥芬敷文切馥房六切芬馥謂芬芳馥郁也　析析音昔分析也　泳爲命切潛行水中也　捃擧蘊切取也收拾也　拊拊芳武切拍也亦擊也擊古歷切　捫摸捫音門摸末各切謂捫撫摸索也　達邏吒吒梵語國名也邏朗可切吒陟嫁切　憚徒案切畏難故也　遽其據切疾速也　船舫舫甫妄切方舟也謂兩船相並也又云桴也

大方廣佛華嚴經卷第六

唐罽賓國三藏般若奉　詔譯

入不思議解脱境界普賢行願品

爾時善財童子隨順思惟一心專念彼諸菩薩微妙辯才莊嚴法門一心專念彼諸菩薩言辭教海一心專念彼諸菩薩微細方便一心專念彼諸菩薩清淨解脱一心專念彼諸菩薩善根光明一心專念彼諸菩薩清淨善巧一心專念彼諸菩薩攝衆生智一心專念彼諸菩薩廣大智力一心專念彼諸菩薩勇猛不退一心專念彼諸菩薩殊勝志樂一心專念彼諸菩薩無量功德一心專念彼諸菩薩無礙法門如是思惟弘誓堅固勇猛精進而爲甲胄以正信力恒自莊嚴勤求正法心無疲猒志願堅固猶若金剛及那羅延無能壞者恒於一切善知識教奉順修行常無間斷於諸境界心無染著普門妙行皆悉現前普眼智光照諸法海圓滿諸地陁羅尼門現見十方了法邊際以無礙智普徧莊嚴證解清淨無依法性顯示無對無二法門超過一切最勝彼岸入淨智門永離諸想能審觀察諸法實際普知三世差别法門普往十方差别世界普見十方差别佛身普入十方差别時劫普觀十方差别業性普轉諸佛差别法輪普智三昧明照其心心恒普入平等境界如來慧光照觸其身一切智流相續不斷若身若心勢力自在常不捨離一切佛法以深信力常得諸佛威神所加以淨慧力爲諸如來光明所照以誓願力願身周徧一切刹網一切法界普入其身漸次遊行經十二年至

住林城周徧詢求解脫長者旣得見已五體投地頂禮雙足起立合掌白言聖者我今得與善知識會是我獲得廣大善利何以故善知識者難可出現難得聞名難得逢值難得親近難得承接難得同住難得奉事難令喜悅難蒙開曉難得隨逐我今會遇眞善知識是我獲得最勝善利如是展轉難中之難聖者我已先發阿耨多羅三藐三菩提心爲欲值遇一切佛與故爲欲普聞一切佛名故爲欲普見一切佛身故爲欲普詣一切佛刹故爲欲普入一切佛會故爲欲普觀一切佛境故爲欲普知一切佛意故爲欲普受一切佛記故爲欲普承一切佛力故爲欲普事一切諸佛故爲欲證悟一切佛法故爲欲隨順一切佛心故爲欲圓滿一切佛願故爲欲獲得一切三昧故爲欲照明一切佛智故爲欲莊嚴一切佛會故爲欲徧修諸佛本行故爲欲現見諸佛神通故爲欲具證諸佛智力故爲欲清淨諸佛無畏故爲欲聽聞一切佛法故爲欲受持諸佛法輪故爲欲辯析一切佛法故爲欲住持諸佛教海故爲欲守護諸佛法城故爲欲觀察佛所覺法故爲欲解悟佛所證法故爲欲深入佛所知法故爲欲見一切佛法於自身中出生故爲欲與一切菩薩同體故爲欲與一切菩薩同類故爲欲等一切菩薩善根故爲欲觀一切菩薩所學故爲欲同一切菩薩淨行故爲欲成一切菩薩所修故爲欲滿一切菩薩波羅蜜故爲欲發一切菩薩清淨願故爲欲入一切菩薩大願海故爲欲具一切菩薩大悲力故爲欲至一切菩

薩究竟處故爲欲獲得諸佛菩薩差別威神藏故爲欲獲得一切菩薩智慧光明無盡藏故爲欲獲得一切菩薩廣大功德三昧藏故爲欲獲得一切菩薩無量威力藏故爲欲獲得一切菩薩無量神通藏故爲欲獲得一切菩薩大神變藏無窮盡故爲欲獲得一切菩薩大自在藏常現前故爲欲獲得一切菩薩淨妙色藏而莊嚴故爲欲獲得一切菩薩大慈悲藏教化衆生皆令究竟達彼岸故聖者我令以如是心如是意樂如是希欲如是勤求如是思惟如是渴仰如是尊重如是方便如是勇猛如是究竟如是謙下來至聖者善知識所我聞聖者善能誘誨諸菩薩衆能以方便開佛境界示其道路指其津濟與其橋梁授其船筏普令一切截愚癡網除顛倒障拔疑惑箭滌煩惱垢照心稠林破心迷執令心潔白正心諂曲除心熱惱使心清涼迴生死流趣涅槃道令心遠離諸見牢獄令心解脫貪欲繫縛於染愛處令心動轉隨順趣入一切智性令其疾到廣大法城令其堅固無上大悲令其安住究竟大慈令其發起諸菩薩行令其修習諸三昧門令其悟入聖所證位令其觀察諸法本性令其增長普賢願力於諸衆生其心平等唯願慈哀爲我宣說菩薩云何學菩薩行修菩薩道隨所修習疾得清淨疾得明了具足圓滿時解脫長者以過去積集善根力故如來現在威神力故文殊師利童子憶念力故十方一切諸善知識本行願力所加持故即入菩薩勝三昧門其三昧名普攝無邊一切佛刹旋陁羅尼入三昧

已其身清淨光明暎徹於其身中顯現十方各十佛刹極微塵數佛及佛刹淨妙莊嚴衆會道場光明等事亦現彼佛徃昔同行諸菩薩衆徃昔所現神通變化徃昔所發廣大誓願徃昔所修助道之法徃昔所淨諸出離道徃昔所有清淨莊嚴徃昔所行諸菩薩行亦見彼佛成等正覺轉妙法輪敎化衆生如是一切悉於身中分明顯現無有障礙亦於身內一切刹中普現其身無不充徧身與佛刹互相涉入不相障礙種種色像而無徃來一一差別次第而住不相雜亂所謂種種佛刹各別莊嚴種種衆會眷屬圓滿種種威儀恭敬供養種種道場各各嚴飾其中諸佛示現種種遊戲神通建立種種差別乘道顯示種種廣大願門普徧莊嚴種種神力或一世界

示現上生處兜率宮而作佛事或現處胎種種兜率天下入王宮而作佛事或現處胎種種神變或現誕生種種瑞相或現嬰孩種種遊戲或示童子現處內宮或現出家示行苦行或詣覺樹坐於道場或現神通破魔軍衆或現自在成無上道或見諸王勸請說法或見受請轉妙法輪或見天龍乾闥婆等恭敬圍繞常隨守護或現其身徧入諸趣或徃一切衆生住處或時示現度衆生已入般涅槃爲令世間咸增戀慕或現舍利全身碎身分布人天令興福祐或徧人天起大塔廟莊嚴國界饒益衆生彼諸如來於種種世界種種趣生種種部類種種衆會種種根器種種樂欲種種業行種種信解種種根力種種修習種種行願種種覺悟種種心想種種煩惱隨眠

習氣如是一切衆生海中以佛威力廣現神通徧一切處施作佛事所謂或處極微塵量道場或處無邊廣大道場或處一由旬量道場或處十由旬量道場乃至或處與不可說不可說佛刹極微塵數諸世界海其量正等衆會道場以種種神通種種音聲種種言辭種種辯才種種訓釋於諸如來聖諦海中以種種無畏大師子吼爲種種衆生演說種種修多羅海開示種種陀羅尼門普轉種種如來法輪普授種種諸菩薩記彼諸如來所說法門所出言音善財童子悉能聽受憶持不忘思惟觀察亦見諸佛及諸菩薩不可思議諸三昧門自在神變爾時解脫長者現是相已即從三昧安詳而起告善財童子言善男子我已於此甚深無礙莊嚴解脫門自在入出善男子我住於此解脫門時即見東方閻浮檀金光明世界龍自在王如來應正等覺道場衆會之所圍繞毗盧遮那藏菩薩而爲上首又見南方速疾具足諸力世界徧覆普香王如來應正等覺道場衆會之所圍繞思惟心王菩薩而爲上首又見西方具足一切香圓滿光世界須彌燈王如來應正等覺道場衆會之所圍繞無礙心菩薩而爲上首又見北方袈裟幢世界金剛堅固如來應正等覺道場衆會之所圍繞金剛遊步勇猛行菩薩而爲上首又見東北方一切殊勝妙寶世界無所得境界眼毗盧遮那如來應正等覺道場衆會之所圍繞無所得妙變化菩薩而爲上首又見東南方自在香焰光音世界香燈王如來應正等覺道場衆會之所圍繞金

剛焰慧自在妙音王菩薩而爲上首又見西南方智日焰普光明世界毗盧遮那普智聲如來應正等覺道場衆會之所圍繞普焰垂髻變現香華光菩薩而爲上首又見西北方普清淨妙香莊嚴藏世界無量功德海幢圓滿光如來應正等覺道場衆會之所圍繞無礙威力身智幢王菩薩而爲上首又見下方師子騰焰解脱光明世界無礙法界幢具足智慧焰光如來應正等覺道場衆會之所圍繞法界智焰光明徧照世界幢菩薩而爲上首又見上方光明徧照次第出現無盡佛世界名稱無邊無礙智慧圓滿光幢王如來應正等覺道場衆會之所圍繞無礙精進力法界智幢王菩薩而爲上首善男子我見如是十佛世尊而爲上首如是乃至見於十方各十佛刹極微塵數諸佛如來應正等覺道場衆會之所圍繞一一皆有上首菩薩并諸眷屬分明顯現然彼一切世界如來不來至此我身亦不往詣於彼善男子我若欲見安樂世界無量壽如來隨意即見我若欲見白栴檀香世界月智如來妙香世界寶光明如來蓮華世界寶蓮華光明如來妙金光世界寂静光如來妙喜世界不動如來善住世界師子相如來鏡光明世界月覺如來吉祥師子寶莊嚴世界毗盧遮那如來如是十方一切世界所有如來我若欲見隨意即見然彼如來不來至此我不往彼善男子我若欲見盡過去際一切劫中所有諸佛及彼佛刹種種莊嚴道場衆會神通變化調伏衆生盡未來際一切劫海所有如來及諸菩薩莊嚴國土

衆會道場調伏衆生神通變化如是一切隨念皆見彼諸如來及彼諸劫一切佛刹所有莊嚴種種差别不來至此我心亦不入彼過未然其所見皆如現在善男子我能了知十方三世一切如來及諸菩薩國土莊嚴神通等事無所從來亦無所去無有行處亦無住處亦知已身無去無來無行住處所以者何知一切佛及與我心皆如夢故如夢所見從分别生見一切佛從自心起又知自心如器中水悟解諸法如水中影又知自心猶如幻術知一切法如幻所作又知自心諸佛菩薩悉皆如響譬如空谷隨聲發響悟解自心隨念見佛我如是知如是憶念所見諸佛皆由自心善男子當知菩薩修諸佛法淨諸佛刹積集妙行調伏衆生發大誓願入一切智自在遊戲不可思議解脱法門得佛菩提現大神通徧往十方一切法界以微細智普入諸劫如是一切佛菩薩法皆由自心善男子諸業虚妄積集名心末那思量意識分别眼等五識了境不同愚癡凡夫不能知覺怖老病死求入涅槃生死涅槃二俱不識於一切境妄起分别又由未來諸根五塵境界斷滅凡愚之人以爲涅槃諸佛菩薩自證悟時轉阿賴耶得本覺智善男子一切凡愚迷佛方便執有三乘不了三界由心所起不知三世一切佛法自心現量見外五塵執爲實有猶如牛羊不能知覺生死輪中無由出離善男子佛說諸法無生無滅亦無三世何以故如自心現五塵境界本無有故有無諸法本不生故聖者自悟境界如是善男子愚癡凡夫妄

起分别無中執有有中執無取阿賴耶種種行相墮於生滅二種見中不了自心而起分别善男子當知自心即是一切佛菩薩法由知自心即佛法故則能淨一切刹入一切劫是故善男子應以善法扶助自心應以法雨潤澤自心應以妙法治淨自心應以精進堅固自心應以忍辱卑下自心應以禪定清淨自心應以智慧明利自心應以佛德發起自心應以平等廣博自心應以十力四無所畏明照自心善男子我唯於此如來甚深無礙莊嚴解脫法門自在入出如諸菩薩摩訶薩住無礙智行無礙行於諸境界無不通達現前常得見一切佛廣大三昧住一切佛無涅槃際成正覺門普徧了知諸三昧海所有境界能隨觀察三世諸法悉皆平等分身徧往一切刹海入於諸佛無分别處一切境界皆悉現前常能觀察一切諸法以圓滿智盡能說行一切菩薩功德行願於其身中悉能顯現一切世界成壞之相而於自身及彼世界不生二想如是妙行而我云何能知能說善男子從此南行閻浮提畔有一住處名徧無垢彼有比丘名曰海幢汝詣彼問菩薩云何學菩薩行修菩薩道時善財童子禮長者足右繞觀察思惟瞻仰稱揚讚歎無量功德念善知識能爲救護於善知識常生歡喜依善知識發起行願由善知識令我開悟敬善知識心無違逆事善知識無有諂誑於善知識心常隨順於善知識起慈毋想令我遠離一切顛倒於善知識起慈父想令我成就菩薩善法如是思惟深生愛樂悲泣流淚辭退而

去爾時善財童子一心正念彼長者教隨順觀察如說修行億持彼不思議菩薩解脫門思惟彼不思議智慧光明門深入彼不思議法界次第門悟解彼不思議徧入普法門明見彼不思議如來神變觀察彼不思議普入佛刹深信彼不思議佛力莊嚴照現彼不思議菩薩三昧了達彼不思議差別世界修習彼不思議菩薩淨業發起彼不思議廣大誓願如是觀察漸次南行向閻浮提畔無垢聚落周徧尋覓海幢比丘乃見其在經行林側結跏趺坐端身正念離出入息無別思覺住不思議廣大三昧以三昧力現大神通於其身上從頂至足一切支分一切毛孔悉現無量不思議數同自身相一切身雲徧一切處現一切身爲普供養一切如來故爲普嚴淨

一切佛刹故爲普成熟一切菩薩故爲普調伏一切衆生故爲普濟拔諸苦蘊故爲普除斷三惡趣故爲普開示人天路故爲普銷滅煩惱毒故爲令衆生普入甚深智慧海故爲令衆生究竟安住一切智故從兩足下出無數佛刹極微塵數長者居士婆羅門衆相似身雲首戴華冠身垂瓔珞明珠繫頂被服莊嚴無量童男以爲眷屬普往十方一切世界悉以一切上妙供具普施衆生所謂普雨一切上味如法飲食一切上妙雜色寶華一切衣服一切瓔珞一切鬘帶一切熏香一切塗香一切寶器一切宮室一切欲樂資生之具於一切處救攝一切貧窮衆生充濟所須令其滿足安慰一切苦惱衆生獲身心樂令其歡喜成熟一切善根衆生心意調柔令其清

淨究竟無上菩提之道如是示現充滿十方從其兩膝出現無數百千萬億諸刹帝利及婆羅門并其眷屬相似身雲皆悉聰慧具諸藝業世出世間無不通達種種色相種種形貌種種衣服上妙莊嚴普徧十方一切世界恒以四攝攝諸衆生謂與財寶令其富樂可意語言令聞歡喜或以同事勸導誘進如是一切貧者令足病者令愈危者令安怖者令止有憂苦者令其快樂復以方便咸使發心授以正法令其開悟速疾令其離諸不善集衆善法從生死泥拔濟令出住真實義無畏法中如是示現充滿十方從其臍輪出等衆生數異道諸仙相似身雲種種形相各別莊嚴或服草衣或衣樹皮皆執澡瓶威儀寂靜將諸仙衆足步虛空往反周旋十方世界咸出無量歌讚之聲稱揚諸佛所有功德或歎菩薩所修梵行所說妙法所證清淨其音和雅美妙清徹普聞十方無有障礙調伏成熟一切衆生普攝諸根不令放逸令其觀察真實境界或說諸法皆無自性使其發起一切智心令其安住究竟實道或說世間資生言論或現方域導俗軌儀種種善巧隨宜化度開一切智出要法門令諸衆生普得饒益隨其次第各修其業如是示現充滿十方從其兩脇出不思議無數龍王龍子龍女并其眷屬相似身雲現不思議諸龍神變徧滿虛空所謂雨不思議寶香莊嚴雲不思議寶華莊嚴雲不思議寶鬘莊嚴雲不思議寶蓋莊嚴雲不思議寶幢莊嚴雲不思議寶旛莊嚴雲不思議種種妙寶瓔珞莊嚴雲不思議大摩

尼寶王莊嚴雲不思議種種寶座莊嚴雲不思議天寶嚴具莊嚴雲不思議天寶宮殿莊嚴雲不思議諸天婇女歌詠讃歎莊嚴雲不思議天寶珠網莊嚴雲不思議摩尼鬘葉臺蘂寶蓮華莊嚴雲不思議一切摩尼寶冠莊嚴雲不思議無邊光焰天寶莊嚴雲不思議華鬘幢蓋天身莊嚴雲不思議恭敬合掌天諸婇女雲不思議含耀吐焰金色蓮華雲不思議演說一切諸佛功德大音聲雲如是一切普徧虛空以爲莊嚴周徧十方一切世界諸佛道場而爲供養普令衆生皆生歡喜除煩惱熱得清涼樂如是示現充滿十方從其胷臆吉祥相中出無數佛剎極微塵數阿脩羅王并其眷屬相似身雲皆悉示現不可思議巧幻術力種種神變充滿虛空所謂能令無量百千萬億世界皆悉震動一切山王互相衝擊一切海水皆大涌沸諸天宮殿無不動摇諸魔光明無不隱蔽諸魔軍衆無不摧伏普令衆生捨離憍慢心無放逸除慳嫉妬息諸怨害咸起慈心破煩惱山竭愛欲海長無鬬諍永共和善復以幻力遊戲神通開悟羣生令離貪著於諸惡法常樂遠離怖畏生死欣求解脫令出世間一切諸趣令住無上菩提之心令修菩薩清淨妙行令趣菩薩波羅蜜道令入一切諸菩薩地令照菩薩微妙法門令觀菩薩方便善巧如是示現徧周法界從其背出無量阿僧祇佛剎極微塵數聲聞獨覺相似身雲爲諸衆生應以二乘而受化者廣說法要令其調伏所謂爲執我者說無有我爲執常者說行無常爲貪行者說不

淨觀爲瞋行者說慈心觀爲癡行者說緣起觀爲等分者說與智慧相應境界各別對治令徧觀察爲於境界生樂著者說離諸著無所有性爲徧躭滯五欲境界說離諸欲無染著性爲著寂靜定所繫者說大願門令深愛樂普普饒益一切衆生轉於法輪盡未來際令諸衆生所願皆滿如是徧周一切法界從其兩肩出阿僧祇佛刹極微塵數夜叉羅刹王種種形貌種種色相長短廣狹種種儀容威勢雄猛甚可怖畏無量眷屬而自圍繞現種種神力吼種種大聲隨其所應作種種方便徧滿十方一切世界守護一切善行衆生及諸賢聖菩薩衆會說法道場諸有受持菩薩淨行欣求如來一切正智若向正住及正住者或時現作執金剛神守護諸佛承事供養及佛住處或徧守護一切世間令其不入一切惡道有恐怖者令得安隱有疾病者令得除差在厄難者令除苦惱有過惡者令自猒悔有災横者令其息滅積集福智大心衆生令其能轉諸佛法輪捨生死輪住正法輪摧滅一切異道邪論如是利益徧滿十方一切法界從其腹出無量百千阿僧祇佛刹極微塵數緊那羅王各與無數百千萬億緊那羅女眷屬圍繞無量佛刹極微塵數乾闥婆王各與無數百千萬億乾闥婆女眷屬圍繞各奏無數阿僧祇百千天樂歌詠讚歎一切諸法緣生實性歌詠讚歎一切諸佛難思功德歌詠讚歎發菩提心普徧威力歌詠讚歎一切菩薩修圓滿行歌詠讚歎一切諸佛成正覺門歌詠讚歎一切諸佛轉法輪門歌詠

讚歎一切諸佛現神變門歌詠讚歎一切諸佛般涅槃門歌詠讚歎守護一切諸佛教門歌詠讚歎令諸衆生皆歡喜門開示演說嚴淨一切諸佛刹門開示演說一切諸佛微妙法門開示演說照一切法無障礙門開示演說發起一切諸善根門如是利益充滿十方從其面門出無量百千阿僧祇佛刹極微塵數轉輪聖王七寶具足四兵圍繞放大捨光雨無盡寶最勝摩尼莊嚴世界普施衆生咸令充足令斷十惡修行十善所謂一切屠獵漁捕暴惡衆生令起慈悲不斷生命貧乏苦惱下劣衆生令其永捨不與取行常行惠施能捨無量百千萬億端正姝女心無吝惜令諸衆生永斷邪婬修持梵行虛誑衆生令其究竟常真實語不作虛誑無益談說令攝他語不行離間常樂和合無有乖諍令柔軟語無有麤惡雜穢語者令常演說甚深決定明了之義順佛法語利益修行永斷綺飾無義言辭令諸衆生深入法句多貪欲者令其少欲修習知足最勝端嚴無生正行多恚害者令除瞋恚於諸衆生恒起慈心心無瑕垢爲說大悲歡喜攝受令入佛法墮見網者爲說實義令觀諸法深入因緣善明諦理決擇正邪令心清淨拔邪見刺破疑惑山令諸衆生悟心實性具足通達趣入甚深一切障礙悉皆除滅如是所作充滿法界從其兩目出無量百千阿僧祇佛刹極微塵數廣大日輪放大光明普照一切諸大地獄所有苦惱悉令除滅又照一切世界中間令除黑闇覩見光明又照一切十方世界餓鬼傍生令其捨離

愚癡翳障得大智慧拔除衆苦復於一切垢濁世界放清淨光白銀世界放黃金光黃金世界放白銀光瑠璃世界放玻瓈光玻瓈世界放瑠璃光硨磲世界放碼碯光碼碯世界放硨磲光赤珠世界放日藏摩尼王光日藏摩尼王世界放赤珠光帝青世界放月藏焰網摩尼寶王光月藏焰網摩尼寶王世界放帝青光純寶所成世界放雜寶光雜寶所成世界放純寶光如是光明普照佛刹道場衆會而作佛事照諸衆生心之稠林辦諸衆生無量事業嚴飾一切世間境界令諸衆生心得清涼生大歡喜安隱快樂如是所作充滿法界

大方廣佛華嚴經卷第六

音釋

胄（直又切兜鍪也）筏（音伐箄也大曰筏小曰桴）稠（音紬密也）澡（子浩切洗也）臆（於力切胷肉也）瑕（音霞玷也）

大方廣佛華嚴經卷第七

唐罽賓國三藏般若奉　詔譯

入不思議解脱境界普賢行願品

爾時海幢比丘從其眉間白毫相中出無量百千阿僧祇佛刹極微塵數帝釋天王威德光明超過天衆捨離世間一切欲樂於諸境界而得自在摩尼寶珠以繫其頂身光暎蔽諸天宮殿震動一切須彌山王覺悟一切放逸天衆歎福德力説智慧力生其樂力持其志力增其所有清淨念力堅其所發菩提心力讚樂見佛令除世欲讚樂聞法令猒世間讚樂觀智令絶世染止脩羅戰斷煩惱諍滅怖死心發降魔願興立正法須彌山王成辦衆生一切事業念念調伏無量衆生如是所作周徧法界從其額上出無量百千阿僧祇佛刹極微塵數諸梵天王色相端嚴世間無比威儀寂靜言音美妙請佛轉法歎佛功德令諸菩薩心生歡喜能辦衆生無量事業如是普徧十方法界從其頭上出無量百千阿僧祇佛刹極微塵數諸菩薩衆皆以相好莊嚴其身其諸菩薩各於其身肢節毛孔一切普放大光明雲顯現諸佛往昔所行菩薩行海宣説菩薩種種妙行所謂普徧十方一切世界稱揚讚歎一切諸佛往昔所行檀波羅蜜施者受者及所施物并所隨順相應行海示導一切慳吝衆生永離慳著成就捨心常行惠施攝取衆生令住無上檀波羅蜜顯示諸佛相好功德令得衆寶莊嚴世界及示依正所出生因令諸衆生愛樂修習普徧十方一切世界稱揚讚歎一切諸佛往昔所行尸

波羅蜜并所隨順相應行海令諸衆生於五欲境深生猒離於諸佛境專意趣求除顛倒想恒正思惟斷邪分别永離諸惡念菩薩戒攝諸衆生住大慈悲稱讃解脱護持如來究竟戒品普令衆生住於佛戒説一切有悉皆如夢了達諸法自性皆空説諸欲樂無有滋味令諸衆生遠離欲縛出煩惱垢普徧十方一切世界稱揚讃歎一切諸佛往昔所行忍波羅蜜并所隨順相應行海令諸衆生得法自在得心自在具忍辱力稱揚讃歎金色身業離瞋恚垢起慈悲行止殺害心絶畜生道普徧十方一切世界稱揚讃歎一切諸佛往昔所修勤波羅蜜并所隨順相應行海令諸菩薩精進勇猛爲一切智勤求正法供養承事一切如來恭敬讃歎心無疲猒令諸世間不起放逸攝取衆生令離苦藴入佛究竟圓滿智海普徧十方一切世界稱揚讃歎一切諸佛往昔所修禪波羅蜜并所隨順相應行海令其散滅塵勞障翳永捨憍慢不起貪瞋䕃清涼雲除煩惱熱竭生死海摧業結山調伏衆生安住妙法究竟令其心得自在普徧十方一切世界稱揚讃歎一切諸佛往昔所修般若波羅蜜并所隨順相應行海普耀正見智慧電光令諸衆生照達本性普震清淨妙法雷音令諸衆生增長功德摧滅一切我慢高山拔出一切諸見毒箭抉除一切疑惑翳膜令諸衆生得自在智普徧十方一切世界稱揚讃歎一切諸佛往昔所修方便波羅蜜并所隨順相應行海隨順世間種種所作令諸衆生究竟成熟雖普調伏一切衆生而

於衆生無所染著雖普照明諸佛衆會而於
衆會心無所著雖離生死而於諸趣自在受
生雖現世間而於涅槃入出自在雖能了達
生死涅槃無二無別而常善巧饒益衆生安
住菩薩圓滿自在超出世間到於彼岸普徧
十方一切世界稱揚讚歎一切諸佛往昔所
成願波羅蜜并所隨順相應行海令諸菩薩
盡未來際乘四願輪遊正覺路徧周剎海利
樂衆生摧無明山裂愛欲網解衆結縛永滅
無餘示現神通種種變化令諸衆生壽命自
在普徧十方一切世界稱揚讚歎一切諸佛
往昔所成力波羅蜜并所隨順相應行海演
說菩薩大總持力方便法音妙辯才力成熟
衆生廣大願力摧伏魔怨智自在力制諸外
道心無畏力身力堅固猶若金剛能碎一切
大鐵圍山能滅十方一切劫火能竭海水能
吞猛風掌擎虛空所有世界而於身力無有
損減令諸衆生淨治三昧普於一切自在受
生普徧十方一切世界稱揚讚歎一切諸佛
往昔所修智波羅蜜并所隨順相應行海分
別演說種種智地所謂普生諸佛十力無畏
一切功德具足智地普滿諸佛一切相好自
在莊嚴具足智地普發菩薩一切大願具足
智地普徧攝受一切衆生具足智地普爲衆
生顯示無我具足智地普徧觀察一切衆生
種種心念具足智地普徧分別一切衆生根
解差別具足智地普徧隨順一切衆生信樂
差別具足智地普徧了知一切衆生甚深業
海無量差別具足智地普徧趣入一切衆生
無量願海心樂差別具足智地從其頂上肉

髻之中出無量阿僧祇佛刹極微塵數如來之身其身最勝世無能比諸相隨好清淨莊嚴威光赫奕如真金山無量光明普照十方演妙圓音普周法界示現無量大神通力爲諸世間普雨法雨隨其所應皆令獲益所謂爲坐菩提場諸菩薩雨大法雨名平等現前智爲灌頂位諸菩薩雨大法雨名普門法界爲法王子位諸菩薩雨大法雨名入諸菩薩普莊嚴門爲童真位諸菩薩雨大法雨名住堅固山大法智雲爲不退位諸菩薩雨大法雨名普徧莊嚴平等海藏爲成就正心位諸菩薩雨大法雨名以金剛智普照境界爲方便具足位諸菩薩雨大法雨名普攝衆生自性莊嚴門爲生貴位諸菩薩雨大法雨名如來圓滿隨順世間爲修行相應位諸菩薩雨大法雨名演法本際悲愍世間爲治地位諸菩薩雨大法雨名積集法藏爲初發心諸菩薩雨大法雨名普攝衆生平等莊嚴爲廣大信解諸菩薩雨大法雨名如來願藏無盡解脫爲無色界諸天雨大法雨名普門智無盡藏爲梵世諸天雨大法雨名無量教聲普門智藏爲他化自在天雨大法雨名能生法力資具無盡藏爲諸魔衆雨大法雨名種種心幢勤求一切智爲化樂諸天雨大法雨名淨念智寶住種種善軛爲兜率諸天雨大法雨名菩薩生意種種願寶幢爲夜摩諸天雨大法雨名隨順如來淨念歡喜藏爲忉利諸天雨大法雨名疾見如來出生莊嚴愛樂藏爲諸龍王衆雨大法雨名出生菩薩猒離龍趣種種神變歡喜幢爲夜叉王衆雨大法雨名

見佛歡喜普徧法界如來神變藏爲乾闥婆王衆雨大法雨名一切如來集法音聲爲阿脩羅王衆雨大法雨名金剛智輪大法境界爲迦樓羅王衆雨大法雨名無邊光明出生一切如來方便爲緊那羅王衆雨大法雨名一切如來饒益世間殊勝智雲爲摩睺羅伽王衆雨大法雨名愛樂速疾增長法爲諸人王衆雨大法雨名得一切衆生勝智慧法爲地獄衆生雨大法雨名寂靜音聲正念莊嚴爲畜生衆生雨大法雨名隨順如來具智慧藏無惡業道聲爲閻羅王界衆生雨大法雨名不捨衆生出生如來波羅蜜聲爲諸厄難處衆生雨大法雨名寂靜音聲普徧安慰悉令衆生永離憂苦咸得入於賢聖衆會如是所作充滿十方一切法界海幢比丘各於其身一切毛孔一一皆出無量阿僧祇佛刹極微塵數大光明網一一光明具阿僧祇色相一一色相有阿僧祇莊嚴一一莊嚴現阿僧祇境界一一境界辦阿僧祇事業如是普徧十方法界爾時善財復於如是大光網中悉見海幢往昔所修一切菩薩三世所行檀波羅蜜悉捨一切内外所有圓滿施行往昔所修一切菩薩三世所持尸波羅蜜從初發心盡未來劫誓捨身命不起一念毀犯之心往昔所修一切菩薩三世相應忍波羅蜜或遇損害頭目手足斷截肢節惡言毀辱悉能安受無有動亂恒思捨離怨害之心觀自他身無有我相生大慈悲成一切智以是因緣獲得菩薩具足相好自在色身示一切身於一切處經一切劫受一切苦勤求正法利益衆

生不起一念猒退之心種種神變普徧十方等衆生界現一切身如影隨形究滿法界往昔所修一切菩薩三世所行勤波羅蜜所學三世諸佛菩薩勇猛精進離相妙行所現種種神通變化震動十方一切世界諸大海水令諸衆生精勤匪懈猒生死海出離魔界一切外道無不怖懼一切魔軍無不摧碎光照十方一切法界令諸菩薩修種種行種種神變普利衆生往昔所修一切菩薩三世所求禪波羅蜜或見受身生諸族姓或爲國王遇善知識發菩提心猒棄國城出家學道立大誓願種種威儀堅持禁戒身心寂靜修諸禪定往昔所修一切菩薩三世所成般若波羅蜜爲欲開發一切智故勤求佛法生正見心爲欲拔濟諸衆生故事善知識親近承事不違言教尊重恭敬深生信心禮拜供養情無懈倦勤求如來一句正法徧捨一切內外所有於身命財心無吝惜乃至勤求一切法句亦復如是如是念念盡未來際諸所修行皆爲成就一切衆生究竟圓滿智慧業故往昔所修一切菩薩三世相應方便波羅蜜能於一切諸趣類海普現一切衆生色相相似身雲以種種威儀善巧攝受普令衆生獲大饒益往昔所求一切菩薩所發三世願波羅蜜所謂供事一切諸佛願成熟一切衆生願嚴淨一切佛刹願如是所發一切誓願圓滿修行所成功德具足一切如來相好修諸對治一切善法滅除一切生死過患盡未來劫利益衆生誓願無盡往昔所修一切菩薩三世相應力波羅蜜所謂出生大願力普供諸佛

力普淨佛剎力普修妙行力普化衆生力往昔所修一切菩薩三世所行智波羅蜜恒以一切微細境界圓滿智力啓悟法界一切衆生無明睡眠咸令開覺究竟出生一切智道海幢比丘各於其身從足至頂乃至一切毛孔之中所現境界善財童子於念念中無不明見爾時善財一心觀察海幢比丘深生渴仰憶念彼不思議三昧解脫隨順彼不思議三昧自在思惟彼不思議利益衆生巧方便海深入彼不思議無作妙用普莊嚴門愛樂彼不思議甚深信解清淨境界觀察彼不思議莊嚴法界清淨智安住彼不思議受佛究竟加持智出生彼不思議菩薩自在力堅固彼不思議菩薩大願力增廣彼不思議菩薩諸行力如是住立思惟觀察一日一夜乃至經於七日七夜半月一月乃至六月復經六日過此已後海幢比丘從三昧起善財爾時以身布地恭敬作禮起立合掌歎未曾有讚言聖者如此三昧希有奇特此三昧門最爲甚深此三昧門最爲廣大此三昧門境界無量此三昧門神變難思此三昧門光明無等此三昧門莊嚴無數此三昧門威力難制此三昧門境界平等不動不亂此三昧門普照十方一切世界此三昧門方便無量有勝堪能所以者何如此三昧利益無盡以能除滅一切衆生無量苦蘊故所謂能令一切衆生斷貧窮業故出地獄苦故免畜生趣故絕餓鬼因故閉諸難門故開人天道故親近一切安樂法故出生人天殊勝樂欲令其愛樂定境界故能令增長有爲樂故能爲顯示勤求

出離三界法故能爲引發勤求無上菩提心故能使增長大福智聚出生因故能令速疾增長廣博大悲心故能令出生廣大願力故能令照明菩薩智道故能使莊嚴波羅蜜道故能令深入最勝大乘故能令明了普賢妙行故能令趣入諸菩薩地智光明故能令積集成就菩薩諸願行故能令安住一切智智境界中故能令清淨一切菩薩變化力故能令勤求一切加持自在力故聖者此三昧門名爲何等海幢告言善男子此三昧名普眼捨得亦名般若波羅蜜境界清淨光明亦名平等清淨普莊嚴門善男子我以修習此平等清淨普莊嚴門而爲上首具足圓滿百萬阿僧祇最勝最尊無比三昧善財白言聖者此三昧境界究竟唯如是耶海幢言善男子

此三昧門境界甚深廣大無量若有修習身心寂靜入三昧時了知十方一切世界無所障礙往詣十方一切世界無所障礙入出十方一切世界無所障礙莊嚴十方一切世界無所障礙修治十方一切世界無所障礙嚴淨十方一切世界無所障礙見一切佛普徧十方無所障礙觀一切佛廣大威德無所障礙知一切佛遊戲神通無所障礙證一切佛甚深智力無所障礙入一切佛大功德海無所障礙興一切佛無上法雲無所障礙受一切佛無量法雨無所障礙於諸佛法修習妙行無所障礙知一切佛轉妙法輪平等智性無所障礙入一切佛道場衆海現神通力無所障礙隨順十方一切諸佛所起妙行無所障礙觀察十方一切諸佛演說妙法無所障

礙普入十方一切佛刹咸起神通無所障礙
大悲攝受十方衆生令其出苦無所障礙常
起大慈充滿十方與衆生樂無所障礙普見
十方一切諸佛心無猒足無所障礙普入十
方一切衆生種種解海無所障礙普知十方
一切衆生種種根海無所障礙普知十方一
切衆生種種業海無所障礙善男子我唯知
此般若波羅蜜清淨光明三昧法門如諸菩
薩摩訶薩所入甚深究竟智海所淨最勝諸
法境界所達一切諸佛法門所住十方無量
佛刹所有大智總持光明所住圓滿自在三
昧所現清淨種種神通所具無盡辯才大海
所得無畏美妙音聲善巧宣說諸地功德所
能擁護一切衆生而我何能知其妙行歎其
功德顯其境界讚其願力現其光明入其度
門達其所證集其勝業了其次第如其普徧
住其三昧見其心境說其正道辯其威勢得
其所有平等智慧善男子從此南行至海潮
處彼有大城名圓滿光其城有王名妙圓光
於彼城東有一園林名普莊嚴王有夫人名
伊舍那為優婆夷止住此林修菩薩行汝往
波問菩薩云何學菩薩行修菩薩道時善財
童子於海幢比丘所得最勝法獲堅固身證
三昧境究竟明徹住清淨解悟深法界其心
隨順諸佛教海於諸法門憶持不忘安住廣
大普莊嚴門智慧光照充滿十方心生歡喜
踊躍無量五體投地禮海幢足繞無量帀重
復頂禮恭敬瞻仰思惟觀察想其容止持其
名號念其功德觀其行願憶其言音思其三
昧想其所行廣大境界受其所得總持智慧

清淨光明咨嗟戀慕辭退南行爾時善財童子蒙善知識力令功德身信解圓滿依善知識教正念思惟念善知識語逅相開發於善知識行深生慚愧愛樂恭敬觀善知識心善巧攝受倍益歡喜作是念言因善知識令我普見一切諸佛因善知識令我普聞一切佛法善知識者是我師範示導於我一切智法普令見故善知識者是我眼目令我普見諸佛境界如虛空故善知識者是我渠流引我令入諸佛如來蓮華池故如是念念漸次南行向海潮處至彼城東見普莊嚴園衆寶垣墻周帀圍繞一切寶樹行列莊嚴所謂諸寶葉樹枝葉扶踈光彩鮮明敷榮微妙諸寶華樹雨衆妙寶拘蘇摩華發焰舒光布散于地諸寶香樹吐妙香雲香氣氛氳普熏十方諸佛世界諸寶鬘樹雨大寶鬘莊嚴寶林處處垂下摩尼王樹普雨種種大摩尼寶徧布充滿隨處莊嚴一切天寶劫波衣樹普雨種種妙寶繒綵雜色衣服隨其所應敷布嚴飾寶音樂樹出妙樂器微風吹動發和雅音其音美妙過諸天樂諸寶資具莊嚴藏樹各雨衆寶珍奇玩好諸莊嚴具處處分布以爲嚴飾其地清淨無有高下寬廣平坦種種莊嚴園中具有百萬殿堂大摩尼寶之所合成百萬樓閣閻浮檀金以爲校飾百萬宮殿毗盧遮那摩尼寶王間錯莊嚴雲搆龍蟠延袤遠近甍棟相承勢如飛動百萬浴池七寶合成一切妙寶以爲其岸細妙金沙澄布其底七寶階道摩尼欄楯周帀圍繞四面莊嚴寶草芬芳靑綠際畔栴檀香水盈滿其中調適溫涼

隨衆生意寶樹林間寶渠分布水精寶珠周徧間錯晝夜常流八功德水水中多有鳬鴈鴛鴦白鶴孔雀迦陵頻伽拘枳羅等雜色諸鳥飛集往來遊戲出没整毛理翮游泳翺翔出妙好聲清切和雅猶如天樂令人樂聞寶多羅樹周帀行列覆以寶網垂諸金鈴微風徐摇恒出美音建立無數摩尼寶幢雜寶繒旛四面垂飾光明普照百千由旬其中復有百萬陂池香水湛然清瑩澄澈隨時堅細栴檀香泥澄垽其下一切上妙衆寶蓮華菡萏芬敷大摩尼華光色照耀園中復有廣大宮殿名莊嚴幢海藏妙寶以爲其地種種形像悉現其中毗瑠璃寶以爲其柱閻浮檀金寶莊嚴網彌覆其上重樓挾閣巍巍高大猶妙金山見者欣樂種種勝寶以爲莊嚴光藏摩尼恒吐妙光以爲照耀毗盧遮那藏摩尼寶王殊麗校飾輝暎分明一切衆寶無價香王咸出妙香普熏一切所謂具足一切最勝妙寶香王香氣普騰氤氳成霧普現如意妙寶香王香氣隨應周聞法界隨根覺悟妙寶香王凡所齅聞諸根聰利能於正法精勤匪懈其宮殿中復有無量寶蓮華座周迴布列所謂光照十方妙藏摩尼寶蓮華座毗盧遮那如意摩尼寶蓮華座無垢藏摩尼寶蓮華座雜寶莊嚴摩尼寶蓮華座普門莊嚴摩尼寶蓮華座圓光莊嚴摩尼寶蓮華座安住海藏清淨莊嚴摩尼寶蓮華座普焰光照摩尼寶蓮華座金剛藏師子摩尼寶蓮華座照耀世間摩尼寶蓮華座如是無量摩尼寶蓮華座一一皆以不可思議妙寶繒帶四面垂飾不

可思議衆色摩尼以爲莊校於宫殿中光影相照平等莊嚴空中復有百萬寶帳所謂寶衣帳寶鬘帳寶華帳寶香帳閻浮檀金帳寶枝垂覆帳雜寶摩尼帳妙寶瓔珞帳光焰金剛帳諸天妓樂帳象王神變帳馬王神變帳帝釋所坐摩尼寶帳如是種種寶莊嚴帳嚴飾虚空復有百萬諸大寶網彌覆其上所謂寶鈴網寶蓋網寶身網海藏真珠網紺瑠璃摩尼寶網師子摩尼寶網月愛光明摩尼寶網一切人天種種形像寶香網一切雜色寶冠網一切妙寶瓔珞網如是等網各於其上垂覆莊嚴復有百萬大寶光明而爲照耀所謂焰光摩尼寶光明日藏摩尼寶光明月藏摩尼寶光明香焰摩尼寶光明吉祥焰藏摩尼寶光明蓮華焰藏摩尼寶光明焰幢摩尼寶光明大焰摩尼寶光明徧照十方摩尼寶光明普現香雲莊嚴具摩尼寶光明如是等類大寶光明而爲照耀常雨百萬莊嚴具雲隨意受用百萬隨時芬馥白梅檀香雲普熏道場百萬天諸妙樂雲音聲美妙百萬天曼陁羅華雲而爲布散百萬諸天鬘帶雲處處垂下以爲嚴飾百萬天寶繒綵雲處處垂布以爲衣服百萬出過諸天寶瓔珞雲莊嚴林樹及諸樓閣百萬欲界天子欣樂瞻仰恭敬作禮百萬諸天婇女往修同行常來其所投身而下親近敬奉百萬諸大菩薩恒詣道場常樂聞法時伊舍那具大人相坐真金座戴海藏真珠網冠挂出過諸天真金寶釧垂紺青髮頂髻莊嚴吉祥焰藏摩尼寶王以爲髻帶毗瑠璃摩尼寶以爲耳璫師子口摩尼寶

緣飾耳輪大如意摩尼寶王以爲瓔珞莊嚴其頸大威德帝青摩尼寶網以覆其首種種光焰熾盛摩尼寶網羅覆其身百千億那由他衆生曲躬恭敬親近供養東方有無量衆生來詣其所所謂大梵天梵輔天梵衆天如是色界一切諸天欲界他化自在天化樂天兠率天夜摩天忉利天諸龍夜叉乾闥婆阿脩羅迦樓羅緊那羅摩睺羅伽及鳩槃茶閻羅王界大力鬼神乃至一切人及非人諸王衆等南西北方四維上下亦復如是其有見此優婆夷者身病心病種種所纏一切邪見障礙執著所有惑苦悉得除滅速離一切諸煩惱垢速拔一切諸見毒刺疾破一切諸障礙山深入無礙清淨境界種植一切圓滿善根長養一切善法根芽入於一切清淨智門普獲一切陁羅尼門普證一切大三昧海通達一切諸佛教海一切諸佛廣大願門無不開發一切菩薩所修妙行皆悉現前一切如來功德大海皆悉清淨其心廣大具足一切自在神通其身無礙於一切處靡所不至普詣十方無所依著隨順成就一切法門爾時善財童子入普莊嚴園周徧觀察見伊舍那優婆夷往詣其所頂禮其足繞無數帀正立合掌白言聖者我已先發阿耨多羅三藐三菩提心而未知菩薩云何學菩薩行云何修菩薩道我聞聖者善能誘誨諸菩薩衆願爲我說時伊舍那告善財言善男子我得菩薩一解脱門無間修習若有衆生暫見我身暫聞我名或聽我法憶念於我與我同住親近隨順供給我者悉不唐捐善男子若有衆生

不種善根不爲善友之所攝受不爲諸佛之所護念雖近於我經於多時與我同住終不能見善男子其有衆生得見我者皆於阿耨多羅三藐三菩提獲不退轉善男子東方所有一切如來應正等覺常來至此處於衆寶妙師子座爲我説法南西北方四維上下一切如來悉來至此處於寶座爲我説法善男子我常不離見佛聞法與諸菩薩而共同住不離菩薩三昧解脱善男子我此會衆有八萬四千億那由他常在於此普莊嚴園與我同住皆於往昔與我修習一切菩薩同類行門不相離故一切咸於阿耨多羅三藐三菩提得不退轉其餘衆生或久或近住此園者一切修我同類行門亦皆普入不退轉位善財白言聖者發阿耨多羅三藐三菩提心爲久近耶答言善男子我憶曾於然燈佛所親近承事修行梵行恭敬供養聞法受持次前於離垢佛所出家學道受持正法次前於星宿幢佛所聞法修行歡喜供養次前於妙勝吉祥佛所次前於蓮華德藏佛所次前於毗盧遮那佛所次前於普眼佛所次前於梵壽佛所次前於金剛齊佛所次前於水天佛所善男子我憶過去於無量劫無量生中如是次第三十六恒河沙佛所皆悉親近一心承事恭敬供養出家學道所受正法所發誓願所入三昧所證解脱如是一切種種行門我皆憶持心無廢忘過此已往佛智所知非我能測善男子應知菩薩初發心無有量充滿一切法界故菩薩大悲門無有量普入一切衆生界故菩薩大願門無有量究竟十方一

切法界故菩薩大慈門無有量普覆一切衆生界故菩薩所修行無有量於一切刹一切劫中恒修習故菩薩三昧力無有量令菩薩道不退轉故菩薩總持力無有量能持世間隨所應聞教法海故菩薩智明力無有量普能悟入三世佛教巧隨順故菩薩神通力無有量普現十方一切所有諸刹網故菩薩辯才力無有量圓音一演令諸衆生隨類解故菩薩清淨身無有量現身普徧諸佛刹故

大方廣佛華嚴經卷第七

音釋

擎渠京切托也　垣墻垣雨元切墻在良切卑曰垣高曰墻　搆古候切架也合也　延袤延以然切延亘也袤草候切廣袤也　甍眉耕切屋棟也　鳧音扶野鶩也　拘枳羅梵語也此云好聲之鳥也枳音止　翮下革切羽莖也又勁羽也　垽魚覲切澱滓也　挂古賣切懸也　紺古暗切含也謂青色而含赤也　緣飾緣俞絹切亦飾也飾設職切粧飾也　唐捐捐余專切唐捐謂徒棄也

大方廣佛華嚴經卷第八

唐罽賓國三藏般若奉　詔譯

入不思議解脱境界普賢行願品

爾時善財童子白言聖者久如當得阿耨多羅三藐三菩提答言善男子菩薩不爲教化調伏一衆生故發菩提心不爲教化調伏百衆生故發菩提心不爲教化調伏千衆生故發菩提心不爲教化調伏百千衆生故發菩提心乃至不爲教化調伏不可説不可説轉衆生故發菩提心不爲教化成熟一世界衆生故發菩提心乃至不爲教化成熟不可説不可説轉世界衆生故發菩提心不爲教化成熟一閻浮提極微塵數世界衆生故發菩提心不爲成熟一四天下極微塵數世界衆生故發菩提心不爲成熟小千世界極微塵數世界衆生故發菩提心不爲成熟中千世界極微塵數世界衆生故發菩提心不爲成熟三千大千世界極微塵數世界衆生故發菩提心乃至不爲教化成熟不可説不可説轉三千大千世界極微塵數世界衆生故發菩提心復次菩薩不爲親近供養一如來故發菩提心乃至不爲親近供養不可説不可説轉佛刹極微塵數諸如來故發菩提心不爲親近供養一世界中盡未來劫次第興世諸如來故發菩提心乃至不爲親近供養不可説不可説轉世界中盡未來劫次第興世諸如來故發菩提心不爲親近供養一佛刹極微塵數世界中盡未來劫次第興世諸如來故發菩提心乃至不爲親近供養不可説不可説轉佛刹極微塵數世界中盡未來劫

次第與世諸如來故發菩提心復次菩薩不爲嚴淨一世界故發菩提心乃至不爲嚴淨不可說不可說轉世界故發菩提心不爲嚴淨一佛刹極微塵數世界故發菩提心乃至不爲嚴淨不可說不可說轉佛刹極微塵數世界故發菩提心復次菩薩不爲受持一如來教故發菩提心乃至不爲受持不可說不可說轉佛刹極微塵數如來教故發菩提心復次菩薩不爲修習一如來願故發菩提心乃至不爲修習不可說不可說轉佛刹極微塵數如來願故發菩提心復次菩薩不爲往一佛刹故發菩提心乃至不爲往不可說不可說轉佛刹極微塵數諸佛刹故發菩提心復次菩薩不爲莊嚴一如來衆會故發菩提心乃至不爲莊嚴不可說不可說轉佛刹極微塵數如來衆會故發菩提心復次菩薩不爲受持一佛所轉妙法輪故發菩提心乃至不爲受持不可說不可說轉佛刹極微塵數如來所轉妙法輪故發菩提心復次菩薩不爲住持一如來遺法故發菩提心乃至不爲住持不可說不可說轉佛刹極微塵數如來遺法故發菩提心不爲住持一世界中盡未來劫次第出現如來遺法故發菩提心乃至不爲住持不可說不可說轉佛刹極微塵數世界中盡未來劫次第出現如來遺法故發菩提心不爲住持一閻浮提極微塵數世界中盡未來劫次第出現如來遺法故發菩提心不爲住持一四天下極微塵數世界中盡未來劫次第出現如來遺法故發菩提心乃至不爲住持不可說不可說轉佛刹極微塵

數世界中盡未來劫次第出現如來遺法故發菩提心如是略說不爲滿一佛誓願故不爲往一佛國土故不爲入一佛衆會故不爲持一佛法眼故不爲轉一佛法輪故不爲知一世界中諸劫次第故不爲知一衆生種種心海故不爲知一衆生種種根海故不爲知一衆生種種業海故不爲知一衆生種種行海故不爲知一衆生種種煩惱海故不爲知一衆生種種煩惱習氣海故乃至不爲知不可說不可說轉佛刹極微塵數衆生種種煩惱習氣海故發菩提心何以故菩薩爲欲教化調伏一切衆生悉無餘故發菩提心爲欲親近供養一切諸佛悉無餘故發菩提心爲欲嚴淨一切諸佛所有刹土悉無餘故發菩提心爲欲守護一切佛教悉無餘故發菩提心爲欲隨順一切如來所行之道悉無餘故發菩提心爲欲成滿一切如來廣大誓願悉無餘故發菩提心欲往一切諸佛國土悉無餘故發菩提心欲入一切諸佛衆會悉無餘故發菩提心欲知一切諸世界中諸劫次第悉無餘故發菩提心欲知一切衆生心海悉無餘故發菩提心欲知一切衆生根海悉無餘故發菩提心欲知一切衆生業海悉無餘故發菩提心欲知一切衆生行海悉無餘故發菩提心欲滅一切衆生諸煩惱海悉無餘故發菩提心欲拔一切衆生煩惱習氣海悉無餘故發菩提心善男子取要言之菩薩以如是等百萬阿僧祇方便行故發菩提心善男子菩薩行普入一切法皆證得故普入一切刹悉嚴淨故是故善男子嚴淨一切世界

盡我願乃盡悉知十方一切世界劫次第盡我願乃盡悉得十方一切諸佛功德海盡我願乃盡次第修習一切菩薩精進海盡我願乃盡莊嚴十方一切諸佛衆會海盡我願乃盡悉見十方一切衆生心樂海盡我願乃盡悉知十方一切衆生根器海盡我願乃盡普觀十方一切衆生諸行海盡我願乃盡竭十方一切衆生惑業海盡我願乃盡悉滅十方一切衆生衆苦海盡我願乃盡悉拔十方一切衆生習氣海盡我願乃盡善男子如是乃至百千萬億阿僧祇菩薩行門皆悉圓滿悉無餘故我願乃滿是故菩薩爲欲成滿一切智故爲欲隨順菩薩行故爲欲嚴淨一切刹故於一切法勇猛勤求無有懈息善男子應知菩薩發菩提心所修行願所有志樂廣大如法界究竟如虛空究竟無窮盡故我願究竟亦無有盡法界廣大無邊際故我願廣大亦無邊際諸衆生界究竟無盡故我願究竟亦無有盡善財童子白言聖者此解脫門名爲何等伊舍那言善男子此解脫名離憂安隱幢善男子我唯知此一解脫門如諸菩薩摩訶薩樂欲深廣猶如大海容受佛法心無猒足志意堅固如須彌山所修正行不可傾動所作不空如善見藥能除衆生煩惱重病無礙慧身如明淨日滅諸衆生無明闇障無盡大悲猶如大地普作一切衆生所依福智功德猶如好風與諸衆生作大義利普照世間猶如燈燭能生一切智慧光明普現其身猶如大雲能與衆生雨寂滅法福德光明猶如滿月能令見者咸得安樂威德尊勝猶如

帝釋悉能守護一切衆生而我云何能知能說彼諸菩薩難思戒定無邊法海功德行願善男子於此南方海潮之處有一國土名那羅素中有仙人名大威猛聲汝詣彼問菩薩云何學菩薩行修菩薩道時善財童子禮伊舍那優婆夷足繞無數帀殷勤瞻仰悲泣流淚作是思惟善知識者難可出現如優曇華善知識者最極難值善知識者難得親近善知識者難得承事善知識者難令歡喜復作是念得菩提難得菩薩諸根難淨菩薩諸根難值同行善知識難積集菩薩廣大善根難寂靜菩薩廣大境界難如理觀察菩薩行願隨順思惟菩薩教法難依教修行菩薩妙行難憶念出生菩薩善心難速疾發起菩薩方便難善巧增長一切智法光明難作是念已辭退而去爾時善財童子隨順思惟菩薩正教隨順思惟菩薩淨行起速疾增長一切菩薩福力心起速疾普見一切諸佛光明心起速疾獲得一切法藏心起速疾增長一切大願心起速疾現見十方諸法心起速疾明照諸法本性心起速疾散滅一切障礙心起速疾觀察法界無闇心起速疾能壞内垢金剛心起速疾摧伏魔王軍衆心起速疾清淨意寶莊嚴心如是思惟漸漸遊行至那羅素國周徧尋覓大威猛仙見一大林其林蓊鬱阿僧祇樹以爲莊嚴所謂種種葉樹枝條扶踈密葉蓊翠種種華樹柯葉布濩繁華鮮美種種果樹相續成熟種種寶樹雨摩尼果大栴檀樹處處行列諸沉水樹常出好香闍浮檀樹恒雨甘果悅意香樹妙香莊嚴波吒羅樹

其華鮮榮香氣芬馥四面圍繞尼拘陀樹其身聳擢枝葉繁布盤旋如蓋優鉢羅華波頭摩華拘物頭華芬陀利華處處開敷以嚴池沼時善財童子入此大林見栴檀樹其身洪直枝條垂布華葉繁密偃蓋成蔭時彼仙人在此樹下縈髮爲髻藉以香草十千仙衆前後圍繞其諸仙人或衣鹿皮或衣樹皮或編細草種種衣服髻環垂鬢瞻仰而住善財見已往詣其所五體投地深心頂禮作如是言我今得遇真善知識復作是念善知識者則是趣向一切智門令我得入真實道故善知識者則是趣向一切智乘令我得至如來地故善知識者則是趣向一切智船令我得至智寶洲故善知識者則是趣向一切智炬令我得生十力光故善知識者則是趣向一切智道令我速入涅槃城故善知識者則是趣向一切智燈令我得辯邪正路故善知識者則是趣向一切智橋令我得度生死流故善知識者則是趣向一切智蓋令我獲得慈悲蔭故善知識者則是趣向一切智津令我速達功德岸故善知識者則是趣向一切智眼令我得見法性門故善知識者則是趣向一切智潮令我應限不失時故作是語已從地而起繞無量帀合掌前立白仙人言聖者我已先發阿耨多羅三藐三菩提心而未知菩薩云何學菩薩行云何修菩薩道我聞聖者善能誘誨願爲我說時彼仙人顧眄仙衆而告之言諸仁當知此童子已發阿耨多羅三藐三菩提心此童子欲施一切衆生無畏此童子欲與一切衆生利益此童子欲惠一切

衆生安樂此童子欲觀一切諸佛智海此童子欲蔭一切如來法雲此童子欲遊一切諸佛教海此童子欲然一切大智明燈此童子欲起一切大慈悲雲此童子欲飲一切甘露法水此童子欲雨一切廣大法雨此童子欲以智月普照世間此童子欲滅衆生煩惱毒熱此童子欲施世間善法清涼此童子欲長含識一切善根時諸仙衆聞是語已各以種種上妙香華散善財上布身作禮繞無量帀稱揚讚歎作如是言今此童子必能救護一切衆生必能除滅諸地獄苦必能永斷諸畜生趣必能永離閻羅王界必能關閉諸難處門必能乾竭諸愛欲海必能解脫貪欲纏縛必能永滅衆生苦蘊必能永破無明黑暗必以福德大輪圍山周護世間令其安樂必以智慧大寶須彌顯示世間功德智聚必以清淨無礙智日開示一切善根法藏必令衆生開淨智眼明識世間歸於正道時大威猛聲告羣仙言善男子若有能發阿耨多羅三藐三菩提心必能勇猛行菩薩行必能饒益一切衆生必與衆生廣大利樂必能成就一切智道此善男子已發阿耨多羅三藐三菩提心當淨一切佛功德地說是語已告善財言善男子我得菩薩無勝幢解脫門善財白言聖者此解脫門境界云何時彼大仙即伸右手摩善財頂執善財手即時善財自見其身普往十方百千佛剎極微塵數諸世界中普詣十方百千佛剎極微塵數諸如來所見彼佛剎及其衆會種種莊嚴亦見彼佛種種相好光明熾盛亦聞彼佛隨諸衆生心之所樂

而演説法一文一句皆悉通達各別領受諸佛法輪各別記持開發義理前後次第無有雜亂亦知彼佛所度衆生種種樂欲隨其根性雨諸法雨各得成熟亦知彼佛於往昔時以種種解淨諸願海亦知彼佛以清淨願成就諸力亦見彼佛隨衆生心所現種種差別色身亦見彼佛大光明綱種種色相圓滿清淨亦知彼佛無障礙智道場衆會清淨莊嚴又自見身普於一切諸如來所親近供養受持正法或於佛所一日一夜或於佛所七日七夜或經半月或經一月一年十年百年千年或百千年或經億年百億千億百千億年或阿庾多億年或那由他億年或經半劫或經一劫百劫千劫或百千億阿庾多那由他億劫乃至不可説不可説佛刹極微塵數劫如是一切咸悉了知無不通達爾時善財童子爲菩薩無勝幢解脱智光明照故得毗盧遮那藏三昧光明爲無盡智解脱三昧光明照故得普攝諸方現諸方身陁羅尼光明爲金剛輪陁羅尼光明照故得清淨境界智慧聚三昧光明爲普門際境界莊嚴藏般若波羅蜜光明照故得佛圓滿虚空藏三昧光明爲一切佛戒定慧法輪三昧光明照故得三世無盡圓滿智三昧光明時彼仙人放善財手善財童子即自見身還在本處仙人告言善哉男子汝憶念耶善財言唯此是聖者善知識力令我憶念分明顯現仙人告言善男子我唯知此菩薩無勝幢解脱門如諸菩薩摩訶薩成就一切殊勝三昧於一切時而得自在於一念頃出生諸佛無量智慧微妙境

界以佛智慧而爲莊嚴普照世間無有障礙一念普入三世境界分形徧往十方刹海智身普入一切法界隨衆生心普現其前放淨光明令其愛樂觀其根行而爲利益而我云何能知能説彼功德行彼殊勝願彼莊嚴刹彼智境界彼三昧所行彼神通變化彼解脱遊戲彼身相差别彼音聲清淨彼智慧光明彼三世境界彼色身徧往彼智身普照彼隨樂普現彼隨時饒益彼隨俗軌儀彼圓音所説彼清淨妙行彼光網所照善男子於此南方有一聚落名伊沙那彼有住處名阿野怛那有婆羅門名曰勝熱汝詣彼問菩薩云何學菩薩行修菩薩道時善財童子歡喜踊躍生愛敬心頂禮其足繞無數帀殷勤瞻仰辭退南行爾時善財童子爲菩薩無勝幢解脱

門光明照其心故得住諸佛不思議境界種種神通力證菩薩不思議解脱種種神通智得菩薩不思議三昧智光明得一切時恒熏習三昧智光明得徧了知一切境界皆依想所住三昧智光明得入一切世間具足殊勝智光明以得如是智光明故於一切處皆隨現身隨一一身以究竟智皆悉演説究竟平等無二無别無分别法以明淨智普照境界凡所聽聞甚深解脱清淨法藏皆能忍受信解清淨決定明了諸法自性無有疑惑心恒不捨修習一切菩薩妙行勇猛精進趣一切智無有退轉獲得十力差别智光愛樂深法常無猒足以正修行住一切智其心正向入佛境界出生菩薩廣大莊嚴圓滿無邊清淨大願以無障礙智知無邊世界網以無懈怠

心度無邊衆生海普徧了達無邊菩薩諸行境界普見無邊一切世界種種差別普入無邊廣狹麤妙一切世界普知無邊一切世界種種想網普知無邊一切世界諸安立諦普了無邊一切世界言辭稱讚普知無邊一切衆生種種信解普知無邊一切衆生成熟時節普知無邊一切衆生種種心想普見無邊一切衆生種種色相隨其所應方便成熟念善知識漸次遊行至伊沙那聚落見勝熱婆羅門修諸苦行於赫日中四面火聚猶如大山中有刀山高峻無極爲欲勤求一切智智登彼刀山投身入火時善財童子既至其所頂禮其足合掌而立白言聖者我已先發阿耨多羅三藐三菩提心而未知菩薩云何學菩薩行云何修菩薩道我聞聖者善能誘誨願爲我說婆羅門言善男子汝今若能登此刀山投身火聚諸菩薩行悉得清淨時善財童子作如是念得人身難離諸難難得無難難離惡法難得淨法難遇佛出世難具足諸根難得聞正法難得遇善人難逢真善知識難受如理正教難得正命自活難得隨法修行難此將非魔魔所使耶將非是魔險惡徒黨詐現菩薩善知識相與諸菩薩而作宼敵而欲爲我作善根難作壽命難作梵行難障我修行一切智道牽我令入邪惡趣中障我所證解脫法門障我所求無上佛法作是念時十千梵天住虛空中作如是言善男子莫作是念莫作是念今此聖者得金剛焰三昧光明發大精進勇猛不退誓入生死度諸衆生欲竭一切諸貪欲海欲截一切諸邪見網

欲燒一切諸煩惱薪欲普運度諸險難磧欲盡除斷老病死怖欲盡吹壞無明障山欲普引導出惑稠林欲放一切妙法光明普照三世愚癡黑闇善男子我諸梵天執著邪見皆悉自謂是自在者是能作者我爲一切世間最勝此婆羅門五熱炙身時其火光明照我宮殿我即開悟於自所居及諸禪定心無樂著皆共來詣婆羅門所時婆羅門以神通力即爲我等現大苦行令我滅除一切邪見爲我說法令我斷除一切憍慢普爲一切世間衆生住於大慈行於大悲起廣大心發菩提意住堅固願欣求解脫常見諸佛恒聞妙法於一切處心無所著能轉一切圓滿法輪其聲無礙普徧一切復有十千諸魔天衆住虛空中以天摩尼寶散婆羅門上告善財言善

男子此婆羅門五熱炙身時其火光明暎奪我等所有宮殿及身瓔珞諸莊嚴具一切光明皆如聚墨令我於中不生樂著我與眷屬來詣其所時婆羅門爲我說法令我及餘無量天子諸天女等於阿耨多羅三藐三菩提得不退轉復有十千他化天王於虛空中各散天華作如是言善男子此婆羅門五熱炙身時其火光明暎奪於我所有宮殿瓔珞嚴具一切光明皆如聚墨令我於中不生愛著即與眷屬來詣其所時婆羅門爲我說法令我身心而得自在於煩惱中而得自在於受生中而得自在於壽命中而得自在於業障中而得自在於諸三昧而得自在於莊嚴具而得自在於菩提心而得自在乃至能於一切佛法而得自在復有十千化樂天王住虛

空中作天音樂以美妙聲恭敬供養作如是言善男子此婆羅門五熱炙身時其火光明照我宮殿諸莊嚴具所有光明隱蔽不現能令我身及諸婇女於五欲中不生愛著不受欲樂身心柔軟即與眷屬來詣其所時婆羅門爲我說法能令我等心得清淨心得明潔心得堪能心得純善心極柔軟心生歡喜乃至令得具足十力清淨智身出生無量清淨色身演出無量清淨言辭出生無量如來音聲悟入無量如來之心具足獲得一切智智復有十千兜率天王天子天女無量眷屬於虛空中起諸香雲雨衆妙香恭敬供養作如是言善男子此婆羅門五熱炙身時光照我宮令我諸天及其眷屬於自宮殿不生愛著不貪欲樂來詣其所時婆羅門爲我說法能令我等斷除一切五欲愛著少欲知足心生歡喜心得充滿生諸善根發菩提心乃至圓滿一切佛法復有十千夜摩天王并其眷屬天子天女前後圍繞於虛空中以天曼陁羅華摩訶曼陁羅華拘蘇摩華散婆羅門上恭敬供養作如是言善男子此婆羅門五熱炙身時光照我宮能令我等集會之時於天音樂不生貪著亦不愛樂已身眷屬來詣其所聞其說法於諸欲樂悉生捨離迴向趣求一切佛法復有十千三十三天帝釋諸王并其眷屬天子天女前後圍繞於虛空中雨天衣服衆寶瓔珞天莊嚴具拘蘇摩華恭敬供養作如是言善男子此婆羅門五熱炙身時光照我宮令我天衆於其宮殿殊勝集會遊戲園林天諸音樂娛樂之處不生愛樂即與眷

屬來詣其所時婆羅門爲我等說一切諸法皆悉無常遷流變動敗壞磨滅令我斷除憍慢放逸令我愛樂無上菩提善男子我當見此婆羅門時須彌山頂六種震動我等諸天見是相巳極生恐怖猒離之心即時發起阿耨多羅三藐三菩提意感願趣求一切智智復有十千諸大龍王所謂伊羅鉢那龍王難陁龍王優波難陁龍王等於虚空中布大香雲普雨無量隨時栴檀微細香雨無數龍女奏天音樂雨天妙華及天香水恭敬供養作如是言善男子此婆羅門五熱炙身時其火光明照我宫殿令諸龍衆離熱沙怖金翅鳥怖除滅瞋恚身得清涼心無垢濁泰然安隱復爲我等如應說法聞法信解猒惡龍趣以至誠心悔除一切諸惡業障乃至發阿耨多羅三藐三菩提心究竟安住一切智智復有十千諸夜叉王於虚空中各以種種上妙供具恭敬供養此婆羅門及以善財作如是言善男子此婆羅門五熱炙身時能令我等及諸眷屬悉於衆生發慈愍心一切羅刹鳩槃茶等亦生慈心以慈心故於諸衆生無所惱害能施安樂各與眷屬俱來見我我及彼等即共來詣婆羅門所時婆羅門爲我說法能令我等一切皆得身心安樂增長威力又令無量夜叉羅刹鳩槃茶等發於無上菩提之心

大方廣佛華嚴經卷第八

音釋

蓊翠（蓊烏孔切蓊鬱草木盛貌翠七醉切深青色也）聳擢（聳息拱切高也聳起也擢直角切出也拔擢也）藉（慈夜切薦也）或衣（衣於既切著衣也）盼（匹莧切視也）難離諸難（上難字平聲下難字去聲）磧（七迹切沙漠乃爲之磧）炙（之石切燔炙也）金翅（翅音試金翅鳥名也）

大方廣佛華嚴經卷第九

唐罽賓國三藏般若奉　詔譯

入不思議解脱境界普賢行願品

復有十千乾闥婆王於虛空中作如是言善男子此婆羅門五熱炙身時其火光明照我宮殿及諸眷屬悉令我等受不思議無量快樂是故我等來詣其所此婆羅門爲我說法能令我等於阿耨多羅三藐三菩提得不退轉復有十千阿脩羅王從大海出住虛空中舒右膝輪合掌禮敬作如是言善男子此婆羅門五熱炙身時我阿脩羅所有宮殿大地諸山悉皆震動大海波濤涌浪騰沸令我眷屬失其威力捨憍慢心離諸放逸息除戰鬬傷害之心是故來詣婆羅門所從其聞法永離諂誑入深法忍住於三昧成就十力堅固不動復有十千迦樓羅王大力勇持迦樓羅王而爲上首於虛空中化作廣大童子之形容貌端嚴色相具足於虛空中唱如是言善男子此婆羅門五熱炙身時其火光明照我宮殿一切震動而令我等皆悉恐怖不樂住處生猒離心來詣其所時婆羅門即爲我等如應說法能令我等修習大慈增長大悲令其精進不捨善軛令於五欲拔出衆生令其發起大菩提心令入甚深清淨法界令其獲得明利智慧方便善巧調伏衆生復有十千緊那羅王於虛空中唱如是言善男子此婆羅門五熱炙身時從火焰中有大風起吹我宮殿園林池沼寶多羅樹諸寶鈴網諸寶繒綵瓔珞鬘帶諸音樂樹諸妙寶樹及諸樂器一切資具咸皆震動自然演出佛聲法聲及

不退轉菩薩僧聲發起大願菩薩道聲住於無上正等覺聲云某方某界某國某處有某菩薩發菩提心出生大願某方某界某國某處有某菩薩修行苦行於身命財難捨能捨某方某界某國某處有某菩薩爲速圓滿一切智智積集菩薩功德妙行乃至究竟無作法門某方某界某國某處有某菩薩往詣道場坐菩提樹降魔軍衆成等正覺乃至某方某界某國某處有某如來轉大法輪某方某界某國某處有某如來作佛事已而般涅槃善男子假使有人以閻浮提地及草木一切所有抹爲微塵此微塵數可知邊際我宮殿中寶多羅樹乃至樂器莊嚴具等所出音聲演說菩薩名如來名法名僧名所發大願所捨諸行及佛菩薩所遊所住所說所化無有能得知其邊際善男子我等以聞佛聲法聲菩薩僧聲菩薩所住行願聲故生大歡喜來詣其所時婆羅門即爲我等如應說法令我及餘無量衆生於阿耨多羅三藐三菩提得不退轉復有無量欲界天子現高大身住虛空中以諸種種上妙供具恭敬供養作如是言善男子此婆羅門五熱炙身時其火光明下照阿鼻及諸地獄諸所受苦悉令休息我等遇此光明照故心生淨信以信心故罪垢除滅從彼命終生於天中以慚愧故爲知恩故捨離欲樂而來其所恭敬戀仰無有猒足時婆羅門爲我說法能令我等及與無量百千衆生發阿耨多羅三藐三菩提心爾時善財童子得聞如是種種說法心大歡喜踊躍無量於婆羅門所發起真實善知識想頭頂

禮足恭敬合掌唱如是言我於大聖善知識
所生不信心而懷疑惑唯願聖者容我悔過
時婆羅門即爲善財而說偈曰
若有諸菩薩　順善知識教　一切無疑懼
安住心不動　彼當决定得　諸佛自然智
降魔坐道場　廣度無邊衆
爾時善財童子聞此偈已即登刀山自投火
聚來至中間即得菩薩善住堅牢清淨三昧
纔觸火焰復得菩薩寂靜樂神通門三昧善
財白言甚奇聖者如是刀鋒及大火焰我身
觸時安隱快樂時婆羅門告善財言善男子
我唯得此菩薩普圓滿無盡輪解脫如諸菩
薩摩訶薩大功德焰悉能燒盡一切衆生諸
見煩惱安住菩薩無退轉心無窮盡心無懈
怠心無怯弱心如那羅延金剛藏心疾修諸
行無慢惰心大願風輪普持一切勇猛堅誓
無有退轉而我云何能知能說彼功德行善
男子南方有城名師子嚬伸彼城有王名無
畏星宿幢王有童女名爲慈行汝詣彼問菩
薩云何學菩薩行修菩薩道時善財童子頂
禮其足繞無數帀殷勤瞻仰辭退而去爾時
善財童子於善知識所起不思議最極尊重
心生廣大清淨信解心常念大乘恒不捨離
心專求佛智常無異念心觀法境界無有疑
惑一心繫念隨善知識無障礙智常現在前
决定住於真實智際善能分別諸法實際普
入三世諸刹那際隨順解了如虛空際現見
諸法恒無二際住於法界無分別際入一切
義無障礙際住一切劫無失壞際隨順調伏
諸業性際如來最勝不共法際解了如來無

際之際以最勝智悉能破壞一切執著顛倒想網不取一切同異剎土差别之相亦復不取一切諸佛衆會道場和合之相不取佛剎清淨之相了知衆生皆無有我及衆生相亦知一切音聲語言如空谷響亦知一切差别衆色皆如影像如是思惟正念觀察漸次南行向師子嚬伸城周徧詢求慈行童女聞衆人言彼是王女處在王宮五百童女以爲侍從住毗盧遮那摩尼藏殿於龍勝栴檀足金線網天衣座上而說妙法善財聞已詣王宮門一心渴仰求見彼女于時乃見無量人衆來入宮中善財問言諸人今者欲何所詣人咸報言我等欲詣慈行童女聽受妙法善財即念此王宮門既無限礙我亦應入遂入王宮見其寶殿玻瓈爲地瑠璃爲柱金剛爲壁閻浮檀金以爲垣墻衆寶欄楯百千雜寶光明普照而爲窻牖阿僧祇勝摩尼寶而莊校之寶藏摩尼鏡圓滿莊嚴世中最上光藏摩尼寶晝夜光明以爲照耀無數寶網周帀彌覆窻闥交暎衆寶相輝百千金鈴懸置其上出妙音聲有如是等不可思議衆寶嚴飾其慈行童女皮膚金色眼紺紫色髮紺青色以梵音聲而演說法善財見已頂禮其足繞無數帀合掌前住作如是言聖者我已先發阿耨多羅三藐三菩提心而未知菩薩云何學菩薩行云何修菩薩道我聞聖者善能誘誨願爲我說時慈行童女告善財言善男子汝應觀我宮殿莊嚴善財頂禮周徧觀察見一一壁中一一柱中一一鏡中一一相中一一形中一一摩尼寶中一一莊嚴具中一一金

鈴中一一寶樹中一一寶形像中一一寶瓔珞中悉見法界一切如來從初發心修菩薩行成滿大願具足功德成等正覺轉妙法輪乃至示現入於涅槃如是影像靡不皆現如淨水中普見虛空日月星宿所有衆像如此皆是慈行童女過去世中善根之力爾時善財童子憶念所見諸佛之相合掌瞻仰慈行童女爾時童女告善財言善男子此是般若波羅蜜普莊嚴門我於三十六恒河沙佛所求得此法彼諸如來各以異門令我入此般若波羅蜜普莊嚴門一佛所演餘不重說善財白言聖者此般若波羅蜜普莊嚴門境界云何童女答言善男子我入此般若波羅蜜普莊嚴門隨順趣向思惟觀察憶持分別所有境界所有威儀所有相狀所有證入即時獲得普徧出生陁羅尼門百萬阿僧祇陁羅尼門皆悉現前如水漩澓速疾顯現所謂佛陁羅尼門法陁羅尼門佛刹陁羅尼門衆生陁羅尼門普徧陁羅尼門過去陁羅尼門未來陁羅尼門現在陁羅尼門常住際陁羅尼門福德陁羅尼門福德聚陁羅尼門智慧陁羅尼門智慧聚陁羅尼門諸願陁羅尼門分別諸願陁羅尼門行陁羅尼門行清淨陁羅尼門行修習陁羅尼門行圓滿陁羅尼門業陁羅尼門業不失壞陁羅尼門業清淨陁羅尼門業流注陁羅尼門業現前所作陁羅尼門捨離惡業陁羅尼門修習正業陁羅尼門業自在陁羅尼門善行陁羅尼門常持善行陁羅尼門三昧陁羅尼門隨順三昧陁羅尼門觀察三昧陁羅尼門三昧境界陁羅尼門

從三昧起陁羅尼門神通陁羅尼門心海陁羅尼門種種心陁羅尼門直心陁羅尼門清淨心陁羅尼門照心稠林陁羅尼門心地清淨陁羅尼門知衆生心所生處陁羅尼門知衆生微細心陁羅尼門知衆生煩惱行陁羅尼門知煩惱習氣陁羅尼門知煩惱方便陁羅尼門知煩惱所作陁羅尼門知衆生信陁羅尼門知衆生解陁羅尼門知衆生行陁羅尼門知衆生信解諸行差別陁羅尼門知衆生性陁羅尼門知衆生欲陁羅尼門知衆生想陁羅尼門知世界所起陁羅尼門普見十方陁羅尼門普見一切法陁羅尼門說法陁羅尼門大慈陁羅尼門大悲陁羅尼門寂靜陁羅尼門語言道陁羅尼門解脫陁羅尼門普徧出生陁羅尼門無著際陁羅尼門方便非方便陁羅尼門隨順陁羅尼門差別陁羅尼門普入陁羅尼門無礙際陁羅尼門普徧一切陁羅尼門佛法陁羅尼門菩薩法陁羅尼門聲聞法陁羅尼門獨覺法陁羅尼門世間法陁羅尼門世界成陁羅尼門世界壞陁羅尼門世界住陁羅尼門世界莊嚴陁羅尼門世界形狀陁羅尼門狹世界陁羅尼門廣世界陁羅尼門垢世界陁羅尼門淨世界陁羅尼門於淨世界現垢世界陁羅尼門於垢世界現淨世界陁羅尼門純垢世界陁羅尼門純淨世界陁羅尼門垢淨世界陁羅尼門淨垢世界陁羅尼門平坦世界陁羅尼門高下世界陁羅尼門覆世界陁羅尼門仰世界陁羅尼門側世界陁羅尼門世界網陁羅尼門世界轉陁羅尼門世界各別依想住陁羅

尼門世界行陁羅尼門細入麤陁羅尼門麤入細陁羅尼門大入小陁羅尼門小入大陁羅尼門見諸佛陁羅尼門分别佛身陁羅尼門見佛光明莊嚴網陁羅尼門聞佛圓滿妙音聲陁羅尼門佛轉法輪陁羅尼門佛法輪成就陁羅尼門佛法輪差别陁羅尼門佛法輪無差别陁羅尼門佛法輪訓釋陁羅尼門佛法輪旋轉陁羅尼門佛身普徧陁羅尼門佛會圓滿陁羅尼門能作佛事陁羅尼門了知佛會差别相陁羅尼門徧入佛衆會海陁羅尼門諸佛光照陁羅尼門諸佛三昧陁羅尼門諸佛三昧自在用陁羅尼門諸佛住處陁羅尼門諸佛加持陁羅尼門諸佛變化陁羅尼門諸佛遊戲陁羅尼門佛知衆生心行差别陁羅尼門諸佛神通種種變現陁羅尼門住兜率宫所作業陁羅尼門乃至示現入于涅槃陁羅尼門利益衆生陁羅尼門入甚深法陁羅尼門入微妙法陁羅尼門菩提心相陁羅尼門菩提心所從生陁羅尼門菩提心助道相陁羅尼門諸願陁羅尼門諸行陁羅尼門神通相陁羅尼門出離相陁羅尼門總持清淨相陁羅尼門智輪清淨相陁羅尼門智慧清淨相陁羅尼門無量解脱相陁羅尼門念力清淨陁羅尼門自心清淨陁羅尼門善男子我唯知此般若波羅蜜普莊嚴門如諸菩薩摩訶薩其心廣大等虚空界入於法界智慧寬博福德成滿堅固不動住出世法遠離世間勤求修習向一切智智眼清淨無諸垢翳身語心行悉皆清淨以差别智普入諸法無障礙慧猶如虚空通達一切世間

境界獲無礙地大光明藏善巧分別一切法義一切世間無能暎奪常行於世不染世法能益於世非世所壞爲諸衆生究竟依止善了一切衆生語言明解衆生種種儀式知諸衆生業習根器隨其心行如應說法於一切處普隨現身於一切時恒得自在而我云何能知能說彼功德行善男子於此南方有一國土名爲三目彼有比丘名曰妙見汝詣彼問菩薩云何學菩薩行修菩薩道時善財童子頂禮其足繞無數帀戀慕瞻仰辭退南行

爾時善財童子隨順思惟菩薩所住行甚深思惟菩薩所證法界際甚深思惟菩薩衆生微細智甚深思惟菩薩世間想行智甚深思惟衆生無作性甚深思惟衆生心流注甚深思惟諸法緣起際甚深思惟衆生眞實際甚深思惟衆生如光影甚深思惟衆生名號差別際甚深思惟衆生語言際甚深思惟衆生莊嚴法甚深思惟衆生祕密際甚深思惟衆生光明際甚深漸次南行至三目國於彼城邑市肆鄽里山川林藪仙人住處周徧尋訪妙見比丘忽然覩見在一林中經行往復頭骨如蓋頂有肉髻殊勝端嚴其眼脩廣如青蓮葉鼻脩高直如挺真金脣色丹潔如頻婆果齒白齊密具足四十頰如師子顋頷充滿眉高而長額廣平正毫相映徹如白瑠璃耳相垂硾如懸珠狀面如滿月見者無猒頸項圓直約文三道胷標德相妙藏莊嚴臆如師子肩髆傭圓腰脇深細如金剛杵臂肘傭直立垂過膝網縵指相如白鵝王手足掌中金剛輪相柔軟細滑如兜羅綿伊尼鹿蹲七處

平滿手指纖長足跟平圓皮膚金色常光一尋身毛上靡一一右旋其身圓滿如尼拘陁樹相好嚴潔如雪山王諸根澄靜目視不瞬於諸境界心無動亂智慧深廣猶如大海若沉若舉是智非智動轉戲論一切咸息得佛所行平等境界入於緣起差別法門成熟衆生心恒不倦能生深廣圓滿大悲敎化示導心無暫捨爲欲受持一切如來正法眼故爲欲普令一切衆生生智明故爲於如來所行之道恒履踐故不遲不速審諦經行寂靜端嚴猶如滿月威儀雍肅如淨居天無數天龍乾闥婆等釋梵護世人及非人前後圍繞主方之神隨方迴轉引導其前足行諸神持寶蓮華隨捧其足無盡光主火神執持寶炬舒光照耀閻浮幢主林神恒雨衆妙拘蘇摩華不動藏主地神隨現寶藏普光明主空神莊嚴虛空妙吉祥主海神雨摩尼寶須彌藏主山神合掌作禮無礙力主風神散衆香華春和淑氣主夜神曲躬恭敬常覺圓滿主晝神持徧照十方摩尼寶幢住虛空中放大光明善財童子前詣其所頭面禮足合掌白言聖者我已先發阿耨多羅三藐三菩提心復欲勤求諸菩薩道我聞聖者善能誘誨願爲我說菩薩云何學菩薩行修菩薩道妙見答言善男子我年既少出家又近我此生中於三十八恒河沙數諸如來所親近供養淨修梵行或有佛所一日一夜淨修梵行或有佛所七日七夜淨修梵行或有佛所半月一月一年百年千年百千年那由他年乃至不可說不可說年或有佛所經一小劫或一中劫或

一大劫乃至不可說不可說阿僧祇劫親近供養淨修梵行聽聞妙法依教奉行清淨莊嚴諸大誓願證入諸佛甚深境界修習菩薩一切妙行圓滿一切波羅蜜門亦見彼佛所成正覺所現神通所轉法輪所現涅槃所有遺教乃至法盡各各差別悉能受持無有雜亂亦知彼佛以本所發大誓願力普徧嚴淨諸佛國土以本所入諸三昧力圓滿菩薩甚深妙行以本所修普賢行力清淨諸佛波羅蜜海又善男子我常不離此經行處一念中一切十方皆悉現前得淨妙智觀察了知無障礙故一念中一切世界皆悉現前得速疾力一念過不可說不可說世界無障礙故一念中不可說不可說佛剎皆悉現前得普嚴淨成就菩薩願力故一念中不可說不可說衆生差別行皆悉現前得滿足普賢教門海故一念中不可說不可說佛清淨身皆悉現前得普親近成就普賢行願力故一念中不可說不可說佛剎極微塵數如來皆悉現前得柔軟心供養承事一切如來願力故一念中不可說不可說如來降注法雨入衆生心皆悉現前得了知阿僧祇法門隨順陁羅尼願力故一念中不可說不可說菩薩行海皆悉現前得淨一切諸菩薩行猶如帝網殊勝願力故一念中不可說不可說諸三昧海皆悉現前得於一三昧中自在入出一切三昧願力故一念中不可說不可說諸根海皆悉現前得了知諸根際於一根中見一切根願力故一念中不可說不可說時皆悉現前得於一切時轉正法輪衆生界盡法輪無盡願

力故一念中不可說不可說三世海皆悉現前得了知一切世界中三世分位智光明願力故善男子我唯知此菩薩隨順無盡燈解脫門如諸菩薩摩訶薩心行堅固猶如金剛生如來家種族真正成就不壞常住命根常然智燈無有盡滅其身堅固不可沮壞普能示現如幻色身形貌端嚴世無倫匹隨衆生心無量差別如緣起法轉變無盡毒刃火災所不能害降魔兵衆摧伏異道身色妙好如閻浮金超過世間最勝無比放大光網普照十方若有見者必破一切障礙大山必拔一切不善根本必種廣大殊勝善根如是之人難可得見難得出現如優曇華而我云何能知能說彼功德行善男子於此南方有一國土名圓滿多聞其中有城名曰妙門彼有童子名根自在主汝詣彼問菩薩云何學菩薩行修菩薩道時善財童子爲欲成滿諸菩薩行欲修菩薩無盡功德欲被菩薩大誓願甲欲放菩薩大力光明欲成菩薩深信解力欲起菩薩無量勝行於菩薩法心無猒足樂入一切菩薩功德願常攝御一切衆生欲超生死稠林曠野於善知識常樂見聞承事供養心無猒倦於無量法心生尊重頂禮妙見繞無數帀殷勤瞻仰辭退而去

大方廣佛華嚴經卷第九

音釋

濤 徒刀切海中大波也 沸 方味切湧出貌 鋒 敷容切鋩也 怯 乞業切畏懦也 牖 與久切穿壁以木爲交窗也 鄽 直連切市物邸舍曰鄽 藪 蘇后切大澤也 頰 吉協切面旁也又輔頰也 頤頷 頤弋支切亦頷也頷戶感切口下曰頷 硾 馳僞切耳硾也 膊 音博肩膊也 ⿰月庸 丑容切均也圓直也 臂

肘臂彼義切肱也肘陟柳切臂節也

網縵網文紡切縵莫官切網縵謂手指間皮相連如鵝鴈掌也

⿰足專市兖切腓腸也

纖思廉切細也

跟古痕切足踵也

瞬舒閏切目動也

大方廣佛華嚴經卷第十

唐罽賓國三藏般若奉　詔譯

入不思議解脱境界普賢行願品

爾時善財童子受妙見比丘教已憶持不忘思惟修習決定明了於彼法門隨順悟入天龍夜叉乾闥婆等眷屬圍繞漸次前行向圓滿多聞國人妙門城周徧推求根自在主童子時虛空中天龍神等告善財言善男子今此童子在河渚上與諸童子聚沙爲戲爾時善財聞是語已即詣其所見彼童子十千童子前後圍繞聚沙爲戲見已親近頂禮其足繞無數帀合掌前立白言聖者我已先發阿耨多羅三藐三菩提心而未知菩薩云何學菩薩行修菩薩道我聞聖者善能誘誨唯願慈哀爲我解説自在主言善男子我昔曾於文殊師利童子所修學筭數印相等法即得悟入一切工巧神通智門善男子我因此故知諸世間所有聲論内明因明醫方明等文字筭數契印取與種種智論亦知一切藥毒蟲毒和合銷解亦能療治風癎痟瘦鬼魅所著如是所有一切諸病亦能建立城邑聚落形勝所居市肆鄽里園林池沼義堂福舍臺榭樓觀宫殿屋宅窻牖門闥種種莊嚴亦善駕御駟馬車乘鬬戰之法安危進止取捨勝負亦善調鍊種種仙藥幻術變化亦善營理田農商賈種種諸業亦善禮儀尊卑次序亦知衆生身相吉凶業行善惡亦知衆生具足一切善不善根亦知衆生善趣惡趣種類差別亦善了知一切賢聖清淨業道此人應得聲聞乘道此人應得辟支佛道此人應得菩

薩乘道此人應入如來智地如是乃至真俗二諦皆悉能知亦知一切諸寂靜衆軌儀法式時非時食應所不應以自攝養而延壽命亦知世俗治生方法經理資産出處貴賤亦知自他過去受身中有分住入胎住胎經生差別亦知未來一切衆生死此生彼死彼生此從彼處殁還生於彼從此處殁還生於此亦知過現一切諸佛差別法門種種安布敎授敎誡調伏衆生能令堅固隨順修持越生死流到涅槃岸身心清淨如鍊真金光明普照廣大成就善男子我復善知十八工巧種種技術并六十二眷屬明論及内明等一切方法治内煩惱何等名爲内身煩惱有四因縁一謂眼根攝受色境二由無始取著習氣三由彼識自性本性四於色境作意希望由此四種因縁力故藏識轉變識波浪生譬如瀑流相續不斷善男子如眼識起一切根識微塵毛孔俱時出生亦復如是譬如明鏡頓現衆像諸識亦爾或時頓現善男子譬如猛風吹大海水波浪不停中境界風飄靜心海起識波浪相續不斷因縁相作不相捨離不一不異如水與波由業生相深起繫縛不能了知色等自性五識身轉彼阿賴耶終不自言我生七識七識不言從賴耶生但由自心執取境相分別而生如是甚深阿賴耶識行相微細究竟邊際唯諸如來住地菩薩之所通達愚法聲聞及辟支佛凡夫外道悉不能知善男子我又善知一切聲論音聲語言内外因起名字訓釋普徧無窮假使帝釋於梵天所聽受聲明盡其天壽足滿千歲亦不能

知聲論邊際我一念頃以此筭法悉能了知盡其源底善男子彼復教我菩薩筭法所謂百千爲一洛叉一百洛叉爲一俱胝俱胝俱胝爲一阿庾多阿庾多阿庾多爲一那由他那由他那由他爲一頻婆羅頻婆羅頻婆羅爲一矜羯羅矜羯羅矜羯羅爲一阿伽羅阿伽羅阿伽羅爲一微濕伐羅微濕伐羅微濕伐羅爲一鉢嚂伐羅鉢嚂伐羅鉢嚂伐羅爲一鉢囉麼鉢囉麼鉢囉麼爲一婆嚩羅婆嚩羅婆嚩羅爲一阿婆羅阿婆羅阿婆羅爲一多婆羅多婆羅多婆羅爲一優鉢彌耶優鉢彌耶優鉢彌耶爲一阿臬摩阿臬摩阿臬摩爲一普摩普摩普摩爲一禰摩禰摩禰摩爲一阿婆鈐阿婆鈐阿婆鈐爲一微婆伽微婆伽微婆伽爲一微婆奢微婆奢微婆奢爲一沒哩嚩迦沒哩嚩迦沒哩嚩迦爲一那賀羅那賀羅那賀羅爲一毗邏伽毗邏伽毗邏伽爲一彌嚩伽彌嚩伽彌嚩伽爲一毗伽婆毗伽婆毗伽婆爲一僧羯邏摩僧羯邏摩僧羯邏摩爲一毗薩羅毗薩羅毗薩羅爲一毗贍婆毗贍婆毗贍婆爲一慈泯伽慈泯伽慈泯伽爲一毗盛伽毗盛伽毗盛伽爲一毗嚕陁毗嚕陁毗嚕陁爲一微皤訶微皤訶微皤訶爲一微薄帝微薄帝微薄帝爲一毗佉擔毗佉擔毗佉擔爲一都邏那都邏那都邏那爲一阿覩馳阿覩馳阿覩馳爲一嚩邏那嚩邏那嚩邏那爲一微皤蘭微皤蘭微皤蘭爲一三末耶三末耶三末耶爲一微覩羅微覩羅微覩羅爲一奚婆羅奚婆羅奚婆羅爲一陁嚩羅陁嚩羅陁嚩羅爲一微度栗娜微度栗

娜微度栗娜爲一奢彌陁奢彌陁奢彌陁爲一你叩嚩囉你叩嚩囉你叩嚩囉爲一微者囉微者囉微者囉爲一微舍囉微舍囉微舍囉爲一微你薩多微你薩多微你薩多爲一阿飄孽哆阿飄孽哆阿飄孽哆爲一微悉步多微悉步多微悉步多爲一泥嚩囉泥嚩囉泥嚩囉爲一波哩殺陁波哩殺陁波哩殺陁爲一微目差微目差微目差爲一鉢哩哆鉢哩哆鉢哩哆爲一喝哩哆喝哩哆喝哩哆爲一阿嚕迦阿嚕迦阿嚕迦爲一印黠哩耶印黠哩耶印黠哩耶爲一系嚕迦系嚕迦系嚕迦爲一奴嚩那奴嚩那奴嚩那爲一阿嚕那阿嚕那阿嚕那爲一婆嚕陁婆嚕陁婆嚕陁爲一謎嚕陁謎嚕陁謎嚕陁爲一乞羼耶乞羼耶乞羼耶爲一阿差目多阿差目多阿差

目多爲一翳嚕婆耶翳嚕婆耶翳嚕婆耶爲一微麽嚕耶微麽嚕耶微麽嚕耶爲一曼弩婆耶曼弩婆耶曼弩婆耶爲一微灑馱耶微灑馱耶微灑馱耶爲一三麽陁三麽陁三麽陁爲一鉢囉麽呾羅鉢囉麽呾羅鉢囉麽呾羅爲一阿囉麽呾羅阿囉麽呾羅阿囉麽呾羅爲一勃麽呾囉勃麽呾囉勃麽呾囉爲一阿畔麽呾囉阿畔麽呾囉阿畔麽呾囉爲一伽麽呾囉伽麽呾囉伽麽呾囉爲一那麽呾囉那麽呾囉那麽呾囉爲一奚麽呾囉奚麽呾囉奚麽呾囉爲一鞞麽怛囉鞞麽怛囉鞞麽怛囉爲一鉢囉麽呾囉鉢囉麽呾囉鉢囉麽呾囉爲一尸麽呾囉尸麽呾囉尸麽呾囉爲一翳囉翳囉翳囉爲一薜羅薜羅薜羅爲一帝羅帝羅帝羅爲一偈羅偈羅偈羅爲一

窣步囉窣步囉窣步囉爲一制羅耶制羅耶制羅耶爲一泥羅泥羅泥羅爲一計羅計羅計羅爲一細羅細羅細羅爲一媲羅媲羅媲羅爲一謎羅謎羅謎羅爲一娑邏荼娑邏荼娑邏荼爲一謎嚕陁謎嚕陁謎嚕陁爲一冥嚕陁冥嚕陁冥嚕陁爲一契嚕陁契嚕陁契嚕陁爲一摩覩羅摩覩羅摩覩羅爲一珠嚕哆珠嚕哆珠嚕哆爲一娑母羅娑母羅娑母羅爲一阿野娑阿野娑阿野娑爲一迦麼羅迦麼羅迦麼羅爲一摩伽婆摩伽婆摩伽婆爲一阿婆囉阿婆囉阿婆囉爲一系嚕婆系嚕婆系嚕婆爲一吠嚧婆吠嚧婆吠嚧婆爲一迦澁嚩羅迦澁嚩羅迦澁嚩羅爲一阿婆羅阿婆羅阿婆羅爲一毗婆囉毗婆囉毗婆囉爲一那婆羅那婆羅那婆羅爲一寧畔多

寧畔多寧畔多爲一摩婆羅摩婆羅摩婆羅爲一娑囉那娑囉那娑囉那爲一勃邏摩勃邏摩勃邏摩爲一勃邏摩那勃邏摩那勃邏摩那爲一微伽摩微伽摩微伽摩爲一鄔波跋多鄔波跋多鄔波跋多爲一你哩泥捨你哩泥捨你哩泥捨爲一阿差耶阿差耶阿差耶爲一三姥馱三姥馱三姥馱爲一阿畔多阿畔多阿畔多爲一阿嚩摩娜阿嚩摩娜阿嚩摩娜爲一優鉢羅優鉢羅優鉢羅爲一波頭摩波頭摩波頭摩爲一僧祇僧祇僧祇爲一阿婆儉弭耶阿婆儉弭耶阿婆儉弭耶爲一孽馳孽馳孽馳爲一阿僧祇阿僧祇阿僧祇爲一阿僧祇轉阿僧祇轉阿僧祇轉爲一無量無量無量爲一無量轉無量轉無量轉爲一無邊無邊無邊爲一無邊轉無邊轉無

邊轉爲一無等無等無等爲一無等轉無等轉無等轉爲一不可數不可數不可數爲一不可數轉不可數轉不可數轉爲一不可稱不可稱不可稱爲一不可稱轉不可稱轉不可稱轉爲一不可思不可思不可思爲一不可思轉不可思轉不可思轉爲一不可量不可量不可量爲一不可量轉不可量轉不可量轉爲一不可說不可說不可說爲一不可說轉不可說轉不可說轉爲一不可說不可說說此又不可說不可說爲一不可說不可說轉善男子我復以此菩薩所知筭數之法分別筭知無數由旬廣大沙聚顆粒多少亦能筭知十方盡虚空所有世界種種安立差別次第亦能筭知十方所有一切世界廣狹大小種種分量及以名字差別不同所謂一切劫名一切佛名一切法名一切諦名一切業名一切菩薩名一切衆生名皆悉了知通達無礙善男子我唯知此一切工巧大神通智光明法門如諸菩薩摩訶薩能知一切諸衆生數及知一切諸衆生名能知一切法品類數及知一切法品類名能知三世諸時劫數及知三世諸時劫名能知一切諸如來數及知一切諸如來名能知一切諸菩薩數及知一切諸菩薩名亦能筭知一切世界染淨成壞相續次第一切時分日月年劫相續次第一切諸佛出與名號相續次第一切諸佛所轉法輪相續次第一切菩薩發心行道相續次第一切菩薩成熟衆生相續次第一切衆生所造因業相續次第一切衆生所受果報相續次第如是乃至一切名相展轉出生無

盡緣起相續次第如是菩薩所得筭數自在法門自利利他廣大饒益能令衆生隨順悟入次第成熟究竟解脫而我何能說其功德示其所行顯其境界彰其勝力辯其樂欲宣其助道發其大願闡其妙行演其諸度讚其清淨開其殊勝智慧光明如是菩薩所有功德乃至少分尚不能知豈能盡知一切諸佛勝妙威神大功德海圓滿一切諸佛福智寶聚波羅蜜果證悟諸佛如燈照現無礙法界演說諸佛廣大清淨自在法輪遊戲諸佛最勝甚深三昧境界覺了諸佛神通明智解脫法門善男子南方有城名海別住有優婆夷名辯具足汝詣彼問菩薩云何學菩薩行修菩薩道時善財童子聞是語已歡喜踊躍生尊敬心獲得希有信樂寶心成就廣大利衆生心悉能明見一切諸佛出興次第降生成道說法涅槃最勝清淨究竟圓滿悟入甚深微妙智慧普於諸趣皆隨現身了知三世差別境界獲得無盡大功德藏放大智慧自在光明開三有城所有關鍵趣向佛智究竟菩提頂禮其足繞無數帀殷勤瞻仰辭退而去

爾時善財童子隨順思惟善知識教正念觀察殷勤渴仰心無猒足猶如巨海受大雲雨吞納衆流作是念言善知識教猶如春日生長一切善法根苗善知識教如秋滿月凡所照觸身意清涼善知識教如夏雪山能除一切諸獸熱渴善知識教如芳池日能開一切善心蓮華善知識教如日珠輪照引衆生至法寶處善知識教如閻浮樹開敷一切福智華果善知識教如大龍王自在興布妙法雲

雨善知識教如妙高山種集種種無漏功德三十三天莊嚴止住善知識教如天帝釋功德諸天所共圍繞能破愛見阿脩羅軍如是思惟漸次前行至海住城周徧求覓此優婆夷時彼衆人咸告之言善男子彼優婆夷在此城內住自宅中善財聞已即詣其門合掌而立見其舍宅廣博殊麗種種莊嚴衆寶垣墻周帀圍繞四面皆有寶莊嚴門善財入已見優婆夷處於寶座妙年盛色容貌端嚴不御華瓔素服垂髮威光殊特人所樂見除佛菩薩餘無能及有勝威力有廣大心令諸衆生見聞親近咸生尊重愛敬之心於其宅中敷十億座超諸人天一切所有皆是菩薩業力所成宅內無有衣服飲食及餘嚴具但於其前置一小器復有十千童女圍繞一切妙寶莊飾其身言音和雅常侍左右瞻仰承順情無猒怠身出妙香普熏城內及徧虛空一切人天聞其香者於菩提心皆不退轉其餘衆生遇斯香者身心柔軟無恚害心無怨結心無慳嫉心無諂誑心無險曲心無貪愛心無瞋恚心無幻僞心無下劣心無高慢心無邪僻心無障礙心無執著心住平等心起大慈心發利益心住律儀心離貪求心聞其聲者歡喜踊躍見其身者悉離貪染爾時善財即前頂禮優婆夷足右繞恭敬合掌而立白言聖者我已先發阿耨多羅三藐三菩提心而未知菩薩云何學菩薩行修菩薩道我聞聖者善能誘誨願爲我說彼即告言善男子我得菩薩無盡福德莊嚴藏解脫門能於如是一小器中隨諸衆生種種欲樂如應爲出

種種甘美上好飲食色香味觸悉皆充足善男子我此器中所出飲食假使百衆生千衆生百千衆生億衆生百億衆生千億衆生百千億衆生那由他衆生乃至不可說不可說衆生假使閻浮提極微塵數衆生一四天下極微塵數衆生小千世界中千世界大千世界極微塵數衆生乃至不可說不可說佛刹極微塵數衆生假使十方一切世界極微塵數衆生隨其欲樂悉令充滿飢渴銷除身心安樂智慧增長然其飲食無有窮盡亦不減少如出飲食乃至能出種種牀座種種敷具種種繒綵種種衣服種種車乘種種幢幡種種軒蓋種種華鬘種種瓔珞種種珍寶種種散香種種丸香種種塗香種種燒香種種末香乃至種種如法資具隨其來者普心給施不擇怨親貴賤貧富如所意願悉令豐足皆於我所生尊重心生恭敬心生無厭心生調伏心善男子假使東方一世界中所有衆生修習聲聞獨覺乘者食我食已皆證聲聞獨覺乘果住最後身如一世界如是次第百世界千世界百千世界億世界百億世界千億世界百千億世界百千億那由他世界閻浮提極微塵數世界一四天下極微塵數世界小千世界極微塵數世界中千世界極微塵數世界大千世界極微塵數世界乃至不可說不可說佛刹極微塵數世界其中所有一切衆生修習聲聞獨覺乘者食我食已皆證聲聞辟支佛果住最後身南西北方四維上下亦復如是又善男子如東方一世界乃至不可說佛刹極微塵數世界其中所有最後

身菩薩食我食已皆詣最勝菩提道場降伏魔軍成等正覺南西北方四維上下所有一世界乃至不可說不可說佛剎極微塵數世界其中所有最後身菩薩食我食已皆得往詣最勝道場降伏魔軍成等正覺善男子汝見我此十千童女眷屬以不答言已見優婆夷言善男子今我所有菩薩眷屬百萬阿僧祇此十千童女而爲上首皆悉與我行同類行同一大願同一善根同出離道同清淨解同清淨信同清淨念同清淨趣同清淨智同無量覺同淨諸根同普徧心同廣大心同所行境同所證理同決定解同明了法同淨妙色同無量力同最精進同正法音同隨類音同清淨音同第一音同讚功德同清淨業同清淨報同廣大慈同普徧悲同普救護同徧成熟同淨身業隨緣現起如所應見皆令歡喜同淨語業於法自在隨俗訓釋宣布法化同能普詣諸佛道場同能普往一切佛所供養承事同現覺智悉解諸佛差別法門同得安住一切菩薩清淨行地善男子是十千童女能取此食於一念頃徧至十方供養一切住最後身諸大菩薩及供一切聲聞獨覺乃至徧詣十方世界諸餓鬼趣皆令充足除其饑渴善男子此十千童女又取我食能於天中充足天食亦於龍中充足龍食乃至能於人非人中隨其所須施諸飲食悉令充足我此器中曾無減少何況有盡善男子且待須臾汝當自見說是語時善財即見無量衆生從四門入皆優婆夷本願所請旣來集已敷座令坐隨其所須給施飲食乃至種種上妙

資具悉令充足令諸衆生心生歡喜安隱適悦互相慶慰而此器中所出之物無減無盡時優婆夷作此施已告善財言善男子我唯知此菩薩無盡福德莊嚴藏解脱門如諸菩薩摩訶薩無盡福德大莊嚴藏甚深無底猶如大海廣大無際猶若虚空滿衆生心如如意珠所求皆得如大寶聚擁護一切如輪圍山長諸善根如大雲雨守護法藏猶如關鑰普集法寶如妙高山破無明闇猶如燈燭普蔭羣生猶如高蓋而我云何能知能説彼功德行善男子南方有城名爲大有彼有長者名具足智汝詣彼問菩薩云何學菩薩行修菩薩道時善財童子頂禮其足繞無數帀殷勤瞻仰辭退而去爾時善財童子得菩薩無盡莊嚴福德藏解脱門已隨順思惟彼福德大海觀察彼福德虚空向彼福德聚登彼福德山攝彼福德藏飲彼福德泉游彼福德池淨彼福德場見彼福德藏入彼福德教開彼福德眼行彼福德道植彼福德種漸次而行至大有城周徧詢求明智居士於善知識心生渴仰念善知識心無間斷慕善知識志樂堅固方便求見諸善知識常無猒足願得承事諸善知識精勤匪懈以善知識熏修其心知由依止善知識故能滿衆善知由依止善知識故能生衆福知由依止善知識故能長衆行知由依止善知識故不由他教自能承事一切善友知由依止善知識故清淨一切菩薩諸根如是思惟長其善根深其志樂益其德本廣其大悲近一切智具普賢道照明一切諸佛正法增長菩薩所有行願明照如

來十力智光爾時善財見彼居士在於城内市四衢道七寶臺上處於衆寶莊嚴之座其座妙好無數清淨如意寶王以爲其身種種金剛帝青摩尼以爲其足寶繩珠網以爲交絡無垢藏珠寶而校飾之復以五百妙寶形像而爲莊嚴敷天寶衣建天幢旛張大寶網施大寶帳閻浮檀金以爲其蓋淨瑠璃寶以爲其竿令人執持以覆其上鵝王羽翮以爲其扇白犛牛尾以爲其拂悉以離垢妙寶莊嚴天諸童子執侍左右熏衆妙香雨衆天華晝夜常奏五百樂音其音美妙過於天樂衆生聞者無不歡悅十千眷屬前後圍繞色相端嚴人所喜見天莊嚴具以爲嚴飾出過天人最勝無比悉已成就菩薩志欲皆與居士同昔善根侍立瞻對承其教命時彼城内一切衆生及虛空中所有天衆於居士所生隨順心生愛樂心生歡喜心以心隨順歡喜愛樂善知識故即起一切天拘蘇摩妙寶華雲普雨一切天拘蘇摩妙寶華雨是諸人天亦與居士往昔同種清淨善根爾時善財見是事已前禮其足繞無數帀合掌而立白言聖者我爲利樂諸衆生故發阿耨多羅三藐三菩提心爲令一切衆生滅除苦難故爲令一切衆生究竟安樂故爲令一切衆生出生死海故爲令一切衆生入法寶洲故爲令一切衆生枯竭愛河故爲令一切衆生起大慈悲故爲令一切衆生捨離貪著故爲令一切衆生渴仰佛智故爲令一切衆生越度生死大曠野故爲令一切衆生愛樂諸佛勝功德故爲令一切衆生出三界城故爲令一切衆生

入一切智城故以如是等種種利益發菩提心而未知菩薩云何學菩薩行云何修菩薩道而能攝護一切衆生爲諸衆生作依止處我聞聖者善能誘誨願爲我說居士告言善哉善哉善男子汝乃能爲如是利故發阿耨多羅三藐三菩提心善男子發阿耨多羅三藐三菩提心是人難得若能發心是人則能求菩薩行心無動轉值遇善知識心無猒足親近善知識心無勞倦承事善知識心無憂慼供養善知識終不退轉愛念善知識終不放捨渴仰善知識無暫懈息求覓善知識無時憩止行善知識教未曾怠惰禀善知識命心無誤失善知識者有大威力難得親近承事供養若能給侍瞻禮讃歎心無憂悔則得具足一切功德不爲煩惱毒亂其心善男子汝見我此十千眷屬衆會人不答言已見居士言善男子我已令其發阿耨多羅三藐三菩提心生如來家增長白法安住無量諸波羅蜜學佛十力離世間種住如來種壞生死輪轉淨法輪滅三惡趣住正法趣如是等諸菩薩行悉能成就普能救護一切衆生善男子我得隨意出生福德藏解脱門一切衆生凡有所須悉滿其願所謂須食與食須飲與飲如是種種衣服瓔珞華鬘繒綵燒香塗香末香金銀真珠珍奇衆寶種種幢旛種種軒蓋房舍屋宅倚卧之具種種燈燭病緣湯藥種種船舫象馬車乘奴婢牛羊及諸侍使如是一切資生之物亦復能與天冠寶飾髻中明珠乃至所愛妻妾男女眼耳鼻舌皮肉骨髓身體手足不揀貧富貴賤好醜隨其來意

皆悉與之乃至爲説真實妙法使令修證究竟圓滿善男子且待須臾汝當自見説是語時無量衆生從種種方所種種世界種種國土種種城邑種種聚落種種居處形類差别愛樂不同其數無量皆以菩薩往昔願力俱來集會爾時居士知衆雲集普徧觀察繫念須臾仰視虛空如其所須悉從空下相續流入居士掌中隨諸衆會一切願求皆手授與普令滿足既滿願已生大歡喜身色光悦心意調柔堪任受化然後爲説種種妙法所謂得充足諸美食者與説種種集福德門演説一切離貧窮行演説富饒甘露財行演説法智大尊重行演説相好莊嚴身行成就威德降魔怨行成就法喜禪悦食行增長成就難屈伏行善能了達無上食行令得常命色力安辯具足法門爲得充足諸好飲者與其説法令於生死捨離渴愛欣樂佛乘入深法味爲得充足諸上味者與其説法皆令具足充滿法味證得如來味中上味爲得充足種種舟船及車乘者與其宣説出離法門皆令越度生死大海載於最勝無上大乘爲得充足諸衣服者與其説法令得清淨慚愧之衣乃至如來清淨妙相金色皮膚如是一切資生之物隨意與之靡不周贍然後悉爲如應説法隨其所宜各令悟入無上清淨智慧法門既聞法已還歸本處爾時居士爲善財童子顯示菩薩不可思議解脱境界已告言善男子我唯知此隨意出生福德藏解脱門如諸菩薩摩訶薩成就寶手徧覆十方一切世界爲供養佛普施衆生以自在力與種種色寶

雲雨種種色寶雨所謂種種色瓔珞種種色寶冠種種色妙鬘種種色世服種種色法衣種種色嚴具種種色寶華種種色妙香種種色塗香種種色末香種種色樓閣種種色寶蓋種種色幢旛種種色音樂其聲美妙歌讚佛法乃至種種資生之具普徧一切衆生住處充滿一切佛刹道場悉以供養一切諸佛亦爲成熟一切衆生而我云何能知能説彼諸功德自在神力善男子於此南方有一大城名師子宮彼有長者名尊法寶髻汝往彼問菩薩云何學菩薩行修菩薩道時善財童子歡喜踴躍深自慶幸知因一切善知識故圓滿功德於善知識尊重謙卑如弟子禮作如是念由此居士開悟於我令我得聞希有之法由是思惟不斷愛念善知識見不壞尊重善知識心常樂受行善知識教決定信順善知識語敬善知識展轉增勝事善知識心無退轉頂禮其足繞無數帀殷勤瞻仰辭退而去

大方廣佛華嚴經卷第十

音釋

癇 戶間切病也 痟 相邀切消中之疾也 瀑流 瀑蒲報切與暴同 矜羯羅 羯居謁切 阿枲摩 枲胥里切 禰摩 禰女氏切 慈泜 泜諸市切 微皤訶 皤薄波切 毗佉擔 佉丘迦切擔都紺切 阿覩匙 匙音里 阿飄孽哆 孽魚傑切哆丁可切 印黏哩耶 黏寧吉切 謎嚕陀 謎莫計切 乞孅耶 孅初限切 鞞麼怛囉 鞞班糜切 窣步囉 窣蘇骨切 媲羅 媲匹詣切 三姥馱 姥莫古切 阿婆儉弭耶 弭綿婢切 孽馳 馳亭夜切已上自矜羯羅起至此皆梵語數量也 顆粒 顆苦果切珠顆也粒力入切米粒也 闗鍵 鍵巨展切鍵牡也又鑠須也 鑰 以灼切鍵鑰也 犛牛 犛音茅長髦牛也尾可爲旌旄

大方廣佛華嚴經卷第十一

唐罽賓國三藏般若奉　詔譯

入不思議解脫境界普賢行願品

爾時善財童子於居士所聞此甚深解脫門已思惟修習決定無間浮彼福德海淨彼福德田趣彼福德津仰彼福德山開彼福德藏轉彼福德輪觀彼福德法植彼福德因生彼福德力增彼福德勢長彼福德心悟彼福德門漸次行詣師子宮城周徧推求寶髻長者見在市中遽即頂禮遶無數帀合掌前立白言聖者我已先發阿耨多羅三藐三菩提心而未知菩薩云何學菩薩行云何修菩薩道善哉聖者願爲我說諸菩薩道我乘此道趣一切智爾時長者執善財手將詣其家示其所居告善財言善男子汝且觀我所居舍宅

爾時善財即徧觀察見其舍宅廣博嚴麗於其四面各開二門閻浮檀金之所合成白銀爲牆周帀圍遶玻瓈爲殿雜寶莊嚴紺瑠璃寶以爲樓閣硨磲妙寶而爲其柱堦墀軒檻戶牖窻闥靡不咸以衆寶所成百千種寶莊嚴校飾碼碯寶池香水盈滿四面欄楯各以眞珠雜寶樹林周徧行列赤珠摩尼爲師子座阿僧祇寶間錯莊嚴毗盧遮那摩尼寶王以爲其帳於其座前左右建立光焰熾盛摩尼寶幢雜色光明如意珠王而爲其網以覆其上於其宅內有大樓閣高十層級層開八門善財入已次第觀察見最下層施以種種上味飲食見第二層施諸寶衣及衆財物見第三層普施一切寶莊嚴具見第四層施諸婇女言辭善巧隨意眷屬幷所受用上妙珍

寶見第五層五地菩薩雲集其中爲安衆生演説妙法諸所施爲無非利樂成就如來最勝論者陁羅尼門諸三昧海及諸世間種種明智光明印行見第六層有諸菩薩皆已成就甚深智慧了達法性得大總持三明六通皆悉具足入普藏門出障礙境住不二法現佛威儀於不可説妙莊嚴海道場衆中而共集會各以異名分别顯示般若波羅蜜門所謂寂靜藏般若波羅蜜門善巧分别諸衆生智般若波羅蜜門不可動轉般若波羅蜜門離欲光明般若波羅蜜門不可降伏藏般若波羅蜜門照衆生輪般若波羅蜜門隨順教網般若波羅蜜門功德海藏般若波羅蜜門普眼捨得般若波羅蜜門入無盡藏隨順修行般若波羅蜜門入一切世間無盡方便海般若波羅蜜門入隨諸世間一切教海般若波羅蜜門無礙辯才般若波羅蜜門隨順衆生普照無礙般若波羅蜜門離垢光明般若波羅蜜門常觀宿緣而布法雲般若波羅蜜門説如是等百萬阿僧祇般若波羅蜜門徧不可説道場衆會顯示莊嚴甚深智慧見第七層得如響忍諸菩薩等充滿其中以方便智分别演説諸出離門悉能聞持一切如來所説正法見第八層得不退轉神通智力無量菩薩共集其中以微細智觀諸世間知諸佛刹道場衆會如幻如焰如影如像無有實性見諸如來無分别境現一切佛普徧色身能以一音徧十方界其身普詣一切道場盡於法界靡不周徧普入佛境普見佛身普能受持一切佛法普於一切佛衆會中而爲上

首演說法要見第九層一生所繫諸菩薩衆於中集會見第十層一切如來充滿其中從初發心修菩薩行超生死輪成大願海具勝神通得勝自在以勝威力淨佛國土殊勝莊嚴普現十方道場衆會演說正法乃至示滅盡未來際調伏利益化度衆生如是一切悉使明見爾時善財見如是等奇特事已白言聖者昔於何處種何善根獲如是等殊勝果報致此一切清淨衆會長者告言善男子我念往昔過佛刹極微塵數劫有世界名種種色莊嚴輪佛號無邊光圓滿法界普莊嚴王如來應供正徧知明行足善逝世間解無上士調御丈夫天人師佛世尊與百千億聲聞衆俱智毗盧遮那而爲上首復與百千億菩薩衆俱智日威德光而爲上首時彼國王名法自在佛受王請入摩尼幢莊嚴園中我於衢路奏妙樂音燒一九香而以供養由彼如來與諸菩薩及聲聞衆受我供故令此香煙起大香雲普徧虛空而爲蔭蓋於閻浮提七日七夜普雨種種無邊衆色衆生身相微妙香雲又令樂音出生種種美妙音聲普徧虛空演出如來不可思議三世無礙廣大智聚令其聞者除滅一切煩惱垢障增長一切眞實善根速疾圓滿一切智智普能發起種種神通我時以此供養善根迴向三處一願永離貧窮困苦二願常見諸佛菩薩三願恒聞諸佛正法由是因緣故獲斯報善男子我唯知此菩薩無障礙願普徧莊嚴福德藏解脫門如諸菩薩摩訶薩得不思議功德寶藏出不思議無量功德入無分別如來身海蔭無

分別無上法雲修無分別功德助道起無分
別普賢行網證無分別三昧境界等無分別
菩薩善根住無分別如來所住見無分別三
世平等於一切劫不生疲猒住不可壞普眼
境界自在之地而我云何能知能說彼功德
行善男子南方有國名曰藤根其國有城名
普徧門中有長者名爲普眼汝詣彼問菩薩
云何學菩薩行修菩薩道時善財童子頂禮
其足遶無數帀殷勤瞻仰辭退而去爾時善
財童子於寶髻長者所聞此解脫已深入諸
佛無量知見安住菩薩無量勝行了達菩薩
無量方便希求菩薩無量法門清淨菩薩無
量信解明利菩薩無量諸根成就菩薩無量
欲樂通達菩薩無量行門增長菩薩無量願
力建立菩薩無邊勝幢發起菩薩無邊智慧
證得菩薩無邊法光普入菩薩無邊大會於
菩薩法決定無疑趣求菩薩清淨解脫住菩
薩心深信愛樂隨順作意漸次前行至藤根
國處處尋訪彼城所在雖歷艱難不憚勞苦
身無疲倦心無猒退但唯正念善知識敎願
常親近承事供養徧策諸根離衆放逸於善
知識心恒愛樂然後乃到普徧門城百千聚
落周帀圍遶其城廣大種種莊嚴雉堞崇峻
衢路寬平市列百工貨多珍異往來委輸人
物可觀爾時善財於彼城内推求尋覓長者
所居人咸報言住市肆中鬻香藥處聞已往
詣見其處在香臺座上卽前禮足合掌而立
白言聖者我已先發阿耨多羅三藐三菩提
心而未知菩薩云何學菩薩行修菩薩道長
者告言善哉善哉善男子汝已能發阿耨多

羅三藐三菩提心善男子我昔曾於文殊師利童子所修學了知病起根本殊妙醫方諸香要法因此了知一切衆生種種病緣悉能救療所謂風黃痰熱鬼魅蠱毒乃至水火之所傷害如是一切内外諸疾品類無邊我悉能於一念之中以種種方藥如法療治咸令除差施其安樂如是法門汝應修學善財復言聖者我問菩薩所修妙行云何說此世俗醫方長者告言善男子菩薩初學修菩提時當知病爲最大障礙若諸衆生身有疾病心則不安豈能修習諸波羅蜜是故菩薩修菩提時先發療治身所有疾菩薩復觀一切世界所有衆生營辦事業受於欲樂乃至出家精勤修習得聖道果皆因國王王之理化要因無病何以故以諸人王是諸衆生安樂本故菩薩起化先療國王次治衆生令無患苦然後說法調伏其心善男子菩薩若欲治諸病者先當審觀諸病因起品類增損無量無邊我今爲汝說其少分善男子一切衆生因四大種和合爲身從四大身能生四病所謂身病心病客病及俱有病言身病者風黃痰熱而爲其主言心病者顛狂心亂而爲其主言客病者刀杖所傷種作過勞以爲其主俱有病者飢渴寒熱苦樂憂喜而爲其主其餘品類展轉相因能令衆生受身心苦善男子如是衆病貧賤人少多勞役故富貴人多過優樂故善男子一切衆生皆以無量極微大種聚集成身猶如大海衆微水滴如是人身毛及毛孔各三俱胝三俱胝蟲之所依住以是諦觀皮膚穿漏兩眼睛肉手足掌中脂膏

集處毛蟲不生其餘身分間無空闕善男子又觀此身唯五大性何等爲五所謂堅濕煖動及虚空性所言堅者所謂身骨三百六十及諸堅礙皆地大性凡諸濕潤皆水大性一切煖觸皆火大性所有動摇皆風大性凡諸竅隙皆空大性然彼四大皆多極微於虚空中互相依住極微自性微細難知除佛菩薩餘無能見善男子如是五大和合成身如世倉篅終歸敗散如是身器由業所持非自在天之所能作亦非自性及時方等譬如陶師埏埴成器内盛臭穢彩畫嚴飾誑惑愚夫又如四蛇置之一篋如是四大和合爲身一大不調百一病起是故智者應觀此身如養毒蛇如持坏器善男子汝復應知内身外器皆四大成從始至終五時流變云何外器五時流變謂盡虚空十方世界衆生所感妄業所持刼初成時人壽無量自然化生無我我所次食段食貪等現行次由我所共立田主以爲統御次壽漸減乃至十年由惡業故起小三災至第五時世界將壞火災既起梵世皆空水災風災相續亦爾善男子是名外器五時流變云何内身五時流變謂嬰孩位心無分別如刼初時人無我所次童幼位能辯是非如第二時立自他别次壯年位縱貪嗔癡如第三時共立田主次衰老位衆病所侵如第四時壽等損減次至死位身壞命終如第五時世界壞滅是名内身五時流變善財白言聖者如是五時因何而起普眼告言善男子時無自體分别所成隨妄業輪循環無際如人睡覺則名初時從初刹那及恒刹那次

名臘縛年呼栗多晝夜年劫時多差別或約一歲分爲六時所謂春時熱時雨時秋時寒時雪時是故智者知病增損善達方域所有諸時謂春雪時痰癃病動於熱雨際風病發生於秋寒時黄熱增長物集病者隨時增長善男子我今爲汝已說諸病隨時增長如是身病從宿食生若諸衆生能於飲食知量知足量其老少氣力强弱時節寒熱風雨燥濕身之勞逸應自審察無失其宜能令衆病無因得起善男子我此住處常有十方一切衆生諸病苦者來至我所而求救療我以智力觀其因起隨病所宜授與方藥平等療治普令除差復以種種香湯沐浴上服名衣瓔珞莊嚴施諸飲食及諸財寶珍玩資具皆悉與之咸令充足然後各爲如應說法令其永斷心病煩惱所謂爲諸一切貪欲多者教不淨觀瞋恚多者教慈悲觀愚癡多者教其分別種種法相等分行者爲其顯示不淨慈悲或畧中廣殊勝法門如是隨應斷諸煩惱爲欲令其發菩提心稱揚一切諸佛功德爲欲令其起大悲心顯示生死無量苦惱爲欲令其增長功德讃歎修習無量福智爲欲令其發大誓願稱讃調伏一切衆生爲欲令其修普賢行說諸菩薩住一切刹於一切劫修諸行網爲欲令其具佛相好莊嚴色身稱揚讃歎檀波羅蜜爲欲令其得佛清淨無垢法身稱揚讃歎尸波羅蜜爲欲令其得佛功德不思議身稱揚讃歎忍波羅蜜爲欲令其獲於如來無能勝身稱揚讃歎勤波羅蜜爲欲令其得佛清淨無與等身稱揚讃歎禪波羅蜜爲

欲令其得佛究竟平等法身稱揚讃歎般若波羅蜜爲欲令其得佛晋現差別色身稱揚讃歎方便波羅蜜爲欲令其爲諸衆生住一切刧心無猒倦稱揚讃歎願波羅蜜爲欲令其普現其身嚴淨一切諸佛刹土稱揚讃歎力波羅蜜爲欲令其現清淨身隨衆生心悉使歡喜稱揚讃歎智波羅蜜爲欲令其獲於究竟最勝淨妙無染著身稱揚讃歎永離一切諸不善法迴向諸佛一切善法如是種種廣以財法施諸衆生悉滿所願各令受化歡喜而去善男子我又善知和合一切諸香要法所謂無等香王香頻頭薩哩多香王香無能勝香王香種種覺悟香王香阿縷拏蠘低香王香隨身所欲出生香王香隨時堅細栴檀香王香龍勝堅固栴檀香王香堅黑沉水香王香不動諸根香王香如是等香悉知出處功能勢力及其貴賤調理之法善男子我持此香以爲供養普見諸佛所願皆滿所謂救護一切衆生願嚴淨一切佛刹願供養一切如來願善男子我欲供養燃此香時從一一香出無量香徧滿十方一切法界一切如來道塲海中化爲種種香宫殿香垣牆香樓閣香欄楯香却敵香門戶香窻牖香半月香羅網香形像香圓光香嚴具香光明香雲雨香幢香帳香旛香蓋莊嚴十方一切法界處處充滿以爲供養善男子我唯知此令一切衆生普見諸佛承事供養歡喜法門如諸菩薩摩訶薩如大藥王若見若聞若憶若念若同住若共行若稱名若隨喜皆獲利益無空過者若有衆生暫得值遇必令銷滅一切煩

惱入於佛法離諸苦蘊求息一切生死怖畏到無所畏一切智處摧壞一切老死大山安住平等大涅槃城而我云何能知能說彼功德行善男子於此南方有一大城名多羅幢彼城有王名甘露火汝詣彼問菩薩云何學菩薩行修菩薩道時善財童子禮普眼足遶無數帀殷勤瞻仰一心戀慕辭退而去爾時善財童子於普徧眼善知識所聞說菩薩能令衆生普見諸佛歡喜法門隨順憶念心心相續歡喜踊躍作是思惟善知識者以善方便能攝受我以深重心能守護我令我於阿耨多羅三藐三菩提得不退轉如是專念生淨信心欣慶心怡暢心調順心勇進心寂靜心廣大心莊嚴心無著心無礙心得心自在心常作心師心善巧分別心普生衆行心隨

聞解法心徧往佛剎心見佛莊嚴心恒不離佛心專求十力心一向無退心漸次前行經歷國邑村營聚落然後乃至多羅幢城處處尋求見王方便于時遇有多聞多解諸婆羅門在於四衢談論世法善財往問云何得見甘露火王時彼多智大婆羅門問善財言仁從何來何所求請欲見我王白言我從藤根國來普眼長者教我獲得歡喜法門令我來此求見大王請問菩薩行菩薩行婆羅門言彼藤根國安隱豐樂仁之色相德慧莊嚴捨彼來此必獲利益以仁大智必見我王仁且安坐聽我所說我王恒居寶嚴正殿坐勝摩尼師子之座頒行正法成就衆生善財復言何故大王名甘露火答言我王具足七支行中道化治罰惡人銷其過犯猶如烈火安攝

善人與其快樂譬如甘露以是慈悲平等教化增其壽命心無猒足故我國人美王盛德歌讚王猷咸稱我王爲甘露火我王復以種種方便調御衆生決其諍訟撫其孤弱卹其惸獨遂其勝行皆令永斷十不善業正修十善如轉輪王所行之法善財復言云何名爲具足七支行中道化答言審聽當爲言宣説七支者一有君德天下仰戴如人之首二有輔臣左右忠良如人之臂三有國境寬富包容如人之腹四有險固囊結萬方如人之齊五有倉庫財食充盈所往無難如人之胜六有兵威士馬精鋭制動由巳如人之脛七有隣境貢賦以時往復王命如人之足復有二法能持七支一謂威勇二謂智謀二德相資如人目足七支依住正教施行所向皆從靡不流布如山出雲如地持物澤潤卉木德被黔黎由是四海皆遵聖化支德互闕如車隻輪如鳥一翼決定不能翔空致遠我王咸具名稱普聞仁復當知我國大王成就九法能轉王輪何等爲九一德伏四隣自修職貢二貢賦不入恩信感之三感之不從説其君臣令相疑阻四彼或華心君臣異議説使和同令歸聖化五善説不聽王師討伐六觀彼主率將德有無七審其寡德議其城守八知彼牢城料兵强弱九自揣國中人和兵悦我國大王具此九法慧眼常明照瞻一切是故八表咸歸正化自求臣屬永不退還譬如衆流朝宗於海皆同一味無有異心仁者當知我國大王奉事多佛是大菩薩具大慈悲應現人間覆育群品知諸衆生應漸調伏先宣王

法漬潤其身究竟令其心得解脫是故我王有二聖德何等爲二一者內德種族眞正仁慧深遠二者外德如上畧明後當廣說善財白言云何內德願爲說之答言仁者我國大王種族尊勝嫡嗣承襲歷代相傳入胎處胎諸天護念出胎已後乃至受位福慶交至萬國歡娛聖德日躋博聞强記仁智孝友恭慈惠和聽視聰明具諸慚愧有具足力身無衆患舍垢忍辱心無卒暴尊賢重德哀愍庶類於已財位恒知止足於他危難常思救護善攝五根不縱情志辯才無礙能師子吼發言誠諦離諸愛恚善解世間殊音異論威儀整肅人咸畏敬慰諭輔臣撫育黎庶憐愍衆生等心無二察人詞色悉知其心見象馬形亦知善惡於有恩德報復無瘢於怨惡人善巧將護行達城邑端坐車中審諦自心無內外顧依時出入以慰國人有或不順返逆王命酷害王民動作非法先以善言如法開示捨逆從順王必慈恕依所領處不減不奪亦不驅擯聞命不悛當加討罰剋敵制勝務在安人是故我王善稱遐布仁者當知居俗日夜分爲八時於晝與夕各四時異一一時中又分四分通計日夜三十二分以水滿中定知時分晝四時者自鷄鳴後乃至辰前爲第一時辰初分後至午分初爲第二時午中分後乃至申前爲第三時申初分後至日沒前爲第四時於第一時日未出前爲初二分日出已後乃至朝畢爲後二分如是四分名曰初時我王精勤不著眠睡於夜四時二時安靜第三時起正定其心受用法樂第四時中外

思蔗類不想貪瞋自晝初時先嚼楊枝乃至祠祭凡有十位何者為十一嚼楊枝二淨沐浴三御新衣四塗妙香五冠珠鬘六油塗足七㯲華屣八持傘蓋九嚴侍從十修祠祭善財問言云何大王每自晨朝要嚼齒木乃至祠祭然後臨朝答言仁者世界增長要因於王王欲理人先自理身以身安故心意和平神清體和布化無爽是故我王先嚼楊枝乃至祠祭又此十事一一能生十種功德初嚼楊枝具功德者一銷宿食二除痰癊三解衆毒四去齒垢五發口香六能明目七澤潤咽喉八脣無皴裂九增益聲氣十食不爽味晨朝食後皆嚼楊枝諸苦辛物以為齒木細心用之具如是德復次我王香水沐浴具十功德一能除風二去魑魅三精氣充實四增益壽命五解諸勞乏六身體柔軟七淨除垢穢八長養氣力九令人瞻勇十善去煩熱復次我王御新淨衣具十功德一增長吉祥二行步適悅三眷屬愛敬四處衆無畏五安樂身心六能益壽命七淨無塵垢八名稱遠聞九賢聖讚念十一切讚歎復次我王塗諸妙香具十功德一增益精氣二令身芳潔三調適溫涼四長其壽命五顏色光盛六心神悅樂七耳目精明八令人強壯九瞻覩愛敬十具大威德復次我王冠妙珠鬘具十功德一勝福日增二殊珍自至三顏色充悅四辯才清暢五具足吉祥六身心無惱七吉慶恒集八益其壽命九具大瞻勇十奉勤歡喜復次我王足塗香油具十功德一能除風疾二身心輕利三耳目聰明四增益情氣五念無忘失

六滅省昏睡七眠夢吉祥八延其壽命九除諸垢穢十不生衆疾復次我王擐妙華屣有十功德一足趺柔輭二身觸輕安三行步有力四益其精氣五舉止安詳六增長壽命七威儀整肅八左右歡喜九形相端嚴十諸臣敬畏復次我王侍衛持蓋具十功德一威嚴尊重二顏色鮮明三露行去熱四不犯風塵五能遮雨濕六不視無福七衆人敬畏八身得安寧九益壽增氣十清淨光華復次我王莊嚴侍衛具十功德一威儀嚴整二令人敬畏三增王膽勇四佐王威勢五降伏惡人六天神自衛七禁禦暴獸八舒暢王意九邪魅不侵十行王敎令如是莊嚴眷屬圍遶故我大王如御駕駟檢察前後調息自他寬猛合度剛柔稱適如大舶主統領諸船隨有穿漏應時補塞奉侍王人內宮婇女耆德耄齒監守王宮妍貌壯年令其侍衛或前行導引燒香散華吹貝鼓樂歌詠讚歎種種莊嚴或侍從王行執扇持拂塗香衣服衆妙資具隨時受用靡不備足如是導從以候王心

大方廣佛華嚴經卷第十一

音釋

堦墀　堦古諧切陛也墀直離切塗地曰墀
牖　音酉穿壁以木為交窻也
闥　他達切宮中小門曰闥
欄楯　欄郎干切勾欄也楯竪尹切闌檻也
憚　徒案切畏難也
雉堞　雉池爾切城雉也五版為雉堞徒協切城上女墻也
鬻　余六切賣也
蠱毒　蠱公戶切蠱毒也
竅隙　竅詰弔切穴也隙乞逆切罅隙也

也篅市緣切圌也埏埴埏式連切埴丞職切埏埴和黏土也篋詰叶切箱屬坏鋪杯切未燒瓦器也頻頭薩哩多香王香此香狀如水滴阿縷拏嚩低香王香其香色赤如初日色樹汁流以爲香龍勝堅固栴檀香王香梵音烏洛迦婆羅香卹辛聿切愍也惸渠營切獨也䏶部禮切股也脛形定切脚脛也黔黎黔其廉切黔黎謂黑首之衆庶也揣初委切量也嫡都歷切正長曰嫡襲席入切嗣爵曰襲爵躋祖西切登也悛此緣切改也擐音患貫也華屣屣所綺切皮履也皴裂皴七倫切皮細起也裂良薛切破也舶傍陌切大船也

大方廣佛華嚴經卷第十二

唐罽賓國三藏般若奉　詔譯

八不思議解脫境界普賢行願品

時婆羅門復告善財言我王圓滿如上種種法式清淨威儀先入道場禮敬賢聖上祈福祐澤潤含生或祠祭祖宗思報恩德教人孝敬冥益萬方或出遊巡狩撫俗省方御衆班師功成告謝水旱災祥省躬慶祐祀祭之時一心專念恭敬無怠如對目前想其儀形思其教誨感涕爲奉罄志無私國內輔臣有功有德賢良節行在家出家碩德高年人所宗事設命終已圖畫形容隨其行業建諸塔廟我王如是日日之中內盡誠心外精供事飲食財寶上妙珍奇祠敬禮拜曾無懈廢如上女種首爵齒木乃至祠祭於晝初時前二分畢日初出時先召良醫候其安否晝夜時分服食量宜次召曆算占候陰陽風雨日辰星月運數行度差正隱現災祥福慶禳陰靡不誠告中外欸候可以容聞於此時中一以言聽所爲既訖正坐臨朝十千大臣前後圍遶共理王事出納王言聽事畢來盡晝初時爲後二分次第二時進御王饍奏妙音樂種種歡娛以悅王意於第三時沐浴遊宴十億釆女內奏樂音容止殊麗周帀環遶輭意承旨恒起慈心清淨園林處處嚴飾若聞若見煩惱銷除盡第四時於王正殿敷置衆寶莊嚴論座於王國內處處請求有大智慧沙門婆羅門得道果者演說正法聽聞其義合掌恭敬禮拜問訊盡恭敬心盡尊重心請令安坐然後諮問何等善法何等惡法何正何邪何

損何益可行則行可止則止復應數集宿舊智臣高道隱逸諮承不逮以達聰明詢問國政評其得失由斯王德漸盛漸圓國內衆生展轉安樂能令世化爲解脱因所以者何一切菩薩諸所施爲無非佛事譬如白月初出漸明至十五日光明圓滿流照十方亦如海潮月初漸起至十五日大起潮波洄澓萬里法王政化亦復如是王德增長若無國王智臣耆舊如船無主旋洄覆没又如衆生渴乏時雨求天帝釋釋天護念設不降雨經於十年是諸衆生亦不必死若無國王一日之中萬姓荒亂相殘害盡以是當知覆護衆生王勝帝釋復次我王由聞勝法常自省誡以化群生每至臨朝力勢雄猛王德增上威伏强隣外設朝儀種種嚴衛奏妙音樂肅敬侍王王與內宫眷屬圍遶就師子座身心無畏如日出雲光顯自在猶天帝釋處衆天中置四大人於殿四角身被金甲如四天王左右侍衛執諸兵仗顯示我王巍巍威德王志含容心畀萬姓不聽不視恒思順行如海吞流如山藴寶樂音静息內外一心爾時我王徧觀輔相種種威儀珍嚴妙飾知如幻化自堅其心以慈軟音而説偈言

合會須臾散　榮貴盡無常　人命如電光
强力皆歸死　死魔虧盛滿　無常壞寶山
勝法恒堅牢　應修不放逸

王説偈已宣令群臣各歸常位理王政事利益衆生心無懈廢仁者當知如是名爲我王內德善財白言云何復名王德外化答言仁者一切衆生及器世間安立護持皆是衆生

自業果報及諸國主德力任持劫初成時此器世間人皆化生肢體圓滿不藉衣食形相充盈照耀身光無有晝夜宿感旣勝地味隨生乃至漸生自然香稻後立田主遐邇同歸覆育均平爲剎帝利自是至今王化不絕有欲之人無主則亂國有君主一切獲安故名王力能護衆生仁者當知人有四姓一婆羅門種多修口業二剎帝利種多修手業三吠舍種多修田業四戍達羅種修馳逐業其餘雜類旃陁羅等多皆修習惡律儀業然此四姓及餘雜類業習不同居處亦異從少至老所務雖殊皆崇四事云何爲四一修持藝業二營辦資財三共受欲樂四各求解脫言藝業者並從髫齓以至壯年各於其備習學其事若婆羅門業修智慧圖書印記緯候陰陽身相吉凶圍陁典籍剎帝利種增修射御政在養人功在禁暴弦歌悅衆征罰不庭吠舍田業播種耕耘糧聚倉儲人天國本戍達羅種通商有無興販往來務滋貨植言營財者業藝旣成咸矜自事各於其黨競構資生言受樂者旣豐財利卜定厥居婚樂宴遊恣娛聲色言解脫者要言二類一婆羅門剎利王種髮旣斑白年踰五十力邁色衰猒世求道情深出要咸謂眞修所習旣殊師承自異九十六種各業本宗或求生天或計解脫二諸釋種如來弟子三乘學人服甘露味修習慈悲利益群品如是種種邪宗正宗在家出家精心道檢皆依正國而得住持並因我王演化流布故諸學者如世輪繩藝業所修如聚泥土王行正化如匠埏埴巧益自他如成衆

器若無王力功行不成法滅無餘况能利濟又彼所修一切功德六分之一常屬於王王之福山崇固難壞其餘外境正化不行國内之人恣情積惡令修善者無以暫安如是障修及造不善所有罪業六分之一還屬於王王之罪山牢峻難壞是故我王福慧殊勝時婆羅門復告善財仁豈不聞地神語耶地神常言我負大地一切所有及須彌山不以爲重亦無猒心於三種人我恒猒倦不欲勝持何等爲三一心懷叛逆謀害人王二念棄恩親不孝父母三撥無因果毀謗三尊破法輪僧障修善者如是三人我極患重乃至一念不欲任持復次我王宣流正化諸佛護念何况龍神以是正心能制諸惡如執鉤策邪法不生能與世間作無利者感化調伏正見修

行亦如牛王王若行時一切諸牛悉皆隨從王亦如是正化流行一切有情悉皆隨順又如鐵鉤能制狂象王治正化能伏惡人究竟令其同歸解脱復次我王建國體人恒在三事一念除五怖二慎擇三臣三精修御膳所以者何樹君養人事先除怖臣德允備足以弼諧御膳精羞愛身及物教人忠孝親長尊嚴善財白言云何五怖此國獨無答言仁者一王德簡儉財賦均平無國王貪奪怖二王族貞賢不貪爲寶無近臣侵御怖三宰官循職慧恕充懷無酷吏傷殘怖四人皆義讓國無欺枉無盜賊偷劫怖五隣境雍和承風向化無外境寇難怖餘國五怖人必不安是故我王聖化無外善財白言云何三臣王所慎擇答言仁者如日天王高居日殿去地四萬

二千由旬四天下人不覩形色但蒙光照瞻仰日輪咸知所在我王聖德如彼日輪大明御宇無幽不矚開物成務辯别除昬十千大臣一億猛將皆王照使爲國之光愼擇三臣統兹百辟何等爲三一者輔臣二者將帥三者使臣言輔臣者弼諧王化代王理政上佐王德下卹王人進賢任能清心奉職如日照耀類辨群分二者將帥者主兵大臣必在忠淳深仁厚義德行兼茂勇畧無虧爲護衆生除惡務本如日照耀滌闇除昬初自七月至十月終嚴鼓戒兵順天肅勵乘便逐宜安營相地如是主將受命臨戎攻守以時戰無不利仁復應知我國五城云何爲五城一者山城憑高據險斷岸周圍二者水城塹以江河沿流四遶三者沙城曠磧懸遠外無水草四者土城堅壁高壘内實兵儲五者人城主聖臣賢深謀遠畧如是五城量宜相敵人城最勝我國所尊故我大王住不思議神通妙化三使臣者所謂行人受使四方往復王命如日照使流光原隰幽谷無私所以者何王德精微王居深容萬方不覩四海莫知皆由使臣宣布王澤殊方欵塞八表欽承未安者安已安不退是故我王與諸耆舊宰輔大臣精選良能愼擇其事要言王使十德乃堪一資奉忠信二愛敬君親三强記博聞四識量宏達五才辯縱横六精閑内外七謙卑仁讓八剛正無瑕九儀範出群十通王容意具兹十德受命宣威凡所經遊清身潔獨不昬酒色不寢衆居醉後眠中慮洩樞容奉使隣國必達王言不以利遷不以威變行藏進退靡不

合時風俗土宜任物成化於王權變了達無疑務顯德能以慰殊俗由此三臣成王德化變惡顯善威被萬方如日流光照物除暗遠近皆明故我國中稟王聖化多諸善衆動靜合宜或所遊止不狎惡人所謂撥無因果棄背君親性少慈悲好見他過庸賤卑猥不畏罪違多欲多瞋無慚無愧心頑性怯忌勝嫉能如是等人皆不親近亦不乘御儱悷不調諸惡象馬亦不馴養無益禽獸亦不經遊深山大澤空聚塚間曠野山險惡獸非人之所住處亦不正視酒肆屠坊婬穢之處若或遭遇勝吉祥事右旋禮敬爲護福故曾不履踐佛法衆僧父母師長大人之影及所行跡於可尊崇有德人所恭敬禮拜心無輕慢見諸佛塔靈廟僧坊仙聖所居勝人住處自歡勸他導崇修緝令其成就以是天龍咸生歡喜風雨以時五穀豐登兆庶安樂王之左右所使忠良佞媚兇殘不能親近如栴檀林栴檀圍遶不雜伊蘭如無熱池香流德水無諸醎味王遠惡人亦復如是非如甘果猛獸所藏善財復言何等之人堪典御膳答言仁者典御膳人應具十德何者爲十一種姓清淨二三業調柔三忠孝備足四信讓謙和五知王食性六妙閑食禁七善調體味八知王食時九體食甘毒亦善解除十知所應食晝夜月時具此十德可典王廚量所使人及治食處清淨香潔監守無違婆羅門言仁復應知我常思念天上人間若聞若見凡諸勝類一切功德觀我聖王靡不咸具是義云何仁者當知師子獸王一德最勝謂無二心如殺大象

盡其勢力殺餘小獸盡力亦然我王亦爾不畏大事不輕小事盡悲智力究竟無遺仁者當知諸水鳥王皆具二德一審諦其心如取魚時入水翹立一心覘視嶷然不動二靜觀水族所欲皆從我王亦爾高居俯視聽政萬方寂然不動感通無礙言不虛發一切自成婆羅門言仁復應知我王三德聖化流行如金輪世調善馬王有三功德何等為三一心性和柔力能遠致二不畏寒暑涉險能安三調怨易事常無不足我王亦爾一言必柔實以法利人教化衆生畢竟成就二克勤庶政心無險易能捨珍財賙給一切三大智勇健調諸怨敵賦稅量宜恒知止足具此三德扇以和風他國畏威自境懷惠婆羅門言仁復應知我王四德聖化流行如摩伽國妙音雞王有四功德何等為四一立信司晨二守義均食三對敵賈勇四不隨牝雞我王亦爾一賞罰應時二萬方均濟三義伏强禦四內言不聽具茲四德化洽無垠婆羅門言仁復應知我王五德聖化流行如欲天上善時鵝王有五功德何等為五一染合有時二呼鳴無畏三量宜求食四心無放逸五不受諸鳥諂佞言辭我王亦爾一清心寡欲不縱內宮二發言審諦外無違命三取與不差務充衣食四調心道檢離過精勤五成就正心不親諂佞具茲五德惠及八荒婆羅門言仁復應知我王六德聖化流行如摩伽國勝德大王有六功德何等為六一隨得而食二少得知足三趣安便睡四草動易覺五貧富一心六勇防盜賊我王亦爾一萬方貢獻任土無違二

儉時少奉恒懷慚愧三所作吉祥易得安眠四正見在懷動念便覺五重德尊親愍哀貧賤六思存庶品念護無時威勇自在無諸寃難具茲六德億兆同心以是思惟觸類成德仰歎我王名稱高遠善攝衆生精勤匪懈如是增數二十一種殊勝功德我王能行一切怨敵自然散滅所有外寇不能入國仁復應知若有闕此二十一德但有三德亦善治化一能散珍財周給一切二寧捨身命無虛誑言三具大勇猛能制怨敵設無此三但有一德亦能政化謂有大福德如是仁王最爲第一譬如八萬四千法門終歸勝義王亦如是種種奇謀終歸福德王若有福王之國土休泰和平無爲無事衆生富樂化及萬方近益身心遠同解脫由王慈福仁惠所成廣說我王妙行無盡時婆羅門爲善財童子如是稱讃甘露大王内外功德令欣敬已重宣此義以偈讃曰

衆生於世界　三毒風所吹　將墜惡趣中
非王不能制　含生著五欲　貪暴由是生
王依正法持　令趣眞常道　傾奪於財色
由無王法持　譬如河池魚　大小相吞食
王法持自他　現未常安樂　正化廣流布
咸爲解脫因　人以王爲命　王以法爲身
世道旣和平　佛法由茲始　政暴人思亂
刑踈法不行　恩威不爽時　萬國常休泰
多生事多佛　福德勝爲王　悲深惠益深
億兆同康樂　我王生盛族　威光同日輪
忘己濟群生　率土無貧乏　知身本不淨
無常之所侵　調心大丈夫　守正非餘事

蒸人如旱草　惠化洽油雲　慈心降德音
澤潤諸含識　王者順人心　愛卹人甦息
威行肅貪暴　賞罰稱其宜　或有妙形聲
含毒人非愛　或具大聰睿　染欲蔽其心
我主勝端嚴　懲忿誡諸欲　心如淨明鏡
鑒物未嘗私　明鏡唯照形　不鑒於心想
我王心鏡淨　洞見於心源　左右無佞邪
耳目唯良善　諂媚及殘暴　本所不能親
或有肆姦意　欲害於王人　王心鑒未形
悉使歸忠正　芳林伏猛獸　醎海毒清流
蠹政害良人　兇邪敗君德　香河流德水
甘果茂甘林　八表同歡康　臣賢由主聖
王持防患戒　濟衆潔其源　富壽利群生
拔出貪嗔海　慈悲既深廣　正法亦遐宣
老幼與孤惸　護育令安樂　尊賢貴有德
重齒敬其親　戚屬與妃嬪　內外咸雍穆
溫言調萬姓　和色奉師尊　祠敬無惰容
福流千萬代　古先無道主　驕侈慢宗親
徇己不憂人　惡稱恒流布　我王知幻境
利物以忘身　有道庇衆生　具吉祥名稱
貪嗔與慳嫉　皆爲諸苦因　愚惑常不知
感報猶影響　王以人爲本　億兆同一身
役使如四肢　勞逸無過分　我王鏡前躅
垂範爲元龜　動作順人心　捨惡而從善
愛人如愛己　率己以隨人　九族既從風
百辟遵王政　八方歸聖化　端拱以無爲
推功因理心　心靜曾無事　忠臣輔我主
順動如股肱　萬國達聰明　四海稱君德
諦承諸佛敎　以法悟衆生　令其了自心
日照蓮華發　國人護我主　猶王護國人

如林衛獸王　獸護於林藪　餘國多五怖
王貪及寵臣　酷吏陷非辜　盜賊公偷劫
自境有四患　外寇必來侵　我王內外清
國人無五怖　世間有四業　一智二珍財
三受五欲樂　四求於解脫　諸王多未具
沒世人莫稱　如風持鞴囊　風息命隨絕
我王備四法　智德瑩其身　富有妙珍財
賙濟於窮乏　五欲無倫匹　不染如蓮華
但爲引衆生　後令入佛智　住如幻解脫
示現處貪瞋　變化治惡人　皆令向佛道
不久汝當見　種種方便門　究竟利衆人
是故聲遠震　妙慧以爲風　常命恒無盡
汝應速瞻請　勿生懈慢心　一見勝智人
過住百千歲　有或壽千歲　恒食人所棄
不知三世事　亦寡法財寶　飽腹貪欲心
人形畜無別　少學或心高　易滿如牛跡
如鼠手持物　自謂已能多　智海廣難量
不測反增謗　牛飲水成乳　蛇飲水成毒
知學成菩提　愚學爲生死　如是不了知
斯由少學過　是故我國人　多聞無猒怠
我王多輔臣　國城亦險固　豐財饒士馬
隣國皆親好　如是具七肢　勇智恒依住
人間與天上　種種勝功德　利益諸衆生
如上所宣說　智人聞一義　觸類廣無涯
要言爲法王　調身安萬姓　世榮恒不退
出世妙難思　如海納川流　包容益深廣
時婆羅門偈讚王已告善財言仁者當知諸衆生身毛及毛孔各三俱胝今我大王有三俱胝內行功德外行功德亦三俱胝以是德化惠育含生我向爲仁纔說大王十毛功德

其餘王德深廣難陳我智微淺何能思說況我緣務無暇久言我王今者正殿施化汝應往詣一心瞻見爾時善財聞婆羅門說是語已殷勤禮足辭詣王所遥見彼王處於正殿坐那羅延金剛妙寶大蓮華藏師子之座阿僧祇衆摩尼寶以爲其臺阿僧祇日光明寶以爲其足阿僧祇妙寶形像以爲莊嚴金繩爲網彌覆其上阿僧祇摩尼寶聚光明照耀阿僧祇天妙寶衣敷置其上種種天香而用普熏種種寶華布散其地無數寶幢四面行列無數寶旛周徧垂布孔雀尾色種種光明天摩尼寶以爲其帳而覆其上爾時大王壯年盛色尊重可畏相好具足微妙莊嚴如意摩尼以爲寶冠莊嚴其首閻浮檀金以爲半月莊嚴其額帝青摩尼無垢寶王以爲耳璫莊嚴其耳無價摩尼如意寶王以爲瓔珞莊嚴其頸無垢光照天妙摩尼如意寶王以爲印釧莊嚴其臂閻浮檀金以爲傘蓋衆寶間錯以爲輪輻光味摩尼以爲其𨍏百千鬘網交絡嚴飾清淨藏寶以爲其鈴恒出妙音演無盡法夜光摩尼放大光明周徧十方以爲照耀具足圓滿毗瑠璃寶以爲其竿人恒執持以覆其上甘露火王王德增上有大力勢威伏遠方隣國諸王靡不欽奉以離垢繒而繫其頂十千大臣前後圍遶十萬猛卒左右行列形貌可畏如閻羅使攘臂瞋目齒齒虬眉執持器仗見者惶怖國内衆人有犯王法或奪他命或盜他財或侵他妻虛妄離間麤惡無義貪瞋邪見作如是等種種惡業身被五縛將詣王所隨罪治之或以火燒或以湯

煮或投煻煨或灌沸油種種焚炙令其糜爛或驅上高山推令墮落或斬其首或斷其腰或截耳鼻或刖手足或挑雙目或剥身皮或解其體肢節分離聚骨成山流血爲池復見池中人頭手足骸骨徧滿復有無數猪狗野干烏鷲之類競趣池中飲血啗肉發大惡聲人聞恐怖池中死屍種種形色或有青瘀或有膿流臭穢縱横胮脹爛壞腸胃臟腑悉皆出現爪髮筋脉散布池中有或輕罪苦楚鞭笞斷截肢解種種形害呻吟號叫出大怖聲或呼父母或呼眷屬聲如雷震酸切人心有如是等無量苦毒譬如衆合大地獄中善財見已作如是念我爲利益一切衆生發阿耨多羅三藐三菩提心修菩薩道求菩薩行問善知識云何修習菩提善根云何遠離諸不善根今見是王捨善根法作大惡業逼害衆生乃至斷命曾不畏懼未來惡道苦業現前臨欲顛墜云何於此而欲求問行菩薩行學菩薩道能生具足廣博大悲救護衆生以如是心種種思念作是念時於虚空中有天告曰善男子汝不憶念普眼長者善知識教及向所見諸婆羅門讃歎此王種種功德微妙法耶善財仰視而白之曰我深憶念曾無忘失諸天復言善男子汝若常念慎莫生疑善男子汝莫猒離善知識語善知識者恒以正法引導於汝豈令汝墮險惡處乎善男子菩薩巧行方便智不可思議攝受衆生智不可思議護念衆生智不可思議利樂衆生智不可思議治罰衆生智不可思議清淨衆生智不可思議成熟衆生智不可思議深入衆生

智不可思議度脫衆生智不可思議知衆生時智不可思議知衆生根智不可思議善男子汝詣王所調伏諸衆生智不可思議憨念深心請問學菩薩行修菩薩道爾時善財聞天語已前詣王所頂禮王足遶無數帀合掌白言聖者我已先發阿耨多羅三藐三菩提心而未知菩薩云何學菩薩行修菩薩道我聞聖者善能誘誨願爲我說時甘露火王理王事已執善財手將入内宫命之同坐而告之言善男子汝當觀我所住宫殿及諸資具善財如語即徧觀察見彼宫殿廣博無比衆摩尼寶之所合成百千衆寶以爲樓閣赤真珠寶以爲其柱種種色寶間錯廁填不思議摩尼寶勝光普照種種摩尼寶隨處莊嚴以牟薩羅孽磨妙寶以爲茵褥莊嚴其地無數百千種種色寶以用莊嚴師子之座毗盧遮那摩尼寶王而爲其帳以覆座上如意寶王種種色網周帀垂覆師子王光珠摩尼微妙寶幢周迴建立復有種種妙寶池沼池水清淨具八功德碼碯寶王砌壘其岸種種色寶以爲欄楯處處寶樹行列莊嚴一一寶牆周帀圍遶侍從釆女具足十億妙色端嚴令人喜見容止美麗儀範可觀凡所施爲無非巧妙輭意承旨常起慈心善財見已生希有想王時告言善男子於意云何如汝所見諸可愛果如是色相如是眷屬如是榮樂如是富饒如是自在豈是惡業而能感耶白言不也善男子我得菩薩如幻解脫善男子今我國土所有衆生多行惡業如旃陁羅我於如是不受善敎諸惡衆生作餘無量種種方便不

能令其捨離惡業迴向善道善男子我爲調伏彼諸衆生令成熟故大悲先導化作惡人於惡人前示造諸惡及變化作忍害之人逼惱責罰種種苦治令其國内作惡衆生見是事已心生惶懼心生恐怖於諸欲樂心生猒離心生怯弱便能永斷一切惡業發菩提心得不退轉善男子以是當知汝向所見造惡衆生受諸苦者及彼能治暴惡衆生皆是變化善男子我以如是種種方便令諸衆生斷其所作十不善業具足修習住十善道究竟利樂究竟安樂究竟圓滿永斷諸苦住於如來一切智地善男子我身語意憶想未曾於一衆生而行惱害善男子如我意者寧盡未來受無間苦終不發起一念嗔心於一蚊一蟻微細衆生起惱害想何況造作如是惡業善男子我自憶念乃至夢中未曾一念心生放逸況於覺悟而殺人耶所以者何人是福田能生一切諸善果故譬如此中十六大國乃至一切地居衆生依於大地安立生長而得住故如是一切賢聖道果皆依於人而能修證善男子我唯得此如幻解脫變化法門如諸菩薩摩訶薩得無生忍知諸有趣悉皆如幻知菩薩行悉皆如化知諸世間悉皆如影知一切法悉皆如夢入眞實相無著法門隨順法界修諸妙行猶如帝網以無著智行於境界無有障礙平等普入三昧法門已得自在旋陁羅尼住佛境界如影隨形而我云何能知能說彼諸菩薩行智功德善男子於此南方有城名妙光主名大光汝詣彼問菩薩云何學菩薩行修菩薩道時善財童子頂

禮王足遶無數帀般勤瞻仰辭退而去

大方廣佛華嚴經卷第十二

音釋

巡狩狩舒彬切巡狩天子適諸侯曰巡狩　罄苦定切罄空也　洄澓洄音回澓音服水漩流也　髫齓髫徒聊切童子垂髮也齓初覲切始毀齒也　販方願切買賤賣貴曰販　搆古候切合集也　塹七豔切遶城水也　磧七迹切沙漠曰磧　壘力軌切軍壁也　隰音習下平曰隰　寢七稔切臥也　洩先結切漏泄也　儱悷儱力董切悷郎計切儱悷謂多惡不調也　馴詳遵切擾也　佞乃定切諂也　媚靡寄切悅也　覘丑廉切闚視也　嶷魚力切山立貌　賈勇賈古五切賣也　牝雞牝昆忍切牝雞母雞也　甦息甦素姑切死而更生曰甦　蠱當故切凡蟲蛀害物皆曰蠱　股肱股公戶切髀幹也肱古弘切臂幹也　藪蘇后切　韛囊韛蒲拜切韛囊吹火韋囊也　攘臂攘汝陽切攘臂捋臂也　齧齩齩五巧切齧也　虬渠幽切　煻煨煻徒郎切煨烏回切煻煨灰火也　刖魚厥切斷足也　廁填廁初吏切雜也填徒年切塞也　孽魚傑切　茵褥茵音因褥音辱

大方廣佛華嚴經卷第十三

唐罽賓國三藏般若奉　詔譯

入不思議解脱境界普賢行願品

爾時善財童子一心正念隨順思惟彼王所得幻智法門觀察彼王如幻解脱思惟彼王如幻法性發如幻願淨如幻法悟如幻業隨順如幻成就之法出生如幻不思議智清淨如幻三世性相以如幻智起於種種如幻變化如是思念漸次前行經歷人間聚落城邑或至曠野巖谷險難山川原隰處處尋求無有疲懈然後乃至妙光大城於其門側問衆人言此名何城何王統御人咸報言此妙光城是大光王之所住處時善財童子歡喜踊躍志樂清淨一心瞻慕作如是念我善知識在此城中我今必當親得奉覲聞諸菩薩所行之行聞諸菩薩出要之門聞諸菩薩所證之法聞諸菩薩不思議功德聞諸菩薩不思議自在聞諸菩薩不思議平等聞諸菩薩不思議勇猛聞諸菩薩不思議境界聞諸菩薩不思議法性聞諸菩薩不思議三昧聞諸菩薩不思議解脱遊戲聞諸菩薩不思議廣大清淨作是念已入妙光城周徧觀察見此大城衆寶嚴飾以金銀瑠璃玻瓈赤珠硨磲碼碯七寶所成七重寶塹周帀圍遶八功德水盈滿其中底有金沙光明照耀優鉢羅華波頭摩華拘物頭華芬陁利華徧布其上其水清徹隨時温涼旃檀泥澄淤其下其水隨泥如栴檀色寶多羅樹七重行列枝葉繁茂蓊鬱莊嚴七重金剛以爲垣牆所謂師子光明金剛垣無能超勝金剛垣不可沮壞金剛

垣精進難伏金剛垣堅固無著金剛垣天衣網藏金剛垣無垢妙色金剛垣如是七重一一圍遶悉以無數摩尼妙寶間錯莊嚴閻浮檀金種種衆寶而爲埤堄金銀瑠璃赤珠碼碯玻瓈海藏眞珠等寶以爲嚴飾其城縱廣一十由旬周迴八方面開八門皆以七寶周徧嚴飾帝青瑠璃以爲其地衆色雜寶隨處莊嚴種種珍奇甚可愛樂其城内有十億街道一一道邊安布妙寶以爲莊嚴過天帝釋所遊之路一一道間皆有無數萬億衆生於中止住無數百千廣大宫殿一一皆以衆寶合成復有無數不思議閻浮檀金樓閣帝青瑠璃摩尼寶網羅覆其上無數不思議白銀樓閣赤眞珠摩尼寶網羅覆其上無數不思議毗瑠璃樓閣廣博妙藏摩尼寶網羅覆其上無數不思議玻瓈樓閣日藏摩尼王網羅覆其上無數不思議光照世間摩尼寶樓閣吉祥光藏摩尼王網羅覆其上無數不思議帝青摩尼寶王樓閣妙光摩尼王網羅覆其上無數不思議衆生海藏摩尼寶王樓閣焰光明藏摩尼王網羅覆其上無數不思議金剛寶王樓閣無能勝幢摩尼王網羅覆其上無數不思議栴檀香王樓閣天曼陁羅華摩訶曼陁羅華網羅覆其上無數不思議無等香王樓閣種種華網羅覆其上有如是等無數不思議種種莊嚴妙寶樓閣種種寶網羅覆其上一一樓閣衆寶欄楯周帀圍遶寶多羅樹次第行列皆以寶繩而爲界道一一寶繩懸以金鈴一一金鈴衆寶鬘絡如孔雀尾異色端嚴風動成音聞之可意其城復有阿

僧祇摩尼寶網阿僧祇寶鈴網阿僧祇天香網阿僧祇天華網阿僧祇寶形像網其城復有阿僧祇金剛帳阿僧祇寶衣帳阿僧祇寶蓋帳阿僧祇寶旛帳阿僧祇寶山帳阿僧祇寶華鬘阿僧祇寶樓閣帳之所彌覆處處羅列寶蓋幢旛城中寶池德水盈滿底布金沙光映内外天諸妙華敷榮其上天諸寶鳥浮戲其中出和雅音悅可人意池岸堦砌七寶莊嚴帝釋寶池無以為比當此城中有一樓閣名妙法藏阿僧祇種種色寶以為莊嚴光明照耀最勝無比衆生樂見心無猒足彼大光王常處其中爾時善財童子於彼大城妙寶樓閣寶池寶塹寶樹寶牆寶蓋寶幢寶鈴寶網如是一切珍寶妙物受用資具乃至男女六塵境界皆無愛著唯於王法園苑之中深心渴慕但正思惟究竟之法一心願樂見善知識漸漸前行普徧觀察見大光王去於所住樓閣不遠四衢道中坐如意摩尼寶蓮華藏廣大莊嚴師子寶座紺瑠璃寶以為其足金繒為帳衆寶為網閻浮金繩交絡嚴飾上妙天衣以為茵褥四布敷設阿僧祇妙寶形像隨處莊嚴其王具有三十二種大人之相八十隨好而以嚴身如真金山光色熾盛如淨空日威光赫奕如盛滿月見者清涼心無猒足如梵天王處於梵衆威德殊勝亦如大海聚功德寶無量無邊亦如大雲徧法性空法雷震吼如淨空界顯現種種法門星象如雪山王相好樹林以為嚴飾如須彌山四色普現衆生心海如寶洲渚種種智寶充滿其中於王座前復有無量金銀瑠璃真珠摩

尼珊瑚琥珀珂貝璧玉諸珍寶聚種種寶衣華鬘瓔珞及諸飲食皆悉充滿復見無數百千萬億駟馬寶車百千萬億天諸妓樂百千萬億天諸妙香百千萬億病緣湯藥無數乳牛蹄角金色無數千億端正女人上妙栴檀以塗其體天衣瓔珞種種莊嚴六十四能靡不該練儀範禮則悉皆善知隨衆生心而以給施城邑聚落四衢道側相次陳列福舍義堂滿二十億安置一切珍寶妙物及諸飲食充滿其中一一道傍有二十億諸大菩薩以此諸物惠施衆生令無所乏爲欲攝受諸衆生故爲欲發起一切衆生愛敬心故爲欲發起一切衆生歡喜心故爲欲發起一切衆生踊躍心故爲欲清淨一切衆生正信心故爲令衆生心清涼故爲令衆生除愛熱故爲令衆生息煩惱故爲令衆生解眞實故爲令衆生入種智故爲令衆生捨怨敵故爲令衆生離諸惡故爲令衆生拔邪見故爲令衆生淨諸業故時善財童子五體投地頂禮王足繞無數帀合掌而立白言聖者我已先發阿耨多羅三藐三菩提心而未知菩薩云何學菩薩行修菩薩道我聞聖者善能誘誨願爲我說時王告言善男子我得淨修菩薩大慈幢行解脫門清淨滿足善男子我於無量百千萬億乃至不可說不可說佛所親近聽聞問難此法隨順思惟審諦觀察清淨悟入修習莊嚴善男子我以此法爲王以此法教勑以此法攝受以此法隨逐世間以此法興行政化以此法調伏衆生以此法引導衆生以此法憐愍衆生以此法安慰衆生以此法運載

衆生以此法令衆生趣入以此法令衆生修行以此法與衆生方便以此法令衆生思惟諸法究竟實性以此法令衆生安住大慈以慈爲主具足慈力如是令住利益心安樂心哀愍心攝受心守護衆生心常不捨離心拔衆生苦無休息心代諸衆生恒受苦心令諸衆生住安樂心爲令衆生捨離一切障蓋纏縛得自在故爲令衆生究竟安樂於諸衆生得自在故爲令衆生永斷如草蔓莚滋長生死心故爲令衆生永斷如河相續流注結使心故爲令衆生永斷煩惱習氣心故爲令衆生住於法性寂靜心故爲令衆生永息一切不善法故爲令衆生截生死流入法流故爲令衆生入深法界心無退轉以智慧火燒煩惱薪永斷一切五道生處具菩薩行向一切智心海清淨無諸濁亂信力堅固諸天魔梵沙門婆羅門人與非人所不能動善男子我住如是大慈幢行解脱門故能以正法教化世間善男子我國土中一切衆生皆於我所無有恐怖善男子若有一切貧乏衆生倮露饑羸來至我所或求衣服或求飲食乃至求索一切所須受用之物我開庫藏示令知見而告之言汝等昔來爲此財寶造十不善種種惡業由是業故貧窮倮露衣食不充我於今者悉施汝等恣意取之既自充足隨力修行莫造諸惡莫害衆生莫起諸見莫生執著汝等貧乏若有所須當來我所及四衢道二十億處義堂福舍一切財寶種種具足汝隨意取勿生疑難善男子此妙光城所住衆生皆是菩薩發大乘意行大乘行於諸衆生起

大悲心普徧清淨隨心所欲所見不同或見此城其量狹小或見此城其量廣大或見此城土砂為地或見瑠璃衆摩尼寶以為其地或見垣牆聚土成立或無能勝金剛所成或見其地高下不平或見其地平坦如掌或見屋宅土木所成或見殿堂衆寶嚴飾及諸樓閣堦墀窻闥軒檻戶牖如是一切無非妙寶善男子若有衆生其心清淨曾種善根供養諸佛發心趣向一切智道以一切智為歸依處及我昔時修菩薩行以四攝事曾所攝受則見此城具足衆寶清淨莊嚴餘皆見穢善男子此國土中一切衆生五濁世時隨本業習樂造諸惡我起憐愍攝受彼心而欲救護入於菩薩大慈為首隨順世間大三昧門善男子我當入此三昧門時彼諸衆生所有怖畏心惱害心怨敵心諍論心如是諸心悉自銷滅何以故入於菩薩大慈為首順世三昧本性功能法如是故善男子且待須臾自當得見時大光王即入此定其城內外六種震動寶地寶牆寶堂寶殿臺觀樓閣堦砌戶牖如是一切互相衝擊悉向於王咸作曲躬敬禮之像咸出妙音稱讚王德其城內外所有人民靡不同時歡喜踊躍俱來王所投地頂禮近王所住鳥獸之屬互相瞻視起慈悲心咸向王前恭敬禮拜一切山原及諸草樹莫不迴轉咸向於王如禮敬像陂池泉井及以河海悉皆騰溢流注王前十千龍王起大香雲震雷激電灑細香雨復有十千六欲天王所謂四大天王忉利天王夜摩天王兜率陁天王妙變化天王他化自在天王如是等王

而爲上首於虛空中作衆伎樂阿僧祇天女歌詠讚歎阿僧祇天寶華雲阿僧祇天寶香雲阿僧祇天寶鬘雲阿僧祇天末香雲阿僧祇天寶衣雲阿僧祇天寶蓋雲阿僧祇天寶幢雲阿僧祇天寶旛雲徧虛空中而爲嚴飾供養於王復有醫羅鉢那大象王以自在力於虛空中布阿僧祇大寶蓮華垂阿僧祇天寶瓔珞阿僧祇寶繒帶阿僧祇寶嚴具阿僧祇寶衣服阿僧祇寶鬘阿僧祇寶華阿僧祇寶香阿僧祇燒香阿僧祇塗香種種奇妙以爲嚴飾阿僧祇天女出美妙音歌詠讚歎閻浮提內復有阿僧祇百千萬億諸羅刹王諸夜叉王鳩槃茶王毗舍闍王諸鬼王等或居陸地或處虛空或住山間或居大海如是一切飲血噉肉殘害衆生皆起慈心願行利益明識後世不造諸惡恭敬合掌頂禮於王恐怖不生身心寂靜皆得無量廣大安樂如閻浮提餘三天下乃至三千大千世界并及十方百千萬億那由他世界其中所有毒惡衆生悉亦如是如是一切皆以菩薩大慈爲首隨順世間三昧法門力如是故時大光王從三昧起告善財言善男子我唯得此菩薩大慈幢行順世三昧解脫門如諸菩薩摩訶薩爲高蓋慈心普蔭諸衆生故爲圓滿平等救護無分別故爲修行下中上行悉等行故爲大地能以慈心任持一切諸衆生故爲盛滿月福德光明於諸世間平等現故爲淨日輪以智光明照了一切所知境故爲世明燈能破衆生諸黑暗故爲水精珠能清衆生諂誑濁故爲如意寶能滿衆生心所願故爲猛疾

風任持衆生及三昧宫殿一切智智大法城故而成云何能知其行能說其德能稱量彼福德大山能瞻仰彼功德衆星能觀察彼大願風輪能校量彼法平等力能發起彼大修行心能顯示彼大莊嚴海能闡明彼普賢行門能深入彼諸三昧窟能讃歎彼大慈悲雲能降注彼甘露法雨善男子於此南方有一王都名曰安住有優婆夷名曰不動汝詣彼問菩薩云何學菩薩行修菩薩道時善財童子頂禮王足遶無數帀殷勤瞻仰辭退而去爾時善財童子出妙光城行於道路正念思惟大光王教憶念菩薩大慈幢行思惟菩薩順世三昧普見彼不思議菩薩清淨身普念彼不思議妙寶師子座增長彼不思議大願福德自在力堅固彼不思議成熟衆生智觀察彼不思議不共受用大威德憶念彼不思議神通差别相思惟彼不思議清淨大衆會分别彼不思議菩薩所作業憶念明了隨順信解生歡喜心生澄淨心生猛利心生欣悅心生慶幸心生踊躍心生不亂心生明照心生堅固心生廣博心生無盡心如是思惟悲泣流淚念善知識實爲希有難見難聞善知識者是我寶山出生一切諸功德寶能徧清淨諸菩薩行圓滿菩薩一切淨念清淨菩薩陁羅尼輪顯發菩薩三昧光明修治菩薩見佛境界普雨一切諸佛法雨顯現如來不思議智顯示一切菩薩願門生長一切菩薩根芽復作是念善知識者能救護我令我不墮一切惡趣善知識者能引導我令我得入平等佛慧善知識者能顯照我令我了知諸夷

險道善知識者能開示我令我解了大乘奧義善知識者能勸發我令我速入普賢諸行善知識者能曉悟我令我速到一切智城善知識者能誨諭我令我趣入法界大海善知識者能勸誘我令我普見三世法海善知識者能教授我令我得與衆聖集會善知識者能增長我令我出生一切白法念善知識能以如是利益衆生善財童子如是思惟涕淚盈目彼常守護覺悟菩薩猶影隨形如來使天於虛空中而告之言善男子其有隨順善知識教諸佛世尊悉皆歡喜其有隨順善知識語則得近於一切智地其有能於善知識行心無疑惑則常值遇一切善友其有發心願常不離善知識者則得具足一切甚深最勝義利善男子汝可往詣安住王都即當得見不動優婆夷大善知識從彼請問諸菩薩行爾時善財童子從彼三昧智光明起漸次遊行至安住城周徧求問不動優婆夷今在何所遇彼人衆咸示之言善男子不動優婆夷身是童女侍覲父母在自宅中與其親屬及無量人周帀圍遶演說妙法善財聞已其心歡喜生寂靜心生愛敬心如見父母念我於今所願圓滿即詣不動優婆夷所到彼宅門住立觀察入其宅内見彼堂宇微妙清淨衆寶莊嚴金色光明普皆照耀如是光明觸善財身善財即時獲得五百妙三昧門所謂入一切安樂自在幢三昧門了一切寂靜相三昧門遠離一切世間三昧門普眼捨得三昧門如來藏三昧門得如是等五百三昧門以得如是三昧門故身心柔輭如七日胎微

妙輕安世無過者又聞妙香非諸天龍乾闥婆等人與非人之所能有即前往詣恭敬合掌一心觀察見其形色端正殊妙十方世界一切女人無能與比況復過者唯除如來及以一切灌頂菩薩其身殊勝口出妙香宮殿莊嚴受用資具眷屬圍遶威光熾盛清淨無染悉無與等況其過者十方世界一切衆生無有於此優婆夷所起染著心若有衆生暫得瞻見所有煩惱悉自銷滅譬如百萬大梵天王決定不生欲界煩惱其有見此優婆夷者不起煩惱亦復如是十方衆生觀此女人歡喜愛敬心無猒足唯除具足大智慧者爾時善財童子曲躬合掌恭敬瞻視正念觀察見此女人其身自在不可思議色相顏容世無與等光明洞徹物無能障普為法界一切衆生作大饒益無有窮盡其身毛孔恒出妙香眷屬無邊宮殿第一功德深廣不可思議莫能究盡知其涯際生歡喜心以偈讚曰

汝常護持清淨戒　普修菩薩無垢忍
堅進不動如金剛　妙果超世無能比

爾時善財童子說此偈已白言聖者我已先發阿耨多羅三藐三菩提心而未知菩薩云何學菩薩行云何修菩薩道我聞聖者善能誘誨願為我說時不動優婆夷以菩薩柔輭語可愛語慈悲語慰諭善財而告之言善哉善哉善男子汝已能發阿耨多羅三藐三菩提心善男子我得菩薩難摧伏智慧藏解脫門我得菩薩堅固受持願行門我得菩薩一切法平等地總持門我得菩薩一切法智光照辯才門我得菩薩求一切法心無疲猒莊

嚴三昧門善財童子白言聖者菩薩難摧伏智慧藏解脫門乃至求法心無疲猒莊嚴三昧門境界云何答言善男子此處甚深難知難信善財白言唯願聖者承佛神力爲我宣説我因聖者善知識力能信能受能解能知能甚深入能隨順行明了觀察憶念修習離諸分別究竟平等

大方廣佛華嚴經卷第十三

音釋

垽魚覲切滓也　蓊鬱蓊烏孔切鬱紆勿切蓊鬱草木盛貌　蔓莚蔓無販切莚以然切蔓莚相連屬貌　倮郎果切赤體也　噉徒濫切食敢也

大方廣佛華嚴經卷第十四

唐罽賓國三藏般若奉　詔譯

入不思議解脱境界普賢行願品

爾時不動優婆夷告善財童子言善男子我憶過去無垢光劫彼劫有佛名爲脩臂十號圓滿時有國王名曰電授唯有一女即我身是我於夜分廢音樂時父母兄弟悉已眠寢五百童女亦皆昏寐我於樓上仰觀星宿於虚空中見彼如來如寶山王無量無邊天龍八部及不思議諸菩薩衆所共圍遶佛身普放大光明網徧滿十方無所障礙佛身毛孔皆出妙香我聞是香身體柔輭心生歡喜便從樓下合十指掌頂禮於佛諦觀彼佛不見頂相觀身左右莫知邊際思惟彼佛諸相隨好無有猒足善男子我於爾時竊自念言此佛世尊作何等業獲於如是勝妙之身相好圓滿光明具足眷屬成就宫殿莊嚴福德智慧總持三昧神通辯才咸不思議善男子時彼如來知我心念即告我言汝應發難摧伏心斷諸煩惱汝應發無能勝心破諸邪執汝應發無退怯心入深法門汝應發不動轉心拔生死苦汝應發無迷惑心普於一切諸趣受生汝應發無猒足心求見諸佛無有休息汝應發無知足心悉受一切如來法雨汝應發正思惟心普照一切佛法光明汝應發大住持心普轉一切如來法輪汝應發廣流通心隨衆生欲施其法寶善男子我於彼佛正等覺所聞如是法隨順趣求一切智心無退轉求佛十力求佛辯才求佛光明求佛色身求佛相好求佛衆會求佛淨刹求佛威儀

求佛壽命發是心已深心愛樂如渴思水其心堅固猶如金剛一切煩惱及以二乘所不能壞善男子我憶初發是心已來經閻浮提極微塵數劫尚不曾起一念欲心況行其事爾所劫中於自親屬有過失者尚不生起一念瞋心況他衆生無過失者爾所劫中於其自身不生我見況於衆具而計我所爾所劫中死時生時及於胎藏入住出時乃至夢中未曾迷惑起衆生想及無記心況於餘時爾所劫中乃至夢寐隨見一佛未曾忘失何況菩薩十眼所見爾所劫中受持一切如來正法未曾忘失一文一句乃至世俗所有言詞尚不忘失何況如來語言藏中所宣妙法爾所劫中受持一切如來法海一文一句無不思惟如理觀察乃至一切世俗之法尚恒思惟觀察覺了何況如來眞勝義法爾所劫中受持一切如來法海未曾於一法中不得三昧乃至世間一切工巧技藝之法一一法中亦復如是爾所劫中住持一切如來法輪隨所住持未曾廢捨一文一句亦無錯謬乃至不曾生於世智唯除爲欲調伏衆生爾所劫中見諸佛海未曾於一佛所不得成就清淨大願乃至於諸變化佛所悉亦如是爾所劫中見諸菩薩修行妙行無有一行我不成就大願乃至於諸變化佛所悉亦如是爾所劫中見諸菩薩修行妙行無有一行我不成就而得清淨爾所劫中所見衆生無一衆生我不勸發阿耨多羅三藐三菩提心未曾勸一衆生乃至一念發於聲聞辟支佛意爾所劫中於一切佛所聞之法乃至一文一句不生

疑心不生二想不生分别想不生種種想不生執著想不生高下想不生勝劣想不生愛憎想乃至無一念中生如是想善男子我從是來所見諸佛常得親近未曾捨離常見菩薩未曾捨離常見眞實大善知識未曾捨離常聞諸佛清淨大願未曾捨離常聞菩薩所修妙行未曾捨離常聞菩薩波羅蜜門未曾捨離常聞菩薩地智光明門未曾捨離常聞菩薩總持三昧無盡藏門未曾捨離常聞菩薩普入無邊世界網門未曾捨離常聞菩薩普入無邊衆生界門未曾捨離常聞菩薩以智光明除滅一切衆生煩惱未曾捨離常聞菩薩生長一切衆生善根未曾捨離常聞菩薩能隨衆生徧周法界普現其身未曾捨離常聞菩薩以妙言音開悟法界一切衆生未曾捨離善男子我得菩薩難摧伏智慧藏解脫門我得菩薩求一切法心無疲猒莊嚴三昧門我得菩薩堅固受持願行門我得菩薩一切法平等地總持門我得菩薩一切法智光照辯才門現不思議自在神變汝欲見不善財言唯我心願見爾時不動優婆夷不起龍藏師子之座入菩薩難摧伏智慧藏解脫門求一切法心無疲猒莊嚴三昧門不空圓滿莊嚴三昧門十力智輪現前三昧門入如是等十億三昧門入此三昧門時十方各有不可說不可說佛刹極微塵數世界六種震動一一世界皆悉清淨瑠璃所成一一世界中有百億四天下一一四天下皆有如來或昇兜率或時降生入胎初生出家苦行或居道樹或現降魔示證菩提受梵王請趣波羅

柰轉四諦輪或從忉利還閻浮提三道寶階從天而下或時現處徧六大城現大神通摧諸外道或時現住毗耶離城獼猴池側初制律儀或時現處王舍大城靈鷲山等說諸般若波羅蜜門乃至或現拘尸那城娑羅林間示般涅槃如是所作一切佛事普徧十方清淨世界一一如來放光明網周徧法界道場衆會清淨圍遶轉妙法輪開悟群品時不動優婆夷從三昧起告善財言善男子汝見此不汝聞此不汝解此不善財言唯我皆已見已聞已解優婆夷言善男子我唯得此菩薩所修堅固受持大願行門求一切法心無疲猒莊嚴三昧智光明門菩薩難摧伏智慧藏解脫門一切法平等地總持門一切法智光照辯才門爲一切衆生善巧方便以妙言音普徧一切說微妙法皆令歡喜如諸菩薩摩訶薩如烏濯婆鳥遊行虛空無所障礙能入一切衆生大海自在甚深普徧觀察見有善根已成熟者即便執取置菩提岸又如商客入一切智大寶洲中採求如來十力智寶又如漁師有具足力持正法網入生死海漉諸衆生如阿修羅王能徧托動三有大城諸煩惱海普令衆生究竟寂靜又如日輪出現虛空照愛水泥令其乾竭猶如滿月出現虛空令可化者心華開敷猶如大地普皆平等無量衆生於中止住恒受履踐心無分別增長一切善法根芽猶如大風所向無礙能拔一切諸見大樹壞散一切生死園苑如轉輪王遊行世間以四攝事攝諸衆生而我云何能知能說彼功德行善男子於此南方有一大

城名都薩羅其中有一出家外道名曰徧行汝詣彼問菩薩云何學菩薩行修菩薩道時善財童子頂禮不動優婆夷足遶無數帀殷勤瞻仰辭退而去爾時善財童子於不動優婆夷所得聞法已專心憶持所有教誨所有示導所有演說所有讃歎所遇光照皆悉隨順生希有心思惟觀察普徧修習一心正念漸漸前行經歷國邑村營聚落然後乃至都薩羅城於日没時入彼城中鄽店閭里四達交衢處處尋求徧行外道於高顯處遠望觀察其城東北有一大山名妙吉祥善財童子於中夜時見此山頂有大光明峯巒峻崎巖岫攢拱草樹華林靡不暉映照耀城居如日初出見此事已生大歡喜作是念言我必於此見善知識便從城出正念觀察而登彼山住立思惟遥望瞻仰見此外道於其山上平坦之處徐步經行色相圓滿威光照耀吉祥福焰過於熾火十千梵衆之所圍遶大梵天王所不能及善財即時往詣其所頂禮其足遶無數帀合掌前立白言聖者我已先發阿耨多羅三藐三菩提心而未知菩薩云何學菩薩行云何修菩薩道我聞聖者善能誘誨願爲我說徧行荅言善哉善哉善男子汝乃能發阿耨多羅三藐三菩提心復能請問諸菩薩行善男子我已安住至一切處隨順徧行菩薩行已成就普觀一切世間等無障礙三昧門已成就無依無作神通力已成就普門法界際般若波羅蜜如是一切智慧光明隨行圓滿善男子我能普於一切世間種種方所種種形色種種相貌種種没生種種行

解種種信樂一切趣類諸衆生中所謂天趣龍趣夜叉趣乾闥婆阿修羅迦樓羅緊那羅摩睺羅伽地獄畜生閻羅王界人非人等一切趣類或住諸見或信二乘或有愛樂大乘之道如是一切諸衆生中我以種種方便種種智慧種種敎化種種調伏平等利益悉令圓滿所謂或爲演説一切世間種種技藝利益衆生或爲演説堅如金剛能破無明陁羅尼智或爲演説四攝方便攝諸衆生令得親近一切智道或爲演説諸波羅蜜開示讚歎令其迴向一切智位或爲稱歎發菩提心令其不失無上道意或爲稱讚諸菩薩行令其滿足能淨佛刹度衆生願或爲演説造諸惡業受地獄等種種苦報令於不善深生猒離或爲演説供養諸佛種諸善根決定獲得一切智果令其發起歡喜之心或爲讚説一切如來應正等覺所有功德令樂佛身求一切智或爲讚説諸佛威德令其願樂佛不壞身或爲讚説佛自在身令求如來無能映蔽大威德體善男子我又於此都薩羅城一切方所一切族類若男若女諸人衆中以善方便示同其形隨其所應變化言音種種差別而爲説法諸衆生等悉不能知我是何人從何而至唯令聞者如理修行悟眞實義善男子如於此城利益衆生於閻浮提城邑聚落所有衆生止住之處悉亦如是而爲利益善男子閻浮提内九十六衆各起異見而生執著我悉於其中方便調伏令其捨離所有諸見如閻浮提一切住處餘三天下亦復如是如四天下小千中千大千世界其中衆生一切

住處亦復如是如此三千大千世界如是十方無量世界一切住處一切品類諸衆生海我悉於中隨諸衆生心之所樂以種種方便種種法門種種理趣種種正行種種事業現種種色身種種形相種種言音而爲說法令彼衆生皆得利益善男子我唯知此至一切處隨順徧行菩薩行如諸菩薩摩訶薩得與衆生無差別身得與一切衆生數等三昧以變化身普入諸趣於一切處皆現受生清淨光明徧照法界其有見者無不蒙益以無礙願住一切劫得如帝網諸無等行常勤利益一切衆生雖於無量煩惱垢中恒與共居而無染著普於三世衆生平等以無我智周徧照耀以大悲藏增長善根而我云何能知能說彼功德行清淨智慧善男子於此南方有一國土名爲廣博彼有聚落從國爲名其中有一鬻香長者名曰具足優鉢羅華汝詣彼問菩薩云何學菩薩行修菩薩道時善財童子禮徧行足遶無數帀殷勤瞻仰辭退而去爾時善財童子因善知識教不顧身命不著財寶不躭五欲不戀眷屬不重王位自在安樂唯願化導一切衆生令其成熟唯願莊嚴諸佛刹土普徧清淨唯願供養一切如來心無疲猒唯願證知諸法實性分明顯現唯願隨順甚深法界普徧無礙唯願修習一切菩薩大功德海終無退轉唯願恒於一切劫中修菩薩行唯願普入一切如來衆會道場唯願入於一三昧門普現諸三昧門自在神力唯願於佛一法輪中普持一切如來法輪唯願於佛一毛孔中見一切佛心無猒足唯願

證得智慧光明能持一切諸佛法藏專求此等諸佛菩薩所有功德漸次遊行至廣博國及其聚落普徧尋求鬻香長者見已前詣頂禮其足遶無數帀合掌而立白言聖者我已先發阿耨多羅三藐三菩提心欲求一切佛平等智慧欲滿一切佛無量大願欲淨一切佛最上色身欲見一切佛清淨法身欲知一切佛廣大智身欲淨治一切菩薩諸行欲照明一切菩薩三昧欲安住一切菩薩總持欲堅牢一切菩薩功德欲除滅一切所有障礙欲遊行一切十方世界而未知菩薩云何學菩薩行云何修菩薩道而能出生一切種智長者告言善哉善哉善男子汝乃能發阿耨多羅三藐三菩提心善男子我善別知一切諸香所謂一切香一切燒香一切塗香一切末香亦知調合如是香法又知如是一切香王所出之處又善了知天香龍香夜叉香乾闥婆阿修羅迦樓羅緊那羅摩睺羅伽人非人等所有諸香又善了知治諸病香斷諸惡香除憂惱香生染愛香增煩惱香滅煩惱香令於有爲生樂著香令於有爲生猒離香捨諸驕逸香聞法歡喜香發心念佛香證解法門香聖所受用香一切菩薩差別香一切菩薩地位香如是等香及調和法形相生起出現成就清淨安隱方便境界威力業用所從根本隨處隨人種類差別如是一切我皆了知善男子人間有香名曰龍藏因龍鬬生若燒一丸大如油麻即能興起大香焰雲猶如帝網彌覆王都於七日中雨細香雨若著身者身即金色若著衣服皆悉變成拘蘇摩華

色若因風吹入宫殿中一切臺殿樓閣堂宇皆悉變爲拘蘇摩華色衆生齅者七日七夜歡喜充滿身心快樂惑熱清凉無有諸病及諸煩惱不相侵害離諸憂苦不驚不怖不迷不亂慈心相向志意清淨我知是已如應説法令其決定發阿耨多羅三藐三菩提心善男子摩羅耶山出栴檀香名曰牛頭若以塗身設入火坑火不能燒善男子海中有香名無能勝若以塗鼓及諸螺貝其聲發時一切敵軍悉皆退散善男子阿那婆達多池邊出沉水香名蓮華藏若燒一丸如麻子大香氣普熏閻浮提界衆生聞者離一切罪戒品清淨善男子雪山有香名具足明相若有衆生齅此香者其心決定離諸染著我爲説法莫不皆得離垢圓滿清淨三昧善男子羅刹界中有香名海藏其香但爲轉輪王用若燒一丸香氣所熏王及四軍皆騰虚空遊止自在善男子善法堂中有香名香性莊嚴若燒一丸熏彼天衆普令發起念佛之心善男子須夜摩天有香名淨藏性若燒一丸熏彼天衆莫不雲集彼天王所恭敬聽聞王所説法善男子兜率天中有香名信度嚩囉於一生所繫菩薩座前若燒一丸興大香雲徧覆法界普雨一切諸供養具供養一切如來道場菩薩衆會善男子妙變化天有香名奪意性若燒一丸於七日中普雨一切不可思議諸莊嚴具善男子我唯知此調和香法如諸菩薩摩訶薩遠離一切諸惡習氣爲無垢香永斷煩惱衆魔羂索超諸有趣得如幻智於諸世間皆無染著具足圓滿無所著戒淨無著智

行無著境於一切處悉無有著其心平等無著無依而我何能知其妙行說其功德顯其所有清淨戒品示其所作無過失業闡其所有無過失智辯其離染三業行門善男子於此南方有一大城名曰樓閣彼有船師名婆施羅汝詣彼問菩薩云何學菩薩行修菩薩道時善財童子禮長者足遶無數帀殷勤瞻仰一心戀慕辭退而去爾時善財童子一心正念向樓閣城隨順思惟觀察道路所謂觀道高卑觀道夷險觀道淨穢觀道安危觀道曲直漸次而行作如是念我當親近彼善知識善知識者是成就修行諸波羅蜜增勝道因善知識者是成就修行普入法界無礙道因善知識者是成就修行攝取一切衆生智道因善知識者是成就修行令一切衆生不墮嶮惡道因善知識者是成就修行令一切衆生離邪業道因善知識者是成就修行令一切衆生滅煩惱道因善知識者是成就修行令一切衆生除惡慧道因善知識者是成就修行令一切衆生離憍慢道因善知識者是成就修行令一切衆生拔惡刺道因善知識者是成就修行令一切衆生捨惡見道因善知識者是成就修行令一切衆生至一切智城道因何以故於善知識處得一切善法故依善知識力得一切智道故善知識者難見難遇於善知識如是思惟勤求作意漸次前行到彼城已見彼船師在城門外海岸上住百千商人大衆圍遶說大海法方便開示佛功德海即前往詣頂禮其足遶無數帀一心合掌白言聖者我已先發阿耨多羅三藐

三菩提心而未知菩薩云何學菩薩行云何修菩薩道我聞聖者善能誘誨願爲我説船師告言善哉善哉善男子汝已能發阿耨多羅三藐三菩提心今復能問生大智因斷除一切生死苦因往一切智大寶洲因成就不壞趣大乘因遠離二乘怖生死因住諸三昧生智慧因徧行菩薩微細行因乘大願車遊菩薩行清淨道因以菩薩行莊嚴無壞智清淨道因普觀一切十方諸法皆無障礙清淨道因速能趣入一切諸佛甚深智海清淨道因善男子我在海岸樓閣大城淨修菩薩大悲幢行善男子我普觀察閻浮提内貧窮衆生爲饒益故修種種行隨其所願悉令滿足先以世間珍寶飲食充足其意復施法財令其歡喜令修福行令生智道令增善根力令發菩提心令淨菩提願令堅大悲力令修能滅生死道令起不捨生死行令攝衆生海令修功德海令照諸法海令見諸佛海令入種智海善男子我住於此如是思惟如是作意如是勤求如是利益如是安樂一切衆生善男子我知海中一切寶洲一切寶處一切寶性一切寶根一切寶種一切寶類我又能知淨一切寶鑚一切寶出一切寶作一切寶一切寶器一切寶用一切寶境界一切寶光明我又能知一切龍宮一切夜叉宮一切羅刹宮一切部多宮如是一切差別住處皆善迴避免其諸難亦知大海漩澓淺深波濤遠近水色好惡種種不同亦善别知日月星辰列宿迴轉運行度數變異災祥晝夜晷漏時分延促亦知其船鐵木堅脆機關澀滑水之大

小風之逆順左右旋轉安危之相可行則行可止則止我以如是種種方便常能利益一切衆生善男子我以好船運諸商衆行安隱道示其寂靜無恐怖相復爲說法令其歡喜隨所樂欲引至寶洲與諸珍寶咸使充足然後將領還閻浮提善男子我將大船如是往來從昔至今未曾損壞若有衆生得見我身聞我法者令其永不怖生死海必得入於一切智海必能竭盡諸愛欲海能以智光照三世海能盡一切衆生苦海能淨一切衆生心海速能嚴淨一切剎海普能往詣十方佛海普知一切衆生根海普了一切衆生行海普順一切衆生性海善男子我唯得此大悲幢行若有於我見聞憶念與我同住皆悉不空如諸菩薩摩訶薩善能遊涉生死大海能不染著諸煩惱海能捨一切諸妄見海能觀一切諸法性海能以四攝攝衆生海能善安住一切智海能滅一切衆生著海能平等住一切時海能以神通度衆生海能以其時調衆生海而我云何能知能說彼功德行善男子於此南方有一城邑名樂瓔珞中有長者名爲最勝汝詣彼問菩薩云何學菩薩行修菩薩道時善財童子禮船師足遶無數帀殷勤瞻仰悲泣流淚求善知識心無猒足於善知識增戀慕心增愛樂心一心觀察辭退而去

大方廣佛華嚴經卷第十四

音釋

漉 盧谷切撈也　托 呼毛切攪也　鄽店 鄽澄延切鄽店市物邸舍也

峻峙 峻須閏切高峭也峙丈几切屹立也　晷漏 晷居委切日影也　脆 七醉切物柔弱易斷也　澀 色立切不滑也

大方廣佛華嚴經卷第十五

唐罽賓國三藏般若奉　詔譯

入不思議解脫境界普賢行願品

爾時善財童子於諸衆生起大慈普徧心起大悲潤澤心思惟相續曾無間斷福德智慧具足莊嚴正見圓滿離諸塵垢證法平等心無高下隨順悟入一切智道拔不善刺滅一切障了達甚深覺法自性堅固精進以爲墻壍不思議三昧而爲園苑以慧日光破無明闇以方便風開智慧華以廣大願充滿法界心常現入一切智城如是勤求菩薩之道漸次往詣樂瓔珞城到彼詢求最勝長者見在城東大莊嚴幢無憂林中無量商人百千長者衆所圍遶理斷人間種種事務因爲宣揚出世之法令離見慢及我我所捨所積聚眷屬珍財滅除慳嫉一切疑執心得清淨無諸穢濁獲淨信力常樂見佛受持佛法生菩薩力起菩薩行入菩薩三昧得菩薩智慧住菩薩正念增菩薩樂欲發起無上菩提之心爾時善財即至其所以身投地頂禮其足良久乃起以尊重心白言聖者我是善財我是善財我專尋求菩薩勝行菩薩云何學菩薩行菩薩云何修菩薩道隨修學時常能化度一切衆生常能現見一切諸佛常得聽聞一切佛法常能住持一切佛法常能趣入一切法門入一切剎學菩薩行常能久住一切大劫修菩薩道心無猒足能知一切如來神力能得一切如來護念能入一切如來智慧時彼長者告善財言善哉善哉善男子汝已能發阿耨多羅三藐三菩提心善男子我已成就

至一切處淨菩薩行法門無體無依無作無住神通之力善男子云何名爲至一切處淨菩薩行法門善男子我於此三千大千世界欲界一切諸衆生中所謂一切三十三天一切須夜摩天一切兜率陁天一切樂變化天一切他化自在天一切魔天及餘一切欲界所居部類眷屬一切天龍夜叉羅刹鳩槃荼乾闥婆阿修羅迦樓羅緊那羅摩睺羅伽人與非人村營城邑一切住處諸衆生中隨其所應而爲說法令捨非法令息諍論令除鬬戰令止忿競令破怨結令解繫縛令出牢獄令免怖畏令斷殺生乃至邪見一切惡業不可作事皆令禁止令其順行一切善法諸可作事皆使正修令其徧學一切技藝於諸世間而作利益爲其分別種種諸論隨其所應令生歡喜令漸成熟隨順一切諸外道衆爲說勝慧令斷諸見令入佛法乃至色界一切梵天我亦爲其說如是法如於此三千大千世界乃至十方不可說百千億那由他佛刹極微塵數世界之中我皆爲其廣說正法所謂佛法菩薩法聲聞法獨覺法說地獄趣說地獄衆生受苦差別說向地獄道說畜生趣說畜生衆生受苦差別說向畜生道說閻羅王界說閻羅王界受苦差別說向閻羅王界道說天世間說天世間受樂差別說向天世間道說人世間說人世間受苦受樂說向人世間道善男子我說如是種種世間若集若壞若染若淨爲欲開顯菩薩功德爲令捨離生死過患爲令知見諸佛功德爲令知見諸有趣生爲令知見無障礙法爲令開發智慧

光明爲欲顯示苦樂因起爲欲顯示入無相門爲令衆生捨諸想著爲令證得佛無依法爲令永滅煩惱業輪爲令能轉佛淨法輪我爲衆生說如是法善男子我唯知此至一切處淨菩薩行莊嚴法門無依無作無性無住神通之力如諸菩薩摩訶薩具足一切自在神通悉能徧往一切佛刹得普眼地住淨耳根悉聞一切音聲言說普入諸法智慧自在勇健無比離諸乖諍以廣長舌出平等音其身妙好同諸菩薩與諸如來究竟無二智身廣大普入三世境界無際同於虛空而我云何能知能說彼功德行善男子於此南方有一國土名無邊際河其國有城名羯陵迦林有比丘尼名師子顰伸汝詣彼問菩薩云何學菩薩行修菩薩道時善財童子禮最勝足

繞無數帀殷勤瞻仰一心戀慕辭退而去爾時善財童子漸漸前行至無邊際河羯陵迦林周徧尋訪師子顰伸比丘尼時無量人咸告之言善男子此比丘尼在勝光王之所捨施日光園中說法利益無量衆生善財聞已歡喜踊躍即詣彼園周徧觀察見其園中有一大樹名過滿月形如樓閣高廣嚴好放大光明照一由旬復見葉樹名曰普覆其形如蓋紺青光明周徧照耀復見華樹名曰華藏形色高潔猶如雪山雨衆妙華如流香水周徧普熏無有窮盡猶忉利天歡喜園中波利質多羅樹復有果樹名爲常熟形如金山味如甘露柔輭香美常放光明種種衆果悉皆具足其中復有摩尼寶樹名毗盧遮那藏其形無比如妙高山心王摩尼寶最在其上阿

僧祇色相摩尼寶周徧莊嚴栴檀摩尼以爲樹果衆雜珠網羅覆其上復有鬘樹名爲天寶恒出妙寶瓔珞華鬘如意寶王敷榮光耀摩尼寶藏蘊伏其下以爲樹根復有衣樹名能清淨常出衆色諸妙寶衣垂布樹枝以爲嚴飾有音樂樹名爲歡喜其音美妙過諸天樂復有香樹名徧莊嚴恒出妙香普熏一切園中復有種種陂池一切皆以七寶莊嚴其池八處衆寶莊嚴衆色摩尼而爲欄楯栴檀香末凝積其中上妙金沙彌布其底八功德水清淨盈滿優鉢羅華波頭摩華拘物頭華芬陁利華徧覆其上瞻博迦華阿提目多迦華婆利師迦華曼陁羅華摩訶曼陁羅華如是等華列植其岸衆鳥和鳴其聲清雅種種天寶妙莊嚴樹行列園中諸寶樹下各各敷置寶師子座以不思議種種妙寶而爲莊嚴布以天衣熏以妙香垂諸寶繒施諸寶帳閻浮金網彌覆其上寶鐸徐揺出妙音聲或有樹下敷蓮華藏師子之座或有樹下敷香王摩尼藏師子之座或有樹下敷龍象莊嚴摩尼王藏師子之座或有樹下敷寶師子聚摩尼王藏師子之座或有樹下敷毗盧遮那摩尼王藏師子之座或有樹下敷十方毗盧遮那摩尼王藏師子之座或有樹下敷因陁羅摩尼金剛王藏師子之座或有樹下敷衆生形相毗盧遮那摩尼王藏師子之座或有樹下敷如意摩尼王藏師子之座或有樹下敷白色光明摩尼王藏師子之座其一一座各有百千寶師子座周帀圍遶一一皆具無量莊嚴此大園中衆寶充滿如海寶洲寶衣布

地敷設莊嚴柔輭妙好如迦隣迦衣能生樂觸蹈之没足舉即還復異類衆鳥鳧鴈鴛鴦白鶴孔雀拘枳羅等飛翔自在顧影和鳴寶栴檀林列植門側密葉蓊鬱聳幹扶疎布影垂蔭莊嚴妙好種種華樹常雨妙華踰天帝釋雜華之園無比香王普熏一切香風四布流及天人一切樓閣衆寶莊嚴上妙香華珍奇校飾過天帝釋善法之堂諸音樂樹奏天音樂種種樂器懸布樹枝所謂箏笛箜篌琵琶簫瑟如是等樂不鼓自鳴聞皆可意離諸染著寶多羅樹覆寶鈴網微風吹動出微妙音如自在天善口天女諸如意樹出衆寶衣如天劫波服垂布嚴飾有無量色猶如大海百千樓閣衆寶莊嚴如忉利天帝釋宮殿寶蓋彌覆如妙高峯如梵王宮光明普照爾時善財童子見此園林無量功德種種莊嚴皆是菩薩不思議業之所成就出世善根之所生起供養一切諸佛功德廣修淨業無能壞者一切世間無能與等如是皆從師子顰伸比丘尼了法如幻不捨有爲積集廣大善業所成不與聲聞辟支佛共異道邪論不能傾動一切魔軍無能與敵凡夫淺智不能思惟三千大千世界天龍八部無量衆生隨自善根如應度者皆入此園而不迫窄何以故此比丘尼不可思議威神力故爾時善財見比丘尼徧坐一切諸寶樹下大師子座身相端嚴威儀寂靜住法平等動止安庠諸根調順如大象王心無垢濁如清淨池普濟所求如如意寶不染世法猶如蓮華心無所畏如師子王護持淨戒不可傾動如須彌山能令見

者心得清涼如妙香山能除衆生諸煩惱熱如雪山中妙栴檀香衆生見者諸苦銷滅如妙見藥王能令見者所願不空如婆樓那天永離欲染如大梵王淨衆生心如水精寶能長衆善如良沃田三業自在猶如如來在一一座衆會不同所說法門亦各差別或見處座淨居天衆所共圍遶摩醯首羅天王而爲上首此比丘尼爲說法門名無盡法相解脫或見處座諸梵天衆所共圍遶妙光明梵王而爲上首此比丘尼爲說法門名普門差別清淨言音輪或見處座他化自在天天子天女所共圍遶自在轉天王而爲上首此比丘尼爲說法門名菩薩清淨心自在莊嚴或見處座妙變化天天子天女所共圍遶樂變化天王而爲上首此比丘尼爲說法門名妙法

清淨莊嚴門或見處座兜率陁天天子天女所共圍遶兜率天王而爲上首此比丘尼爲說法門名自心藏旋轉或見處座須夜摩天天子天女所共圍遶須夜摩天王而爲上首此比丘尼爲說法門名普徧莊嚴或見處座三十三天天子天女所共圍遶釋提桓因而爲上首此比丘尼爲說法門名猒離門或見處座百光明龍王難陁龍王優波難陁龍王摩那斯龍王伊羅跋陁龍王阿那婆達多龍王等龍子龍女所共圍遶娑伽羅龍王而爲上首此比丘尼爲說法門名佛境界光明莊嚴或見處座諸夜叉衆童男童女所共圍遶毗沙門天王而爲上首此比丘尼爲說法門名救護衆生藏或見處座乾闥婆衆男女眷屬所共圍遶持國乾闥婆王而爲上首此比

丘尼爲説法門名雨無盡大歡喜法雨或見處座阿修羅衆男女眷屬所共圍遶羅睺阿修羅王而爲上首此比丘尼爲説法門名速疾莊嚴法界智門或見處座迦樓羅衆男女眷屬所共圍遶大力勇持迦樓羅王而爲上首此比丘尼爲説法門名怖動諸有海或見處座緊那羅衆男女眷屬所共圍遶大樹緊那羅王而爲上首此比丘尼爲説法門名佛行光明門或見處座摩睺羅伽衆男女眷屬所共圍遶菴羅林忿怒摩睺羅伽王而爲上首此比丘尼爲説法門名出生見佛歡喜心或見處座無數百千男子女人童男童女所共圍遶此比丘尼爲説法門名殊勝行或見處座諸羅刹衆男女眷屬所共圍遶常吸精氣大樹羅刹王而爲上首此比丘尼爲説法門名發生慈悲心或見處座信樂聲聞乘衆生所共圍遶此比丘尼爲説法門名勝智威力大光明或見處座信樂獨覺乘衆生所共圍遶此比丘尼爲説法門名佛功德廣大光明或見處座信樂大乘衆生所共圍遶此比丘尼爲説法門名普門三昧智光明或見處座初地菩薩所共圍遶此比丘尼爲説法門名一切諸佛大願聚三昧或見處座二地菩薩所共圍遶此比丘尼爲説法門名無垢輪三昧或見處座三地菩薩所共圍遶此比丘尼爲説法門名大寂靜莊嚴三昧或見處座四地菩薩所共圍遶此比丘尼爲説法門名速疾出生一切智境界三昧或見處座五地菩薩所共圍遶此比丘尼爲説法門名妙華藏三昧或見處座六地菩薩所共圍遶此比

丘尼爲說法門名毗盧遮那藏三昧或見處座七地菩薩所共圍遶此比丘尼爲說法門名普徧莊嚴地三昧或見處座八地菩薩所共圍遶此比丘尼爲說法門名普徧法界境界化現身三昧或見處座九地菩薩所共圍遶此比丘尼爲說法門名無所得力智莊嚴三昧或見處座十地菩薩所共圍遶此比丘尼爲說法門名無障礙輪三昧或見處座執金剛菩薩所共圍遶此比丘尼爲說法門名金剛智那羅延莊嚴三昧爾時善財童子見如是等一切大衆種種出生種種住處種種身相種種眷屬已成熟者已調伏者堪爲法器皆入此園各於樹下圍遶而坐師子顰伸比丘尼如其所應種種心性種種欲樂種種信解隨彼所宜勝劣差別而爲演說相應法門令於阿耨多羅三藐三菩提得不退轉何以故此比丘尼得普眼捨得般若波羅蜜門演說一切佛法般若波羅蜜門法界差別際般若波羅蜜門散壞一切障礙輪般若波羅蜜門生長一切衆生善心般若波羅蜜門最勝莊嚴般若波羅蜜門無礙眞實藏般若波羅蜜門法界圓滿般若波羅蜜門清淨心藏般若波羅蜜門普徧出生種種語言神通藏般若波羅蜜門此十般若波羅蜜門而爲上首入如是等無數百萬阿僧祇般若波羅蜜門此日光園中一切菩薩及諸衆生所見境界所聞妙法各各差別悟解不同皆是師子顰伸比丘尼初勸發心說法教化令於阿耨多羅三藐三菩提得不退轉時善財童子見師子顰伸比丘尼如是園林如是牀座如是

經行如是衆會如是威儀如是自在如是普身如是無畏如是神力如是辯才如是莊嚴復聞如是不可思議廣大法門身心柔輭五體投地恭敬頂禮合掌念言我當右遶此比丘尼經於無數百千萬帀作是念時此比丘尼即放光明徧照其園普及衆會善財童子即自見身徧一切處一一座上比丘尼所皆悉右遶百千萬帀圍遶畢已合掌而立白言聖者我已先發阿耨多羅三藐三菩提心而未知菩薩云何學菩薩行云何修菩薩道我聞聖者善能誘誨願爲我說比丘尼言善男子我得菩薩解脫名滅除一切微細分別門善財言聖者何故名爲滅除一切微細分別比丘尼言善男子此解脫門於一念中普照三世一切諸法顯示本性智慧光明善財白言聖者此智光明境界云何比丘尼言善男子我入此智光明門時得自在出生一切法三昧王以得如是三昧王故現意生身普徧十方一切世界兜率天宮一生所繫諸菩薩所於一一菩薩前現不可說佛刹極微數身於一一身作不可說佛刹極微數最勝供養所謂或現天王身龍王身夜叉王身乃至人王身各各執持種種華雲種種鬘雲燒香塗香及以末香衣服瓔珞幢旛繒蓋寶網寶帳寶藏寶燈乃至一切莊嚴具雲我皆執持而以供養如於住兜率宮一生所繫菩薩所親近承事種種供養如是降神入胎住胎出胎在家出家往詣道場成等正覺轉正法輪入於涅槃如是中間或住天宮或住龍宮乃至或住人非人宮於彼一切諸如來所我皆如

是而爲供養若有衆生知我如是見聞親近供養佛者一切皆於阿耨多羅三藐三菩提得不退轉若有衆生來詣我所我皆誘誨爲其宣說般若波羅蜜門善男子我見一切衆生不分別衆生相智眼明見故聽一切語言不分別語言相心無所著故見一切如來不分別如來相智了法身故住持一切如來法輪不分別法輪相悟法自性故一念徧知一切法不分別諸法相知法如幻故善男子我唯知此滅除一切微細分別成就一切智菩薩解脫門如諸菩薩摩訶薩心無分別普知諸法一身端坐充滿法界於自身中示現攝持一切佛刹悉能往詣一切佛所於自身內普現一切諸佛神力一毛徧舉不可說不可說諸佛世界於其自身一毛孔中現不可說不可說世界成壞於一念中與不可說不可說衆生同住於一念中入不可說不可說一切諸劫而我云何能知能說彼功德行善男子於此南方有一聚落名爲險難其中有城名寶莊嚴彼有女人名伐蘇蜜多汝詣彼問菩薩云何學菩薩行修菩薩道時善財童子頂禮其足遶無數帀殷勤瞻仰辭退而去爾時善財童子大慧光明照啓其心思惟觀察一切智智一心隨順諸法實性堅固了知一切衆生言音陁羅尼門得受持一切如來法輪陁羅尼門得與一切衆生作所歸依大悲力得觀察一切法義理光明門得速疾圓滿法界輪得轉彼清淨大願輪得普照十方一切法智光明得徧莊嚴一切世界自在力得音攝取一切菩薩神通智得普發起一切菩

薩圓滿願漸漸前行至險難國寶莊嚴城處處尋訪伐蘇蜜多女城中有人不知此女功德智慧方便善巧所住境界微密甚深作如是念今此童子諸根寂靜諸根調順智慧明了已離放逸心不迷亂諦視一尋無有疲懈無所取著目視不瞬心無所動甚深寬廣猶如大海不應於此伐蘇蜜多女有貪愛心有顛倒心生於淨想生於欲想不應爲此女色所攝此童子者不行魔行不入魔境不沒欲泥不被魔縛不應作處已能不作有何等意而求此女其中有人先知此女有勝功德具深智慧告善財言善哉善哉善男子汝今乃能推求尋覓伐蘇蜜多女汝已獲得廣大善利善男子汝應決定求佛妙果決定欲爲一切衆生作所依怙決定欲拔一切衆生貪愛毒箭決定欲破一切衆生於女色中所有淨想決定欲雨一切如來普徧法界大功德雨善男子伐蘇蜜多女於此城内市鄽之北自宅中住時善財童子聞是語已歡喜踊躍心願圓滿一心正念往詣其門見其住宅廣博嚴麗寶牆寶樹及以寶塹一一皆有十重圍遶其寶塹中香水盈滿底布金沙諸天寶華優鉢羅華波頭摩華拘物頭華芬陁利華徧覆水上異香芬馥悅暢衆心妙寶殊珍莊嚴其岸階陛欄楯衆寶合成宫殿樓閣處處分布門闥窻牖相望間列咸施網鐸悉建幢旛無量珍奇以爲嚴飾瑠璃爲地衆寶間錯燒諸沈水塗以栴檀懸衆寶鈴風動成音散諸天華周徧其地摩尼燈燭光明普照諸珍寶藏其數百千十大園林以爲莊嚴寶樹枝條

騰芳發曜種種殊麗不可稱說爾時善財見此女人顏貌端嚴色相圓滿皮膚金色目髮紺青不長不短不麤不細欲界人天無能與比音聲美妙超諸梵世一切衆生差別言音悉皆具足無不解了深達字義善巧談說得如幻智入方便門衆寶瓔珞莊嚴其身一切寶網周覆其上首冠如意摩尼寶冠無量眷屬恭敬圍遶皆共善根同一行願福德大藏具足無盡時彼女人從其身出廣大光明普照宅中一切堂宇及寶宮殿遇斯光者身得清涼心除惑熱爾時善財前詣其所頂禮其足合掌而立白言聖者我已先發阿耨多羅三藐三菩提心而未知菩薩云何學菩薩行云何修菩薩道我聞聖者善能誘誨願爲我說彼即告言善男子我得菩薩解脫名離貪欲際我能隨順一切衆生諸所樂欲而爲現身若天見我我爲天女形貌光明殊勝無比如是乃至人非人等而見我者我即爲現人非人女隨其形相各各殊勝隨其樂欲皆令得見善男子若有衆生欲意所纏來詣我所而於我身生極愛染心如昏醉我爲說法彼聞法已則離貪欲得菩薩無著境界三昧若有衆生暫見於我則離貪欲得菩薩歡喜三昧若有衆生暫與我語則離貪欲得菩薩無礙妙音聲藏三昧若有衆生暫執我手則離貪欲得菩薩隨順徧往一切佛刹三昧若有衆生暫昇我座則離貪欲得菩薩離一切世間光明三昧若有衆生暫觀於我則離貪欲得菩薩寂靜莊嚴三昧若有衆生見我頻伸則離貪欲得菩薩摧伏一切外道三昧若有

衆生見我目瞬則離貪欲得菩薩住佛境界光明三昧若有衆生抱持於我則離貪欲得菩薩攝一切衆生恒不捨離三昧若有衆生唼我脣吻則離貪欲得菩薩增長一切衆生福德藏三昧如是一切所有衆生來詣我所親近於我一切皆得住離貪際入於菩薩一切智地最勝解脫爾時善財童子白伐蘇蜜多女言聖者云何此解脫門得名最勝時女告言善男子一切菩薩發阿耨多羅三藐三菩提心由爲女人不得速成無上佛道亦不疾得辟支佛乘阿羅漢果五通仙人由女色故退失神通爲荷負者天阿修羅常與戰伐十頭羅刹焚燒南海楞伽大城或有諸王喪失國土乃至兄弟自相殺害造惡趣因現世貧窮甘爲奴僕不順師長違背君親如是一切皆由女人我觀無數百千世界貪欲衆生生死曠野輪轉無窮苦業之中女爲上首是故菩薩若離女色即得親近諸善知識復令衆生因此離欲皆住最勝解脫法門善財童子白言聖者種何善根修何福業而得增長如是種種殊勝功德時女答言善男子我念過去有佛出世名爲高行如來應供正徧知明行足善逝世間解無上士調御丈夫天人師佛世尊時王都城名曰妙門善男子時彼如來爲欲利樂諸衆生故來入王城蹈彼門閫其城一切六種震動忽然廣博衆寶莊嚴無量光明遞相暎徹種種寶華散布其地諸天音樂同時俱奏一切諸天充滿虛空恭敬禮拜尊重讚歎善男子我於彼時爲長者妻名曰妙智見佛神通心生覺悟則與其夫疾

詣佛所發廣大心以一寶錢奉施於佛是時文殊師利童子爲佛侍者爲我說法令發阿耨多羅三藐三菩提心善男子我唯知此菩薩離貪欲際解脫法門如諸菩薩摩訶薩成就無邊巧方便智福德廣大猶如虛空而我云何能知能說彼功德行善男子南方有城名淨達彼岸中有居士名毗瑟底羅彼常供養栴檀座佛塔汝詣彼問菩薩云何學菩薩行修菩薩道時善財童子頂禮其足遶無數帀殷勤瞻仰辭退而去

大方廣佛華嚴經卷第十五

音釋

理斷 斷都玩切決也 嚬聳 嚬音頻聳息拱切高起也 幹 幹古案切枝幹也 迫窄 迫音百急迫也窄音責狹窄也 唼 唼色甲切以口唼食也 脣吻 脣食倫切口脣也吻武粉切脣邊也 蹈 蹈音盜踐也 閫 閫音悃閾也

大方廣佛華嚴經卷第十六

唐罽賓國三藏般若奉　詔譯

入不思議解脱境界普賢行願品

爾時善財童子聞伐蘇蜜多離貪欲際解脱門一心隨順憶念修行觀彼菩薩無著境界三昧思彼菩薩歡喜三昧尋彼菩薩無礙音聲藏三昧行彼菩薩徧往一切佛刹三昧念彼菩薩離一切世間光明三昧入彼菩薩寂靜莊嚴三昧修彼菩薩摧伏外道三昧觀彼菩薩佛境界光明三昧思彼菩薩攝一切衆生不捨三昧住彼菩薩增長衆生福德藏三昧念一切智漸次前行至彼岸城詣居士宅頂禮其足合掌而立白言聖者我已先發阿耨多羅三藐三菩提心而未知菩薩云何學菩薩行云何修菩薩道我聞聖者善能誘誨願爲我說居士告言善男子我得菩薩解脱名不般涅槃際善男子我不生心言如是如來已般涅槃如是如來現般涅槃如是如來當般涅槃我知十方一切世界諸佛如來畢竟無有般涅槃者唯除爲欲調伏衆生而示現耳善男子我開彼旃檀座如來塔門時得三昧名佛種無盡善男子我念念中入此三昧念念得知一切諸佛殊勝之事善財白言此三昧者境界云何居士答言善男子我入此三昧時隨其次第見此世界一切諸佛相續出現所謂迦葉佛拘那含牟尼佛拘留孫佛毗舍浮佛尸棄佛毗婆尸佛提舍佛弗沙佛名稱佛最勝蓮華佛如是等佛而爲上首於一念頃得見百佛得見千佛得見百千佛得見億佛百億佛千億佛百千億佛阿庾多

億佛那由他億佛乃至見不可說不可說世界極微塵數佛如是一切次第皆見亦見彼佛初始發心種諸善根獲勝神通成就大願修行妙行具波羅蜜入菩薩地得清淨忍摧伏魔軍成等正覺國土清淨衆會莊嚴放大光明神通自在作師子吼轉妙法輪變化示現種種差別無量方便成熟衆生善巧宣揚無分別法我悉能持我悉能憶悉能觀察分別顯示隨順解了無有忘失如是未來彌勒佛等百佛千佛百千佛乃至不可說不可說世界極微塵數佛及初發心相續不斷信解甚深勤求不懈精進勢力速疾增長一切世間凡夫二乘所不能動亦見現在毗盧遮那佛等十方不可說不可說佛刹極微塵數一切世界諸佛如來悉亦如是彼一切佛我皆

現見彼一切法我悉得聞憶念受持心無忘失以智慧力隨順解了以慈悲力宣揚顯示善男子我唯知此菩薩所得不般涅槃際解脫門如諸菩薩摩訶薩以一念智普知三世一念遍入一切三昧如來智日恒照其心於一切法無有分別了一切佛悉皆平等如來及我一切衆生等無有二知一切法自性清淨光明普照無所不徧無有思慮無有動轉而能普入一切世間離諸分別住佛法印悉能開悟法界衆生而我云何能知能說彼功德行善男子於此南方有山名補怛洛迦彼有菩薩名觀自在汝詣彼問菩薩云何學菩薩行修菩薩道爾時居士因此指示即說偈言

海上有山衆寶成　賢聖所居極清淨

泉流縈帶爲嚴飾　華林果樹滿其中
最勝勇猛利衆生　觀自在尊於此住
汝應往問佛功德　彼當爲汝廣宣說

時善財童子禮居士足遶無數帀殷勤瞻仰辭退而去爾時善財童子蒙居士教隨順思惟一心正念入彼菩薩深信解藏得彼菩薩能隨念力憶彼諸佛出現次第見彼諸佛成等正覺持彼諸佛所有名號觀彼諸佛所證法門知彼諸佛具足莊嚴信彼諸佛所轉法輪思彼諸佛智光照耀念彼諸佛平等三昧解彼諸佛自性清淨修彼諸佛無分別法契彼諸佛甚深法印作彼諸佛不思議業漸次前行至於彼山處處求覓此大菩薩見其西面巖谷之中泉流縈暎樹林蓊鬱香草柔輭右旋布地種種名華周遍嚴飾觀自在菩薩於清淨金剛寶葉石上結跏趺坐無量菩薩皆坐寶石恭敬圍遶而爲宣說智慧光明大慈悲法令其攝受一切衆生善財見已歡喜踊躍於善知識愛樂尊重合掌恭敬目視不瞬作如是念善知識者即是如來善知識者一切法雲善知識者諸功德藏善知識者難可值遇善知識者十力寶因善知識者無盡智炬善知識者福德根芽善知識者一切智門善知識者智海導師善知識者集一切智助道之具作是念已即便往詣大菩薩所爾時觀自在菩薩遙見善財告言善哉善來童子汝發大乘意普攝衆生起正眞心專求佛法大悲深重救護一切住不思議最勝之行普能拯拔生死輪迴超過世間無有等比普賢妙行相續現前大願深心圓滿清淨勤求

佛法悉能領受積集善根恒無猒足順善知識不違其教從文殊師利功德智慧大海所生其心成熟得佛威力已獲廣大三昧光明專意希求甚深妙法常見諸佛生大歡喜智慧清淨猶如虛空旣自明了復爲他說安住如來智慧光明受持修行一切佛法福智寶藏自然而至一切智道速得現前普觀衆生心無懈倦大悲堅固猶若金剛爾時善財童子詣菩薩所禮菩薩足繞無數帀合掌而住白言聖者我已先發阿耨多羅三藐三菩提心而未知菩薩云何學菩薩行云何修菩薩道我聞聖者善能敎誨願爲我說爾時觀自在菩薩摩訶薩放閻浮檀金妙色光明起無量色寶焰網雲及龍自在妙莊嚴雲以照善財即舒右手摩善財頂告善財言善哉善哉善男子汝已能發阿耨多羅三藐三菩提心善男子我已成就菩薩大悲速疾行解脫門善男子我以此菩薩大悲行門平等敎化一切衆生攝受調伏相續不斷善男子我恒住此大悲行門常在一切諸如來所普現一切諸衆生前隨所應化而爲利益或以布施攝取衆生或以愛語攝取衆生或以利行攝取衆生或以同事攝取衆生或現種種微妙色身攝取衆生或現種種不思議色淨光明網攝取衆生或以音聲善巧言辭或以威儀勝妙方便或爲說法或現神變令其開悟而得成熟或爲化現種種色相種種族姓種種生處同類之形與其共居而成熟之善男子我修習此大悲行門願常救護一切衆生令離諸怖所謂願一切衆生離險道怖離熱惱怖

離猛獸怖離繫縛怖離殺害怖離王官怖離貧窮怖離不活怖離惡名怖離於死怖離諸病怖離懈怠怖離黑暗怖離遷移怖離愛別怖離怨會怖離逼迫身怖離逼迫心怖離憂悲愁歎怖離所求不得怖離大衆威德怖離流轉惡趣怖復作是願願諸衆生若念於我若稱我名若見我身皆得免離一切恐怖滅除障難正念現前善男子我以如是種種方便令諸衆生離諸怖畏住於正念復教令發阿耨多羅三藐三菩提心至不退轉爾時觀自在菩薩摩訶薩欲重明此解脫門義爲善財童子而說偈言

善來調伏身心者　稽首讚我而右旋
我常居此寶山中　住大慈悲恒自在
我此所住金剛窟　莊嚴妙色衆摩尼
常以勇猛自在心　坐此寶石蓮華座
天龍及以修羅衆　緊那羅王羅剎等
如是眷屬恒圍遶　我爲演說大悲門
汝能發起無等心　爲見我故而來此
愛樂至求功德海　禮我雙足功德身
欲於我法學修行　願得普賢真妙行
我是勇猛觀自在　起深清淨大慈悲
普放雲網妙光明　廣博如空極清淨
我垂無垢臃圓臂　百福妙相具莊嚴
摩汝深信善財頂　爲汝演說菩提法
佛子應知我所得　一相一味解脫門
名爲諸佛大悲雲　秘密智慧莊嚴藏
我爲精勤常救護　起諸弘誓攝衆生
憐愍一切如己身　常以普門隨順轉
我於無數衆苦厄　常能救護諸羣生

心念禮敬若稱名　一切應時皆解脫
或遭牢獄所禁繫　杻械囚執遇怨家
若能至心稱我名　一切諸苦皆銷滅
或犯刑名將就戮　利劔毒箭害其身
稱名應念得加持　弓矢鋒刃無傷害
或有兩競詣王官　諍訟一切諸財寶
彼能至誠稱念我　獲於勝理具名聞
或於內外諸親屬　及諸朋友共爲怨
若能至誠稱我名　一切怨家不能害
或在深林險難處　怨賊猛獸欲傷殘
若能至心稱我名　惡心自息無能害
或有怨家懷忿毒　推落險峻大高山
若能至心稱我名　安處虛空無損壞
或有怨家懷忿毒　推落深流及火坑
若能至心稱我名　一切水火無能害
若有衆生遭厄難　種種苦具逼其身
若能至心稱我名　一切解脫無憂怖
或爲他人所欺謗　常思過失以相讎
若能至心稱我名　如是怨嫌自休息
或遭鬼魅諸毒害　身心狂亂無所知
若能至心稱我名　彼皆消滅無諸患
或被毒龍諸鬼衆　一切怨怖奪其心
若能至誠稱我名　乃至夢中皆不見
若有諸根所殘缺　願得端嚴相好身
若能至誠稱我名　一切所願皆圓滿
若有願於父母所　承順顏色志無違
歡榮富樂保安寧　珍寶伏藏恒無盡
內外宗族常和合　一切怨隙不來侵
若能至誠稱我名　一切所願皆圓滿
若人願此命終後　不受三塗八難身

恒處人天善趣中　常行清淨菩提道
有願捨身生淨土　普現一切諸佛前
普於十方佛刹中　常爲清淨勝薩埵
普見十方一切佛　及聞諸佛說法音
若能至誠稱我名　一切所願皆圓滿
或在危厄多憂怖　日夜六時稱我名
我時現住彼人前　爲作最勝歸依處
彼當生我淨佛刹　與我同修菩薩行
由我大悲觀自在　令其一切皆成就
或清淨心興供養　或獻寶蓋或燒香
或以妙華散我身　當生我刹爲應供
或生濁劫無慈愍　貪嗔惡業之所纏
種種衆苦極堅牢　百千繫縛恒無斷
彼爲一切所逼迫　讚歎稱揚念我名
由我大悲觀自在　令諸惑業皆銷滅

或有衆生臨命終　死相現前諸惡色
見彼種種色相已　令心惶怖無所依
若能至誠稱我名　彼諸惡相皆銷滅
由我大悲觀自在　令生天人善道中
此皆我昔所修行　願度無量羣生衆
勇猛精勤無退轉　令其所作皆成就
若有如應觀我身　令其應念咸皆見
或有樂聞我說法　令聞妙法量無邊
一切世界諸羣生　心行差別無央數
我以種種方便力　令其聞見皆調伏
我得大悲解脫門　諸佛證我已修學
其餘無量功德海　非我智慧所能知
善財汝於十方界　普事一切善知識
專意修行無懈心　聽受佛法無猒足
若能聞法無猒足　則能普見一切佛

云何見佛志無猒　由聽妙法無猒足

爾時觀自在菩薩說此偈已告善財言善男子我唯得此菩薩大悲速疾行解脫門如諸菩薩摩訶薩已淨普賢一切願已住普賢一切行常行一切諸善法常入一切諸三昧常住一切無邊劫常詣一切無邊刹常觀一切諸如來常聞一切三世法常息一切衆生惡常長一切衆生善常絕衆生生死流常入如來正法流而我云何能知能說彼功德行爾時善財童子聞觀自在菩薩摩訶薩說此大悲清淨偈已歡喜踊躍充徧其身生愛敬心增信樂心發清淨心從坐而起偏袒右肩右膝著地禮菩薩足長跪合掌於菩薩前瞻仰一心以偈讚曰

天人大衆阿修羅　及與一切諸菩薩
以妙言音共稱讚　大聖智慧深如海
能於一切衆生中　平等大悲同一味
一智同緣普救護　種種苦難皆銷滅
菩薩最勝神通力　反覆大地不爲難
又能乾竭於大海　令大山王咸震動
聖者菩薩大名聞　號曰大悲觀自在
云何我以微劣智　於仁勝德能稱讚
我聞聖者諸功德　無斷無盡大悲門
因是發起清淨心　生我智慧辯才力
我今處於大衆會　以大勇猛而觀察
稱揚讚歎妙莊嚴　恭敬至誠無懈倦
如大梵王居梵衆　暎蔽一切諸梵天
菩薩吉祥妙色身　處於衆會無倫匹
菩薩顧視同牛王　妙色融朗如金聚
具足廣大菩提願　普利一切諸天人

種種華鬘以嚴飾　頂上眞金妙寶冠
光明淨妙過諸天　威德尊嚴超世主
圓光狀彼流虹繞　外相明如淨月輪
頂相豐起若須彌　端嚴正坐如初日
腰繫金條色微妙　現殊勝相放光明
伊尼鹿皮作下裙　能令見者生歡喜
妙身種種莊嚴相　衆寶所集如山王
腰垂上妙清淨衣　如雲普現無邊色
眞珠三道爲交絡　猶如世主妙嚴身
恒放淨光普照明　亦如朗日遊空界
身色淨妙若金山　又如瞻博迦華聚
以白瓔珞爲嚴飾　如白龍王環繞身
世主手執妙蓮華　色如上妙眞金聚
毗瑠璃寶以爲莖　大慈威力令開發
出過天人之所有　普放光明猶日輪

顯現如在妙高山　香氣普熏於一切
於諸惡鬼部多等　黑蛇醉象及師子
癡火毒害蔽慈心　及餘種種諸危難
重苦繫縛所傷迫　一切恐怖無依怙
世主一味大悲心　平等救彼衆生類
妙寶葉石爲勝座　無等蓮華之所持
百千妙福之所成　衆妙蓮華所圍遶
極妙身光清淨色　從眞勝義而成就
諸天種種上妙供　咸共讚歎仁功德
於尊能發清淨意　速離一切憂怖心
眷屬快樂共歡娛　一切妙果皆圓滿
大海龍王住自宮　及餘居處諸龍衆
常懼妙翅大鳥王　搏撮傷殘受諸苦
或有衆生入大海　遇風鼓浪如雪山
若遭摩竭欲來吞　恐怖驚惶無所救

或遇醉象而奔逐　種種厄難之所纏
至心憶念大悲尊　如是一切無憂怖
大石山王有洞窟　其窟幽深極可畏
有犯王法鎖其身　種種繫縛投於彼
彼諸苦惱衆生等　至心憶念大悲尊
枷鎖解脱苦銷除　一切無憂安隱樂
仁以大悲清淨手　攝取憶念諸衆生
令於一切厄難中　獲得無憂安隱樂
我今讚歎人天主　最勝威德大仙王
三毒翳障盡銷除　福智無涯如大海
調伏衆生無懈倦　利樂平等無怨親
願於菩薩妙金山　一切勝福皆成就
普於十方諸世界　息滅衆生邪見心
速獲如來無上身　普願衆生咸證得

爾時有一菩薩名正性無異行從於東方上虛空中來至此世界輪圍山頂以足按地時此世界六種震動變成無數雜寶莊嚴復於其身放大光明映蔽一切釋梵護世天龍八部日月星電所有光明皆如聚墨其光普照地獄餓鬼畜生閻羅王界及餘一切苦惱衆生罪垢銷除身心清淨又於一切諸佛刹土普興一切諸供養雲普雨一切香華瓔珞衣服幢蓋如是所有諸莊嚴具供養於佛復以神力隨諸衆生心之所樂普於一切諸宫殿中而現其身令其見者皆悉歡喜然後來詣觀自在菩薩摩訶薩所時觀自在菩薩告善財言善男子汝見正性無異行菩薩來此大會道場中不善財答言唯然已見告言善男子汝可往問菩薩云何學菩薩行修菩薩道

爾時善財童子於觀自在菩薩所得甚深智

入大悲門以甚深心隨順觀察心無疲猒一心頂禮觀自在菩薩足繞無數帀敬承其敎辭退而行往詣正性無異行菩薩所頂禮其足合掌而立白言聖者我已先發阿耨多羅三藐三菩提心而未知菩薩云何學菩薩行云何修菩薩道我聞聖者善能誘誨願爲我說菩薩告言善男子我得菩薩解脱名普門不動速疾行善財言聖者於何佛所得此解脱所從來刹去此幾何發來久如菩薩告言善男子如此境界甚深難解一切世閒天人阿修羅沙門婆羅門等所不能了唯諸菩薩最勝精進具菩薩行無退無怯已能親近諸善知識善友所攝諸佛所念增長善根志樂清淨得菩薩根有智慧眼能聞能持能解能入善財白言唯願聖者爲我宣說我當承佛威神之力善知識力能信能受能解能入菩薩告言善男子我從東方具足吉祥藏世界普吉祥出生佛所而來此土善男子於彼佛所得此法門從彼發來已經不可說不可說佛刹極微塵數劫一一念中舉不可說不可說佛刹極微塵數步一一步過不可說不可說佛刹極微塵數世界一一世界我皆徧入以最勝心至其佛所以妙供具而爲供養及施一切諸衆生海此諸供具皆是無上心所成無作法所印諸如來所忍諸菩薩所歎善男子我又普見彼世界中一切衆生悉知其心悉知其根隨其解欲現身說法或放光明或施財寶種種方便敎化調伏利樂成熟無有休息如從東方南西北方四維上下亦復如是善男子我唯得此菩薩普門不動速疾

行解脫能疾周徧到一切處如諸菩薩摩訶薩隨順徧行普於十方無所不至智慧境界等無差別善布其身悉徧法界至一切道入一切剎知一切法觀一切世平等演說一切法門深信愛樂一切妙行同時照耀一切衆生於諸佛所不生分別於一切處無有障礙而我云何能知能說彼功德行善男子南方有城名爲門主其中有神名曰大天汝詣彼問菩薩云何學菩薩行修菩薩道時善財童子禮菩薩足繞無數帀殷勤瞻仰辭退而去

大方廣佛華嚴經卷第十六

音釋

膧 丑容切圓直也 杻械 杻敕久切械也械下介切 乾竭 乾居寒切燥也竭巨列切涸也 虹 戶工切蝃蝀也 絛 土刀切編絲繩也 搏撮 搏伯各切擊也撮倉括切以爪取也

大方廣佛華嚴經卷第十七

唐罽賓國三藏般若奉　詔譯

入不思議解脫境界普賢行願品

爾時善財童子入菩薩廣大行正念思惟心無障礙求菩薩智慧境見菩薩神通事念菩薩勝功德被菩薩堅進甲生菩薩大歡喜趣菩薩不思議遊菩薩大自在修菩薩功德地觀菩薩三昧地住菩薩總持地具菩薩大願地得菩薩辯才地成菩薩諸力地漸次前行至於彼城尋訪大天今在何所人咸告言在此城內現廣大身處高顯座爲衆說法善財聞已往至其所頂禮其足合掌而立白言聖者我已先發阿耨多羅三藐三菩提心而未知菩薩云何學菩薩行云何修菩薩道我聞聖者善能教誨願爲我說爾時大天即於是時長舒四臂取四海水自洗其面持諸金華以散善財而告之言善男子甚奇希有乃能如是求善知識善男子一切菩薩出現世間最極希有難可得聞難可得見如衆生中芬陁利華於險難處爲歸爲救如安隱城於黑闇處作大光明猶如朗日又如導師引諸衆生入佛法門亦如猛將善能守護一切智城善男子菩薩如是難可遇會唯身語意具足清淨無諸過失然後乃得見其形相聞其辯才於一切時常現在前善男子我已成就菩薩解脫名爲雲網善財白言聖者雲網解脫境界云何爾時大天於善財前示現種種金聚銀聚瑠璃聚玻瓈聚硨磲聚碼碯聚摩尼寶聚無垢藏寶聚毗盧遮那寶聚普現十方寶聚寶冠聚寶印聚寶鬘聚寶璫聚寶釧聚

寶鎖聚寶鈴聚寶瓔珞聚寶珠網聚種種衆色摩尼寶聚種種一切寶莊嚴聚種種如意摩尼寶聚一一種聚皆如大山又復示現一切華一切香一切鬘一切蓋一切幢一切旛一切塗香一切末香一切衣服一切音樂一切五欲娛樂之具亦如山積及現無數百千萬億諸童女衆而彼大天告善財言善男子令恣汝意可取此物供養如來修諸福德并施一切攝取衆生顯示難捨而能捨故令其修學檀波羅蜜善男子如我爲汝示現此物教汝行施乃至普爲一切衆生悉亦如是皆令以此布施善根熏習力故令其息滅不欲行施障勝行心於佛法僧最勝福田善知識所恭敬供養種諸善根增長善法發阿耨多羅三藐三菩提心復次善男子若有衆生貪著五欲自放逸者爲其示現不淨境界何以故由彼衆生愚癡迷惑被諸女色昏醉其心猶如嬰孩無有自性亦如素衣易受染色爲欲所溺不能得出如糞中蟲樂著糞處如穢獘猪不淨嚴身如犯罪人種種繫縛如世劫賊恒奪法財如犯極刑將付魁膾如瞽導盲俱墮坑險如船泛海遭遇惡風損害善根喪諸法寶如近惡龍毒氣熏染永離戒香夭傷慧命以要言之愚癡嬰孩爲欲所盲爲欲所繫爲欲所使爲欲所迷恒順欲心而爲僮僕常隨欲轉如犢逐母爲欲所縛不得自在善男子我爲此等盲瞑衆生生憐愍心方便濟拔先現端正可愛女身稱悅其心令其躭著復現命終其身壞爛爲諸鳥獸之所噉食種種不淨如屍陁林復現恐怖羅刹女形身狀

黑雲鬢髮丹赤大腹下垂鉤牙上出以人髑髏而爲嚴飾手執利劒發大惡聲現如是身向染欲者令起驚猒心生惶怖因斯發起求見我心我應彼形爲其說法令除猒怖安住戒身成就最勝戒波羅蜜具足十種波羅蜜門乃至圓滿菩提勝果爾時大天即爲善財種種稱讚戒波羅蜜而說偈言

如諸衆生及草木　一切生長咸依地
世及出世諸善根　皆依最勝尸羅地
無戒欲求生善道　如鳥無翼欲飛空
如人無足欲遊行　亦如渡海無船筏
如諸苦行食根果　飲水自活住山林
或衣樹皮如獸居　無戒不得爲清淨
有剃四周留頂髮　或不沐髮縈爲髻
或有裸形或異服　此等無戒皆如戲
或於冰河而洗浴　或投盛火以焚身
或升高山自墜形　此等無戒徒爲死
或浴華池辯才水　或恒飲浴殑伽河
晝夜求福以爲依　此等無戒空無果
或於日夕三時浴　或復三時作護摩
却粒自默如啞羊　無戒苦身無所利
欲住天宮盡天壽　服天瓔珞以嚴身
飲食天中諸上味　持戒一切皆圓滿
或大族子旃陁子　俱能持戒等生天
貴賤種姓戲戒身　皆墮地獄無差別
卑門持戒生天上　勝族毀犯墮幽冥
摩登持戒亦生天　仙人破戒入諸獄
王族多聞具色力　惡見無戒如獸蚖
如甘果樹猛獸圍　猶蓮華池毒蛇止
寧守貧賤恒持戒　具聖財寶德嚴身

破戒衆人之所輕　持戒天人咸信重
旃檀鬱金及沈麝　如是一切不爲香
菩薩持戒最勝香　徧出人天無有盡
卑陋持戒後生天　現蒙王者所瞻禮
此世他生安隱樂　如是戒果牟尼說
欲生人天及涅槃　如應具戒必當得
是故精勤持淨戒　隨心所願皆圓滿
若有臨終肢節痛　一切親屬欲分離
諦思我有清淨戒　身心歡樂無憂畏
戒爲感病最勝藥　護諸苦厄如父母
癡闇燈炬生死橋　無涯業海爲船筏
帝釋轉輪威德王　富貴尊嚴無等倫
家有僕隸能持戒　承事供養而親敬
若有臨至命終時　持戒破戒生安畏
欲得當來極樂處　應當專意勤護持
戒珠不假刀兵護　戒爲伏藏無所侵
戒爲勇伴導前行　戒爲出世莊嚴具
我讚持戒諸功德　如佛世尊眞實說
爲覺悟彼破戒者　令心堅住持淨戒

善男子如我以此種種方便敎化衆生令住淨戒波羅蜜中若有衆生瞋恚憍慢多諍競者我以強力折伏其心爲其示現極可怖形如羅刹等飲血噉肉令其見已驚恐惶懼心意和柔捨離怨結若有衆生惛沈懶墮爲其示現王賊水火及諸重疾種種危難令其見已心生惶懼知有憂苦猒離惛墮而自勉策日夜精勤以如是等種種方便令捨一切諸不善法修習一切清淨善法令除一切波羅蜜障令開一切波羅蜜門令超一切障礙險道令到一切無障礙處善男子我唯得此菩

薩雲網解脫如諸菩薩摩訶薩猶如帝釋已能摧滅一切煩惱阿修羅軍如大海水普能銷滅一切衆生諸煩惱火如劫盡火普能乾竭一切衆生諸愛欲水如大猛風普能吹碎一切衆生諸見取幢猶如金剛悉能摧破一切衆生諸我見山而我云何能知能說彼功德行善男子此閻浮提摩竭提國菩提場中有主地神名自性不動汝詣彼問菩薩云何學菩薩行修菩薩道時善財童子禮大天足遶無數帀一心瞻戀辭退而行爾時善財童子受天神教漸次前行往東北方趣摩竭國菩提樹王大道場處將詣自性不動神所十千地神同在其中更相謂言此來童子即是一切如來寶藏必當普為一切衆生作所依怙必當普壞一切衆生無明㲉藏此人已生法王種中當以法繒而冠其首當開智慧大珍寶藏當執菩薩金剛慧劒勇猛自在得法無畏摧伏一切異道邪論當以法船於生死海運濟衆生令達彼岸智解圓滿猶如白月必當息滅一切衆生熱惱亂心爾時自性不動神等一萬地神即以神力震動大地出雷吼聲放大光明徧照三千大千世界種種寶物處處莊嚴影潔光流遞相鑒徹一切葉樹俱時生長一切華樹咸共開敷一切果樹靡不成熟一切河流互相灌注一切池沼悉皆盈滿興大密雲雨細香雨徧灑其地香風時來吹衆名華普散其上無數音樂一時俱奏出可愛聲天莊嚴具咸出美音令人歡悅天阿修羅乃至非人牛王象王師子王等皆大歡喜踊躍哮吼猶如大山相擊出聲百千伏

藏自然涌現時彼地神告善財言善來童子汝於此處曾種善根我為汝現汝欲見不爾時善財禮地神足繞無數帀合掌而立白言聖者唯然欲見時彼地神以足按地百千億阿僧祇摩尼寶藏自然涌出開發顯現地神告言善男子今此寶藏隨逐汝行是汝往昔善根果報是汝福力之所守護汝應恣意自在而用善男子我得菩薩解脫名難摧伏智慧藏常以此法具足圓滿成熟衆生善男子我憶自從然燈佛來常隨菩薩恭敬守護如影隨形從始至今念念無間觀察菩薩所有心行普徧尋求深入菩薩一切誓願智慧境界圓滿菩薩一切所修諸清淨行思惟菩薩一切三昧隨順明達安住菩薩一切法門究竟了知一切心性圓滿一切大自在力增長一切無能壞法徧往一切諸佛剎土普受一切諸如來記憶持現覺一切智性轉於一切諸佛法輪廣說一切修多羅門大法光明普皆照耀教化調伏一切衆生示現一切諸佛神變隨順解知受持憶念常無忘失善男子乃往古世過須彌山極微塵數劫有劫名莊嚴世界名月幢佛號妙眼於彼佛所最初獲得此解脫門善男子我從是來於此法門若入若出修習增長常見諸佛未曾捨離始從初得乃至賢劫於其中間值遇不可說不可說佛剎極微塵數如來應正等覺悉皆承事恭敬供養亦見彼佛詣菩提樹坐道場時現大神通種種佛事亦見彼佛所有一切功德善根善男子我唯知此難摧伏智慧藏解脫門如諸菩薩摩訶薩常能隨侍一切諸佛能

持一切佛所說法入一切佛甚深智慧念念充徧一切法界等如來身生諸佛心具諸佛法作諸佛事心心出生一切諸佛清淨法藏離分別心常無間斷而我云何能知能說彼功德行善男子此閻浮提摩竭提國恒河北岸有一大城名迦毗羅有主夜神名曰春和汝詣彼問菩薩云何學菩薩行修菩薩道時善財童子禮地神足繞無數帀殷勤瞻仰一心戀慕辭退而去爾時善財童子蒙地神教一心思惟憶持菩薩難摧伏智慧藏解脫門修其三昧學其軌則觀其遊戲入其智海悟其甚深行其勝行住其大願得其智慧達其平等如是思惟漸次前行北度恒河向迦毗羅城至城南門敬心右繞從東門入佇立未久遇日沒時心念隨順諸菩薩行渴仰欲見春和夜神於善知識生如來想復作是念由善知識得周徧眼普能明見十方境界由善知識得廣大解普能了達一切所緣由善知識得三昧眼普能觀察一切法門由善知識得智慧眼普能明照十方剎海作是念時見彼夜神於虛空中處衆色寶摩尼樓閣香蓮華藏寶師子座身眞金色頂髮紺青眼如廣大青蓮華葉形貌端嚴見者歡喜衆寶瓔珞以爲嚴飾身服朱衣首戴梵冠一切星宿炳然在體於其身上一一毛孔皆現化度無量無數世界衆生臨欲顛墜墮惡道者悉令免離而得解脫是諸衆生或生人中或生天人或有趣向三乘菩提或有修行一切智道如是影像炳然顯現又彼一一諸毛孔中示現種種教化方便成熟衆生或爲現身種種形

色或爲說法種種言音或爲示現聲聞乘道或爲示現獨覺乘道或爲示現諸菩薩行菩薩勇猛菩薩三昧菩薩自在菩薩住處菩薩觀察菩薩思惟菩薩神通菩薩境界菩薩師子頻伸菩薩解脫遊戲如是種種成熟衆生善財童子見聞此已心大歡喜踊躍欣慶心願圓滿愛敬尊重以身投地禮夜神足繞無數帀於前合掌而作是言聖者我已先發阿耨多羅三藐三菩提心我心冀望依善知識威神力故獲諸如來功德法藏唯願聖者與我決定作依止處示我趣向一切智道令我於中修行增進至十力地時彼夜神告善財言善哉善哉善男子汝能深心敬善知識法力聖力入汝身中令汝勤求不惜身命一心親近樂聞其語隨順聽聞修行其教以汝親近聞教修行決定心故當得阿耨多羅三藐三菩提善男子我得菩薩教化調伏破一切衆生癡闇法光明解脫門善男子我於惡慧衆生起大慈心於不善業衆生起大悲心於作善法衆生起於喜心於善惡二行衆生起不二心於雜染衆生起令生清淨心於邪行衆生起令生正行心於劣解衆生起令與大解心於懶惰衆生起令生精進心於樂生死衆生起令捨輪轉心於住二乘道衆生起令住一切智心善男子我以得此解脫門故常與如是心共相應善男子我於夜暗人靜鬼神盜賊諸惡衆生所遊行時密雲重霧惡風暴雨日月星宿並皆昏蔽不見色時見諸衆生若入於海若行於陸山林曠野沙磧險難一切危厄諸恐怖處或遭盜賊或乏資糧或

迷惑方隅或忘失道路慞惶憂怖不能自出我時即以種種方便而救濟之爲海難者示作船師魚王馬王龜王象王阿修羅王及以海神捕魚人像爲彼種種海難衆生而作救護所謂止惡風雨息大波浪於洄澓中及迷方中引其道路示其洲岸令免怖畏悉得安隱復作是念以此善根迴施衆生願令捨離一切諸苦爲在陸地一切衆生於夜闇中遭諸恐怖瓦礫荆棘虎豹犲狼師子惡獸毒虵險路盜賊鬼神肆暴之處現作日月及諸星宿晨霞夕電種種光明或作屋宅或爲人衆天龍八部菩薩如來種種形相引導覆護令其得免恐怖之厄復作是念以此善根迴施衆生悉令除滅諸煩惱闇一切衆生有惜壽命有愛名聞有貪財寶有重官位有著男女有戀妻妾眷屬稠林種種纏縛未稱所求多生憂怖我皆救濟令其離苦爲行山險而留難者爲作善神現形親近爲作好鳥發音慰悅爲作靈藥舒光照耀示其果樹示其泉井示正直道示平坦地或現龕室或現勝居令其免離一切憂苦爲行曠野險道稠林毒樹藤蘿交蔽隱密闇努羅獸潛伏傷殘震吼出聲驚駭聞者墮此難中種種憂怖雲霧所暗心識昏迷種種事中而恐怖者現大力身救其危難示其正道令得出離作是念言願一切衆生伐見稠林截愛羅網出生死野滅煩惱暗入一切智無畏大城到平坦處畢竟安樂善男子若有衆生戰諍城邑乃至小獸忿競無時我以方便使其和好各起慈心永息乖諍作是念言願一切衆生離煩惱諍得法

和合善男子若有衆生樂著國土捔力求取勝負不安種種諍訟而憂苦者我以方便令捨堅執示現無常令生猒離作是念言願一切衆生不著諸蘊住一切佛薩婆若境善男子若有衆生樂著聚落貪愛宅舍常處黒暗甘被繫縛受諸苦者我爲説法令生猒離令法滿足令依法住作是念言願一切衆生悉不貪樂六處聚落速得出離生死境界究竟安住一切智城善男子若有衆生行闇夜中迷惑十方於平坦路生險難想於險難道起平坦想以高爲下以下爲高其心迷惑生大苦惱我以方便舒光照及若欲出者示其門戸若欲行者示其道路欲濟彼岸示其橋梁欲涉河海與其船筏若於熱時示其清冷若於寒際示作温和暖殿涼宫隨時適意若或遊觀常導其前示其險易安危之處欲休息者示其城邑近處宫室令其憩止遠行渴乏示其池沼河水流泉令其飲沐華林果樹使得清涼身心安樂若有父母妻子眷屬恩愛分離令其合會無諸苦惱作是念言如我於此照除闇夜救衆災厄令諸世事悉得宣叙願我普於一切衆生生死長夜無明闇處以智慧光普皆照了是諸衆生無有智眼想心見倒之所覆翳無常常想苦中樂想無我我想不淨淨想堅固執著我人衆生蘊界處法迷惑因果不了善惡殺害衆生乃至邪見不孝父母不敬沙門及婆羅門不知惡人不識善人貪著惡事安住邪法毀謗如來壞正法輪於諸菩薩呰辱傷害輕大乘道斷菩提心於有恩人反加殺害於無恩處常懷怨結毀

謗賢聖親近惡伴盜塔寺物作五逆罪不久當墮三惡道中願我速以大智光明破彼衆生無明黑闇令其疾發阿耨多羅三藐三菩提心既發心已示普賢乘開十方道亦示如來法王境界亦示諸佛一切智城諸佛所行諸佛自在諸佛成就諸佛總持一切諸佛同共一身一切諸佛平等之處皆令安住善男子一切衆生或病所纒或老所侵或苦貧窮或遭禍難或犯王法臨當受刑無所依怙生大怖畏我皆救濟使得安隱謂以方藥除諸病苦供事老朽安樂終年給足資具令無貧乏無主作主無歸作歸苦難逼迫同事救攝令離憂惱令無怖懼復作是念願我以法普攝衆生令其解脫一切煩惱生老病死憂悲苦患近善知識常行法施勤修善業速得如來清淨法身住於究竟無變易處善男子一切衆生入見稠林住於邪道於諸境界起邪分別常行不善身語意業妄作種種諸邪苦行於非正覺生正覺想於正覺所非正覺想爲諸惡友之所攝持以起惡見將墮惡道我以種種諸方便門而爲救護令住正見當生人天復作是念如我救此將墜惡道諸衆生等願我普救一切衆生悉令解脫一切諸苦住波羅蜜出世聖道於一切智得不退轉具普賢願近佛菩提而不捨離諸菩薩行常勤教化一切衆生爾時春和主夜神欲重宣此解脫義承佛威力普觀十方一切法界爲善財童子而說偈言

我此寂靜解脫海　出生具足智光明

遠離一切愚癡暗　觀衆生根而演說

我於往昔無邊劫　具修廣大清淨慈
如日普照於世間　汝應勇猛勤修習
我此難量大悲海　出生三世諸如來
能救法界苦衆生　汝應勇猛勤修習
能生聖道無爲樂　示生世間安隱樂
令我踊躍心歡喜　汝應入此甚深門
已背有爲如幻法　亦棄聲聞解脫乘
常修佛力具莊嚴　汝應入此難思敎
我眼清淨廣無邊　普見十方諸刹土
其中所有一切佛　悉坐菩提樹王下
見佛處於大衆會　相好莊嚴妙色身
於諸毛孔放光明　一一光明恒普照
見諸群生隨業海　死此生彼各差別
相續輪迴五趣中　常受種種無邊苦
我耳清淨量無邊　一念聽周諸刹海
衆生所有語言法　皆悉憶持無忘失
及聞諸佛轉法輪　其音勝妙無能比
言詞訓釋諸方便　我悉憶持無忘失
我鼻廣博甚清淨　於諸法中無所著
住一切處解脫門　汝應入此無疑惑
我舌光明赤銅相　具足清淨妙辯才
巧宣妙法應群心　汝應入此無疑惑
我身離相恒清淨　常徧一切諸世間
普隨信樂衆生心　爲現色身令得見
我心離著無諸垢　如響普應諸衆生
隨念悉見諸如來　而於其中不分別
不思諸刹衆生海　所有樂欲及諸根
我於一念悉能知　而於其中不分別
我以廣大妙神通　普震難思諸佛刹
威力光明無不現　調伏一切難調衆

我福廣大甚清淨　無量莊嚴無盡藏
普能供養諸如來　等與一切衆生樂
我智廣博甚清淨　了達無邊諸法海
普斷一切衆生疑　佛子宜應善修學
我知三世諸佛海　及了一切諸法海
亦入彼諸大願門　此無等行應修習
我於三世剎塵中　悉見十方諸剎海
亦見其中所有佛　此是普門無等力
普於十方一切剎　悉見大智盧舍那
一切塵中坐道場　以寂靜音宣妙法

爾時善財童子白春和主夜神言汝發阿耨多羅三藐三菩提心經幾時耶得此解脫其已久如乃有如是大威德力能作如是利益衆生夜神告言佛子我念往古過須彌山極微塵數劫有劫名寂靜光世界名出生吉祥寶五百億佛於中出現彼世界中有四天下名寶月燈光有城名蓮華光有轉輪王名妙法岸具足七寶領四天下以聖王道安樂衆生王有夫人名法智月伎樂自娛夜久眠寢時彼城東有一大林名寂靜出生妙德林中有一大菩提樹名一切勝法摩尼王莊嚴身出生諸佛神力光明爾時有佛名一切法大吼聲王於此樹下成等正覺放無量色廣大光明名摩尼王普照一切妙寶世界蓮華城內有主夜神名淨月光詣王夫人法智月所動身瓔珞環珮出聲以覺夫人而告之言夫人當知一切法大吼聲王如來於寂靜出生妙德大林之中而成正覺及廣稱讚諸佛功德自在神力普賢菩薩所有行願令王夫人發阿耨多羅三藐三菩提心供養恭敬承事

彼佛及諸菩薩聲聞僧衆善男子時王夫人法智月者豈異人乎我身是也我於彼佛發菩提心深重愛敬種善根故於須彌山極微塵數劫不生地獄餓鬼畜生諸惡趣中亦不生於下賤之家諸根具足無有衆苦於天人中福德殊勝不生惡世恒不離佛及諸菩薩大善知識常於其所種植善根經八十億須彌山極微塵數劫常受安樂而未滿足菩薩諸根過此劫已復過萬劫於賢劫前有劫名無憂徧照世界名離垢勝德其世界中淨穢相雜有五百佛於中出現其第一佛名須彌幢大寂靜吉祥眼如來應正等覺我爲名稱長者女字妙慧光明端正殊妙人相具足彼淨月夜神以本願力於離垢勝德世界一四天下衆色幢王城中作主夜神名妙淨眼我於一時在父母邊夜久眠息彼妙淨眼來詣我所震動我宅放大光明出現其身讚佛功德言彼如來坐菩提樹始成正覺勸諭於我及以父母并諸眷屬令速見佛自爲前導引至佛所廣興供養我纔見佛即得調伏衆生見佛三昧及得普照三世智光明輪三昧獲此三昧故能憶念須彌山極微塵數劫亦見其中一切諸佛菩薩出現於彼如來及菩薩所聽聞妙法以聞法故即得此教化調伏破一切衆生癡暗法光明解脱門得此解脱故即見其身徧十佛刹極微塵數世界亦見彼世界所有如來又見自身一一親近亦見彼世界一切衆生解其言音識其根性知其往昔曾爲善友之所攝受隨其所樂而爲現身令生歡喜我時於彼所得解脱念念增長此

心無間又見自身徧往百佛刹極微塵數世界此心無間又見自身徧往千佛刹極微塵數世界此心無間又見自身徧往百千佛刹極微塵數世界如是念念乃至不可說不可說佛刹極微塵數世界亦見彼世界中一切如來亦見自身在彼佛所聽聞妙法受持憶念觀察決了亦知彼佛諸本事海諸大願海彼諸如來嚴淨佛刹我亦嚴淨亦見彼世界一切衆生心性根器形量差別種類不同隨其所應而爲現身教化調伏令此解脫念念增長如是乃至充滿法界善男子我唯知此菩薩教化調伏破一切衆生癡暗法光明解脫門如諸菩薩摩訶薩成就普賢無邊行願普入一切諸法界海得諸菩薩金剛智幢自在三昧遊戲神通心無障礙出生大願住持佛種於念念中成滿一切大功德海嚴淨一切廣大世界以自在智教化成熟一切衆生以智慧日滅除一切世間闇障以勇猛智覺悟一切衆生惛睡以智慧月決了一切衆生疑惑以清淨意斷除一切諸有執著於一切法界一一塵中示現一切自在神力智眼明淨等見三世而我何能知其妙行說其功德入其境界示其自在遊戲神通善男子此閻浮提恒河南岸摩竭提國菩提場中有主夜神名普徧吉祥無垢光我本從其發阿耨多羅三藐三菩提心常以妙法開悟於我汝詣彼問菩薩云何學菩薩行修菩薩道爾時善財童子合掌恭敬向春和夜神以偈讚曰

我今見汝清淨身　色相端嚴如妙德
威光超世無能比　殊特猶若寶山王

見汝清淨妙法身　等於三世無分別
普入一切諸世間　若壞若成無所著
我今普觀一切趣　見汝所現差別身
猶如星月處虛空　一一毛中皆得見
汝心廣大常清淨　如空普徧於十方
一切諸佛悉入中　智慧平等無分別
汝身一一諸毛孔　放剎塵數光明雲
悉徧十方佛剎中　普雨一切莊嚴具
汝身一一諸毛孔　等衆生數而現身
普於十方世界中　方便化度令調伏
汝身一一諸毛孔　示現不可思議剎
普隨一切衆生心　莊嚴顯現令清淨
若有衆生見汝身　聞名愛樂生歡喜
獲功德利清淨命　當必成就大菩提
隨於惡趣無邊劫　恒受種種無量苦
聞名暫發歡喜心　諸煩惱業皆銷滅
於千佛剎微塵劫　讚歎汝身一毛德
微塵劫數猶可窮　汝身功德終無盡

爾時善財童子以此妙偈讚夜神已禮夜神足繞無數帀殷勤瞻仰辭退而去

大方廣佛華嚴經卷第十七

音釋

璫（都郎切充耳珠也）釧（尺絹切臂環也）魁膾（魁枯回切膾古外切魁膾爲首殺人者）髑髏（髑音獨髏音樓髑髏首骨也）㲉藏（㲉口角切藏才浪切）哮吼（哮許交切吼虎后切哮吼怒聲也）龕（枯含切下室曰龕）駭（下楷切驚也）

大方廣佛華嚴經卷第十八

唐罽賓國三藏般若奉　詔譯

入不思議解脱境界普賢行願品

爾時善財童子一心思惟彼夜神教了知彼神初發菩提心圓滿清淨所生菩薩藏所發菩薩願所淨菩薩波羅蜜所入菩薩諸住地所修菩薩行所行出離道隨順一切智光海發普救一切衆生心起大悲雲普覆一切於諸佛刹盡未來際常能出生普賢行願漸次遊行詣彼夜神頂禮其足繞無數帀於前合掌而作是言聖者我已先發阿耨多羅三藐三菩提心而未知菩薩云何修行菩薩地云何出生菩薩地云何成就菩薩地夜神答言善哉善哉善男子汝已能發阿耨多羅三藐三菩提心復能問於諸菩薩地修行出生及以成就善男子菩薩具足十法則能圓滿諸菩薩行何等爲十一者得清淨三昧常見一切如來現前二者以清淨眼常觀一切如來相好三者以甚深智知諸如來福智大海四者知等法界無量諸佛法光明海五者知諸如來一一毛孔放等衆生數大光明海利益一切六者見諸如來一一毛孔出衆寶色光明焰海七者念念出現佛變化海普徧法界調伏衆生八者得佛音聲同諸衆生語言音海能轉三世諸佛法輪九者知一切佛無邊名號海十者知一切佛調伏衆生不可思議自在威力善男子菩薩具足此十種法則能圓滿諸菩薩行善男子我得菩薩解脱名寂靜禪定樂普遊步勇猛法門普見三世一切諸佛亦見彼佛清淨國土道場衆會三昧神

通相應行海種種名號說法壽命言音身相種種不同充滿法界悉皆明見甚深趣入而無取著亦無入處何以故知諸如來非去世趣永滅故非來體性無生故非生法身平等故非滅無有生相故非實住如幻法故非虛利益衆生故非遷超過生死故非壞性常不變故一相言語悉離故無相性相本空故善男子我如是知一切如來時於菩薩寂靜禪定樂普遊步勇猛解脫門分明了達成就增長思惟觀察堅固莊嚴普徧照明種種境界圓滿廣大甚深隨順住平等際不起一切妄想分別大悲救護一切衆生一心不動修習初禪息諸意業攝諸衆生智力勇猛喜心悅懌修第二禪思惟一切衆生自性猒離生死住涅槃樂修第三禪悉能息滅一切衆生衆苦熱惱修第四禪增長圓滿一切智願善巧出生諸三昧海入諸菩薩解脫海門遊戲一切菩薩神通成就一切清淨變化以清淨智普入法界善男子我修習此解脫門時以種種方便成熟衆生所謂於在家放逸貪欲衆生令生不淨想不愛樂想可猒想疲勞想逼迫想繫縛想羅刹想無常想苦想空想無我想無主想不自在想老病死想自於欲境不生愛樂亦勸衆生不著欲樂唯住法樂出離於家入於非家若有衆生住於空閑我爲止息諸惡音聲於靜夜時爲說深法與順行緣開出家門示正道路爲作光明除其暗障滅其怖畏讚出家業歎佛法僧及善知識具諸功德亦歎親近承事供養善知識行善男子我修如是解脫門時令諸衆生離非法貪捨

邪分別未生惡法令其不生若已作者皆令止息妄想境界所不能轉未生諸善法未修波羅蜜未求一切智未起殊勝願未發大慈悲未造人天業皆令得生若已生者令其增長我與如是順道因緣乃至令成一切智智善男子我唯得此菩薩寂靜禪定樂普遊步勇猛解脫門如諸菩薩摩訶薩具足普賢所有行願了達一切無邊法界常能增長一切善根照見一切如來智力住於一切如來境界恒處生死心無障礙疾能滿足一切智願普能往詣一切剎海悉能觀見一切佛海徧能聽受一切法雲能破一切衆生癡闇能於生死大夜之中出生一切智慧光明而我云何能知能說彼功德行善男子去此不遠菩提樹王道場右面有主夜神名喜目觀察一切衆生汝詣彼問菩薩云何學菩薩行修菩薩道爾時普徧吉祥無垢光主夜神欲重明此解脫門義爲善財童子而說偈曰

一切三世諸如來　皆爲信心而出現
若具清淨廣大眼　則能普見諸佛海
汝觀諸佛無垢身　妙相莊嚴極清淨
悉坐衆會道場中　示現神通無不徧
毗盧遮那善逝尊　道樹降魔成正覺
普隨一切衆生心　轉大法輪充法界
佛證甚深眞法性　妙體寂靜無差別
色身清淨具莊嚴　普示衆生無有盡
佛身廣大不思議　徧周法界常無盡
平等普現於十方　一切剎中無不見
諸佛圓光常徧滿　普照一切微塵剎
互相照現色無邊　一一周圓充法界

如來毛孔出光雲　廣大難思無有盡
普照一切衆生心　令其煩惱皆除滅
如來毛孔出化雲　一一神通無有量
調伏一切諸衆生　所有衆苦皆除滅
如來廣大圓滿音　聲光所出言辭海
雨大法雨徧群生　令其普覺菩提性
佛昔無邊刧海中　爲攝受我修諸行
令我今得見如來　影現十方諸剎海
如來出現諸世間　影等一切衆生數
境界甚深難趣入　彼非我智所能知
具大威德諸菩薩　入於善逝一毛中
彼解脫境叵思議　非我能知諸佛智
於此近處有夜天　名星宿光大喜目
汝應往問所修行　彼當授汝菩提道
時善財童子禮夜天足繞無數帀慇勤瞻仰

辭退而去爾時善財童子敬順善知識教奉行善知識語作如是念善知識者難見難遇見善知識令心作意無有散亂見善知識能破煩惱大障礙山見善知識能入大悲救衆生海見善知識得智慧光普照法界見善知識悉能修行一切智道見善知識普能覩見十方佛海見善知識得見諸佛轉正法輪憶持不忘作是念已發意欲詣喜目觀察一切衆生夜神所時喜目神以威神力加被善財童子令知親近善知識能生善根增長成熟所謂令知親近善知識能修助道具令知親近善知識能起勇猛心令知親近善知識能作難壞業令知親近善知識能得堅固力令知親近善知識能入無邊方令知親近善知識能久遠修行令知親近善知識能辦無邊

業令知親近善知識能行無量道令知親近善知識能得速疾力普詣諸剎令知親近善知識能不離本處徧至十方時善財童子遽發是念由親近善知識能勇猛勤修一切智道由親近善知識能速疾出生諸大願海由親近善知識能爲利樂一切衆生盡未來劫受無邊苦由親近善知識能被勇猛精進甲於一極微中說法聲遍法界由親近善知識能速往詣徧十方海由親近善知識於一毛道盡未來劫修菩薩行由親近善知識於念念中行菩薩行究竟安住一切智地由親近善知識能入三世一切如來自在神力諸莊嚴道由親近善知識常緣法界未曾動出而能徧往無邊國土由親近善知識能常徧入淨法界門離去來想徧往十方爾時善財童子發是念已即詣喜目夜神所見彼夜神在於如來衆會道塲坐蓮華藏師子之座入大速疾普喜幢無垢解脫門於其身上一一毛孔出無量種變化身雲隨其所應以妙言音而爲說法普攝無量一切衆生皆令歡喜而得利益所謂出無量化身雲充滿十方一切世界說諸菩薩行檀波羅蜜於一切事皆無戀著於一切衆生普皆施與法界一相其心平等供養承事無有輕慢內外悉施難捨能捨又從一一毛孔出等衆生數無量化身雲充滿法界普現一切諸衆生前說持淨戒無有闕犯修諸苦行皆悉圓滿於諸世間無所有依於諸境界無所愛著說在生死輪廻往返說諸人天盛衰苦樂說諸境界皆是不淨說有爲法皆是無常說諸有漏悉苦無味說

一切法空無有我令諸衆生捨離想心妄見顛倒住如來境了不思議常樂我淨究竟眞實持如來戒如是演說種種戒行戒香普熏令諸衆生悉得成熟又從一一毛孔出等衆生數種種身雲說能忍受一切衆苦所謂割截捶楚訶罵輕辱其心泰然無有忿恚安受諦思不動不亂於一切行不卑不高於諸衆生不起我慢於諸法性審諦觀察說菩提心無有窮盡心無盡故智亦無盡普斷一切衆生煩惱說諸衆生卑賤醜陋形相鄙惡不具足身令生猒離方便除滅如是等因讚諸如來清淨妙色無上之身令生欣樂如是方便成熟衆生又從一一毛孔出等衆生數種種身雲隨諸衆生心之所樂說勇猛精進修一切智助道之法勇猛精進摧伏魔怨勇猛精進發菩提心不動不退勇猛精進度諸衆生出生死海勇猛精進除滅一切惡道諸難勇猛精進以智慧力壞無智山勇猛精進供養承事一切如來心無疲猒勇猛精進受持一切諸佛法輪常不忘失勇猛精進壞散一切諸重煩惱大障礙山勇猛精進敎化成熟一切衆生勇猛精進嚴淨一切諸佛刹土如是方便成熟衆生又從一一毛孔出等衆生數無量身雲以種種方便令諸衆生除滅愁歎憂悲苦惱心生歡喜捨離惡意猒一切欲爲說慚愧令諸衆生藏護諸根爲說無上清淨梵行爲說諸欲是魔境界令生恐怖爲現不樂世閒欲樂住法園苑受於法樂隨其次第入深禪定諸三昧樂令思惟觀察除滅一切所有煩惱讚歎心性顯示無生又爲演說一

切菩薩諸三昧海神力變現自在遊戲令諸衆生歡喜適悅離諸惑怖其心清淨心性調柔堪任受用諸根明利愛重於法修習增長以是方便成熟衆生又從一一毛孔出等衆生數種種身雲爲說往詣一切佛刹親近承事供養諸佛及以師長眞善知識受持一切諸佛法輪精勤不懈又爲演說稱讃一切諸如來海觀察一切諸法門海顯示一切諸法性相開闡一切諸三昧門照智慧境界枯竭一切衆生疑海示金剛智壞邪見山昇慧日輪破諸癡暗皆令歡喜成一切智又從一一毛孔出等衆生數種種身雲現種種色相種種形貌不思議身普詣一切諸衆生前隨其所應以種種言辭辯才訓釋而爲說法或說世間神通福力或說三界皆是可怖令其不作世間業行離三界處出見稠林或爲稱讃一切智道令其超越一切聲聞辟支佛地或爲演說不住生死不住涅槃令其不著有爲無爲於敬於慢心無憂喜或爲演說住於天宫乃至道場成等正覺令其欣樂發菩提意顯示如是方便善巧波羅蜜門教化成熟一切衆生皆令究竟得一切智又從一一毛孔出一切世界極微塵數種種身雲普現一切諸衆生前於念念中示普賢菩薩一切行願於念念中示清淨大願充滿法界於念念中示嚴淨一切世界海於念念中示供養一切如來海於念念中示入一切法門海於念念中示入一切刹海極微塵數諸世界海於念念中示於一切刹盡未來劫清淨修行一切智道於念念中示入十方一切如來力於念

念中示入三世一切方便海於念念中示往一切剎現種種神通變化自在於念念中示一切菩薩種種行願顯示如是願波羅蜜令諸衆生住一切智如是所作恒無休息又從一一毛孔出等一切衆生種種心數變化身雲普詣一切諸衆生前說諸菩薩集一切智助道之法無邊際力不破壞力無窮盡力修無上行不退轉力無間斷力於生死法無染著力能破一切諸魔軍力遠離一切煩惱垢力能破一切業障山力住一切劫修大悲行無疲倦力震動一切諸佛剎土令諸衆生生歡喜力普於世間轉法輪力以如是等力波羅蜜方便成熟令諸衆生至一切智又從一一毛孔出等一切衆生種種心數種種色相變化身雲普詣十方無量世界隨衆生心演

說一切菩薩智行所謂說入一切衆生界海智說入一切衆生心海智說入一切衆生根海智說入一切衆生行海智說度一切衆生成熟調伏未曾失時智說出一切法界音聲智說念念徧一切法界海智說念念知一切世界海滅壞智說念念知一切世界海成住莊嚴形相差別智說念念神通自在親近供養一切如來聽受法輪智顯示如是智波羅蜜令諸衆生皆大歡喜調暢適悅其心寂靜生決定解求一切智無有退轉如說菩薩諸波羅蜜種種調伏成熟衆生於種種時隨種種心知種種根令其明利有所堪任能生愛樂深信解力於一切智究竟圓滿如是宣說一切菩薩種種行法而爲利益成熟衆生亦復如是又於一一毛孔現彼夜神從初發心

所集功德所謂承事諸善知識親近諸佛修習善法行施波羅蜜難捨能捨行戒波羅蜜棄捨王位富貴自在宫殿眷屬以增勝心出家學道行忍波羅蜜能忍世間一切難行種種苦事及以菩薩圓滿清淨所修苦行所持正法皆悉堅牢其心不動亦能忍受一切衆生於已身心惡作惡說忍一切業皆不失壞忍一切法深信決定生正解心忍諸法性能諦思惟無有分別行精進波羅蜜起一切智行成一切佛法普徧成熟而無退轉行禪波羅蜜滿足清淨其禪波羅蜜所有資具所有勤求所有修行所有成就所有清淨所有圓滿起三昧神通所入三昧海門皆悉顯示行般若波羅蜜心無取著其般若波羅蜜所有資具所有清淨大智慧日大智慧雲大智慧藏大智慧海大智慧行大智慧門皆悉顯示復示修行方便善巧波羅蜜門其方便波羅蜜所有資具所有修行所有體性所有理趣所有清淨所有相應事皆悉顯示行願波羅蜜其願波羅蜜所有體性所有成就所有修習所有相應事皆悉顯示行力波羅蜜其力波羅蜜所有資具所有因緣所有理趣所有演說所有相應事皆悉顯示行智波羅蜜其智波羅蜜所有資具所有體性所有修行所有成就所有出生所有清淨所有處所所有增長所有深入所有光明所有顯示所有理趣所有相應事所有能揀擇所有諸行相所有相應法所有所攝法所知法所知業所知剎所知劫所知世所知佛出現所知佛所知菩薩所知菩薩心菩薩位菩薩資具菩薩發

趣菩薩迴向菩薩所行菩薩大願菩薩法輪菩薩揀擇菩薩法海菩薩法門海菩薩法旋流菩薩法伏藏菩薩法理趣如是等智波羅蜜相應境界皆悉顯示從彼夜神一一毛孔皆悉具足顯現如是十波羅蜜教化成熟一切衆生爾時善財童子見喜目觀察一切衆生夜神復於一一諸毛孔中出興無量衆生形相相似身雲所謂出興色究竟天善現天善見天無熱天無煩天相似身雲如是出興廣果福生無雲天相似身雲出興徧淨無量淨少淨天相似身雲出興極光淨無量光少光天相似身雲出興大梵梵輔梵衆天相似身雲出興他化自在天化樂天兜率陀天須夜摩天忉利天如是天王及天婇女諸天子衆各相似身雲出興提頭賴吒乾闥婆王乾

闥婆子乾闥婆女相似身雲出興毗樓勒叉鳩槃茶王鳩槃茶子鳩槃茶女相似身雲出興毗樓博叉龍王龍子龍女相似身雲出興毗沙門夜叉王夜叉子夜叉女相似身雲出興大樹緊那羅王緊那羅子緊那羅女相似身雲出興妙智摩睺羅伽王摩睺羅伽子摩睺羅伽女相似身雲出興大勢速疾力迦樓羅王迦樓羅子迦樓羅女相似身雲出興羅睺阿脩羅王阿脩羅子阿脩羅女相似身雲出興閻羅法王閻羅王子閻羅王女相似身雲出興世間一切人王及王夫人王子王女相似身雲出如是等一切種類諸趣身雲出興一切聲聞獨覺一切菩薩及諸佛衆相似身雲出興一切地神水神火神風神河神海神山神林神主稼神主藥神主樹神主地神

主城神主晝神主夜神主空神主方神身衆神足行神主道場神乃至執金剛神等相似身雲周徧十方充滿法界於彼一切諸衆生前現種種聲所謂風輪聲水輪聲火燄聲海潮聲地震聲大山相擊聲天城震動聲摩尼相擊聲天王聲龍王聲夜叉王聲乾闥婆王聲阿脩羅王聲迦樓羅王聲緊那羅王聲摩睺羅伽王聲人王聲梵王聲天女歌詠聲諸天音樂聲摩尼寶王聲聲聞聲獨覺聲菩薩聲以如是等種種音聲宣說喜目觀察衆生夜神從初發心所集功德相續次第所習善根相續次第發菩提心相續次第所修無量諸波羅蜜相續次第死此生彼及其名號相續次第親近善友承事諸佛相續次第聽諸如來種種法輪相續次第受持正法相續次第修菩薩行相續次第入諸三昧相續次第以三昧力普見諸佛相續次第普見諸剎相續次第普知諸劫相續次第深入法界相續次第觀察衆生相續次第入法教海相續次第知諸衆生死此生彼相續次第得淨天耳聞一切聲種種辯才隨順思惟相續次第得淨天眼見一切色種種形相善巧觀察相續次第得他心智知衆生心相續次第得宿住智知前際事相續次第得不思議無依無作神足智通自在遊行徧十方剎相續次第得菩薩差別解脫入菩薩不可思議解脫教海住菩薩三昧神通得菩薩勇猛遊步住菩薩心想爲菩薩眷屬入菩薩道場如是一切所有功德相續次第皆悉演說分別顯示成就衆生如是說時於念念中十方各嚴淨不可

說不可說諸佛刹土度脫無量惡趣衆生令無量衆生生天人中富貴自在令無量衆生出生死海令無量衆生安住聲聞辟支佛地令無量衆生得菩薩法門令無量衆生住如來智地

大方廣佛華嚴經卷第十八

大方廣佛華嚴經卷第十九

唐罽賓國三藏般若奉　詔譯

入不思議解脫境界普賢行願品

爾時善財童子見聞如上所現一切諸希有事念念觀察思惟解了隨順修行深入安住平等成就承佛威力及解脫力得菩薩不可思議大速疾力普喜幢無垢解脫門何以故與彼夜神於往昔時同修行故如來威力所加持故不思議善根所祐助故得菩薩諸根故生如來種中故得善友力所攝受故受諸如來所護念故毗盧遮那如來曾所化故彼分善根已成熟故堪修普賢菩薩行故爾時善財童子得此解脫已心生歡喜十方如來威神力故合掌向喜目觀察夜神以偈讚曰

天於無量大劫中　善學諸佛甚深法
普隨一切衆生類　顯現色身無所著
了知沉溺諸衆生　無主無親嬰妄想
爲現神通種種身　宣示正法令調伏
法身寂靜恒無二　無依無著無分別
爲化衆生普現身　演說正法令調伏
仁於諸蘊及界處　了法皆空無所著
示現色相莊嚴身　演說正法令調伏
不著內外一切法　已出無邊生死海
欲拔衆生離有無　現同類身無不徧
仁心能於一切境　永離諸欲及分別
普爲癡暗諸衆生　顯自覺法令調伏
仁心能住於三昧　經於多劫恒不動
於身毛孔出化雲　爲供十方諸善逝
汝入如來十力門　念念方便無邊際
隨應化現各不同　普攝一切諸群品

汝審諦觀諸有海　種種業力具莊嚴
於無障礙道法中　爲說令心得清淨
汝身色相如普賢　清淨莊嚴妙無比
隨諸衆生種種欲　普能顯示於世間
爾時善財童子以妙偈讚夜神已白言聖天汝發阿耨多羅三藐三菩提心其已久如得此解脫爲幾時耶爾時夜天以偈答曰
我念過去經多劫　過於佛剎微塵數
剎號摩尼安樂光　劫名寂靜大音聲
剎中所有四天下　百千俱胝那由他
其中有一四天下　名摩尼山衆色光
其中所有廣大城　百千萬億那由他
於中有一三都城　名衆香光摩尼種
具足妙寶所莊嚴　人天見者皆欣悅
彼時有一轉輪王　名廣大身爲世主
三十二相皆圓滿　種種隨好以嚴身
眞金妙色光明聚　清淨蓮華之所生
騰空自在放身光　其光普及閻浮界
其轉輪王有千子　威勢勇猛相端嚴
良臣輔佐一俱胝　智慧多聞咸具足
后妃嬪御有十億　皆如天女悅人心
能隨王意性調柔　恒起慈心而給侍
時王以法利群生　正法宣流四天下
鐵圍大地皆臣屬　富樂豐饒人庶歡
我時與王爲寶女　言詞具足梵音聲
身光照及千由旬　光如無垢眞金色
有時日光既已沒　所奏音樂咸寂然
大王及我諸妃嬪　一切無不皆安寢
彼時有佛出世間　號曰吉祥功德海
顯現無量神通力　普徧十方諸世界

復出無量光明海　等一切剎微塵數
示現種種自在身　徧滿十方無有盡
大地諸山皆震動　發聲普告佛出興
天人龍衆阿修羅　聞佛出世皆歡喜
復從一一毛孔中　出佛化身神變海
十方世界皆充滿　隨衆生心說妙法
我時於彼夜夢中　見佛種種諸神變
亦聞演說甚深法　愛樂喜歡未曾有
時有十千主夜神　在王宮上空中住
同時讚佛諸功德　以妙言音覺悟我
勝智賢后汝應起　佛已出興於汝國
百千劫海難值遇　見者利樂皆清淨
我時惺寤心忻敬　即覩清淨妙光明
觀此光相從何來　見佛坐於樹王下
三十二相莊嚴體　妙色出過寶山王
復於一切毛孔中　普放廣大光明海
我時見已生歡喜　即發廣大希有心
願我亦當如世尊　具足廣大神通力
我於是時尋覺悟　大王妃嬪諸眷屬
咸令見佛大光明　一切身心皆慶悅
我時與彼轉輪主　四兵千億同圍遶
及與無量諸衆生　俱行共詣如來所
我時經於二萬歲　一心供養彼如來
七寶大地四天下　敬心奉施曾無倦
時彼如來爲我說　修多羅海功德雲
以佛威力應群心　發起莊嚴諸願海
彼時夜神覺悟我　令我見佛心增益
我時願得如是身　覺悟一切諸放逸
我從於此初發心　願趣無上菩提道
往來生死諸有海　能滅衆苦心無失

此後復以深信心　供佛十億那由他
恒受人天安隱樂　饒益一切諸群生
初佛號名吉祥海　二名功德無盡燈
第三佛號妙寶幢　第四佛號虛空慧
第五佛號拘蘇摩　第六智月無所著
第七法月光明王　第八智輪光普照
第九如來兩足尊　號爲寶燄山燈光
第十調御天人師　名曰三世大光音
如是十億那由他　我皆供養心歡喜
然猶未得智慧眼　入此甚深解脱海
從此次第復有刹　名一切佛寶光明
其劫名爲天吉祥　五百如來出興世
初佛月輪圓滿光　第二佛名爲日燈
第三佛號星宿幢　第四佛名妙寶峯
五華燄光六海燈　七燄吉祥八天德
第九法王號光幢　第十普智光明王
如是五百諸如來　一一我皆曾供養
尚於我愛阿賴耶　不知無依計爲有
從此次第復有劫　名衆妙色梵光明
世界具足寶莊嚴　名勝吉祥華燈雲
彼中無量佛出興　一一我皆曾供養
亦供如來大衆會　恭敬聽法心歡喜
初佛號曰寶須彌　二名光明功德海
三名法界妙音幢　四號法海大聲王
五法幢佛六威嚴　七法力光八空智
第九法燄須彌光　第十佛名雲吉祥
如是上首等諸佛　一一我皆親供養
未能明了深法性　而得入於諸佛海
此後次第復有劫　其劫名爲月吉祥
當於彼時有佛刹　號曰日燈吉祥幢

彼時有佛出於世　其數八十那由他
廣陳一切莊嚴具　皆以深心而敬奉
最初甘露味王佛　第二佛名大樹王
三名功德須彌峯　四名平等妙寶眼
五光徧照六光嚴　七法海佛八勝力
九名世主威力賢　第十一劫法光王
如是上首等諸佛　我悉供養咸親近
然猶未獲深妙智　能入甚深諸法海
此後無間復有劫　名爲寂靜智威力
其刹名曰普光雲　金剛堅固摩尼寶
無數莊嚴具衆色　於中千佛出興世
衆生多淨少煩惱　離垢衆會具莊嚴
最初佛號金剛齊　第二受持無著力
第三法界影像佛　四普光照十方王
第五大悲威德佛　第六名爲苦行海
第七忍辱圓滿燈　第八覺法圓滿光
第九佛號海莊嚴　最後寂靜光王佛
如是上首等十佛　我悉一一曾供養
然於法性未深悟　平等如空性清淨
及徧遊行一切刹　而於彼刹修諸行
次第無間復有劫　其劫名爲妙出生
刹號香燈雲吉祥　於中淨穢恒相雜
於中億佛出興世　彼刹及劫妙莊嚴
彼佛所說妙法輪　我以念力皆能受
初無垢稱二法海　第三佛號雲吉祥
四名法主五德雲　六名法山須彌冠
第七智燄威德佛　第八虛空大聲佛
第九復有兩足尊　名普出生殊勝燈
最後第十無上士　號眉間光智吉祥
供彼一切人中尊　未能淨治無礙道

次第無間復有劫　名集堅固妙高王
剎號寶峯勝頂禮　上妙雜寶爲嚴飾
有五百佛於中現　色身徧滿勝莊嚴
供彼一切自覺尊　求此甚深眞解脫
第一功德圓滿佛　二寂靜音三海山
四威德佛五山王　六須彌相大雲聲
七法自在八功德　九福須彌十寂光
此等上首五百佛　我皆次第興供養
彼佛所有眞淨道　我皆普入盡無餘
然未能於佛法中　成就甚深平等忍
次第無間後有劫　名爲安樂莊嚴光
剎號寂音瓔珞智　衆生清淨少煩惱
於中所有諸佛現　其數八十那由他
我悉供彼人中尊　修佛最勝清淨道
初佛華聚拘蘇摩　二海藏佛三德生
第四佛號天王髻　第五摩尼勝藏王
第六佛名眞金山　第七佛號寶聚尊
第八法幢九財勝　最後名爲智慧王
如是上首天人主　我皆供養無不盡
此後次第復有劫　其劫名爲千吉祥
剎號妙燈變化幢　億那由他佛出現
最初佛名寂靜幢　第二佛號奢摩他
第三寂靜百燈雲　第四世尊吉祥王
第五佛號最勝主　第六佛名如雲行
第七如來曰威德　第八勝法須彌燈
九名天燄妙吉祥　十師子吼智慧燈
如是上首諸善逝　我悉供養無空過
然猶未得清淨忍　入彼甚深諸法海
此後次第復有劫　名爲無著徧莊嚴
當於彼時有世界　名無邊光普吉祥

其中諸佛出興世　三十六億那由他
初佛名普功德雲　第二無間虛空心
三佛妙生具莊嚴　四名法海大吼聲
第五法界大音聲　六妙變化功德山
第七普力威德尊　第八出生法海聲
第九海燈功德山　第十隨順智日王
彼所出現諸如來　我皆供養心歡喜
最後有佛出興世　名寶吉祥功德幢
我爲天后名月面　供養於彼人中尊
時佛爲我說契經　名無依著莊嚴門
成就出生諸願海　我以念力皆受持
獲得廣大清淨眼　寂靜總持三昧力
恒於相續念念中　悉見十方諸佛海
得彼諸佛大悲藏　及普方便大慈門
增長如空大智心　成就無量如來力
見諸衆生顛倒心　堅執常樂我淨想
黑暗愚癡雲所迷　惑亂妄起諸煩惱
行止恒遊邪見林　來往入於貪欲海
積集種種輪迴業　墮落種種諸苦趣
一切衆生諸趣中　各隨其業而受身
生老病死所逼迫　身心恒受無邊苦
爲欲安樂彼衆生　發起最勝菩提志
願如十方一切剎　所有出現十力尊
爲求成佛利衆生　起大願雲周法界
從是具修功德聚　趣入佛道總持門
發起廣大行願雲　速疾普入無生道
具足廣大波羅蜜　法界出生無不徧
速疾普入於諸地　亦入三世方便法
一念普修一切佛　所有地度無礙行
我時得爲佛長子　得入普賢深行願

了十法界差別門　通達甚深諸佛教善男子於汝意云何彼時轉輪聖王名十方主能建正法紹繼佛種使不斷者豈異人乎文殊師利童子是也爾時夜神覺悟我者普賢菩薩之所化耳善男子我於彼時爲王寶女蒙彼夜神覺悟於我令我見佛發阿耨多羅三藐三菩提心從是以來經佛刹極微塵數劫未曾生於惡道之中常生人天恒得自在於一切處不捨見佛其心堅固乃至於功德幢寶吉祥燈佛所得此菩薩大速疾力普喜幢無垢解脫以此解脫能得如是功德嚴身種種供養親近諸佛及善知識成熟調伏利益衆生令修妙行善男子我唯知此大速疾力普喜幢無垢解脫門如諸菩薩摩訶薩於念念中普詣一切諸如來所速疾趣入一切智海於念念中以發趣門入於一切諸大願海於念念中以願海門盡未來劫念念出生一切諸行一一行中變化出生一切佛刹極微塵數身一一身徧入一切法界門一一法界門一切佛刹中應衆生心說諸妙行一切佛刹一一塵中悉見無邊諸如來海一一如來所悉見徧法界諸佛神通遊戲自在一一如來所悉見往劫修諸菩薩種種妙行一一如來所受持守護所有法輪常不忘失悉見三世一切如來種種神變方便教誨而我云何能知能說彼功德行善男子於此如來大衆會中有主夜神名普救護一切衆生威德吉祥汝詣彼問菩薩云何入菩薩行圓滿清淨諸菩薩道時善財童子禮夜神足繞無數帀殷勤瞻仰一心戀慕辭退而去爾時善

財童子從喜目夜神所聞普喜幢解脫深信趣入隨順觀察念善知識所有教誨心無暫捨作意思惟諸根不散一心願得遇善知識普於十方勤求匪懈願常親近諸善知識生諸功德於善知識承事供養常令歡喜與善知識所有善根同一體性得善知識巧方便行無能破壞依善知識速疾增長入精進海與善知識隨順共住常不遠離作是願已往詣普救衆生威德神所時彼夜神即爲善財示現菩薩調伏衆生解脫神力以諸相好莊嚴其身即於眉間放大光明名普智燄無垢星宿幢無量光明以爲眷屬其光普照一切世間照世間已入善財頂充滿其身善財即時得極清淨圓滿三昧得三昧已悉見喜目普救二神兩處中間所有一切地塵水塵及以火塵金剛摩尼衆寶微塵華香瓔珞諸莊嚴具如是一切所有極微一一塵中各見佛剎極微塵數世界成壞及見一切地水火風諸大積聚亦見一切世界連接皆以地輪任持而住種種形像種種眷屬種種山海種種河池種種樹林種種宮殿所謂天宮殿龍宮殿夜叉宮殿乾闥婆阿修羅迦樓羅緊那羅摩睺羅伽人非人等宮殿屋宅種種莊嚴地獄畜生閻羅王界一切住處諸趣輪轉生死往來隨業受報各各差別普徧出生不相雜亂靡不知見善財又見一切世界種種差別所謂或有世界雜穢或有世界清淨或有世界趣雜穢或有世界趣清淨或有世界雜穢清淨或有世界清淨雜穢或有世界其形平正或有世界隨心想住或有覆住或有側住

如是世界一切趣類一切生中皆悉見此普救衆生威德夜神於一切時徧一切處隨諸衆生如是壽量如是信樂形貌言辭行解差別以方便力普現其前隨宜調伏而成熟之令地獄衆生免諸苦毒令畜生衆生不相食噉令閻羅界餓鬼衆生無有飢渴令諸龍等離一切怖令欲界衆生離欲界怖令人趣衆生離暗夜怖毀呰怖惡名怖大衆怖不活怖死怖惡道怖斷善根怖退菩提心怖遇惡知識怖離善知識怖墮二乘地怖種種生死怖異類衆生同住怖惡時受生怖惡種族中受生怖造惡業怖業煩惱障怖執著諸相種種繫縛怖如是等怖悉令捨離迴向菩提善財又見一切衆生卵生胎生濕生化生有色無色有想無想非有想非無想普現其前常勤救護爲成就菩薩大願力故深入菩薩三昧力故堅固菩薩神通力故出生普賢行願力故增廣菩薩大悲海故得普覆衆生無礙大慈故得普與衆生無量喜樂故得普攝衆生智慧方便故得菩薩解脱自在神通故嚴淨一切諸佛刹故覺悟了知一切法故承事供養一切佛故受持一切諸佛教故積集一切勝善根故修諸菩薩諸妙行故入衆生心無障礙故知衆生根能成熟故淨一切衆生信解海故破一切衆生無知闇故得一切智清淨光明故爾時善財童子見普救衆生威德夜神入調伏一切衆生解脱門現不思議甚深境界神通力已心大歡喜踊躍無量頭面作禮一心瞻仰時彼夜神即捨菩薩種種相好妙莊嚴身還復本形而不捨其神通變化

自在威力爾時善財童子恭敬合掌却住一面觀察夜神以偈讚曰

我見仁尊今所現　如是廣大神通力
令我發生歡喜心　即說妙偈而稱讚
我見聖者廣大身　殊勝妙寶莊嚴已
譬如星月處空中　難思相好皆微妙
身放清淨光明輪　量等無邊剎塵數
種種色相皆殊妙　普照十方無不徧
於仁一一毛孔出　等諸衆生心數光
光中佛坐寶蓮華　化現能滅衆生苦
光中復出妙香雲　普熏一切衆生類
復能普雨衆妙華　普供十方一切佛
眉放廣大光明聚　寶光無垢等須彌
普照十方世界中　觸者令滅愚癡暗
口常普放無垢光　光輪廣大如千日
普照十方諸世界　毗盧遮那所行境
眼放無垢光明雲　光明晃耀如星月
普照一切十方剎　滅除三有諸癡翳
仁所化現種種身　其身相狀等衆生
充滿十方法界中　調伏無量衆生海
令身普往徧十方　悉現一切衆生前
滅除王賊水火怖　令心調伏生歡喜
我承喜眼天神敎　念尊功德來奉事
見尊毫相放光雲　圓明廣大無諸垢
此光普照於十方　悉滅衆生煩惱暗
顯現種種神通力　然後而來入我身
我時遇此圓滿光　身心安樂生歡喜
得百總持三昧海　普見十方善逝尊
我於所有經行處　悉見一切極微塵
於彼一一極微中　各見佛剎如塵數

或有塵中無數刹　一向雜染恒濁穢
衆生無救受諸苦　發聲悲歎常號泣
或有諸刹染淨雜　衆生少樂多憂苦
現佛獨覺聲聞形　大悲往彼而救度
有刹先淨後雜染　男女端嚴皆可樂
菩薩充滿具莊嚴　住持無量諸佛法
十方一一極微中　皆有無量淨刹海
毗盧遮那於往昔　普修行海所莊嚴
佛於十方一切刹　悉坐最勝菩提場
成等正覺現神通　說法調伏群生類
我見普救威德天　其身普往無邊刹
毗盧遮那境界中　供事十方一切佛
爾時善財童子說此偈已白普救衆生威德神言希有聖者乃能住此甚深解脫得此解脫其已久如本修何行而能清淨夜神告言

善男子此處難知一切世間天人二乘所不能測何以故此是住普賢菩薩行者境界故隨順大悲藏者境界故救護一切衆生者境界故能淨一切三惡八難者境界故能於一切上清淨莊嚴一切佛刹者境界故能於一切諸佛刹中紹繼佛種不斷者境界故能持一切諸佛正法者境界故能於一切劫修菩薩行成滿大願海者境界故能於一切法界海以清淨智光滅無明闇障者境界故能以一念智慧光明普照一切三世方便海者境界故我當承佛威力爲汝宣說善男子乃往古世過佛刹極微塵數劫爾時有劫名無垢圓滿世界名毗盧遮那威德吉祥有須彌山極微塵數如來於中出現其佛世界以一切香王摩尼寶金剛爲體以天龍宫殿衆寶莊嚴

住無垢光明摩尼王海上其形正圓清淨無垢一切瓔珞嚴具帳雲而覆其上一切莊嚴摩尼輪山千帀圍遶十萬億那由他四天下皆妙莊嚴或有四天下惡業衆生於中止住或有四天下雜業衆生於中止住或有四天下善根衆生於中止住或有四天下一向清淨諸大菩薩之所止住善男子彼界東際輪圍山側有四天下名寶燈華幢國界清淨安隱豐樂不藉耕耘而生稻粱皆由往業勝力成熟宮殿樓閣悉皆奇妙諸如意樹處處行列種種香樹恒出香雲諸末香樹雨末香雲種種鬘樹恒出鬘雲種種華樹雨不思議衆妙華雲種種寶樹雨大摩尼珍奇妙寶無量色光周帀照耀諸音樂樹出諸音樂隨風吹動演妙音聲日月光月摩尼寶王普照一切晝夜受樂無時間斷此四天下有百萬億那由他諸王國土一一國土有千大河周帀圍遶一一皆以妙華覆上隨流漂動出天樂音一切寶樹列植其岸種種珍奇以爲嚴飾舟船來往稱情嬉戲種種資緣受用安樂一一河間有百萬億城一一城有百萬億那由他聚落如是一切城邑聚落各有無量百千億那由他宮殿園林周帀圍遶以爲眷屬此四天下閻浮提中有一國土名寶華燈安隱豐樂人民熾盛宮殿嚴好自在圓滿其中衆生具行十善有轉輪王於中出現名毗盧遮那寶蓮華藏於蓮華中欻然化生三十二相莊嚴其身七寶成就王四天下恒以正法教導群生王有千子端正勇健威力自在能伏怨敵百萬億那由他宮人婇女以爲眷屬皆悉

與王同種善根同修諸行同時誕生同以寶
飾瓔珞莊嚴端正姝妙猶如天女身真金色
常放光明諸毛孔中恒出妙香良臣猛將具
足十億王有正妃名具足圓滿吉祥面是王
女寶端嚴殊特觀者無猒最勝清淨皮膚金
色目髮紺青言同梵音身有天香常放光明
照千由旬其妃有女名普喜吉祥蓮華眼形
體端嚴德行具足相好圓滿如轉輪王衆生
見者心無猒足彼時衆生壽命無量或有不
定而中夭者種種形色種種音聲種種名字
種種族姓長短大小勇怯愚智貧富苦樂信
樂勝劣無量品類皆悉不同時或有人謂餘
人言我身端正汝形醜陋作是語已互相毀
辱集不善業以是業故壽命色力一切樂事
悉皆損減

大方廣佛華嚴經卷第十九

大方廣佛華嚴經卷第二十

唐罽賓國三藏般若奉　詔譯

入不思議解脫境界普賢行願品

爾時寶華燈城北有菩提樹名普光徧照法雲聲幢以念念顯示一切如來莊嚴道場金剛堅固摩尼寶王而爲其根一切摩尼以爲其榦衆雜妙寶以爲其葉枝條華果次第分布並相稱可四方上下圓滿莊嚴放種種色寶燄光明出妙音聲演說一切諸佛如來自在神通甚深境界於彼樹前有一香池名寶華光法雲聲香水盈滿妙寶爲岸百萬億那由他寶樹圍遶一一樹形如菩提樹衆寶瓔珞周帀垂下復有無量宮殿樓閣衆寶所成周徧道場以爲嚴飾彼香池內出大蓮華名普現三世一切如來莊嚴境界雲須彌山極微塵數如來於中出現其第一佛名普智寶燄吉祥威德王於此華上最初得阿耨多羅三藐三菩提無量千歲演說妙法成熟衆生其彼如來未成佛時十千年中菩提樹王放大光明顯現神通成熟衆生所謂十千年前放淨光明名一切衆生離垢燈若有衆生遇斯光者心自開悟知十千年後佛當出現九千年前放淨光明名具足無垢吉祥藏若有衆生遇斯光者得清淨眼見一切色知九千年後佛當出現八千年前放大光明名一切衆生業果音聲若有衆生遇斯光者悉能自知業海差別種種果報知八千年後佛當出現七千年前放大光明名生一切善根音聲若有衆生遇斯光者一切善根悉皆圓滿知七千年後佛當出現六千年前放大光明名

佛不思議境界音聲若有衆生遇斯光者其心廣大普得自在知六千年後佛當出現五千年前放大光明名嚴淨一切佛刹音聲若有衆生遇斯光者悉見一切清淨佛土知五千年後佛當出現四千年前放大光明名一切如來境界無雜亂燈若有衆生遇斯光者悉能深入如來境界徧一切處往覲諸佛知四千年後佛當出現三千年前放大光明名一切衆生普照三世現前燈若有衆生遇斯光者悉能現見一切如來諸本事海知三千年後佛當出現二千年前放大光明名三世智電燈若有衆生遇斯光者則見一切如來過去相應行海知二千年後佛當出現一千年前放大光明名如來無翳智慧燈若有衆生遇斯光者具足普眼能見諸佛神通變化

淨一切刹知一千年後佛當出現一百年前放大光明名令一切衆生皆得見佛集諸善根若有衆生遇斯光者則得成就見佛三昧知百年後佛當出現次七日前放大光明名一切衆生大喜愛樂音若有衆生遇斯光者則得見佛能生愛敬知七日後佛當出現善男子如是種種無量無邊清淨光明十千年中乃至七日調伏衆生令其成熟滿七日已一切世界悉皆震動純一清淨無諸穢雜念念普現十方一切清淨佛刹亦現彼刹種種莊嚴若有衆生根性淳熟應見佛者咸詣道場爾時彼世界中一切輪圍一切須彌一切諸山一切河海一切大地一切城邑一切垣墻一切宫殿一切音樂一切資具一切瓔珞一切語言皆出音聲讚説一切諸佛如來神

通境界變化莊嚴又出一切香雲一切燒香雲一切末香雲一切塗香雲一切香摩尼形像雲一切摩尼衣雲一切寶燄雲一切燄藏雲一切瓔珞雲一切妙華雲一切音樂雲一切如來光明雲一切如來圓光雲一切如來願聲雲一切如來言音海雲一切如來種種相好色光明雲顯示如來出現世間不思議相善男子此普現三世一切如來莊嚴境界大寶蓮華王有十佛刹極微塵數妙寶蓮華以爲眷屬周帀圍遶其諸蓮華一一臺上皆有摩尼寶師子座一一座上皆有菩薩結跏趺坐善男子彼普智寶燄吉祥威德王如來於此成阿耨多羅三藐三菩提時即於十方一切世界成阿耨多羅三藐三菩提隨衆生心悉現其前爲轉法輪於一一世界令無量衆生離惡道苦令無量衆生生人天中令無量衆生住於聲聞辟支佛地令無量衆生成就出離菩提之行令無量衆生成就無垢勇猛幢菩提之行令無量衆生成就清淨法光明菩提之行令無量衆生成就威德清淨根菩提之行令無量衆生成就隨順平等力菩提之行令無量衆生成就現前入法城菩提之行令無量衆生成就徧至一切處不可壞神通力菩提之行令無量衆生普於十方一切如來應正等覺生希有心安住平等菩提之行令無量衆生安住三昧門菩提之行令無量衆生成就緣一切清淨境界菩提之行令無量衆生發菩提心令無量衆生住菩薩道修菩薩行令無量衆生安住清淨波羅蜜道令無量衆生住菩薩初地令無量衆生安

住菩薩二地三地乃至十地令無量衆生入於菩薩殊勝行願令無量衆生安住普賢清淨行願善男子彼普智寶燄吉祥威德王如來現如是等佛不思議自在神力轉法輪時於彼一一諸世界中隨其所應念念調伏教化成熟無量衆生時普賢菩薩知寶華燈王城中衆生自恃色貌及諸境界放逸憍醉而生驕慢爲欲調伏彼衆生故化現妙身端正殊特往詣彼城放大光明普照一切令彼聖王及諸妙寶日月星宿寶樹寶衣摩尼瓔珞衆生身等一切光明威德端嚴悉皆不現譬如日出衆星奪耀亦如聚墨對閻浮金時諸衆生各心念言此爲是誰爲天爲梵令放此光暎蔽一切令我等身所有威德光色端嚴皆不顯現種種思惟無能解了爾時普賢菩薩在彼輪王宮殿之上虛空中住而告之言大王當知今汝國中有佛出興在普光徧照法雲聲幢菩提樹下時輪王女普喜吉祥蓮華眼見普賢菩薩所現色身光明自在及聞身上種種瓔珞諸莊嚴具所出妙音生愛敬心生歡喜心生深信心作如是念願我所有一切善根得如是身如是莊嚴如是相好如是威儀如是神通如是威德令此大聖能於衆生生死長夜黑闇之中放大光明顯示如來出興於世願令於我亦得如是爲諸衆生作智光明破彼所有無知黑闇願我所在受生之處常得不離此善知識善男子時毗盧遮那寶蓮華藏妙吉祥髻轉輪聖王與其寶女千子眷屬大臣輔佐七寶四兵及其城内無量人衆前後圍遶以王神力俱昇虛空高

一由旬放大光明照四天下普使一切咸得
瞻仰欲令衆生俱往見佛以偈讚曰
佛今已出於世間　普救一切諸群品
汝等宜應速發心　往詣最勝導師所
經於無量俱胝劫　乃有如來興出世
開示甚深微妙法　普爲利樂諸衆生
佛觀一切諸世間　顛倒無明常翳惑
生死逼迫輪迴苦　而起救護大悲心
無數千萬俱胝劫　修習種種菩提行
成就最勝大悲心　普滅一切衆生苦
頭目耳鼻身手足　如是一切皆能捨
爲證甘露佛菩提　經於無量無邊劫
過於無量俱胝劫　出世導師難可遇
見聞供養及親承　一切獲益無空過
我今與汝俱往詣　觀彼最勝調御師
爲轉無上大法輪　道樹降魔成正覺
汝應觀佛妙色身　放無邊際光明網
種種妙色咸清淨　除滅衆生惑苦暗
從於一一毛孔中　普放無數光明雲
徧照一切諸群生　咸令愛敬心歡喜
汝等各各應思念　發起廣大精進心
即時同詣彼如來　親近至誠而供養
爾時轉輪聖王說偈讚佛開悟國內一切衆
生已從輪王善根出十千種大供養雲往詣
道場向如來所所謂出一切寶蓋雲一切華
帳雲一切寶衣雲一切香海雲一切寶座雲
一切寶幢雲一切宮殿雲一切妙華雲一切
寶鈴網雲一切莊嚴具雲於虛空中周徧嚴
飾到已頂禮普智寶燄吉祥威德王如來足
右繞無數百千萬帀即於佛前坐普照十方

光明摩尼寶蓮華座時輪王女普喜吉祥蓮華眼即解身上一切瓔珞諸莊嚴具持以奉散時莊嚴具於虛空中變成大摩尼寶蓋有種種色摩尼寶網周帀垂下一切龍王共所執持一切宮殿於中間列十種寶蓋眷屬圍遶形如樓閣內外清淨諸瓔珞雲徧覆其上及諸寶樓香海摩尼種種妙飾以爲嚴好於此蓋中有菩提樹枝葉榮茂普覆法界念念示現無量莊嚴毗盧遮那如來坐此樹下有不可說不可說佛刹極微塵數菩薩前後圍遶一切皆從普賢菩薩行願出生住諸菩薩不可思議無差別住亦見一切諸世間主合掌瞻仰圍遶如來亦見一切如來自在神通之力又見一切諸刧次第世界成壞又亦見彼一切世界一切諸佛出興次第又亦見彼一切世界一一皆有普賢菩薩種種供養一切如來種種調伏一切衆生又亦見彼一切菩薩及其自身莫不皆在普賢身中亦見自身在一切如來前一切普賢前一切菩薩前一切衆生前又亦見彼一切世界一一各有佛刹極微塵數世界種種際畔種種任持種種形狀種種體性種種安布種種莊嚴種種清淨種種莊嚴雲而覆其上種種刧名種種佛興種種三世種種方處種種住法界種種入法界種種住虛空種種菩薩莊嚴種種菩薩住處種種如來菩提場種種如來神通力種種如來師子座種種如來大會海種種如來衆差別種種如來巧方便種種如來轉法輪種種如來妙音聲種種如來言說海種種如來契經雲既見是已其心清淨生大歡喜

時彼如來爲此女人説修多羅名一切如來轉法輪音十佛刹極微塵數修多羅而爲眷屬時彼女人聞此經已即得成就十千三昧門身心柔輭無有麤強如初受胎如始誕生如娑羅樹初始生芽彼三昧心柔輭可愛亦復如是所謂現見一切佛三昧普照一切刹三昧深入一切三世門三昧演説一切佛法輪三昧了知一切佛願海三昧開悟一切衆生令出生死苦三昧常願破一切衆生闇三昧常願滅一切衆生苦三昧常願生一切衆生樂三昧教化一切衆生不生疲猒三昧一切菩薩住一切地自在莊嚴三昧一切菩薩無障礙幢三昧普詣一切清淨佛刹三昧得如是等十千三昧已復得微細等引謂不動心歡喜心安慰心普光照心順善知識教心緣甚深一切智心隨順慈無量教行心捨離一切執著心不住一切世間境界心深入如來境界心普照一切佛色相海心不散亂心不飄動心無障礙心無高下心無疲倦心無退轉心得自在心離懈怠心正念諸法自性心安住一切法門海心修行一切法門海心了知一切衆生海心救護一切衆生海心普照一切世界海心普生一切佛願海心悉破一切障礙山心積集廣大福聚心現見如來十力心普照菩薩境界心增長菩薩助道心徧緣一切方海心一心思惟觀察普賢所有大願發一切如來十佛刹極微塵數平等願海所謂願嚴淨一切佛國願成熟一切衆生願徧知一切法界願普入一切法界海願於一切佛刹盡未來劫修菩薩行願盡未來際

劫不捨一切衆生願得親近一切如來願得承事一切善友悉令歡喜願得供養一切如來悉令徧滿願於念念中修菩薩行增一切智無有間斷發如是等十佛刹極微塵數願海成就普賢所有大願海時彼如來復爲其女開示演說發心已來所種善根所修妙行所得大果令其開悟甚深信解成就如來圓滿廣大所有願海一心趣向一切智位善男子復於此前過十大劫有世界名曰輪光照摩尼王佛號因陀羅幢吉祥相時此蓮華眼女於彼如來遺法之中普賢菩薩勸其修補蓮華座上故壞佛像既修補已而復彩畫既彩畫已復寶莊嚴發阿耨多羅三藐三菩提心善男子我念過去由普賢菩薩善知識故種此善根從是已來不墮惡趣常於一切天

王人王種族中生一切生處身形殊妙端正可喜色相圓滿令人樂見常見於佛常得親近普賢菩薩令我憶持所得法門乃至於今示導開悟成熟於我令生歡喜善男子於意云何爾時毗盧遮那寶蓮華藏妙吉祥髻轉輪王者豈異人乎今彌勒菩薩是也是時王妃具足圓滿吉祥面者具足功德寂靜音海夜神是也今所住處去此不遠時普喜吉祥蓮華眼童女者即我身是我於昔時身爲童女普賢菩薩勸我修補蓮華座像以爲無上菩提因緣令我發阿耨多羅三藐三菩提心我於彼時初始發心次復引導令我得見普智寶燄吉祥威德王如來解身瓔珞散佛供養見佛神變聞佛說法即得菩薩普現一切世間調伏衆生解脫門從是得見須彌山極

微塵數佛我皆尊重恭敬供養聽彼如來種種說法聞法歡喜依教修行於念念中常得見彼一切如來及彼佛刹菩薩大會善男子過彼毗盧遮那威德吉祥世界無垢圓滿劫已次有世界名摩尼輪種種妙色莊嚴劫名大光有五百佛於中出現我皆承事恭敬供養令其歡喜其最初佛名大悲雲幢我為夜神見佛出行恭敬供養次有佛出名金剛那羅廷幢我為輪王親近承事恭敬供養時佛為我說修多羅名一切佛出現十佛刹極微塵數修多羅以為眷屬我皆受持次有佛出名金剛無礙德我於彼時為轉輪王恭敬供養其佛為我說修多羅名普照一切衆生根須彌山極微塵數修多羅而為眷屬我皆受持次有佛出名火燄山吉祥莊嚴我於彼時

為長者女供養恭敬其佛為我說修多羅名普照三世藏莊嚴閻浮提極微塵數修多羅而為眷屬我皆受持次有佛出名一切法海高勝王我為天王恭敬供養其佛為我說修多羅名分別一切法界智五百修多羅而為眷屬我皆受持次有佛出名甚深法吉祥海光我於彼時為龍王女雨如意摩尼寶雲而為供養其佛為我說修多羅名速疾增長歡喜海百萬億那由他修多羅而為眷屬我皆受持次有佛出名寶峯光燄燈我為海神雨寶蓮華雲親近承事恭敬供養其佛為我說修多羅名法界方便海光明佛刹極微塵數修多羅而為眷屬我皆受持次有佛出名功德海光照圓滿吉祥我於彼時為五通仙現大神力六千諸仙眷屬圍遶雨妙香華高山

峯雲而爲供養其佛爲我說修多羅名無著法燈六千修多羅而爲眷屬我皆受持次有佛出名毗盧遮那吉祥藏我於彼時爲主地神名平等利益與無量地神俱雨一切寶樹雲一切寶藏雲一切寶瓔珞雲一切寶莊嚴雲而爲供養其佛爲我說修多羅名出生一切如來智藏無量修多羅而爲眷屬我皆聽聞憶持不忘善男子如是次第五百如來其最後佛名法界虛空寶山圓滿吉祥燈我於彼時身爲妓女名可喜吉祥面遇佛入城歌舞供養承佛威力踊在空中以千妙偈讃歎於佛佛爲於我放眉間光名普照法界光明莊嚴光照我身一切徧滿我蒙光觸即得解脫名法界方便不退藏門善男子此世界中有如是等佛剎極微塵數劫一切如來於中出現我皆承事恭敬供養令其歡喜彼諸如來爲我演說種種正法我皆憶念如法受持乃至不忘一文一句於彼一一諸如來所稱揚讃歎一切佛法爲無量衆生廣作利益於彼一一諸如來所得現三世法界藏住廣大法界身得入一切智光明入一切普賢行善男子我依一切智光明故於念念中見無量佛既見佛已先所未得先所未見先所未聞普賢菩薩所有妙行悉得成就何以故以得一切智光明故差別顯示無量無邊法界門故爾時普救衆生夜神欲重明此解脫義承佛威力爲善財童子而說偈言

善財汝應聽我說　甚深難入難見法
普光徧照於三世　一切差別智明門
如我初發菩提心　勤求佛智諸功德

所證無邊解脫門　爲汝宣揚應諦聽
憶昔過剎極微劫　時有劫名無垢輪
剎號勝幢徧照燈　莊嚴廣大無諸垢
於中十力出世間　量與須彌塵數等
初佛寶燄吉祥光　第二法王功德幢
第三法幢福須彌　第四無畏自在王
第五佛名寂靜王　第六佛名寂靜城
第七如來名稱山　第八導師須彌德
第九佛號吉祥光　第十名爲月面佛
於此十佛世尊所　令我開悟最初門
此後次第有十佛　相續出興於世間
最初佛號虛空住　第二如來名普光
三名出生住諸方　第四如來正念海
第五佛名高勝光　第六世尊須彌雲
第七如來法燄光　第八如來名稱山
第九出生蓮華王　第十大悲法界花
此十佛海光明照　令我悟入第二門
此後相續時無間　次第復有十佛出
第一如來光幢王　第二佛名智慧光
第三佛名利益心　第四如來帝吉祥
第五如來名天智　第六佛號尊慧王
第七佛名智吉祥　第八佛號光照王
第九勇猛天行佛　第十法界蓮華尊
此十能顯廣大法　令我成就第三門
此後無間復值遇　次第相續十佛出
最初寶燄山吉祥　第二功德吉祥佛
第三佛號法光明　第四佛名蓮華藏
第五智月妙眼佛　第六如來香寶光
第七善逝須彌德　八名乾闥婆光明
第九摩尼藏王佛　第十具足威德佛

此後次第有十佛　相續出興於世間
最初佛號廣大智　第二佛號寶光明
第三如來功德雲　第四佛名最勝相
第五苦行圓滿光　第六佛號那羅延
第七世尊須彌德　第八功德輪圍王
第九如來無勝幢　第十佛名大樹王
此後次第有十佛　相續出興於世間
初名帝德娑羅王　二名普現世主身
第三佛號高顯光　第四佛名金剛光
第五世尊地威德　第六甚深法德王
第七法海大智音　第八佛號須彌幢
第九如來智光照　第十妙寶吉祥王
此後次第有十佛　相續出興於世間
初梵光二虛空音　第三法界像吉祥
第四圓滿光明輪　第五諸方智光幢
六虛空燈七妙德　第八徧照吉祥光
第九福光寂靜德　第十大悲雲吉祥
此後次第有十佛　相續出興於世間
初眞諦力智光明　二現一切衆生前
第三名爲高顯光　第四佛號光明身
第五善逝法出生　第六名爲速疾風
第七世尊吉祥相　第八如來勇猛幢
第九佛名寶肢節　第十普現三世光
此後次第有十佛　相續出興於世間
初佛願海吉祥燈　二佛吉祥金剛山
第三堅固須彌德　第四佛名念幢王
第五如來法智尊　第六佛名般若燈
第七佛號德光幢　第八佛名廣大智
第九智行法界門　第十法海智吉祥
此後次第十四佛　相續出興於世間

最初福山功德王　次佛名爲智吉祥
第三如來法駕輪　第四寶王吉祥佛
第五功德輪吉祥　第六普智燄光佛
第七佛號須彌燈　第八世尊迅疾光
第九如來大寂聲　第十佛名寂靜幢
十一衆生吉祥燈　十二大願速吉祥
十三無能勝力幢　十四世尊智燄海
皆於世間爲上首　普利一切諸衆生
此後次第有十佛　相續出興於世間
第一佛名法自在　第二無著智如來
第三世尊海慧音　第四衆宻音調御
五名具足言辭佛　第六妙音大吉祥
第七佛智自在轉　第八普現衆生前
九等衆生吉祥身　十名德賢自性山
如是須彌塵數劫　所有上首諸如來
普爲衆生作世燈　我皆供養無空過
復過佛刹極微數　劫中所有諸如來
我於一切咸供養　入此甚深解脫海
我於如是無邊劫　修行得此解脫門
汝今聞已速修行　不久亦當如我得

善男子我唯知此菩薩普現一切世間調伏衆生解脫門如諸菩薩摩訶薩集無邊行海發種種解心現種種身具種種根滿種種願入種種三昧起種種神通成就種種方便能作種種利益遊入種種智藏照種種法門海得種種法光明往種種佛刹海受種種佛灌頂事種種善知識悟種種解脫門證種種自在心起種種無作行現種種難思色順種種衆生心起種種變化身入種種菩薩地知種種法因緣離種種妄分別依種種菩薩願持

種種佛遺敎安住出生普賢妙行而我云何能知能說彼功德行善男子去此不遠菩提場中有主夜神名具足功德寂靜音海坐星宿光幢摩尼王莊嚴寶蓮華藏師子之座百萬阿僧祇夜神以爲眷屬前後圍遶汝詣彼問菩薩云何學菩薩行修菩薩道時善財童子頂禮其足繞無數帀殷勤瞻仰一心戀慕辭退而去

大方廣佛華嚴經卷第二十

大方廣佛華嚴經卷第二十一

唐罽賓國三藏般若奉 詔譯

入不思議解脫境界普賢行願品

爾時善財童子於普救衆生威德吉祥夜神所聞菩薩普現一切世間調伏衆生解脫門及得一切如來現前三昧超出一切衆生莊嚴三昧得如是等十千三昧皆悉修習起深信解光明普照周徧隨順趣入遊履廣大出生自在作用漸次前行往詣具足功德寂靜音海夜神所頂禮其足遶無數帀合掌恭敬而作是言聖者我巳先發阿耨多羅三藐三菩提心我依善知識故學菩薩行修菩薩行入菩薩行住菩薩行我願出生一切智海不思議法唯願慈哀爲我宣說菩薩云何學菩薩行云何修菩薩道時彼夜神告善財言善哉善哉善男子汝能依止諸善知識求菩薩行善男子我得菩薩念念出生廣大歡喜莊嚴解脫門善財言大聖此解脫門爲何事業行何境界修何方便作何觀察夜神言善男子我發起清淨平等樂欲心我發起離一切世間塵垢清淨堅固莊嚴心我發起於一切事難作能作決定不退心我發起莊嚴一切功德寶山猶如須彌處金輪上永不傾動心我發起於一切處無所住著心我發起普現一切衆生前皆能救護心我發起見一切佛海無有猒足心我發起求一切菩薩清淨願力心我發起住普徧大智光明海心我發起令一切衆生超過憂惱生死曠野心我發起令一切衆生捨離愁歎衆苦心我發起令一切衆生捨離種種不可意色聲香味觸法心

我發起令一切衆生捨離種種恩愛别離怨憎會苦心我發起令一切衆生捨離種種惡業因緣愚癡等苦心我發起與一切惡趣險難衆生作救護心我發起令一切衆生出生死苦顯示正道心我發起令一切衆生捨離生老病死等苦心我發起令一切衆生成就如來無上法樂心我發起令一切衆生皆受清淨大喜樂心我發起令一切衆生修行正行無厄難心發是心已復爲說法令其漸至一切智地所謂若見衆生樂著所住宫殿屋宅我爲說法令其了達諸法本性離諸執著若見衆生戀著父母兄弟親屬我爲說法令其得入諸佛菩薩清淨衆會若見衆生戀著妻子情無捨離我爲說法令其捨離生死愛染起大悲心於一切衆生平等無二若見衆

生戀著市肆廛里集會我爲說法令其得與衆聖集會若見衆生貪著資具我爲說法令其具足諸波羅蜜若見衆生愛著音樂我爲說法令其愛樂清淨法樂若見衆生著五欲境我爲說法令其得入如來境界若見衆生多起瞋恚我爲說法令住如來忍波羅蜜若見衆生其心懈怠我爲說法令得清淨勤波羅蜜若見衆生其心散亂我爲說法令得如來禪波羅蜜若見衆生入見稠林無明暗障我爲說法令得出離稠林黑暗若見衆生無有智慧我爲說法令其成就般若波羅蜜若見衆生染著三界我爲說法令於生死心無取捨而得安住方便波羅蜜若見衆生志意下劣我爲說法令其圓滿佛菩提願若見衆生但求自利我爲說法令其發起平等利益

諸衆生願若見衆生志樂微弱我爲說法令得菩薩力波羅蜜若見衆生愚癡黒闇我爲說法令得如來究竟清淨智波羅蜜若見衆生色相不具我爲說法令得如來圓滿色身若見衆生形容醜陋我爲說法令得無上清淨法身若見衆生色相麤惡我爲說法令得微細金色皮膚若見衆生諸苦逼迫我爲說法令得如來最極安樂若見衆生種種安樂我爲說法令其安住一切智樂若見衆生種種病苦我爲說法令其成就如影像身若見衆生積集色愛我爲說法令其愛樂諸菩薩行若見衆生貧窮所困我爲說法令得菩薩功德寶藏若見衆生樂止園林我爲說法令其供養承事諸佛住法園苑若見衆生遊行道路我爲說法令其趣向一切智道若見衆生樂居村邑我爲說法令出三界若見衆生樂住聚落我爲說法令其超越二乘之道住如來地若見衆生樂住城郭我爲說法令其得住法王城中若見衆生樂止四隅我爲說法令得三世平等智慧若見衆生樂止諸方我爲說法令得智慧見一切法若見衆生貪行多者我爲彼說不淨觀門令其捨離生死渴愛若見衆生瞋行多者我爲彼說大慈觀門令勤修習心無惱害若見衆生癡行多者我爲說法令得智眼觀諸法海若見衆生等分行者我爲說法令其得入一切勝智諸大願海若見衆生樂生死樂我爲說法令其猒離若見衆生猒生死苦應爲如來之所化者我爲說法令悟無生示現受生若見衆生愛著五藴我爲說法令其得住無依境界若見

衆生其心下劣我爲顯示勝莊嚴道若見衆生心生憍慢爲説如來平等法忍若見衆生其心諂曲爲説菩薩清淨直心善男子我以如是無量法施攝諸衆生種種方便教化調伏令離惡道受人天樂脱三界縛住一切智我時便得廣大歡喜法光明海速疾愛樂甚深圓滿其心怡暢安隱適悦復次善男子我常觀察一切菩薩道場衆海修種種願行現種種淨身有種種常光放種種光明以種種方便入一切智門入種種三昧現種種神變出種種音聲海具種種莊嚴身入種種如來門詣種種國土海見種種諸佛海得種種辯才海照種種解脱境得種種智光海入種種三昧海遊戲種種解脱宫殿以種種門趣一切智以莊嚴雲覆虚空界觀察種種道場衆

會集種種世界入種種佛刹詣種種方海受種種如來命從種種如來所與種種菩薩俱雨種種莊嚴雲入如來種種方便觀如來種種法海思如來種種神通門順如來種種智慧海住如來種種殊勝會坐如來種種莊嚴座善男子我觀察此道場衆會知佛神力無量無邊生大歡喜善男子我觀毗盧遮那如來念念出現不思議色身既見是已生大歡喜又觀如來於念念中放大光明充滿無邊廣大法界既見是已生大歡喜又見如來一一毛孔念念出現無量佛刹極微塵數光明海一一光明以無量佛刹極微塵數光明而爲眷屬一一周徧一切法界銷滅一切諸衆生苦既見是已生大歡喜又善男子我觀如來頂及兩肩念念出現一切佛刹極微塵數

寶焰山雲充滿十方一切法界既見是已生大歡喜又善男子我觀如來一一毛孔於念念中出一切佛剎極微塵數香光明雲充滿十方一切佛剎既見是已生大歡喜又善男子我觀如來一一相海於念念中出一切佛剎極微塵數諸相莊嚴如來身雲徧往十方一切世界既見是已生大歡喜又善男子我觀如來一一隨好於念念中出一切佛剎極微塵數隨好光明如來身雲既見是已生大歡喜又善男子我觀如來一一毛孔於念念中出不可說不可說佛剎極微塵數佛變化雲示現如來從初發心修波羅蜜具莊嚴道入菩薩地遊戲菩薩種種神力既見是已生大歡喜又善男子我觀如來一一毛孔念念出現不可說不可說佛剎極微塵數天王身雲及以天王自在神變充徧一切十方法界應以天王身而得度者即現其前而爲說法既見是已生大歡喜又善男子我觀如來一一毛孔念念出現不可說不可說佛剎極微塵數龍王身雲夜叉王身雲乾闥婆王身雲阿脩羅王身雲迦樓羅王身雲緊那羅王身雲摩睺羅迦王身雲人王身雲梵王身雲莫不念念毛孔中現如是神變如是身相如是言音如是說法我見是已於念念中生大歡喜廣大信樂量與法界薩婆若等昔所未得而今始得昔所未解而今始解昔所未證而今始證昔所未入而今始入昔所未滿而今始滿昔所未見而今始見昔所未聞而今始聞何以故以能了知法界相故知一切法唯一相故能平等入三世道故能說一切無邊

法故善男子我入此菩薩念念出生廣大歡喜莊嚴解脫光明海又善男子此解脫無邊普入一切法界門故此解脫無盡等發一切智性心故此解脫無量菩薩智眼所知境故此解脫無際入無際畔一切衆生心想中故此解脫甚深寂靜智慧所觀察故此解脫廣大周徧一切如來境故此解脫無壞菩薩智眼之所知故此解脫無底盡於法界之源底故此解脫者即是普門於一事中普徧出生諸神變故此解脫者體性不空一切法身等無二故此解脫者終無有生以能了知如幻法故此解脫者猶如影像一切智願光所生故此解脫者猶如變化諸菩薩行妙變化故此解脫者猶如大地爲一切衆生所依處故此解脫者猶如大水能以大悲潤一切故此解脫者猶如大火乾竭衆生貪愛水故此解脫者猶如大風令諸衆生速疾趣於一切智故此解脫者猶如大海衆功德寶莊嚴一切諸衆生故此解脫者如須彌山出一切智法寶海故此解脫者如天宮殿一切妙法所莊嚴故此解脫者猶如虛空普容三世一切如來神通力故此解脫者猶如大雲普爲衆生雨法雨故此解脫者猶如淨日能破衆生無知闇故此解脫者猶如滿月滿足廣大福智海故此解脫者猶如如來於一切處正徧知故此解脫者猶如自影從自善業所化出故此解脫者猶如谷響隨其所應爲說法故此解脫者猶如影像隨衆生心而照現故此解脫者如大樹王開敷一切神通華故此解脫者猶如金剛從本已來不可壞故此解脫者

如如意珠出生無量自在力故此解脫者如離垢藏摩尼寶王示現一切三世如來諸神變故此解脫者猶如喜幢妙摩尼寶能平等出一切諸佛法輪聲故善男子我今爲汝種種稱讚此解脫門無比希有眞實功德難解難入難信難知汝應思惟隨順悟入爾時善財童子白夜神言聖者云何修行得此解脫具足圓滿夜神言善男子菩薩修行十大法藏積集圓滿光明徧照愛樂出生威力自在則能成就此解脫門何等爲十一修布施廣大法藏隨衆生心悉令滿足二修淨戒廣大法藏普入一切佛功德海三修安忍廣大法藏能徧思惟一切法性四修精進廣大法藏趣一切智恒無退轉五修禪定廣大法藏能滅一切衆生熱惱六修般若廣大法藏能徧了知一切法海七修方便廣大法藏能徧成熟諸衆生海八修諸願廣大法藏能徧遊入諸佛剎海爲諸衆生盡未來劫修菩薩行九修諸力廣大法藏能念念中現於一切法界教海於一切剎成等正覺常無休息十修淨智廣大法藏能得如來淸淨妙智徧知三世一切諸法無有障礙善男子若諸菩薩安住如是十大法藏則能獲得如是解脫淸淨增長積集具足出生堅固廣大成就安住圓滿善財白言聖者汝發阿耨多羅三藐三菩提心其已久如夜神言善男子此華藏莊嚴世界海東過千世界海有世界海名一切淨光衆寶莊嚴有世界種名大願光明音中有世界名無垢金光莊嚴以一切香金剛摩尼王爲體形如樓閣衆妙寶雲以爲其際住於一

切寶瓔珞海妙宮殿雲而覆其上淨穢相雜彼世界中乃往古世有劫名普照光幢有國名普寶吉祥藏有菩提場名一切寶藏衆色光明有佛名不退轉法界妙音於此場中成等正覺我於爾時作菩提樹神名福德燈光明幢守護道場見彼如來成等正覺示現種種自在神力發阿耨多羅三藐三菩提心即於此時獲得三昧名普照如來功德海彼道場中次有如來出興於世名法樹威德山王我時命終還生於此爲道場主夜神名吉祥福智光明見彼如來轉正法輪現大神通即得三昧名普照一切離貪境界次有如來出興於世名一切法海音聲王我爲夜神因得見佛種種承事供養恭敬心生歡喜即獲三昧名增長一切善法地次有如來出興於世

名寶光明燈幢王我爲夜神因得見佛承事供養令其歡喜即獲三昧名普現神通光明雲次有如來出興於世名功德須彌光威德王我爲夜神因得見佛承事供養令得歡喜即獲三昧名普照諸佛海次有如來出興於世名法雲妙音聲王我爲夜神因得見佛承事供養令心歡喜即獲三昧名一切法海燈次有如來出興於世名智炬光照王我爲夜神因得見佛承事供養令其歡喜即獲三昧名滅一切衆生苦光照燈次有如來出興於世名妙法神通速疾幢我爲夜神因得見佛承事供養心大歡喜即獲三昧名三世如來所行光明藏次有如來出興於世名法燈勇猛智慧師子王我爲夜神因得見佛承事供養令生歡喜即獲三昧名一切世間無礙智

輪威德光次有如來出興於世名智力具足威德王我爲夜神因得見佛承事供養令心歡喜即獲三昧名普照三世衆生根行影像如是善男子彼無垢金光莊嚴世界普照光明幢劫中有如是等十佛刹極微塵數如來出興於世我於彼時或爲天王或爲龍王或爲夜义王或爲乾闥婆王或爲阿脩羅王或爲迦樓羅王或爲緊那羅王或爲摩睺羅伽王或爲人王或爲梵王或爲天身或爲人身或爲男子身或爲女人身或爲童男身或爲童女身悉以種種諸供養具恭敬供養尊重承事彼諸如來亦聞諸佛所說妙法悉皆聽受憶持不忘從此命終還即於此世界中生經於佛刹極微塵數劫修行菩薩種種妙行然後壽終生此華藏莊嚴世界海中娑婆世界值迦羅鳩孫馱如來承事供養令生歡喜得三昧名離一切塵垢影像光明次值拘那含牟尼如來承事供養令生歡喜得三昧名普光徧照一切刹海次值迦葉如來承事供養令生歡喜得三昧名演一切衆生妙音聲海次值毗盧遮那如來於此道場成等正覺念念示現種種神通廣大威力我時得見即獲此念念出生廣大歡喜莊嚴解脫門得此解脫已能入十不可說不可說佛刹極微塵數法界諸安立海見彼一切法界安立海一切佛刹所有極微一一塵中有十不可說不可說佛刹極微塵數諸佛國土一一國土皆有毗盧遮那如來坐於道場於念念中成等正覺現諸神變所現神變一一皆徧一切法界海亦見自身在彼一切諸如來所又亦聞

彼一切世界一切如來種種說法我悉聽受憶持不忘復次善男子我復見彼一切如來一一毛孔出生種種變化海現神通力於十方一切法界海一切佛剎海一切世界種一切世界中隨諸衆生種種生類種種心性種種想行如其所應轉正法輪我得速疾陀羅尼力悉能受持一切文義正念思惟以明了智普入一切清淨法藏以自在智普遊一切甚深法海以周徧智普知三世諸廣大義以平等智普達諸佛無差別法我能如是悟解一切諸佛法門一一法門中悟解一切修多羅雲一一修多羅雲中悟解一切法海一一法海中悟解一切法品一一法品中悟解一切法雲一一法雲中悟解一切法流一一法流中出生一切法愛樂海一一法愛樂海出生一切地一一地中出生一切三昧海一一三昧海得一切見佛海一一見佛海得一切智光海一一智光海普照三世徧入十方知無量如來過去諸行海知無量如來所有本事海知無量如來難捨能捨布施波羅蜜海知無量如來圓滿淨戒波羅蜜海知無量如來清淨安忍波羅蜜海知無量如來廣大精進波羅蜜海知無量如來圓滿清淨禪波羅蜜海知無量如來甚深趣入般若波羅蜜海知無量如來種種方便波羅蜜海知無量如來種種增長願波羅蜜海知無量如來種種成就力波羅蜜海知無量如來種種圓滿智波羅蜜海知無量如來過去種種趣菩薩地無障礙行智光普照海知無量如來過去種種住菩薩地無障礙行無量劫海現神通力

知無量如來過去種種圓滿菩薩地知無量如來過去種種修習菩薩地知無量如來過去種種淨治菩薩地知無量如來過去種種觀察菩薩地知無量如來過去爲菩薩時常見諸佛如影隨形知無量如來過去爲菩薩時盡見佛海劫海同住知無量如來過去爲菩薩時以無量身徧生刹海知無量如來過去爲菩薩時周徧法界修廣大行知無量如來過去爲菩薩時示現種種諸方便門調伏成熟一切衆生知無量如來放大光明普照十方一切刹海知無量如來現大神力普現一切衆生之前知無量如來廣大智地光明自在知無量如來成等正覺神變難思知無量如來轉正法輪悉能受持無有忘失知無量如來示現相海知無量如來示現身海知無量如來廣大境界彼諸如來從初發心乃至法滅如是等法所有勤求相應方便我於念念悉得知見甚深證入善男子汝問我言發心已來爲久如者我念往昔過三佛刹極微塵數劫如上所說於無垢金光莊嚴世界爲福德燈圓滿光明幢菩提樹神聞不退轉法界妙音如來種種說法發阿耨多羅三藐三菩提心經二佛刹極微塵數劫種種修行諸菩薩行然後生此娑婆世界賢劫之中從迦羅鳩孫馱佛至釋迦牟尼佛及此劫中未來所有一切如來我皆親近承事供養恭敬尊重令生歡喜如此世界賢劫之中供養未來一切諸佛一切世界一切劫中所有未來一切諸佛悉亦如是親近承事種種供養善男子彼無垢金光莊嚴世界今猶現在諸佛

出現相續不斷汝當一心修此菩薩大勇猛門爾時具足功德寂靜音海主夜神欲重宣此解脫門義爲善財童子而說偈曰

善財汝今聽我說　如是淨妙解脫門
聞已愛樂生歡喜　究竟勤修令悟入
我昔修行多劫海　生於廣大深信心
常觀法性令現前　速證如空一切智
我於三世諸佛所　咸生廣大信樂心
最勝清淨諸眷屬　悉願承事常親近
我見過去天人師　爲利衆生皆供養
聞此廣大淨法門　其心愛敬生歡喜
常於父母及師長　尊重恭敬令歡悅
如是曾無休懈心　於此解脫能深入
又於老病貧窮人　無主諸根不具足
經無數劫受輪迴　慈心愍濟令安樂
濁劫水火及王賊　獅象惡獸諸恐怖
我昔修行有海中　種種救護令除免
三有煩惱恒熾然　諸惡業障常纏覆
隨於生死險難中　我悉救彼令除滅
一切恐怖惡趣中　種種苦難恒相續
生老病死厄其身　我當救彼咸令出
願盡未來一切劫　普爲苦惱諸羣生
滅除生死使無餘　得佛究竟諸安樂

善男子我唯知此念念速疾出生廣大歡喜莊嚴解脫門如諸菩薩摩訶薩深入一切法界海遠離一切內外苦永除一切諸妄想具足一切菩薩智悉知一切諸劫數善見一切刹成壞而我云何能知能說彼功德行善男子此菩提場如來清淨圓滿會中有主夜神名守護一切城增長威德汝詣彼問菩薩云

何學菩薩行修菩薩道爾時善財童子一心觀察具足功德寂靜音海主夜神身合掌恭敬以偈讚曰

我因隨順善友教　今來得詣天神所
身無邊量等須彌　處座莊嚴皆妙好
非是執著於色相　計有諸法爲依止
邪見淺識劣智人　而能了知尊境界
一切世間天及人　於無邊劫常觀察
不能測度聖天身　色相無量難思故
天能遠離於諸蘊　亦復不依於界處
普爲衆生出世間　亦現種種神通力
最勝智眼常清淨　無垢無動無所著
能觀一切極微中　見佛種種神通力
仁今身爲正法藏　心智無礙常清淨
既得如來智慧光　復照一切諸羣品
心能普集無邊業　莊嚴一切諸世間
了一切法皆是心　現身等彼衆生數
解了世間猶若夢　一切諸佛猶如影
諸法如響悉皆空　隨心普現而無著
天能普爲諸衆生　念念現身恒自在
於有於無心不住　常聞說法徧諸方
無量刹塵諸刹海　及善逝海衆生海
如是悉在一塵中　此尊解脫境界力

時善財童子以此妙偈讚彼神已頂禮其足遶無數帀殷勤瞻仰辭退而去

大方廣佛華嚴經卷第二十一

大方廣佛華嚴經卷第二十二

唐罽賓國三藏般若奉　詔譯

入不思議解脱境界普賢行願品

爾時善財童子隨順修行具足功德寂靜音海主夜神所得解脱觀察彼神所説法門一一文句皆無忘失於無量深心無量法性一切方便神通智慧憶念思擇相續不斷微細分別解了甚深其心廣大證入安住漸行往詣守護一切城增長威德主夜神所見彼夜神坐光明普照一切宫殿摩尼寶王大蓮華藏師子之座百千夜神而爲眷屬前後圍遶現普應一切衆生色相身現普對一切衆生之前身現不染一切世間身現等一切衆生身數身現超過一切世間身現調伏衆生隨轉身現速往一切十方身現圓滿一切大願身現滅除一切障礙究竟如來體性身現究竟教化成熟一切衆生身善財見已歡喜踊躍心願圓滿欣慶無量頂禮其足遶無數帀於前合掌白言聖者我已先發阿耨多羅三藐三菩提心而未知菩薩修菩薩行時云何利益安樂衆生云何以無上攝攝取衆生云何學菩薩道云何住菩薩業云何順諸佛教云何近法王位唯願慈哀爲我宣説時彼夜神告善財言善哉善哉善男子汝爲救護一切衆生故汝爲嚴淨一切佛刹故汝爲供養一切如來故汝欲往一切劫救衆生故汝欲守護一切佛種性故汝欲普入十方修諸行故汝欲普入一切法門海故汝欲以平等心徧入一切所知境故汝欲普徧聞持一切如來正法輪故汝欲普隨一切衆生心之所樂

雨法雨故問諸菩薩所修行門善男子我得菩薩甚深自在可愛妙音解脫門爲大法師白繒繫頂於一切法心無所著善能開示一切如來深法藏故具大誓願大慈悲力令一切衆生住菩提心故能作一切利衆生事積聚善根無休息故爲一切衆生調御之師令一切衆生住一切智道故爲一切世間作大法雲普雨一切契經法故爲一切世間清淨法日普照世間令生善根故爲一切世間其心平等普令衆生增善法故於諸境界其心清淨除滅一切不善業故爲大導師引導衆生令入一切善行中故爲諸衆生智慧莊嚴令諸世間以智先導諸善行故恒事一切諸善知識爲令衆生住佛教故善男子我以此等法施衆生令生白法求一切智其心堅固猶如金剛那羅延藏善能觀察佛力魔力常得親近諸善知識摧破一切業惑障山集一切智助道之法心恒不捨一切智地圓滿白淨無礙法門善男子我以如是淨法光明普徧覺悟一切衆生種種饒益積集善根增長成就助道法時常作十種觀察法界何者爲十所謂我知法界無量獲得廣大智光明故我知法界無邊見一切佛諸神變故我知法界無際普入一切諸佛國土恭敬供養諸如來故我知法界無畔普於一切世界海中示現修行菩薩行故我知法界無斷入於如來甚深平等種種圓滿不斷智故我知法界一性入於如來圓滿言音隨衆生心無不了故我知法界性淨入於如來過去願海究竟調伏諸衆生故我知法界徧諸衆生普賢妙行

悉周徧故我知法界一莊嚴普賢神通善莊嚴故我知法界不可壞一切善根充滿法界不可壞故善男子我作此十種觀察法界隨順解知出生一切廣大善根辦助道法明了諸佛殊勝威德深入如來難思境界又善男子我以如是隨願作意正念思惟得如來十種廣大威德陀羅尼輪普爲衆生演說妙法何者爲十所謂普入一切法海陀羅尼輪普持一切法藏陀羅尼輪普受一切清淨法雲陀羅尼輪普念一切如來智燈陀羅尼輪普演一切如來名號音聲陀羅尼輪普入三世諸佛平等願海陀羅尼輪普入一切諸乘行海速疾圓滿陀羅尼輪普入一切衆生業海淨諸垢障陀羅尼輪疾轉一切業海清淨陀羅尼輪速疾出生一切智海勇猛成就陀羅尼輪善男子此十陀羅尼輪以十千陀羅尼輪而爲眷屬恒爲衆生演說妙法善男子我或爲衆生說聞慧法或爲衆生說思慧法或爲衆生說修慧法或爲衆生說一有海法或爲衆生說一切有海法或爲衆生說一如來名號海法或爲衆生說一切如來名號海法或爲衆生說一世界海法或爲衆生說一切世界海法或爲衆生說一佛授記海法或爲衆生說一切佛授記海法或爲衆生說一如來衆會道場海法或爲衆生說一切如來衆會道場海法或爲衆生說一如來法輪海法或爲衆生說一切如來法輪海法或爲衆生說一如來修多羅海法或爲衆生說一切如來修多羅海法或爲衆生說一如來集會海法或爲衆生說一切如來集會海法或爲衆

生說一薩婆若心海法或爲衆生說一切薩婆若心海法或爲衆生說一乘出離法或爲衆生說一切乘出離法善男子我以此等不可說法門爲衆生說善男子我入如是等無差別法界門海說無上法普徧最勝攝諸衆生盡未來劫住普賢行時此甚深自在可愛妙音解脫於念念中修習增長一切菩薩諸解脫門念念充滿一切法界時善財童子白夜神言奇哉聖者此解脫門如是希有如是甚深聖者證得其已久如夜神告言善男子乃往古昔過世界轉極微塵數劫有劫名無垢焰光世界名法界焰光吉祥雲以現一切衆生業海變化摩尼王爲體形如蓮華淨穢相雜依須彌山極微塵數差別香摩尼王網而住以一切如來過去大願聲妙寶蓮華次第莊嚴須彌山極微塵數寶蓮華輪圍山周帀圍遶須彌山極微塵數香摩尼寶間錯莊嚴有須彌山極微塵數四天下一一四天下有不可說不可說百千億那由他城善男子彼世界中有四天下名種種色妙莊嚴幢中有王都名普寶拘蘇摩光去彼不遠有菩提場名普現法王宮殿影像須彌山極微塵數如來於中出現其最初佛名一切法大聲光明王彼佛出時有轉輪王名無垢面日光明於其佛所聞一切法海旋修多羅悉能受持佛涅槃後其王出家護持正法法欲滅時有千部異佛正法眼分十千門各隨其宜種種說法近於末劫五濁現時諸惡比丘業惑障重種種纏縛多諸鬭諍樂著境界受取無猒不求一切增勝功德樂說王論賊論女論國

論海論及諸世間種種議論不捨外道斷滅見論心生愛染情無捨離時王比丘以正法音而語之言奇哉苦哉佛於無數大劫海中忍種種苦集此法炬云何汝等而生毀滅作是語已上升虛空高七多羅樹身出無量衆色焰雲放種種色大光明網令無量衆生除煩惱熱令無量衆生發菩提心以是因緣彼如來教復於六十千歲而得興盛時彼衆中有比丘尼名法輪變化光是此王女百千比丘尼而爲眷屬聞父王語及見神通光明威力皆發阿耨多羅三藐三菩提心永不退轉諸比丘尼各得三昧名現見如來平等出生及得陀羅尼名一切如來轉法輪金剛光明及得般若波羅蜜名普入一切法門海時法輪變化光比丘尼即得三昧名出生一切佛教光明燈又得此甚深自在可愛妙音解脫得此三昧解脫門故身心柔軟微細適悅便得現見一切法海大聲光明王如來一切所有神通威力善男子於汝意云何彼無垢面日光明轉輪聖王隨彼如來轉正法輪及涅槃後興其末法然大法炬光照世間者豈異人乎今普賢菩薩是其法輪變化光比丘尼即我身是百千眷屬比丘尼即此會中百千夜神是我於彼時守護佛法令百千比丘尼於阿耨多羅三藐三菩提得不退轉又令得現見一切如來平等出生三昧又令得一切如來法輪金剛光明陀羅尼又令得普入一切法門海般若波羅蜜善男子次彼世界有佛出興名無垢法山頂智光明我以種種承事供養令心歡喜次有佛興名法輪圓滿光

明髻次有佛興名法日吉祥雲次有佛興名法海門妙聲王次有佛興名法日智輪燈次有佛興名法拘蘇摩幢雲次有佛興名法焰光山幢王次有佛興名甚深吉祥圓滿月次有佛興名法智出生普光明藏次有佛興名出生根本智藏次有佛興名吉祥藏山王次有佛興名普門智須彌賢次有佛興名速疾精進幢次有佛興名法寶拘蘇摩吉祥雲次有佛興名甚深寂靜山光明髻次有佛興名法焰光明影像月次有佛興名智焰光吉祥海次有佛興名普賢圓滿智次有佛興名無上神通智光明王次有佛興名福德焰光開敷拘蘇摩燈次有佛興名智師子幢王次有佛興名普日光明王次有佛興名須彌相寶莊嚴王次有佛興名日光勇猛普照影像次

有佛興名法網覺勝月次有佛興名法蓮華開敷吉祥雲次有佛興名日輪普光明次有佛興名普光吉祥大聲次有佛興名師子無畏金剛那羅延次有佛興名普智勇猛幢次有佛興名普法開敷蓮華身次有佛興名功德拘蘇摩吉祥海次有佛興名高山法門光明藏次有佛興名高山智焰光明雲次有佛興名普法高山面門光明次有佛興名道場吉祥月次有佛興名熾然法炬吉祥月次有佛興名普影像光明髻次有佛興名法速疾燈幢次有佛興名金剛海幢雲次有佛興名名稱山吉祥雲次有佛興名栴檀吉祥月次有佛興名普吉祥拘蘇摩威德光次有佛興名照一切衆生光明王次有佛興名功德蓮華吉祥藏次有佛興名香焰普光明王次有

佛興名波頭摩花因次有佛興名衆相山毗盧遮那次有佛興名普音聲名稱幢次有佛興名須彌山普門光明次有佛興名法城吉祥光明次有佛興名大樹山威德次有佛興名普吉祥毗盧遮那幢次有佛興名吼法海大音聲光次有佛興名出生威德一切法宫殿次有佛興名普智最勝光次有佛興名最勝吉祥相次有佛興名法力勇猛幢次有佛興名轉法輪妙音聲次有佛興名功德焰冠智慧光次有佛興名出生吉祥法輪月次有佛興名法輪蓮華毗盧遮那幢次有佛興名寶蓮華光明藏次有佛興名寶吉祥雲山燈次有佛興名普清淨拘蘇摩次有佛興名種種吉祥焰須彌藏次有佛興名焰輪圓滿山王次有佛興名福德雲種種色次有佛興名法山雲幢王次有佛興名功德山王光明次有佛興名法日雲燈王次有佛興名法雲名稱徧滿王次有佛興名法輪雲次有佛興名開悟菩提智威德幢次有佛興名普照法輪吉祥月次有佛興名摩尼金山威德賢次有佛興名妙高吉祥威德賢次有佛興名賢德廣大光次有佛興名普智慧妙聲雲次有佛興名法力吉祥功德山次有佛興名吉祥雲香焰王次有佛興名金色摩尼山妙音聲次有佛興名頂髻藏出一切法圓滿光明雲次有佛興名法輪熾盛威德王次有佛興名無上出生威德次有佛興名普精進炬光明雲次有佛興名三昧印廣大智慧海光明冠次有佛興名妙寶吉祥威德王次有佛興名法炬寶帳妙音聲次有佛興名普照虛空界無

畏法光明次有佛興名相好莊嚴幢次有佛興名種種色光明焰山雲次有佛興名照無障礙法虛空光明次有佛興名妙相花開敷身次有佛興名最勝世主妙光明音次有佛興名一切法三昧妙光明音次有佛興名妙辯才法音功德藏次有佛興名熾然光明法海妙音雲次有佛興名普照三世大光明相威德王次有佛興名普照法輪吉祥山廣大光明次有佛興名法界師子光次有佛興名毗盧遮那吉祥妙高次有佛興名一切三昧海普徧光焰師子王次有佛興名普智光明燈次有佛興名普智慧光明法城燈善男子如是等須彌山極微塵數如來其最後佛名法界城智慧燈光王於無垢焰光劫中出興于世我皆尊重親近供養聽聞受持所説妙法我亦於彼諸如來所出家學道護持法教入此菩薩甚深自在可愛妙音解脱種種方便教化成熟無量衆生從是已來於佛刹極微塵數劫所有諸佛出興於世我皆供養修行其法善男子我從是來於生死夜無明昏寐諸衆生中而獨覺悟令諸衆生守護心城捨三界城住一切智無上法城善男子我唯知此甚深自在可愛妙音解脱如諸菩薩摩訶薩捨離世間諸雜穢語不作二語檢策語業行正直道安住勝義成就圓滿永不繫屬一切語言於念念中開悟一切語言自性深入一切語言音海了知衆生諸祕密海明見一切諸法門海普攝一切平等法海出生種種陀羅尼海已得自在隨諸衆生心之所宜而爲説法善巧方便究竟調伏成熟衆生能

普攝受一切衆生巧修菩薩諸無上業深入菩薩種種法門極微細智能善觀察種種妙事諸菩薩藏能自在說諸菩薩法何以故已得成就一切法輪陁羅尼故得名殊勝真實大夫而我云何能知能說彼功德行善男子此菩提場佛衆會中有主夜神名能開敷一切樹花安樂汝詣彼問菩薩云何學一切智云何修一切智云何引導一切衆生令其悟入一切智城爾時守護一切城增長威德主夜神欲重宣此解脫門義爲善財童子而說偈言

菩薩解脫深難見　虛空如如平等際
普現無邊法界中　所有一切三世佛
出生無量諸解脫　證入難思真法性
速疾增長無礙智　通達三世慈悲道
過於刹轉極微劫　時有劫名無垢光
刹號法光吉祥雲　城名普寶拘蘇摩
其中諸佛興於世　量與須彌塵數等
佛號法海大聲王　於此劫中先出現
乃至其中最後佛　名爲法界智燈王
如是一切諸如來　我皆供養聽聞法
我見法海音王佛　其身普作真金色
衆相莊嚴如寶山　發心願得無師道
我暫見彼如來身　即發菩提廣大心
誓願勤求一切智　心等如空法界性
由斯普見三世佛　及以一切菩薩海
亦見刹海衆生海　普徧發起大慈心
隨諸衆生心所宜　一身普現無邊刹
舒光動地徧十方　開悟一切諸含識
見第二佛而親近　亦見十方刹海佛

乃至最後佛出興　名爲法界智燈王
如是須彌極微數　一切如來咸供養
於諸剎轉極微劫　所有如來照世燈
我皆親近而瞻奉　令此解脫得清淨
爾時善財童子得此菩薩甚深自在可愛妙音解脫入無邊三昧海成廣大總持海又得菩薩大神通海深入菩薩大辯才海速疾增長大歡喜海觀察守護一切城增長威德主夜神以偈讚曰
已行廣大深智海　已度無邊諸有海
長壽無患智藏身　威光普照如滿月
覺悟法性如虛空　普入三際皆無礙
念念普緣一切境　心心寂靜無分別
觀察衆生性本無　大悲常入衆生海
自在遊於解脫門　廣度羣迷無量衆
觀察思惟一切法　證入甚深諸法性
一切聖道普修行　普化衆生令解脫
天是最勝調御師　開示如來無垢智
普爲法界諸含識　敷演離塵清淨行
已住如來諸願道　已入無邊廣大智
已修一切諸佛力　已見諸佛神通事
天神心淨如虛空　普離一切諸煩惱
了知三世無量剎　諸佛菩薩及衆生
天神一念悉了知　晝夜日月年劫海
亦知一切衆生類　種種名相各差別
十方衆生生死處　有色無色想無想
隨順世俗悉了知　引導令入菩提路
已生如來誓願家　已入諸佛功德海
已證法性心平等　隨衆生樂現色身
時善財童子說此妙偈讚夜神已禮夜神足

遶無數帀殷勤瞻仰一心戀慕辭退而去

大方廣佛華嚴經卷第二十二

大方廣佛華嚴經卷第二十三

唐罽賓國三藏般若奉　詔譯

入不思議解脫境界普賢行願品

爾時善財童子得此菩薩甚深自在可愛妙音解脫正念思惟增長廣大精勤顯示普徧修行即時往詣開敷一切樹華安樂主夜神所見其身在衆寶香樹枝條樓閣之内坐大寶樹妙藏師子之座十千夜神前後圍遶善財童子頂禮其足於前合掌而作是言聖者我已先發阿耨多羅三藐三菩提心而未知菩薩云何學菩薩行云何修行成就增長得一切智唯願慈哀爲我宣說夜神告言善男子我於此娑婆世界日光已沒蓮華覆合諸人衆等罷遊觀時見其一切若山若水若城若野若異國土如是等處種種衆生咸悉發心欲還所住迷失道路惶怖不安我皆密護令其無畏爲放光明示以正道達其處所令免衆苦宿夜安樂若有衆生病苦逼惱於夢寐中令其安樂善男子若有衆生盛年好色愛著縱逸五欲自恣驕慢醉心我爲示現老病死相令生恐怖捨離諸惡求斷無明離生死怖復爲稱歎種種善根令其修習爲慳悋者讚歎布施爲破戒者稱揚淨戒有瞋害者令行慈忍若懈怠者令起精進若散亂者令修禪定住惡慧者令學般若樂小乘者令住大乘勤修一切善巧方便樂著三界諸趣中者令住菩薩願波羅蜜若有衆生福智微劣爲諸結業之所逼迫種種障礙不自在者令住菩薩力波羅蜜若有衆生其心闇昧無有智慧著我我所種種昏蔽令住菩薩智波羅

蜜善男子我得菩薩出生廣大歡喜光明解脫門善財白言聖者此解脫門境界云何夜神言善男子入此解脫能知如來種種福聚普攝衆生善巧方便智慧光明云何普攝善男子一切衆生所受諸樂皆是如來威德力故順如來敎故行如來語故學如來行故得如來所護力故修如來所印道故種如來同類善根故讚如來相似善果故守護如來所說戒法故隨喜如來廣大誓願故如來平等智慧日光之所照故如來性淨圓滿業力之所攝故以如是故一切世間種種安樂出現成就云何知然善男子我入此出生廣大歡喜光明解脫門時正念思惟毗盧遮那如來應正等覺往昔所修菩薩行海隨順觀察悉皆明見善男子世尊往昔爲菩薩時見一切衆生著我我所住無明暗室入諸見稠林爲貪愛所縛忿怒所壞愚癡所亂慳嫉所纏種種煩惱逼擾身心生死輪迴貧窮困苦不得值遇諸佛菩薩我見是已起大悲心爲欲利益一切衆生所謂起願得一切妙寶資具攝衆生心願一切衆生皆悉具足資生之物無所乏心於一切衆事離執著心於一切境界無貪染心於一切所有無慳悋心於一切布施無疑惑心於一切果報無希望心於一切榮好無羨慕心於一切因緣無迷惑心起觀察眞實法性心起救護一切衆生心起深入一切諸法自性漩澓心起於一切衆生住平等大慈心起於一切衆生行方便大悲心起爲大法蓋普覆衆生令無熱惱心起以大智金剛杵破一切衆生煩惱大障山心起令一

切衆生速疾增長廣大喜樂心起願一切衆生究竟成就極安樂心起隨一切衆生所欲雨一切財寶心起以平等方便成熟一切衆生心起令一切衆生滿足聖財心起願一切衆生究竟皆得十力智果心起如是心已得菩薩力現大神變徧滿虛空最勝法界於一切十方諸衆生前起一切相一切財一切布施無緣大雲普雨一切衆寶瓔珞資生之物隨諸衆生心之所欲悉滿其意皆令歡喜如是無量布施攝門種種財物恒行惠施於一切時常無休息不悔不恪無間無斷以是方便普攝衆生教化成就具足圓滿皆令得出生死苦難救護饒益不望其報作意平等心無分别淨治一切衆生心寶令其生起於一切佛一相深密同一善根應衆生心作衆資具攝取衆生增一切智速疾圓滿福德大海菩薩如是於念念中盡無餘界調伏成熟一切衆生令其皆得最勝清淨念念嚴淨一切佛刹令無雜穢念念普入一切法界念念皆悉徧虛空界念念普入一切三世念念以方便智調伏衆生念念恒於一切世界普轉一切不退法輪念念恒以一切智道善巧利益一切衆生念念普於一切世界種種差别諸衆生前盡未來劫現一切佛成等正覺念念普於一切世界一切諸劫修菩薩行不生二想所謂普入一切廣大世界海一切世界種中所有一切種種際畔諸世界種種莊嚴諸世界種種體性諸世界種種形狀諸世界種種分布諸世界或有世界穢而兼淨或有世界淨而兼穢或有世界一向雜穢或有世界

一向清淨或有廣大或有狹小或高或下或麤或妙或正或側或覆或仰或圓或方或非圓方如是一切種種名字形像莊嚴諸世界中念念修行諸菩薩行入菩薩住現菩薩力亦現三世一切佛身隨衆生心普使知見速疾增長一切智福德海門善男子毗盧遮那如來於過去世如是修行菩薩行時見諸衆生不修福德無有智慧遠離慚愧著我我所無明業障出生種種不正思惟入諸邪網惡見稠林不識因果順煩惱業迷惑其心不得自在墮於生死險難深坑具受種種無量諸苦起大悲心修習一切波羅蜜行爲諸衆生稱揚讚歎堅固善根令其安住遠離生死貧窮困苦勤修福智助道之法爲說種種諸因果門爲諸業報不相違反爲說於法證入之

處爲說一切衆生欲解及說一切受生國土令其不斷一切佛種令其守護一切佛教令其捨離一切諸惡又爲稱歎趣一切智助道之法令諸衆生心生歡喜令行法施普攝一切令其發起一切智行令其修學諸大菩薩波羅蜜道令其增長成一切智諸善根海令其滿足一切聖財令其得入佛自在門令其攝取無量方便令其觀察如來威德令其親近隨順如來寂靜安樂令其安住成就菩薩種種智慧爾時善財童子白言聖者發阿耨多羅三藐三菩提心修此妙行其已久如夜神告言善男子如汝所問此事難知難信難解難證難入難可顯示難可生起難可演說一切世間諸天及人聲聞獨覺皆不能知唯除如來威力所加善知識所攝修習廣大福

德智慧其心堅固欲樂清淨無下劣心無雜染心無諂曲心無散亂心無鄙悋心無極暗心得普照耀開敷一切智光明心發普利樂成就一切諸衆生心一切煩惱及以衆魔無能壞心起心趣向一切種智無障礙心不樂世間一切生死染汙樂心能樂觀察一切如來清淨妙樂能勤除滅一切衆生憂悲苦海能修一切諸佛如來功德法海能觀一切諸法實性虛空境界能具一切廣大甚深清淨信解能超一切生死暴流能入一切如來智海能決定到無上法城能勇猛入如來境界能速疾趣諸佛智地能即成就一切智力能於十力已得究竟如是之人乃能於此能知能入能信能解能持能了隨順修行何以故此是如來智慧境界一切菩薩尚不能知況餘衆生然我今當承佛威力欲令調順可化衆生意速清淨欲令修習善根衆生心得自在隨汝所問爲汝宣說爾時開敷一切樹華安樂主夜神欲重明此義觀察三世如來境界而說偈言

佛子汝今之所問　諸佛無邊深境界
難思剎海微塵劫　具足演說無能盡
非諸弊惡貪恚癡　憍慢無明惑所覆
垢心纏縛衆生等　能知諸佛寂靜法
非諸諂誑濁亂心　常隨慳嫉情無捨
煩惱業繩之所繫　而能了知佛境界
非是執著蘊界處　心恒不捨於身見
心倒想倒見倒人　能入如來寂滅地
寂靜甚深諸佛境　本性真常離分別
非著諸有生死人　入此平等無依法

生於諸佛種姓家　一切如來恒守護
能持法王教藏者　此仙智眼之境界
親近真實善知識　愛樂白法無猒足
專求佛力受法雲　彼聞此法生歡喜
心恒清淨無分別　不著一切如虛空
智燈自在破無明　此無垢者之境界
以大慈悲覆世間　徧入三世衆生海
隨宜利樂無邊際　此深行者之境界
心常歡喜無諸著　一切所有皆能捨
樂說平等施衆生　此無著者之境界
心無垢濁離諸過　究竟調伏無憂悔
隨順佛教能具修　此無垢者之境界
心無動亂無分別　能普覺知諸法性
遠離一切諸惑業　此解脫者之境界
心無疲猒常無退　勇猛勤修一切智
安住增上淨戒中　此大丈夫之境界
其心深入諸三昧　究竟清涼無熱惱
已修一切智海因　此寂靜者之解脫
了知諸法差別相　善入無邊深法界
普度羣生靡有餘　此慧燈者之解脫
了達衆生真實性　於諸有海無所著
如影普現心水中　此先導者之解脫
從於三世諸佛海　方便願種而出生
盡諸劫剎勤修行　此普賢者之解脫
普入一切法界門　悉見十方諸剎海
亦見其中劫成壞　此無二者之境界
十方剎海極微中　悉見佛坐菩提樹
成等正覺化羣生　此無礙眼之境界
汝從無量大劫海　親近承事善知識
爲利羣生求正法　聞已憶念無遺忘

毗盧遮那廣大境　無量無邊難思議
我承佛力爲汝說　令汝深心轉清淨
善男子乃往古世過世界海極微塵數劫有
世界海名毗盧遮那海眞金摩尼山彼世界
海中有佛出現名普照法界智慧山寂靜威
德王善男子其佛往修菩薩行時能普清淨
彼世界海其世界海中有佛剎極微塵數世
界種一一世界種有佛剎極微塵數世界一
一世界有世界極微塵數劫一一劫中無量
如來出興於世一一如來說世界海極微塵
數修多羅一一修多羅授佛剎極微塵數諸
菩薩記現種種佛神通力說種種調伏衆生
法轉種種諸乘輪度無量衆生海善男子彼
毗盧遮那海眞金摩尼山世界海中有世界
種名普門現前莊嚴幢此世界種中有世界
名一切寶色吉祥普照光明以現一切化佛
影像摩尼王爲體形如天城以現一切如來
菩提道場摩尼寶王而爲莊嚴住於一切寶
拘蘇摩華海上淨穢相雜此世界中有須彌
山極微塵數四天下有一四天下最處其中
名一切寶山幢其四天下一一縱廣無量百
千由旬一一各有一萬大城其閻浮提中有
一王都名妙寶娑羅莊嚴雲燈以十千大城
而爲眷屬周帀圍遶閻浮提人壽萬歲時中
有輪王名一切法圓滿蓋大吼聲其王具有
五百輔臣六萬婇女七百王子其諸王子色
相端嚴勇健雄猛有大威力爾時彼王威德
普被閻浮提內無有怨敵時彼世界劫欲盡
時有五濁起一切人衆壽命短促資財乏少
形色鄙陋行住坐臥多苦少樂不修十善專

作惡業更相忿諍互相傾奪欺誑詐僞綺飾言辭離間於他發麤惡語妬他榮好非法貪求深入邪網稠林曠野以是因緣風雨不時苗稼不登藥木華卉園林草樹一切枯槁衣食匱乏多諸疫病馳走四方靡所依怙咸來共遶王都大城無量無邊百千萬億四面周帀高聲大叫或舉兩手或復合掌或以頭叩地或舉手椎胷或屈膝長號或涌身大叫頭髮髼亂衣裳弊惡皮膚皴裂面目無光彼諸衆生以種種形貌出種種音聲作種種言辭爲種種談說而白王言大王我等今者貧窮孤露飢渴寒凍疾病衰羸衆苦所逼種種困厄迫切身心命將不久無依無救無所控告如在牢獄死相現前我等今者來歸大王我觀大王仁慈智慧於大王所生得安樂想得憐愍想得愛敬想得身命想得攝受想得寶藏想遇津梁想逢道路想值船筏想見寶洲想獲財利想升天宮想離怨家想滅衆苦想爾時大王聞此語已獲得百萬阿僧祇大悲門一心思惟作意觀察發於十種大悲之語云何爲十所謂哀哉衆生墮落無底生死深坑我當云何而速免濟令其得出安住如來一切智地哀哉衆生爲諸煩惱逼迫身心我當云何而作救護安住種種善業道中哀哉衆生恒爲種種生老病死之所恐怖我當云何爲作歸依令離縛著永得一切身心安隱哀哉衆生常爲世間種種恐怖逼害其身我當云何而爲救護令其得免一切厄難安住如來一切智道哀哉衆生無有智眼常爲身見疑惑所覆我當云何爲作方便令其得決

疑見瞖瞙哀哉衆生常爲癡暗之所迷惑遠離善法我當云何爲作慧炬照彼無明令其顯現一切智城究竟解脫哀哉衆生常爲種種慳嫉諂誑濁亂其心我當云何而爲開曉令其證得清淨法身哀哉衆生長時漂溺一切世界生死大海我當云何爲作船筏而普運度令其得入一切智海哀哉衆生諸根剛強遠離調御無上大師一切世間無能調者我當云何而爲調御令其成熟一切善根具足如來大威神力哀哉衆生猶如盲瞽不見正道隨逐邪徑我當云何開其慧眼而爲引導令其得入一切智門時彼大王與此十種大悲之心作是語已即於王都大衆之中擊鼓宣令咸使聞知我今普施一切衆生隨有所須悉令充足即時頒下閻浮提內大小諸城及諸聚落悉開庫藏出種種物置四衢道所謂金銀瑠璃摩尼等寶衣服飲食華香鬘蓋塗香末香種種瓔珞宮殿屋宅牀榻敷具一切資財無不備足建大光明摩尼寶幢其光觸身悉使安隱滅除黑暗開發照明隨心所欲皆悉圓滿又復隨化種種身形一切承事供養恭敬一切衆生亦施一切病縁湯藥活命資具種種寶器盛衆雜寶所謂金剛器中盛種種香寶香器中盛種種衣摩尼妙寶莊校嚴飾輦輿車乘衆寶瓔珞寶帳寶網周圍垂覆建立種種高勝妙幢如是一切資生之物悉開庫藏而以給施亦施一切村營城邑山澤林藪妻子眷屬及以王位頭目耳鼻脣舌牙齒手足皮肉心腎肝肺大腸小腸脂骨筋脉一切支分內外所有悉皆能捨爾時

妙寶娑羅莊嚴雲燈王城東門名摩尼山威德於其門外有施會處其地廣博清淨平坦無諸坑坎荆棘沙礫一切皆以妙寶所成散衆寶華燒諸妙香無數摩尼王寶莊校嚴飾然諸寶燈周徧照耀寶焰吉祥威德香雲充滿虛空無量寶樹次第行列微妙分布間錯莊嚴種種天人宮殿樓閣種種莊嚴種種幢旛種種繒蓋常出光明寶拘蘇摩網一切香王寶網彌覆其上寶鐸徐搖出妙音聲無量百千億那由他諸音樂器恒出妙音如是一切皆以妙寶而爲莊嚴悉是菩薩淨業果報之所成就於彼會中置師子座十種妙寶以爲其地十寶欄楯放大光明十種寶樹枝葉扶踈周帀圍遶靡不嚴好微妙堅固金剛寶輪以承其下以一切寶爲龍神像而共捧持種種寶物以爲嚴飾於交露間標題德相以種種色間錯莊嚴一切寶幢一切寶旛周徧行列衆寶鈴網摩尼寶網衆寶華網大摩尼王網以覆其上無量寶香常出香雲種種寶衣處處分布百千種樂出過諸天恒奏美音悅可人意復於其上張施寶蓋常放無量寶焰光明如閻浮金熾然清淨垂諸華纓無數摩尼寶王爲帶周迴間列種種雜色摩尼寶鈴恒出妙音勸諸衆生修行十善時一切法圓滿寶蓋大師子吼妙音聲王處師子座具足妙色形容端正人相圓滿最勝清淨世無能比毗盧遮那摩尼寶王以爲其冠那羅延身不可沮壞一一支分悉皆圓滿性普賢善王種中生於財及法皆得自在辯才無礙智慧明達以正治國無違命者一切衆生咸讃

彼王無量無邊殊勝功德光明熾盛過天帝釋見者無猒常於空中現大輪蓋摩尼寶藏其數百千以爲輪輻無數寶焰吉祥威德光明莊嚴閻浮檀金放清淨光以覆其上種種寶色金網莊嚴真珠瓔珞周帀垂下又以寶繩懸衆寶鈴衆寶莊校恒吐妙音過諸天樂覺悟世間宣揚善行復有妙扇寶縷織成扇以香風發揚威德爾時於此閻浮提內無量無數百千萬億那由他衆生種種國土種種族類種種眷屬種種形貌種種衣服種種言辭種種心行種種欲樂各各希求種種財寶種種資生種種受用俱來此會觀察彼王以種種言語種種訓釋種種辯才種種名句咸歎此王是大智人是福須彌是勝功德圓滿白月是得自在無礙丈夫住菩薩願行廣大

施時王見彼諸來集會於已乞求生愛敬心生悲愍心生歡喜心生尊重心生廣大心生善友心生相續心生精進心生不退心生捨施心生周徧心生平等心生清淨心生成就心生速疾心生見種種善知識心善男子爾時彼王見諸乞者心大歡喜經須臾頃假使轉輪聖王盡無邊劫所受快樂所不能及如是忉利天王夜摩天王兜率陀天王盡百千億那由他劫所受快樂亦不能及善化天王於無數劫所受快樂自在天王於無量劫所受快樂大梵天王於無邊劫所受梵樂光音天王於難思劫所受天樂徧淨天王於無盡劫所受天樂淨居天王不可說劫住寂靜樂悉不能及譬如有人仁慈孝友遭逢世難父母兄弟姊妹妻息內外宗親普皆散失忽於

曠野道路之間而相值遇瞻奉撫對情無猒足時彼大王見來乞者心生愛敬歡喜踊躍慶幸之心亦復如是善男子其王爾時因善知識於佛菩提解欲增長諸根成就信心清淨歡喜圓滿不可思議何以故此大菩薩勤修諸行求一切智願得利益一切衆生心無懈倦願得充足一切衆生衣服飲食願獲菩提無量妙樂捨離一切諸不善心常願積集一切善根常願救護一切衆生常樂觀察薩婆若道常樂修行一切智法滿足一切衆生所願入一切佛功德大海破一切魔業惑障山隨順受持一切佛教行一切智無障礙道已能深入一切智流一切法流常現在前大願無盡爲大丈夫住大人法積集一切普門善藏願捨一切執著之心不染一切世間境界知諸法性猶如虛空於彼一切諸來乞者生一子想生父母想生福田想生善友想生難得想生恩益想生覆護想生堅固想生導師想生如來想不揀方處不擇族類不選形貌隨有來至如其所欲隨其方處隨其國邑如彼所求如彼愛樂以大慈心平等無礙以大捨光照明一切應衆生心令無所乏求飲食者施與飲食求衣服者施與衣服求香華者施與香華求鬘蓋者施與鬘蓋如是有求幢旛瓔珞宮殿園苑象馬車乘牀座被褥金銀摩尼眞珠瑠璃璧玉珂貝諸珍寶物一切庫藏及諸眷屬婇女妃嬪城邑聚落園林屋宅皆悉如是普施衆生

大方廣佛華嚴經卷第二十三

音釋

漩澓(漩旬宣切澓房六切漩澓水洄流也)枯槁(槁苦老切亦枯也)鬖(壹計切目翳也)薄紅切鬖亂也皴(七倫切皮細起也)裂(力薛切裂破也)疾音歷小礫石也珂貝(珂丘何切螺屬貝之大者為珂貝博蓋切)

大方廣佛華嚴經卷第二十四

唐罽賓國三藏般若奉詔譯

入不思議解脫境界普賢行願品

時此會中有長者女名寶光明與六十童女眷屬圍遶端正殊妙人所喜見皮膚金色目髮紺青勝妙圓滿色相具足身出妙香口演梵音上妙寶衣以爲嚴飾常懷慚愧正念不亂有大智慧動止安詳具足威儀恭敬師長最勝清淨心無放逸常念順行甚深妙行所聞之法憶持不忘宿世善根流潤其心相似妙果靡不成就清淨廣大猶如虛空等安衆生常見諸佛盡無餘界求一切智去王不遠合掌頂禮以恭敬心作如是念我得善利我得善利我今得見大善知識最難見者於今得見時女於王生大師想生於最勝善知識想具慈悲想能攝受想其心正直最勝清淨生於廣大歡喜之心即解自身所佩瓔珞持奉彼王作是願言今此大王能爲一切無量無邊無主無依無明衆生成就救護利益照明作所依處願我未來亦復如是如彼大王所知之法所載之乘所修之道所具色相所攝衆會無邊無盡難勝難壞願我未來悉得成就隨彼大王所生之處願我常得隨彼受生爾時大王知此童女發如是心作如是願觀其意樂而告之言童女當知隨汝所欲我皆與汝我今所有一切皆捨令諸衆生普得滿足一切平等心無分別隨汝所願恣意取之時寶光明女信心清淨生大歡喜速疾增長一切善根即以妙偈而讚王言

昔此娑羅大城邑　威德聖王未出時

凡諸事物悉無堪　可畏猶如餓鬼處
一切衆生相殺害　竊盜婬泆性難調
虛誑不實麤惡言　雜穢乖離無義語
常樂貪奪他財物　恒懷瞋恚毒害心
依邪惡見不善行　從此命終墮惡道
此諸非法衆生類　愚癡黑闇之所迷
壞滅正法邪見興　由是天龍不降澤
多歷年歲無時雨　百穀芽莖皆不生
樹木藥草悉燋枯　大小泉流亦乾竭
大王昔日未出時　河池及井皆枯涸
一切園苑盡荒蕪　白骨縱橫猶曠野
今得大王居寶位　惠及一切諸羣生
油雲膏雨被八方　大地率土皆充滿
大王出興爲世主　止諸盜賊息奸欺
所有牢獄悉皆空　一切煢獨無憂怖

昔時世界衆生類　好相殺害起怨讎
飲啗血肉恣無猒　今悉慈心互相視
昔時國內諸衆生　貧窮裸露無衣服
飲渴衰羸如餓鬼　以草蔽身受寒苦
大王今既興於世　稻粱甘果自然生
劫波樹藏出妙衣　一切男女皆嚴飾
昔日多求縱非法　爲競微利相陵奪
今時嚴具悉豐盈　自在歡樂如天處
昔縱迷心造諸惡　放逸非分生貪染
於他妻妾起邪婬　乃至種種相侵奪
今時所見他女人　色貌端妍妙嚴飾
心恒清淨無染著　知足猶如兜率天
昔時世界諸衆生　妄言麤惡多離間
恒起邪思滅正法　諂曲雜穢隨人意
今時一切羣生類　悉皆捨離麤惡言

音聲柔軟悅人心　一切聽聞無不喜
大王今演妙法音　衆生聞者咸忻悅
迦陵頻伽梵聲相　諸天音樂無能及
大王頂上殊勝蓋　一切妙寶所莊嚴
瑠璃藏寶吉祥等　覆以衆妙摩尼網
金鈴自然出妙聲　其音超世無倫匹
宣揚一切諸佛法　除滅一切衆生惑
又此鈴音廣宣說　現在十方諸刹土
所有劫海一切佛　具大名稱諸眷屬
又復鈴音次第演　過去一切十方刹
其中諸佛及刹名　所轉法輪無不盡
鈴中又出法輪音　其聲普徧閻浮界
廣說梵釋及衆生　所依諸業皆差別
人天聞此音聲已　各各自知諸業藏
離惡向善勤修行　安住諸佛菩提道

王父號曰淨光明　王母名爲蓮華光
當於五濁興盛時　出現爲王治天下
是時有一廣大園　園有五百蓮華池
一一百千樹圍遶　摩尼華燈所彌覆
於其一一池岸上　建立千柱莊嚴殿
以衆雜寶爲欄楯　半月焰光恒普照
彼王末世惡法生　積年亢旱無時雨
一切池水悉乾竭　所有草樹皆枯槁
大王將生七日前　先現禎祥希有相
衆生瞻仰相謂言　救護世者今當現
爾時世界於中夜　大地一切咸震動
其中有一寶華池　出大光明猶日現
五百蓮池所圍遶　八功德水咸充滿
流演普及閻浮地　隨其所至皆霑洽
一切華林及藥草　百穀芽莖苗稼等

所有枝葉及果實　如是一切皆繁盛
種種溝坑及塠阜　乃至一切高下處
如是所有閻浮地　今時莫不皆平坦
一切荊棘及沙礫　閻浮所有諸雜穢
如是皆於一念中　變成衆寶莊嚴地
衆生是時旣見已　歡喜相慶而稱讚
咸言我今得善利　如渴乏人思美水
時彼地主光明王　即命輔臣幷眷屬
前後導從千俱胝　法駕遊觀諸園苑
是時五百諸池内　有一蓮池名慶喜
於池岸上有法堂　王及夫人於此住
時光明王語夫人　我念曾於七夜前
中宵山地皆震動　此池中有光明現
即時慶喜香池内　忽生千葉寶蓮華
光明上徹須彌頂　雲網照曜如千日
金剛妙寶以爲莖　閻浮檀金以爲臺
淨摩尼寶爲華葉　妙香光藏作鬚蘂
大王生彼蓮華上　端然不動跏趺坐
光明相好以莊嚴　百千天衆咸恭敬
光王爾時大歡喜　遽入華池自撫鞠
兩手持以授夫人　此是汝子應欣慶
百千伏藏皆涌出　一切寶樹生妙衣
諸天競奏微妙音　充滿一切虛空界
閻浮所有諸衆生　悉皆歸向生歡喜
合掌咸稱如是言　善哉救世今當出
王時身放大光明　普照一切諸羣品
一念能令四天下　身病黑暗皆除滅
夜叉羅刹毗舍闍　一切毒蟲諸惡獸
所欲惱害衆生者　靡不隱蔽自藏匿
衰毀饑苦諸無利　種種災難病所持

如是衆苦悉消除　世間安樂咸歡喜
凡是一切衆生類　互相瞻視如父母
離諸怨害起慈心　專意勤修一切智
大王關閉諸惡趣　開導一切人天路
利益一切苦衆生　顯示宣揚一切智
我等今得見大王　普獲一切諸善利
無主無歸無導師　一切如應悉安樂

爾時寶光明童女以此妙偈讚歎一切法圓滿寶蓋大師子吼妙音聲王已遶無量帀合掌頂禮曲躬恭敬却住一面時彼大王普徧觀察告童女言善哉童女汝能信知他人功德甚爲希有何以故一切衆生覆藏已過揚人之短稱已有德蔽他善根不能信知他人功德童女當知一切衆生爲諸愚癡黑暗覆蓋煩惱纏縛不識慚愧不知報恩無有智慧其心濁亂性不明了本無志力又退修行如是之人不信不解不能了知菩薩如來所有功德不能分別佛法僧寶最勝福田不知一切諸佛菩薩清淨法門清淨智慧神通智慧隨順思惟童女汝今決定求趣無上正等菩提能知菩薩如是廣大甚深功德能信能解汝今生此閻浮提中發勇猛心修菩薩行普攝衆生功不唐捐如汝所願悉當成就如是功德如是福力如是饒益無不具足王讚女已以無價寶火光摩尼種種妙色所莊嚴衣手自授與寶光童女并其眷屬一一告言汝諸童女各各受取著此妙衣時諸童女雙膝著地兩手承捧置於頂上然後而著既著衣已右遶於王頭面作禮時彼一切諸寶衣中普出一切星宿光明衆人見之咸作是言此

諸女等皆悉端正如淨夜天星宿莊嚴爾時夜神告善財言善男子於意云何爾時一切法圓滿寶蓋大師子吼妙音聲王者豈異人乎毗盧遮那如來應正等覺是也光明王者淨飯王是蓮華光夫人者摩耶夫人是寶光明童女者即我身是其王爾時以四攝法所攝衆生即此佛會大道場中一切菩薩雲集者是皆於阿耨多羅三藐三菩提得不退轉或住菩薩初極喜地或離垢地或發光地或焰慧地或難勝地或現前地或遠行地或不動地或善慧地或法雲地各各具足種種大願集種種助道修種種妙行備種種莊嚴獲種種清淨得種種神通遊種種自在住種種解脫從種種方所來此會中處於種種妙法宮殿爾時能開敷一切樹華安樂主夜神為善財童子欲明此解脫門義而說偈言

佛子我有廣大眼　普能觀察於十方
種種廣大刹海中　衆生五趣輪迴者
亦見彼刹一切佛　皆坐寂滅菩提樹
神通充徧於十方　說法調伏諸羣品
佛子我有淨妙耳　普聞一切無盡聲
亦聞諸佛轉法輪　皆能信受生歡喜
佛子我有他心智　出過衆生心境界
無二無礙量無邊　一念悉了諸心海
佛子我有宿命智　能知過去諸劫海
自身他身所受生　一念分明皆悉了
佛子我於一念知　一切刹海極微劫
佛及菩薩諸神通　五道輪轉衆生類
我亦知彼諸世尊　初發廣大菩提願
一切行海具修行　乃至當成一切智

亦知彼佛灌頂地　具足無等菩提道
方便說法悉不空　我於一念皆明了
亦知彼佛方便門　轉大法輪滿世間
涅槃無量諸功德　法住久近皆能了
亦知彼佛所調伏　廣大教法諸乘海
顯示一切諸世間　種種差別皆明了
我於無量無邊劫　修此喜光解脫門
今爲汝說眞實義　汝應愛樂勤修學

善男子我唯知此菩薩出生廣大歡喜調伏衆生藏普光明解脫門如諸菩薩摩訶薩親近供養一切如來入一切智廣大願海圓滿一切如來願海得勇猛智於一菩薩地普入一切菩薩地海得清淨願於一菩薩行普入一切菩薩行海得自在力於一菩薩解脫門普入一切菩薩解脫門海尊重恭敬諸善知識增長善根常無猒足承事一切諸佛菩薩勤求一切種智法門愛樂觀察正念思惟其心決定恒無懈怠不著一切利養恭敬讚歎名聞於世資生永離貪著滿衆生心如如意寶心常愛樂一切智地觀察如來力無所畏佛不共法勤求圓滿一切菩薩波羅蜜行遠離諂幻如說而行常眞實語守護佛種於一切智其心不動如大山王而我云何能知能說彼功德行善男子此菩提場如來會中有一夜神名守護一切衆生大願精進力光明汝詣彼問菩薩云何教化衆生令其發趣阿耨多羅三藐三菩提云何嚴淨一切佛刹云何承事一切如來云何能令一切如來皆悉歡喜云何能於一切菩薩所問學佛法勤求修習時善財童子禮夜神足遶無數帀殷勤

瞻仰深心戀慕辭退而去爾時善財童子往詣守護一切衆生大願精進力光明主夜神所見彼夜神在大衆中坐普照現一切衆生宮殿影像摩尼王藏師子之座普現法界差別影像摩尼寶網彌覆其上現一切日月星宿影像身現隨衆生心普令得見身現等諸衆生差別形像身現無邊廣大色相海身現普現一切諸相威儀身現普於十方悉能應現身現普能成熟一切衆生身現廣運速疾神通法雲身現利益衆生相續徧滿身現常遊虛空利益廣大身現一切佛所恭敬頂禮身現增長一切衆生善根身現受持佛法恒不忘失身現圓滿菩薩廣大誓願身現普光照耀充滿十方身現法燈普照除滅世闇身現了法如幻無垢深智身現遠離一切塵暗法性身現出生佛法覺悟一切身現普智光照差別身現究竟無患無煩惱身現不可沮壞具足堅固身現無所依住如來威力身現性無分別體離垢染身現性本清淨顯照諸法身時善財童子見彼夜神現如是等佛刹極微塵數差別身已一心頂禮舉體投地良久乃起合掌瞻仰於善知識生十種心何等爲十所謂於善知識生同已心令我精勤辦一切智助道法故於善知識生白業果心令我親近發起清淨勝善根故於善知識生莊嚴菩薩行心令我速能莊嚴一切菩薩行故於善知識生成就一切佛法心引導於我隨順修行諸佛道故於善知識能生最勝心令我生於佛境界中智光照故於善知識生出離心令我修行普賢菩薩出離行故於善知

識生能具足福智海心令我積集成就福智白淨法故於善知識生增長心令我精進速疾增長一切智故於善知識生能具足諸善根心令我志願悉得圓滿令諸衆生生歡喜故於善知識生能成辦大利益心令我自在利樂衆生安住一切菩薩法故成就一切種智道故發是心已得彼夜神與諸菩薩佛刹極微塵數同行所謂同念心常憶念十方三世一切佛故同慧分別決了一切法海差別門故同趣善巧開示一切如來妙法輪故同覺以等空智覺悟一切三世教故同根成就菩薩淨智光明普照衆生諸根海故同心善能修習無礙功德莊嚴一切菩薩道故同境智光普照一切如來所行境故同教獲一切智照諸教海一切相故同義能以智慧覺悟一切法自性故同法住深入一切法界海故同勇猛得不共法摧滅一切障礙山故同色身隨衆生心示現種種相好身故同諸力勤求成就一切智力不退轉故同無畏其心清淨猶如虛空無障礙故同精進於無量劫行菩薩行無懈倦故同辯才得一切法無障礙智普光明故同無等身相清淨一切世間無能勝故同愛語凡所語言令諸衆生皆歡喜故同妙音能師子吼普演一切法門海故同滿音以圓滿音令諸衆生隨類解故同淨德隨順修習一切如來淨功德故同淨業成就清淨一切菩薩諸善業故同智地受一切佛所轉法輪爲衆生故同梵行安住一切如來所行智境界故同大慈念念普覆一切國土衆生海故同大悲興大法雲普降法雨潤澤

一切諸衆生故同身業以方便行教化成就諸衆生故同語業以隨類音演說一切諸法門故同意業普攝衆生置一切智境界中故同莊嚴清淨莊嚴一切十方諸佛刹故同親近見一切佛出興于世皆親近故同勸請一切佛爲諸衆生轉法輪故同供養常樂供養承事一切諸如來故同教化調伏成熟一切世間諸衆生故同光明普能自在照了一切諸法門故同三昧普知一切十方世界衆生心故同充徧以自在力徧一切刹修諸行故同住處住諸菩薩神通海故同眷屬一切菩薩共止住故同趣入普入世界微細處故同心慮普知廣大諸佛刹故同往詣隨順往詣普入一切佛刹海故同方便悉能示現徧滿一切諸佛刹故同超勝徧於一切諸佛刹中無與等故同不退普入十方威德平等無障礙故同破暗得一切佛成菩提智普光明故同無生忍入一切佛道場衆海無染著故同普徧承事供養不可說刹諸如來故同智證隨順了知諸法門海常相續故同修行現前勤求順行一切諸法門故同希求於清淨法周徧勤求深樂欲故同清淨集佛功德而以莊嚴身口意故同妙意於一切法正分別智能明了故同精進勤求成就一切如來諸善根故同淨行成就滿足一切菩薩所行行故同無礙覺悟了知一切諸法皆無相故同善巧能於如來一切法中智自在故同隨樂隨諸衆生心之所樂現境界故同方便善巧修習一切法門所應習故同護念得一切佛自在威力所護念故同入地得入一切諸佛菩

薩所住地故同所住安住一切諸佛菩薩所證位故同記莂普爲一切諸佛如來授記莂故同三昧於一念中普入一切三昧海故同建立於刹那中示現種種諸佛事故同正念正念隨順一切如來境界門故同修行盡未來劫勇猛精進勤修一切菩薩行故同淨信於諸如來無量智慧速疾愛敬極欣樂故同捨離滅除一切諸障礙故同不退智與諸如來智慧等故同受生應現成熟諸衆生故同所住安住如來一切種智方便門故同境界能於甚深法性境界得自在故同無依永滅一切諸有染著所依心故同說法已甚深入種種法門平等智故同勤修於已身內受持佛法自體威德所護念故同神通開悟衆生令修一切菩薩行故同無行不動深入一切

十方諸刹海故同神力一念徧遊十方一切世界海故同總持已得一切陀羅尼海普照門故同秘密了知一切修多羅中妙法門故同甚深解一切法離相清淨如虛空故同光明放大光明普照十方諸世界故同智光普照顯示一切衆生心體性故同震動爲諸衆生現神通力威德自在普震十方諸佛刹故同不虛一切衆生種種方所見聞憶念皆悉令其心調伏故同出離普爲滿足一切菩薩諸大願海成就如來十力智故同欣樂隨衆生心而爲開示令歡喜故時善財童子普徧觀察守護一切衆生大願精進力光明主夜神起彼十種極清淨心獲此佛刹極微塵數菩薩同行得是行已心轉清淨於善知識發起無量無邊歡喜徧袒右肩頂禮其足合掌

恭敬一心瞻仰以偈讚曰

我發堅固自在意　志求無上佛菩提
今於聖者知識所　而起自已無異心
我以得見善知識　普集無盡諸白法
滅除一切衆罪垢　成就清淨菩提果
我因得見善知識　普以功德莊嚴心
盡未來劫諸刹中　勤修利益衆生道
我念聖者善知識　攝受饒益成就我
爲攝我故悉顯示　最勝寂靜眞實法
關閉險難諸惡趣　開示淨妙人天路
亦示一切諸如來　所成種智無師道
聖者希有無等倫　是佛最勝功德藏
無垢無量如虚空　出一切智清淨樂
聖者福海量如空　我今所見無邊際
念念之中能出生　清淨善根一切智
仁今滿我波羅蜜　增我不可思議福
令我冠佛妙法繒　長我清淨諸功德
我念聖者善知識　令我成滿諸佛智
我今誓願常依止　速疾成就諸白法
我以善友饒益故　一切功德咸具足
歡喜普爲諸衆生　教導宣揚一切智
仁今與我爲師範　令我修行無上法
我於無數億劫中　無能少報師恩德

爾時善財說偈讚已白言大聖向所顯現不可思議菩薩境界願爲我說此解脱門名爲何等發心已來爲幾時耶久如當得阿耨多羅三藐三菩提夜神告言善男子此解脱門名普化衆生令生善根我以得此解脱門故悟一切法自性平等入於諸法眞實之性證無依法捨離世間悉知諸法色相差别亦能

了達青黃赤白性皆不實無有差別而恒示現無量無數清淨色身所謂種種色身非一色身無邊色身清淨色身一切莊嚴色身普見色身等一切衆生形相色身普現一切衆生前色身光明普照色身衆所樂見色身見無猒足色身相好清淨色身離一切惡淨光普照色身大力勇猛平等示現色身一切世間甚深難得色身一切世間無能映蔽色身一切衆生稱歎無盡色身念念觀察種種莊嚴色身示現種種諸形像雲色身出現種種形色顯色色身普現無量神力色身普放一切衆妙光明色身一切淨妙莊嚴色身隨順成熟一切衆生色身隨其心樂現前調伏色身隨所應度成就善根色身現無障礙普光明照色身淨無濁穢廣大光明色身可愛端正增長不壞色身具足莊嚴清淨堅固色身方便開示不思議法微妙光明色身一切無能映奪色身能映奪一切色身無諸暗障色身能破諸闇色身普集一切諸白淨法色身具足勢力大功德海色身從於過去尊重恭敬爲因所生色身如虛空清淨心所起色身最勝廣大超過妙寶色身無斷無盡大功德海色身普徧出現大光明海色身一切世間無依無別平等色身徧滿十方一切世界無礙色身念念出現不可說刹海顯示種種色相海色身增長一切衆生種種歡喜心色身攝取一切衆生海色身能於一一毛孔之中出師子吼說一切佛功德海色身能淨一切衆生心性甚深信解海色身決定解了一切法義無疑網色身心無障礙種種光網普照

耀色身等虛空量淨光明色身能放廣大摩尼寶王淨光明色身照現無垢法界影像色身世無能比色身種種妙相差別莊嚴色身普照十方色身隨時示現應諸衆生常不斷絶色身出生寂靜調伏一切衆生色身善能除滅一切煩惱色身一切衆生功德福田色身能清淨一切敎色身一切衆生所見不虛色身現大智慧勇猛威力色身無障礙普周徧色身顯示最勝利益世間色身現能普集大慈海色身普集大福山王色身普光照現一切世趣影像色身現能清淨大智慧力色身隨順一切世間正念色身一切寶相光明色身顯示毗盧遮那藏色身隨順一切衆生寂靜色身一切智體相現前色身現微笑眼能令衆生普生淨信色身一切衆寶最勝莊嚴普光明色身不取不捨一切衆生色身無決定無執著色身顯示自在威力加持色身顯示諸法神通變化色身種種如來善根光照色身徧法界海遠離諸惡色身普現親近一切如來道場衆會色身現能成就種種妙色海色身普徧出現善行所流相似妙果色身隨所應化調伏衆生色身一切世間見無猒足色身放種種色淨光明色身顯示一切三世相海色身能放一切焰海光明色身顯示無量圓滿光明海色身一切妙香光明普徧超諸世間色身一一毛孔現不可說極微塵數日輪雲色身廣大無垢月輪雲威德色身放無量色須彌山王妙華雲光明色身出生種種妙鬘雲光明色身顯示一切寶蓮華雲色身出興一切燒香形像雲普徧法界色

身念念普散一切末香藏雲現前變化徧滿十方色身現一切如來廣大願雲色身現一切語言普演法海色身現普賢菩薩形像身雲色身念念中現如是等諸色相身充滿十方一切法界令諸衆生或見色身或聞說法或隨順憶念或親近承事或遇神通或覩變化如是種種不可思議自在威力悉隨心樂皆得開悟應時調伏捨不善業善行圓滿善男子當知此由徃昔種種大願力故具一切智速疾力故菩薩解脫廣大力故救護衆生大悲力故安樂衆生大慈力故勤求隨順不退力故一切如來加持力故作如是事善男子我入此解脫了知法性無有差別而能示現無量色身於一一身顯現無量諸色相海於一一相普放無量大光明雲一一光明照現無量諸佛刹土一一刹土現無量佛出興于世一一如來顯現無量大神通力隨諸衆生心行不同開發覺悟宿世善根未種者令種已種者令增長已增長者令成熟於念念中令無量衆生於阿耨多羅三藐三菩提得不退轉安住種種解脫門中

大方廣佛華嚴經卷第二十四

音釋

婬泆（婬夷針切婬放也泆夷質切泆蕩也）枯涸（涸下各切水枯竭也）煢（渠營切謂無兄弟也）啗（徒濫切食也）裸（魯果切赤體也）塠阜（塠都回切聚土也阜扶缶切土山也）鬚蘂（鬚相俞切蘂如累切謂花之鬚蘂也）

大方廣佛華嚴經卷第二十五

唐罽賓國三藏般若奉 詔譯

入不思議解脱境界普賢行願品

爾時夜神告善財言善男子如汝所問從幾時來發菩提心修菩薩行如是之義我承佛力當爲汝說善男子菩薩智輪寂靜圓滿遠離一切分別境界不可以生死妄想之中長短染淨廣狹多少如是諸劫分別顯示開悟衆生何以故菩薩智輪本性清淨離一切分別網超一切障礙山隨所應化而普照故善男子譬如日輪體無晝夜但出時名晝沒時名夜菩薩智輪亦復如是無有分別亦無三世但隨世間及菩薩智輪威德力故於無別中建立差別教化衆生言其止住前劫後劫染淨多少善男子譬如日輪住閻浮空其影悉現一切淨寶及以河海池沼器物諸淨水中一切衆生莫不目見而彼日輪不來至此菩薩淨智圓滿日輪亦復如是出諸有海住佛實法寂靜空中無有所依但爲化度諸衆生故而於諸趣隨類受生實不生死亦無染著無長短劫諸想分別何以故菩薩究竟離心想見一切顛倒得眞寂見見法實性知諸世間如夢如幻無我無人但以大悲大願力故放無垢光廣大圓滿現衆生前教化調伏善男子譬如船師常以大船於河流中不依此岸不著彼岸不住中流而度衆生無有休息菩薩摩訶薩亦復如是以波羅蜜船於生死流中不厭生死不取涅槃不住中流而度衆生達於彼岸無有休息雖於無量無數劫中常勤精進修菩薩行教化衆生未曾分別

劫數長短善男子如太虛空一切世界於中成壞而無分別本性清淨無染無亂無礙無猒非長非短盡未來劫持一切刹菩薩摩訶薩亦復如是以等虛空界廣大深心起大願風輪攝諸衆生令離惡道生諸善趣悉令安住一切智地滅諸煩惱生死苦縛而無憂喜疲猒之心善男子如幻化人雖復具足一切色身肢體圓滿而無入息及以出息寒熱飢渴憂喜生死十種之事菩薩摩訶薩亦復如是以如幻智平等法身現衆色相於諸有趣住無量劫教化衆生於生死中一切境界亦無十事所謂無欣無猒無愛無恚無苦無樂無取無捨無安無怖善男子菩薩智慧雖復如是甚深難測我當承佛威神之力爲汝解說令未來世諸菩薩等滿足種種廣大願門成就增長種種諸力善男子乃往古世過世界海極微塵數劫有世界名寶光明劫名妙光於其劫中有一萬佛出興于世其最初佛號法輪大聲虛空燈王如來應正等覺十號圓滿彼四天下閻浮提中有一王都名一切愛樂寶莊嚴城東不遠有一大林名曰妙光於彼林中有菩提樹名寶拘蘇摩華雲於其樹下有師子座名毗盧遮那摩尼王蓮華藏時彼如來於此座上成阿耨多羅三藐三菩提滿一百年坐於最勝菩提道場爲諸菩薩諸天世人及閻浮提宿植善根已成熟者演說正法是時國王名曰勝光時世人民壽一萬歲其中多有殺盜婬泆妄言綺語離間麤惡貪瞋邪見不孝父母不敬沙門婆羅門等如是諸惡增長熾盛時王爲欲調伏彼等惡

法衆生令住十善廣大成就造立囹圄枷鎖禁閉無量衆生於中受苦王有太子名能勝性端正殊特人所喜見最勝清淨妙色圓滿具二十八大人之相處自宫中婇女圍遶遥聞獄囚楚毒音聲心懷傷愍從宫殿出入牢獄中見諸罪人杻械枷鎖遞相連繫置幽闇處或以火炙或以煙熏或被榜笞或遭臏割倮形亂髮飢渴羸瘦筋斷骨現號叫苦劇太子見已心生悲愍發起利益救護之心以無畏聲安慰之言汝莫憂惱汝勿愁怖我當令汝悉得解脱便詣王所而白王言獄中罪人苦毒難處願垂寬宥施以無畏時王即集五百大臣而問之言是事云何諸臣答言彼罪人者私竊官物謀奪王位盜入宫闈罪應刑戮不宜寬恕以亂王法有哀救者罪亦當死

時彼太子聞是語已悲心轉切語大臣言如汝所説但放罪人所有苦事我悉代受隨其所應可以治我我爲彼等苦惱繫縛一切衆生得解脱故粉身没命無所顧惜要令罪人皆得免離何以故若我不救此等衆生令解脱者云何能救三界牢獄諸苦衆生一切衆生在三界中爲諸貪愛之所繫縛入於種種黒闇稠林愚癡所蔽貧無功德墮諸惡趣身形鄙陋諸根放逸其心迷惑不求出道失智慧光樂著三有斷諸福德滅諸智慧種種煩惱濁亂其心住苦牢獄入魔羂網生老病死憂悲惱害如是諸苦常所逼迫我當云何令彼解脱是故應捨一切珍財眷屬妻子乃至身命而救拔之令彼獄囚而得離苦時諸大臣聞是語已共詣王所悉舉其手高聲唱言

大王當知如太子意毀壞王法禍及萬人若王愛念不速治責王之寶祚亦不久立王聞此言赫然大怒令誅太子及諸罪人王后聞之愁憂號哭毀形降服塵土坌身與千婇女及諸眷屬馳詣王所舉體投地頂禮王足俱白王言唯願大王慈恕太子賜其餘命王即迴意語太子言此諸獄囚罪在難赦故我勑汝莫救罪人若救罪人必當殺汝爾時太子爲欲開發廣大心故爲欲專求一切智故爲欲利益諸衆生故爲以大悲普救攝故其心堅固無有退怯復白王言願恕彼罪身當受戮王言隨意爾時王后既見太子悲救決定復白王言願聽太子半月行施恣意修福然後就戮王即聽許是時王后眷屬妃嬪蒙王許已悲喜交集不自勝任時都城北有一大

園名曰日光曾是往古諸仙施場太子於彼設大施會須食與食須衣與衣乃至車乘華鬘瓔珞塗香末香幢旛寶蓋及餘種種寶莊嚴具隨有所求靡不周給經半月已於最後日國王羣臣后妃婇女長者居士城邑人衆及諸外道悉來集會時法輪大聲虛空雲燈王如來知諸衆生調伏時至即與大衆詣此施場所謂天王圍遶龍王供養夜叉王守護乾闥婆王讚歎阿脩羅王曲躬頂禮迦樓羅王以清淨心散諸寶華緊那羅王歡喜愛敬歌詠勸請摩睺羅伽王一心觀察瞻仰尊顏與此衆俱入彼大會爾時太子及諸大衆遥見如來相好端嚴諸根寂定如調順象心無垢濁如清淨池威德自在如大龍王現大神通示大自在種種相好莊嚴其身放大光明

普照世界一切毛孔出香焰雲震動十方無量佛刹出興一切莊嚴具雲普雨一切諸莊嚴具以佛威神功德之力一切衆生見者心淨增長歡喜銷滅煩惱爾時太子及諸大衆既見如來種種威力心意清淨踊躍無量即於佛前五體投地頂禮佛足安施最勝清淨牀座合掌恭敬而白佛言善來世尊善來善逝唯願哀愍攝受於我處于此座以佛神力淨居諸天即變此座爲香摩尼寶蓮華藏師子之座佛坐其上諸菩薩衆各各就座周帀圍遶眷屬莊嚴時彼會中一切衆生因見如來患苦銷滅垢障咸除身器清淨堪受聖法爾時能勝性太子見彼人天一切世主國王大臣長者居士乃至所有童男童女諸外道等衆會集已普徧觀察偏袒右肩右膝著地合掌恭敬一心觀佛以偈讚曰

梵釋八部五通仙　種種辯才同讚佛
我以微力今隨讚　如蜂隨於妙翅飛
融金色相青蓮眼　銷殄魔軍過失除
威儀嚴淨德充盈　十力智光恒普照
住眞寂樂無明盡　能除欲醉斷邪因
截諸愛網利羣生　十力智光恒普照
日光天子出現時　雖能與世爲明導
種種惑亂蔽其心　佛日自他無不照
雪山住世自在魔　龍爲瓔珞獸皮服
常爲女色之所昏　十力智光恒普照
月光天子曜世間　淨空列宿爲嚴飾
種種惑亂覆其心　佛月自他無不照
青蓮華眼那羅延　除滅脩羅能變化
隨眠昏醉如胎藏　十力智光恒普照

帝釋手執金剛杵　威德能碎阿脩羅
常爲女色昏醉心　十力智光恒普照
力賢三十三天主　威勢能破脩羅軍
由昏欲箭中其心　十力智光恒普照
犀牛婆藪蟻樓仙　五通神力無能制
貪欲愚癡常醉心　十力智光恒普照
勝論數論意仙等　一切外道常所宗
癡網所纒墜欲泥　十力智光恒普照
說四圍陀立世界　八面四臂勝身天
種種無明常自昏　十力智光恒普照
邪天愛欲無慙恥　那延好殺無愧心
鬼母血食害牛羊　頻那甘酒常昏醉
唯有如來恒住世　智眼常明如日光
衆生癡暗覆其心　不見善逝常迷没
我於善逝非親屬　於諸異道亦非怨
異道既非奪我財　如來亦不與珍寶
但以世尊清淨語　決定利益無怨親
滌除妄垢顯心源　故我歸依無等者
能盡未來一切劫　利安一切諸衆生
拔苦與樂無懈心　故我頂禮慈悲者
瞻覩如來寂靜月　或起深信或生疑
或敬或慢或懷憂　究竟皆同解脫果
佛開廣大青蓮眼　妙相莊嚴功德身
人天共讚不能量　譬若萬流歸大海
我此舌根少稱讚　所生微分妙善根
普施法界諸衆生　願證法身成正覺
爾時法輪大聲虛空雲燈王如來知此太子
及彼會中一切衆生堪受聖化以圓滿音說
修多羅名普照圓滿因令諸衆生隨類各解
時彼會中有八十那由他衆生遠塵離垢於

諸法中得淨法眼無量那由他衆生得無學地十千衆生住大乘道入普賢行成滿大願是時十方各百佛刹極微塵數衆生於大乘中心得調伏無量世界種種佛刹一切衆生免離惡趣復過筭數無量衆生生於天上能勝性太子即於此時得此菩薩普化衆生令生善根解脱門善男子爾時太子豈異人乎我身是也我因往昔起大悲心捨身命財一切眷屬乃至人間安樂壽命救彼獄中受苦繫縛一切衆生皆令解脱開門大施心無障礙供養於佛令生歡喜發菩提心得此解脱善男子我於爾時但爲利益一切衆生不著三界心無依止不求果報無所希望不貪世間一切名稱不欲自讚輕毀於他不戀一切世間財寶於所行施離有相心於諸世間種種境界無所貪染無所怖畏但唯愛樂如來境界淨菩提心心性堅固猶若金剛成就衆生勤求匪懈以大悲力滅衆生苦以如來力開發内心觀察菩薩諸清淨行莊嚴大乘出要之道常樂觀察一切智門修諸苦行得此解脱善男子於意云何彼時五百大臣於勝光王作不善語欲害我者豈異人乎今提婆達多等五百徒黨惡比丘是是諸人等蒙佛教化調伏成熟皆已授與阿耨多羅三藐三菩提記於未來世過須彌山極微塵數劫爾時有劫名善光明世界名寶光於中成佛其五百佛次第興世最初如來號曰大悲第二名饒益一切衆生滿月王第三名大悲師子第四名利益一切世間乃至最後名曰醫王雖彼諸佛大悲平等然爲調伏諸衆生故種

種國土功德莊嚴種族父母受生誕生在家出家修菩薩道往詣道場降伏魔軍成等正覺轉正法輪説修多羅語言音聲顯示神通現大威力光明衆會壽命法住及其名號各各差别善男子彼諸罪人我所救者即拘留孫等賢劫千佛是爾時百萬阿僧祇諸大菩薩見彼如來無邊威力發阿耨多羅三藐三菩提心者今於十方一切世界行菩薩行修習增長如是菩薩普化衆生令生善根解脱者是時勝光王今薩遮尼乾子大論師是時王夫人内宫婇女及諸眷屬即彼尼乾六萬弟子與師俱來建大論幢共佛論義悉降伏之與授阿耨多羅三藐三菩提記者是此諸人等皆當作佛種種佛刹種種莊嚴劫數名號各各差别善男子我於爾時救彼罪人令

解脱已父母聽我捨離國土妻子財寶一切眷屬於法輪大聲虚空雲燈王如來所出家學道於千歲中淨修梵行即得成就百億三昧門百億陀羅尼門百億神通門百億菩薩大法藏能生百億求一切智精進門淨治百億安忍門增長百億思惟心成就百億菩薩力深入百億菩薩種智門出生百億般若波羅蜜門得百億十方諸佛現前門具百億菩薩大願門成就圓滿如是法已於念念中十方各照百億佛刹於念念中十方各遊百億佛刹於念念中憶念十方一切世界前後際劫百億諸佛於念念中能知十方一切世界百億諸佛大變化海於念念中能見十方百億佛刹所有衆生種種趣類隨業所受生時死時善趣惡趣好色惡色其諸衆生種種心

行種種欲樂種種心性種種根器種種業習種種出生種種相續種種成就可調伏時皆悉明了善男子我於爾時命終之後還復於彼閻浮提中作轉輪王彼法輪大聲虛空雲燈王如來般涅槃後次即於此值虛空高勝吉祥王如來承事供養令生歡喜次爲帝釋即此道場值釋梵主藏王如來親近供養令生歡喜次爲夜摩天王即於此界值大地威德吉祥山如來親近供養令生歡喜次爲兜率天王即於此界值法輪光明大聲王如來親近供養令生歡喜次爲妙變化天王即於此界值虛空智燈王如來親近供養令生歡喜次爲他化自在天王即於此界值無能壞威力幢王如來親近供養令生歡喜次爲阿脩羅王即於此界值一切法雷音王如來親近供養令生歡喜次爲大梵天王即於此界值普現變化影像法音王如來親近供養令生歡喜善男子此寶光明世界妙光劫中有一萬佛出興于世我皆親近一一承事恭敬供養令生歡喜次復有劫名曰日光於彼劫中有十萬佛出興于世最初如來名妙相好吉祥山我時爲王名曰大慧於彼如來承事供養令生歡喜次有佛出名圓滿肩我爲居士親近供養令生歡喜次有佛出名無垢童子我爲輔臣親近供養令生歡喜次有佛出名勇猛持我爲阿脩羅王親近供養令生歡喜次有佛出名爲妙光我爲山神親近供養令生歡喜次有佛出名須彌相我爲樹神親近供養令生歡喜次有佛出名離垢臂我爲賓主親近供養令生歡喜次有佛出名師子

遊步我爲城神親近供養令生歡喜次有佛出名王寶髻我爲毗沙門天王親近供養令生歡喜次有佛出名法高稱我爲乾闥婆王親近供養令生歡喜次有佛出名普光明冠我爲鳩槃荼王親近供養令生歡喜善男子於彼劫中此十如來而爲上首如是次第十萬如來皆悉供養善男子此世界中次復有劫名妙蓮華有六十億如來出興於世我常於此受種種身以種種威儀往詣於彼一一佛所親近承事以種種資具恭敬供養令生歡喜敎化調伏無量衆生令其成熟阿耨多羅三藐三菩提心我又於彼一一佛所得種種三昧門種種陁羅尼門種種神通門種種辯才門種種一切智門種種法明門種種智慧門照種種十方海入種種佛刹海見種種諸佛海顯示甚深普徧建立清淨成就增長廣大如於此妙蓮華劫中親近供養爾所諸佛令生歡喜於一切處一切世界海極微塵數劫所有如來出興于世親近供養令生歡喜一一如來演說妙法我皆聽聞聞已信受守護憶持爲他廣說敎化成熟一切衆生亦復如是如是一切諸如來所皆悉修習此解脫門復得無量解脫方便爾時守護一切衆生大願精進力勇健光明主夜神欲重宣此解脫門義即爲善財而說偈言

汝發大心爲世日　問我難思解脫門
我承佛力爲汝説　汝應一心而諦聽
往昔無邊廣大劫　過於刹海極微數
彼時刹號寶光明　其中有劫名妙光
於此妙光大劫中　一萬如來出興世

我皆親近而供養　從其修習此解脫
時有王都名喜嚴　縱廣寬平極殊麗
雜業衆生所居住　或心清淨或作惡
彼時有王名勝光　恒以正法御羣生
太子名爲能勝性　形體端嚴備衆相
爾時幽繫無量人　犯王教令當受戮
太子已見生悲愍　上啓於王請寬宥
王集羣臣議所應　咸言太子危王國
如是罪人應就戮　如何悉救令除免
時勝光王語太子　汝救彼罪自當受
太子哀念情轉深　誓救衆生無退怯
時王夫人婇女等　俱來王所白王言
願放太子半月中　布施衆生作功德
時王聞已即聽許　設大施會濟貧乏
一切衆生靡不臻　隨有所求咸給與
如是半月日云滿　太子就戮時將至
大衆百千萬億人　同時瞻仰俱號泣
佛知衆會根將熟　慈悲來此化羣生
顯現神變大莊嚴　靡不親近而恭敬
佛以圓音方便說　法燈普照修多羅
無量衆生意調伏　悉蒙與授菩提記
太子聞法生歡喜　發興無上正覺心
誓願承事於如來　普爲衆生作依處
自此出家依佛住　修行一切種智道
爾時便得此解脫　大悲廣濟諸羣生
於中住止經劫海　諦觀諸法眞實性
常於苦海救衆生　精勤修習菩提道
劫中所有諸佛現　悉皆承事無有餘
咸以清淨信解心　聽聞持讀所說法
次於佛刹極微數　無量無邊諸劫海

所有諸佛現世間　一一供養皆如是
我念昔爲太子時　見諸衆生繫囹圄
誓願捨身而救彼　因其證此解脱門
經於佛刹極微數　廣大劫海常修習
念念令其得增長　成就無邊巧方便
彼中所有諸如來　我悉得見蒙開悟
令我增明此解脱　及以種種方便力
我於無量千億劫　學此難思解脱門
諸佛法海無有邊　我悉一時能普飲
十方所有一切刹　其身普入無所礙
三世種種國土名　念念了知皆悉盡
三世所有諸佛海　一一明見盡無餘
亦能示現其身相　普詣於彼如來所
復於十方一切刹　一切諸佛導師前
普雨一切莊嚴雲　供養一切無上覺
復以無邊大覺海　啓請一切諸世尊
彼佛所興妙法雲　皆悉受持無忘失
復於十方無量刹　一切如來衆會前
坐於衆妙莊嚴座　示現種種神通力
復於十方無量刹　示現種種諸神變
一身示現無量身　無量身中現一身
復於一一毛孔中　悉放無數大光明
各以種種巧方便　除滅衆生煩惱火
復於一一毛孔中　出現無量化身雲
充滿十方諸世界　普雨法雨濟羣品
十方一切諸菩薩　入此難思解脱門
悉盡未來諸刹劫　安住修行菩薩行
隨諸心樂爲説法　令彼皆除邪見網
示以天道及二乘　乃至如來一切智
一切衆生受生處　示現無邊種種身

悉同其類現衆像　普應其心而説法
若有得此解脱門　則住無邊功德海
譬如剎海極微數　不可思議無有量
善男子我唯知此菩薩普化衆生令生善根解脱門如諸菩薩摩訶薩超諸世間現諸趣身慧眼明徹永離癡翳不住攀緣無有障礙了達一切諸法自性除滅衆生無明黑闇善能觀察一切諸法善巧方便微細思惟得無我智證無我法教化調伏一切衆生恒無休息心常安住無二法門於三寶境得不壞信究竟了知諸行生滅善説三世清淨實際普入一切諸言辭海而我云何能知能説彼功德海彼勇猛智彼心行處彼三昧境彼解脱力彼自在門彼神通事善男子此閻浮提從菩提樹恒河西北迦毗羅城有一園林名嵐毗尼彼園有神名妙威德圓滿愛敬汝詣彼問菩薩云何修菩薩行生如來家爲無盡燈光明照世盡未來劫難行能行而無猒倦時善財童子頭面禮敬彼夜神足遶無數帀慇懃瞻仰一心戀慕辭退而去

大方廣佛華嚴經卷第二十五

音釋

肢音支四肢也　囹圄囹郎丁切圄魚舉切獄名也　杻械杻勑九切手械也械下戒切桎梏也足械曰桎手械曰梏　笞丑知切捶擊也　臏毗忍切刖刑去膝蓋骨也　劇竭戟切尤甚也又艱也　宥于救切寬之而巳未全放也　闈于非切宮中相通之小門也　戮音六殺也　羂規縣切罥也　祚存故

切位也**坌**蒲悶切塵坌也**嬪**毗賓切婦也又九嬪婦官也**翅**音試翼也**婆藪**梵語也此云天慧仙人名也藪蘇后切**賫**式羊切通財鬻貨曰商又行賈也

大方廣佛華嚴經卷第二十六

唐罽賓國三藏般若奉　詔譯

入不思議解脫境界普賢行願品

爾時善財童子正念思惟彼大願精進力等護一切衆生光明夜神以解脫力現等一切衆生心所見身現等一切衆生形像身現等無邊色相海身現等一切處方俗威儀海身普門示現如是等身隨諸衆生心之所應以種種方便教化成熟令其開悟增長善根隨順修行證入甚深菩薩解脫善財如是以正念力憶持分別彼主夜神所得解脫所有教法一一字句名相體性以總持力憶念攝持以慧解力分明顯示以行願力發起廣大如是隨順獲得無量殊勝功德漸次南行度恒河北入憍薩羅國向迦毗羅城詣嵐毗尼林到已右繞周旋求覓妙德圓滿愛敬林神見在林中大寶樹下莊嚴圓滿寶樓閣中坐摩尼藏師子之座二十億那由他諸林神女前後圍繞廣爲演説一切菩薩受生海經令其皆得生如來家疾入菩薩大功德海善財見已頂禮雙足合掌前立作如是言大聖我已先發阿耨多羅三藐三菩提心而未知菩薩云何生如來家云何行菩薩行云何能作一切衆生種種照世大光明燈時彼林神告善財言善男子菩薩有十種受生藏若諸菩薩成就此法則能速疾生如來家念念增長菩薩善根不休不懈不退不斷無厭倦無繫縛無疑惑無迷亂無怯弱無惱悔無遺失一切智體等十方界隨順佛境入法界門不退廣大菩提之心增長一切波羅蜜行捨離一切

世間趣類疾入一切如來智地神通智力常現在前種種佛法皆能順入究竟獲得眞實義境何等爲十所謂願常供事一切諸佛菩薩受生藏普徧成就菩提心菩薩受生藏觀諸法門方便修行菩薩受生藏以深淨心普照三世菩薩受生藏平等光明普照一切菩薩受生藏生三世一切諸如來家菩薩受生藏佛力光明普徧莊嚴菩薩受生藏微細觀察普徧智門菩薩受生藏法界變化種種莊嚴菩薩受生藏速疾履踐諸如來地菩薩受生藏善男子云何名願常供事一切諸佛菩薩受生藏善男子此菩薩初發心時作如是願我當親近承事諸佛及諸菩薩現見諸佛恒生歡喜於諸佛所以尊重心恭敬供養無有厭足增長淨信心無退轉積集功德恒不斷絶爲欲清淨一切智性積集善根令增長故是爲菩薩第一受生藏云何名菩薩普徧成就菩提心受生藏善男子此菩薩發阿耨多羅三藐三菩提心所謂起深厚大悲心於諸衆生能救護故起供養諸佛心令諸如來增歡喜故起勤求正法心於諸所有無悋惜故起所作廣大心令一切智悉現前故起圓滿大慈心爲普攝取一切衆生作饒益故起不捨衆生心被求一切智堅誓甲故起無諂幻心得如實智普照一切差別法故起如說而行心修習菩薩一切難行諸苦行故起不誑一切諸佛心願常守護一切如來大誓願故起一切智大願心盡未來際調伏衆生無斷絶故此十爲首有佛刹極微塵數菩提心大功德聚若諸菩薩成就此法則得常生諸

如來家是爲菩薩第二受生藏云何名菩薩觀諸法門方便修行受生藏善男子此菩薩於一切法門海起現前觀察心於一切智圓滿道起成就迴向心於諸威儀清淨業海起正念觀察心於一切菩薩種種三昧海起普徧清淨心於一切菩薩種種功德海起修習成滿心於一切菩薩道起莊嚴出生心於一切智精進功德起如劫火熾然不休息心於一切衆生界起令成就普賢行心於一切威儀中起修菩薩種種功德心於眞實中道起捨離有無入眞實正觀心是爲菩薩第三受生藏云何名菩薩以深淨心普照三世受生藏善男子此菩薩成就清淨增上深心得佛菩提光明徧照深入菩薩方便法海其心堅固猶如金剛攝取衆生畢竟不捨遠離一切諸有趣生成就如來種種神變起於菩薩殊勝行願具足菩薩明利諸根增長菩薩清淨善心成就不動大誓願力得諸如來之所護念破壞一切諸障礙山與諸衆生作所依怙是爲菩薩第四受生藏云何名菩薩平等光明普照受生藏善男子此菩薩具修種種方便行海調伏成熟一切衆生一切所有悉能棄捨成就無邊清淨戒體住佛境界具足安忍得一切佛法忍光明以大精進勇猛志力趣向出生一切智體勤修清淨諸三昧門成就一切神通智力以智慧光照明法界得一切法差別光明成就清淨無障礙眼見一切佛諸色相海悟入一切甚深法性自在教化成就衆生能令世間皆生歡喜勤修差別如實法門是爲菩薩第五受生藏云何名菩薩

生三世一切諸如來家受生藏善男子此菩薩生如來家隨如來住成滿一切殊勝行門具足三世如來願海得一切佛純一善根與一切佛同一體性成就出世白淨法行安住普賢廣大功德入一切佛甚深三昧見一切佛自在神力所化衆生咸令清淨得佛平等迴向法門能隨問答辯才無盡是爲菩薩第六受生藏云何名菩薩佛力光明普徧莊嚴受生藏善男子此菩薩深入一切佛威神力光明徧照心不退轉遊諸佛刹無有動作承事供養菩薩衆海無有疲猒如實了知諸法如幻知諸世間悉皆如夢見一切佛示現色身所有相好猶如光影知一切佛神通所作自在遊戲猶如變化知諸有趣隨類受生如鏡中像知一切佛所轉法輪令衆生聞如空谷響以方便力開法界門咸令證入到於彼岸是爲菩薩第七受生藏云何名菩薩微細觀察普徧智門受生藏善男子此菩薩住童眞位獲得菩薩種種威儀一切功德具足圓滿微細觀察一切智門於一一門盡無量劫開演分別無邊菩薩所行境界於諸菩薩甚深三昧心得自在成就最勝諸波羅蜜念念普生一切世界諸如來所能於一切差別境中入於平等無差別定於無差別平等法中現於自在有差別智於無量無邊境中自在入出無有障礙於無境中起於種種差別境界於微小境中見廣大境於廣大境中見微小境知諸世間皆假施設通達諸法因緣性相皆是自心之所現起是爲菩薩第八受生藏云何名菩薩法界變化種種莊嚴受生藏

善男子此菩薩於念念中種種莊嚴無量佛剎普隨衆生現變化身得無所畏最勝彼岸示現種種諸佛威儀成就種種方便善巧依止清淨無礙法界隨衆生心現衆色相令其見者無不調伏普使安住不思議乘具足開演成菩提行行無障礙一切智道相續出現轉於法輪住無中邊薩婆若海隨所應化不失其時常能平等正念饒益成就如來智慧之藏是爲菩薩第九受生藏云何名菩薩速疾履踐諸如來地受生藏善男子此菩薩悉於三世諸如來所受灌頂法悉知一切三世諸佛同一體性境界次第所謂知一切世界隨心現起相續次第知一切衆生前後没生相續次第知一切衆生種種心念相續次第知一切菩薩前後際劫凡所受生相續次第知一切菩薩前後際劫所行之行相續次第知一切菩薩所有修習種種智境相續次第知一切諸佛前後際劫現成正覺相續次第知一切法功能善巧親近供養相續次第知一切劫盡前後際若成若壞種種事相種種名號相續次第知隨所應度現成正覺功德莊嚴開悟調伏示現威力智慧神通轉正法輪令諸衆生親近供養皆不失時相續次第於無邊衆生界以巧方便而調伏故是爲菩薩第十受生藏善男子如是菩薩十種受生藏一切菩薩無不從生若諸菩薩爲欲成就廣大菩提修習增長圓滿此法則能積集種種功德於一莊嚴中出一切莊嚴普徧莊嚴一切佛剎示現變化種種威儀普徧調伏諸衆生界盡未來劫無有休息諸佛法海種種

因緣種種境界展轉流通相續不斷現前覺悟無不周徧現不思議佛自在力普徧充滿虛空法界於諸衆生心行海中爲攝取故而轉法輪普於十方一切世界諸如來所親近不捨無量法雲普徧現前以清淨音演諸法海住一切處所行無礙以一切法妙光明網莊嚴種種菩薩道場隨諸衆生心之樂欲開演無邊種種法藏顯示種種諸佛境界隨應開悟一切世間爾時嵐毗尼園妙德愛敬林神欲重宣說菩薩廣大受生藏義以佛神力觀察十方爲善財童子而說偈言

最上無垢深淨心　見一切佛無猒足
願盡未來常供養　此明慧者受生藏
三世一切刹海中　所有衆生及諸佛
悉願救度恒瞻敬　此名稱者受生藏
受法雲雨無猒足　普觀三世無所著
身心清淨如虛空　此無比者受生藏
心恒遊止大悲海　堅固高勝如須彌
通達一切種智門　此自在者受生藏
大慈徧覆於十方　普行無垢波羅蜜
以法光明照羣品　此雄猛者受生藏
覺法自性心無礙　生於三世諸佛家
深入法界智無邊　此明智者受生藏
法身清淨心無著　普詣十方無量土
一切佛力靡不成　此難思者受生藏
入深智海得自在　住三昧海咸究竟
觀一切智方便門　此實智者受生藏
嚴淨一切諸佛刹　成熟一切諸羣生
現佛神力普莊嚴　此大名者受生藏
諸佛法智皆修習　速能普入如來地

了知法界皆無礙　此眞佛子受生藏
善男子若諸菩薩具此十種受生藏則得生如來家爲諸世間作大明燈善男子我得此一切菩薩自在受生解脫門無量劫來神通遊戲顯示菩薩無礙境界善財白言聖者此解脫門境界云何林神答言善男子我先發願願一切菩薩現受生時我身皆得親近供養願入毗盧遮那如來無量廣大受生海以昔願力而來生此娑婆世界此四天下閻浮提中迦毗羅城嵐毗尼園於此林中專念菩薩何時下生經一百年果見世尊從兜率天而來下生善男子爾時菩薩將下生時此大林中先現十種莊嚴瑞相何等爲十所謂一者此林中地忽自平坦坑坎堆阜悉皆不現二者林中所有荊棘瓦礫不淨之物皆悉不現金剛爲地衆寶莊嚴如歡喜園柔軟細妙三者園中復有寶多羅樹其根深植下至水際次第行列分布莊嚴四者林中復現一切香牙一切香藏塗香末香幢旛寶蓋及諸妙寶摩尼形像種種香樹蔭暎莊嚴出過人天所有香氣五者林中復有諸妙華鬘寶莊嚴具處處充滿微妙分布六者林中一切諸大寶樹自然開發摩尼寶華於華葉間流出眞金柔軟鬘線七者林中所有一切池沼皆生妙華柔軟鮮潔從地涌出彌布水上八者時此林中娑婆世界所有欲色諸大天王及諸天龍夜叉乾闥婆阿脩羅迦樓羅緊那羅摩睺羅伽鳩槃荼等一切世主莫不來集合掌而住九者此三千世界所有欲界諸天婇女龍女夜叉女乾闥婆等及諸世主一切婇女

皆生歡喜各持種種諸供養具向畢洛叉樹恭敬而立十者十方所有一切諸佛皆從齊輪放大光明名菩薩受生種種自在燈普照林中一切諸物一一光中悉現諸佛受生誕生所有神變及現一切菩薩受生種種功德又出諸佛種種言音令諸衆生咸得聞見是爲林中十種瑞相現此相已時諸天王及諸世主即知菩薩當欲下生我時見此十種瑞相難思境界心生歡喜踊躍無量善男子時菩薩母摩耶夫人出迦毗羅城入此林時復現十種光明瑞相普照一切令諸衆生得一切智法性光明速疾增長歡喜愛敬何等爲十所謂於此林中衆寶樓閣香牙香藏悉放光明普照十方一切世界又此林中一切池沼所有蓮華悉放光明於光明中出微妙音演說如來眞實法句又令十方一切世界初發心菩薩悉放光明而來照此嵐毗尼林無不徧滿又令十方一切佛刹所有住地諸大菩薩現大神變放大光明而來照此嵐毗尼林又令十方一切佛刹修行成就圓滿一切波羅蜜行諸大菩薩放大光明而來照此嵐毗尼林又令十方一切佛刹住大願海諸大菩薩悉放一切自在無礙願智光明而來照此嵐毗尼林又令十方一切佛刹住大悲海諸大菩薩悉放一切願智光明而來照此嵐毗尼林又令十方一切佛刹住方便海諸大菩薩悉放種種調伏衆生善巧光明而來照此嵐毗尼林又令十方一切佛刹諸大菩薩悉放眞實教智光明而來照此嵐毗尼林又令十方一切佛刹諸大菩薩放一切佛自在

下生出家成道大智光明而來照此嵐毗尼林此十種光明出現之時普令除滅一切衆生無明黑闇善男子時摩耶夫人現此十種光明相已於畢洛叉樹下將欲誕生復現十種廣大神變何等爲十善男子菩薩將欲誕生之時色界天王及諸天子欲界諸天及諸婇女諸龍夜叉乾闥婆阿脩羅迦樓羅緊那羅摩睺羅伽一切世主并其眷屬爲供養故皆悉雲集時摩耶夫人色相威德莊嚴殊勝身諸毛孔咸放光明如燈如日如融金聚普照三千大千世界無所障礙其中所有一切光明咸皆隱蔽悉不復現除滅一切衆生煩惱及惡道苦是爲菩薩將誕生時第一神變又善男子當爾之時摩耶夫人於其腹中悉現三千大千世界一切形像其中百億四天下閻浮提内種種都邑各有園林名號不同一一皆有摩耶夫人各於樹下一切世主并其眷屬圍繞而住悉現菩薩將欲誕生不可思議神變之相是爲菩薩將誕生時第二神變又善男子摩耶夫人於身一切毛孔之中悉現世尊毗盧遮那過去所修菩薩行時親近供養一切諸佛及聞諸佛說法音聲普震十方一切世界諸所現境如於明鏡及淨水中能現虚空日月星宿雲雷等像摩耶夫人身諸毛孔所現如來過去所行神通等事亦復如是是爲菩薩將誕生時第三神變又善男子摩耶夫人身諸毛孔一一皆現如來往修菩薩行時所住一切世界海一切世界種世界體性世界形狀及世界中城邑聚落山林河海泉流池沼所度衆生所經劫數所有

佛現所入淨剎所有受身所有壽命所事善友所得法門所修行願所獲果證從初發心乃至獲得不退轉地於一切處在在所生摩耶夫人皆爲其母如是如來過去所有一切境界於毛孔中靡不皆現是爲菩薩將誕生時第四神變又善男子摩耶夫人一一毛孔顯現如來過去所修菩薩行時凡所受生種種色相種種形貌種種威儀種種資具衣服飲食苦樂等事一一明現無不辯了是爲菩薩將誕生時第五神變又善男子摩耶夫人身諸毛孔一一皆現世尊過去修施行時捨所難捨身分肢節頭目耳鼻脣舌牙齒血肉骨髓肝膽腸胃皮膚筋脉及其妻妾男女眷屬宮殿城邑及諸珍寶金銀瑠璃珂貝璧玉瓔珞環珮衣服飲食如是一切內外諸物亦

見受者種種方處形貌言辭是爲菩薩將誕生時第六神變又善男子時此林中普現過去一切劫中所有諸佛入母胎時種種佛剎種種園林種種莊嚴種種眷屬及其種種幢旛傘蓋華鬘衣服塗香末香摩尼寶等種種瓔珞諸莊嚴具種種伎樂歌詠讚歎上妙音聲徧滿林中令諸衆生普得聞見是爲菩薩將誕生時第七神變又善男子摩耶夫人從其身中胎臟之內出現菩薩應所受用摩尼寶王宮殿樓閣超過一切天龍夜叉乾闥婆阿脩羅迦樓羅緊那羅摩睺羅伽及諸人王之所住處摩尼王網羅覆其上復以一切人天形像摩尼寶王諸莊嚴具校飾莊嚴熏以無垢上妙香王令諸衆生心得清淨如是一切徧滿林間各各差别不相雜亂是爲菩薩

將誕生時第八神變又善男子摩耶夫人從其腹中出十不可說不可說百千億那由他佛刹極微塵數菩薩摩訶薩其諸菩薩身形容貌色相光明進止威儀神通眷屬一切皆與毗盧遮那菩薩等無有異悉共同時讚歎如來是爲菩薩將誕生時第九神變又善男子摩耶夫人將欲誕生菩薩之時忽於其前從金剛際出大蓮華名一切寶王莊嚴藏以無能勝金剛摩尼王寶爲莖以衆生影像海摩尼王寶爲藏一切上妙摩尼王寶而作其鬘清淨無垢如意寶王以爲其臺有十佛刹極微塵數葉一切皆以摩尼所成周帀莊嚴光輝間發摩尼寶王而爲其網周帀垂覆堅固難壞金剛寶王而爲其蓋以覆其上一切天王所共執持一切龍王起大香雲降注香雨一切諸天雨天妙華及諸嚴具一切夜叉王恭敬圍繞一切乾闥婆王出美妙音歌讚菩薩往昔親近供養諸佛所有功德一切阿脩羅王捨憍慢心曲躬恭敬合掌頂禮一切迦樓羅王銜寶繒帶莊嚴虛空一切緊那羅王發歡喜心歌詠讚歎菩薩功德一切摩睺羅伽王皆生歡喜出大音聲歌詠讚歎普雨一切寶莊嚴雲是爲菩薩將誕生時第十神變

善男子我見摩耶夫人於此園林將誕菩薩示現十種神通之相不可思議種種功德無量光明心無猒足摩耶夫人然後右脇而生世尊如虛空中現淨日輪如高山頂出於慶雲如密雲中而曜電光如夜闇中燃大火炬爾時菩薩從母脇生身相光明亦復如是善

男子菩薩是時爲欲顯示一切諸法如影如像如夢如幻無去無來無生無滅示現誕生善男子我當見佛毗盧遮那於此四天下閻浮提内嵐毗尼園示現初生神變之時亦見如來於三千大千世界百億四天下閻浮提中嵐毗尼園示現初生種種神變亦見於三千大千世界極微塵數佛刹亦見於百佛世界極微塵數佛刹乃至十方一切世界極微塵數佛刹示現初生種種神變亦見在於十方世界極微塵中所有種種無量佛刹一一皆現受生誕生種種神變如是念念盡未來際普於十方一切法界所有刹海一一塵中無量世界亦現初生種種神變次第相續無有間斷雖念念中普徧一切無邊刹海示現誕生種種神變而心無著無有障礙爾時善

財童子白妙德圓滿愛敬吉祥嵐毗尼園主林神言聖者菩薩云何住最後身要生於此大族姓中林神告言善男子一切菩薩將成正覺住最後身皆生王宫或生大族婆羅門家何以故爲能成就種種利益調伏自他令成熟故善男子能利自他有三種法一者異熟因果二者福德因果三者智慧因果云何異熟謂有八種一者壽量圓滿二者色相圓滿三者種族圓滿四者自在圓滿五者信言圓滿六者大勢圓滿七者丈夫相圓滿八者勇力圓滿善男子云何菩薩壽量圓滿所謂壽命長遠久住世間云何菩薩色相圓滿所謂形色端嚴相好殊勝人所樂見心無猒足云何菩薩種族圓滿所謂生於豪貴刹帝利種婆羅門家云何菩薩自在圓滿所謂得大

財位及大眷屬所作隨心人所宗奉云何菩薩信言圓滿所謂出言誠諦人必信受理諸諍訟心無高下凡所決斷如執權衡言行無違無求無諂云何菩薩大勢圓滿所謂名稱高遠勇猛精進志性柔和毀譽不動工巧藝業無能過者處大衆會咸所尊重云何菩薩丈夫相圓滿所謂具丈夫相離諸殘缺云何菩薩勇力圓滿所謂報力殊勝身常無病心力勇健有勝堪能如是八法是爲菩薩異熟圓滿善男子菩薩云何修此八種異熟之因所謂菩薩於諸衆生起大慈愍無殺害心是爲壽量圓滿之因若諸菩薩於佛菩薩形像之前及諸一切黑闇之處施諸光明及施種種鮮潔衣服是爲色相圓滿之因若諸菩薩處於種種部類之中心常謙下是爲種族圓滿之因若諸菩薩於諸貧匱困厄衆生隨心所欲而行給施是爲自在圓滿之因若諸菩薩常修實語和合語柔軟語不變異語是爲信言圓滿之因若諸菩薩爲欲攝取未來世身種種色相殊勝功德發大誓願供養三寶及善知識父母師長心恒不捨承事恭敬無有斷絕是爲大勢圓滿之因若諸菩薩心恒愛樂丈夫之身於女人相常生猒棄怖畏女色猶如猛火於丈夫身生福德想亦勸衆生猒離女身欣丈夫相是爲丈夫圓滿之因若諸菩薩恒以身力供事衆生如理作役皆往營助於師長處按摩塗洗及以種種上妙飲食施諸飢渴咸令充飽令其安樂色力增盛是爲勇力圓滿之因如是菩薩修習八種異熟之因感異熟果善男子如是八種異熟之

因復由三緣而得增長能感圓滿廣大饒益殊勝異熟云何爲三一者清淨心二者清淨行三者清淨境若諸菩薩内心清淨所有善根悉用迴向阿耨多羅三藐三菩提及證甚深一味法界廣大信樂純一無雜勤求修習不顧身命與善知識同一志行見同法者深生歡喜日夜思惟念念隨順行住坐卧心無猒足是爲第一發清淨心若諸菩薩即於如是廣大志樂所起善根長時修習念念無間方便善巧皆使成就未受行者令得受行已受行者令其堅固是爲第二行清淨行若諸菩薩於彼一切所行境中令心清淨能正發起令行調柔如是趣求至究竟果是爲第三趣清淨境善男子云何菩薩異熟果耶謂由菩薩壽量具足故能得長時無間修習所有善根積集增長能久住世自利利他是爲壽命圓滿之果又由菩薩色相端嚴衆生愛敬故一切大衆咸來歸仰凡所發言無不樂聞既聞法已皆悉順行是爲色相圓滿之果又由菩薩種族眞正故世所宗重令諸衆生隨順菩薩所有言教精勤修習速疾捨離諸不善業修諸善業是爲種族圓滿之果又由菩薩自在圓滿具足財位故能以種種珍寶僕使給施羣生隨其所須咸令充足以此攝取然後調伏而成熟之是爲自在圓滿之果又由菩薩成就實語故能以愛語攝諸衆生調伏成熟令其信受皆得解脱是爲信言圓滿之果又由菩薩豪貴自在有大勢力故能令衆生感德從化心生慚愧尊重愛樂凡所出言隨順不逆是爲大勢圓滿之果又由菩薩

具足圓滿大丈夫相諸根成就無有殘鈌是故堪爲勝功德器精進勤求一切智境得無所畏無障礙行能大饒益一切衆生所作隨心皆無障礙一切世間諸天及人無能譏毀是爲具足大丈夫相圓滿之果又由菩薩成就勇力普能積集一切善法安樂成就諸衆生界勇猛精進成就智通是爲勇力圓滿之果如是名爲異熟因果云何福智謂施戒忍三波羅蜜名之爲福般若波羅蜜名之爲智精進禪定亦名爲福亦名爲智謂因精進修施戒忍慈無量等則名爲福若因精進起聞思修則名爲智又因精進修蘊善巧處善巧界善巧緣起善巧處非處善巧能知四諦善不善法煩惱勝劣黒白諸業微細觀察皆名爲智若因禪定修四無量是名爲福若因禪定修行般若及諸善巧則名爲智是故菩薩能大饒益一切衆生於諸刹利大衆會中而爲師首普能隨順一切諸佛轉正法輪能自調伏亦能調伏一切衆生令其速入一切智道菩薩成就如是種種殊勝因果即能疾得阿耨多羅三藐三菩提

大方廣佛華嚴經卷第二十六

音釋

嵐毗尼 梵語林名也嵐盧含切
履踐 履力紙切踐在演切履踐謂履行踐踏也
荊棘 荊音京楚木也棘紀力切小棗叢生者曰棘
環珮 環獲頑切璧也珮蒲昧切珮玉也又玉之帶也
臟 徂浪切腑也
銜 胡監切口中含物曰銜
脇 虛業切腋下也
匱 求位切渴也

大方廣佛華嚴經卷第二十七

唐罽賓國三藏般若奉　詔譯

入不思議解脱境界普賢行願品

爾時善財童子白林神言聖者得此解脱其已久如林神告言善男子乃往古世過億佛刹極微塵數劫復倍是數時有世界名普寶劫名悦樂八十億那由他佛於中出現其第一佛名自在功德無能勝幢十號具足彼世界中有四天下名種種莊嚴光閻浮提中有一王都名清淨莊嚴須彌幢其中有王名寶光焰眼時彼大王第一夫人名大焰自在歡喜光如此世界閻浮提中摩耶夫人爲毗盧遮那如來之母彼種種莊嚴光世界閻浮提中大焰自在歡喜光夫人爲彼最初自在功德無能勝幢如來之母亦復如是善男子時喜光夫人將欲誕生彼菩薩時與二十億那由他婇女前後圍繞詣圓滿廣大金華園中示現種種不可思議菩薩受生神通變化時彼園中有一樓閣名清淨妙寶峯有大樹王名一切施時彼夫人即以右手攀彼樹枝於其右脇誕彼菩薩諸天捧持香水沐浴一切世主廣陳供養時有乳母名無垢光侍立其側於是諸天授與乳母乳母敬受以手抱持生大歡喜即得菩薩普眼境界三昧得此三昧故普見十方一切世界無量諸佛復得此一切自在受生解脱法門善男子如初受胎識速疾無礙得此三昧故速疾能見十方諸佛乘本願力受生神變亦復如是善男子於意云何彼時乳母無垢光者豈異人乎我身是也時二十億那由他婇女者今此林中我

之眷屬二十億那由他諸林神女是彼時夫人大焰自在歡喜光者今摩耶夫人是時彼大王寶光焰眼者今淨飯王是善男子我從是來於念念中常見毗盧遮那菩薩自在受生大神變海善男子如見世尊毗盧遮那念念於此娑婆世界及此世界一一塵中乘大願力自在受生神變海門亦見世尊普於十方一切刹海所有世界及彼塵中示現受生自在神變如見現在亦見如來盡未來際十方世界及彼世界一一塵中示現受生自在神變善男子如見今佛毗盧遮那普徧受生自在神變亦見十方一切諸佛各乘本願徧一切處盡前後際所有世界及彼世界所有塵中一切世界示現受生自在神變皆得親近承事供養及聞諸佛所轉法輪皆能受持隨順悟入爾時妙德林神欲宣此解脫門義承佛威力觀察十方而說偈言

善哉佛子汝所問　最勝難知諸佛境
深生尊重信樂心　我說此因應諦聽
億刹塵劫復倍是　過彼有劫名悅樂
八十億數那由他　諸佛於中相續現
最初有佛出興世　號自在德無勝幢
時我在彼金華園　見彼如來誕生相
彼時我身爲乳母　名無垢焰而供侍
諸天授我菩薩身　金色光明勝無比
我時受得天人師　捧持諦觀不見頂
左右身量無邊際　諸相圓滿叵思議
見彼離垢清淨身　相好莊嚴甚微妙
猶如妙寶眞金像　歡喜自慶發淨心
思惟彼佛諸功德　增長無量深福海

見佛神通無與等　即發廣大菩提心
專求一切佛功德　增長一切諸大願
嚴淨一切微塵刹　滅除一切險惡道
普於十方一切國　供養諸佛無央數
爲求解脱徧修行　願滅一切衆生苦
我聞彼法能受持　獲此難思解脱力
億刹塵數無邊劫　具修菩薩清淨行
劫中次第所興佛　一一我皆曾供養
受持其法備修行　莊嚴淨此解脱海
億刹塵數刹塵劫　過去所有十力尊
盡持其法亦修行　此解脱輪轉清淨
我於一念皆能了　一切佛刹極微中
所有一切諸如來　各各莊嚴諸刹海
彼諸刹海所有佛　園中示現初誕生
念念所現難思議　廣大自在神通力
我見億刹諸菩薩　專求最勝佛菩提
將成正覺住天宫　顯現難思諸佛境
或見無邊刹海中　諸佛受生神變事
一切衆會共圍遶　廣説正法令開悟
我於一念能普見　億刹塵數諸菩薩
出家降魔坐道場　示現種種佛境界
或見一切刹塵中　無量人尊成正覺
各現難思方便力　度脱一切苦衆生
或見一切極微内　諸佛皆轉妙法輪
悉以無盡微妙音　普雨無邊甘露法
於念念中見一切　億刹塵數諸佛刹
悉有如來現受生　及現涅槃無所著
如是無量佛刹海　如來於彼現初生
我皆普往不分身　一一現前興供養
不思議刹諸界趣　無邊品類諸衆生

悉以方便現其前　雨大法雨令開悟
佛子我悉能知此　最勝難思解脫門
設於無量億劫中　開示稱揚不能盡

善男子我唯知此菩薩於無量劫徧一切處示現受生自在神變解脫法門如諸菩薩摩訶薩能以一念爲一切劫發生之藏開顯證悟諸法本性以善方便普現受生願常供養一切諸佛精勤究竟佛法現前諸趣受身如影普現一切佛所坐蓮華座隨應化度成熟衆生普於世間現大神變圓滿大智通達無礙於諸三昧皆得自在示成正覺轉妙法輪證入甚深無礙法界了知一切衆生心性開示一切功德之相發起廣大心自在力獲得一切降魔怨智順入一切如來境界隨諸衆生普現色身如是菩薩智功德行而我云何能知能說善男子從此西南迦毗羅城有釋種女名曰瞿波汝詣彼問菩薩云何於生死中成熟衆生行菩薩行爾時善財童子頂禮右繞嵐毗尼神經無數帀殷勤瞻仰戀慕一心辭退而去爾時善財童子從嵐毗尼林向迦毗羅城思惟觀察彼神所得諸佛受生自在神變菩薩解脫思惟修習增長廣大隨順悟入憶持不忘漸次行詣菩薩集會普現法界影像光明宮殿其中有一主宮殿神名無憂德與一萬主宮殿神來迎善財作如是言善來丈夫有大智慧勇猛無畏能修菩薩不可思議受生神變自在解脫心恒不捨廣大誓願善能觀察諸法境界心常安住無上法城入於清淨妙法宮殿開示無量善巧方便調伏衆生令其悟入成就如來功德大海得

佛無盡微妙辯才無礙智輪隨衆生轉令其歡喜增長大願迴向趣求一切智道我觀仁者於甚深行心無暫捨威儀寂靜無諸垢濁不久當得如來無上清淨最勝身語意業以諸相好莊嚴其身十力智光瑩其心地遊行世間作大光耀我觀仁者勇猛精進難可沮壞不久當得普見三世一切諸佛相好圓滿普聞諸佛所轉法輪普能受用一切菩薩禪定解脫諸三昧樂隨順證入如來境界何以故由汝已能見善知識親近承事恭敬供養隨其教命念其功德修行不斷無憂無惱不懈不退無有障礙一切世間天人魔梵不能爲難不久當成無上菩提亦令衆生證佛果故時善財童子聞是語已白言聖者如向所說種種功德願我一切悉當具得聖者我願

求息衆生諸煩惱熱滅除衆生諸不善業與諸衆生無上安樂令諸衆生修清淨行聖者一切衆生心常散亂起於煩惱造諸惡業隨業流轉墮惡趣中身心長夜受諸楚毒菩薩見之心生憂惱聖者譬如有人唯有一子愛念情至忽見被人割截肢體其心痛切不能自安菩薩摩訶薩亦復如是見諸衆生集不善業墮三惡趣受種種苦心大憂惱不能自安若見衆生起身語意三種善行生於善道受身心樂生大歡喜何以故菩薩不爲利益自身求一切智亦不爲貪種種生死諸安樂故亦不爲貪五欲樂故亦復不爲專求欲界眷屬愛敬莊嚴樂故亦復不隨想倒心倒見倒諸結隨眠愛見力轉於諸衆生恩愛縛著心無貪戀亦不味著諸禪定樂亦無種種障

礙猒退住於生死流轉沉溺菩薩但見一切衆生於有海中具受無邊諸苦逼迫起大悲心願皆攝取令其速出生死大海以悲願力勤行種種難行苦行普斷一切衆生煩惱令其出離求無退轉是故精勤求於如來一切智智承事供養一切諸佛見諸雜染不淨剎土為其嚴淨諸佛剎海見諸衆生種種名相皆無眞實令其皆得清淨法身見諸衆生身心雜染令得清淨莊嚴三業見諸衆生心行不具令其皆得清淨具足聖者菩薩如是於諸衆生大悲深厚能行一切難行苦行經無邊劫心不疲猒一切所得皆得成就猶如父母亦如乳母如地如水如火如風如太虛空如日如月亦如大海如同生天能生種種圓滿利益云何菩薩猶如父母為其安立菩提心故云何菩薩猶如乳母令其成就菩薩道故云何菩薩猶如大地譬如大地有十種事何等為十所謂猶如大地廣大無量普徧成就一切事物菩薩摩訶薩亦復如是成就無量廣大福智功德之聚又如大地能生世間種種資具一切衆生依之存活菩薩摩訶薩亦復如是能生出世功德財寶所謂布施持戒忍辱精進禪定智慧菩提分等妙法資具養育衆生功德慧命又如大地平等饒益無憂無喜無分別想菩薩摩訶薩亦復如是於怨親所都無愛憎不生二想又如大地能受大雲所霔之雨菩薩摩訶薩亦復如是能受如來大法雲雨又如大地一切衆生依之而住菩薩摩訶薩亦復如是與諸衆生世出世間種種樂事而為依止又如大地一切種子

依之而生菩薩摩訶薩亦復如是一切衆生善法種子依之生長又如大地能生衆寶及諸寶器菩薩摩訶薩亦復如是能生衆生種種法器諸功德寶又如大地能生衆藥滅除諸病菩薩摩訶薩亦復如是依大慈悲出生法藥滅除種種煩惱重病又如大地諸惡毒蟲腹行之類種種觸惱安住不動菩薩摩訶薩亦復如是恒被一切内外諸苦觸惱身心終無揺動又如大地大雷龍吼種種惡聲不驚不懼亦無聞想菩薩摩訶薩亦復如是諸魔外道種種惡聲不驚不恐無憂無怖亦無聞想善男子是爲菩薩具足圓滿十種功德猶如大地自在成就善男子云何菩薩猶如於水譬如水大能令一切藥草叢林及大樹王生成增長菩薩摩訶薩亦復如是以三昧水出生一切菩提分法種種藥草增長福德智慧大樹成就無上菩提之果云何菩薩猶如於火譬如火大能燒一切不淨之物及能焚爇大地所有草木稠林菩薩摩訶薩亦復如是能以種種大智慧火燒諸衆生所有煩惱隨眠習氣不淨罪垢云何菩薩猶如於風譬如風大無有色相亦無住處無依無著而能成就世界所有水陸空行一切宮殿及須彌等大小諸山而一切人皆不能見菩薩摩訶薩亦復如是於一切處無所依著而能成就蘊界處等菩薩功德一切世間聲聞緣覺所不能見云何菩薩猶如虚空譬如虚空體無障礙一切諸法依之成就菩薩摩訶薩亦復如是本性無礙一切白法因之成就云何如月譬如月輪從初一日至十五日漸次增

長乃至圓滿菩薩摩訶薩亦復如是從初發心一切淨法漸漸增長乃至成佛坐菩提場一切功德具足圓滿云何如日譬如日輪出現之時一切黑暗悉皆除滅菩薩智日亦復如是顯現之時一切衆生無明黑暗悉皆除滅云何如海譬如大海性能出生一切衆寶令諸衆生受用無盡菩薩摩訶薩亦復如是從福智海出生一切功德智寶饒益衆生終無有盡云何如同生天譬如二天與人同生隨逐於人如影隨形不相捨離菩薩摩訶薩亦復如是常隨衆生乃至惡道嶮難之處守護隨逐不令墮落又善男子菩薩摩訶薩於諸衆生爲大船師令其得度生死海故爲歸依處令離諸魔煩惱怖故爲所恃怙令除熱惱得清涼故爲大津濟引諸衆生入法海故爲海導師令至諸佛法寶洲故爲淨蓮華開敷諸佛功德心故爲莊嚴具福智光明恒莊嚴故爲可愛樂令成普賢清淨三業悉端嚴故爲堪尊重令勤捨離諸惡業故爲普賢行令成微妙圓滿體故爲所樂見令隨所樂無不現故爲大光明普放智慧光明焰故爲大明燈照種種法咸通達故爲能照耀令菩提心性明淨故爲大勇將摧滅一切諸魔業故爲日珠寶能放智焰光明網故爲月愛珠放徧法界清淨光故爲大雲雨能雨一切甘露法故聖者菩薩如是修諸行時令諸衆生皆生愛敬具足成就眞實法樂爾時無憂德神與其眷屬一萬神俱於其路側聞善財童子自說所發菩提心相得未曾有踊躍歡喜即以一切出過諸天上妙華鬘塗香末香寶莊

嚴具散善財上隨順圍繞入菩薩宮殿而說
偈言
汝爲諸衆生　發心求正覺　當於無盡劫
爲世大明燈　無量億劫中　難可得見汝
大智日今出　照明於世間　汝見諸衆生
無明闇所覆　能發大悲心　履踐無師道
汝以清淨心　專求佛功德　能事善知識
不顧於身命　汝心於世間　無依無所著
決定恒無垢　清淨如虛空　汝修勝智行
轉妙功德輪　放大智慧光　普照無邊際
汝不離世間　不著於世間　如風遊虛空
所行無障礙　汝向菩提行　勇進難屈伏
如劫火熾然　一切無能滅　無畏猶師子
堅固如金剛　汝智行亦然　一切無能動
十方法界中　所有諸佛法　汝事善知識
一切皆能入
爾時無憂德神以此妙偈稱讚善財功德行
已樂聞正法隨逐善財如影隨形不相捨離
爾時善財童子入普現法界影像光明宮殿
周徧觀察釋女瞿波見在堂內一切菩薩大
集會中坐於普現一切宮殿影像摩尼寶王
大蓮華藏師子之座八萬四千婇女眷屬之
所圍繞是諸婇女莫不皆從釋種中生悉於
過去修菩薩行同種善薩一切善根布施愛
語利行同事攝諸羣品一切智境常現在前
已集種種佛菩提行恒住平等無盡大悲普
攝衆生猶如一子慈心滿足廣大清淨普能
隨順一切衆生曾於過去修習種種不可思
議善巧方便皆於阿耨多羅三藐三菩提得
不退轉深入菩薩諸波羅蜜具修菩薩一切

學處心常遠離妄想執著猒離生死愛樂正法雖行諸有心常清淨恒勤觀察一味法界速疾趣求薩婆若道離諸蓋網超衆患難得淨法身化現無量調伏成熟一切世間成就甚深功德大海從普賢行之所出生速疾增長勇健大力智燈慧日圓滿普照爾時善財童子即前頂禮釋女瞿波右旋圍繞合掌而立作如是言聖者我已先發阿耨多羅三藐三菩提心而未知菩薩云何於生死中而能不著生死過患菩薩云何了法自性而能不住一切聲聞辟支佛地菩薩云何住於佛地而能徧入諸菩薩地菩薩云何住菩薩位而能入佛種種境界菩薩云何超於世間而能成就世間之法菩薩云何證得法身而能示現種種色身菩薩云何得無相法而隨諸衆生現衆色相菩薩云何知法無說而爲衆生廣說諸法菩薩云何知衆生空而恒不捨化衆生事菩薩云何常知諸佛不生不滅而勤供養無有退轉菩薩云何超過一切幻化境界而常起幻調伏衆生菩薩云何深信諸法本性如空而成就無邊方便智慧菩薩云何知一切法無有執著而常供養一切諸佛深心不退菩薩云何深入諸行無業無報而修善行無有休息時彼釋女告善財言善哉善哉善男子汝今能問一切菩薩所修諸行種性體相若有能修普賢行願乃能發起如是之問汝今諦聽善思念之我當承佛威神之力爲汝宣說善男子若諸菩薩修習十法則能圓滿因陀羅網普智光幢菩薩之行何等爲十一者依止諸善知識二者獲得廣大信

解三者發起清淨樂欲四者積集廣大福智五者於佛聽聞正法六者親近三世諸佛七者同修菩薩妙行八者得佛共所護念九者大悲本願悉皆清淨十者能以智力永斷生死若諸菩薩成就此法則能圓滿因陀羅網普智光幢菩薩之行善男子若諸菩薩親近承事諸善知識則能精進勇猛不退修習出生廣大平等無盡佛法佛子菩薩復以十法事善知識常令歡喜何等爲十一於身命財無所吝惜二於世資具心不貪求三知一切法本性平等四一切智願恒不退捨五常樂觀察實相法界六於諸有海心不猒離七知法無住猶如虛空八發無障礙菩薩大願九普現其身徧諸剎海十淨修菩薩無礙智輪善男子以此十法承事一切眞善知識皆令歡喜所行無逆至一切智爾時釋女瞿波欲重宣此義承佛威力觀察十方而說偈言

專求佛智利羣生　普事一切善知識
正直離諂心無怠　此行於世帝網行
勝解廣大恒清淨　如空徧入於三世
佛剎及佛與衆生　此是普智光幢行
志樂廣大等虛空　離染寂靜無邊際
於諸佛所修功德　此行於世身雲行
菩薩積集一切智　不可思議功德海
清淨福德智慧身　此行於世無著行
能於一切如來所　聽聞正法無猒足
隨聞生解爲慧燈　此行於世普照行
十方三世所有佛　一念一切咸親近
心恒不捨諦思惟　此向菩提大願行
普詣一切如來所　同修菩薩方便海

三昧願海悉無邊　此行於世帝網行
得一切佛所加持　處處修行普賢道
盡未來際無邊劫　此行於世分身行
見諸衆生受衆苦　起大慈悲現世間
演法光明除暗冥　此行於世智日行
見諸衆生墮諸趣　爲集無邊妙法輪
令其求斷生死流　此是修行普賢行
菩薩修行此十法　則能普現衆生前
恒於有海諸趣中　度脱一切羣生類
以大慈悲方便力　普現種種莊嚴身
隨心爲轉妙法輪　皆令趣向菩提道

爾時瞿波說此偈已告善財童子言善男子我已獲得觀一切菩薩三昧境界海解脱門善財白言大聖此解脱門境界云何答言善男子我入此解脱知此娑婆世界過不可說不可說佛刹極微塵數劫一一劫中所有衆生種種形類作善作惡死此生彼於諸趣中受諸果報及其修習禪定解脱等持等至或有出離或不出離正定邪定及以不定或有善根與煩惱俱或有善根不與煩惱俱或有具足善根或有不具足善根或有不善根所攝善根或有善根所攝不善根如是所集善不善法我皆了知無有疑惑又彼劫中所有諸佛出現於世種種名號相續次第我皆了知又彼一一諸佛世尊從初發心求一切智所發一切大誓願海所事一切善知識海所有供養一切佛海所行一切菩薩行海所有莊嚴佛國土海所有圓滿佛功德海所有出現成正覺海所有示現大神通海所有方便轉法輪海所有調伏諸衆生海我皆了知無

有罣礙亦知彼佛衆會差別其衆會中有諸衆生依聲聞乘而得出離其諸聲聞過去所習一切善根所有受持聲聞乘法及其所得種種智慧我悉了知其衆會中有諸衆生依獨覺乘而得出離其諸獨覺所有修習一切善根所有證悟獨覺乘果所住寂靜最勝解脱所入三昧所現神通所化衆生乃至入滅我皆了知亦知彼佛菩薩衆會圓滿普徧無有邊際其諸菩薩從初發心種善根時發起無量種種大願修行種種難行之行圓滿成就諸波羅蜜種種莊嚴菩薩之道以自在力入於菩薩種種諸地所謂菩薩地種種助道菩薩地種種自在行菩薩地種種入出三昧菩薩地種種自在神通菩薩地種種自在出現菩薩地種種建立菩薩地種種觀察菩薩地種種淨治菩薩地種種依止菩薩地種種相菩薩地種種體菩薩地種種智菩薩攝智菩薩成就智菩薩住處菩薩廣大行境界菩薩大神通菩薩三昧海菩薩解脱方便海菩薩所入三昧差別海所得一切教智光明所得一切智電光雲所獲一切忍所有一切勇猛智所有悟解一切法海所入一切諸佛剎海所度一切諸衆生海所有顯示諸方便海所有發起諸神通海所有深廣諸弘誓海我皆了知善男子此娑婆世界從過去際至今現在不可說不可說佛剎極微塵數劫所有種種差別劫海所有衆生佛及衆會盡未來際所有劫海展轉不斷相續次第我皆了知善男子如知此娑婆世界亦知娑婆世界中出生一切世界極微塵數世界相續次第亦

知娑婆世界內一切世界相續次第亦知娑婆世界所有一切極微塵內所有世界相續次第亦知娑婆世界外十方無間次第建立所住世界相續次第亦知娑婆世界所依普照十方熾然寶光明刹種所攝一切世界相續次第亦知毗盧遮那世尊此華藏莊嚴世界海中十方無量諸世界種所攝世界相續次第亦知華藏世界海中一切世界極微塵內所有世界相續次第又亦知彼一切世界種種安立種種形狀種種分量種種依住種種際畔種種莊嚴種種成就種種滅壞所有眷屬所有輪輞所有旋轉所有蓮華所有須彌所有河海所有草樹種種名號我皆了知亦知此華藏世界海往昔皆由毗盧遮那如來本願力故出生如是種種世界所有種種諸因緣海亦知華藏世界海外十方無邊盡法界虛空界一切世界海中一切世界亦知世尊毗盧遮那過去所經無量劫海所有一切諸本事海過去所發廣大願海過去所集諸乘教海過去所修菩薩行海過去所淨佛國土海過去所事一切佛海過去所化諸衆生海過去所起諸神通海過去所入諸方便海過去所受諸佛法海過去所入諸三昧海過去所得諸自在海過去所成諸功德海過去所施一切資具檀波羅蜜過去所持種種梵行戒波羅蜜過去所受種種境界忍波羅蜜過去所修猛利勇健勤波羅蜜過去所入種種三昧禪波羅蜜過去所成種種清淨慧波羅蜜過去所現徧入世間諸影像身方便波羅蜜過去所發清淨圓滿普賢行海願波

羅蜜過去所獲一切如來種種自在諸神通海力波羅蜜過去所證一切如來智光照世自在智海智波羅蜜普攝一切諸佛菩提普獲諸佛大智光明證於諸佛一切智性於一切處成等正覺神通遊戲所轉法輪所有一切道場衆會其衆會中一切菩薩過去所種一切善根從初發心行菩薩行積集方便成熟衆生及彼菩薩所事諸佛及善知識念念增長獲諸三昧念念所入陀羅尼門念念所得辯才大海念念所起自在神通念念所修菩薩行網念念所集諸方便門念念所知衆生根網念念所集菩提分法念念證入等持等至神通門海如是一切皆是毗盧遮那如來普徧十方一切法界無量劫海所修行海我悉了知亦知十方徧滿法界盡虛空界一切如來劫海所修乃至盡於未來際劫神力加持幻智境界如是一切我悉了知何以故我入此觀一切菩薩三昧境界海解脫門時於一念中盡能了知一切衆生種種心行雜染清淨流轉還滅一切聲聞種種三昧一切獨覺寂靜解脫三昧神通一切菩薩種種三昧種種地位種種法門種種趣入及能了知一切如來解脫光明神通海故

大方廣佛華嚴經卷第二十七

音釋

誕（徒案切謂誕生也）　逼迫（逼筆歷切迫博陌切逼迫窘急也）　輞（音罔車輞也）

大方廣佛華嚴經卷第二十八

唐罽賓國三藏般若奉詔譯

入不思議解脫境界普賢行願品

爾時善財白瞿波言聖者得此解脫其已久如瞿波告言善男子我於往世過百佛刹極微塵數劫有劫名最勝行世界名勝無畏彼世界中有四天下名常具衆樂閻浮提中有一王都名大樹妙高吉祥於八十四千億王都之中最爲上首時此王都復有八十四千億城而爲眷屬其諸城邑一一嚴飾悉皆清淨毗瑠璃寶以爲其地七重寶墻周帀圍遶一一皆以雜色影像光明寶網以覆其上其諸寶墻一一皆以寶塹圍遶金沙布地香水盈滿優鉢羅華鉢頭摩華拘物頭華芬陀利華彌布水上此一一河皆有自然衆寶欄楯及諸寶網莊嚴其岸一一河間復有寶多羅樹七重圍遶復有自然寶莊嚴樹垂諸瓔珞衣服鬘帶眞金寶網彌覆其上其諸城邑往來之處所有道路左右八步皆以種種上妙雜寶間錯莊嚴發耀舒光輝映一切又有無量持明呪仙嚴潔其身如自在天經行遊履保護衆生又彼城邑一一各有無量園苑遊戲之處華菓樹林無不備足雜類衆鳥哀鳴和雅遊集其中歡樂無畏常有無量清淨微妙可愛男女止住其中身出妙香普熏一切諸天晝夜常雨妙華色類百千繽紛亂墜彼諸城邑一一皆有百千地神而爲守護其諸城邑內外所有衆寶樹林瓔珞鬘帶及寶鈴網諸莊嚴具微風吹動演出種種妙法音聲聞皆喜悅煩惱銷除身意清涼法喜充滿於

阿耨多羅三藐三菩提得不退轉具足普賢常所稱讚妙行功德彼時有王名爲財主常以正法化周率土妃嬪婇女八萬四千輔相大臣其數五百五百王子色力具足形相端嚴勇猛無畏能伏怨敵王有夫人名蓮華吉祥藏威德殊勝顏貌第一所生太子名威德主端正奇特人所樂見具足圓滿三十二相所謂足下平滿猶如奩底千輻輪相圓滿備足手足柔軟如兜羅綿其指纖長網縵成就足跟齊圓足趺隆起一一相稱光潔妙好雙腨牖圓如仙鹿王垂臂過膝猶如象鼻馬王陰藏峯勢隱密一一毛孔各生一毛紺髮右旋螺文不亂身皮金色細薄潤滑一切塵垢所不能著手足肩頸七處平滿臂膊牖圓脊骨不現周圓相稱如尼拘陀樹頤頷胷臆猶如師子頸如紺蒲三約成就常光四照面各一尋四十牙齒鮮白齊密舌相紅赤長廣覆面梵音清美人所樂聞目睫青潤齊整不亂目上下瞬猶如牛王青白分明面額圓滿猶如淨月眉相纖曲如帝釋弓白毫皎潔文相右旋頂有肉髻猶如天蓋如是衆相莊嚴其身善男子太子有時受父王敎與二十千妓侍婇女幷諸眷屬前後圍遶從宮城出詣光明雲峯大香牙園遊觀嬉戲是時太子乘閻浮檀上妙寶車其車嚴飾世無倫匹火焰金剛以爲其輪天妙金剛以爲其轂香摩尼寶以爲其廂上妙栴檀間廁嚴飾衆寶華網彌覆其上大莊嚴藏寶摩尼王爲師子座五百婇女各執寶繩牽馭而行不遲不速進止合度寶馬千匹駕以金車前後導從白瑠璃摩

尼寶王以爲其蓋放不思議一切希有雜色光明摩尼寶王而爲莊校一切影像紺瑠璃王摩尼妙寶而作其竿使人執持隨覆其上百千萬人持諸寶蓋百千萬人持諸寶幢百千萬人持諸寶旛百千萬人奏諸音樂百千萬人散諸寶華百千萬人持諸香鑪燒衆名香前後圍遶而爲翊從其路寬平八衢齊列界以雜寶布以金沙種種寶華而散其上雜寶行樹及寶欄楯於八衢間次第行列覆以種種妙寶鈴網及諸繒綵懸布樹間以爲嚴飾於其路側處處建立義堂福舍衆寶樓閣及諸倉庫遞相連接延袤遠近珍寶財物悉皆充滿或於其中積諸珍寶瓔珞嚴具或積繒綵上妙衣服或辦甘美上味飲食或貯香花身諸資具或畜象馬雜寶車乘或復安置端正女人及諸僮僕善閑一切世儀禮則一切藝能無不成就隨諸衆生有來求索悉皆施與靡不令其意願充滿爾時大樹妙高吉祥王都之中有一母人名爲善現有一童女名具足艶吉祥顏容端正色相嚴潔洪纖得所脩短合度衆相圓備目髮紺青言同梵音清徹美妙智慧聰明人所尊重善達技能精通辯論恭勤匪懈質直柔和少欲寡思慈愍不害具足慚愧無諂無驕志量弘深人無與等及與其母乘妙寶車將諸眷屬無量婇女前後圍遶先於太子從王都出歌詠嬉戲隨路而行見其太子奏諸技樂言辭諷詠心生愛染而白母言善哉慈母我心願得敬事此人若不遂情自當殞滅時母善現告其女言汝今不應生如是念何以故今此仁者是王

太子具足圓滿轉輪王相不久當紹轉輪王
位時有女寶自然出現飛行乘空有大威德
我今與汝種族卑賤非其匹偶此甚難得勿
生是意是時童女其心決定堅固不捨時香
牙雲峯園苑之側有一道場名法雲光明時
有如來名勝日身於此道場成等正覺已經
七日是時童女遊觀疲極暫時假寐時彼如
來即於夢中爲現神變從夢覺已時有宿世
守護菩薩親友使天於虚空中而告之言童
女汝向所夢是勝日身如來於香牙雲峯園
苑之側法雲光明菩提場中成等正覺始經
七日諸菩薩衆前後圍遶及諸天龍夜叉乾
闥婆阿脩羅迦樓羅緊那羅摩睺羅伽梵世
諸王淨居天等并諸一切主河主海主地主
水主風主火主山主城主園主藥主林主稼
主方主空主晝主夜身衆足行道場神等男
女眷屬爲欲見佛聽聞法故皆悉來集汝今
亦應親近禮敬時具足豔吉祥童女以於夢
中覩佛神變得佛功德所加持故其心無畏
安隱快樂以其宿心景慕太子即於其前而
説偈言

我身端正無等倫　智慧色相皆圓滿
言辭禮則咸通達　功德名聞徧十方
世間無量諸衆生　見我身者皆貪著
我於彼衆恒清淨　曾不生於染愛心
我心一切無憎愛　亦離愚癡瞋恨心
但以清淨大慈悲　究竟饒益諸含識
我於今時見太子　最勝功德相莊嚴
其心大喜充徧身　諸根悦樂思親近
色如淨妙光明寶　毛髮紺青而右旋

鼻高脩直妙端嚴　額廣平正眉纖曲
身如妙寶真金聚　相好光明無等倫
妙眼長廣若青蓮　齒白齊密踰珂雪
月面圓明師子頰　口方脣赤色如丹
所發曽無非法言　願最勝尊哀納我
舌相長廣能柔軟　色若赤銅衆寶光
聲如梵響緊那羅　衆生聞者咸欣悅
發言現笑辯清妙　威光蔽衆德難量
喜顏美貌自莊嚴　能令見者無猒足
心無垢染身清淨　三十二相所莊嚴
必於此界作輪王　唯願慈哀垂納受
爾時威德主太子爲於世間顯示女人多諸過患障諸世間出世間樂乃至能障無上菩提於衆會中即爲童女而說偈言
世間妄計諸宗族　愛敬適悅唯女人
一切最勝無比倫　能成住正諸善伴
女爲第一人中寶　亦作天人解脫因
紹續勝種功德身　世智說言女爲勝
一切熱惱燒心苦　種種煩冤所逼身
妻慰令使得清涼　譬如毒暑逢甘雨
凡夫心没諸憂惱　猶遭重病之所纏
因妻佞媚所歡娛　妄謂除憂最勝藥
邪見衆生興是念　女人能爲世間因
生成長育福莊嚴　天地變化無能勝
勤勞世業唯由女　勸夫普作諸善事
能令男子隨意轉　此女無染別人心
智人所說諸煩惱　一切過業由女生
況取卑族以爲妻　世間極惡無過此
女人弊執爲其性　如地堅住匪能移
但隨富樂榮貴遷　貧賤衰羸咸棄捨

五通仙人大威德　退失神通因女人
隨意自在騎頸行　王女能令寂靜轉
琰魔死王及猛風　亦如地下沃焦海
炎火黑蛇刀毒藥　女人爲害過於此
敬心給足諸財寶　質直承事意無違
智慧方便或剛柔　無有能知女心者
見人啼笑皆過彼　種種幻惑誘其心
貌恭矯媚於男夫　心藏很戾無知者
極虛誑語示真實　極真實言皆虛妄
恒如毒獸害衆生　咄哉丈夫寧共處
長時欲事益驕慢　蹔遇違緣惡轉增
若出若處一切時　凌突於夫無愧恥
如火焚薪恒不足　如海吞流無滿時
琰魔不猒殺衆生　女人欲男心亦爾
女人不觀於種族　老少貴賤與妍媸
一切男子悉馳求　無猒恣欲情如是
女人志欲無猒足　曾無少分繫夫心
猶如野牛自在行　恒思漸食於新草
少年盛色心流轉　富貴從夫繫屬人
豐盈玉饌瓔珞衣　常願貧窮隨自意
種種供事咸充足　塗香沐浴妙莊嚴
未嘗慚愧丈夫恩　縱意邪思心不絕
或染欲語憐愍語　舌上猶如甘露生
心中猛惡與毒害　是故女言難定信
女人能間夫宗族　匪令雍穆暫同居
父母兄弟甚怨讎　一切姻親皆捨離
外現美容懷諂媚　一切愆違滿腹中
不應觀視一須臾　況又甘其麤惡語
女人恒於一切處　防諸過患及猜嫌
一行有顧衆所輕　傷風敗俗人咸棄

女人童幼及中年　乃至老時過百歲
內外種族皆榮貴　動止恒須人所防
處女居家隨父母　笄年嫡事又從夫
夫亡從子護嫌疑　由是常名不自在
出家捨欲修寂靜　心思女境非聖賢
猶鬱金香染垢衣　離善常爲智人笑
如囚得出思還入　如狂遇差願重生
癩病已除念病時　捨女思女過於是
如澄靜水蛟龍止　亦如金窟猛獸居
雖修戒定念女人　智者觀之亦如是
智人寧吞於熱鐵　不觀女色亂其心
戒定慧品徧成怨　寂靜資緣皆棄捨
女人不觀於勝族　吉祥富貴智名聞
唯求染欲無異心　云何慧者所親近
有住諸禪及威勢　能教勇力與王仙
或時女色染其心　退失調伏諸功德
鬪諍象馬諸軍陣　亡軀濟海集珍財
勝族乞丐爲僕隸　行非正法皆由女
女人喜怒情難見　染心邪計量無涯
世間名稱諸智人　無有能知女心者
五通神仙及天主　能知大海水多少
終身計算莫能知　一一女人差別意
諂言悅耳甘如蜜　心如利劒害於人
亂意巧妙奪人心　懷惡與謀肆諸毒
女人妙飾或無飾　行住坐卧悉猜嫌
邪視愚智諸女人　見畫像女亦憎惡
愚童樂攀毒樹枝　癡亂欲住毒蛇窟
狂人執持於熱鐵　親近女色過於是
染著女色心昏醉　違意忿毒害於身
怖彼女人喜怒時　智者云何親近住

女人惡法滿其心　如何深水蛟龍止
不觀勇力色種族　恣欲從心無是非
女心不定如疾風　亦如迅速浮雲電
百歲供承資所欲　曾無少念丈夫恩
不敬有德輕無德　憎貧樂富徇貪求
美言敬養增慢高　資財闕乏無心顧
蚖虵枯磧狼毒華　共住戴持傷一世
暫近女色過於彼　永害未來功德身
女人讒巧恒是非　離間六親及朋友
覆藏巳過揚他失　一切過患由女人
女心不定如獲狖　恒思少過忘多恩
愚夫敬事若師尊　如奴奉主情無足
女性如何滋汎溢　漂諸勝法壞多身
如流湍激兩岸崩　女人害善過於是
女人欲網甚堅密　顧視徐行無愧容
笑語歡諍無異心　羅諸富貴如昏醉
女人染愛由妄起　如樹無根欲盡燈
色衰愛息一須臾　所有恩情咸滅盡
女人愛欲須臾頃　染心邪語信難依
或時寶重過珠珍　或生猒棄如芻草
象王自在拔樹力　色如浮空大白雲
由爲女象醉其心　一切隨人所調伏
菩薩爲法攝女人　雖恒教授心遠離
若時太過而親近　如鳥折翼不能飛
女人志趣恒卑下　如河流處岸崩摧
所往能令善法衰　毀宗滅族皆因此
女人能張愛欲網　羅捕一切諸愚夫
世間染欲諸衆生　如魚吞鉤爲所食
智者觀知本不淨　九竅常流晝夜時
如是猒離女人身　云何於此生貪著

女身虛幻如浮泡　老病死苦所依處
積集不淨過山岳　云何於此生貪著
一切憂惱及恐怖　皆從女色之所生
若能觀察無貪著　解脱無憂無恐懼
是故智者不觀女　或時觀察以慈心
想如母女及姊妹　隨應爲説無貪法
能了女人身内外　種種不淨之所生
如何境動思欲火　焚燒累劫諸善根

爾時妙威德主太子説此偈已告具足艷吉祥童女言汝是誰女先繫屬誰爲誰守護若已屬人我則不應重攝受汝爾時太子以偈問曰

汝具清淨功德身　色相端嚴甚微妙
我今問汝應實答　汝本從生及所居
父母親屬爲是誰　汝復今依誰所住
若已繫屬於他人　我則不應重攝受
汝不好盜他財物　汝不無慈害有情
汝不邪行染其心　畢竟汝依何語住
汝不離間他親友　口出一切麤惡言
虛誑無義惱羣生　貪求境界懷嫉妬
汝不於他生恚怒　以邪險見自纏心
不行諂幻誑世間　作諸相違重業不
尊重父母師長不　恭敬一切善友不
見諸困厄貧窮人　能起慈心饒益不
若有一切善知識　誨示於汝眞實法
能以堅固信樂心　恭敬勤修供養不
汝能愛樂諸佛不　汝能尊重菩薩不
最勝佛法功德僧　一切能生恭敬不
汝能安住正法不　汝能遠離非法不
聞讚無邊功德海　能生愛樂尊重不

汝見孤獨無所依　能起慈心救護不
汝見惡道諸衆生　能生廣大悲心不
於他所有榮樂事　能生最極歡喜不
於諸逼迫衆生中　能住平等捨心不
汝爲癡暗諸衆生　求大菩提開悟不
無邊劫海修諸行　不起身心疲倦不

爾時太子如是問已女母善現即於其前自說童女從初誕生乃至成長所有吉祥功德之相而說偈言

太子仁今應善聽　所問此女諸因緣
初生漸次及長成　具德莊嚴我當說
曩於太子初生日　此女亦從蓮華生
諸根清淨相圓明　肢節莊嚴皆具足
我時遊觀於春月　入彼最勝娑羅園
觀諸卉木華胎生　百穀藥草皆榮茂
奇樹名華開衆色　發耀舒光如慶雲
黒蜂遊集鳥和鳴　聞者忘憂恣歡樂
同遊八百諸婇女　容儀端正奪人心
衣服姝麗備莊嚴　言談歌詠皆殊妙
園有浴池寶嚴飾　名爲種種蓮華幢
我將婇女詣池邊　散華布地而敷座
於彼清淨芳池内　忽生千葉寶蓮華
閻浮檀金以爲臺　瑠璃爲莖摩尼葉
妙香衆寶爲華蘂　普放一切大光明
衆生覩相盡生疑　中夜云何日光照
夜分既盡日初出　光明照此蓮華開
蓮華放光出妙音　示此童女初生相
我時見此人間寶　從彼蓮華之所生
往修淨業悉無虧　今獲圓明諸妙果
紺瑠璃髮青蓮眼　面貌端嚴金色光

華鬘寶髻具莊嚴　吉祥無垢蓮華色
身分肢節皆圓滿　相好光明無比倫
儼然端坐寶華中　猶如淨妙眞金像
徧身所有諸毛孔　咸出一切栴檀香
口中常出青蓮香　所有言音同梵響
或時微笑有宣說　猶如天樂妙音聲
此是女寶世間希　非諸下劣當斯偶
我觀世間無有人　堪與此女爲其主
唯仁功德相莊嚴　願賜弘悲哀納受
此女非長亦非短　亦復不麤亦不細
身諸部分悉端嚴　衆相圓備無譏醜
世間所有諸技藝　文字筭印工巧法
言詞諷詠皆清妙　唯願仁尊哀納受
亦能解了諸兵法　弓劒技術無不通
善和鬪訟以慈心　聞名仰德咸調伏
宿因勝行皆圓滿　一切功德自莊嚴
見者歡喜求無猒　唯願仁尊哀納受
衆生所有一切病　知其因起及增損
應病與藥使無差　能令衆苦皆銷滅
閻浮一切語言法　音聲隨轉無量種
名言訓釋各不同　如是一切咸通達
世間所有諸音樂　歌舞嬉戲及讚詠
言辭辯論適人心　能令見者咸忻悅
動止威儀皆有則　取捨進退合其宜
於染不染諸衆生　但以慈心無所著
徐步諦觀心不亂　諸根寂靜念無虧
身口恒隨智慧行　女人過失咸皆離
女人所有諸功德　此女一切備修持
人間女寶汝應知　願速垂悲哀納受
其心不慳亦不嫉　亦無嗜欲及貪嗔

質直柔軟性調和　言音美妙無麤獷
恭敬一切諸尊長　專求功德志無移
於諸梵行悉堅持　唯願慈悲哀納受
見諸衰老及重病　受諸困厄處貧窮
無主無親無所依　常起慈心而救護
不念自身安隱樂　常樂利益諸衆生
以此功德莊嚴心　究竟觀於眞實諦
行住坐卧心無逸　動靜語默常應時
未曾一念捨衆生　能令見者咸尊重
雖於一切衆生處　不起凡夫染汙心
見有慈悲具德人　常樂親近無猒足
普能尊重善知識　遠離一切惡知識
心無躁競恒順行　所作先思無謬失
普於一切無怨恨　恒修衆福以嚴身
智慧人間無等倫　此女宜應奉太子

大方廣佛華嚴經卷第二十八

音釋

塹 七艷切坑也 欄楯 欄郎干切勾欄也楯豎尹切闌檻也縱曰檻橫曰楯 奩 音廉匣也 腨 市兗切腓腸也 傭 丑容切均也圓直也 頱 奉甫切與輔同頰骨也 翊 與職切衛也 袤 莫候切長也 姸媸 姸五堅切好也媸赤脂切醜也 笄 堅奚切簪也女子年十五而笄 嫡 施隻切婦人謂嫁曰嫡 癩 音賴惡疾也 磧 七迹切水渚有石曰磧又沙漠曰磧 猨狖 猨雨元切禺屬似猴而長臂曰猨狖余救切獸似猨卬鼻而長尾 袨 黃絹切好衣盛服也 姝 春朱切美好也

大方廣佛華嚴經卷第二十九

唐罽賓國三藏般若奉詔譯

入不思議解脫境界普賢行願品

爾時威德主太子於香牙雲峯園苑之內對諸衆會及善現前問童女言善女我爲求阿耨多羅三藐三菩提願盡未來行菩薩行積集一切助道之法淨修一切諸波羅蜜供事未來一切諸佛護持一切諸佛教法嚴淨一切諸佛刹土當紹一切如來種性當誓成熟一切衆生當斷一切衆生苦惱當令一切置安隱處當淨一切衆生智眼當修一切菩薩妙行當入菩薩平等體性當住一切諸菩薩地當令二乘圓滿佛果當令一切衆生歡喜我爲滿足檀波羅蜜究竟成就無上菩提內外財寶乃至頭目一切皆捨無所顧戀當於爾時汝或於我而作障難令我施行不得圓滿施財物時汝心慳悋施男女時汝心痛惱割肢體時汝心憂悶捨汝出家汝心悔恨爾時太子如是問已復爲童女而說偈言

我爲哀愍衆生故　發起廣大菩提心
當於無量億劫中　積集成滿菩提智
無量無邊大劫海　淨修諸願如虛空
入地治障具修行　究竟當獲如來地
誓於三世諸佛所　備學一切波羅蜜
具足方便正修持　成就最勝菩提道
十方所有垢穢刹　我當普徧皆嚴淨
及諸惡趣苦難中　我當救護咸令出
一切衆生居有海　煩惱癡惑恒纏覆
我當除滅盡無餘　普令安住如來道
我當供養一切佛　我當普修菩薩地

常起廣大慈悲心　所須皆與無貪悋
汝見一切來乞者　於財或起慳悋心
我心常樂施羣生　汝當隨我無違逆
我當於彼施頭時　汝心慎勿生憂惱
我今先語汝令知　令汝心堅恒不動
割截肢體及手足　乃至妻子心無悋
汝於乞者莫憎嫌　應可諦思無退轉
爲滿一切衆生欲　内外所有皆能捨
汝能順我菩提心　我亦當隨於汝意

爾時具足豔吉祥童女聞是語已即白太子威德主言善哉丈夫如仁所問諸菩薩行難行能行難忍能忍如是一切我當隨順精勤修習親近不捨如影隨形令仁所願皆得成滿爾時童女即向太子而說偈言

設於無量無邊劫　一切地獄火焚身
仁尊若能眷納我　甘心分受無辭苦
設於無量受生處　以身碎末如微塵
仁尊若能眷納我　堅心忍受無揺動
設於無量無邊劫　頂戴一切金剛山
仁尊若能眷納我　甘心分受無疲猒
汝於生死諸劫海　以我身肉施衆生
汝得安處法王家　願我如仁亦當獲
唯願太子垂哀愍　與我爲主共修行
所生劫海行施時　常以我身施一切
汝爲愍念衆生故　而發廣大菩提心
既已普攝諸羣生　亦願慈悲攝受我
我心本不求豪富　亦復不貪五欲樂
但爲同法共修行　由是願以仁爲主
紺青修廣慈悲眼　普觀一切諸衆生
不起凡夫染汙心　必成寂靜菩提果

太子凡所經行處　地神涌出寶蓮華
光明妙相具莊嚴　必作輪王垂納我
我於夢中曾見此　法雲光照菩提場
佛成正覺放光明　無量菩薩同圍遶
夢彼如來勝日身　如紫金山光照耀
即時以手摩我頂　寤已踊躍心歡喜
空中有天名喜光　與我昔世曾同行
出妙言音來告我　云彼如來今出世
由我昔時生是念　願見太子功德身
彼天告我如是言　汝必於今當得見
蒙佛加持今見汝　昔所志願悉皆圓
願共俱往詣如來　同心共學菩提道

爾時太子聞勝日身如來名已即得速疾清淨心名見佛差別無障礙大歡喜即散五百摩尼寶華於童女上冠以吉祥藏摩尼寶髻被以雜色火焰摩尼寶衣爾時童女端心正念曾無搖動亦無喜相但一心合掌瞻仰太子正念現前目不暫捨時母善現即向太子而說偈言

此女希有人間寶　淨福妙相莊嚴身
宿心誓願奉仁尊　一切志樂今成滿
堅持淨戒恒無缺　智慧圓滿念無虧
功德具足相圓明　一切女人無與等
此女本從蓮華生　種性清淨無譏醜
女人之過咸皆離　堪隨太子共修行
其身細妙如繒纊　手足柔軟兜羅綿
隨其摩觸病皆除　身心安樂無諸苦
身諸毛孔所出香　芬馨超世無倫匹
若暫齅聞心離染　住於淨戒獲身安
身如淨妙真金色　不著塵垢如蓮華

衆生見者離貪嗔　皆具慈悲無怒害
言音美妙聲柔軟　一切衆生咸樂聞
經心歷耳悅諸根　惡業消除煩惱滅
內心清淨無瑕穢　柔和質直性無偏
言辭稱悅不宜宣　聞皆歡喜心調伏
具足慚愧無欺誑　不憍不諂有慈悲
爲求正法度衆生　恭勤善友無猒足
不於色相及種族　乃至榮樂無迷醉
但以謙恭無我心　專求無上菩提道

爾時威德主太子與具足艷吉祥童女及二萬婇女幷諸眷屬爲欲親近恭敬供養勝日身如來各乘寶車出香牙園詣法雲光明道場至已下車步進佛所見佛身相端嚴寂靜諸根調順猶若象王內外清淨無諸垢濁如大龍池以見佛故踊躍歡喜心生淨信增長愛樂頂禮佛足遶無數帀于時太子及彼童女各持五百大摩尼寶上妙蓮華奉散於佛以佛神力於虛空中普覆如來一切衆會爾時太子復爲彼佛造立精舍其數五百一一皆以香木所成五百摩尼而爲間錯種種雜寶周徧莊嚴時彼如來知其太子根已成熟即爲演說普眼燈門脩多羅是時太子聞是經已於諸法中證得十三昧海門所謂得一切如來願海出現光明三昧門得普照三世光明藏三昧門得現見一切佛道場三昧門得入一切衆生界光明普照三昧門得普照一切世間智聚光明燈三昧門得普照一切衆生諸根海智燈三昧門得救護一切衆生智光明雲三昧門得調伏成熟一切衆生大智光明燈三昧門得聞持諸佛轉法輪聲悉

現前三昧門得圓滿普賢清淨行願海雲三昧門以得如是三昧門故於諸法中靡不獲得甚深三昧時具足艷吉祥童女以聞法故即得三昧名難摧伏智海藏於阿耨多羅三藐三菩提得不退轉爾時太子與彼童女并其眷屬聞法獲益頂禮佛足遶無數帀辭退還宫詣父王所到已禮足而白王言大王當知勝日身如來出興于世於此國內香牙雲峯園苑之側法雲光明菩提場中成等正覺于今未久時財主王忽聞是語問太子言是誰爲汝說如是事天耶人耶太子白言是此具足艷吉祥童女所說時王聞已歡喜無量譬如貧人得大伏藏作如是念佛無上寳難得出世難可值遇若有得見必斷一切煩惱惡業不墮一切生死險道如來出世爲大醫王能治衆生煩惱重病如來出世爲大明燈能破衆生無明黑闇如來出世爲大導師能引衆生至一切智安隱住處作是念已擊鼓宣令勑諸小王羣臣眷屬及刹帝利諸婆羅門長者居士城邑聚落一切人衆皆悉來集而告之言汝等當知如來出世希有難值我今欲往親近禮敬王於是時即捨王位授與太子灌頂訖已與諸眷屬十千人俱往菩提場詣如來所到已頂禮遶百千帀與諸眷屬退坐一面爾時如來普徧觀察道場衆會及財主王并其眷屬從於眉間白毫相中放大光明名照現一切衆生心燈普照十方無量世界住於一切世主之前示現如來不可思議種種佛事廣大神變令諸衆生應受化者心得清淨爾時如來以不思議自在神力示

現超出一切世間最高大身以圓滿音普隨一切諸語言海爲大衆説陀羅尼門名入一切法義離翳燈以佛刹極微塵數陀羅尼門而爲眷屬時王聞已即時獲得一切法大智光明其衆會中有閻浮提極微塵數諸菩薩等俱時證得入一切法義離翳燈陀羅尼門六十那由他衆生盡諸有漏心得解脱十千衆生遠塵離垢得法眼淨無量衆生發阿耨多羅三藐三菩提心爾時如來又以不思議力普於十方一切世界廣現神變以三乘法教化衆生時財主王得大法光照其心故即作是念今此甚深功德法味我若在家不能證得若佛聽我親近出家即於是法當得成就作是念已前白佛言我今願欲親近如來出家爲道佛告大王當隨汝意宜自知時時

財主王即與眷屬十千人等同於佛所出家學道精勤修習未久之間悉皆獲得入一切法義離翳燈陀羅尼門亦得如上諸三昧門又得菩薩十種神通門又入菩薩無邊辯才門又得菩薩無礙清淨身普詣十方諸如來所聽佛所轉微妙法輪悉能受持無有忘失又於佛所作大法師廣爲衆生演説諸法復以神力徧十方刹隨衆生心而爲現身於諸世間爲大明燈稱讃諸佛出現世間稱讃諸佛本修行願稱讃諸佛所集功德稱讃諸佛本生因緣稱讃諸佛自在神力護持諸佛所有教法爾時太子於十五日升於正殿坐師子座婇女圍遶輪王七寶自然而至一者輪寶名無礙行輻輞具足百千妙寶以爲莊嚴閻浮檀金光明普照二者象寶名金剛山威

力廣大三者馬寶名迅疾風四者珠寶名日光藏雲五者女寶名具足艷吉祥六主藏臣寶名爲大財七主兵寶名離垢眼如是七寶欻然出現具足成就爲轉輪王王四天下威德自在行正法化能伏一切人皆快樂王有千子端正勇健威力雄猛無諸怨敵化境寬博盡大海際其地柔軟無諸荊棘安隱豐樂離衆災患時閻浮提八萬四千諸小王都一一王都皆有僧坊其數五百一一僧坊建百樓閣環廊四遶樹林蓊鬱冬夏安居經行之處一切皆以衆寶莊嚴及諸一切資生之具無不備足復於處處僧伽藍内立佛支提皆悉高廣莊嚴妙好彼諸城内皆請如來以不思議華香旛蓋妙寶繒綵諸供養具而爲供養爾時如來咸受其請以自在力其身普入

一切王都令無量衆生種諸善根無量衆生心得清淨無量衆生發歡喜心無量衆生增長愛敬無量衆生疾速發起大菩提意廣以大悲饒益羣品勤修一切諸佛正法隨所修習皆能悟入迴向諸佛一切智道了達諸佛甚深法海普入三世無差別智普照三世諸衆生界知一切佛出興于世相續次第得一切佛種智方便善巧調伏一切衆生發起菩薩廣大行願清淨一切諸菩薩道安住菩薩平等智性入佛無盡辯才大門轉佛清淨無礙法輪普現其身徧一切刹住於一切衆生之前如諸衆生根性欲解種種心海隨應調伏皆令成熟爾時大威德主轉輪聖王及彼一切王都城中皆得見彼勝日身如來示現種種不可思議大神通力如是自在廣大饒

益善男子於意云何彼時太子大威德主受於父王灌頂昇位作轉輪王供養佛者豈異人乎今世尊毗盧遮那如來是也彼時父王名財主者豈異人乎今寶華光如來是也其佛現在東方過世界海極微塵數剎海之外有世界海名普現法界虛空影像雲彼剎海中有世界種名普現三世影像摩尼王彼世界種中有一世界名佛圓滿燈彼世界中有菩提場名一切世主身影像幢寶華光如來於此成阿耨多羅三藐三菩提有不可說不可說佛剎極微塵數諸菩薩衆前後圍遶於衆會中轉正法輪令無量衆生皆得成熟彼佛過去爲菩薩時修習莊嚴此世界海彼剎海中去來今佛成正等覺出興世者皆悉是彼寶華光佛之所化度最初令其發阿耨多羅三藐三菩提心乃至究竟令其成熟善男子時財主王第一夫人大威德主太子之母蓮華吉祥藏者豈異人乎今此佛母摩耶夫人得幻智光明無礙解脫於其身中含藏出生過去未來一切諸佛今於此界生佛世尊毗盧遮那如來者是時具足艷吉祥女母善現者豈異人乎即今我母執杖釋種善目夫人是也善男子彼時大威德主轉輪聖王所有眷屬豈異人乎今佛世尊所有衆會一切菩薩是也如是菩薩皆具修習普賢諸行圓滿成就普賢大願雖恒在此佛會道場而能普現一切世界住諸菩薩平等三昧常得現見一切諸佛悉能聞持一切如來等虛空界妙音聲海所轉法輪住一切法自在智力名稱普聞諸佛國土能普親近一切如來道場

衆會隨諸衆生應受化者演説正法悉令成熟盡未來際一切劫海修菩薩行恒無間斷成滿普賢廣大誓願善男子彼時童女具足艷吉祥與威德主轉輪聖王盡其形壽以四事供養勝日身如來者豈異人乎我身是也善男子彼佛滅後於此世界復有佛出名清淨身我於彼佛親近供養聞法受持亦爲衆生行菩薩道次有佛出名一切智影像月身我於彼時親近供養次有佛出名閻浮檀金光明王次有佛出名大梵音相莊嚴身次有佛出名種種焰妙月光次有佛出名妙高智觀察幢次有佛出名廣大智光明王次有佛出名那羅延金剛精進力次有佛出名智勢力無能勝次有佛出名普觀察智次有佛出名廣大智吉祥雲次有佛出名無畏智光明身次有佛出名淨智焰光雲次有佛出名功德幢次有佛出名智日幢次有佛出名蓮華開敷身次有佛出名福德嚴淨光次有佛出名智焰雲次有佛出名毗盧遮那月次有佛出名莊嚴蓋大聲王次有佛出名大勇猛普智光明次有佛出名法界境界智月王次有佛出名普現影像開悟衆生如虛空心次有佛出名語言相寂滅香次有佛出名普震隨順寂靜聲次有佛出名堅固智無障礙光網次有佛出名甘露山成德王次有佛出名法海雷音次有佛出名佛虛空無照髻次有佛出名月光毫相雲次有佛出名月面妙圓滿次有佛出名妙覺智拘蘇摩華光次有佛出名寶焰山吉祥威德次有佛出名廣大功德星宿光次有佛出名具一切智三昧身次有

佛出名焰圓滿身次有佛出名最勝威德寶光明次有佛出名普智速疾行次有佛出名光焰海門燈次有佛出名大法宮殿妙聲王次有佛出名無比功德名稱幢次有佛出名修臂次有佛出名清淨本願變化月次有佛出名虛空智實義燈次有佛出名法上虛空自在王次有佛出名毗盧遮那德藏王次有佛出名那羅延法聚次有佛出名諸乘智積幢次有佛出名法海妙蓮華如是等六十百千億那由他如來於彼劫中相續次第出興于世我皆親近承事供養其最後佛名廣大歡喜出現威德最後於此出興于世爾時彼佛來入王城我於彼時爲王正妃同與大王以諸供具供養彼佛於其佛所聞說法門名一切如來受生出現燈即時獲得差別智眼名觀一切菩薩三昧海微細境界解脫門善男子我時於彼得此解脫經佛刹極微塵劫常與菩薩勤加修習是諸劫中所有諸佛無量無邊我皆一一親近供養受行其法或有劫中承事一佛或有劫中承事二佛或有劫中承事三佛或百或千乃至或有於一劫中親近承事不可說不可說佛或有劫中值於佛刹極微塵數佛如是諸佛咸皆親近承事供養猶未能知菩薩之身形量色貌及身語意業行果報三昧解脫所有境界善男子若有衆生得見菩薩爲一切智修諸行時或逆或順若疑若信菩薩皆以世出世間種種方便而攝取之以爲眷屬令於阿耨多羅三藐三菩提得不退轉善男子我從於彼廣大歡喜出現威德如來之所得此觀一切菩薩三

眛海微細境界解脫已於百佛刹極微塵數劫常與菩薩而共修習爾所劫中所有諸佛出興於世我皆親近承事供養彼諸如來各以異門說修多羅隨順修行憶持不忘令此解脫展轉增廣由是能知種種修多羅獲種種功德身得種種解脫門見種種三世海詣種種佛刹海見種種成正覺入種種佛衆會發種種菩薩願行種種菩薩行滿種種菩薩解脫亦未能知菩薩所成普賢解脫何以故菩薩所得普賢解脫神通境界如太虛空如衆生名如三世海如十方海如法界海無量無邊無際無畔故善男子應知菩薩所得普賢解脫法門與諸如來境界齊等善男子我於爾所佛刹極微塵數劫觀菩薩身所有境界無有猒足如多欲人男女集會更相染愛

於念念中起於無量妄想思覺隨彼境轉無有盡極我亦如是於爾所劫觀菩薩身一一毛孔念念悉見無量無邊廣大世界種種生起種種安立種種莊嚴種種形狀種種依住種種分量種種時劫種種際畔種種山海種種大地種種雲覆種種名字種種佛出興種種菩提場現種種大神通於種種大衆會演種種修多羅立種種諸乘教開種種方便門放種種光明輪嚴種種佛世界設種種灌頂法又於菩薩一一毛孔於念念中常見十方無邊佛海坐種種道場現種種神變轉種種法輪說種種修多羅次第相續恒不斷絶又於菩薩一一毛孔念念常見十方一切諸衆生海種種住處種種形貌種種威儀種種作業種種根器種種心量又於菩薩一一毛孔

悉見三世諸菩薩海無量無邊諸行門無量無邊大願海無量無邊菩薩地無量無邊波羅蜜無量無邊本生事無量無邊嚴刹行無量無邊大慈門無量無邊大悲雲無量無邊精進海無量無邊大喜心念念攝取無邊衆生方便調伏皆令成熟善男子我於爾所佛刹極微塵數劫念念如是觀於菩薩一一毛孔所有境界已所經處更不重經已所見處更不重見已所聞處更不重聞已所得處更不重得乃至見於悉達太子處於内宫婇女圍遶我以解脱力觀於菩薩一一毛孔悉見三世一切法界無邊境界深入無際善男子我唯得此觀察菩薩大三昧海微細境界解脱門如諸菩薩摩訶薩悉能成就諸方便海等諸衆生現隨類身普住一切衆生之前隨諸衆生種種根性演説種種諸乘教法一切毛孔悉能出生無量色相變化海雲知一切法本來清淨無性爲性知諸衆生同於虚空無相爲相住無分别究竟解脱現無中邊廣大境界知佛神力畢竟如如能隨大願普現神變一念能入廣大法界令一切法自在隨轉得一切法普徧智門悉能遊戲諸菩薩地遠離一切煩惱結使獲得清淨圓滿智通知諸衆生究竟寂滅普隨現身皆令歡喜與諸菩薩平等一緣常共集會不相捨離得大神通究竟不退自在種行一切世界隨諸衆生現成正覺普坐一切道場衆會普隨諸趣而現受生乘不退輪行菩薩行見聞獲益如藥樹王滿衆生心如如意寶一音普演咸令歡喜於大智地安立諸法智幻神通徧周法界

如是菩薩行智功德而我云何能知能說爾時釋女瞿波告善財言善男子此世界中有大摩尼毗盧遮那寶蓮華藏師子之座佛母摩耶而坐其上汝詣彼問菩薩云何修菩薩行於諸世間無所染著菩薩云何得自在力於諸法中遠離塵垢菩薩云何得信樂力供事諸佛恒無懈息菩薩云何得勇進力成就一切菩薩事業菩薩云何得淨智力遠離一切煩惱障礙菩薩云何得深解力有所法門自然開悟菩薩云何得現前力成就菩薩觀察智慧菩薩云何得周徧力普詣一切諸如來所菩薩云何得弘誓力普攝一切諸衆生界菩薩云何得不退力盡未來劫修菩薩行菩薩云何得觀察力悉見諸法無有罣礙菩薩云何入緣起智見一切法悉無有我菩薩云何得隨順智善解一切世出世法菩薩云何得微細智善能觀察諸法體性菩薩云何得神通智能爲衆生說諸祕密菩薩云何發起大願增長一切衆生善根常無休息菩薩云何親近承事諸佛菩薩及以一切聲聞獨覺恒不斷絕爾時釋女瞿波欲重宣說此解脫門義承佛威力向善財童子而說偈言

若有衆生見菩薩　修習種種菩提行
起於不善及善心　悉皆攝取令饒益
往昔百刹極微數　倍是塵數復有劫
名爲平等淨莊嚴　刹名最勝須彌光
彼劫有佛出興世　三十六億那由他
最後出現天人師　號正法幢爲世燈
爾時彼佛涅槃後　有王名智威德山
自在統領閻浮提　力能摧伏諸怨敵

時王具有五百子　端正勇健無能勝
才智善巧悉過人　衆生瞻仰無猒足
其王及子心清淨　深於佛法生信心
受持守護及修行　勇猛精勤恒不退
彼時太子名焰光　具相莊嚴三十二
離垢功德皆圓滿　善能饒益諸羣生
將其眷屬五百億　聞法出家行學道
皆修梵行共精勤　勇猛護持於佛法
時有王都名智樹　具足千億城圍遶
林名寂靜大吉祥　寶樹莊嚴皆勝妙
焰光佛子住其中　爲衆弘宣佛正法
辯才智慧無窮盡　令其聞者除煩惱
菩薩有時因乞食　執持衣鉢入王城
威儀寂靜步安庠　諦視正觀心不亂
時彼城中有長者　名爲善稱歡喜幢
我爲童女在居家　名淨日光端嚴相
我時遥見此佛子　念慧清淨常現前
諸根調伏相端嚴　所有威儀皆寂靜
次行乞食至我門　我見即時生愛染
解身瓔珞莊嚴具　歡喜并珠施鉢中
我時雖以染愛心　供養焰光眞佛子
由是不經三惡趣　常生天上及人間
二百五十大劫中　所生爲女皆尊勝
恒見焰光修學處　具相莊嚴離垢身
過彼二百五十劫　次生善現母人家
身爲童女相端嚴　名妙吉祥具足艶
見彼太子威德主　而生尊重愛敬心
願得奉事共修行　幸彼宿因蒙納受
我於彼時隨太子　同詣如來勝日身
即發廣大菩提心　供養聞法生歡喜

彼劫所有佛興世　六十千億那由他
最後佛號解脫光　次第我皆興供養
於彼最後如來所　獲得覺法清淨心
觀諸法性無有生　成就宿命除煩惱
即得菩薩三昧海　觀察微細解脫門
一念能入於十方　不可思議諸剎海
普見一切諸世界　或有雜穢或清淨
於雜穢剎無憎惡　於清淨剎不貪著
悉見十方諸剎海　一切世界菩提場
如來徧坐放光明　我於一念皆能了
彼佛所有大眾海　我於一念皆能入
亦知彼眾所修行　三昧解脫神通力
彼眾所有廣大行　諸地諸度諸方便
及諸誓願海無涯　我於念念皆深入
我觀菩薩相好身　一一毛孔神通事
歷劫同修諸妙行　求其邊際不可得
一一毛孔所有剎　不可言說無央數
於中地水火風輪　微細容持不相離
彼諸世界所安立　形量名體皆不同
剎中種種眾生身　色相莊嚴亦無量
我又以此解脫力　盡見十方諸剎海
諸佛現化滿其中　調伏一切眾生界
雖於無量劫修行　見彼諸佛神通力
猶不能知此菩薩　身心及智所行道

爾時善財童子聞是法已頂禮瞿波繞百千帀殷勤瞻仰戀慕一心辭退而去

大方廣佛華嚴經卷第二十九

音釋

譏 居希切譏誚也　繒纊 繒慈陵切帛也纊苦謗切絮之細者曰纊　錯 七角切厠也謂相間厠也　陀羅尼 梵語也此云總持謂持善不失持惡不生

大方廣佛華嚴經卷第三十

唐罽賓國三藏般若奉　詔譯

入不思議解脱境界普賢行願品

爾時善財童子一心欲往親近佛母摩耶夫人即時獲得微細觀察諸佛境界無邊正智作如是念我當云何方便得見此善知識此善知識遠離世間住無所住超過六處離一切著不染欲泥住無礙道知如實行具淨法身以如幻業而現化身以如幻智觀察世間以如幻願而現色身以佛威力加持自身此善知識隨意生身此善知識無生滅身無來去身非虛實身不變壞身無起盡身不思議身所有諸相皆一相身遠離二邊住解脱身無依處身無窮盡身如影普現身無分別身如夢所見離尋伺身如鏡中像不出入身普於十方而化現身住於三世無變異身非身心身無差別身此善知識所行無礙猶如虛空超諸世間一切眼境唯是普賢淨目所見如是之人我今云何而得親近承事供養令生歡喜與其同住觀其狀貌處其衆會聽其音聲思其語言受其教誨善財童子作是念時有主城神名曰寶眼無量城神眷屬圍遶於虛空中而現其身種種瓔珞以爲莊嚴各現無量殊異色身手持無量諸天寶華以恭敬心散善財上作如是言善男子汝應善巧守護心城謂不貪一切生死境界應莊嚴心城謂觀察趣求如來十力應淨治心城謂畢竟遠離慳嫉諂誑應清涼心城謂思惟一切諸法實性應增長心城謂以大精進成辦一切助道之法應嚴飾心城謂建立一切禪定

解脱自在宮殿應照耀心城謂普入一切如來道場聽受般若波羅蜜法應增益心城謂普能出生一切如來諸方便海應堅固心城謂恒勤修習增長普賢清淨行願應防護心城謂常能禦捍煩惱惡友一切魔軍應廓徹心城謂開引諸佛普智光明應善補心城謂受持諸佛甘露法雨應扶助心城謂深信一切佛功德海應廣大心城謂大慈徧及一切世間應普覆心城謂集衆善法以覆其上應寬博心城謂大悲哀愍一切衆生應開闢心城謂悉捨所有隨應給施一切衆生應密護心城謂防諸生死惡欲境界不令得入應嚴肅心城謂斷除一切諸不善法流轉根本應決定心城謂集一切智助道之法恒無退轉應安立心城謂正念三世一切如來圓滿境界應瑩徹心城謂明解一切如來法輪修多羅中所有法門應部分心城謂普能曉示一切衆生皆令得見薩婆若道應住持心城謂普攝一切三世如來諸大願海應令心城富實謂積集一切周徧法界大福智聚應令心城明了謂普知衆生諸根樂欲煩惱等法應令心城自在謂普攝一切十方法界應令心城清淨謂正念一切諸佛如來應知心城自性謂知一切法皆無有性應知心城如幻謂以一切智了諸法性善男子菩薩摩訶薩若能如是淨修心城則能積集一切善根隨所修行皆能證入何以故蠲除一切諸障難故所謂見佛障聞法障親近供養諸如來障方便攝取諸衆生障嚴淨種種佛國土障善男子菩薩摩訶薩以離如是諸障難故若發希

求善知識心不用功力則便得見乃至究竟成一切智爾時有身衆神名蓮華吉祥及妙華光明無量百千諸身衆神前後圍遶從道場出住虛空中於善財前以妙音聲種種稱歎摩耶夫人時諸神衆各從耳璫放無量色清淨衆寶焰網光明放無量色衆寶香焰雲網光明放無量色離垢清淨焰網光明放無量色普能顯示衆生心性清淨光明放無量色速疾增長愛樂光明放無量色能除熱惱清涼光明放無量色能普顯示清淨光明放無量色勇猛出現無著境界寶焰光明放如是等種種衆色大光明網普照無邊廣大佛刹能令善財普見十方一切國土所有諸佛其諸光明右繞世間經一帀已然後還來入善財頂乃至徧入身諸毛孔善財童子以得如是光明照故即時獲得十種法眼所謂得淨光明眼求離一切愚癡暗故得無翳眼能了一切衆生性故得離垢眼能觀一切法性門故得淨慧眼能觀一切佛刹性故得毗盧遮那眼能見如來淨法身故得普光明眼見佛平等不可思議妙色身故得無礙光明眼觀察一切無邊刹海成壞相故得普照光明眼見一切佛起大方便轉正法輪出生種種修多羅故得普境界眼見無量佛神通威德調伏一切諸衆生故得普見眼觀察一切種種刹中一切如來出興世故時有守護菩薩法堂羅刹鬼王名曰妙眼與其眷屬萬羅刹俱於虛空中以天拘蘇摩可愛妙華及衆妙香散善財上作如是言善男子菩薩具足成就十法則得親近諸善知識何等爲十所謂

離諸諂幻其心質直恒清淨故離諸分別大悲平等普攝衆生故覺法自性知衆生性無真實故知無去來趣一切智心不退故具信解力普入一切佛道場故得淨慧眼了一切法性無生故住平等慈普令衆生得勝義故開智光明能廓自心諸妄境故作清涼雲灑甘露雨滌煩惱故作廣大眼徹鑒諸法心常隨順善知識故若諸菩薩具足圓滿此十種法則得親近諸善知識復次善男子菩薩成就十種三昧微細觀察則常現見諸善知識何等爲十所謂法空無盡清淨輪三昧現見十方一切諸佛刹海三昧於諸境界不捨離無缺減三昧普見一切如來出現三昧普集一切福智海藏三昧心恒不捨諸善知識三昧常念一切如來功德從善知識出現三昧念常不捨諸善知識三昧念常親近平等供養諸善知識三昧於善知識方便行中身無疲倦心無猒足離諸過失三昧善男子菩薩成就此十三昧常得親近諸善知識又得善知識常轉一切如來法輪三昧得此三昧已悉知諸佛體性平等徧一切處常得值遇諸善知識說是語時善財童子仰視空中而報之言善哉善哉汝爲哀愍攝受我故顯示種種巧方便門令我得見真善知識唯願爲我分別演說我當云何而得往詣善知識所於何方處城邑聚落求善知識作何方便而得親近諸善知識羅刹答言善男子汝應謙下普禮十方盡虛空際一切境界求善知識勇猛自在徧遊十方求善知識起速疾心起隨順心求善知識觀察身心如影如夢求善知

識爾時善財受羅刹教隨順修行即時覩見
大寶蓮華從地涌出金剛爲莖摩尼爲葉毗
盧遮那寶王以爲其臺現衆生海摩尼寶王
以爲其藏衆色寶香以爲其鬚無數寶網彌
覆其上於其臺上有一樓閣名普納十方法
界藏種種奇妙以爲嚴飾金剛爲地千柱行
列一切皆以摩尼寶成閻浮檀金以爲其壁
衆寶瓔珞四面垂下種種寶色大摩尼幢分
布行列普徧莊嚴無數妙寶階陛欄楯周帀
莊嚴其樓閣中有如意寶王蓮華之座種種
衆寶以爲莊校妙寶欄楯周帀圍遶星宿幢
摩尼王間列莊嚴衆色寶衣内外敷設寶帳
寶網垂衆寶鈴以覆其上衆寶繒旛處處垂
下微風吹動光流響發寶華幢中雨衆妙華
寶鈴鐸中出美音聲寶戶牖間垂諸瓔珞摩
尼身中流出香水毗盧遮那寶象口中出蓮
華網衆色金剛寶師子口吐妙香雲梵天形
像衆妙寶輪出隨樂音演大慈教金剛寶鈴
出諸菩薩大願之音寶月幢中出佛化形相
續不斷淨藏寶王現三世佛受生次第日藏
摩尼放大光明徧照十方一切佛刹普光照
耀摩尼寶王放一切佛圓滿光明毗盧遮那
摩尼寶王興供養雲供養一切諸佛如來如
意珠王念念示現普賢神變充滿法界須彌
寶王出天宫殿普現一切帝釋天衆變化身
雲天諸婇女種種妙音歌讚如來不可思議
微妙功德爾時善財見如是座復有無量不
思議數寶莊嚴座周帀圍繞摩耶夫人在彼
座上徧於一切諸衆生前現淨色身所謂超
三界色身已出一切諸有趣故隨心樂色身

於諸世間無所著故普周徧色身等於一切衆生數故廣大力色身令諸衆生具福德故無等比色身令諸衆生滅倒見故無量種色身隨衆生心悉示現故無邊相色身普現調伏衆生相故普對現色身以大自在而示現故化一切色身隨其所應而現前故恒示現色身盡衆生界而無盡故住安樂色身親近見聞得安樂故無斷盡色身究竟普見如虛空故大威德色身滅除衆生虛妄法故無去色身於一切趣無所滅故無來色身於諸世間無所出故不生色身無生起故不滅色身常寂滅故非實色身得如實故非虛色身隨世現故不動色身生滅永離故不壞色身法性無壞故無相色身言語道斷故一相色身無相爲相故如像色身隨心應現故如幻色身幻智所成故如焰色身唯想所持故如影色身隨願現生故如夢色身隨心而現故法界色身性淨如空故大悲色身常護衆生故無礙色身徧周法界故無邊色身普淨衆生故無量色身超過言說故無住色身調伏衆生故無依色身願度世間故無處色身恒化衆生故無生色身幻願所成故無勝色身超諸世間故如實色身定心所現故不生色身隨衆生業而出現故如意珠色身普滿一切衆生願故無分別色身但隨衆生心願超故離分別色身一切衆生不能知故離虛妄色身永離衆生虛假法故恒無盡色身盡諸衆生生死際故清淨色身同於如來無分別故善財童子見於摩耶夫人如是所現一切色身究竟非色所有色相如影像故究竟非受

世間諸受咸轉滅故究竟非想但隨衆生想所現故究竟非行依如幻業而成就故究竟非識菩薩願智空無性故一切世間語言斷故滅除生死諸熱惱故安住最勝寂滅身故爾時善財童子復見摩耶夫人隨諸衆生心之所樂自在普現如諸世間或超世間種種女身所謂或現魔女身或現他化天女身或現化樂天女身或現兜率天女身或現夜摩天女身或現忉利天女身或現四王天女身或現諸龍夜叉乾闥婆阿脩羅迦樓羅緊那羅摩睺羅伽人非人女身於一切處現如是等相似女身及超過身饒益衆生集一切智行於平等檀波羅蜜大悲普覆一切世間出生如來無量功德修習增長一切智智觀察思惟諸法實性獲深慧海精勤速疾曾無懈息恒轉清淨不退法輪微細了知一切法性住於平等三昧境界得如來定圓滿光明銷竭衆生煩惱巨海善能了知一切佛法恒以智慧觀法實相見諸如來心無猒足知三世佛出興次第見佛三昧常現在前普集無量諸清淨道行於諸佛虛空境界隨其心樂普攝衆生種種方便教化成熟入佛無量清淨法身成就大願淨諸佛刹究竟調伏一切衆生心恒普入諸佛境界出生一切菩薩神通已得法身清淨無染而恒示現無量色身遊戲如來諸自在力摧伏魔怨力成就善根力出生正法力具足諸佛力得諸菩薩自在之力速疾增長一切智力得佛智光普照一切悉知無量衆生心海根性欲解種種差別其身充滿十方刹海亦知諸刹成壞之相以廣

大眼見十方海以周徧智知三世海身普承事一切佛海心恒納受一切法海修習圓滿一切如來種種功德隨順出生一切菩薩智慧助道常樂觀察一切菩薩從初發心所有修行波羅蜜行出生一切諸菩薩地積集一切菩薩福聚勇猛精進心無所畏普徧成就一切菩薩菩提之道恒勤守護一切衆生常樂稱揚諸佛功德光明普照一切世間願爲一切菩薩之母爾時善財童子見摩耶夫人徧一切處現如是等閻浮提極微塵數諸方便門既見是已如摩耶夫人所現身數善財亦現作爾許身於一切處摩耶之前恭敬禮拜即時證得無量無數諸三昧門分別觀察修行證入從三昧起右繞摩耶并其眷屬合掌而立白言大聖文殊師利菩薩教我發阿耨多羅三藐三菩提心令我勤求諸善知識我承其教普於一一善知識所皆往親近承事供養無空過者如是展轉漸來至此唯願大聖爲我宣說菩薩云何學菩薩行而得成就一切智智摩耶夫人告善財言善男子我已成就菩薩大願智幻莊嚴解脫門是故常爲諸菩薩母善男子如我於此閻浮提中迦毗羅城淨飯王家右脇而生悉達太子現不思議廣大莊嚴菩薩受生自在神變如是乃至盡此世界海所有一切毗盧遮那如來住最後身示現誕生自在神變我皆一一而爲其母彼諸菩薩皆入我身右脇而生成一切智又善男子我於淨飯王宮菩薩將欲下生之時見菩薩身一一毛孔咸放光明名一切如來受生功德輪其諸毛孔一一皆現不可

說不可說佛刹極微塵數菩薩受生神變功德莊嚴彼諸光明皆悉普照一切世界照世界已來入我頂乃至一切身諸毛孔善男子又彼光中普現一切菩薩名號受生神變廣大莊嚴宮殿眷屬五欲自娱又見菩薩捨位出家往詣道場摧魔軍已成正等覺坐師子座種種菩薩前後圍繞種種世主親近供養爲諸天衆轉正法輪又見如來往昔修行菩薩道時於諸佛所尊重供養發菩提心淨佛國土念念示現無量化身充徧十方一切世界變化種種受生莊嚴成無上覺轉妙法輪乃至最後現般涅槃廣大神變如是等事靡不皆見又善男子彼妙光明入我身時我身形量雖不逾本然其實已超諸世間所以者何我身爾時量同虚空於胎藏中悉能容受十方菩薩宮殿莊嚴自在受生大神變故善男子爾時菩薩從兜率天將降神時有十佛刹極微塵數諸菩薩衆皆與菩薩同願同行同善根同莊嚴同解脱同智慧同住地同神通同出現同威力同法身清淨同色身威德乃至普賢功德行願悉皆同等如是菩薩前後圍繞又有八萬諸大龍王娑竭羅龍王而爲上首及諸世主各乘種種摩尼樓閣俱來親近承事供養菩薩爾時以神通力與諸菩薩普現一切兜率天宫一一宫中悉現十方一切世界閻浮提内受生影像不可思議種種神變教化調伏無量衆生令其覺悟不生放逸離諸懈怠無所執著又以神力放大光明普照世間破諸黒闇滅諸苦惱脱諸欲境令諸衆生皆識宿世所有業行永出惡道又

爲救護一切衆生普現其前作諸神變現如是等諸奇特事與眷屬俱從天宫下來入我身彼諸菩薩於我腹中現大神通遊行自在或以三千大千世界而爲一步乃至或以不可説不可説佛刹極微塵數世界而爲一步又念念中十方不可説不可説佛刹極微塵數世界諸如來所菩薩衆會及四天王三十三天須夜摩天兜率陀天化樂天他化自在天乃至色界諸梵天王俱來欲見菩薩處胎廣大神變恭敬供養聽受正法皆入我身雖我腹中悉能容受如是衆會而身不廣大亦不迫窄其諸菩薩各見自處衆會道場清淨嚴飾善男子如此四天下閻浮提中菩薩受生我爲其母三千大千世界百億四天下閻浮提中悉亦如是然我此身本來無二亦復非一非一處住非多處住何以故以修菩薩大願智幻莊嚴解脱門故善男子如今世尊毗盧遮那我爲其母往昔所有無量諸佛悉亦如是而爲其母善男子我昔曾作蓮華池神時有菩薩於蓮華藏忽然化生我即捧持瞻侍養育一切世間皆共號我爲菩薩母又我昔爲菩提場神時有菩薩於我懷中忽然化生世亦號我爲菩薩母善男子如是所有無量菩薩住最後身於此世界種種方便示現受生廣大神變我皆爲母善男子如此世界賢劫之中最初出現拘留孫如來拘那含牟尼如來迦葉如來及今世尊釋迦牟尼如來現受生時我爲其母善男子如此賢劫未來世中彌勒菩薩從兜率天將降神時放大光明普照法界示現一切諸菩薩衆住最後

身受生自在廣大神變及於人間生大族家調伏衆生我於彼時亦爲其母如是次第有師子如來大法光幢如來妙眼如來清淨拘蘇摩華如來妙華吉祥如來提舍如來弗沙如來妙意如來金剛如來離垢如來大月光如來持炬如來名稱如來金剛楯如來清淨義如來見一義如來紺身如來超彼岸如來寶焰光如來寶焰山如來持大炬如來勝蓮華如來出生蓮華如來名稱聲如來無量功德財如來最勝燈吉祥如來莊嚴身如來妙稱量如來慈吉祥如來妙威儀如來變化如來無住如來勝威光如來無邊聲如來勝怨敵如來除疑惑如來清淨如來廣博光如來出現清淨名稱如來雲吉祥如來種種色莊嚴頂髻如來大樹王如來一切寶如來種種色如來寶耳璫如來堅牢智如來大海慧如來淨妙寶如來蓮華冠如來勝士如來願樂圓滿如來蓮華鬘如來大自在如來吉祥主如來最超勝如來白栴檀雲如來紺青廣博眼如來微妙智如來殊勝慧如來觀察慧如來熾盛王如來堅固慧如來莊嚴王如來具足吉祥如來喜師子王如來自在天如來自在師子王如來最勝頂吉祥如來金剛智吉祥如來山光明如來妙德藏如來妙寶網如來莊嚴身如來住妙慧如來智自在如來大自在天王如來無得相吉祥如來清淨喜如來善施慧如來妙焰慧如來水天吉祥如來清淨智如來得上味如來乘高峯如來自在功德如來護世怨如來與世語言如來功德自在如來威德幢如來毗盧遮那妙幢如來

觀身性如來離有香如來修習香如來種種分別妙身如來妙廣博身如來一切香焰王如來種種色金剛摩尼嚴如來微笑眼如來離塵染如來增長身如來善變化聚集人天如來廣大天如來財天如來無上天如來順寂滅如來開敷覺悟智如來洗滌惑垢如來大焰光王如來寂諸有如來毗舍佉天如來金剛山如來智焰光如來大焰光身如來作安樂如來寂靜師子如來圓滿清淨如來清淨妙賢如來名稱吉祥如來勇猛精進如來第一義行如來寂靜光如來最勝增上如來甚深聲如來一切大地主如來紺青光如來莊嚴王如來妙音聲吉祥如來殊勝如來尊勝吉祥如來最勝自在如來無上醫王如來功德月如來微笑光如來無礙光如來功德聚如來月高現如來日天如來無畏稱如來出諸有如來勇猛名稱如來焰光面如來娑羅王如來名稱聚如來最勝如來藥王如來寶勝如來金剛慧如來白淨吉祥如來寂靜住處如來摩尼王如來無能勝如來無能映蔽如來衆會王如來大名稱如來速疾受持如來無量光如來大願光如來不空自在王如來法自在王如來高勝焰光如來不退轉地如來清淨天如來妙善天如來堅固行毀譽不動如來一切善友如來解脫音如來遊戲王如來滅邪曲如來瞻蔔淨光如來最勝德如來極勝月如來執明炬如來殊妙身如來不可說如來最清淨如來友安衆生如來無量光明如來無畏音聲如來水天功德如來不動慧光如來拘蘇摩華勝如來寶月焰

光如來不退轉慧如來離愛染如來無著慧如來集功德蘊如來滅惡趣如來不怯怖如來普散華如來師子吼如來得第一義如來得種種義如來見無障礙如來摧伏他衆如來疾風行如來不動性如來離分別海如來無能勝如來端嚴海如來須彌山如來香風智如來無邊座如來鬬戰勝如來無能行如來清淨住如來最上施如來隨順慈悲生如來常月如來饒益王如來不動蘊如來極妙慧如來隨順攝智如來極高受如來焰光身如來無比名如來饒益慧如來持壽如來滅我慢如來種種色相如來具足名稱如來大威德力如來無滅如來不動天如來不思議吉祥如來解脫月如來最上王如來滿月蘊如來梵供養如來不動眼如來希有身如來無相慧如來愛境界如來極超過如來高上事業如來寶法慧如來順先古如來無上吉祥如來無勝梵天如來不思議功德光如來無上法境界如來無邊際賢如來普順自在如來極尊勝天如來如是乃至樓至如來功德圓滿住最後身在賢劫中於此三千大千世界當成佛者我悉爲母如於此三千大千世界如是於此華藏莊嚴世界海一切世界種中所有世界一一四天下閻浮提內乃至十方一切世界海其中所有一切世界盡未來際一切劫中諸有修行普賢行願爲欲調伏諸衆生故以自在力現受生時我自見身悉爲其母爾時善財童子白摩耶夫人言大聖得此菩薩大願智幻莊嚴解脫經幾時耶答言善男子乃往古世過不思議非最後身

菩薩神通道眼所知劫數爾時有劫名為淨光世界名須彌德雖有諸山五趣雜居然其國土無諸穢惡衆寶所成清淨圓滿莊嚴可愛彼世界中有千億四天下有一四天下名香風威德師子幢於中有八十億王城中有一城名最勝具足幢有轉輪王名勇猛精進大威德彼王城北有一道場名種種妙色光其道場神名吉祥眼時有菩薩名無垢幢坐於道場將成正覺有一惡魔名金色光與其眷屬無量魔軍種種形狀至菩薩所欲為壞亂彼轉輪王已得菩薩神通自在以大神變為欲摧碎彼魔軍故化大兵衆其數倍多圍繞道場諸魔惶怖悉自奔散故彼菩薩得成阿耨多羅三藐三菩提時道場神見是事已歡喜無量便於彼王時生子想頂禮佛足作是願言此大威德轉輪聖王在在生處常為我子乃至成佛願我常得與其為母作是願已於此道場復曾值遇十那由他佛承事供養令生歡喜善男子於意云何彼道場神豈異人乎我身是也轉輪王者今世尊毗盧遮那如來應正等覺是我從於彼發願已來此佛世尊於十方刹一切諸趣處處受生勇猛精進種諸善根供養如來修菩薩行教化成熟一切衆生乃至示現住最後身念念普於十方世界示現菩薩受生神變常為我子我常為母善男子過去現在十方無量一切世界諸佛如來將成佛時皆於齋中出現種種廣大光明來照我身及我眷屬所居宫殿彼最後身我悉為母善男子我唯知此菩薩大願智幻莊嚴解脱門如諸菩薩摩訶薩具大

悲藏以一切智教化調伏一切衆生常無猒惓住安忍行恒知止足服甘露味心無有盡一切衆魔及諸惡人不能擾亂心無動搖心無輕躁心無高下心無諂幻無稠林行念念得入百千三昧念念得見百千諸佛念念得知百千佛力念念能動百千世界念念遊履百千佛刹念念光照百千世界念念成熟百千衆生念念自在住百千劫念念深入過去未來各百千劫念念深解百千法門念念示現百千佛身念念示現百千菩薩以爲眷屬以自在力念念普於一一毛孔示現無量諸佛神變於三寶所究竟成就深信不壞善巧了知種種諸行生滅分位善巧了知種種諸法本性無生善巧了知種種世間轉變成壞善巧了知種種諸業受生差別善巧了知種種生死涅槃邊際善巧了知種種佛刹染淨不同善巧了知過去未來一切菩薩種種修習善巧了知一切諸法無相無盡而我云何能知能說彼諸菩薩行智功德善男子此三十三天有王名具足正念其王有女名天主光汝詣彼問菩薩云何學菩薩行修菩薩道時善財童子敬受其教頭面禮足繞無數帀殷懃戀慕一心瞻仰辭退而去

大方廣佛華嚴經卷第三十

音釋

諂誑　諂丑琰切佞言曰諂　誑古況切欺也　禦捍　禦魚據切拒也止也　捍侯旰切衛也　蠲　圭玄切除也潔也　璫　都郎切耳之珠也　臍　前西切肚臍也

大方廣佛華嚴經卷第三十一

唐罽賓國三藏般若奉詔譯

入不思議解脫境界普賢行願品

爾時善財順知識教遂即往詣三十三天具足正念天王宮中見彼天女禮足圍遶合掌前住白言聖者我已先發阿耨多羅三藐三菩提心而未知菩薩云何學菩薩行云何修菩薩道我聞聖者善能誘誨願爲我說天女告言善男子我得菩薩無礙念清淨莊嚴解脫門善財白言聖者此解脫門境界云何修行何法得此解脫天女答言善男子菩薩勤修無量不思議法門得此解脫汝若欲入此解脫門亦當如是精勤修學云何勤修不思議法門所謂汝應勤修不可思議諸法義智謂如實覺悟一切諸法差別性相眞實體故汝應勤修守護正法謂種種妙法爲人誹謗以理摧伏顯勝義故汝應勤修表無表戒謂若性若遮有罪無罪微細觀察無缺減故汝應勤修無諍訟法謂世間種種綺雜言說無益集會常遠離故汝應勤修住安忍地謂種種苦惱逼迫身心審諦觀察能忍受故汝應勤修忍耐諸境謂惡言毀辱怨結毒害不壞內心常安忍故汝應勤修解微細法謂知蘊界處流轉還滅善了性相不可得故汝應勤修善巧法句謂巧能宣說種種法門眞實性相令顯現故汝應勤修合不合法了知諸法性不可奪亦無增減離合等故汝應勤修觀過去智謂微細觀察種種業因善惡等相無不知故汝應勤修未來際智謂微細觀察種種業緣果報等相無不知故汝應勤修三世

平等謂三世行相雖各不同但隨住法有差别故汝應勤修三輪清淨謂過現未來一切諸法性不可得離心意故汝應勤修心住處法謂普遍了知內外中間心相本性不可得故汝應勤修守護威儀謂一切時中微細觀察身口意業不迷惑故汝應勤修清淨威儀謂密護根門藏覆善法所有不善恒發露故汝應勤修離不善法謂愚癡凡夫種種惡法不與共住常覺悟故汝應勤修習菩薩行謂普遍了知勇猛精進難行能行種種行故汝應勤修恭敬尊長謂牀座供具給侍奉迎身心謙下無懈怠故汝應勤修攝持身心謂普能攝持諸清淨法不失不壞常了知故汝應勤修隨順覺智謂於諸世間出世間法隨順性相而覺悟故汝應勤修入甚深法謂了達一切生滅法相令心增長無生智故汝應勤修音聲法智謂如實演說種種法門開示語言眞實性故汝應勤修遠離無益謂以諸方便令自及他超過諸有無益法故汝應勤修丈夫集會謂諸佛菩薩聲聞獨覺親近承事常供養故汝應勤修遠惡知識謂遠離樂起斷常諸見及懶惰等惡衆生故汝應勤修不依凡夫謂見凡夫法皆與愚癡而共相應多過失故汝應勤修常不輕心謂於諸衆生了性平等不於貧下生輕賤故汝應勤修愍破戒者謂以大慈悲拔濟犯罪安置菩薩淨戒中故汝應勤修增慈悲力謂觀察十方三世衆生種種逼迫能救護故汝應勤修財法攝受謂財物飲食攝諸衆生令入甚深眞實法故汝應勤修如說能行謂修種種善開發自

心具足敷榮得圓滿故汝應勤修以相應善謂求宿住智善巧多聞能知過去相應行故汝應勤修樂獨善寂謂遠離處衆諸雜談説常樂親近白淨法故汝應勤修少欲知足謂衣服飲食卧具醫藥自作教他知止足故汝應勤修相應行法謂三十七品菩提分法常勤修習令相應故汝應勤修菩薩行境謂十波羅蜜一切行門具足修習令圓滿故汝應勤修菩薩地法謂十種智地入住及出相及得果皆證知故汝應勤修入如來地謂若菩提智及所斷障種種體用皆證得故汝應勤修難了知法謂諸佛菩薩獨覺聲聞皆悉了知不思議故汝應勤修不取諸相謂修習覺悟諸法性相如幻如夢同實相故汝應勤修解脱法智謂金剛三昧散壞塵習澄靜妄念智不動故善男子有如是等佛刹極微塵數不可思議種種法門我皆勤修得此解脱汝能修行亦當證得善男子汝向所問解脱境界我此解脱境界無邊又善男子我以得此解脱力故憶念古世爾時有劫名優鉢羅華於彼劫中承事供養恒河沙數諸佛如來彼諸如來從初出家我皆瞻奉守護供養造僧伽藍營辦資具又彼如來從爲菩薩入母胎時誕生之時行七步時師子吼時童子位時處宫中時厭棄王位初出家時詣菩提樹成正覺時轉正法輪現佛神變教化調伏諸衆生時如是一切諸所作事從初發心行菩薩道乃至法盡我皆明記無有遺餘常現在前念持不忘又憶過去劫名善地我於彼劫復得值遇十恒河沙諸佛如來承事供養復憶

有刧名爲妙德於彼值遇十佛世界極微塵數諸佛如來承事供養又憶往刧名無所得於彼值遇八十百千億那由他諸佛如來承事供養復憶有刧名爲妙光於彼值遇閻浮提極微塵數諸佛如來承事供養復憶往刧名無稱光於彼值遇二十恒河沙諸佛如來承事供養復憶往刧名最勝吉祥於彼值遇一恒河沙諸佛如來承事供養復憶往刧名出現日於彼值遇八十恒河沙諸佛如來承事供養復憶往刧名勝性遊行於彼值遇六十恒河沙諸佛如來承事供養復憶有刧名爲妙月於彼值遇七十恒河沙諸佛如來承事供養善男子如是憶念恒河沙刧我常不離諸佛如來應正等覺種種方便恭敬供養從彼一切諸如來所皆得聞此無礙念清淨莊嚴菩薩解脫聞已受持如說修行恒不忘失如是往刧所有如來從初發心乃至法盡諸所作事我皆以此清淨莊嚴解脫之力隨順憶念明了現前持而順行念念觀察曾無懈廢善男子我唯知此無礙念清淨莊嚴菩薩解脫如諸菩薩摩訶薩出生死夜朗然明徹永離癡冥未嘗昏寐心無諸蓋身行輕安於諸法性清淨覺了決擇甚深修多羅藏了不了義一切難處善護自他常勤修習菩薩淨戒若利非利心恒平等善巧出生神通妙智隨順世間種種方便增長福慧心無厭足起大精進勤修助道積集慈悲心無厭倦成就如來十力無畏十八不共一切佛法隨順開悟一切衆生晝夜精勤更無餘念而我云何能知能說彼功德行善男子此迦毗羅城

有童子師名爲遍友汝詣彼問菩薩云何學菩薩行修菩薩道時善財童子以聞法故歡喜踊躍不思議善根速疾增長頂禮其足繞無數帀慇懃瞻仰辭退而去爾時善財從天宮下向迦毗羅城詣遍友所禮足右繞合掌恭敬於一面立白言聖者我已先發阿耨多羅三藐三菩提心而未知菩薩云何學菩薩行云何修菩薩道我聞聖者善能誘誨願爲我說遍友答言善男子此有童子名善知衆藝修學菩薩字智法門汝可問之當爲汝說爾時善財即至其所頂禮其足繞無數帀於前合掌白言聖者我已先發阿耨多羅三藐三菩提心而未知菩薩云何學菩薩行云何修菩薩道我聞聖者善能誘誨願爲我說時彼童子告善財言善男子我得菩薩解脫名

具足圓滿善知衆藝我恒唱持此之字母所謂唱婀字時能甚深入般若波羅蜜門名以菩薩勝威德力顯示諸法本無生義唱囉字時能甚深入般若波羅蜜門名普遍顯示無邊際微細解唱跛字時能甚深入般若波羅蜜門名普照法界平等際微細智唱者字時能甚深入般若波羅蜜門名普輪能斷差別色唱曩鼻音字時能甚深入般若波羅蜜門名證得無依無住際唱攞字時能甚深入般若波羅蜜門名離名色依處無垢汙唱娜字時能甚深入般若波羅蜜門名不退轉方便唱婆摹我切字時能甚深入般若波羅蜜門名金剛輪道場唱拏字時能甚深入般若波羅蜜門名普圓滿輪唱灑史我切字時能甚深入般若波羅蜜門名爲海藏唱嚩無可切字時能甚

深入般若波羅蜜門名普遍勤求出生安住唱哆字時能甚深入般若波羅蜜門名星宿月圓滿光唱也(移我切)字時能甚深入般若波羅蜜門名差別積集唱瑟吒(二合上聲)字時能甚深入般若波羅蜜門名普照光明息除煩惱唱迦(上聲)字時能甚深入般若波羅蜜門名普雲不斷唱娑(蘇我切)字時能甚深入般若波羅蜜門名降注大雨唱莽字時能甚深入般若波羅蜜門名大速疾現種種色如衆高峯唱誐(音迦上聲)字時能甚深入般若波羅蜜門名普輪積集唱他(上聲)字時能甚深入般若波羅蜜門名眞如平等無分別藏唱惹(上聲)字時能甚深入般若波羅蜜門名遍入世間海遊行清淨唱娑嚩(二合)字時能甚深入般若波羅蜜門名普念諸佛一切莊嚴唱馱字時能甚深入

般若波羅蜜門名微細觀察一切法聚唱捨(尸我切)字時能甚深入般若波羅蜜門名隨順諸佛教輪光明唱佉(上聲)字時能甚深入般若波羅蜜門名因地現前智慧藏唱乞叉(二合)字時能甚深入般若波羅蜜門名息諸業海出生智慧藏唱娑(蘇紇切)哆(二合上聲)字時能甚深入般若波羅蜜門名開淨光明蠲諸惑障唱孃(上聲)字時能甚深入般若波羅蜜門名出離世間智慧門唱曷囉他(三合上聲)字時能甚深入般若波羅蜜門名利益衆生無我無人智慧燈唱婆(蒲我切)字時能甚深入般若波羅蜜門名圓滿莊嚴一切宮殿唱車(車者切)字時能甚深入般若波羅蜜門名增長修行方便藏普覆輪唱娑麽(二合)字時能甚深入般若波羅蜜門名隨順十方現見諸佛旋輪藏唱訶嚩(無我切二

(合)字時能甚深入般若波羅蜜門名觀察一切微細衆生方便力出生海藏唱哆娑(二合)字時能甚深入般若波羅蜜門名自在趣入諸功德海唱伽字時能甚深入般若波羅蜜門名普持一切法雲堅固海藏唱姹(上聲)字時能甚深入般若波羅蜜門名願力現見十方諸佛猶如虛空唱儜(上聲)字時能甚深入般若波羅蜜門名入字輪際無盡境界唱頗字時能甚深入般若波羅蜜門名教化衆生究竟圓滿處唱娑迦字時能甚深入般若波羅蜜門名廣大藏無礙辯遍照光明輪唱夷娑(二合)字時能甚深入般若波羅蜜門名演說一切佛法智唱室者(二合)字時能甚深入般若波羅蜜門名入虛空一切衆生界法雷大音遍吼唱侘(上聲)字時能甚深入般若波羅蜜門名說無我法開佛境界曉悟群生唱荼(去聲)字時能甚深入般若波羅蜜門名一切法輪差別藏善男子我唱如是字母之時此四十二般若波羅蜜門爲首一切章句隨轉無礙能甚深入無量無數般若波羅蜜門善財白言聖者云何修行得此解脫答言善男子若諸菩薩勤修十法具足圓滿則能得此善知衆藝菩薩解脫何等爲十所謂具足智慧勤求善友勇猛精進離諸障惑正得清淨尊重正教觀法性空滅除邪見修習正道具眞實智若諸菩薩於此十法具足圓滿則能速疾得此解脫所以者何由諸菩薩具足智慧勤求善友見已親近歡喜愛敬生如佛想以親近故常蒙教誨蒙教誨故則能難行勇猛精進得精進已能以善法滅諸不善滅不善故令衆善法

皆得圓滿善圓滿已則能遠離一切障惑離諸障故令身口意得大清淨正行相應由此清淨能於一切諸佛菩薩善知識教心生尊重尊重教故勤求觀察諸法空寂悟法空已其心所向皆無罣礙深達緣起離無因見滅邪見心修習正道入正道已得眞實智得實智故得此解脫證深法界善財復言此眞實者名爲何等答言善男子即此語言是名眞實善財復言云何語言名爲眞實答言善男子不虛誑語是名眞實復言云何不虛誑語衆藝答言彼語眞實體常不變恒一性故復言云何不變異性答言善男子自身證悟解法性故復言法性相貌云何能所解法爲一爲二答言善男子如是菩薩自所證法不一不二由此力故則能平等利益自他猶如大地能生一切而無彼此能所利心然其法性亦非有相亦非無相體如虛空難知難解善男子此法微妙難以文字語言宣說何以故超過一切文字境界故超過一切言語境界故超過一切語業所行諸境界故超過一切戲論分別思量境界故超過一切尋伺計度諸境界故超過一切愚癡衆生所知境界故超過一切煩惱相應魔事境界故超過一切心識境界故無此無彼無相離相超過一切虛妄境界故住無住處寂靜聖者境界故善男子彼諸聖者自證境界無色相無垢淨無取捨無濁亂清淨最勝性常不壞諸佛出世若不出世於法界性體常一故善男子菩薩爲此法故行於無數難行之行得此法體善能饒益一切衆生令諸衆生於此法中究竟

安住善男子此是眞實此不異相此是實際此是一切智體此是不思議法界此是不二法界此是善知衆藝圓滿具足菩薩解脫善男子我唯知此解脫如諸菩薩摩訶薩能於一切世出世間善巧之法殊能異藝文字筭數咸綜無遺又善了知醫方呪術有諸衆生鬼魅所持怨憎呪詛妖幻所迷死屍奔逐癲癎羸瘦及諸蠱毒種種異疾咸能救之使得痊愈又善別知殊珍異貨金玉珠貝珊瑚瑠璃摩尼硨磲玻瓈碼碯銅鐵鈆錫鍮蓙羅等一切寶藏出生之處品類不同價直多少村營國邑大小都城宮殿苑園巖泉藪澤凡是一切人衆所居菩薩咸能隨方攝護又知其身具有六百六十三相於諸相中校其優劣知其苦樂定其吉凶辯其脩短雖具衆相不及好聲雖多好聲不如勝福及知此福所修之業可轉不轉定不定報又善觀察天文地理讖緯陰陽人相吉凶惡星變怪雲霞氣候鳥獸音聲水陸往還徵應休咎年穀豐儉國土安危如是世間所有藝能靡不該練盡其源本又能分別出世之法正名辯義觀察體相微細甚深決擇宣說隨順修行智入其中無疑無礙無愚闇無頑鈍無憂惱無沉没無不現證而我云何能知能說彼功德行善男子此摩竭提國有一聚落名爲有義彼中有城名婆怛那有優婆夷名最勝賢汝詣彼問菩薩云何學菩薩行修菩薩道時善財童子禮衆藝足遶無數帀慇懃瞻仰一心戀慕辭退而去

大方廣佛華嚴經卷第三十一

音釋

逼迫逼筆歷切迫博陌切逼迫窘急也綜作弄切理經也呪詛呪職救切願也詛莊助切沮也呪詛謂呪願其事令沮敗也癲癇癲音顛癇音閑癲癇狂病也羸倫爲切瘦也蠱毒蠱公戶切病也謂腹中蠱毒也毒杜谷切讖緯讖初譖切緯于貴切讖緯謂符讖之書預言將來之驗者也

大方廣佛華嚴經卷第三十二

唐罽賔國三藏般若奉詔譯

入不思議解脫境界普賢行願品

爾時善財童子漸次前行詣婆怛那城有義聚落至於賢勝優婆夷所頂禮其足繞無數帀合掌恭敬於一面立白言聖者我已先發阿耨多羅三藐三菩提心而未知菩薩云何學菩薩行云何修菩薩道我聞聖者善能誘誨願爲我說賢勝告言善男子我得菩薩解脫名無住處無盡輪既自開解復爲人說我住於此大三昧中出生諸法無盡無住所謂出生一切智性眼無盡無住出生一切智性耳無盡無住出生一切智性鼻無盡無住出生一切智性舌無盡無住出生一切智性身無盡無住出生一切智性意無盡無住出生一切智性功德波濤無盡無住出生一切智性照衆生智電光明無盡無住出生一切智性速疾神通無盡無住善男子我唯知此無住處無盡輪解脫門如諸菩薩摩訶薩一切無著功德智行無盡法門而我云何能知能說善男子於此南方有一大城名爲沃田彼有長者名堅固解脫鬻金爲業汝詣彼問菩薩云何學菩薩行修菩薩道爾時善財禮賢勝足遶無數帀慇懃瞻仰一心戀慕辭退而去爾時善財童子漸次南行到於彼城詣長者所禮足右遶合掌恭敬於一面立白言聖者我已先發阿耨多羅三藐三菩提心而未知菩薩云何學菩薩行云何修菩薩道我聞聖者善能誘誨願爲我說長者告言善男子我得菩薩解脫

名無著念清淨莊嚴我自得是解脫已來於十方界一切佛所勤求正法無有休息善男子我唯知此無著念清淨莊嚴解脫門如諸菩薩摩訶薩獲無所畏猶師子吼安住廣大福德智慧殊勝之聚以大音聲開悟羣品如是菩薩功德智行而我云何能知能說善男子即此城中有一長者名爲妙月其所住宅常有光明汝詣彼問菩薩云何學菩薩行修菩薩道時善財童子禮長者足遶無數帀慇懃瞻仰辭退而去爾時善財童子即詣妙月長者所禮足右遶合掌恭敬於一面立白言聖者我已先發阿耨多羅三藐三菩提心而未知菩薩云何學菩薩行修菩薩道我聞聖者善能誘誨願爲我說妙月答言善男子我得菩薩解脫名無垢智光明善財白言聖者云何修行得此解脫長者告言善男子若諸菩薩能行十法則能具足得此解脫何等爲十所謂常不捨離諸善知識常不捨離憶念見佛常不捨離樂聞正法常不捨離於佛菩薩善知識所先意問訊恭敬供養常不捨離多聞智慧善友法師能說法者常不捨離聽聞一切波羅蜜行常不捨離聽聞一切菩提分法常不捨離三解脫門常不捨離四梵住法常不捨離一切智體善男子若諸菩薩常不捨離如是十法則能得此無垢智光解脫門善財復言聖者此解脫門云何現前而能證得長者答言善男子現前當作般若波羅蜜心極令相應隨所見知皆能證入善財復言聖者爲由聽聞般若波羅蜜言說章句而現證耶答言不也何以故般若波羅蜜見一

切法眞實體性而現證故善財白言豈不因於從聞生智及思智性得見眞如而自證悟長者答言不也若從聞思得自證悟無有是處善男子我於此義應說譬喻汝當諦聽如大沙磧中無泉井春夏熱時有人從西向東而行遇有丈夫從東而來即問之言我今熱渴何處有水清涼樹蔭我欲於中飲浴休憩除其熱渴彼大丈夫善知善說而告之言從此東行有其二路一左一右宜從右路勤力而行決定當得至甘泉所及庇清陰善男子於意云何彼熱渴者雖聞如是泉及樹名思惟往趣能除熱渴獲清涼不答言不也何以故要依示道至彼泉池沐浴飲用方除熱渴乃得清涼善男子菩薩亦爾不但唯以聞思慧解而能證入一切法門善男子言沙磧者即謂生死西來人者謂諸衆生熱謂衆惑渴即貪愛東來知道大丈夫者即佛菩薩住一切智得法眞性平等實義是也得清淨水無熱渴者即自證悟眞實是也復次善男子我今爲汝重說譬喻汝應諦聽善男子假使如來住壽一劫種種方便以巧言辭爲閻浮人說天酥陀具足衆德柔輭妙觸色香美味於意云何彼諸衆生如是聽受思惟之時知天味不白言不也妙月告言此亦如是不但聞思而能證入般若眞性善財復言云何菩薩善巧宣說令諸衆生眞實得證妙月告言善男子菩薩所證般若眞性是彼言說決定正因爲由證得此解脫故能爲衆生善巧宣說復次菩薩具足十法得此解脫何等爲十一者遠離諸不善法二者不違如來制戒三者

遠離一切慳嫉四者供養一切如來五者勤修一切福業六者具足智慧七者具足方便八者具足大願九者具足厭離十者具足精進若諸菩薩具是十法證此解脫善男子我唯知此無垢智光菩薩解脫門如諸菩薩摩訶薩修行種種菩薩智門常勤作意行無上業其心正直志性調柔常樂寂靜安住大悲不離世間心無染著諸所施爲不望恩報常念諸佛廣大境界常思諸佛眞實妙法常樂親近諸菩薩僧常行菩薩諸波羅蜜常住菩薩所證諸地常觀如來力無所畏不共佛法證入無量大三昧海究竟解脫眞實法門而我云何能知能說彼功德行善男子於此南方有城名廣大聲彼有長者名無勝軍汝詣彼問菩薩云何學菩薩行修菩薩道是時善財禮妙月足遶無數帀慇懃瞻仰一心戀慕辭退而去爾時善財童子思惟所得智光解脫漸次南行向彼大城詣長者所禮足右遶合掌恭敬於一面立白言聖者我已先發阿耨多羅三藐三菩提心而未知菩薩云何學菩薩行云何修菩薩道我聞聖者善能誘誨願爲我說長者答言善男子我得菩薩解脫名無盡相我以證此解脫門故見無量佛得無盡藏善財復言菩薩云何得此解脫答言善男子菩薩若能勤修十法則能證得如是解脫何等爲十一者應處閑寂深觀五欲爲欲修習諸禪定故二者應勤方便入諸三昧普現色身化衆生故三者應以智慧正等觀察生死涅槃同一相故四者應勤修習堅固念力知善不善無忘失故五者應勤積集善

薩功德波羅蜜道無厭足故六者應勤種植淨戒林樹於法園苑常遊戲故七者應勤救護惡見衆生令超邪徑住正見故八者應勤給施種種法藥除滅衆生煩惱病故九者應勤觀察三世諸法如夢幻等無染著故十者應勤摧伏外道邪論不令異見損衆生故若諸菩薩勤求修習具此十法即能證得如是解脱亦於無數百千法門入出自在復次善男子菩薩若能遠離十法得此解脱何等爲十一者遠離一切破諸禁戒補特伽羅二者遠離一切破諸正見補特伽羅三者遠離一切破正威儀補特伽羅四者遠離一切破正活命補特伽羅五者遠離一切雜記世論補特伽羅六者遠離一切懈怠懶惰補特伽羅七者遠離一切貪著欲樂補特伽羅八者遠離一切常樂親近在家白衣補特伽羅九者遠離一切樂修邪福不住正行出家在家補特伽羅十者遠離一切深重煩惱身心放逸不可諫止補特伽羅若諸菩薩常能遠離如是十種諸不善人而亦於彼不懷厭捨亦不於彼生下劣心但應慈念攝受調伏菩薩復念一切衆生處生死中由近如是不善人故壞諸善根墮於惡趣常當遠離一切惡人善男子是爲菩薩遠離十法即能證得如是解脱善男子我唯知此無盡相解脱門如諸菩薩摩訶薩大悲爲首發起衆行過去願力皆悉現前堅固勤求一切智智積集莊嚴種種佛土甚深觀察一切諸法一切體性常樂勤求一切如來力無所畏不共佛法相及隨好圓滿音聲乃至一切增上功德無不現證於

諸如來甚深解脱能隨順解方便善巧皆能悟入知諸衆生我人壽命士夫養育補特伽羅藴處界等性皆空寂無所執著常能利樂一切世間令其安隱無諸煩惱常勤愛樂一切智智常勤救護一切衆生常勤尊重一切正法聞法愛樂隨順修行能以正説饒益衆生咸令安樂不入世趣住勝精進相續不斷住不退轉無雜染行具足廣大平等智道誓度衆生無能制伏如是菩薩功德智行而我云何能知能説善男子於此城南有一聚落名爲達磨有婆羅門名最寂靜汝詣彼問菩薩云何學菩薩行修菩薩道時善財童子禮無勝軍足遶無數帀慇懃瞻仰戀慕而去爾時善財童子思惟憶念無盡相解脱門漸次前行詣彼聚落向最寂靜婆羅門所見已禮足圍遶恭敬合掌而立白言聖者我已先發阿耨多羅三藐三菩提心而未知菩薩云何學菩薩行云何修菩薩道我聞聖者善能誘誨願爲我説時婆羅門告善財言善男子我得菩薩解脱名誠願語一切菩薩由此誠願眞實語故皆於阿耨多羅三藐三菩提無退轉者無已退無現退無當退善男子我以住此眞實威德誠願語故於諸世間出世間法一切所作無不成就隨所願求皆令滿足善財白言聖者今此解脱眞實威德名誠願語是何義耶婆羅門言善男子誠願語者是如如義不變異義無二體義勝義諦義三世如來法身體義善財復言一切菩薩云何修習得此法身答言善男子菩薩若能修十種法具足圓滿得此法身何等爲十所謂平等身

清淨身無盡身修習身法性身離尋伺身不思議身寂靜身虛空身妙智身若諸菩薩具此十身則得如來清淨法身善財復言聖者諸菩薩等住此解脫於何等位得此十身婆羅門言善男子菩薩初地住此解脫得平等身何以故通達法性離諸邪曲見法平等故菩薩二地住此解脫得清淨身何以故離犯戒垢於一切戒性常清淨故菩薩三地住此解脫得無盡身何以故離欲瞋恚慳嫉惡法住諸勝定故菩薩四地住此解脫得修習身何以故常勤修習一切諸佛菩提分法故菩薩五地住此解脫得法性身何以故觀察覺悟一切諦理證法體性故菩薩六地住此解脫得無尋伺身何以故觀緣起理難解難知非尋伺境界故菩薩七地住此解脫得不思議身何以故集諸佛法方便善巧智行滿足故菩薩八地住此解脫得寂靜身何以故一切煩惱不復現行離諸世間戲論等事故菩薩九地住此解脫得虛空身何以故身相無邊遍滿一切故菩薩十地住此解脫得妙智身何以故一切種智微妙境界普集圓滿故善財復言如來法身與彼菩薩十種法身有何差別答言善男子當知法身體性無異功德威力有差別耳善財復言是義云何答言善男子謂佛菩薩所有法身等無差別所以者何以一切法性相平等同一體故如是乃至凡聖迷悟染淨因果去來進退皆同一相所言功德威力異者即如來身功德圓滿具勝威力菩薩不爾由此事故我當為汝宣說譬喻開示其義善男子譬如摩尼妙寶真珠

未經巧匠雕飾磨瑩無有光彩凡所見者不生愛重若經磨瑩光彩熾盛人天寶重珠體無異相差別故雖諸菩薩與如來身同一體性俱名法身不可說言難思清淨功德智寶神通威力同於如來所以者何以諸如來於無數劫淨修一切微妙功德究竟圓滿無邊無量如太虛空滿十方界妙善清淨離諸惑垢廣大光明無所不照殊勝威力普濟衆生其諸菩薩雖具法身功德未圓有餘垢故譬如白月從初一日至十五日名體雖同光相有異何以故滿不滿相有差別故善男子菩薩法身與佛法身亦復如是滿不滿相有差別故以菩薩身如從月初至十四日所有光明不能圓照如來法身如十五日白月圓滿光明普照無有限礙而彼菩薩十種法身與如來身同一體性無有二相但由所修功德有異不可言一是故善男子若諸菩薩住此解脫具足十身則能證得諸佛功德圓滿法身復次菩薩由十種義得於金剛不可壞身何等爲十一者一切煩惱貪瞋癡毒不能壞故二者我慢慳嫉邪見顛倒不能壞故三者一切惡趣苦惱逼迫不能壞故四者利衰毀譽稱譏苦樂不能壞故五者生老病死愁歎憂惱不能壞故六者一切異見外道邪論不能壞故七者諸煩惱魔蘊魔死魔不能壞故八者一切天魔及魔眷屬不能壞故九者一切聲聞及諸獨覺不能壞故十者一切世間可愛欲境不能壞故菩薩若能具此十義則得諸佛猶如金剛不可壞身善男子復有十種善巧正道能正了知無邪謬說何等爲十

一若諸衆生應以大乘而調伏者爲説種種菩薩乘道不爲演説聲聞乘道二若諸衆生應聲聞乘而調伏者爲説種種聲聞乘道不爲演説菩薩乘道三若諸衆生應以佛乘而調伏者爲説如來一切智道不爲演説獨覺乘道四若諸衆生應獨覺乘而調伏者爲説種種獨覺乘道不爲演説一切智道五若諸衆生執著我法爲説無我及諸法空不説我人衆生壽命士夫養育補特伽羅假我法道六若諸衆生執著有無爲説處中離邊際法不説有無墮邊際法七若諸衆生其心散亂爲説寂靜諸奢摩他毗鉢舍那不説種種散亂道法八若諸衆生愛樂世法爲説出世如如智道不説愚癡嬰兒之道九若諸衆生樂處生死爲説涅槃出生死道不説住世化衆生道十若諸衆生執法空等不行正道爲説正直無棘刺法不説棘刺諸邪險道善男子若諸菩薩具此十法得入正道善能了知無邪謬説所言誠實善男子我唯知此住誠願語無盡威德菩薩解脱如諸菩薩摩訶薩與誠願語行止無違心常隨順無有退轉被本願力堅固甲冑大慈悲心不捨衆生增長福智心無厭足善巧方便相續現前勤修增上光明地智隨順覺悟諸蘊界處深入衆生善知正道菩薩地智安住過去佛法平等清淨心安住未來佛法平等清淨心安住現在佛法平等清淨心安住戒性平等清淨心安住心性平等清淨心安住見性平等清淨心安住能斷自他疑性平等清淨心安住一切正道非道智性平等清淨心安住修道滅惑智

行性平等清淨心安住一切菩提分法增上修習平等清淨心安住調伏一切衆生廣大悲化平等清淨心言必以誠未曾虛妄出生無量功德智門而我云何能知能說善男子於此南方有城名妙意華門彼有童子名爲德生復有童女名爲有德汝詣彼問菩薩云何學菩薩行修菩薩道時善財童子於此大法起尊重心禮婆羅門足遶無數帀慇懃瞻仰一心戀慕辭退而去爾時善財童子於最寂靜婆羅門所得此大法熏習其心漸次南行詣妙意華門城見德生童子有德童女頂禮其足遶無數帀於前合掌白言聖者我已先發阿耨多羅三藐三菩提心而未知菩薩云何學菩薩行云何修菩薩道我聞聖者善能誘誨唯願慈哀爲我宣說時童子童女告善財言善男子我等證得菩薩解脫名爲幻住得此解脫具足圓滿以斯淨智遍觀諸法無非幻住幻所成就所謂見一切世界皆幻住因緣所生故見一切衆生皆幻住業煩惱所起故見一切世間皆幻住無明有愛等展轉緣生故見一切諸法皆幻住我見等種種幻緣所生故見一切三世皆幻住我見等顚倒智所生故見一切衆生生老病死憂悲苦惱皆幻住本無今有虛假不實妄想分別所生故見一切剎土皆幻住想心見倒無明所生故見一切聲聞辟支佛皆幻住智斷分別所成故見一切菩薩皆幻住能自調伏成熟衆生諸行願法相續現前之所成故見一切諸佛及諸菩薩衆會變化神通威力諸所施爲皆幻住種種解行廣大願智熏習所成故

善男子幻境自性不可思議我等二人但能知此幻住解脱如諸菩薩摩訶薩善入無邊諸幻事網隨順了知幻所成智彼功德行而我云何能知能說時德生童子有德童女說自解脱已以不思議諸善根力令善財身速疾增長柔輭光澤告善財言善男子於此南方近海門處有一國土名爲沃田彼國有園名大莊嚴其中有一廣大樓閣名毗盧遮那莊嚴藏從菩薩種種善根果報生從菩薩種種念力願力自在力神通力生從菩薩種種善巧方便生從菩薩種種福德智慧生善男子住不思議解脱菩薩以大悲心爲諸衆生普遍顯現如是境界廣大集起如是莊嚴彌勒菩薩摩訶薩安止其中爲欲攝受本所生處父母親屬及諸人衆令成熟故又欲令彼同受生同修行同類衆生於大乘中得堅固故又欲令彼一切衆生隨所住地隨本善根皆成熟故又欲爲汝顯示菩薩解脱門故顯示菩薩遍一切處隨本願力受生自在故顯示菩薩以種種身普現一切衆生之前開示覺悟常教化故顯示菩薩以大悲力普攝一切世間資財惠施衆生而不厭故顯示菩薩具修諸行知一切行離諸相故顯示菩薩處處受生了一切生皆無相故汝詣彼問菩薩云何行菩薩行云何修菩薩道云何學菩薩戒云何淨菩薩心云何發菩薩願云何集菩薩助道具云何入菩薩自在地云何滿菩薩波羅蜜云何獲菩薩無生忍云何具菩薩功德法云何事菩薩善知識何以故善男子彼菩薩摩訶薩深入一切菩薩行隨順一切衆

生心性遍一切處常現其前教化調伏彼菩薩已滿一切波羅蜜已住一切菩薩地已證一切菩薩忍已入一切菩薩位已蒙授與具足記已遊一切菩薩境已入菩薩解脫門已得一切佛神力已蒙十方一切如來以一切智甘露法水而灌其頂善男子彼善知識能潤澤汝諸善根能增長汝菩提心能堅固汝廣大志能發起汝一切善能增長汝菩薩根能示教汝無礙法能令汝入普賢地能令汝住菩薩願能令汝行普賢行能爲汝説一切菩薩無量行願所成功德令汝顯示普賢菩薩自在法門善男子汝今不應修一善根照一法門發一大願受一記別住於一忍生究竟想不應以限量心行於最勝諸波羅蜜不應以限量心住於菩薩圓滿十地不應以限量心嚴淨一切諸佛國土不應以限量心承事供養諸善知識何以故善男子菩薩摩訶薩應種無量諸善根應集無量助道具應修無量菩提因應學無量巧迴向應化無量衆生界應照無量衆生心應知無量衆生根應識無量衆生解應覺悟無量衆生應調伏無量衆生應斷無量煩惱應淨無量業習應滅無量邪見應除無量雜染心應發無量清淨心應拔無量苦毒箭應涸無量愛欲海應破無量無明暗應摧無量我慢山應解無量生死縛應度無量諸有流應竭無量受生海應令無量衆生出五欲淤泥應使無量衆生離三界牢獄應置無量衆生於聖道中應銷無量貪欲行應滅無量瞋恚行應摧無量愚癡行應破無量魔羂網應捨無量魔事業應淨

菩薩無量心樂欲應長菩薩無量巧方便應生菩薩無量增上根應起菩薩無量決定解應悟菩薩無量平等體應淨菩薩無量勝功德應治菩薩無量諸行海應滿菩薩無量清淨行應現菩薩無量世間行應順菩薩無量方便行應生無量淨信力應住無量精進力應淨無量正念力應滿無量三昧力應起無量淨慧力應堅無量勝解力應集無量福德力應增無量智慧力應發無量菩薩力應滿無量如來力應分別無量法門應深入無量法門應清淨無量法門應生無量法光明應作無量法照耀應照無量品類根應知無量煩惱病應集無量妙法藥應療無量衆生疾應辦無量甘露供應往無量佛國土應供養無量諸如來應入無量菩薩會應受無量如來教應忍無量衆生惱應令無量衆生離惡趣應與無量衆生勝安樂應以四攝攝無量衆生應入無量總持門應生無量大願門應修無量慈悲力應求無量諸佛法應起無量思惟力應起無量神通事應淨無量智光明應往無量衆生趣應受無量諸有生應現無量差別身應受無量諸苦惱應順無量凡夫法應知無量衆生苦應說無量諸佛法應捨無量內外財應施無量福田境應護無量善根應近無量善知識應調無量自種族應修無量佛法應說無量佛法應讚無量持戒應覺無量破戒應迴向無量善巧法應了知無量夢幻法應令無量衆生住清淨戒應與無量衆生金剛定應令無量衆生捨有見應令無量衆生速離三界應令無量衆生觀無我

應令無量衆生悟三乘應入無量差別心應思菩薩大境界應住菩薩大宮殿應觀菩薩甚深法應知菩薩難知境應行菩薩難行行應嚴菩薩尊重德應踐菩薩難入位應知菩薩種種行應現菩薩普遍神力應受菩薩平等法雲應廣菩薩無邊行網應滿菩薩無邊諸度應受菩薩無量記別應入菩薩無量忍門應具菩薩無量智通應入菩薩無量諸因緣應示菩薩無量難解法應顯菩薩無量所作業應斷菩薩無量三毒苦應盡菩薩無量惑根本應淨無量菩薩地應說無量諸法門應淨無量諸佛刹應擐無量菩薩甲冑應承事無量如來應發不思議菩薩願應修不思議菩薩行應受不思議菩薩教應知不思議菩薩順煩惱行應知不思議菩薩離煩惱行

應淨不思議菩薩有爲過應知不思議菩薩稱讚涅槃甚深利益應知不思議如來功德如是不思議如來讚歎不思議如來名稱不思議涅槃名稱不思議種種世法不思議除滅世法不思議妙行不思議語言不思議雜煩惱行不思議滅煩惱行不思議妙行金剛句不思議語言金剛句不思議雜煩惱金剛句不思議滅煩惱金剛句不思議妙行祕密句不思議語言祕密句不思議雜煩惱祕密句不思議滅煩惱祕密句如是一切悉應修學善男子舉要言之應普修一切菩薩行了法平等故應普化一切衆生界善巧調伏故應普入一切無邊劫願力廣大故應普生一切諸有趣示現受生故應普知一切三世智隨順覺悟故應普行一切諸佛法究竟體同

故應普淨一切諸佛刹平等莊嚴故應普滿一切菩薩願圓滿一體故應普供一切諸如來勝願現前故應普同一切菩薩願一性平等故應普事一切善知識志求種種諸菩薩行爲令彼心生歡喜故

大方廣佛華嚴經卷第三十二

音釋

磧 七迹切水渚有石曰磧
補特伽羅 梵語也或云福伽羅或富特伽羅此云數取趣謂數數往來諸趣也
懈怠 懈音戒懶也怠徒耐切倦也
雕飾 雕都聊切刻鏤也飾賞職切粧飾也
棘刺 棘訖力切小棗叢生曰棘刺七賜切棘刺也
柔輭 輭乳兖切亦柔也
涸 下各切竭也

大方廣佛華嚴經卷第三十三

唐罽賓國三藏般若奉詔譯

入不思議解脫境界普賢行願品

復次善男子汝因此故求善知識勿於身心而生疲倦見善知識勿生厭足請問善知識勿憚勞苦親近善知識勿懷退轉供養善知識無令間斷隨順善知識教誨不應違逆於善知識所有功德不應疑惑聞善知識演說出離門應生決定見善知識隨順煩惱行勿生嫌怪於善知識所生深信心不應變改何以故善男子菩薩因善知識聞一切菩薩行因善知識成就一切菩薩功德因善知識出生一切菩薩大願因善知識引發一切菩薩善根因善知識積集一切菩薩助道法因善知識開發一切菩薩法光明因善知識成就一切菩薩出離門因善知識修學一切菩薩清淨戒因善知識安住一切菩薩功德法因善知識清淨一切菩薩自性心因善知識發明一切菩薩堅固志因善知識具足一切菩薩陀羅尼辯才門因善知識能生一切菩薩清淨藏因善知識出現一切菩薩智光明因善知識獲得一切菩薩增上願因善知識得與一切菩薩同一願因善知識聽聞一切菩薩殊勝法因善知識得到一切菩薩祕密處因善知識得至一切菩薩法寶洲因善知識得增一切菩薩善根芽因善知識增廣一切菩薩智慧海因善知識守護一切菩薩深密藏因善知識住持一切菩薩福德聚因善知識清淨一切菩薩受生道因善知識領受一切菩薩正法雲因善知識遊入一切菩薩出

世間道因善知識發起一切菩薩大歡喜因善知識獲得一切如來菩提果因善知識攝取一切菩薩妙行因善知識開敷一切菩薩功德因善知識往一切方聽受妙法因善知識演說一切菩薩心因善知識成就一切菩薩大慈力因善知識出生一切菩薩大悲力因善知識攝持一切菩薩自在力因善知識出生一切菩薩菩提分因善知識能作一切菩薩利益事善男子一切菩薩由善知識任持不墮惡趣由善知識成就自在受生由善知識顯示得宿住智由善知識開發知一切劫由善知識攝受不退大乘由善知識觀察不毀犯菩薩戒由善知識守護不隨逐惡知識由善知識養育不退失菩薩法由善知識攝取超越凡夫地由善知識教誨不入二乘地由善知識引發得出離世間由善知識覆護能不染世法由善知識撫育修一切菩薩行心不散亂由善知識發起辦一切助道具心不退屈由善知識勢力不爲業惑之所碎壞由善知識任持不爲諸魔之所恐怖由善知識授忍辱甲能受一切惡言毀辱由善知識安慰於世苦樂心無憂喜由善知識生長能滅諸驕慢常愛樂法由善知識守護能令菩薩淨戒圓滿由善知識威力能了諸法心無所得由善知識安慰能於三界心無恐怖由善知識教示能知善巧出三界道由善知識勸修信甚深法心無厭足由善知識教導不爲名利驕慢逼迫由善知識演說得宿住智知過去因由善知識加持於未來際而得善巧由善知識能生得善巧智知三世等由

善知識攝受能轉衆生依正業報由善知識普守護能内懷慚愧具足衆善由善知識隨順力能和顏輭語引導衆生由善知識修行力能離一切斷常諸見由善知識隨順守護能遠離利衰毀譽等法由善知識顯示不説已能讚他功德由善知識巧示能勤修習菩提心法由善知識決擇能演契經甚深理趣由善知識勸修能愛樂成就頭陀功德由善知識先導於諸空法而得善巧善男子由依止承事善知識故能增長一切菩薩摩訶薩無量無邊菩提分法何以故善男子善知識者能清淨諸惡法能退捨諸蓋障能散滅無明黑暗雲能解散一切諸見縛能引出生死大苦城能捨離決定住著處能裂壞一切惡魔網能拔除一切苦毒箭能出離無明深林能超過邪見曠野能越度諸有瀑流能拔出愛欲淤泥能不入諸邪惡道能顯示菩提路能令安住不放逸能引至修行處能清淨一切智性道能令增長智慧眼能令長養菩提心能令發起大悲意能説一切菩薩行能誨示一切波羅蜜能安置一切菩薩地能令獲得諸忍門能出生一切諸善根能成辦一切助道具能施與一切大功德能令普到一切如來所能顯示一切功德法能勸修一切勝利益能策勵一切所修道能顯示未出生死門能杜絶一切諸邪徑能令趣入眞實道能以法光普照曜能以法雨普潤澤能令尊重師長離諸懶惰能令入白淨法心無厭足善男子善知識者如軌範師能以善語而誨示故善知識者猶如伴侶住阿蘭若不捨離故

善知識者如勝神通能現種種諸自在故善知識者如金剛劒能截煩惱及隨眠故善知識者如親教師能爲懺除五犯罪故善知識者如勝靜慮能滅一切隨煩惱故善知識者如摩尼鏡令現前證宿住智故善知識者猶如橋梁能令趣度諸有流故善知識者能斷疑網業異熟中善決斷故善知識者能善安處令速入於不退地故善知識者能令深信微細業果如自見故善知識者善能勸修毀呰一切不善法故善知識者是智慧眼一切法中不執著故善知識者心如明燈順本覺性而覺了故善知識者如説道者爲大丈夫處會説故善知識者能捨惡友不入惡人之處故善知識者捨不律儀能令增長善律儀故善知識者能教時語隨衆生根而發言故

善知識者勸隨順修令捨衣食攝衆生故善知識者爲先導師令如所説而修行故善知識者令其深入等持等至皆深入故善知識者猶如良醫能於飲食知節量故善知識者如瑜伽師能令趣入相應行故善知識者能爲顯示令見菩薩勝境界故善知識者能爲覺悟令於諸法覺本性故善知識者能爲安慰令諸衆生無憂惱故善知識者猶如羂索能攝衆生入佛智故善知識者如得王印於一切法無障礙故善知識者爲能引發令諸衆生趣種智故善知識者爲法園苑是諸菩薩愛樂處故善知識者如威猛將摧伏一切諸魔軍故善知識者爲大明呪能除一切諸苦厄故善知識者猶如大船超過生死至彼岸故善知識者如如意珠能令所願皆圓滿

故善知識者能爲救護於諸惡道救衆生故善知識者爲先導相修佛十八不共法故善知識者如莊嚴具莊嚴一切淨法身故善知識者如妙瓔珞莊嚴發心諸佛子故善知識者猶如長子能紹佛種使不斷故善知識者如賢德缾圓滿諸佛智功德故善知識者如淨摩尼能清一切垢濁心故善知識者如清淨戒能令三業皆清淨故善知識者猶如關鑰能開一切解脫門故善知識者猶如大路行佛智行所行處故善知識者是佛境界非諸二乘境界地故善知識者如正智教非是三乘所知境故善知識者如等流果從諸種智同類生故善知識者如明淨眼能示衆生夷險道故善知識者如陀羅尼能持修學諸衆生故善知識者爲能發起發起一切智慧明故善知識者爲能斷滅斷滅一切無明闇故善知識者如最勝藥能除衆生諸惑病故善知識者如無盡藏充滿衆生種種願故善知識者如善方便善巧證得諸佛地故善知識者猶如門戶少欲知足所行道故善知識者如能作業能令勤修清淨業故善知識者如說道者遠離險難諸因緣故善知識者猶如止觀息滅一切渴愛法故善知識者爲說慧者令入甚深無生義故善知識者能爲照明令見因果不失壞故善知識者如閑靜地能靜其心修習道故善知識者爲示道者引詣如來集會所故善知識者猶如日月能爲照明甚深法故善知識者如軌範師能爲分別微細智故善知識者爲能覺悟令悟諸法如夢幻故善知識者爲勝儀範隨順衆生常

護他故善知識者能知世智去來語默心無亂故善知識者厭不善心性自覺悟遠愚迷故善知識者承奉尊長無我無人及懶惰故善知識者消滅諸惑觀自他身不可得故善知識者具覺悟智隨順覺知世出世故善知識者離無益事能令自他超諸有故善知識者爲眞實智普知一切生滅體故善知識者無得無憂觀察過去自業體故善知識者住頭陀行以菩薩法常洗滌故善知識者得義無礙覺悟差別眞實體故善知識者不求讃美不顯己德蓋尊敬故善知識者具妙忍智於自業果深覺悟故善知識者遠離在家不以利養而親近故善知識者住遠離行捨無義語近眞實故善知識者修行正境常勤修習四念住故善知識者善巧問答於諸問答無不知故善知識者能摧異論善能安立摧邪見故善知識者不厭貧窮於彼能生慈愍心故善知識者能爲法攝眞實法中令深入故善知識者能以財攝令諸衆生修善行故善知識者常修知足厭離守護諸過失故善知識者讃歎淨戒於諸種種甚深戒果能體解故善知識者訶責破戒謂於種種破戒過失深覺悟故善知識者能具足戒謂無諂誑如理受持正念知故善知識者能善觀察於善不善一切法中勤請問故善知識者能爲先導勸諸衆生於佛菩提令勤修故善知識者住不退轉捨四顛倒知倒性故善知識者住眞實相普知諸法皆無相故善知識者住眞實解謂知識滅名色等法皆不生故善知識者得無所畏謂覺諸佛甚深法門體相用

故善知識者淨戒住處謂於菩薩戒身戒相智普知故善知識者深入定門謂離欲泥住三昧故善知識者心無垢濁謂離蓋纏住淨心故善知識者得諸總持謂如實演說心無著故善知識者知甚深門謂能普入法本性故善知識者信心住處信諸善法根本處故善知識者住寂靜教謂普除滅諸渴愛故善知識者住正直道謂能普知苦無我故善知識者住菩薩地謂於十地普了知故善知識者是智慧地謂於諸法無迷惑故善知識者是諸佛地謂能出生菩薩法故善知識者住眞實道一切二乘不能知故善知識者得無盡辨能說如實知見體故善知識者善離憂惱知生死苦本無我故善知識者非文字境知語言道不可得故善知識者住無生法謂知識性不可得故善知識者是能寂靜謂能除滅諸煩惱故善知識者能滅邪見謂能安住正見中故復次善男子善知識者猶如慈母出生一切佛種性故善知識者猶如嚴父廣大利益親付囑故善知識者猶如乳母守護不令作惡法故善知識者猶如教師示諸菩薩所應學故善知識者猶如善導能示甚深波羅蜜故善知識者猶如良醫能治種種煩惱病故善知識者猶如雪山增長一切種智藥故善知識者猶如勇將殄除一切諸恐怖故善知識者猶如船師令度生死大瀑流故善知識者猶如商主令到一切智寶洲故善男子汝今若能如是作意正念思惟當得親近諸善知識復次善男子汝承事一切善知識應發如大地心平等荷負無疲倦故汝

應於善知識發如金剛心平等志願不可壞故汝應於善知識起如鐵圍山心一切諸苦無能動故汝應於善知識起給侍心所有教令皆隨順故汝應於善知識起弟子心所有訓誨無違逆故汝應於善知識發如僮僕心不厭一切諸作務故汝應於善知識起如大火心焚燒一切諸煩惱故汝應於善知識生如傭作人心隨所教命無違逆故汝應於善知識生除糞人心捨離一切憍慢心故汝應於善知識起如大水心洗除一切煩惱垢故汝應於善知識發如大風心摧壞衆生我慢山故汝應於善知識發如虛空心於五欲境無障礙故汝應於善知識發如巨海心諸功德寶皆圓滿故汝應於善知識發如滿月心令滿清涼白淨法故汝應於善知識發如師子心遊行住處摶噬諸魔惡禽獸故汝應於善知識發如良馬心隨人到遠離惡性故汝應於善知識發如牛王心利益衆生無厭倦故汝應於善知識發如沙門心正命自居離邪諂故汝應於善知識發如蓮華心戒慧清淨不染欲泥故汝應於善知識發如商主心引導令至佛智城故汝應於善知識發如大車心運載重擔忘恩報故汝應於善知識發如調順象心恒事伏從無卒暴故汝應於善知識發如山王心任持一切無傾動故汝應於善知識發如良犬心常於本主無瞋害故汝應於善知識發如旃荼羅心常自輕賤無人我故汝應於善知識發如犗牛心恒思順行無威怒故汝應於善知識發近住心隨順師長常尊重故汝應於善知識發如舟船心

運度往來無疲倦故汝應於善知識發如橋梁心濟度衆生到彼岸故汝應於善知識發如孝子心承事供養順顏色故汝應於善知識發如王子心遵王教令無違犯故復次善男子應於自身生病苦想於善知識生醫王想於所說法生良藥想於所修行生除病想又善男子應於自身生遠行想於善知識生導師想於所說法生正道想於所修行生遠達想又善男子應於自身生求度想於善知識生船師想於所說法生舟檝想於所修行生到岸想又善男子應於自身生農夫想於善知識生龍王想於所說法生時雨想於所修行生成熟想又善男子應於自身生貧窮想於善知識生毗沙門想於所說法生財寶想於所修行生富饒想又善男子應於自身生弟子想於善知識生良醫想於所說法生技藝想於所修行生解了想又善男子應於自身生恐怖想於善知識生勇健想於所說法生兵仗想於所修行生除怨想又善男子應於自身生商人想於善知識生導師想於所說法生珍寶想於所修行生得寶想又善男子應於自身生兒子想於善知識生父母想於所說法生家業想於所修行生紹繼想又善男子應於自身生王子想於善知識生大臣想於所說法生王教想於所修行生智慧想住王城想冠王冠想繫王繒想善男子汝應發如是心作如是意親近承事於善知識何以故一切菩薩以如是心近善知識令其志願求得清淨故復次善男子菩薩因善知識常能增長一切善根譬如雪山生長藥

草因善知識成佛法器譬如大海吞納衆流因善知識成功德處譬如大海出生衆寶因善知識淨菩提心譬如猛火能鍊真金因善知識出諸世間如須彌山出於大海因善知識不染世法譬如蓮華不著塵水因善知識不受諸惡譬如大海不宿死屍因善知識增長白法譬如白月漸次圓滿因善知識照明法界譬如盛日照四天下因善知識增長大願譬如父母養育嬰兒善男子我今略說菩薩若能勤求隨順善知識教即得成就十不可說不可說百千億那由他功德清淨十不可說不可說百千億那由他深心增長十不可說不可說百千億那由他菩薩根具足十不可說不可說百千億那由他威德力斷除十不可說不可說百千億阿僧祇菩薩障礙超越十不可說不可說百千億阿僧祇魔境深入十不可說不可說百千億阿僧祇法門圓滿十不可說不可說百千億阿僧祇助道修習十不可說不可說百千億阿僧祇妙行發趣十不可說不可說百千億阿僧祇大願善男子我復略說一切菩薩行一切菩薩波羅蜜一切菩薩所住地一切菩薩安忍門一切菩薩三昧門一切菩薩神通智一切菩薩總持門一切菩薩迴向智一切菩薩四無量一切菩薩廣大願一切菩薩普遍成就一切佛法如是皆由善知識力而得圓滿以善知識而爲根本從善知識來依善知識生依善知識長依善知識住善知識爲因緣善知識能發起爾時善財童子白言聖者我今已知一切善法從善知識生云何能於諸善知識

善法之中速得圓滿速得清淨得不退失時德生童子有德童女告善財言有二種戒具足受持則得圓滿善知識法何等爲二一菩薩戒二別解脱戒持是二戒則能圓滿善知識法如佛所説自不持戒令他持戒自未調伏令他調伏無有是處若諸菩薩具足圓滿頭陀功德如是二戒悉得清淨不失善法善財童子白言聖者云何名爲頭陀功德童子童女告善財言善男子言頭陀者謂諸菩薩十二頭陀何等十二第一納衣善男子云何納衣若諸菩薩具十種法則得圓滿成就納衣何等爲十一者勤修令得堅固二者令心常自謙下三於身心無有疲厭四於衣服心不染著五者常樂堅固遠離六者成就堅固功德七不自顯殊勝德行八於他人不起輕慢九者護持淨戒圓滿十者堪任一切親近善男子此是菩薩住淨信心具足圓滿由此心故聞説如來清淨言教不惜身命勤修佛法不破不毀以勤修故身心不動令於所得堅固成就以心堅固常自謙下心謙下故成就無我得無我已心無憍慢得無慢心謙下力故人所棄者悉収取足澣染成衣遠離煩惱心無厭惡亦無貪著但取資身以禦寒暑修行道業餘無所顧於此納衣不見過失不念麤弊但見納衣所有功德離貪欲者乃服此衣服此衣者心無煩惱是諸聖種順菩薩行諸佛如來之所讚歎由此因縁不自貢高不貢高故不嫌他人離高嫌故淨戒圓滿戒圓滿故堪任親近諸佛菩薩之所護念諸天人王及刹帝利婆羅門等城邑聚落一切見

聞無不歡喜恭敬禮拜咸共讚美稱揚其德而作是言我等有福感如是人居此國土同梵行者咸皆歡喜善男子是爲菩薩具足十法圓滿成就納衣功德復次善男子菩薩有十種法具足圓滿成就三衣何等爲十一者成就知足二者成就少欲三者離於多求四者離諸積聚五者遠離喪失六者遠離身苦七者遠離心憂八者遠離於惱九者遠離取捨十者向漏盡道善男子如是菩薩心少欲故趣得三衣無所揀別成就喜足得喜足已遠離多求離多求故無諸積聚離積聚故不怖喪失無喪失故身得無苦身無苦故心亦無憂心無憂故遠離於惱惱不生故遠於取捨遠取捨故向漏盡道善男子是爲菩薩具足十法圓滿成就三衣功德復次善男子菩薩有十種法具足圓滿而得成就不隨染衣何等爲十一者不隨貪欲所行二者不隨瞋恚所行三者不隨愚癡所行四者不隨忿怒所行五者不隨狠戾所行六者不隨嫉妬所行七者不隨慳吝所行八者不隨憍慢所行九者不隨名稱讚譽眷屬所行十者不隨親近供養財利所行善男子由此不隨貪等行故不爲四魔之所屈伏遇諸毀辱心不怯弱設有尊重亦不貢高由此名爲心不隨順諸染惑行善男子是爲菩薩具足十法圓滿成就不隨染衣妙行功德復次善男子菩薩有十種法具足圓滿則得成就依常乞食何等爲十一者慈心攝取二者次第行乞三者不自生惱四者成就知足五者普共分食六者不嗜美食七者飲食知量八者疾得善法九

者頗滿諸根十者離和合相善男子云何菩薩慈心攝取乃至遠離諸和合相善男子若時菩薩見諸苦惱逼迫衆生乏少善根爲欲圓滿彼善根故隨順衆生慈心攝取菩薩爲順平等慈心次第行乞於行乞時若至城邑齊整威儀善攝諸根一心不亂諦視徐行無踰七步正念安住於善法中不選高門不棄微賤除惡律儀旃荼羅等爲護譏嫌悉不應往若以慈心平等攝取究竟不捨菩薩隨順次第乞時不自生惱設不得食亦不生瞋菩薩如是成就知足隨與而取不擇精麤菩薩如是次第乞已持至佛前或塔廟前以尊重心恭敬供養供養畢已還本所居分爲四分取第一分待同梵行以第二分施諸貧苦以第三分施諸囚繫以第四分然自充食於所食中亦不貪嗜但念於身作除病想乃至爲令身得安住受飲食時不令太少以自虛羸妨修善業亦不過多令身困重增長睡眠因此食故能勤精進疾得善法菩薩爲欲圓滿一切菩提分法諸善根故又應遠離取和合相離是相已離於我執成就無我乃至自身內外血肉一切財物不生吝惜能與衆生共所受用善男子是爲菩薩具足十法圓滿成就依常乞食妙行功德復次善男子菩薩有十種法具足圓滿則得成就常一坐食何等爲十一者如諸菩薩一坐道場二者降伏魔怨心不移動三者於出世定成就不動四者於出世慧成就不動五者於出世智成就不動六者於諸法空成就不動七者於證眞道成就不動八者於眞實際成就不動九者於

如如性成就不動十者於一切智成就不動善男子此一坐者謂一法坐菩薩依彼而得不動故說菩薩成就一坐善男子是爲菩薩具足十法圓滿成就常一坐食妙行功德

大方廣佛華嚴經卷第三十三

音釋

驕慢 驕堅堯切自矜也慢莫晏切不敬也 **瀑流** 瀑蒲報切疾也 **蓋纏** 蓋居泰切覆也纏直連切縛也 **搏噬** 搏伯各切擊也噬時制切齧也 **旃荼羅** 梵語也亦云旃陀羅此云屠者栴諸延切荼同都切 **犗牛** 犗古隘切犍牛也 **譏嫌** 譏居希切誚也嫌胡嫌切憎也

大方廣佛華嚴經卷第三十四

唐罽賓國三藏般若奉詔譯

入不思議解脫境界普賢行願品

復次善男子菩薩具十種法則得圓滿成就一食何等爲十一者成就食時性不貪求二者成就食時性無染著三者隨得食時常知止足四者恒依時食不墮非時五者若爲利養悉不應食六者若得甘美亦不應食七者若見他食亦不生瞋八者見他食時亦無慳妬九者乃至命盡亦常一食十者於所食時當起藥想善男子是爲十法成就一食妙行功德復次善男子菩薩具十種法則得圓滿阿蘭若法何等爲十一者成就久修梵行二者成就清淨律儀三者成就諸根不亂四者成就常樂多聞五者成就一切處力六者成就遠離我執七者成就不計著身八者成就常樂遠離九者成就正法現前十者成就樂於獨處善男子云何菩薩久修梵行乃至成就樂於獨處善男子如是菩薩得出家已於諸如來所說教中具足三輪戒印清淨於諸戒中獲得善巧不由他教能自開解所謂隨義善巧而能修行隨文善巧受持不忘於出要道善巧隨順於五犯聚善巧悔除隨所行住離諸犯境於諸惡人心常怖畏乃至小罪亦不覆藏於諸學處有罪無罪悉能了知知如是等業之久近墮三惡趣復生人天如是菩薩善調六根令無動亂以是方便住阿蘭若居無惱害無過難處不親一切居人境界不遠城邑乞食便易藥草滋茂清淨泉流遠惡禽獸空閑寂靜依如是處而爲居止於所

習誦應自精勤諷誦之時調其氣息聲離高下心不外緣專想憶持思惟文義離諸惛掉止觀相應若見大臣婆羅門等來至其所當於來者起愛敬心先意問訊命令安坐觀其根性爲說正法咸令歡喜信受修行若見國王應善迎奉方便承意作如是言唯願大王就此敷座王既坐已請其所欲一切供給或時彼王心無信樂應以善言讚美王德我觀大王妙得善利今王境内持戒多聞一切沙門及婆羅門良祐福田悉於中住以王威力一切盜賊不來侵擾由王德化一切惡獸悉皆遠離王聞語已歡喜踊躍諸根調伏其心寂靜堪任法器當爲宣說種種正法或爲演說厭生死法或爲演說如來功德廣大自在甚深妙法如是一切皆令歡喜菩薩成就如是多聞一切處力堪修正行菩薩成就自利利他遠離一切我執煩惱菩薩成就不計著身於阿蘭若心無恐怖菩薩成就常樂遠離住阿蘭若其心寂靜菩薩成就正法現前於諸世間悉皆捨離菩薩成就樂於獨處猶如野鹿無鹿恐怖善男子是爲菩薩具足十法圓滿成就住阿蘭若妙行功德復次善男子菩薩具十種法則得成就樹下而坐何等爲十一者不近村邑聚落二者不依太遠城邑三者不依荆棘之處四者不依多毒草處五者不依無枝葉樹六者不依多𤜱狖處七者不依衆鳥集處八者不依惡獸住處九者不依近怨賊處十者不依造作非法惡律儀處如是等處悉不應依能令身心安隱喜樂可修善行即應安住善男子是爲菩薩具足十

法圓滿成就樹下而坐妙行功德復次善男子菩薩具十種法則得圓滿露地而坐何等爲十一者隨寒熱雨不擇温涼二者不依牆壁三者不依樹林四者不依草積五者不依危險六者寒不覆障七者雨不覆蓋八者熱不覆障九者風不覆障十者若有病苦得居房舍菩薩應當作如是念若於露坐正念現前隨所修行速除煩惱隨順佛說頭陀功德我當勤求而得圓滿設住房舍不生貪著亦不應言此好彼惡應作是念我居寺舍利益一切修福衆生露坐不能爲大利益又露地坐但能自利不能利他而彼菩薩雖居房舍晝夜常作露地坐想善男子是爲菩薩具足十法圓滿成就露地而坐妙行功德復次善男子菩薩具十種法則能成就住止塚間何等爲十一者厭離世間想二者死相現前想三者初死未壞想四者青瘀現前想五者膖脹現前想六者膿流敗壞想七者禽獸食噉想八者火焚半然想九者肢節分離想十者骨瑣現前想善男子若諸菩薩住塚間時於諸衆生恒住慈心及利益心堅持淨戒攝護威儀澡潔其身不應食肉何以故止住寒林應防二過一離外道所譏毀故二離非人得其便故善男子若彼菩薩入僧伽藍先禮佛塔及諸形像上中下座隨應禮拜如是畢已應當守護威儀法式爲住塚間諸菩薩等逆生死流順聖法故善男子若彼菩薩入僧伽藍舊住比丘應以牀敷請令就坐菩薩審觀若有妨難隨事思惟若無妨難乃可就坐應當如是謙下其心善男子是爲菩薩具足十

法圓滿成就住止塚間妙行功德復次善男子菩薩具十種法則得圓滿成就常坐何等爲十一者不爲巳身疲勞二者不爲其心熱惱三者不爲懶惰睡眠四者不爲久立不安五者爲滿菩提法聚六者爲修心一境性七者爲求正道現前八者爲欲坐菩提塲九者爲欲利益衆生十者爲欲滅除煩惱善男子是爲菩薩具足十法成就常坐妙行功德復次善男子菩薩具十種法則得圓滿成就隨坐何等爲十一者隨所遇座心不貪著二者隨舊敷座不自施設三者亦不教人敷設牀座四者於諸敷具不作因縁五者遇草葉等隨時而坐六者多毒蟲處應當遠離七者若欲卧時右脇著地八者心無放逸念當時起九者繫想在明順法寢息十者爲欲修行令

身安樂善男子是爲菩薩具足十法成就隨坐妙行功德善男子此十二種頭陀功德菩薩修行具足成就能令一切善知識法圓滿清淨能於一切善知識法永無退轉爾時善財童子得聞如是清淨妙行頭陀功德種種讚歎諸善知識種種隨順菩薩行門及能顯示一切佛法身心柔輭歡喜踊躍速疾增長愛敬之心頂禮童子及童女足繞無量帀慇懃瞻仰一心戀慕辭退而去爾時善財童子聞善知識教潤澤其心正念思惟諸菩薩行漸漸前行向海岸國自憶往世經多生死不修禮敬即時發意深自克責勤力而行復憶往世久處輪迴身心不淨即時發意專自治潔願達彼岸復憶往世隨順世間作諸惡業即時發意正念觀察諸菩薩行復憶往世煩

惱覆心起諸妄想即時發意恒正思惟諸法實性復憶往世所修諸行但爲自身即時發意令心廣大普及含識後憶往世追求欲境常自損耗即時發意修行佛法長養諸根復憶往世起邪思念顛倒相應即時發意生正見心起菩薩願復憶往世日夜劬勞作諸惡事即時發意起大精進成就佛法復憶往世受五趣生於自他身皆無利益即時發意願以其身饒益衆生成就佛法發起一切衆生善根承事一切諸善知識恒與正願心共相應如是思惟生大歡喜復觀此身從無始際常是一切生老病死恩愛離别衆苦之本願盡未來修行一切菩薩之道教化成熟一切衆生見諸如來成就佛法遊行一切諸佛刹土承事一切善説法師住持一切如來正教

尋求一切正法伴侶見一切善知識集一切諸佛法與一切菩薩願智身而作因緣作是念時速疾增長不可思議無量善根即於一切諸菩薩所發起深信尊重之心生希有想生大師想諸根清淨善法增益起一切菩薩恭敬供養作一切菩薩曲躬合掌生一切菩薩普見世間眼起一切菩薩普念衆生想入一切菩薩無量平等門現一切菩薩無量願化身出一切菩薩清淨語言願欲莊嚴一切佛土想見過現一切諸佛及諸菩薩威德圓滿於一切處示現成道神通變化乃至無有一毛端處佛菩薩身而不周遍又得清淨一切菩薩智光明眼見一切菩薩所行境界其心普入十方剎網其願普遍虚空法界隨順一切盡無餘處普修一切三世平等無分别

行相續不斷無有休息普入一切甚深法門如是一切皆以信受善知識教之所致耳善財童子以如是尊重如是供養如是稱讚如是觀察如是加持如是願力如是想念如是隨順如是思惟如是出生遍滿無量智慧境界於毗盧遮那莊嚴藏大樓閣前五體投地恭敬禮拜暫時斂念思惟觀察發起甚深廣大信解廣大願力變化自身遍一切處入智慧身住平等門普現其身在於一切如來前一切菩薩前一切善知識前一切如來塔廟前一切如來形像前一切諸佛一切菩薩住處前一切法寶堂宇前一切聲聞辟支佛及其塔廟前一切聖衆福田前一切父母尊者前一切十方衆生身前遍一切處皆如上說尊重禮讚如是充滿一切緣中無盡願力加持變化盡未來際遍一切處無有休息等虛空無邊量故等法界無障礙故等實際遍一切故等如來無分別故猶如影隨智想現故猶如夢從思等起故猶如像表示一切故猶如響善緣所發故無有生更遞興謝故無有相應心遷動故無有性隨緣轉變故又決定知甚深信解如是如是一切諸報皆從業起甚深信解如是如是一切諸果皆從因起甚深信解如是如是一切諸業皆從習起甚深信解如是如是一切如來出興於世皆從信起甚深信解如是如是一切化現諸供養事皆悉從於決定解起甚深信解如是如是一切如來所變化佛皆從尊重愛敬心起甚深信解如是如是一切佛法從善根起甚深信解如是如是一切化佛從方便起甚深信解

如是如是一切佛事從大願起甚深信解如是如是一切菩薩所修諸行從迴向起甚深信解如是如是一切法界廣大莊嚴從一切智境界而起甚深信解離於斷見知迴向故離於常見知無生故離無因見知正因故離顛倒見知如實理故離自在見知不由他故離自他見知從緣起故離諸邪見知因果力故離邊執見知法界無邊故離往來見知如影像故離有無見知不生滅故離一切法見知空無生故知不自在故知願力出生故離一切相見入無相際故知一切法如種生芽不失壞故如印印文相續起故知質如像故知聲如響故知境如夢故知業如幻故了世心現故了果因起故了報業集故了知一切諸功德法皆從菩薩善巧方便之所流故了知一切法非法性平等現前增長成就眞法界故善財童子入如是智如是思惟如是作意端心潔念於樓閣前舉體投地慇懃頂禮不思議善根速疾現前流注身心清涼悅澤然後安徐從地而起一心瞻仰目不暫捨合掌圍遶毗盧遮那普莊嚴藏廣大樓閣經無量帀思惟作意發起深心曲躬恭敬作是念言此大樓閣是解甚深空無相願三解脫者之所住處此大樓閣是於諸法了達法性無分別者之所住處此大樓閣是了法界本際平等無差別者之所住處此大樓閣是知一切諸衆生界不可得者之所住處此大樓閣是知一切諸法無生住滅者之所住處此大樓閣是不執著一切世間者之所住處此大樓閣是不執著一切窟宅者之所住處此大

樓閣是不愛樂一切聚落者之所住處此大樓閣是不依著一切境界者之所住處此大樓閣是能遠離一切相者之所住處此大樓閣是能壞散一切妄想者之所住處此大樓閣是知諸法無自性者之所住處此大樓閣是斷一切分別業者之所住處此大樓閣是離一切想心意識者之所住處此大樓閣是於一切不來不去不入不出者之所住處此大樓閣是入一切甚深般若波羅蜜者之所住處此大樓閣是能方便安住一切普門法界者之所住處此大樓閣是能寂靜息滅一切煩惱火者之所住處此大樓閣是以勝慧除斷一切見愛慢者之所住處此大樓閣是出生一切諸禪解脫等持等至三昧通明而遊戲者之所住處此大樓閣是觀察一切諸大菩薩三昧境界者之所住處此大樓閣是安住一切諸如來所親近依止者之所住處此大樓閣是以一劫入一切劫以一切劫入於一劫而不壞其相者之所住處此大樓閣是以一刹入一切刹以一切刹入於一刹而不壞其相者之所住處此大樓閣是以一法入一切法以一切法入於一法而不相雜亂者之所住處此大樓閣是以一衆生入一切衆生以一切衆生入一衆生而不壞其相者之所住處此大樓閣是以一佛入一切佛以一切佛入於一佛而不壞其相者之所住處此大樓閣是於一念中而知一切三世者之所住處此大樓閣是於一念中往詣一切國土者之所住處此大樓閣是於一切衆生前悉現其身者之所住處此大樓閣是心常利

益一切世間者之所住處此大樓閣是得自在力能遍至一切處者之所住處此大樓閣是雖已出一切世間爲欲教化諸衆生故而恒於中普現其身不捨離者之所住處此大樓閣是不依著一切刹土欲爲供養一切佛故而遊一切諸佛刹者之所住處此大樓閣是不動本處能普往詣一切佛刹而莊嚴者之所住處此大樓閣是能遍親近一切諸佛而不起佛想者之所住處此大樓閣是能遍依止一切善知識而不起善知識想者之所住處此大樓閣是住一切魔宫而不耽著欲境界者之所住處此大樓閣是知一切心意識法而來離一切心想見者之所住處此大樓閣是雖於一切衆生中而現其身然於自他不生二相者之所住處此大樓閣是能普入一切世界而於法界無差别相者之所住處此大樓閣是願住未來一切劫而於諸劫無長短想者之所住處此大樓閣是不離一毛端處而普現身隨順十方一切世界者之所住處此大樓閣是能演説難遭遇法者之所住處是能安住難知解法者之所住處是能安住甚深法者之所住處是能安住無二法者之所住處是能安住無相法者之所住處是能安住無對治法者之所住處是能安住無所得法者之所住處是能安住無戲論法者之所住處是能安住大慈大悲者之所住處是已越度一切二乘所知境者之所住處是已超過一切魔境界者之所住處是已能於一切世法無所染者之所住處是已能到一切菩薩所到岸者之所住處是已能住

一切如來所住處者之所住處是雖已離一切諸相而亦不入聲聞正位者之所住處是雖已了諸法無生而亦不住無生法性者之所住處是雖已觀貪欲不淨而不證離貪法亦不與貪欲俱者之所住處是雖修於慈而不證離瞋法亦不與瞋垢俱者之所住處是雖觀一切十二緣起而不證離癡法亦不與癡惑俱者之所住處是雖住四禪而以大悲願力不隨禪生者之所住處是雖住四無量爲化衆生故而不生於色界者之所住處是雖修四無色定以大悲故而不住無色界者之所住處是雖勤修止觀爲化衆生故而不證明脫者之所住處是雖行於捨而以大悲不捨一切化衆生事者之所住處是雖觀於空然不起空見者之所住處是雖行無相而常教化著相衆生者之所住處是雖行無願而不捨菩提一切行願者之所住處是雖於一切業煩惱中而得自在爲欲教化成熟衆生而現隨順業煩惱者之所住處是雖無生死而爲化衆生示受生死者之所住處是雖已離一切諸趣爲化衆生示入諸趣者之所住處是雖行於慈而於諸衆生無所愛戀者之所住處是雖行於悲而於諸衆生無所取著者之所住處是雖行於喜而觀苦衆生心常哀慜者之所住處是雖行於捨而不廢捨利益他事者之所住處是雖行九次第定而不厭離欲界受生者之所住處是雖知一切法無生無滅而不於實際作證者之所住處是雖入三解脫門而不取聲聞解脫者之所住處是雖觀四聖諦而不住小乘聖果者之

所住處是雖觀甚深緣起而不住究竟寂滅者之所住處是雖修八聖道而不求永出世間者之所住處是雖超凡夫地而不墮聲聞辟支佛地者之所住處是雖觀五取蘊而不求滅諸蘊者之所住處是雖超出四魔而不分別諸魔境界者之所住處是雖不著六處而不求滅六處者之所住處是雖安住眞如而不墮實際者之所住處是雖說一切乘而不捨大乘者之所住處此大樓閣是住如是一切無量諸功德者之所住處爾時善財童子合掌瞻仰恭敬一心而說偈言

此是大悲清淨智　利益世間慈氏尊
灌頂地中佛長子　隨順思惟入佛境
一切名聞諸佛子　住大智境解脫門
遊行法界心無著　此無等者之住處
施戒忍進禪智慧　方便願力及神通
如是大乘諸度法　悉具足者之住處
智慧廣大如虛空　普知三世一切法
無礙無依無所取　了諸有者之住處
善能解了一切法　無性無生無所依
如鳥飛空得自在　此無所畏之住處
了知三毒眞實性　分別因緣虛妄起
亦不厭彼而求出　此寂靜人之住處
三解脫門八聖道　諸蘊處界及緣起
悉能觀察不趣寂　此善巧人之住處
十方國土及衆生　以無礙智咸觀察
了性皆空不分別　此寂滅人之住處
普行法界悉無礙　而求行性不可得
如風行空無所行　此無依者之住處
普見惡道羣生類　受諸楚毒無所歸

放大慈光悉除滅　此哀愍者之住處
見諸衆生失正道　譬如生盲踐畏途
引其令入解脱城　此大導師之住處
見諸衆生入魔網　生老病死常逼迫
令其解脱得慰安　此勇健人之住處
見諸衆生嬰惑病　而興廣大悲愍心
甘露智藥以除滅　此大醫王之住處
見諸衆生没有海　沉淪憂迫受衆苦
大悲法船以救之　此善度者之住處
見諸衆生在惑海　能發菩提妙寶心
悉入其中而拔濟　此善漁人之住處
恒以大願慈悲眼　普觀一切諸衆生
從諸有海而拔出　此妙翅王之住處
譬如日月在虛空　一切世間靡不燭
願智光明亦如是　此照世者之住處

菩薩爲化一衆生　普盡未來無量劫
如爲一人一切爾　此救世者之住處
於一剎土化衆生　盡未來劫無休息
如於一剎十方然　此堅固意之住處
十方諸佛所説法　一坐普受咸令盡
盡未來劫志無厭　此智海人之住處
遍遊一切世界海　普入一切道場海
供養一切如來海　此修行者之住處
修行一切妙行海　發起無邊大願海
如是經於衆劫海　此功德者之住處
一毛端處無量剎　佛衆生劫不可説
如是明見靡不周　此無礙眼之住處
一念普攝無邊劫　國土諸佛及衆生
福智無礙波羅蜜　此具德人之住處
十方佛剎碎爲塵　一切大海以毛滴

菩薩發願數如是　此無礙者之住處
成就總持三昧門　大願諸禪及解脫
一一皆住無邊劫　此眞佛子之住處
無量無邊諸佛子　種種說法度衆生
亦說世間衆技藝　此修行者之住處
成就神通方便智　修行如幻妙法門
十方五趣悉現生　此無礙者之住處
菩薩始從初發心　具足修行一切行
化身無量遍法界　此神力者之住處
一念成就菩提道　普作無邊智慧業
世情思慮悉發狂　此難量者之住處
成就神通無障礙　遊行法界靡不周
其心未甞有所得　此淨慧者之住處
菩薩修行無礙慧　入諸國土無所著
以無二智普照明　此無我者之住處

了性如空平等智　本來寂靜無所依
常行如是境界中　此離垢人之住處
普見羣生受衆苦　發大仁慈智慧心
願常利益諸世間　此悲愍者之住處
佛子住於此　普現衆生前　猶如日月輪
遍除生死暗　佛子住於此　普順衆生心
變現無量身　充滿十方剎　佛子住於此
遍遊諸世界　一切如來所　無量無數劫
佛子住於此　稱量佛境界　無量無數劫
其心無厭倦　佛子住於此　念念入三昧
一一三昧門　闡明諸佛境　佛子住於此
悉知一切剎　無量無數劫　衆生佛名號
佛子住於此　一念攝諸劫　遠離諸妄想
隨順於衆生　佛子住於此　修習諸三昧
一一心念中　了知三世法　佛子住於此

結加身不動　普現一切刹　諸趣利衆生
佛子住於此　飲諸佛法海　深入智慧海
具足功德海　佛子住於此　悉知諸刹數
世數衆生數　佛不思議數　佛子住於此
一念悉能了　一切三世中　國土之成壞
佛子住於此　普知佛行願　菩薩所修行
衆生根性欲　佛子住於此　見一極微中
無量刹道場　衆生及諸劫　如一極微内
一切微悉然　種種咸具足　處處皆無礙
佛子住於此　普觀一切法　衆生刹及世
無起無所有　觀察衆生等　法等如來等
刹等諸願等　三世悉平等　佛子住於此
教化諸羣生　供養諸如來　思惟諸法性
無量千萬劫　所修願智行　廣大不可量
稱揚莫能盡　彼諸大勇猛　所行無障礙
安住於此中　我合掌敬禮　諸佛之長子
聖德慈氏尊　我今恭敬禮　願垂顧念我

大方廣佛華嚴經卷第三十四

音釋

慳妬 慳丘閑切悋也妬都故切害色曰妬 阿蘭若 梵語也此云閑靜處若爾者切 惛掉 惛呼昆切心不明也掉徒弔切舉也顫也 獲狖 獲雨元切禺屬似猴而長臂狖羊就切獸似獲卬鼻而長尾 胮脹 胮疋絳切胖臭也脹知向切脹滿也 嬰 於盈切縈也

大方廣佛華嚴經卷第三十五

唐罽賓國三藏般若奉詔譯

入不思議解脫境界普賢行願品

爾時善財童子以如是等一切菩薩無量稱揚讚歎之法讚毗盧遮那莊嚴藏大樓閣中諸菩薩已於樓閣前恭敬頂禮住立一心曲躬合掌渴仰欲見彌勒菩薩親近供養乃見彌勒菩薩從樓閣外別處而來無量天龍夜叉乾闥婆阿脩羅迦樓羅緊那羅摩睺羅伽人非人等釋梵護世及本生處內外親戚無量眷屬婆羅門眾及餘無數百千眾生前後圍遶而共來向大樓閣所善財見已歡喜踊躍即前作禮五體投地時彌勒菩薩觀察善財指示大眾歎其真實無量功德而說偈言

汝等觀善財　智慧心清淨　爲求菩提行
而來親近我　善來圓滿慈　善來清淨悲
善來寂滅眼　修行無懈倦　善來清淨意
善來廣大心　善來不退根　修行無懈倦
善來不動行　常求善知識　了世心無染
調伏諸羣生　善來行妙道　善來住功德
善來趣佛果　與世爲依怙　善來德爲體
善來法所滋　善來無邊行　世間難可見
善來離迷惑　處世如蓮華　利衰毀譽等
一切無分別　善來施安樂　調柔堪受化
諂誑瞋慢心　一切悉除滅　善來真佛子
普詣於十方　增長諸功德　調柔無懈倦
善來三世智　遍知一切法　普生功德藏
修行不疲厭　文殊德雲等　一切諸佛子
展轉令汝來　示汝無礙處　具修菩薩行
普攝諸羣生　廣大不思議　今來至我所

爲求諸如來　清淨之境界　問諸廣大願
而來至我所　去來現在佛　所成諸行業
汝欲皆修學　而來至我所　汝於善知識
欲求微妙法　欲受菩薩行　而來至我所
汝念善知識　諸佛所稱歎　令汝成菩提
而來至我所　汝念善知識　生我如父母
養我如乳母　增長菩提分　如醫療衆疾
如天灑甘露　如日示正道　如月轉淨輪
如山不動摇　如海無增減　如船師濟度
而來至我所　汝觀善知識　猶如大猛將
亦如大商主　又如大導師　能建正法幢
能示佛功德　能滅諸惡道　能開善趣門
能顯諸佛身　能守諸佛藏　能持諸佛法
是故願瞻奉　欲滿諸佛智　欲具端正身
欲生尊貴家　而來至我所　汝等觀此人

親近善知識　隨其所修學　一切皆順行
以昔福因緣　文殊令發心　隨順無違逆
修行不懈倦　父母與親屬　宫殿及財産
一切皆捨離　謙下求知識　淨治如是意
永離世間身　當生佛國土　受諸勝果報
善財見衆生　生老病死苦　爲發大悲意
勤修無上道　善財見衆生　五趣恒流轉
爲求金剛智　破彼諸苦輪　善財見衆生
心田甚荒穢　爲除三毒刺　專知利智犂
衆生處癡暗　盲冥失正道　善財爲導師
示其安隱處　忍鎧解脱乘　智慧爲利劒
能於三有内　破諸煩惱賊　善財法船師
普濟諸含識　令過爾焰海　疾至淨寶洲
善財正覺日　智光大願輪　周行法界空
普照羣迷宅　善財正覺月　白法悉圓滿

慈定清涼光　等照衆生心　善財勝智海
依於直心住　菩提行漸深　出生衆法寶
善財大心龍　昇於法界空　興雲霔甘澤
生成一切果　善財然法燈　信炷慈悲油
念器功德光　滅除三毒暗　覺心羯邏藍
悲胞慈爲肉　菩提分支節　長於如來藏
增長福德藏　清淨智慧藏　開顯方便藏
出生大願藏　如是大莊嚴　救護諸衆生
一切天人中　難聞難可見　如是智慧樹
根深不可動　衆行漸增長　普蔭諸羣生
欲生一切德　欲問一切法　欲斷一切疑
專求善知識　欲破諸惑魔　欲除諸見垢
欲解衆生縛　專求善知識　當滅諸惡道
當示人天路　令修功德行　疾入涅槃城
當脫諸苦處　當與安樂處　斷除諸繫著
永滅三有趣　當度諸見難　當截諸見網
當枯愛欲水　當示三有道　當爲世餓救
當作世光明　當成三界師　示其解脫處
亦當令世間　普離諸想著　普覺煩惱睡
普出愛欲泥　當了種種法　當淨種種剎
一切咸究竟　其心大歡喜　汝行極調柔
汝心甚清淨　所欲修功德　一切當圓滿
不久見諸佛　了達一切法　嚴淨衆剎海
成就大菩提　莊嚴福智海　解脫衆生海
圓滿諸行海　汝當成覺海　當到功德岸
當生諸善品　當與佛子等　如是心決定
當斷一切惑　當淨一切業　當伏一切魔
滿足如是願　當生妙智道　當開正法道
不久當捨離　惑業諸苦道　一切衆生輪
沉迷諸有輪　汝當轉法輪　令其斷苦輪

汝當持佛種　汝當淨法種　汝能集僧種
三世悉周遍　汝當斷愛網　汝當裂見網
汝當救苦網　當成此願網　當度衆生界
當淨國土界　當集智慧界　當成此心界
當令衆生喜　當令菩薩喜　當令諸佛喜
當成此歡喜　當見一切趣　當見一切剎
當見一切法　當成此佛見　當放破暗光
當放自熱光　當放滅惡光　滌除三有苦
當開天趣門　當開佛道門　當示解脫門
普使衆生入　當示於正道　當絶於邪道
如是勤修行　成就菩提道　當修功德海
當度三有海　普使羣生海　出於衆苦海
當於衆生海　消竭煩惱海　令修諸行海
疾入大智海　汝當增智海　汝當修行海
諸佛大願海　汝當咸滿足　汝當入剎海
汝當觀衆海　汝當以智力　普飲諸法海
當觀諸佛雲　當起供養雲　當聽妙法雲
當興此願雲　普遊三有雲　普壞衆惑室
普入如來室　當行如是道　普入三昧門
普遊解脫門　普住神通門　周行於法界
普現衆生前　普對諸佛前　譬如日月光
當成如是力　所行無動亂　所行無染著
如鳥行虛空　當成此妙用　譬如因陀網
剎網如是住　汝當悉往詣　如風無所礙
汝當入法界　遍往諸世界　普見三世佛
心生大歡喜　汝於諸法門　已得及當得
應生大喜躍　無貪亦無厭　汝是功德器
能隨諸佛教　能修菩薩行　得見此奇特
如是諸佛子　億劫難值遇　況見其功德
所修諸妙道　汝生於人中　大獲諸善利

得見文殊等　無量諸功德　已離諸惡道
已出諸難處　已超衆苦患　善哉勿懈怠
已離凡夫地　已住菩薩地　當滿智慧地
速入如來地　菩薩行如海　佛智同虛空
汝願亦復然　應生大欣慶　諸根不懈倦
志願恒決定　親近善知識　不久悉成滿
菩薩種種行　皆爲調衆生　普行諸法門
慎勿生疑惑　汝具難思福　及以眞實信
是故於今日　得見諸佛子　汝見諸佛子
悉獲廣大利　一一諸大願　一切咸信受
汝於三有中　修行成妙器　是故諸佛子
示汝解脫門　非是法器人　與佛子同住
設經無量劫　莫知其境界　汝見諸佛子
得聞如是法　世間甚難有　應生大喜慶
諸佛護念汝　菩薩攝受汝　能順其教行

善哉住壽命　已生菩薩家　已具菩薩德
已長如來種　善哉應喜慶　諸佛等慈父
菩薩等天倫　菩提分親戚　長養眞實意
已具菩薩種　增長法王種　已具法王德
大喜充遍身　已成最勝事　奇特不思議
不久汝皆得　當昇灌頂位　汝下如是種
必獲如是果　我今慶慰汝　汝應大欣悅
無量諸菩薩　無量劫行道　未能成此行
今汝皆獲得　信樂堅進力　善財成此行
若有敬慕心　亦當如是學　一切功德行
皆從願欲生　善財已了知　常樂勤修習
如龍布密雲　必當霔大雨　菩薩起願智
決定修諸行　若有善知識　示汝普賢行
汝當好承事　慎勿生疑惑　汝於無量劫
爲欲妄捨身　今爲求菩提　此捨方爲善

汝於無量劫　具受生死苦　不曾事諸佛
未聞如是行　汝今得人身　值佛善知識
聽受菩提行　云何不歡喜　雖遇佛興世
亦值善知識　其心不清淨　不聞如是法
若於善知識　信樂心尊重　離疑不疲厭
乃聞如是法　若有聞此法　而興誓願心
當知如是人　已獲廣大利　汝今入此行
最勝難思議　善來於人中　功德必成滿
如是心清淨　常得近諸佛　亦近諸菩薩
決定成菩提　若人入此門　則具諸功德
永離衆惡趣　不受一切苦　不久捨此身
往生佛國土　常見十方佛　及以諸菩薩
往因今淨解　及事善友力　增長諸功德
如水生蓮華　樂事善知識　勤供一切佛
專心聽聞法　常行勿懈倦　汝是眞法器
當具一切法　當修一切道　當滿一切願
汝以信解心　而來禮敬我　不久當普入
一切諸佛會　善哉眞佛子　恭敬一切佛
不久具諸行　到佛功德岸　汝當往大智
文殊師利所　彼當令汝得　普賢深妙行

爾時彌勒菩薩摩訶薩在衆會前稱讚善財無著境界圓滿莊嚴大功德藏善財聞彼隨順教誨顯示最勝方便慰諭歡喜踊躍身毛皆竪涕淚交流悲泣哽噎起立合掌恭敬瞻仰遶無量帀以文殊師利心念力故衆花瓔珞種種妙寶不覺忽然自盈其手善財欣慶不自勝任即以奉散彌勒菩薩摩訶薩上時彌勒菩薩摩訶薩摩善財頂爲說偈言

善哉善哉眞佛子　普策諸根無懈倦
不久當具諸功德　猶如文殊及與我

時善財童子聞是讚已以偈答曰

我念善知識　億劫難值遇　今得咸親近
而來詣尊所　我以文殊故　見諸難見者
彼大功德尊　願速還瞻覲

爾時善財童子合掌恭敬重白彌勒菩薩摩訶薩言大聖我已先發阿耨多羅三藐三菩提心而我未知菩薩云何學菩薩行云何修菩薩道我聞大聖善能誘誨唯願慈哀爲我宣說大聖一切如來授尊者記一生當得阿耨多羅三藐三菩提若一生當得無上菩提則已超越一切菩薩所住處則已出過一切菩薩離生位則已圓滿一切波羅蜜則已深入一切諸忍門則已具足一切菩薩地則已遊戲一切解脫門則已成就一切三昧法則已通達一切菩薩行則已證得一切陀羅尼辯才則已於一切菩薩自在中而得自在則已積集一切菩薩助道法則已遊戲一切菩薩智慧方便則已出生一切善巧大智神通則已成就一切菩薩所應學處則已清淨一切菩薩所行妙行則已滿足一切菩薩所發大願則已領受一切佛所記則已了知一切諸乘門則已堪任一切如來所護念則已能攝一切佛菩提則已能持一切佛法藏則已能受一切諸佛祕密教則已能轉一切菩薩祕密輪則已能爲破煩惱魔軍大勇將則已能作出生死曠野大導師則已能作治諸惑重病大醫王則已能於一切衆生中爲最勝則已能於一切世主中得自在則已能於一切聖人中最第一則已能於一切聲聞獨覺中最增上則已能於生死海中爲船師則已

能布調伏一切衆生網則已能觀一切衆生根則已能攝一切衆生界則已能守護一切菩薩衆則已能談議一切菩薩事則已能往詣一切如來所則已能住止一切如來會則已能現身一切衆生前則已能知一切諸法如幻焰則已能觀一切諸法如影像則已能於一切世法無染著則已能了一切諸法無生性則已能淨一切菩薩身口意則已能以金剛定破一切魔則已能知一切白淨法本生處則已能悟一切相不動性則已能行波羅蜜不退轉則已能觀一切法無常苦空無我則已能起一切佛地諸善根則已能修三十七品瑜伽行則已於一切菩薩境界到彼岸則已普知一切煩惱性寂滅則已能住金剛三昧不可傾動則已能了住三世心皆不可得則已能證不動如山菩提心則已能於一切世法無所著則已能超越一切魔境界則已能住一切佛境界則已能到一切菩薩無礙境則已能精勤供養一切佛則已與一切佛法同體性已繫一切佛法繒已受一切佛灌頂已住一切法王位已入一切智智境已生一切諸佛法已踐一切種智位大聖菩薩云何學菩薩行云何修菩薩道隨所修行疾能證得一切佛法云何菩薩悉能解了一切佛法速能度脫所念衆生咸令究竟到於彼岸普能成滿所發大願普能究竟所起諸行普能安慰一切天人不負自身不斷三寶不虛一切佛菩薩種能持一切諸佛法眼如是等事願皆爲說爾時彌勒菩薩摩訶薩普觀一切道場衆會指示善財而作是言諸仁

者汝等今者見此童子來於我所問菩薩行普欲成就諸功德不諸仁者今此童子勇猛精進志願無雜深心堅固恒不退轉具勝希望心無厭足如山不動如救頭然愛樂親近諸善知識處處尋求承事供養請問法要受持無失諸仁當知今此童子曩於福城受彼菩薩文殊師利教化示道令其發心展轉詢求經由一百一十城善知識已然後而來至於我所曾無暫起一念疲懈諸仁者此善男子甚爲難有趣向大乘住佛境界乘大誓願修同類行發大勇猛擐大悲甲以大慈心救護衆生起大精進修波羅蜜作大商主護諸衆生爲大法船度諸有海普集一切福智法寶修諸廣大助道之法增長成就一切功德如是之仁難可得聞難可得見難得親近難與同行何以故此善男子爲欲救護一切衆生超諸惡趣離衆險難破無明闇出生死野息諸趣輪度魔境界捨住著處不染世法出欲泥斷貪鞅解見縛壞想宅絶迷道摧慢幢拔惑箭撤睡蓋除障山裂愛網解癡結出有流離諂幻淨心垢斷疑惑到涅槃諸仁者此大丈夫爲被四流漂汩者造大法船爲被見泥没溺者立大法橋爲墮愚癡黒闇者然大智燈爲行一切生死曠野者示以聖道爲嬰一切惑業重病者與其法藥爲遭一切生死厄難者飲以甘露爲入一切貪瞋癡火者沃以定水多憂惱者慰喻令安繫有獄者曉誨令出爲見縛者授以智劒住界城者示解脱門在險難者導安隱處懼結賊者與無畏法墮惡趣者授以法手拘害蘊者示涅槃城毒

蛇所纏者解以聖道著於六處空聚落者以智慧光引之令出住邪道者令入正濟近惡友者示其善友樂凡法者誨以聖法樂著生死諸有城者令其趣入一切智城諸仁者此大丈夫如是勤求種種方便誓當救護一切衆生發菩提心相續不斷於清淨行未曾休息求大乘道曾無懈倦受持一切大法雲雨恒勤積集助道之法圓滿一切不捨善軛常樂一切清淨法門修菩薩行勇猛精進念念勤求無有退轉出生諸行成滿大願見善知識情無厭足事善知識身不疲懈聞善知識所有教誨常思順行未曾違逆諸仁者此善男子最極難得若有衆生能發阿耨多羅三藐三菩提心則於世間是爲希有況發心已復能如是爲利衆生勇猛精勤集諸佛法當知是人倍爲希有又能如是勤求愛樂諸菩薩道又能如是增長清淨諸菩薩行又能如是親近承事諸善知識又能如是如救頭然如山不動又能如是隨順一切善知識教又能如是堅固修行一切佛道又能如是積集一切菩提分法又能如是不樂一切名利恭敬又能如是不捨菩薩純一之心又能如是不樂家宅不忻富貴不貪受用不著欲樂不戀父母親戚知識不顧世間一切財物但樂追求菩薩伴侶又能如是不顧形命唯願勤修一切智道應知展轉倍更難得諸仁者其餘菩薩經於無量百千萬億那由他劫乃能滿足菩薩願行乃能親近諸佛菩提此善男子於一生內則能嚴淨一切佛刹則能教化一切衆生則以智慧深入法界則能成就諸

波羅蜜則能增廣一切行網則能圓滿一切大願則能超出一切魔業則能承事一切善友令生歡喜則能清淨諸菩薩行令其具足則能修習普賢諸行令其成就爾時彌勒菩薩摩訶薩如是稱歎善財童子種種功德令衆會中無量百千衆生堅固無上菩提之心告善財言善哉善哉善男子汝爲利樂一切世間汝爲救護一切衆生汝爲勤求一切佛法故發阿耨多羅三藐三菩提心善男子汝獲善利汝善得人身汝善住壽命汝善值如來出興於世汝善見文殊師利大善知識汝身即是眞善法器爲諸善根之所潤澤汝爲白法之所資持信樂廣大慧解清淨已得諸佛之所護念已爲善友共所攝受何以故謂能發大菩提心故善男子菩提心者猶如種子能生一切諸佛法故菩提心者猶如良田能長衆生白淨法故菩提心者猶如大地能持一切諸世間故菩提心者猶如大水能滌一切煩惱垢故菩提心者猶如大風普行世間無所礙故菩提心者猶如大火能燒一切諸見薪故菩提心者猶如淨日普照一切諸世間故菩提心者猶如盛月普能圓滿白淨法故菩提心者猶如明燈能放種種法光明故菩提心者猶如淨目普見一切夷險處故菩提心者猶如大道普令得入大智城故菩提心者猶如正濟令其得離諸邪法故菩提心者猶如大車普能運載諸菩薩故菩提心者猶如門戶開示一切菩薩行故菩提心者猶如宮殿安住修習三昧法故菩提心者猶如園苑於中遊戲受法樂故菩提心者猶如

舍宅安隱一切諸衆生故菩提心者則爲所歸利益一切諸世間故菩提心者則爲所依諸菩薩行所依處故菩提心者猶如嚴父訓導一切諸菩薩故菩提心者猶如慈母生長菩薩諸善根故菩提心者猶如乳母養育守護諸菩薩故菩提心者猶如善友成益一切諸菩薩故菩提心者猶如君主勝出一切二乘人故菩提心者猶如帝王一切願中得自在故菩提心者猶如大海普生一切諸功德故菩提心者如須彌山於諸衆生心平等故菩提心者如鐵圍山攝持一切諸世間故菩提心者如大雪山長養一切智慧藥故菩提心者猶如香山出生一切功德香故菩提心者如太虛空諸妙功德廣無邊故菩提心者如妙蓮華不染一切世間法故菩提心者如調慧象其心善順不獷戾故菩提心者如良善馬遠離一切諸惡性故菩提心者如調御師守護一切大乘法故菩提心者猶如良藥能治一切煩惱病故菩提心者猶如坑穽陷没一切諸惡法故菩提心者猶如金剛悉能穿徹一切法故菩提心者猶如香篋能貯一切功德香故菩提心者猶如妙華一切世間所樂見故菩提心者如白栴檀除衆欲熱使清涼故菩提心者如黑沉香能熏法界悉周遍故菩提心者如善見藥王能破一切煩惱病故菩提心者如毗笈摩藥能拔一切諸惑箭故菩提心者猶如心識能與諸根作依止故菩提心者猶如帝釋一切主中最尊勝故菩提心者如毗沙門能斷一切貧窮苦故菩提心者如功德天一切功德所莊嚴故菩提

心者如莊嚴具莊嚴一切諸菩薩故菩提心者如劫燒火能燒一切諸有爲故菩提心者如無生根藥長養一切諸佛法故菩提心者猶如龍珠能銷一切煩惱毒故菩提心者如水清珠能清一切煩惱濁故菩提心者如如意珠周給一切諸貧乏故菩提心者如賢德瓶滿足一切衆生願故菩提心者如如意樹能雨一切莊嚴具故菩提心者如鵝羽衣不受一切生死垢故菩提心者如白氎線從本已來性清淨故菩提心者如快利犂能治一切衆生田故菩提心者如那羅延能摧一切我見敵故菩提心者猶如快箭能破一切諸苦的故菩提心者猶如利矛能穿一切煩惱甲故菩提心者猶如堅甲能護一切如理心故菩提心者猶如利刀能斬一切煩惱首故

菩提心者猶如利劒能斷一切憍慢鎧故菩提心者猶如利鎌能翦隨眠微細惑故菩提心者如勇將幢能伏一切諸魔軍故菩提心者猶如利鋸能截一切無明樹故菩提心者猶如利斧能伐一切諸苦樹故菩提心者猶如器仗能防一切諸厄難故菩提心者猶如善手防護一切智度身故菩提心者猶如好足安立一切功德身故菩提心者猶如金錍能除一切無明翳故菩提心者猶如鉗鑷能拔一切身見刺故菩提心者猶如臥具息除生死諸勞苦故菩提心者如善知識能解一切生死縛故菩提心者如好珍財能除一切貧窮事故菩提心者猶如導師善知菩薩出要道故菩提心者猶如伏藏出功德財無匱乏故菩提心者猶如涌泉出智慧水無窮盡

故菩提心者猶如明鏡普現一切法門像故菩提心者猶如蓮華不染一切諸罪垢故菩提心者猶如大河流引一切度攝法故菩提心者如大龍王能雨一切妙法雨故菩提心者猶如命根任持菩薩大悲身故菩提心者猶如甘露能令安住不死界故菩提心者猶如大網普攝一切諸衆生故菩提心者猶如羂索攝取一切所應化故菩提心者猶如鉤餌出有淵中所居者故菩提心者如阿伽陀藥能除惑病永安隱故菩提心者如除毒藥悉能銷歇貪愛毒故菩提心者如善持呪能滅一切惡尋伺故菩提心者猶如疾風能散一切諸障霧故菩提心者如大寶洲出生一切覺分寶故菩提心者如好種子出生一切白淨法故菩提心者猶如住宅諸功德法所依處故菩提心者猶如市肆菩薩商主貿易處故菩提心者如鍊金藥能治一切煩惱垢故菩提心者猶如好蜜圓滿一切功德味故菩提心者猶如正道令諸菩薩入智城故菩提心者猶如好器能持一切白淨法故菩提心者猶如時雨能滅一切煩惱塵故菩提心者猶如住處一切菩薩所依住故菩提心者猶如磁石吸引一切解脱果故菩提心者如帝淨瑠璃自性明潔無諸垢故菩提心者如更漏青寶出過世間二乘智故菩提心者如清淨水鼓覺諸衆生煩惱睡故菩提心者如閻浮金映性本澄潔無垢濁故菩提心者如大山王超出奪一切有爲善故菩提心者則爲所歸不拒一一切諸世間故菩提心者則爲義利能除一切諸來者故菩提心者則爲義利能除一切

衰惱事故菩提心者則爲妙寶能令一切心歡喜故菩提心者如大施會充滿一切衆生心故菩提心者則爲尊勝諸衆生心無與等故菩提心者猶如伏藏能攝一切諸佛法故菩提心者如善持誦普攝菩薩諸行願故菩提心者如能守護隨順長養一切法故菩提心者如能利益能迴一切不善法故菩提心者如因陀羅網能伏煩惱阿脩羅故菩提心者如婆樓那風能動一切所應化故菩提心者如因陀羅火能燒一切諸惑習故菩提心者如佛支提一切世間應供養故善男子菩提心者成就如是無量無邊最勝功德舉要言之應知悉與一切佛法諸功德等何以故因菩提心出生一切菩提行輪三世十方一切如來從菩提心而出生故是故善男子若有能發阿耨多羅三藐三菩提心者則已出生無量功德普能攝取一切智道

大方廣佛華嚴經卷第三十五

音釋

醫療 醫於其切治病之工也療力弔切治病也 鎧 可亥切甲也 羯邏 梵語也亦云歌羅邏此云凝滑羯古屑切邏郎佐切 霔 朱戍切淋注也 鞅 倚兩切頸靻也又覊也 獷戾 獷古猛切戾郎計切獷戾謂麤惡很戾也 鎌 力塩切鍥也 鉀 正作錍邊迷切掠器也

大方廣佛華嚴經卷第三十六

唐罽賓國三藏般若奉詔譯

入不思議解脫境界普賢行願品

爾時彌勒菩薩復告善財童子言善男子譬如有人得無畏藥離五恐怖何等爲五所謂火不能燒毒不能中刀不能傷水不能漂煙不能熏菩薩摩訶薩亦復如是得一切智菩提心藥離五怖畏何等爲五不爲一切三毒火燒五欲毒中惑刀不傷有流不漂諸覺觀煙不能熏害善男子譬如有人得解脫藥終無橫難菩薩摩訶薩亦復如是得菩提心解脫智藥永離一切生死橫難善男子譬如有人持摩訶應伽藥隨其方所一切毒蛇聞此藥氣即皆遠去菩薩摩訶薩亦復如是持菩提心大應伽藥一切煩惱諸惡毒蛇聞其氣者悉皆散滅善男子譬如有人持無能勝藥一切寃敵無能勝者菩薩摩訶薩亦復如是持菩提心無能勝藥悉能降伏一切魔軍善男子譬如有人持毗笈摩藥能令毒箭自然墮落菩薩摩訶薩亦復如是持菩提心毗笈摩藥令貪瞋癡諸邪見箭自然墮落善男子譬如有人持善見藥能除一切所有諸病菩薩摩訶薩亦復如是持菩提心善見藥王悉除一切諸煩惱病善男子如有藥樹名珊陀那有取其皮以塗瘡者瘡即除愈平復如故亦無瘢痕然其樹皮隨取隨生終不可盡菩薩摩訶薩從菩提心生大智樹亦復如是若有得見而生信者煩惱業瘡悉得銷滅一切智樹初無所損善男子如有藥樹名成就根以其力故令閻浮提一切樹根枝葉花果增

長成就菩薩摩訶薩菩提心樹亦復如是以勝威力能令一切聲聞獨覺學無學等及諸菩薩所有善根增長成就善男子譬如有藥名阿藍婆若用塗身身之與心咸有堪能菩薩摩訶薩得菩提心阿藍婆藥亦復如是令其身心有勝堪能增長善法善男子譬如有人得念力藥能令其心念力清淨菩薩摩訶薩亦復如是得菩提心念力妙藥心無障礙念力清淨善男子譬如有藥名大蓮華其有服者住壽一劫菩薩摩訶薩服菩提心大蓮華藥亦復如是於無數劫壽命自在修習種種波羅蜜行善男子譬如有人執翳形藥一切世間人及非人悉不能見菩薩摩訶薩持菩提心翳形妙藥亦復如是於諸境界種種遊行一切諸魔不能得見善男子如海有珠名普集衆寶此珠若在一切衆寶常不散失假使劫火焚燒世間能令此海減於一滴無有是處況至乾竭菩薩摩訶薩菩提心珠亦復如是住於菩薩一切智智大願海中若常憶持不令退失能壞菩薩一善根者終無是處若退其心捨一切智一切善法即皆散滅善男子如有摩尼名普集光明有以此珠瓔珞其身映蔽一切寶莊嚴具所有光明悉皆不現菩薩摩訶薩菩提心寶亦復如是莊嚴心性映蔽一切聲聞獨覺所有心寶諸莊嚴具悉無光彩善男子如有珠寶名曰水清若以此珠置濁水中以珠威力水即澄清菩薩摩訶薩菩提心珠亦復如是能清一切煩惱垢濁善男子譬如有人得住水寶繫其身上入大海中自在遊行不爲水害菩薩摩訶薩

亦復如是得菩提心一切智智住水妙寶入於一切生死海中遊戲自在終不沉溺善男子譬如有人得龍寶珠持入龍宮遊止大海以珠威力一切龍蛇及諸水族悉不能害菩薩摩訶薩亦復如是得菩提心一切智智大龍寶珠入於欲界癡愛水中惑業龍蛇不能爲害善男子譬如帝釋著摩尼冠莊嚴其頂映蔽一切諸餘天衆菩薩摩訶薩亦復如是著菩提心一切智智大願寶冠繫其心頂超過一切三界衆生善男子譬如有人得如意珠除滅一切貧窮之苦菩薩摩訶薩亦復如是得菩提心一切智智如意寶珠出生菩薩善法資具遠離一切邪命怖畏善男子譬如有人得日精珠持向日光而生於火菩薩摩訶薩亦復如是得菩提心一切智性日精寶珠持向智光而生智火善男子譬如有人得月愛珠持向月光而生於水菩薩摩訶薩亦復如是得菩提心月精寶珠持此心珠鑒迴向光而生一切善根願水善男子譬如龍王首戴如意摩尼寶冠遠離一切怨敵怖畏菩薩摩訶薩亦復如是著菩提心大悲寶冠遠離一切惡道諸難善男子如有寶珠名一切世間莊嚴藏若有得者令其所欲悉得充滿而此寶珠用無窮盡體不損減菩薩摩訶薩菩提心寶亦復如是若有得者令其所願悉得圓滿而菩提心用不窮盡體無損減善男子如轉輪王有摩尼寶置於宮中放大光明破一切闇菩薩摩訶薩亦復如是以菩提心一切智智大摩尼寶住於欲界放大智光悉破諸趣無明黑闇善男子譬如帝青大摩尼

寶若有爲此光明所觸即同其色菩薩摩訶薩發菩提心一切智寶亦復如是觀察諸法迴向善根趣一切智靡不即同一切智智菩提心色善男子如瑠璃寶於百千歲處不淨中不爲㝬穢之所染著最極無垢性本淨故菩薩摩訶薩發菩提心一切智寶亦復如是於百千劫住欲界中不爲欲界過患所染最極無垢如法界性本清淨故善男子譬如有寶名淨光明悉能映蔽一切寶色菩薩摩訶薩發菩提心一切智寶亦復如是悉能映蔽一切凡夫有學無學三乘功德善男子譬如有寶名爲火焰悉能除滅一切闇冥菩薩摩訶薩一切智寶亦復如是觀行相應能滅一切無明黑闇善男子譬如海中有無價寶商人採得船載入城其諸摩尼百千萬種光色價直無與等者菩薩摩訶薩菩提心寶亦復如是住於生死大海之中乘大願船深心相續入解脱城一切聲聞及辟支佛所有功德無能及者善男子如有寶珠名自在王處閻浮洲去日月輪四萬由旬日月宫中所有莊嚴其珠影現悉皆具足菩薩摩訶薩發菩提心一切智智清淨功德自在王寶亦復如是住生死中照法界空佛智日月一切功德清淨境界影像莊嚴悉於中現善男子如有寶珠名自在王日月光明所照之處一切財寶衣服等物所有價直悉不能及菩薩摩訶薩發菩提心自在王寶亦復如是一切智光所照之處三世所有天人二乘種種善根漏無漏法一切功德皆不能及善男子譬如海中有摩尼寶名曰海藏普現海中諸莊嚴事菩

薩摩訶薩菩提心寶亦復如是普能顯現一切智海諸莊嚴事善男子譬如天上閻浮檀金唯除心王大摩尼寶餘無及者菩薩摩訶薩發菩提心閻浮檀金亦復如是除一切智心正大寶餘無及者善男子譬如有人善調龍法於諸龍中而得自在菩薩摩訶薩亦復如是發菩提心得一切智善調龍法於諸一切煩惱龍中而得自在善男子譬如勇士被執鎧仗一切怨敵無能降伏菩薩摩訶薩亦復如是被執菩提大心鎧仗一切業惑諸惡怨敵無能摧伏無能屈者善男子譬如天上白栴檀香若燒一炷其香普熏小千世界三千世界滿中珍寶所有價直皆不能及菩薩摩訶薩菩提心香亦復如是一念功德普熏法界聲聞獨覺一切功德皆所不及善男子如白栴檀若以塗身悉能除滅一切熱惱令其身心普得清涼菩薩摩訶薩菩提心香亦復如是發一切智普熏身心能除一切虛妄分別貪瞋癡等諸惑熱惱令其具足智慧清涼善男子如須彌山衆生近者即同其色菩薩摩訶薩菩提心山亦復如是若有近者悉得同其一切智色善男子譬如波利質多羅樹拘鞞陀羅樹其皮香氣閻浮提中所有諸華若婆師迦若瞻博迦若蘇摩那及鬱金等如是諸華所有香氣皆不能及菩薩摩訶薩菩提心樹亦復如是所發大願功德之香一切二乘無漏戒定智慧解脱解脱知見諸功德香悉不能及善男子譬如波利質多羅樹拘鞞陀羅樹雖未開華應知即是無量諸華出生之處菩薩摩訶薩菩提心樹亦復如是

雖未開發一切智華應知即是無數人天有漏無漏衆菩提華所生之處善男子譬如波利質多羅華一日熏衣所出香氣瞻博迦華婆利師迦華蘇摩那華雖千歲熏亦不能及菩薩摩訶薩菩提心華亦復如是一生所熏諸功德香普徹十方一切佛所一切二乘無漏功德百千劫熏所不能及善男子如海島中生椰子樹根莖枝葉及以華果一切衆生恒取受用無時暫歇菩薩摩訶薩菩提心樹亦復如是始從發起悲願之心乃至成佛正法住世長時利益一切世間無有間息善男子如有藥汁名訶摘迦人或得之以其一兩變千兩銅悉成眞金非千兩銅能變此藥菩薩摩訶薩亦復如是以菩提心迴向智藥普變一切業惑等法悉使成於一切智相非業惑等能變其心善男子如微小火投乾草積隨所焚燒其焰轉熾菩薩摩訶薩菩提心火亦復如是隨其所緣善惡法聚能令智焰展轉增盛善男子譬如一燈然百千燈其本一燈無減無盡菩薩摩訶薩菩提心燈亦復如是普然三世諸佛智燈而其心燈無減無盡善男子譬如一燈入於闇室百千年暗悉能破盡發起光明普照一切菩薩摩訶薩菩提心燈亦復如是入衆生心無明闇室能滅無量百千萬億不可說劫積集一切諸業煩惱種種障礙發生一切大智光明善男子譬如燈炷隨其大小而發光明若益膏油明終不絕菩薩摩訶薩菩提心燈亦復如是大願爲炷發智慧光照明法界益大悲油教化衆生莊嚴國土施作佛事現大威德無有休息善

男子譬如他化自在天王冠閻浮檀真金天冠欲界天子諸莊嚴具所有光明無能映奪一切威力皆不能及菩薩摩訶薩亦復如是冠菩提心一切智寶大願天冠凡夫二乘所有功德皆不能及善男子如師子王哮吼之時師子兒聞皆增勇健餘獸聞之脂血銷耗即皆竄伏佛師子王菩提哮吼一切智聲應知亦爾諸菩薩聞養育法身增長功德其餘一切邪執衆生聞皆退散如氷消釋善男子譬如有人以師子筋而爲樂絃其音既奏餘絃悉絶菩薩摩訶薩亦復如是以如來師子波羅蜜身菩提心筋爲法樂絃其音既奏一切五欲及以二乘諸功德絃悉皆斷滅善男子譬如有人以牛羊等種種諸乳假使積集盈於大海以師子乳一滴投中直過無礙能令衆乳一時變壞菩薩摩訶薩亦復如是以如來師子菩提心乳著無始際業煩惱中直過無礙悉令壞滅終不住於二乘解脱善男子譬如雪山迦陵頻伽鳥在卵㲉中有大勢力一切諸鳥所不能及菩薩摩訶薩亦復如是於生死㲉發菩提心所有大悲功德勢力聲聞獨覺無能及者善男子如金翅鳥王子初始生時目則明利飛則勁捷威勢力能超過一切其餘衆鳥雖久成長無能及者菩薩摩訶薩亦復如是發菩提心爲諸如來金翅王子智慧清淨大悲勇猛具自在力神通威勢一切二乘雖百千劫久修道行所不能及善男子如有壯夫手執利矛刺堅密甲直過無礙菩薩摩訶薩亦復如是勇猛精進執菩提心一切智智銛利快矛刺諸邪見隨眠密

甲悉能穿徹無有障礙善男子譬如摩訶那伽大力勇士若奮威怒於其額上必生瘡疱瘡若未合閻浮提中一切人衆無能制伏菩薩摩訶薩亦復如是若起大悲必定發於菩提之心一切智瘡心未捨來一切世間諸魔眷屬惑業惡人不能爲害善男子譬如射師有諸弟子雖未慣習師之伎藝然其智慧方便善巧餘一切人所不能及菩薩摩訶薩初始發心亦復如是雖未慣習一切智行菩提事業然其所有願智解欲一切世間凡夫二乘悉不能及善男子如人學射先安其足後習其法及諸劒術一切武藝斯爲根本菩薩摩訶薩亦復如是欲學如來一切智道先當安住菩提之心然後修行一切佛法善男子譬如幻師將作幻事先當起意憶持幻法然後一切悉得成就菩薩摩訶薩亦復如是將起一切諸佛菩薩神通幻事先當發起大菩提心然後一切悉得成就善男子譬如幻術無色現色一切變化皆能顯示菩薩摩訶薩菩提心相一切智幻亦復如是雖無有色不可覩見然能普於十方法界示現種種功德莊嚴善男子譬如猫狸纔見於鼠鼠即入穴不敢復出菩薩摩訶薩發菩提心亦復如是暫以慧眼觀諸惑業皆即竄滅不復出生善男子譬如有人著閻浮金莊嚴之具映蔽一切衆寶光明皆如聚墨菩薩摩訶薩亦復如是著菩提心一切智智金莊嚴具映蔽一切凡夫二乘功德莊嚴悉無光色善男子如好磁石少分之力即能吸壞一切堅牢諸鐵鉤鎖菩薩摩訶薩亦復如是若起一念菩提之

心悉能壞滅一切邪見貪欲繫縛無明鉤鎖善男子如有磁石隨所在處鐵若見之即皆散滅無留住者菩薩摩訶薩亦復如是發菩提心以智觀察一切世間諸業煩惱二乘解脫若暫見之即皆散滅無有住者善男子譬如漁人善入大海一切水族無能爲害假使入於摩竭魚口亦不爲彼之所吞噬菩薩摩訶薩亦復如是發菩提心入生死海諸業煩惱一切水族不能爲害假使入於聲聞獨覺實際解脫摩竭口中亦不爲其之所留難善男子譬如有人飲甘露漿一切諸毒不能爲害菩薩摩訶薩亦復如是飲菩提心一切智智甘露法漿不墮聲聞辟支佛地以具廣大悲願力故善男子譬如有人得安繕那藥以塗其目雖能自在遊行人間一切世人所不能見菩薩摩訶薩亦復如是得菩提心安繕那藥能以願智方便隨順天魔境界自在遊行一切衆魔所不能見善男子譬如有人依附於王不畏餘人菩薩摩訶薩亦復如是依菩提心住一切智大勢力王不畏世間一切障蓋惡趣之難善男子譬如有人住於水中不畏火焚菩薩摩訶薩亦復如是住菩提心善根水中不畏一切聲聞獨覺解脫智火善男子譬如有人依倚猛將即不怖畏一切怨敵菩薩摩訶薩亦復如是依菩提心勇猛智將不畏一切惡行怨敵善男子如釋天王執金剛杵摧伏一切阿脩羅衆菩薩摩訶薩亦復如是持菩提心金剛智杵摧伏一切諸魔外道阿脩羅衆善男子譬如有人得最勝藥服之延齡長得充健不羸不瘦不老不病菩

薩摩訶薩亦復如是服菩提心最勝智藥住無數劫生死之中修菩薩行心無疲厭亦無染著善男子譬如有人調和藥汁必當先取好清淨水於一切處平等受用菩薩摩訶薩亦復如是欲修菩薩一切行願先當發起菩提之心能令一切平等受潤善男子譬如有人欲護其身先護命根菩薩摩訶薩亦復如是護持一切諸佛正法應先守護菩提之心善男子譬如有人命根若斷所務皆息不能利益父母宗親菩薩摩訶薩亦復如是捨菩提心一切智命所有功德皆不成就不能利益一切衆生善男子譬如大海一切毒藥所不能壞菩薩摩訶薩亦復如是發菩提心一切智海諸業煩惱二乘之心一切衆毒所不能壞善男子譬如日輪星宿光明不能映蔽

菩薩摩訶薩亦復如是菩提心日大智慧輪一切二乘無漏功德星宿智光所不能蔽善男子譬如王子初始生時即爲一切耆舊大臣之所尊重以種族眞正增上自在故菩薩摩訶薩亦復如是於佛法中初發菩提一切智心生如來家爲法王子即爲一切久修梵行聲聞緣覺所共尊重以菩提心大悲種姓增上自在故善男子譬如王子年雖幼稚一切大臣皆悉敬禮然此王子於彼大臣心雖敬重不應禮拜以種姓殊勝故菩薩摩訶薩亦復如是雖初發心修菩薩行二乘耆舊久修梵行見此菩薩皆應敬禮以得法殊勝故善男子譬如王子雖於一切臣佐之中未得自在輔相大臣無能與等以其生處極尊勝故菩薩摩訶薩亦復如是雖於一切業煩惱

中未得自在然其已發大菩提心諸阿羅漢及辟支佛無能與等以具如來聖種姓故善男子譬如清淨摩尼寶珠眼有翳故見爲不淨菩薩摩訶薩亦復如是大菩提心本性清淨一切衆生無智翳眼以不信故謂爲不淨善男子譬如有藥爲呪所持若有衆生見聞同住一切諸病皆得消滅菩薩摩訶薩菩提心藥亦復如是一切善根智慧方便皆爲願智共所攝持若有衆生見聞同住隨順憶念諸煩惱病悉得除滅善男子譬如有人常服甘露其身畢竟不變不壞菩薩摩訶薩亦復如是若常憶持菩提心露令願智身畢竟不壞善男子譬如有人披鵝羽衣一切泥水不能染著菩薩摩訶薩亦復如是淨菩提心白鵝羽衣一切生死諸業煩惱不能染著善男子譬如椑筏以繩貫穿連綴竹木不令分散於河流中遊行自在菩薩摩訶薩亦復如是以菩提心大願智繩攝持諸行不令分散法駛流中遊行自在隨順趣入一切智海善男子譬如木人若無機關身即離散雖具支分不能運動菩薩摩訶薩亦復如是捨菩提心行即分散不能成就一切佛法善男子如轉輪王有沉香寶名曰象藏若燒此香王四種兵悉騰虛空菩薩摩訶薩菩提心香亦復如是若發此心即令菩薩一切善根永出三界行如來智普遍無盡虛空法界善男子譬如金剛唯從金剛及金處生非餘寶處之所能生菩薩摩訶薩菩提心金剛亦復如是唯從大悲救護衆生金剛處生及能觀察一切智境金處而生非餘衆生善根處生善男子譬

如有樹名曰無根所依住處竟不可得而其一切枝葉華果悉皆繁茂菩薩摩訶薩菩提心樹亦復如是一切智性無有所依而能生長福德智慧神通大願枝葉華果饒益世間普覆一切善男子如金剛寶非諸劣惡及甈破器所能容持唯除金銀全具寶器菩薩摩訶薩發菩提心金剛智寶亦復如是非餘下劣薄福眾生慳嫉破戒瞋恨懶惰妄念無智諸惡器中所能容持亦非退失殊勝志願散亂惡覺眾生器中所能容持唯除菩薩深心寶器善男子譬如金剛能鑽眾寶菩薩摩訶薩菩提心金剛亦復如是悉能穿徹一切法寶善男子譬如金剛能壞一切堅固寶山菩薩摩訶薩菩提心金剛亦復如是悉能摧壞諸邪見山善男子譬如金剛雖破不全猶勝眾寶金莊嚴具菩薩摩訶薩亦復如是發菩提心一切智寶雖復志劣少有虧損猶勝一切二乘功德善男子譬如金剛雖有損缺猶能除滅一切貧苦菩薩摩訶薩亦復如是發菩提心一切智寶雖諸戒行多有損缺終能捨離一切生死善男子譬如金剛乃至少分悉能破壞一切諸物菩薩摩訶薩亦復如是發菩提心乃至一念即破一切無知識惑善男子譬如金剛非諸凡下之所能得菩薩摩訶薩菩提心金剛一切智寶亦復如是非諸劣意凡夫二乘之所能得善男子譬如金剛不識寶人不知其能不得受用菩薩摩訶薩菩提心金剛亦復如是鈍根無智下劣凡夫不了其能不得其用善男子譬如金剛無能銷滅菩薩摩訶薩菩提心金剛亦復如是一

切諸法無能銷滅善男子如金剛杵諸大力士皆不能持唯除有大那羅延力菩薩摩訶薩菩提心杵亦復如是一切二乘雖有大力皆不能持唯除菩薩廣大因緣堅固善力善男子譬如金剛一切諸物無能壞者而能普壞一切諸物無有障礙然其體性亦不損減菩薩摩訶薩菩提之心亦復如是普於三世無數劫中教化衆生修行苦行一切世間聲聞獨覺所不能者咸能作之然一切智大心金剛畢竟堅固無有損減不生疲厭亦無障礙善男子譬如金剛非餘地分之所能持唯除堅厚金剛之際菩薩摩訶薩菩提之心亦復如是聲聞獨覺所有行願皆不能持唯除趣向薩婆若道諸大菩薩堅固智力善男子如金剛器無有瑕隙用盛於水永不滲漏而無散失菩薩摩訶薩大菩提心金剛寶器亦復如是體性無漏堅固迴向盛善根水永不散失善男子如金剛輪能持大地不令散壞亦不陷沒菩薩摩訶薩菩提之心亦復如是能持菩薩一切行願不令墜沒入於三界善男子譬如金剛久處水中不爛不壞菩薩摩訶薩菩提之心亦復如是於一切劫久處生死業煩惱中不爛不壞善男子譬如金剛一切大火不能燒然不能令熱菩薩摩訶薩菩提之心亦復如是一切生死諸煩惱火不能燒然不能令熱善男子譬如此界一切諸佛將成正覺降伏四魔證一切智坐道場時唯三千界金剛地際金剛座上之所能持非是餘座所能成就菩薩摩訶薩菩提心座亦復如是能持菩薩一切行願諸波羅蜜圓滿諸

忍深入諸地具足善根種種迴向蒙佛授記修習增長諸菩薩道親近供養一切如來承順受持大法雲雨速疾增長堅固大悲及能成辦一切願智乃至究竟阿耨多羅三藐三菩提唯金剛智之所能持非餘善根所能成就善男子如轉輪王遊四天下七寶之中輪寶先導菩薩摩訶薩亦復如是爲法輪王利益一切菩提心寶最爲先導善男子譬如世間滅除怨敵諸器仗中弓箭最勝菩薩摩訶薩亦復如是於諸一切助道具中菩提之心最爲第一悉能滅除一切煩惱生死怨故善男子譬如一切水生華中優鉢羅華而爲最勝陸生華中瞻博迦華而爲最勝菩薩摩訶薩菩提之心亦復如是一切智體優鉢羅華大慈悲心瞻博迦華最爲第一能滅衆生業

煩惱故善男子如諸乘中船爲第一以行速疾令身安樂能達大海到於彼岸菩薩摩訶薩亦復如是於彼一切二乘之中大菩提心而爲第一以能速疾運度衆生令其安樂達彼岸故善男子譬如世間一切水中雨水第一菩薩摩訶薩亦復如是於諸一切三昧水中菩提之心而爲第一能生一切禪定解脱甘露味故善男子譬如鹽中先陀婆鹽而爲第一能除諸病及能明眼菩薩摩訶薩亦復如是於其八萬四千法中菩提之心而爲最勝以能除滅一切衆生惑業重病生智明故善男子譬如乳中牛乳第一能除諸病令人增壽菩薩摩訶薩菩提之心亦復如是於諸正法甘露味中而爲最勝能除衆生諸煩惱病及令菩薩慧命增故善男子此菩提心成

就如是無量無邊乃至不可說不可說具足圓滿殊勝功德若有衆生發阿耨多羅三藐三菩提心則獲如是具足圓滿勝功德法善男子汝獲善利具善名稱汝今能發阿耨多羅三藐三菩提心求菩薩行已得如是難行難集大功德故

大方廣佛華嚴經卷第三十六

音釋

瘢蒲官切瘡痕也　積正作積子智切堆也聚也　卵鷇卵魯管切羽蟲所生爲卵鷇克角切鳥卵鷇也　磁牆之切石名可以引鍼凡石山之陽產鐵其陰必有磁石是二物同氣也　綴株衛切連綴也　甈息資切瓦器破聲也

大方廣佛華嚴經卷第三十七

唐罽賓國三藏般若奉　詔譯

入不思議解脱境界普賢行願品

爾時彌勒菩薩告善財童子言善男子如汝所問菩薩云何學菩薩行修菩薩道善男子汝可入此毗盧遮那莊嚴藏大樓閣中周遍觀察則能了知一切菩薩學菩薩行學已能行圓滿成就無量功德爾時善財童子恭敬右遶彌勒菩薩摩訶薩已而白之言唯願大聖開樓閣門令我得入時彌勒菩薩前詣毗盧遮那莊嚴藏樓閣即以右手彈指出聲其門即開命善財入善財心喜入已還閉見其樓閣廣博無量同於虚空阿僧祇寶以爲其地阿僧祇宫殿阿僧祇門闥阿僧祇牕牖阿僧祇階陛阿僧祇欄楯阿僧祇道路皆七寶成阿僧祇旛阿僧祇幢阿僧祇蓋周迴間列阿僧祇衆寶瓔珞阿僧祇白眞珠瓔珞阿僧祇赤眞珠瓔珞阿僧祇師子珠瓔珞處處垂下阿僧祇半月阿僧祇滿月阿僧祇繒帶以爲嚴飾阿僧祇師子幢網阿僧祇摩尼網阿僧祇妙金網阿僧祇金線網間錯莊嚴羅覆其上阿僧祇寶鐸阿僧祇寶鈴風動流音其聲可愛散阿僧祇天諸雜華懸阿僧祇天寶鬘帶嚴阿僧祇衆寶香鑪雨阿僧祇細妙金屑懸阿僧祇寶鏡然阿僧祇寶燈布阿僧祇寶衣列阿僧祇寶帳持阿僧祇寶竿設阿僧祇寶座阿僧祇寶繒以敷座上阿僧祇寶閻浮檀金童女像阿僧祇雜寶諸形像阿僧祇妙寶菩薩像處處充徧威德莊嚴阿僧祇衆鳥出和雅音令人愛樂阿僧祇寶優鉢羅華

阿僧祇寶波頭摩華阿僧祇寶拘物頭華阿僧祇寶芬陀利華以爲莊嚴阿僧祇寶樹次第行列阿僧祇寶芭蕉樹微妙莊嚴阿僧祇寶經行路金繩界道阿僧祇寶池香水盈滿阿僧祇寶橋飛梁雲搆阿僧祇寶地妙砌交映阿僧祇摩尼寶放大光明阿僧祇衆妙音聲讚大功德有如是等無量阿僧祇諸莊嚴具以爲莊嚴善財又見樓閣之中具有無量百千樓閣一一樓閣種種莊嚴悉如上說廣博嚴麗皆同虛空顯現分明猶如形影互相映徹無有障礙不相雜亂善財童子於一處中見一切處一切諸處亦如是見如是一切盡無有餘一一物中見皆如是爾時善財童子見毗盧遮那莊嚴藏樓閣之中如是種種不可思議自在境界生大愛敬踊躍無量身心柔輭歡喜潤澤離一切想除一切障滅一切惑所見不忘所聞能憶所思不亂入於無礙解脫法門以無礙意普運其心一切供養以無礙眼普見一切微細境界以無礙身徧於一切恭敬作禮以彌勒菩薩威神力故自見其身徧在一切諸樓閣中具見種種不可思議自在境界所謂或見彌勒菩薩初發無上菩提心時如是名字如是種族如是善友之所開悟令其種植如是善根住如是壽在如是劫值如是佛處於如是莊嚴刹土修如是行發如是願彼諸如來如是衆會如是壽量經爾許時親近供養悉皆明見或見彌勒最初證得慈心三昧從是已來號爲慈氏或見彌勒修習一切難行妙行成滿一切諸波羅蜜或見得忍或見住地或見莊嚴種種佛

刹或見受持一切佛教爲大法師得無生忍或見在於其時其處其如來所受於無上菩提之記或時見作轉輪聖王普令衆生住十善道或爲護世利樂衆生或爲釋天訶責五欲或爲夜摩天王爲彼諸天讚不放逸或爲兜率天王稱歎菩薩補處功德或爲化樂天王爲現菩薩變化莊嚴或爲他化自在天王爲說諸佛自在之法或作魔王説一切法皆悉無常或爲梵王說諸禪定無量喜樂或爲阿脩羅王爲其衆會説斷一切憍慢醉傲入大智海了法如幻或復見處閻魔羅界放大光明救地獄苦或見在於餓鬼之處施諸飲食濟彼饑渴或見在於畜生之道種種方便調伏衆生或復見爲護世天王衆會説法或復見爲忉利天王衆會説法或復見爲夜摩天王衆會説法或復見爲兜率天王衆會説法或復見爲化樂天王衆會説法或復見爲一切魔他化自在天王衆會説法或復見爲大梵天王衆會説法或復見爲諸大龍王衆會説法或復見爲夜叉羅刹王衆會説法或復見爲乾闥婆緊那羅王衆會説法或復見爲阿脩羅陀那婆王衆會説法或復見爲迦樓羅摩睺羅伽王衆會説法或復見爲其餘一切人非人等衆會説法或復見爲一切聲聞衆會説法或復見爲一切獨覺衆會説法或復見爲初發心菩薩而演説法或復見爲修行迴向乃至得忍住不退轉諸菩薩衆而演説法或復見爲一生所繫已受灌頂諸菩薩衆而演説法或見讚説菩薩初地乃至十地所有一切最勝功

德或見讚說滿足一切諸波羅蜜或見讚說入諸忍門或見讚說諸大三昧門或見讚說甚深解脫門或見讚說諸禪三昧神通境界或見讚說諸菩薩行方便善巧或見讚說種種出生諸大誓願或見與諸同行菩薩讚說世間資生工巧於一切處談議種種最勝方便調伏成熟一切衆生或見彌勒與諸一生補處菩薩讚說一切佛灌頂門或見彌勒修行精進於百千年身心無倦或見彌勒經行讀誦書寫經卷未甞休息或見彌勒種種方便爲衆說法或見彌勒入諸禪定四無量心或入徧處及諸解脫或入三昧以方便力現諸神變或見一切諸菩薩衆皆入種種變化三昧各於其身一一毛孔出於一切變化身雲或見出現天衆身雲或見出現龍衆身雲或見出現夜义羅刹乾闥婆阿脩羅迦樓羅緊那羅摩睺羅伽釋梵護世轉輪聖王身雲或見出現小王王子大臣官屬長者居士身雲或見出現聲聞獨覺菩薩身雲或見出現一切如來威德身雲或見出現一切衆生變化身雲或見出現一切妙音讚諸菩薩種種法門所謂或見讚說發菩提心功德門或見讚說施波羅蜜淨戒安忍精進定慧方便願力智波羅蜜功德門或見讚說諸攝諸禪諸無量心及諸三昧三摩鉢底諸通諸明總持辯才諸諦諸智止觀解脫諸縁諸依功德門或見讚說念處正勤神足根力七菩提分八聖道分諸聲聞乘諸獨覺乘諸菩薩乘諸地諸忍諸行諸願如是一切諸功德門或復於中見諸如來種種集會大衆圍遶又亦見彼

一切如來生處種姓身形壽命刹劫名號道場衆會説法利益教住久近種種不同悉皆明見爾時善財童子又復於彼毗盧遮那莊嚴藏内諸樓閣中見一樓閣高廣殊麗總攝諸閣一切莊嚴勝妙於前最上無比於中悉見三千大千世界百億四天下百億閻浮提百億兜率陀天一一皆有彌勒菩薩蓮華藏中降神誕生釋梵天王捧持頂戴遊行七步觀察十方大師子吼現爲童子居處宫殿遊戲園苑爲一切智踰城出家現諸苦行示受乳糜往詣道場降伏諸魔成等正覺觀菩提樹梵王勸請轉正法輪昇天宫殿而演説法劫數壽量衆會莊嚴所淨佛刹所修行願所現威德所起方便教化成熟一切衆生分布舍利住持遺教皆悉不同爾時善財自見其身在彼一切諸如來所承事供養亦見於彼一切衆會大道場中所有佛事憶持不忘加持力故通達無礙精進勤求安住智地復聞一切諸樓閣内寶網鈴鐸及諸樂器皆悉演暢不可思議微妙法音説種種法所謂或説菩薩發菩提心或説修行波羅蜜行或説諸願或説諸地或説神通心自在行或説恭敬供養如來或説莊嚴諸佛刹土或説諸佛説法差别如上所説一切佛法悉聞其音敷暢辯了又聞某處某世界中有某菩薩聞某法門某善知識之所勸導發菩提心令修妙行於某劫某刹某如來所某衆會中聞某如來如是功德發如是心起如是願種於如是廣大善根經若干劫修菩薩行於爾許時當得成佛如是名號如是壽量如是國土一切功

德具足莊嚴滿如是願能以如是最勝方便教化調伏如是衆生如是聲聞菩薩衆會佛涅槃後正法住世經爾許劫利益如是無量衆生或聞某處某世界中有某菩薩廣修布施波羅蜜行難捨能捨如是淨戒忍辱精進禪定智慧修習如是諸波羅蜜或聞某處某世界中有某菩薩爲求法故棄捨王位及諸珍寶妻子眷屬頭目手足一切身分皆無所悋或聞某處某世界中有某菩薩守護如來所說正法爲大法師廣行法施高建法幢吹大法螺擊大法鼓雨大法雨造佛塔廟作佛形像種種莊嚴一一殊麗施諸衆生一切樂具或聞某處某世界中有某如來於某劫中成正等覺如是國土如是衆會如是壽量說如是法滿如是願教化如是無量衆生現前

覺悟無上菩提善財童子聞如是等不可思議微妙法音身心歡喜柔輭悅澤即得無量諸總持門即得無量諸辯才門諸禪諸忍諸大行願諸波羅蜜諸通諸明及諸解脫諸三昧門又見一切諸寶鏡中出生無量種種形像所謂或見諸佛衆會道場或見菩薩衆會道場或見聲聞衆會道場或見獨覺衆會道場或見清淨世界或見不淨世界或見淨不淨世界或見不淨淨世界或見有佛世界或見無佛世界或見小世界或見中世界或見大世界或見微細世界或見廣大世界或見因陀羅網世界或見覆世界或見仰世界或見側世界或見平坦世界或見地獄畜生餓鬼所住世界或見天人充滿世界於如是等諸世界中見有無數大菩薩衆或行或坐作

諸事業或見修禪或習智慧或起大悲憐愍
衆生或造諸論利益世間或教弟子或自受
持或書或誦或問或答三時懺悔迴向發願
又見一切諸寶柱中放摩尼王大光明網或
青或黄或赤或白或玻瓈色或水精色或帝
青色或虹蜺色或閻浮檀妙眞金色或作一
切諸光明色又復見彼閻浮檀金諸童女像
及衆寶像或執華雲或執衣雲或執幢旛或
執鬘蓋或持種種塗香末香或持上妙摩尼
寶網或垂金鎖或挂瓔珞或舉其臂捧莊嚴
具或低其首垂摩尼冠曲躬瞻仰目不暫捨
合掌而住又見於彼眞珠瓔珞常出香水具
八功德流注無窮瑠璃瓔珞百千光明同時
照耀幢旛網蓋如是等物一切皆以摩尼王
藏衆寶莊嚴令人樂見又復見彼種種華池

優鉢羅華波頭摩華拘物頭華芬陁利華各
各生於無量諸華或大一手或長一肘或復
縱廣量如車輪一一華中皆悉示現種種色
像以爲嚴飾所謂男色像女色像童男色像
童女色像釋梵護世天龍夜叉乾闥婆阿脩
羅迦樓羅緊那羅摩睺羅伽聲聞獨覺及諸
菩薩如是一切衆妙色像皆悉合掌曲躬禮
敬亦見如來結跏趺坐三十二相莊嚴其身
又復見彼淨瑠璃地一一步間現不思議種
種色像所謂世界色像菩薩色像如來色像
及諸樓閣莊嚴色像又於寶樹枝葉華果一
一事中悉見種種半身色像所謂佛半身色
像菩薩半身色像天龍夜叉乾闥婆阿脩羅
迦樓羅緊那羅摩睺羅伽釋梵護世轉輪聖
王小王王子大臣官長長者居士童男童女

及以四衆半身色像其諸色像或執華鬘或執瓔珞或執一切諸莊嚴具或有曲躬合掌禮敬一心瞻仰目不暫捨或有讚歎或入三昧其身悉以相好莊嚴普放種種諸色光明所謂金色光明銀色光明珊瑚色光明兜沙羅金色光明帝青色光明毗盧遮那摩尼王寶色光明一切衆寶色光明瞻蔔迦華光明從於自身三十二相出如是等一切光明又見於彼一切樓閣半月像中出阿僧祇日月星宿種種光明普照十方又見一切諸妙樓閣種種宮殿衆寶垣牆周迴四壁種種寶色一一步內一切衆寶以爲莊嚴一一寶中皆現彌勒曩劫修行菩薩道時或施頭目或施手足脣舌牙齒耳鼻血肉皮膚骨髓乃至爪髮如是一切悉皆能捨妻妾男女奴婢僕使

妓侍婇女一切眷屬城邑聚落宮殿園林或閻浮提或四天下種種富樂尊貴自在大小王位或諸資具隨時飲食上妙牀敷憇息之處或妙寶器或駟馬車隨其所須盡皆施與處牢獄中種種困厄令得出離身被繫縛臨刑戮者使其解脫諸有病疾所縈纏者爲其救療惠以醫藥令得除差入邪徑者示其正道或爲船師令度大海使諸衆生不失津濟或爲馬王救諸衆生令離一切羅刹惡難或爲種種大智仙人善說諸論利益衆生或爲輪王勸修十善或爲醫王善療衆病或孝順父母恭敬供養或親近善友隨順聽聞或作聲聞或作獨覺或作菩薩或作如來教化調伏一切衆生或示種種最勝生處成熟生處所有衆生或爲法師奉行如來所有言教種

種威儀受持讀誦微細觀察如理思惟立佛支提作佛形像一一珍飾種種莊嚴若自供養若勸於他塗香散華燈油鬘蓋種種敷設恭敬禮拜如是等事相續不絶或見坐於師子之座廣演説法勸諸衆生安住十善一心歸向佛法僧寶受持五戒及八齋戒出家聽法受持讀誦正念作意如理修行乃至見於彌勒菩薩坐師子座講宣法要開示一切諸佛菩提又見彌勒經百千億那由他阿僧祇劫修行諸度一切色像又見彌勒曾所承事諸善知識悉以一切功德莊嚴亦見自身在彼一一善知識所親近供養受行其教乃至住於灌頂之地時諸知識咸以輭語告善財言善來童子汝今觀此菩薩所有不思議事莫生疲厭爾時善財童子得不忘失正念力故得見十方清淨眼故得善觀察無礙智故得諸菩薩自在智故得諸菩薩已入智地廣大解故於諸樓閣一一物中悉見如是及餘無量不可思議自在境界諸莊嚴事譬如有人於睡夢中見種種物所謂一切城邑聚落宮殿園苑山林河池衣服飲食乃至一切資生之具或見一切可愛歌讚鼓樂集會種種遊戲或見自身父母兄弟内外親屬或見大海須彌山王乃至一切諸天宮殿閻浮提等四天下事或見其身形量廣大百千由旬房舍衣服種種功德一切莊嚴悉皆相稱謂於晝日經無量時不眠不寢受諸安樂悉皆具足一切自在從睡覺已乃知是夢遠離一切安樂等想亦無時節長短之相而能明記所見之事一切隨順曾無忘失善財童子亦復

如是以彌勒菩薩威神之力所加持故知三界法皆如夢故滅諸衆生狹劣想故得無障礙廣大解故往諸菩薩殊勝界故入不思議方便智故能見如是諸大菩薩一切莊嚴自在境界隨順解知微細觀察譬如有人將欲命終見隨其業所受報相行惡業者見於地獄畜生餓鬼所有一切衆苦境界或見獄卒手持兵仗或瞋或罵囚執將去亦聞地獄一切衆生所有號呌悲歎之聲或見灰河或見鑊湯或見刀山或見劒樹或見猛火炎熾洞然或見揚波沸水騰注種種逼迫受諸苦惱行善業者即見一切諸天宮殿無量天衆天諸婇女種種衣服具足莊嚴宮殿園林華池河水及諸寶山寶劫波樹隨意受用盡皆妙好身雖未死而由業力見如是事善財童子亦復如是以菩薩業不思議力得見一切莊嚴境界譬如有人爲鬼所持見種種事色相眷屬隨其所問悉皆能答善財童子亦復如是菩薩智慧之所持故見彼一切諸莊嚴事若有問者靡不能答譬如有人爲龍所持自謂是龍入於龍宮見龍眷屬於少時間自謂已經日月年載善財童子亦復如是以住菩薩智慧想故彌勒菩薩自在威力所加持故於少時間謂經無量百千萬億那由他劫譬如梵宫名一切衆生勝莊嚴藏於中悉見三千大千世界所有諸物差別影像不相雜亂善財童子亦復如是於樓閣觀中普見一切莊嚴境界種種差別互相涉入各各差別不相雜亂譬如比丘入遍處定若行若住若坐若卧隨所入定境界現前善財童子亦復如

是入於樓觀一切莊嚴所見境界甚深隨順悉皆明了譬如有人於虛空中見乾闥婆城具足莊嚴悉分別知無有障礙善財童子亦復如是見彼一切莊嚴境界甚深隨順明了無礙譬如夜叉宮殿與人宮殿同在一處而不相雜亦無障礙各隨其業所見不同譬如大海於中印現三千世界所有色像譬如幻師善明幻法以幻力故現諸幻事種種作業一切能成善財童子亦復如是以彌勒菩薩威神力故及不思議幻智力故得諸菩薩自在力故見樓閣中一切莊嚴自在境界

大方廣佛華嚴經卷第三十七

音釋

阿僧祇 梵語也亦云僧企耶此云無央數 階陛 階古諧切陛傍禮切階陛謂升堂之階級也 欄楯 欄郎干切勾欄也楯豎尹切闌檻也縱曰檻橫曰楯 繒帶 繒慈陵切謂帛帶也 鐸 達各切鈴屬

大方廣佛華嚴經卷第三十八

唐罽賓國三藏般若奉詔譯

入不思議解脱境界普賢行願品

爾時彌勒菩薩摩訶薩入樓閣中攝其神力彈指出聲告善財言善男子起法性如是此是菩薩知諸法智因緣聚集顯現之相如是自性悉不成就如幻如夢如影如像爾時善財聞彈指聲從三昧起彌勒告言善男子汝見菩薩自在解脱威神力不汝見菩薩一切助道等流力不汝見菩薩願智所現聚集力不汝見菩薩種種莊嚴妙宫殿不汝見菩薩種種行力所聚集不汝見菩薩種種功德莊嚴刹不汝見菩薩十地之中種種力不汝見菩薩諸波羅蜜難思果不汝見菩薩種種難思三昧力不汝見如來種種最勝大願力不汝聞菩薩種種出生解脱門不汝隨順解菩薩解脱不思議不汝隨順受菩薩三昧能喜樂不善財白言唯然已見是善知識加持力故憶念力故威德力故聖者此解脱門其名何等彌勒告言此解脱門名入三世一切境界不忘念智莊嚴藏善男子一生菩薩得如是等不可説不可説解脱門善財白言聖者此莊嚴事何處去耶彌勒告言於來處去曰從何處來曰從諸菩薩智慧威力中來依諸菩薩智慧威力而住無有少分去來之處無集無增無成無立不依於地不依於空遠離一切善男子譬如龍王種種雲雨不從身出不從心出無有積集建立增長但以龍王心念力故霈然洪霔周遍天下此是龍王難思境界善男子彼莊嚴事亦復如是不住於内

亦不住外但由菩薩威德自在汝善根力而非不見善男子譬如幻師作諸幻事無所從來亦無所去無行無入無隱無顯而以幻力分明顯現彼莊嚴事亦復如是無所從來亦無所去無集無成然以慣習不可思議幻智力故及由過去大願力故如是顯現善財童子白言大聖從何處來彌勒告言善男子一切菩薩無來無去如是而來無行無住如是而來無處無定不没不生不住不遷不動不起無戀無著無業無報無起無滅不斷不常如是而來復次善男子菩薩從大悲處來愍念調伏諸衆生故從大慈處來救護逼迫苦衆生故從淨戒處來隨其所樂自在生故從大願處來往昔願力所加持故從神通處來於一切處隨樂現故從無動摇處來不捨如

來不動體故從無取捨處來不役身心使往來故從智慧方便處來隨順一切衆生轉故從示現變化處來猶如影像而化現故復次善男子汝向所問何處來者善男子我從生處摩羅提國房舍聚落而來於此彼有長者名瞿波洛迦爲化其人令入佛法又爲生處一切人衆隨其根器而爲説法亦爲父母親戚眷屬婆羅門等演説大乘令其趣入故住於彼而從彼來善財言聖者何者是菩薩生處彌勒答言善男子菩薩有十種生處何等爲十所謂發菩提心是菩薩生處生菩薩家故深心是菩薩生處生善知識家故諸地是菩薩生處生波羅蜜家故大願是菩薩生處生妙行家故大悲是菩薩生處生四攝家故如理觀察是菩薩生處生般若波羅蜜家故

大乘是菩薩生處生方便善巧家故成熟眾生是菩薩生處生成等正覺家故智慧方便是菩薩生處生無生法忍家故修行諸法是菩薩生處生三世一切如來家故善男子是爲菩薩十種受生處復次善男子菩薩摩訶薩以般若波羅蜜爲母方便善巧爲父檀那波羅蜜爲乳母尸羅波羅蜜爲養母忍辱波羅蜜爲莊嚴具精進波羅蜜爲養育者禪那波羅蜜爲浣濯人善知識爲教授師一切菩提分爲伴侶一切善法爲親屬一切菩薩爲兄弟菩提心爲家如理修行爲家法諸地爲家處得諸忍法爲家族大願現前爲家教以清淨智滿足諸行爲順家法勸發勤修不斷大乘爲紹家業法水灌頂一生所繫菩薩爲王太子成就廣大眞實菩提爲淨家族

善男子菩薩如是超凡夫地入菩薩位生如來家住佛種性能修諸行不斷三寶善能守護菩薩種族淨菩薩種生處尊勝於諸世間離生過惡一切天人及諸魔梵沙門婆羅門中種族具足而得成就最勝佛種得大願藏普能出生諸菩薩行善男子菩薩摩訶薩成就如是尊勝家已智了諸法如影像故於世生處無所惡賤知一切法如變化故於諸有趣無所染著覺悟諸法無有我故調伏眾生心無疲厭以大慈悲爲體性故不趣寂滅攝受眾生了達生死猶如夢故經一切劫而無熱惱了知五蘊皆如幻故現處生死而無疲倦知諸界處即法界故於諸境界無有瘡疣知一切想如陽焰故入於諸趣不生倒惑達一切法皆如幻故入魔境界自在無染成就

法身淨妙體故一切煩惱不能欺誑成就一切遍趣行故於諸生處而得自在善男子我身普生一切法界等一切衆生差別色相等一切衆生殊異言音等一切衆生種種名號等一切衆生種種樂欲等一切衆生種種威儀隨順世間教化調伏等能顯示一切衆生清淨受生等隨順入一切衆生甚深勝解等一切菩薩大願變化於如是等無量品類而現其身種種相貌種種威德充滿法界善男子我爲成熟與我往昔同修諸行今時退失菩提心者示現生此閻浮提中爲欲調伏父母親屬及婆羅門令其離於種族驕慢得生如來種性中故生摩羅提國房舍聚落婆羅門家善男子我於南方及住於此毗盧遮那莊嚴藏大樓閣中隨諸衆生心之所樂種種方便教化調伏善男子我爲隨順諸衆生故爲欲成熟兜率天中同行天故爲欲示現菩薩福智莊嚴變化超過一切諸欲界故令捨渴愛諸欲樂故令照諸行皆無常故令知諸天盛必衰故爲欲示現降生瑞相與一生菩薩而共宣說大智法門故爲欲攝受一切生處諸衆生故爲欲教化釋迦如來所遣來者令如蓮華悉開悟故而於此沒生兜率天善男子我願滿足得菩提時汝及文殊俱來見我善男子汝當往詣文殊師利大菩薩所而問之言菩薩云何學菩薩行云何深入普賢行門云何出生云何成熟云何廣大云何清淨云何隨順云何圓滿善男子彼當爲汝分別顯示何以故善男子文殊師利最勝大願非餘無量百千億那由他菩薩之所能有善

男子文殊師利其行廣大無量無邊其願無際相續不斷常能出生一切菩薩最勝功德文殊師利菩薩常爲無量百千億那由他諸佛母令其證入甚深理故常爲無量百千億那由他菩薩師令其勤修深證入故普於十方常轉法輪教化成熟一切衆生常於十方一切世界爲說法師常爲不可說不可說一切諸佛大衆會中之所讃歎住甚深智見法實性從久遠來深入一切解脫境界究竟普賢所行諸行善男子文殊師利善知識能令汝得生如來家能增長汝諸善根能發起汝助道法能顯示汝眞實善知識能勸發汝修習諸功德能令汝深入大願網能令汝安住大願門能令汝聞菩薩深密義能顯示汝菩薩難思行與汝徃昔同生同行是故善男子

汝當徃詣文殊師利菩薩所莫生疲倦文殊師利當令汝得一切功德何以故汝先所見諸善知識聞諸菩薩行深入解脫門滿足大願海皆是文殊威神之力文殊師利於一切處咸得究竟時善財童子右遶彌勒經無量帀頂禮雙足慇懃瞻仰心懷戀慕辭退而去爾時善財童子經遊一百一十城已詣蘇摩那城住立門所思惟文殊師利隨順憶念普遍觀察希欲奉覲爾時文殊師利童子從一百一十由旬外遥申右手至蘇摩那城摩善財頂作如是言善哉善哉善男子若離信根心生疲厭心志下劣功行不具退失精勤於少善根而生知足不善發起一切行願不能親近諸善知識由如是故不能了知如是法性如是理趣如是法門如是境界如是住處

若普遍知若少分知若甚深知若盡源底若觀察若證入若獲得皆悉不能是時文殊師利宣説此法示教利喜令善財童子具足圓滿無數法門具足無邊大智光明深入種種念佛門無邊際陀羅尼門無邊際辯才門無邊際三昧門無邊際神通門無邊際願智門深入普賢諸行願輪稱歎文殊師利本住國土一切善巧時善財童子白文殊師利菩薩言聖者云何而得成就聖者國土善巧文殊師利告善財言善男子菩薩有十種法具足圓滿得我國土善巧成就善財白言何等爲十文殊師利菩薩言善男子一者證無生法具足圓滿二者無滅法三者不失壞法四者無來去法五者超言詞境界法六者無有言詞道法七者無戲論法八者不可説法九者寂靜法十者聖者法若諸菩薩於此十法具足圓滿得我國土善巧成就善財童子白言聖者所言國土是何義耶文殊師利言是一切菩薩住處義善財言云何是一切菩薩住處文殊師利言善男子最勝第一義是菩薩住處何以故善男子最勝第一義不生不滅不失不壞不來不去如此語言既非言境言説不及不能記别非是戲論思度所知本無言説體性寂靜惟諸聖者自内所證善男子因此最勝第一義故諸佛如來出現世間若佛出世及不出世不可失壞善男子一切菩薩爲欲證入第一義故捨大豪富年少王位難行能行種種苦行剃除鬚髮被服法衣正信出家專求妙道精勤匪懈如救頭然善男子若無第一義者所修梵行爲何所用如來

出世爲何所依善男子以深信有第一義故令諸菩薩具足圓滿此十種法是故應當如是知見如是解說於我國土善巧成就善財童子白言聖者行何等法當得聖者淨妙國土文殊師利言若諸菩薩能於一切心無憍慢於諸衆生生平等心於諸如來修眞供養得我國土善財童子白言聖者云何名爲無憍慢心生平等心修眞供養文殊師利言善男子菩薩有十種法審諦思惟具足圓滿則能成就無憍慢心何等爲十一者一心思惟諦觀身界作是念言我今出家無殊死人所以者何父母親愛朋友眷屬一切所有皆棄捨故如是思惟得無憍慢二者思惟我今此身服壞色衣進止威儀不同世間如是思惟得無憍慢三者思惟旣毀形好執持應器乞匃於他如是思惟得無憍慢四者思惟我今乞食如旃陀羅如是思惟令心卑下得無憍慢五者思惟爲求段食長養我身我之壽命死在他手如是思惟得無憍慢六者思惟所乞之食人畜之餘彼若嫌棄我方得食如是思惟得無憍慢七者思惟我今應當於師長所恭敬供養令生歡喜如是思惟得無憍慢八者思惟我今欲令同梵行者生歡喜故具足威儀無違法式如是思惟得無憍慢九者思惟我今出家於佛法中未得少分如是思惟得無憍慢十者思惟一切衆生於我嗔恨我常安忍如是思惟得無憍慢善男子是爲菩薩思惟十法具足圓滿則能成就無憍慢心復次善男子菩薩有十種法具足圓滿則於衆生得平等心何等爲十一者於諸衆生

所作平等二者於諸衆生心無障礙三者於諸衆生心無疲倦四者爲欲利益諸衆生故具足修行六波羅蜜五者爲諸衆生集一切智亦不依止無二之相六者普觀衆生同於如如無所分別七者了達衆生體性平等而能證入平等心性八者願與衆生同得出離生死大火九者自旣出已復能拔出一切衆生十者平等安置一切衆生無憂惱處善男子譬如世間長者居士生育五子平等愛念受用資具等無有二而彼諸子愚小無知於一切處未能分別時彼長者宅舍之中欻然火起彼諸子等各居一處善男子於意云何時彼長者出諸子心有先後不善財答言彼長者心等無先後隨所親近即先濟拔文殊師利言善男子菩薩摩訶薩亦復如是一切衆生在於生死舍宅之中三毒熾火忽然而起其心愚暗無所分別各隨業力五趣受生菩薩等心調伏成熟但隨親近即先拔濟成熟安置寂靜界中善男子是爲菩薩有十種法具足圓滿於諸衆生成就平等復次善男子菩薩有十種法具足圓滿則得成就修眞供養一切如來何等爲十一者以法供養二者修行諸行三者平等利樂一切衆生四者以慈悲心隨順攝取五者以如來力隨順一切六者不捨勤修一切善法七者不捨一切菩薩事業八者如說能行如行能說九者長時遍修心無疲厭十者常不捨離大菩提心若諸菩薩具此十法則能成就供養如來非以財寶飲食衣服名眞供養何以故如來恭敬尊重法故猶如孝子尊重父母承順顏色

心無暫捨若復有人敬其父母其子倍復尊重是人諸佛如來亦復如是若諸衆生供養法者是眞成就供養如來以諸如來尊重法故善男子如來從修行中來若能修行是則成就供養如來諸佛出世本爲利樂諸衆生故爲以慈悲攝衆生故隨順利樂而爲力故善男子若不勤修一切善法亦不利樂一切衆生若捨菩薩所修事業是亦不能利樂衆生若復不能如說修行如行能說是亦不能利樂衆生若心下劣而生疲厭是亦不能利樂衆生若暫捨離菩提心者是亦不能利樂衆生何以故善男子夫爲菩薩爲欲利樂諸衆生故勤求阿耨多羅三藐三菩提若無衆生一切菩薩不成正覺善男子汝應如是解法供養則得成就供養如來非以世間財寶飲食名爲供養善男子是爲菩薩具足十法則能成就供養如來爾時文殊師利顯示如是無量無邊微妙法義勸教善財令修習已還攝神力忽然不現爾時善財童子即見三千大千世界極微塵數諸善知識悉皆親近承事供養令生歡喜於所誘誨隨順受行增長趣求一切智意於佛境界生決定解大悲心海容納出生大慈教雲普覆一切於毗盧遮那廣大身雲增長愛敬於諸菩薩無礙解脫心常安住速疾出生如來普門無著淨眼觀一切佛修行圓滿功德大海深信如來積行所修一切智體精勤速疾增一切智助道之法善能迴向一切菩薩清淨深心善知三世一切如來相續不斷深入一切佛法教誨隨順解了諸佛法輪於諸世間如影普現深

入一切菩薩願海盡一切劫修菩薩行得普門智照如來境增長一切菩薩諸根得一切智清淨光明普照十方一切法界於一切剎教化衆生發修行心成就利益能隨順解生死種類摧煩惱業一切障山隨順證悟無障礙法入法界藏平等地中常住寂靜菩薩解脫勤求一切如來境界一切諸佛威力加持善財童子起如是等微細觀察安住普賢甚深境界即聞普賢菩薩名號及普賢行最勝大願從初發心最勝助道最勝現前出生功德微細威儀及聞普賢菩薩諸地及地處所地差別得地自在行地差別住地勇猛地威德地同住既聞此已渴仰欲見普賢菩薩即於金剛海藏菩提道場如來師子座前一切寶蓮華藏座上起等虛空界廣大心捨一切

現前執著心集一切德無染心淨一切剎無想心了一切法歡喜心觀一切境無礙心入一切方周遍心行一切行無障心淨一切智境界妙行自在心觀一切菩薩道場莊嚴清淨明了心深入一切如來法海廣大心調伏成就一切衆生周遍心淨一切佛剎無量心了一切衆會如影心住一切劫無盡心究竟如來力無所畏不共佛法無退轉心善財童子起如是心以自善根所潤澤故一切如來加被力故普賢同分善根力故欲見普賢有十種瑞相何等爲十一者見一切佛剎清淨一切如來道場莊嚴二者見一切佛剎清淨無諸惡道一切雜類三者見一切佛剎清淨衆妙蓮華以爲莊嚴四者見一切佛剎清淨一切衆生身心清淨五者見一切佛剎清淨

衆寶爲體形色莊嚴六者見一切佛刹清淨一切衆生種種形色相好嚴身七者見一切佛刹清淨諸莊嚴雲普覆其上八者見一切佛刹清淨一切衆生互起慈心遞相利益九者見一切佛刹清淨菩提道場形體莊嚴十者見一切佛刹清淨一切衆生心常隨順憶念諸佛是爲十又見十種大光明相何等爲十一者見一切世界所有極微一一塵中出一切世界極微塵數如來光網雲周遍照耀二者見一一塵中出一切世界極微塵數如來圓光輪雲無量無數種種色相周遍法界三者見一一塵中出一切世界極微塵數種種如來寶影像雲周遍法界四者見一一塵中出一切世界極微塵數種種如來光焰輪雲周遍法界五者見一一塵中出一切世界極微塵數種種妙香塗香燒香華鬘等雲周遍十方一切法界出大音聲稱讃普賢一切行願大功德海六者見一一塵中出一切世界極微塵數種種日月星宿光明雲皆放普賢菩薩光明遍滿法界七者見一一塵中出一切世界極微塵數種種衆生形像燈雲猶如佛光遍照法界八者見一一塵中出一切世界極微塵數種種如來身影像摩尼寶雲周遍法界九者見一一塵中出一切世界極微塵數種種如來影像光明身雲如大雲雨普說一切如來大願及威德力十者見一一塵中出一切世界極微塵數種種菩薩圓滿光明影像身雲隨諸衆生種種變化普令一切皆生愛樂如是所作周遍法界是爲十爾時善財童子見此十種光明相已即作是念

我今必見普賢菩薩於時善財住自善根普光照力住諸如來所護念力能生佛法普智光明於普賢行現前照了於普賢願深入無際於一切如來境界深心信解於諸菩薩廣大境界得決定力修習得見普賢之相深入如來一切種智普攝諸根令其寂靜起大精進無有退轉身心普現十方世界即以普眼觀察十方一切諸佛菩薩衆會諸莊嚴具一切境界皆作得見普賢之相以智慧眼觀察普賢從初發心所行之道其心廣大猶如虛空大悲堅固猶若金剛威德加持盡未來際願不捨離普賢菩薩以平等心行普賢行念念隨順清淨自在常得安住如來境界成就普賢種種智地善財童子具足圓滿如是觀已即見普賢菩薩在於毗盧遮那如來應正

等覺前坐蓮華藏師子之座諸菩薩衆所共圍遶身相殊特世無與等智慧功德種種境界不可思議一切菩薩微細觀察無有邊際與諸如來平等無二善財童子見普賢身一一毛孔念念中出一切世界極微塵數種種光明雲遍法界虛空界一切世界普光照耀除滅一切衆生苦患見一一毛孔念念中出一切佛刹極微塵數種種色圓光雲令一切菩薩速疾增長廣大歡喜見普賢菩薩頂及兩肩一一毛孔念念中出一切佛刹極微塵數種種色香焰雲遍法界虛空界一切諸佛衆會道場雨大香雨而以普熏見一一毛孔念念中出一切佛刹極微塵數種種華雲遍法界虛空界一切如來衆會道場雨衆妙華見一一毛孔念念中出一切佛刹極微塵數

種種莊嚴香樹雲遍法界虛空界一切如來衆會道場雨於無盡塗香末香衆妙香藏見一一毛孔念念中出一切佛刹極微塵數種種衣服雲遍法界虛空界雨衆妙衣普覆莊嚴見一一毛孔念念中出一切佛刹極微塵數種種繒綵雲種種雜寶瓔珞雲種種如意寶雲遍法界虛空界一切如來衆會道場普雨一切瓔珞繒綵令一切衆生成就愛樂見一一毛孔念念中出一切佛刹極微塵數種種寶樹雲遍法界虛空界復從一切寶樹藏中流散一切星宿光雲種種莊嚴於一切如來衆會道場雨諸妙寶見一一毛孔念念中出一切佛刹極微塵數種種色界天衆身雲遍法界虛空界歎菩提心見一一毛孔念念中出一切佛刹極微塵數種種梵天眷屬身雲請諸如來同轉妙法輪見一一毛孔念念中出一切佛刹極微塵數欲界天衆身雲守護受持一切如來所說妙法見一一毛孔念念中出一切佛刹極微塵數三世一切諸佛刹雲遍法界虛空界與諸衆生無依止者而作依止無覆護者而作覆護無歸趣者而作歸趣見一一毛孔念念中出一切佛刹極微塵數清淨佛刹雲遍法界虛空界一切諸佛於中出現菩薩衆會清淨道場令一切衆生愛敬信樂皆得清淨見一一毛孔念念中出一切佛刹極微塵數淨不淨佛刹雲遍法界虛空界令雜染衆生皆得清淨見一一毛孔念念中出一切佛刹極微塵數不淨淨佛刹雲遍法界虛空界令純染衆生皆得清淨見一一毛孔念念中出一切佛刹極微塵數衆

生身雲遍法界虛空界隨應教化一切衆生令於阿耨多羅三藐三菩提而得成熟見一一毛孔念念中出一切佛剎極微塵數種種菩薩身雲遍法界虛空界稱揚種種諸佛名號令諸衆生增長善根見一一毛孔念念中出一切佛剎極微塵數種種菩薩身雲遍法界虛空界宣揚顯示諸佛菩薩從初發意嚴淨佛剎所生善根見一一毛孔念念中出一切佛剎極微塵數種種菩薩身雲遍法界虛空界一切佛剎一一剎中爲欲清淨普賢妙行宣揚一切菩薩願海見一一毛孔念念中出一切佛剎極微塵數普賢菩薩行雲令一切佛剎極微塵數普賢菩薩行雲令一切衆生愛樂修習速得圓滿一切智體見一一毛孔念念中出一切佛剎極微塵數正覺身雲於一切佛剎現成正覺顯示種智令諸菩薩普集大法速疾增長現前覺悟

大方廣佛華嚴經卷第三十八

音釋

霈（普蓋切霶霈雨貌）　瘡疣（瘡初莊切瘡痍也疣音尤疣贅也）　綵（此宰切繒也）

大方廣佛華嚴經卷第三十九

唐罽賓國三藏般若奉　詔譯

入不思議解脱境界普賢行願品

爾時善財童子見普賢菩薩如是自在神通境界歡喜踊躍普遍身心重復觀察見普賢菩薩一一身分一一支節一一毛孔悉有三千大千世界其中一切地水火風大海四洲須彌鐵圍及衆寶山國土城邑宫殿園苑乃至地獄餓鬼畜生閻羅王界天龍八部人與非人欲界色界無色界處所有形色日月星宿風雲雷電晝夜月時及以年劫諸佛出世菩薩衆會道場莊嚴如是等事悉皆明見如見此世界盡於東方種種世界亦復如是如東方南西北方四維上下亦復如是如見現在十方世界盡過去際盡未來際種種世界相續不斷亦如是見各各差別互相涉入不相雜亂如於此毗盧遮那如來寶蓮華藏師子座上顯示如是遊戲神通於東方蓮華吉祥世界賢吉祥如來所顯示一切遊戲神通亦復如是如賢吉祥如來所如是盡於東方南西北方四維上下一切世界亦復如是如是十方一切佛刹一一塵中皆有法界諸佛衆會一一佛所皆有普賢坐寶蓮華師子之座顯示一切遊戲神通悉亦如是又於彼一一普賢身中皆見三世一切境界猶如明鏡現其影像所謂一切佛刹一切資具一切衆生一切佛出興一切菩薩道場衆會又聞一切衆生種種音聲一切佛聲一切如來轉法輪聲一切如來遊戲神通聲一切菩薩善誘誨聲一切菩薩神通境界菩薩智通菩薩普

集菩薩説法菩薩遊戲如是等聲爾時善財童子見聞普賢菩薩如是無量不可思議遊戲神通即得十種智波羅蜜何等爲十一者於念念中令身遍滿一切佛刹智波羅蜜二者於念念中悉能往詣一切佛所智波羅蜜三者於念念中悉能供養一切如來智波羅蜜四者於念念中普於一切諸如來所聞法受持智波羅蜜五者於念念中微細觀察一切如來所有法輪智波羅蜜六者於念念中知一切佛不可思議大神通事智波羅蜜七者於念念中説一句法盡未來際辨才無盡智波羅蜜八者於念念中智海現前觀一切法智波羅蜜九者於念念中得一切法界教海智波羅蜜十者於念念中得知一切衆生離衆生想智波羅蜜一一於念念中普賢慧

行皆現在前智波羅蜜善財童子既得是已普賢菩薩即申右手摩善財頂善財即得深入一切佛刹極微塵數諸大三昧各以一切佛刹極微塵數三昧而爲眷屬一一三昧悉得一切昔所未見昔所未聞一切佛刹極微塵數種種世界海諸佛大會增長一切佛刹極微塵數一切智助道具出現一切佛刹極微塵數一切智法門成就一切佛刹極微塵數初發一切智心深入一切佛刹極微塵數一切智大願海出生一切佛刹極微塵數一切智出要道修習一切佛刹極微塵數一切智菩薩行圓滿一切佛刹極微塵數一切智速疾力得一切佛刹極微塵數一切智普光照如此娑婆世界毗盧遮那佛所普賢菩薩摩善財頂所獲法門如是十方所有世界及

彼世界一一塵中一切世界一切佛所普賢菩薩悉亦如是摩善財頂所得法門亦皆同等爾時普賢菩薩摩訶薩告善財言善男子汝見我此神通力不善財白言聖者唯然已見此不思議大神通事得佛智慧方能知之普賢菩薩告善財言善男子我於不可說不可說劫行菩薩行求一切智一一劫中爲欲清淨菩提心故承事不可說不可說如來一一劫中爲集一切智福德具故不可說不可說劫佛刹極微塵數廣大施會一切世間最勝無比悉皆迴向一切衆生一一劫中爲求一切智法故以不可說不可說佛刹極微塵數財物而爲大捨一一劫中爲求佛智故以不可說不可說佛刹極微塵數國土王位村營城邑聚落宫殿妻子眷屬身分支節眼耳鼻舌乃至身命而爲布施一一劫中爲求一切智首故以不可說不可說佛刹極微塵數頭而爲布施一一劫中爲求一切智故於不可說不可說佛刹極微塵數諸如來所恭敬尊重承事供養上妙衣服卧具醫藥一切所須悉皆奉施於其法中出家學道受持法教隨順修行善男子我於爾所大劫海中自憶未曾於一念間不順佛教爾所劫中未曾一念生瞋害心我我所心自他差别心未曾一念離菩提心於生死中起疲厭心生下劣心懷懶惰心有障礙心起迷惑心唯住無上不可沮壞一切智性大菩提心善男子我普嚴淨一切佛土我以大悲救護衆生教化成熟令其清淨我供養承事一切諸佛諸善知識於彼諸佛善知識所爲求正法弘宣護持一

切內外悉皆能捨乃至身命亦無所悋如是無量相應圓滿所行之行一切劫海說其因緣劫海可盡此不可盡善男子我法海中無有一文一句非是捨施轉輪王位而求得者非是悉捨一切所有而求得者善男子我所求法皆爲救護一切衆生念念相續微細觀察令最勝法速得現前願以智光照明開示一切世間願爲開示出世間智願令衆生悉得安樂願普稱讚一切如來所有功德我如是等往昔圓滿相應行門於不可說不可說佛剎極微塵數劫海說不可盡是故善男子我以如是積集助道法力增長諸善根力廣大極深信力修行諸功德力如實觀察一切法力成熟一切智慧眼力爲諸如來所加持力種種大願所引起力無邊大悲不可動力

悉能清淨妙智通力種種善友所攝受力由此等故得此究竟三世平等清淨法身及得無上清淨色身超諸世間而隨衆生種種心樂普爲現形入一切剎遍一切處普能隨順示現神通令諸衆生靡不欣樂善男子汝見我此圓滿廣大威德身不汝應微細思惟觀察善男子我此妙身無邊劫海之所成就無量百千億那由他劫難得出現難得覩見善男子若有衆生未種善根及少善根猶尚不得聞我名字況見我身善男子若有衆生得聞我名皆於阿耨多羅三藐三菩提得不退轉若見若念若迎若送若暫隨逐乃至夢中皆亦如是或有衆生一日一夜憶念於我隨順修行而得成熟或七日七夜半月一月半年一年百年千年一劫百劫乃至不可說不

可說佛刹極微塵數劫憶念於我而成熟者或一生或百生乃至不可說不可說佛刹極微塵數生憶念於我而成熟者或見我圓光或見放光或見色身或見神通震動佛刹或生恐怖或生歡喜皆得成熟善男子我以如是等佛刹極微塵數諸方便門令諸衆生於阿耨多羅三藐三菩提得不退轉復次善男子若有衆生見聞於我清淨刹者必得生我清淨刹中若有衆生見聞於我清淨身者必得生我清淨身中善男子汝應觀我此大威德清淨之身爾時善財童子微細觀察普賢之身見一一毛孔中有不可說不可說諸佛刹海一一刹海皆有諸佛出興於世遍滿其中大菩薩衆海會圍遶彼諸刹海種種建立種種形狀種種莊嚴種種大山周帀圍遶種種色雲彌覆其上種種佛出興種種演說法如是等事各各不同如一毛孔一切毛孔中一一相中一一好中一一支節中皆亦如是又見普賢菩薩於一一世界海中出一切佛刹極微塵數佛變化身雲周遍十方一切世界教化衆生令於阿耨多羅三藐三菩提而得成熟時善財童子隨順普賢善誘誨故入普賢身及毛孔內十方一切諸世界中教化衆生復次善財童子所見佛刹極微塵數諸善知識往詣親近承事供養積集增長一切善根智慧光明比此暫見普賢菩薩所得善根百分不及一千分不及一百千分不及一百千億分數分筭分喻分優波尼沙陀分亦不及一善財童子從初發心乃至得見普賢菩薩於其中間所入刹海相續不斷今於普

賢菩薩一毛孔中一念所入諸佛刹海相續不斷過前不可說不可說倍如一毛孔一切毛孔悉亦如是善財童子於普賢菩薩毛孔刹中行一步過不可說不可說佛刹極微塵數世界如是而行盡未來際劫猶不能知一毛孔中種種刹海相續種種刹海藏刹海差別刹海出生門刹海成刹海壞刹海莊嚴所有邊際亦不能知佛海出現相續佛海出現藏佛海差別佛海出生門佛海生佛海滅所有邊際亦不能知菩薩衆會道場海相續菩薩衆海藏菩薩衆海差別菩薩衆海出生門菩薩衆海集菩薩衆海散所有邊際亦不能知入衆生界亦知衆生根教化調伏諸衆生界覺悟成熟諸衆生智菩薩所住自在神通菩薩所入諸地諸道如是等海皆悉不知究竟邊際善財童子於普賢毛孔刹中或有刹中一日而行或有刹中一年而行乃至不可說不可說佛刹極微塵數劫如是而行不動不出念念周遍無邊刹海教化調伏一切衆生令向阿耨多羅三藐三菩提當是之時善財童子則次第得普賢菩薩諸行願海皆悉平等與普賢等與諸佛等一身充滿一切世界等諸行圓滿等正覺現前等神通大用等種種法輪等清淨辯才等出生言辭等種種音聲等諸力無畏等種種佛住等大慈大悲等如是乃至不可思議解脫自在悉皆同等爾時普賢菩薩摩訶薩觀察一切菩薩衆會及善財童子而說偈言

汝等應離諸疑垢　一心不亂而諦聽
我說如來滿諸度　一切解脫眞實道

出世調柔勝丈夫　其心清淨如虛空
常放智日大光明　普照世間除惑暗
如來難可得見聞　無量億劫今乃遇
如優曇華時一現　是故應聽佛功德
隨順世間諸所作　譬如幻士現衆業
但爲悅可衆生心　未曾一念生分別
爾時一切菩薩聞此說已一心渴仰發大誓願欲聞如來眞實義諦所有功德咸作是念普賢菩薩諸行已圓體性清淨如說能行如行而說一切如來共所稱讚作是念已深生渴仰爾時普賢菩薩圓滿種種功德智慧莊嚴身心猶如蓮華不著三界一切塵垢告諸菩薩言汝等皆當一心諦聽我今欲說佛功德海一滴之相即說偈言
佛智廣大同虛空　普遍一切衆生心
了世妄想皆非有　不起種種異分別
一念悉知三世法　亦了一切衆生根
譬如善巧大幻師　念念亦現無邊量
隨諸衆生心行異　往昔諸業願樂力
令其所見各不同　而佛寂然無動念
或有處處見佛坐　充滿十方諸世界
或有其心不清淨　無量劫中不見佛
或有信解心無我　一念發意見如來
或有諂誑不淨心　億劫專求莫能遇
或一切處聞佛音　其音美妙令心悅
或有百千萬億劫　心不淨故不得聞
或見清淨大菩薩　充滿三千大千界
皆已具足普賢行　如來於中儼然坐
或見此界妙無比　佛無量劫所嚴淨
毗盧遮那最勝尊　於中覺悟成菩提

或見蓮華勝妙刹　賢首如來住在中
無量菩薩衆圍繞　皆悉勤修普賢行
或有見佛無量壽　觀自在等共圍繞
悉已住於灌頂地　遍滿十方無量土
或有見此三千界　猶如妙喜具莊嚴
阿閦如來住在中　及如香象諸菩薩
或見月覺大名稱　金剛幢等菩薩俱
住如圓鏡妙莊嚴　普遍十方清淨刹
或見日藏世所尊　住普光明清淨土
與得灌頂諸菩薩　充滿十方而說法
或見金剛大焰佛　與智幢等菩薩俱
周行一切廣大刹　說法除滅衆生暗
一一毛端不可說　諸佛具相三十二
菩薩衆會共圍繞　種種說法度衆生
或見一一佛毛孔　具足莊嚴廣大刹
無量諸佛住其中　清淨佛子皆充滿
或見十方平等刹　而令在一極微中
無量菩薩悉充滿　不可說劫修諸行
或有見一毛端處　無量極微塵刹海
種種業起各差別　毗盧遮那轉法輪
或有世界不清淨　或清淨刹衆寶成
如來住壽無量時　乃至涅槃諸所現
普盡十方諸世界　種種示現不思議
隨諸衆生心智殊　靡不化度令清淨
如是無上大調御　充滿十方國土中
示現種種神通力　我說少分汝當聽
或見釋迦成佛道　已經不可思議劫
或見今始爲菩薩　十方利益諸羣生
或有見此釋師子　供養諸佛修行道
或見人中最勝尊　顯示種種神通事

或見布施或持戒　或忍或進或諸禪
般若方便願力智　隨衆生心皆示現
或見究竟波羅蜜　或見安住於諸地
總持三昧神通智　如是悉現盡無餘
或現修行無量劫　住於菩薩堪忍位
或見住於不退地　或現法水灌其頂
或現梵釋護世身　或現刹利婆羅門
種種色相所莊嚴　猶如幻師現衆像
或現兜率始降神　或見宮中受嬪御
或見棄捨諸榮樂　出離王宮行學道
或見始生或見滅　或示出家學異行
或見坐於菩提樹　摧伏魔軍成正覺
或有見佛始涅槃　或見起塔遍世間
或見塔中立影像　或隨衆生現身色
或見如來無量壽　與諸菩薩授尊記
而成眞實大導師　次補住於安樂刹
或見無量億千劫　作佛事已入涅槃
或見今始成菩提　或見正修諸妙行
或見如來清淨月　在於梵世及魔宮
自在天宮化樂宮　示現種種諸神變
或見在於兜率宮　無量諸天共圍繞
爲彼說法令歡喜　一切淨心供養佛
或見住在夜摩天　忉利護世龍神處
如是一切諸宮殿　莫不於中現其像
或於然燈世尊所　散華布髮爲供養
從是了知深妙法　恒以此道化羣生
或見久遠已涅槃　或見初始成菩提
或見住於無量劫　或見須臾即滅度
身相光明與壽命　智慧菩提及涅槃
衆會所化威儀聲　如是一一皆無量

或現其身極廣大　譬如須彌大寶山
或見跏趺不動搖　充滿無邊諸世界
或見圓光一尋量　或見千萬億由旬
或照無量國土中　或見充滿一切刹
或見佛壽八十年　或壽百千萬億歲
或住不可思議劫　如是展轉倍過是
佛智通達淨無礙　刹那普了三世法
皆從心識因緣現　生滅無常無自性
於一刹中成正覺　一切刹處悉亦然
一切入一一亦爾　隨衆生心而示現
如來安住無上道　成就十力四無畏
圓滿智慧無障礙　轉於十二行法輪
普知苦集及滅道　微細分別緣起法
法義樂說辭無礙　因此無畏廣宣揚
諸法無我無有相　業性不起亦不失
一切遠離如虛空　佛以方便能分別
如來如是轉法輪　普震十方諸國土
宮殿山河悉搖動　不使衆生有驚怖
如來普演廣大音　隨其根欲皆令解
悉使發心除惑垢　而佛未始生心念
或聞施戒忍精進　禪定般若方便智
或聞慈悲及喜捨　種種言詞差別聲
或聞四念四正勤　神足根力覺支道
諸念神通止觀等　無量方便諸法門
龍神八部人非人　梵釋護世諸天衆
佛以一音爲說法　隨其品類皆令解
或有貪欲瞋恚癡　忿覆慳嫉及驕諂
八萬四千煩惱異　令其聞說對治門
若白淨法未修治　令其聞說十學處
已能布施調伏者　令聞寂滅涅槃音

若人志劣無慈愍 厭惡生死自求離
令其聞說三脫門 使得出苦涅槃樂
若有自性少諸欲 厭背三有求寂靜
令其聞說諸緣起 依獨覺乘而出離
若有清淨廣大心 圓滿施戒諸功德
親近如來具慈愍 令其聞說大乘音
或有國土聞一乘 或二或三或四五
如是乃至無有量 悉是如來方便力
涅槃寂靜無差別 智行勝劣有殊異
譬如虛空體性一 鳥飛遠近各不同
佛體音聲亦如是 普遍一切虛空界
隨諸衆生心智殊 所聞所見各差別
佛以過去修諸行 能隨所樂演妙音
無心繫念此與彼 我爲誰說誰不說
如來面門放大光 具足八萬四千數
所說法門亦如是 普照於世除煩惱
圓滿清淨功德智 而常隨順三世間
猶如虛空無染著 爲衆生故而顯示
示有生老病死苦 亦示住壽處於世
雖順世間如是現 體性清淨如虛空
一切國土無有邊 衆生根樂亦無量
如來智眼皆明見 隨所應化示佛道
究竟十方虛空界 所有人天大衆中
隨其形相各不同 佛現其身亦如是
若在沙門大衆會 剃除鬚髮服袈裟
執持衣鉢護諸根 令其歡喜息煩惱
若時親近婆羅門 則爲示現羸瘦身
執杖持瓶恒潔淨 具足智慧巧談說
吐故納新自充飽 吸風飲露無異食
或坐或立不動搖 現諸苦行摧異道

或持彼戒爲世師　善達醫方等諸論
書數天文地衆相　及身休咎無不了
深入諸禪及解脫　三昧神通智慧行
言談諷詠共嬉戲　方便皆令住佛道
或現上服以嚴淨　首戴華冠蔭高蓋
四兵前後共圍繞　誓衆宣威伏小王
或爲聽訟斷獄官　懲惡勸善多方便
所有與奪皆明審　令其欣敬盡欽承
或作輔弼諸大臣　善用諸王治正法
十方利益皆周遍　了達世間無有餘
或爲粟散諸小王　或作飛行轉輪帝
令諸王子婇女衆　悉皆受化奉修行
或作護世四天王　或作夜叉龍等主
各爲其衆而說法　一切皆令大欣慶
或作忉利大天王　住善法堂歡喜園

首戴華冠說妙法　諸天覲仰無能測
或住夜摩兜率天　化樂自在魔王所
居處摩尼寶宮殿　說真實行令調伏
或至梵天衆會中　說四無量諸禪道
普令歡喜便捨去　而莫知其往來相
或至阿迦尼吒天　爲說覺分諸寶華
及餘無量聖功德　然後捨去無知者
如來無礙智所見　其中一切諸衆生
悉以無邊方便門　種種教化令成熟
譬如幻師善幻術　現作種種諸幻事
佛化衆生亦如是　爲其示現種種身
如淨月輪在虛空　令世衆生見盈缺
一切河池現影像　所有星宿奪光色
如來智月出世間　亦以方便示增減
菩薩心水現影像　二乘星宿無光色

譬如大海寶充滿　清淨無濁無有邊
四洲所有諸衆生　一切於中現其像
佛身功德海亦爾　無垢無濁量無邊
乃至法界諸衆生　靡不於中現其像
譬如淨日放千光　不動本處遍十方
佛日光明亦如是　無去無來除世暗
譬如龍王降大雨　不從身出及心出
而能霑洽悉周遍　滌除炎熱使清涼
如來法雨亦復然　不從於佛身心出
而能開悟諸含識　盡能滅除三毒火
如來清淨妙法身　一切三界無倫匹
超出世間言語道　本性非有亦非無
雖無所依無不依　如是無來亦無去
如空如日亦如夢　當於佛體如是觀
三界有無一切法　不能與佛爲譬喻
譬如山林鳥獸等　無有依空而住者
大海摩尼無量色　佛身差別亦復然
如來非色非非色　隨應而現無所住
虛空眞如及實際　涅槃法性寂滅等
唯有如是眞實法　可以顯示於如來
刹塵心念可數知　大海中水可飲盡
虛空可量風可繫　無人能說佛功德
若有聞斯功德海　能生歡喜信樂心
如所稱揚悉當得　愼勿於此生疑念

大方廣佛華嚴經卷第三十九

音釋

悋　良刃切靳惜也　嬪　毗賓切妃嬪也　慳嫉　慳丘閑切悋嫉音疾害也

驕諂　驕舉堯切傲也自矜也諂丑琰切佞言也

大方廣佛華嚴經普賢行願品序

唐太原府大崇福寺清涼國師澄觀奉詔述

大哉眞界萬法資始包空有而絶相入言象而無迹妙有得之而不有眞空得之而不空生滅得之而眞常緣起得之而交映我佛得之妙踐眞覺廓淨塵習寂寥於萬化之域動用於一虛之中融身剎以相含流聲光以遐燭我皇得之靈鑒虛極保合大和聖文掩於百王淳風吹於萬國敷玄化以覺夢垂天眞以性情是知不有太虛曷展無涯之照不有眞界豈淨等空之心大方廣佛華嚴經者即窮斯旨趣盡其源流故恢廓宏遠包納沖邃不可得而思議矣指其源也情塵有經智海無外妄惑非取重玄不空四句之火莫焚萬法之門皆入冥二際而不一動千變而非多事理交徹而兩亡以性融相而無盡若秦鏡之互照猶帝珠之相含重重交光歷歷齊現故得圓至功於頃刻見佛境於塵毛諸佛心內衆生新新作佛衆生心中諸佛念念證眞一字法門海墨書而不盡一毫之善空界盡而無窮語其定也冥一如之無心即萬動而恒寂海湛眞智光含性空星羅法身影落心水圓音非扣而長演果海離念而心傳萬行亡照而齊修漸頓無得而雙入雖四心被廣八難頓超而一極唱高二乘絶聽當其器也百城詢友一道棲神明正爲南方盡南矣益我爲友人皆友焉遇三毒而三德圓入一塵而一心淨千化不變其慮萬境順通于心契文殊之妙智宛是初心入普賢之玄門曾無別體失其旨也徒修因於曠劫得其門也等

諸佛於一朝杳矣妙矣廣矣大矣實乃罄諸佛之靈府拔玄根之幽致昇慧日以廓妄扇慈風以長春包性相之洪流掩群經之光彩豈唯明逾朝徹靜越坐忘而已耶然玄籍百千幽關半掩我皇御宇德合乾坤光宅萬方重譯來貢東風入律西天輸越海之誠南印御書北闕獻朝宗之敬特迴明詔再譯眞經光闡大猷增輝新理澄觀顧多天幸欽矚盛明奉詔譯場承旨幽賛抃躍競惕三復竭愚露滴天池喜合百川之味塵培華嶽無增萬仞之高大方廣所證法也佛華嚴能證人也極虛空之可度體無邊涯大也竭滄溟之可飲法門無盡方也碎塵剎而可數用無能測廣也離覺所覺朗萬法之幽邃佛也芬敷萬行榮耀衆德華也圓茲行德飾彼十身嚴也貫攝玄妙以成眞光之彩經也總斯七字爲一部之宏綱則無盡法門思過半矣

大方廣佛華嚴經卷第四十

唐罽賓國三藏般若奉詔譯

入不思議解脱境界普賢行願品

爾時普賢菩薩摩訶薩稱歎如來勝功德已告諸菩薩及善財言善男子如來功德假使十方一切諸佛經不可說不可說佛刹極微塵數劫相續演說不可窮盡若欲成就此功德門應修十種廣大行願何等爲十一者禮敬諸佛二者稱讚如來三者廣修供養四者懺悔業障五者隨喜功德六者請轉法輪七者請佛住世八者常隨佛學九者恒順衆生十者普皆迴向善財白言大聖云何禮敬乃至迴向普賢菩薩告善財言善男子言禮敬諸佛者所有盡法界虛空界十方三世一切佛刹極微塵數諸佛世尊我以普賢行願力故深心信解如對目前悉以清淨身語意業常修禮敬一一佛所皆現不可說不可說佛刹極微塵數身一一身遍禮不可說不可說佛刹極微塵數佛虛空界盡我禮乃盡以虛空界不可盡故我此禮敬無有窮盡如是乃至衆生界盡衆生業盡衆生煩惱盡我禮乃盡而衆生界乃至煩惱無有盡故我此禮敬無有窮盡念念相續無有間斷身語意業無有疲厭復次善男子言稱讚如來者所有盡法界虛空界十方三世一切刹土所有極微一一塵中皆有一切世間極微塵數佛一一佛所皆有菩薩海會圍遶我當悉以甚深勝解現前知見各以出過辯才天女微妙舌根一一舌根出無盡音聲海一一音聲出一切言辭海稱揚讚歎一切如來諸功德海窮未

來際相續不斷盡於法界無不周遍如是虛
空界盡衆生界盡衆生業盡衆生煩惱盡我
讚乃盡而虛空界乃至煩惱無有盡故我此
讚歎無有窮盡念念相續無有間斷身語意
業無有疲厭復次善男子言廣修供養者所
有盡法界虛空界十方三世一切佛刹極微
塵中一一各有一切世界極微塵數佛一一
佛所種種菩薩海會圍遶我以普賢行願力
故起深信解現前知見悉以上妙諸供養具
而爲供養所謂華雲鬘雲天音樂雲天傘蓋
雲天衣服雲天種種香塗香燒香末香如是
等雲一一量如須彌山王然種種燈酥燈油
燈諸香油燈一一燈炷如須彌山一一燈油
如大海水以如是等諸供養具常爲供養善
男子諸供養中法供養最所謂如說修行供
養利益衆生供養攝受衆生供養代衆生苦
供養勤修善根供養不捨菩薩業供養不離
菩提心供養善男子如前供養無量功德比
法供養一念功德百分不及一千分不及一
百千俱胝那由他分迦羅分筭分數分喻分
優波尼沙陀分亦不及一何以故以諸如來
尊重法故以如說行出生諸佛故若諸菩薩
行法供養則得成就供養如來如是修行是
眞供養故此廣大最勝供養虛空界盡衆生
界盡衆生業盡衆生煩惱盡我供乃盡而虛
空界乃至煩惱不可盡故我此供養亦無有
盡念念相續無有間斷身語意業無有疲厭
復次善男子言懺悔業障者菩薩自念我於
過去無始劫中由貪瞋癡發身口意作諸惡
業無量無邊若此惡業有體相者盡虛空界

不能容受我今悉以清淨三業遍於法界極微塵剎一切諸佛菩薩衆前誠心懺悔後不復造恒住淨戒一切功德如是虚空界盡衆生界盡衆生業盡衆生煩惱盡我懺乃盡而虚空界乃至衆生煩惱不可盡故我此懺悔無有窮盡念念相續無有間斷身語意業無有疲厭復次善男子言隨喜功德者所有盡法界虚空界十方三世一切佛剎極微塵數諸佛如來從初發心爲一切智勤修福聚不惜身命經不可說不可說佛剎極微塵數劫一一劫中捨不可說不可說佛剎極微塵數頭目手足如是一切難行苦行圓滿種種波羅蜜門證入種種菩薩智地成就諸佛無上菩提及般涅槃分布舍利所有善根我皆隨喜及彼十方一切世界六趣四生一切種類所有功德乃至一塵我皆隨喜十方三世一切聲聞及辟支佛有學無學所有功德我皆隨喜一切菩薩所修無量難行苦行志求無上正等菩提廣大功德我皆隨喜如是虚空界盡衆生界盡衆生業盡衆生煩惱盡我此隨喜無有窮盡念念相續無有間斷身語意業無有疲厭復次善男子言請轉法輪者所有盡法界虚空界十方三世一切佛剎極微塵中一一各有不可說不可說佛剎極微塵數廣大佛剎一一剎中念念有不可說不可說佛剎極微塵數一切諸佛成等正覺一切菩薩海會圍遶而我悉以身口意業種種方便殷勤勸請轉妙法輪如是虚空界盡衆生界盡衆生業盡衆生煩惱盡我常勸請一切諸佛轉正法輪無有窮盡念念相續無有間

斷身語意業無有疲厭復次善男子言請佛住世者所有盡法界虛空界十方三世一切佛剎極微塵數諸佛如來將欲示現般涅槃者及諸菩薩聲聞緣覺有學無學乃至一切諸善知識我悉勸請莫入涅槃經於一切佛剎極微塵數劫為欲利樂一切衆生如是虛空界盡衆生界盡衆生業盡衆生煩惱盡我此勸請無有窮盡念念相續無有間斷身語意業無有疲厭復次善男子言常隨佛學者如此娑婆世界毗盧遮那如來從初發心精進不退以不可說不可說身命而為布施剝皮為紙析骨為筆刺血為墨書寫經典積如須彌為重法故不惜身命何況王位城邑聚落宮殿園林一切所有及餘種種難行苦行乃至樹下成大菩提示種種神通起種種變化現種種佛身處種種衆會或處一切諸大菩薩衆會道場或處聲聞及辟支佛衆會道場或處轉輪聖王小王眷屬衆會道場或處剎利及婆羅門長者居士衆會道場乃至或處天龍八部人非人等衆會道場處於如是種種衆會以圓滿音如大雷震隨其樂欲成熟衆生乃至示現入於涅槃如是一切我皆隨學如今世尊毗盧遮那如是盡法界虛空界十方三世一切佛剎所有塵中一切如來皆亦如是於念念中我皆隨學如是虛空界盡衆生界盡衆生業盡衆生煩惱盡我此隨學無有窮盡念念相續無有間斷身語意業無有疲厭復次善男子言恒順衆生者謂盡法界虛空界十方剎海所有衆生種種差別所謂卵生胎生濕生化生或有依於地水火

風而生住者或有依空及諸卉木而生住者種種生類種種色身種種形狀種種相貌種種壽量種種族類種種名號種種心性種種知見種種欲樂種種意行種種威儀種種衣服種種飲食處於種種村營聚落城邑宮殿乃至一切天龍八部人非人等無足二足四足多足有色無色有想無想非有想非無想如是等類我皆於彼隨順而轉種種承事種種供養如敬父母如奉師長及阿羅漢乃至如來等無有異於諸病苦爲作良醫於失道者示其正路於闇夜中爲作光明於貧窮者令得伏藏菩薩如是平等饒益一切衆生何以故菩薩若能隨順衆生則爲隨順供養諸佛若於衆生尊重承事則爲尊重承事如來若令衆生生歡喜者則令一切如來歡喜何以故諸佛如來以大悲心而爲體故因於衆生而起大悲因於大悲生菩提心因菩提心成等正覺譬如曠野沙磧之中有大樹王若根得水枝葉華果悉皆繁茂生死曠野菩提樹王亦復如是一切衆生而爲樹根諸佛菩薩而爲華果以大悲水饒益衆生則能成就諸佛菩薩智慧華果何以故若諸菩薩以大悲水饒益衆生則能成就阿耨多羅三藐三菩提故是故菩提屬於衆生若無衆生一切菩薩終不能成無上正覺善男子汝於此義應如是解以於衆生心平等故則能成就圓滿大悲以大悲心隨衆生故則能成就供養如來菩薩如是隨順衆生虛空界盡衆生界盡衆生業盡衆生煩惱盡我此隨順無有窮盡念念相續無有間斷身語意業無有疲厭

復次善男子言普皆迴向者從初禮拜乃至隨順所有功德皆悉迴向盡法界虚空界一切衆生願令衆生常得安樂無諸病苦欲行惡法皆悉不成所修善業皆速成就關閉一切諸惡趣門開示人天涅槃正路若諸衆生因其積集諸惡業故所感一切極重苦果我皆代受令彼衆生悉得解脱究竟成就無上菩提菩薩如是所修迴向虚空界盡衆生界盡衆生業盡衆生煩惱盡我此迴向無有窮盡念念相續無有間斷身語意業無有疲猒

善男子是爲菩薩摩訶薩十種大願具足圓滿若諸菩薩於此大願隨順趣入則能成熟一切衆生則能隨順阿耨多羅三藐三菩提則能成滿普賢菩薩諸行願海是故善男子汝於此義應如是知若有善男子善女人以滿十方無量無邊不可説不可説佛剎極微塵數一切世界上妙七寶及諸人天最勝安樂布施爾所一切世界所有衆生供養爾所一切世界諸佛菩薩經爾所佛剎極微塵數劫相續不斷所得功德若復有人聞此願王一經於耳所有功德比前功德百分不及一千分不及一乃至優波尼沙陀分亦不及一或復有人以深信心於此大願受持讀誦乃至書寫一四句偈速能除滅五無間業所有世間身心等病種種苦惱乃至佛剎極微塵數一切惡業皆得銷除一切魔軍夜叉羅剎若鳩槃茶若毗舍闍若部多等飲血啗肉諸惡鬼神皆悉遠離或時發心親近守護是故若人誦此願者行於世間無有障礙如空中月出於雲翳諸佛菩薩之所稱讚一切人天

皆應禮敬一切衆生悉應供養此善男子善得人身圓滿普賢所有功德不久當如普賢菩薩速得成就微妙色身具三十二大丈夫相若生人天所在之處常居勝族悉能破壞一切惡趣悉能遠離一切惡友悉能制伏一切外道悉能解脫一切煩惱如師子王摧伏群獸堪受一切衆生供養又復是人臨命終時最後剎那一切諸根悉皆散壞一切親屬悉皆捨離一切威勢悉皆退失輔相大臣宮城內外象馬車乘珍寶伏藏如是一切無復相隨唯此願王不相捨離於一切時引導其前一剎那中即得往生極樂世界到已即見阿彌陀佛文殊師利菩薩普賢菩薩觀自在菩薩彌勒菩薩等此諸菩薩色相端嚴功德具足所共圍遶其人自見生蓮華中蒙佛授記得授記已經於無數百千萬億那由他劫普於十方不可說不可說世界以智慧力隨衆生心而爲利益不久當坐菩提道場降伏魔軍成等正覺轉妙法輪能令佛剎極微塵數世界衆生發菩提心隨其根性教化成熟乃至盡於未來劫海廣能利益一切衆生善男子彼諸衆生若聞若信此大願王受持讀誦廣爲人說所有功德除佛世尊餘無知者是故汝等聞此願王莫生疑念應當諦受受已能讀讀已能誦誦已能持乃至書寫廣爲人說是諸人等於一念中所有行願皆得成就所獲福聚無量無邊能於煩惱大苦海中拔濟衆生令其出離皆得往生阿彌陀佛極樂世界爾時普賢菩薩摩訶薩欲重宣此義普觀十方而說偈言

所有十方世界中　三世一切人師子
我以清淨身語意　一切遍禮盡無餘
普賢行願威神力　普現一切如來前
一身復現剎塵身　一一遍禮剎塵佛
於一塵中塵數佛　各處菩薩衆會中
無盡法界塵亦然　深信諸佛皆充滿
各以一切音聲海　普出無盡妙言辭
盡於未來一切劫　讚佛甚深功德海
以諸最勝妙華鬘　伎樂塗香及傘蓋
如是最勝莊嚴具　我以供養諸如來
最勝衣服最勝香　末香燒香與燈燭
一一皆如妙高聚　我悉供養諸如來
我以廣大勝解心　深信一切三世佛
悉以普賢行願力　普遍供養諸如來
我昔所造諸惡業　皆由無始貪瞋癡
從身語意之所生　一切我今皆懺悔
十方一切諸衆生　二乘有學及無學
一切如來與菩薩　所有功德皆隨喜
十方所有世間燈　最初成就菩提者
我今一切皆勸請　轉於無上妙法輪
諸佛若欲示涅槃　我悉至誠而勸請
唯願久住剎塵劫　利樂一切諸衆生
所有禮讚供養佛　請佛住世轉法輪
隨喜懺悔諸善根　迴向衆生及佛道
我隨一切如來學　修習普賢圓滿行
供養過去諸如來　及與現在十方佛
未來一切天人師　一切意樂皆圓滿
我願普隨三世學　速得成就大菩提
所有十方一切剎　廣大清淨妙莊嚴
衆會圍遶諸如來　悉在菩提樹王下

十方所有諸衆生　願離憂患常安樂
獲得甚深正法利　滅除煩惱盡無餘
我爲菩提修行時　一切趣中成宿命
常得出家修淨戒　無垢無破無穿漏
天龍夜叉鳩槃茶　乃至人與非人等
所有一切衆生語　悉以諸音而說法
勤修清淨波羅蜜　恒不忘失菩提心
滅除障垢無有餘　一切妙行皆成就
於諸惑業及魔境　世間道中得解脫
猶如蓮華不著水　亦如日月不住空
悉除一切惡道苦　等與一切羣生樂
如是經於刹塵劫　十方利益恒無盡
我常隨順諸衆生　盡於未來一切劫
恒修普賢廣大行　圓滿無上大菩提
所有與我同行者　於一切處同集會
身口意業皆同等　一切行願同修學
所有益我善知識　爲我顯示普賢行
常願與我同集會　於我常生歡喜心
願常面見諸如來　及諸佛子衆圍遶
於彼皆興廣大供　盡未來劫無疲厭
願持諸佛微妙法　光顯一切菩提行
究竟清淨普賢道　盡未來劫常修習
我於一切諸有中　所修福智恒無盡
定慧方便及解脫　獲諸無盡功德藏
一塵中有塵數刹　一一刹有難思佛
一一佛處衆會中　我見恒演菩提行
普盡十方諸刹海　一一毛端三世海
佛海及與國土海　我遍修行經劫海
一切如來語清淨　一言具衆音聲海
隨諸衆生意樂音　一一流佛辯才海

三世一切諸如來　於彼無盡語言海
恒轉理趣妙法輪　我深智力普能入
我能深入於未來　盡一切劫爲一念
三世所有一切劫　爲一念際我皆入
我於一念見三世　所有一切人師子
亦常入佛境界中　如幻解脫及威力
於一毛端極微中　出現三世莊嚴剎
十方塵剎諸毛端　我皆深入而嚴淨
所有未來照世燈　成道轉法悟群有
究竟佛事示涅槃　我皆往詣而親近
速疾周遍神通力　普門遍入大乘力
智行普修功德力　威神普覆大慈力
遍淨莊嚴勝福力　無著無依智慧力
定慧方便威神力　普能積集菩提力
清淨一切善業力　摧滅一切煩惱力
降伏一切諸魔力　圓滿普賢諸行力
普能嚴淨諸剎海　解脫一切眾生海
善能分別諸法海　能甚深入智慧海
普能清淨諸行海　圓滿一切諸願海
親近供養諸佛海　修行無倦經劫海
三世一切諸如來　最勝菩提諸行願
我皆供養圓滿修　以普賢行悟菩提
一切如來有長子　彼名號曰普賢尊
我今迴向諸善根　願諸智行悉同彼
願身口意恒清淨　諸行剎土亦復然
如是智慧號普賢　願我與彼皆同等
我爲遍淨普賢行　文殊師利諸大願
滿彼事業盡無餘　未來際劫恒無倦
我所修行無有量　獲得無量諸功德
安住無量諸行中　了達一切神通力

文殊師利勇猛智　普賢慧行亦復然
我今迴向諸善根　隨彼一切常修學
三世諸佛所稱歎　如是最勝諸大願
我今迴向諸善根　爲得普賢殊勝行
願我臨欲命終時　盡除一切諸障礙
面見彼佛阿彌陀　即得往生安樂刹
我既往生彼國已　現前成就此大願
一切圓滿盡無餘　利樂一切衆生界
彼佛衆會咸清淨　我時於勝蓮華生
親覩如來無量光　現前授我菩提記
蒙彼如來授記已　化身無數百俱胝
智力廣大遍十方　普利一切衆生界
乃至虚空世界盡　衆生及業煩惱盡
如是一切無盡時　我願究竟恒無盡
十方所有無邊刹　莊嚴衆寶供如來
最勝安樂施天人　經一切刹微塵劫
若人於此勝願王　一經於耳能生信
求勝菩提心渴仰　獲勝功德過於彼
即常遠離惡知識　永離一切諸惡道
速見如來無量光　具此普賢最勝願
此人善得勝壽命　此人善來人中生
此人不久當成就　如彼普賢菩薩行
往昔由無智慧力　所造極惡五無間
誦此普賢大願王　一念速疾皆消滅
族姓種類及容色　相好智慧咸圓滿
諸魔外道不能摧　堪爲三界所應供
速詣菩提大樹王　坐已降伏諸魔衆
成等正覺轉法輪　普利一切諸含識
若人於此普賢願　讀誦受持及演說
果報唯佛能證知　決定獲勝菩提道

若人誦此普賢願　我說少分之善根
一念一切悉皆圓　成就衆生清淨願
我此普賢殊勝行　無邊勝福皆迴向
普願沉溺諸衆生　速往無量光佛刹

爾時普賢菩薩摩訶薩於如來前說此普賢廣大願王清淨偈已善財童子踊躍無量一切菩薩皆大歡喜如來讚言善哉善哉爾時世尊與諸聖者菩薩摩訶薩演說如是不可思議解脫境界勝法門時文殊師利菩薩而爲上首諸大菩薩及所成熟六千比丘彌勒菩薩而爲上首賢劫一切諸大菩薩無垢普賢菩薩而爲上首一生補處住灌頂位諸大菩薩及餘十方種種世界普來集會一切刹海極微塵數諸菩薩摩訶薩衆大智舍利弗摩訶目揵連等而爲上首諸大聲聞并諸人天一切世主天龍夜叉乾闥婆阿脩羅迦樓羅緊那羅摩睺羅伽人非人等一切大衆聞佛所說皆大歡喜信受奉行

大方廣佛華嚴經卷第四十

南天竺烏茶國深信最勝善逝法者修行最勝大乘行者吉祥自在作清淨師子王上獻摩訶支那大唐國大吉祥天子大自在師子中大王手自書寫大方廣佛華嚴經百千偈中所說善財童子親近承事佛刹極微塵數善知識行中五十五聖者善知識入不思議解脫境界普賢行願品謹奉進上伏願大國聖王福聚高大超須彌山智慧深廣過四大海十方國土通爲一家及書此經功德願集彼無量福聚等虛空界一切世界海無盡衆

生界一切皆如善財童子得佛正見具足智
慧見不可思議眞善知識咸生歡喜得佛廣
大普光明照離諸貪著成就無垢普賢菩薩
最勝行願伏願書此大乘經典進奉功德慈
氏如來成佛之時龍華會上早得奉覲大聖
天王獲宿命智瞻見便識同受佛記盡虛空
遍法界廣度未來一切衆生速得成佛
貞元十一年十一月十八日進奉梵夾十二年六月五日奉
詔於長安崇福寺譯十四年二月二十四日譯畢進上
罽賓國三藏賜紫沙門般若宣梵文
東都天宮寺沙門廣濟譯語
西明寺賜紫沙門圓照筆受
保壽寺沙門智柔迴綴
保壽寺沙門智通迴綴
成都府正覺寺沙門道弘潤文
章敬寺沙門鑒虛潤文
大覺寺沙門道章校勘證義
千福寺沙門大通證禪義
太原府崇福寺沙門澄觀詳定
千福寺沙門虛遼詳定
專知官右神策軍散兵馬使衙前馬軍正將兼押衙特進行鄧
州司法參軍南珎貢
右神策軍護軍中尉兼右街功德使元從興元元從雲麾將軍右監門
衛大將軍知內侍省事上柱國交城縣開國男食邑三百戶臣霍仙鳴
左神策軍護軍中尉兼左街功德使元從興元元從驃騎大將軍行左監門
衛大將軍知內侍省事上柱國邠國公食邑三千戶臣竇文場等進

音釋

矚之欲切視也覩也　抃皮變切拊手也　兢惕兢居陵切兢懼也惕他歷切怵惕也　啗徒濫切食也

信力入印法門經

元魏三藏曇摩流支譯

清刻龍藏佛說法變相圖

信力入印法門經卷第一

元魏三藏曇摩流支譯

歸命一切諸佛

如是我聞一時婆伽婆住如來住持境界之處去寂滅道場不遠普光法殿大福德善根所成之處平等普遍無可嫌處具足無量功德之處金剛堅固所成之處不可壞地安固之處一切摩尼寶珠衆華莊嚴之處無諸垢穢光明赫弈摩尼寶珠莊嚴之處無量光明寬博廣大摩尼寶海示現之處不可窮盡摩尼寶雨如意寶網所生之處衆華迴轉摩尼樹枝莊嚴之處一切華香摩尼寶網間錯之處悉能示現一切衆生諸佛住持奮迅之處諸世界中最妙之處出生一切無垢摩尼力能示現遍諸世界莊嚴之處莊嚴寂滅道場

大毗瑠璃摩尼寶性出生增長積聚之處如意寶王欄楯之處能以如意眞珠寶網莊嚴之處建立寶幢旛蓋之處種種寶鈴間錯莊嚴以憂荼伽堅固栴檀塗地之處自在如意寶王羅網覆蓋之處大海住持清淨莊嚴普光摩尼寶王樹網堅縛之處置師子髦摩尼寶王妙案之處師子座幢摩尼寶王樓閣窻牖莊嚴之處建立種種寶幢旛蓋莊嚴之處曼陀羅華摩訶曼陀羅華曼殊沙華摩訶曼殊沙華盧遮華摩訶盧遮華斫迦羅華摩訶斫迦羅華須摩那華婆師迦華多羅尼華婆羅華衢多羅尼華極妙香華陀師迦離迦華天須摩那華優鉢羅華波頭摩華拘物頭華芬陀利華諸天天人妙華之處無障無礙諸華莊嚴師子座處如是處住婆伽婆善清淨智慧得成究竟無二之行得至諸法無相彼岸依於諸佛所行而行得一切佛平等之處得至無障無礙之處得不退轉法輪之處得無能伏境界之處得不思議差別之處得於三世平等之處得諸世間去來無障無礙之處得一切法無疑智處得一切行畢竟智處得於一切諸如來智無疑之處得無分別法身之處得佛境界彼岸之處得無差別諸佛如來究竟解脫無礙之處得至平等無邊無中佛地之處得至諸佛廣大如法界究竟如虛空無有邊際自然智業一切諸佛如來所作不休息處得未來際盡一切劫能轉不退法輪之處復能示現無障礙智莊嚴之藏得一切種一切智智無有差別依止之處於一時中十方世界兜率天退初生出家行於苦

行往詣道場降伏魔怨證大菩提轉於法輪示大涅槃住持佛法及以滅法善能示現與十佛土不可說億那由他百千萬微塵數諸菩薩摩訶薩俱彼諸菩薩摩訶薩等一切皆得首楞嚴定奮迅三昧悉得成就無量法行起陀羅尼門無佛世界善能示現無量諸佛能悉清淨諸染世界有不可數阿僧祇天龍夜叉乾闥婆阿脩羅迦樓羅緊那羅摩睺羅伽釋提桓因大梵天王護世四王人非人等爾時文殊師利法王子菩薩摩訶薩從座而起更整衣服右膝著地向佛合掌而白佛言世尊惟願世尊爲諸菩薩摩訶薩說能清淨初地之法得大無畏安隱之處爾時佛告文殊師利法王子菩薩摩訶薩言文殊師利菩薩摩訶薩有五種法則能清淨初歡喜地得大無畏安隱之處何等爲五一謂菩薩生如是心我已得住一味心故生安隱心爲令他住一味心故起安慰心有言一味心者所謂正心言正心者所謂異異勝善根信無差別故二謂菩薩生如是心我已得住增上心故生安隱心爲令他住增上心故起安慰心有言增上心者所謂直心言直心者所謂諸佛如來大行畢竟能取勝進之處觀諸法故三謂菩薩生如是心我已得住恭敬心故生安隱心爲令他住恭敬心故起安慰心有言恭敬心者所謂正信言正信者謂信般若根本業故四謂菩薩生如是心我已得住歡喜心故生安隱心爲令他住歡喜心故起安慰心有言歡喜心者所謂身心畢竟寂靜故五謂菩薩生如是心我已得住魔業佛業無差別

智故生安隱心爲令他住魔業佛業無差別智起安慰心有言魔業者所謂能起一切顚倒諸邪見故從諸邪見起魔業故此諸魔業與佛地業無有差別何以故不異魔業有佛地業以魔業體即佛地業體無差別故文殊師利是名五法諸菩薩摩訶薩得此五法故能清淨初歡喜地得大無畏安隱之處復次文殊師利菩薩摩訶薩有五種法則能清淨初歡喜地得大無畏安隱之處何等爲五一謂菩薩生如是心我已得住邪見無差別空智故生安隱心爲令他住邪見無差別空智故起安慰心有言邪見無差別空智者所謂邪見體即空智體謂邪見作即空智作何以故以空智作不異邪見作邪見作不異空智作以空智體不異邪見體邪見體不異空智體即邪見體邪見作空故依彼邪見體邪見作空智一切法空不取不捨差別故二謂菩薩生如是心我已得住差別無差別無差別智故生安隱心爲令他住差別無差別無差別智故起安慰心有言差別無差別無差別智者所謂差別體即無差別體何以故無差別體不異差別體差別體不異無差別體即差別體無差別故依彼差別體無差別智一切法無差別故三謂菩薩生如是心我已得住增上無差別無增上智故生安隱心爲令他住增上無差別無增上智故起安慰心有言增上無差別無增上智者所謂增上體即無增上體何以故無增上體不異增上體增上體不異無增上體即增上體無增上故依彼增上體無增上智一切法無增上故四謂

菩薩生如是心我已得住顛倒無差别不顛倒智故生安隱心爲令他住顛倒無差别不顛倒智故起安慰心有言顛倒無差别不顛倒智者所謂顛倒體即不顛倒體何以故不顛倒體不異顛倒體顛倒體不異不顛倒體即顛倒體不顛倒故依彼顛倒體不顛倒智一切法不顛倒故五謂菩薩生如是心我已得住取捨無差别不取不捨智故生安隱心爲令他住取捨無差别不取不捨故起安慰心有言取捨無差别不取不捨智者所謂取捨體即不取不捨體何以故不取不捨體不異取捨體取捨體不異不取不捨體即取捨體不取不捨故依彼取捨體不取不捨智一切法不取不捨故文殊師利是名五法諸菩薩摩訶薩得此五法故能清淨初歡喜地得

大無畏安隱之處復次文殊師利菩薩摩訶薩有五種法則能清淨初歡喜地得大無畏安隱之處何等爲五一謂菩薩生如是心我已得住有爲無差别無爲智故生安隱心爲令他住有爲無差别無爲智故起安慰心有言有爲無差别無爲智者所謂有爲體即是無爲體何以故以無爲體不異有爲體有爲體不異無爲體即有爲體是無爲故依彼有爲體無爲智一切法無爲以事無差别故二謂菩薩生如是心我已得住事無差别無事智故生安隱心爲令他住事無差别無事智故起安慰心有言事無差别無事智者所謂事體即無事體何以故以無事體不異事體事體不異無事體故以即事體是無事故依彼事體無事智一切法無事故三謂菩薩生

如是心我已得住依止無差別無依止智故生安隱心爲令他住依止無差別無依止智故起安慰心有言依止無差別無依止智者所謂依止體即無依止體何以故無依止體不異依止體依止體不異無依止體即依止體無依止故依彼依止體無依止智一切法無依止故四謂菩薩生如是心我已得住觀無差別無觀智故生安隱心爲令他住觀無差別無觀智故起安慰心有言觀無差別無觀智者所謂觀體即無觀體何以故以無觀體不異觀體觀體不異無觀體故以即觀體是無觀故依彼觀體無觀智一切法無觀故五謂菩薩生如是心我已得住對治無差別無對治智故生安隱心爲令他住對治無差別無對治智故起安慰心有言對治無差別無對治智者所謂對治體即無對治體何以故以無對治體不異對治體對治體不異無對治體即對治體無對治故依彼對治體無對治智一切法無對治故文殊師利是名五法諸菩薩摩訶薩得此五法故能清淨初歡喜地得大無畏安隱之處復次文殊師利菩薩摩訶薩有五種法則能清淨初歡喜地得大無畏安隱之處何等爲五一謂菩薩生如是心我已得住相無差別無相智故生安隱心爲令他住相無差別無相智故起安慰心有言相無差別無相智者所謂相體即無相體何以故以無相體不異相體相體不異無相體故以即相體是無相故依彼相體無相智一切法無相故二謂菩薩生如是心我已得住實無差別不實智故生安隱心爲令他

住實無差別不實智故起安慰心有言實無差別不實智者所謂實體即不實體何以故以不實體不異實體實體不異不實體故以即實體是不實故依彼實體不實智一切法不實故三謂菩薩生如是心我已得住二無差別不二智故生安隱心爲令他住二無差別不二智故起安慰心有言二無差別不二智者所謂二體即不二體何以故以不二體不異二體二體不異不二體故以即二體是不二故依彼二體不二智一切法不二故四謂菩薩生如是心我已得住色無差別無色智故生安隱心爲令他住色無差別無色智故起安慰心有言色無差別無色智者所謂色體即無色體何以故以無色體不異色體色體不異無色體故以即色體是無色故依彼色體無色智一切法無色故五謂菩薩生如是心我已得住世間無差別涅槃智故生安隱心爲令他住世間無差別涅槃智故起安慰心有言世間無差別涅槃智者所謂世間體即涅槃體何以故以涅槃體不異世間體世間體不異涅槃體即世間體是涅槃故依彼世間體涅槃智一切法涅槃故文殊師利是名五法諸菩薩摩訶薩得此五法故能清淨初歡喜地得大無畏安隱之處復次文殊師利菩薩摩訶薩有五種法則能清淨初歡喜地得大無畏安隱之處何等爲五一謂菩薩生如是心我已得住障礙無差別無障礙智故生安隱心爲令他住障礙無差別無障礙智故起安慰心有言障礙無差別無障礙智者所謂障礙體即無障礙體何以故無

障礙體不異障礙體障礙體不異無障礙體即障礙體無障礙故依彼障礙體無障礙智一切法無障礙故二謂菩薩生如是心我已得住執著無差別無執著智故生安隱心爲令他住執著無差別無執著智故起安慰心有言執著無差別無執著智者所謂執著體即無執著體何以故無執著體不異執著體執著體不異無執著體即執著體無執著故依彼執著體無執著智一切法無執著故三謂菩薩生如是心我已得住智無差別無智智故生安隱心爲令他住智無差別無智智故起安慰心有言智無差別無智智者所謂智體即無智體何以故以無智體不異智體智體不異無智體故以即智體是無智故依彼智體無智智一切法無智故四謂菩薩生如是心我已得住有無差別無智故生安隱心有言有無差別無智者所謂有體即是無體何以故無體不異有體有體不異無體即有體無故依彼有體無智一切法無故五謂菩薩生如是心我已得住識無差別無識智故生安隱心爲令他住識無差別無識智故起安慰心有言識無差別無識智者所謂識體即無識體何以故以無識體不異識體識體不異無識體故以即識體是無識故依彼識體無識智一切法無識故文殊師利是名五法諸菩薩摩訶薩得此五法故能清淨初歡喜地得大無畏安隱之處復次文殊師利菩薩摩訶薩有五種法則能清淨初歡喜地得大無畏安隱之處何等爲五一謂菩薩生如是

心我已得住名無差別無名智故生安隱心爲令他住名無差別無名智故起安慰心有言名無差別無名智者所謂名體即無名體何以故以無名體不異名體名體不異無名體故以即名體是無名故依彼名體無名智一切法無名故二謂菩薩生如是心我已得住我無差別無我智故生安隱心爲令他住我無差別無我智故起安慰心有言我無差別無我智者所謂我體即無我體何以故以無我體不異我體我體不異無我體故以即我體是無我故依彼我體無我智一切法無我故三謂菩薩生如是心我已得住因緣和合作無差別無因緣和合作智故生安隱心爲令他住因緣和合作無差別無因緣和合作智故起安慰心有言因緣和合作無差別無因緣和合作智者所謂因緣和合作體即無因緣和合作體何以故無因緣和合作體不異因緣和合作體因緣和合作體不異無因緣和合作體即因緣和合作體無因緣和合作故依彼因緣和合作體無因緣和合作智一切法無因緣和合作故四謂菩薩生如是心我已得住別相無差別無別相智故生安隱心爲令他住別相無差別無別相智故起安慰心有言別相無差別無別相智者所謂別相體即無別相體何以故無別相體不異別相體別相體不異無別相體即別相體無別相故依彼別相體無別相智一切法無別相故五謂菩薩生如是心我已得住字無差別無字智故生安隱心爲令他住字無差別無字智故起安慰心有言字無差別無字

智者所謂字體即無字體何以故以無字體不異字體字體不異無字體故以即字體是無字故依彼字體無字智一切法無字故文殊師利是名五法諸菩薩摩訶薩得此五法故能清淨初歡喜地得大無畏安隱之處復次文殊師利菩薩摩訶薩有五種法則能清淨初歡喜地得大無畏安隱之處何等爲五一謂菩薩生如是心我已得住憍慢無差別無憍慢智故生安隱心爲令他住憍慢無差別無憍慢智故起安慰心有言憍慢無差別無憍慢智者所謂憍慢體即無憍慢體何以故無憍慢體不異憍慢體憍慢體不異無憍慢體即憍慢體無憍慢故依彼憍慢體無憍慢智一切法無憍慢故二謂菩薩生如是心我已得住自讚無差別無自讚智故生安隱心爲令他住自讚無差別無自讚智故起安慰心有言自讚無差別無自讚智者所謂自讚體即無自讚體何以故無自讚體不異自讚體自讚體不異無自讚體即自讚體無自讚故依彼自讚體無自讚智一切法無自讚故三謂菩薩生如是心我已得住不了義無差別了義智故生安隱心爲令他住不了義無差別了義智故起安慰心有言不了義無差別了義智者所謂不了義體即了義體何以故了義體不異不了義體不了義體不異了義體即不了義體是了義故依彼不了義體了義智一切法了義故四謂菩薩生如是心我已得住人法無差別無人法智故生安隱心爲令他住人法無差別無人法智故起安慰心有言人法無差別無人法智者所謂

人法體即無人法體何以故無人法體不異人法體人法體不異無人法體即人法體無人法故依彼人法體無人法智一切法無人法故五謂菩薩生如是心我已得住邪見無差別正見智故生安隱心爲令他住邪見無差別正見智故起安慰心有言邪見無差別正見智者所謂邪見體即正見體何以故以正見體不異邪見體邪見體不異正見體即邪見體是正見故依彼邪見體正見智一切法正見故文殊師利是名五法諸菩薩摩訶薩得此五法故能清淨初歡喜地得大無畏安隱之處復次文殊師利菩薩摩訶薩有五種法則能清淨初歡喜地得大無畏安隱之處何等爲五一謂菩薩生如是心我已得住無平等無差別平等智故生安隱心爲令他住無平等無差別平等智故起安慰心有言無平等無差別平等智者所謂無平等體即平等體何以故以平等體不異無平等體無平等體不異平等體即無平等體是平等故依彼無平等體平等智一切法平等故二謂菩薩生如是心我已得住邊無差別無邊智故生安隱心爲令他住邊無差別無邊智故起安慰心有言邊無差別無邊智者所謂邊體即無邊體何以故以無邊體不異邊體邊體不異無邊體故以即邊體是無邊故依彼邊體無邊智一切法無邊故三謂菩薩生如是心我已得住知可知無差別智智故生安隱心爲令他住知可知無差別智智故起安慰心有言知可知無差別智智者所謂知可知體即是智體何以故智體不異知可知體

知可知體不異智體即知可知體是智體故依彼知可知體智智一切法智故四謂菩薩生如是心我已得住取無差別無取智故生安隱心爲令他住取無差別無取智故起安慰心有言取無差別無取智者所謂取體即無取體何以故以無取體不異取體取體不異無取體故以即取體是無取故依彼取體無取智一切法無取故五謂菩薩生如是心我已得住修行無差別無修行智故生安隱心爲令他住修行無差別無修行智故起安慰心有言修行無差別無修行智者所謂修行體即無修行體何以故無修行體不異修行體修行體不異無修行體即修行體無修行故依彼修行體無修行智一切法無修行故文殊師利是名五法諸菩薩摩訶薩得此五法故能清淨初歡喜地得大無畏安隱之處復次文殊師利菩薩摩訶薩有五種法則能清淨初歡喜地得大無畏安隱之處何等爲五一謂菩薩生如是心我已住非中道無差別中道智故生安隱心爲令他住非中道無差別中道智故起安慰心有言非中道無差別中道智者所謂非中道體即中道體何以故以中道體不異非中道體非中道體不異中道體即非中道體是中道故依彼非中道體中道智一切法中道故二謂菩薩生如是心我已得住非虛空無差別虛空智故生安隱心爲令他住非虛空無差別虛空智故起安慰心有言非虛空無差別虛空智者所謂非虛空體即虛空體何以故以虛空體不異非虛空體非虛空體不異虛空體即非虛

空體是虛空故依彼非虛空體虛空智一切法虛空故三謂菩薩生如是心我已得住非石女子平等無差別石女子平等智故生安隱心爲令他住非石女子平等無差別石女子平等智故起安慰心有言非石女子平等無差別石女子平等智者所謂非石女子平等體即石女子平等體何以故石女子平等體不異非石女子平等體非石女子平等體不異石女子平等體即非石女子平等體石女子平等故依彼非石女子平等體石女子平等智一切法石女子平等故四謂菩薩生如是心我已得住非如陽焰無差別如陽焰智故生安隱心爲令他住非如陽焰無差別如陽焰智故起安慰心有言非如陽焰無差別如陽焰智者所謂非如陽焰體即如陽焰體何以故如陽焰體即非如陽焰體非如陽焰體即如陽焰體以非如陽焰體即如陽焰故依彼非如陽焰體如陽焰智一切法如陽焰故五謂菩薩生如是心我已得住邪見無差別無邪見智故生安隱心爲令他住邪見無差別無邪見智故起安慰心有言邪見無差別無邪見智者所謂邪見體即無邪見體何以故無邪見體不異邪見體邪見體不異無邪見體即邪見體無邪見故依彼邪見體無邪見智一切法無邪見故文殊師利是名五法諸菩薩摩訶薩得此五法故能清淨初歡喜地得大無畏安隱之處復次文殊師利菩薩摩訶薩有五種法則能清淨初歡喜地得大無畏安隱之處何等爲五一謂菩薩生如是心我已得住無明無差別明智故生安

隱心爲令他住無明無差別明智故起安慰心有言無明無差別明智者所謂無明體即是明體何以故明體不異無明體無明體不異明體即無明體明故依彼無明體明智一切法明故二謂菩薩生如是心我已得住貪無差別無貪智故生安隱心爲令他住貪無差別無貪智故起安慰心有言貪無差別無貪智者所謂貪體即無貪體何以故以無貪體不異貪體貪體不異無貪體故以即貪體是無貪故依彼貪體無貪智一切法無貪故三謂菩薩生如是心我已得住瞋無差別無瞋智故生安隱心爲令他住瞋無差別無瞋智故起安慰心有言瞋無差別無瞋智者所謂瞋體即無瞋體何以故以無瞋體不異瞋體瞋體不異無瞋體故以即瞋體是無瞋故

依彼瞋體無瞋智一切法無瞋故四謂菩薩生如是心我已得住癡無差別無癡智故生安隱心爲令他住癡無差別無癡智故起安慰心有言癡無差別無癡智者所謂癡體即無癡體何以故以無癡體不異癡體癡體不異無癡體故以即癡體是無癡故依彼癡體無癡智一切法無癡故五謂菩薩生如是心我已得住依託無差別無依託智故生安隱心爲令他住依託無差別無依託智故起安慰心有言依託無差別無依託智者所謂依託體即無依託體何以故無依託體不異依託體依託體不異無依託體即依託體無依託故依彼依託體無依託智一切法無依託故文殊師利是名五法諸菩薩摩訶薩得此五法故能清淨初歡喜地得大無畏安隱之

處復次文殊師利菩薩摩訶薩有五種法則能清淨初歡喜地得大無畏安隱之處何等爲五一謂菩薩生如是心我已得住布施行攝攝受事智故生安隱心爲令他住布施行攝受事智故起安慰心有言布施行攝受事智者所謂布施及以迴向故二謂菩薩生如是心我已得住愛語行攝受事智故生安隱心爲令他住愛語行攝受事智故起安慰心有言愛語行攝受事智者所謂直心及以修行故三謂菩薩生如是心我已得住利益行攝受事智故生安隱心爲令他住利益行攝受事智故起安慰心有言利益行攝受事智者所謂大慈大悲故四謂菩薩生如是心我已得住同事行攝受事智故生安隱心爲令他住同事行攝受事智故起安慰心有言同事行攝受事行攝受事智者所謂方便及以智慧故五謂菩薩生如是心我已得住發心智故生安隱心爲令他住發心智故起安慰心有言發心智者所謂直心及以修行故文殊師利是名五法諸菩薩摩訶薩得此五法故能清淨初歡喜地得大無畏安隱之處復次文殊師利菩薩摩訶薩有五種法則能清淨初歡喜地得大無畏安隱之處何等爲五一謂菩薩生如是心我已得住離貪心故生安隱心爲令他住離貪心故起安慰心有言離貪心者謂不執著一切法故二謂菩薩生如是心我已得住離瞋心故生安隱心爲令他住離瞋心故起安慰心有言離瞋心者謂不生他一切衆生嫌恨心故三謂菩薩生如是心我已得住身業不作諸惡行故生安隱心

爲令他住身業不作諸惡行故起安慰心有言身業不作諸惡行者謂離三種身惡行故四謂菩薩生如是心我已得住口業不作諸惡行故生安隱心爲令他住口業不作諸惡行故起安慰心有言口業不作諸惡行者謂離四種口業過故五謂菩薩生如是心我已得住意業不作諸惡行故生安隱心爲令他住意業不作諸惡行故起安慰心有言意業不作諸惡行者離貪瞋癡諸惡行故文殊師利是名五法諸菩薩摩訶薩得此五法故能清淨初歡喜地得大無畏安隱之處復次文殊師利菩薩摩訶薩有五種法則能清淨初歡喜地得大無畏安隱之處何等爲五一謂菩薩生如是心我已得住佛正念故生安隱心爲令他住佛正念故起安慰心有言佛正念者所謂見佛清淨念故二謂菩薩生如是心我已得住法正念故生安隱心爲令他住法正念故起安慰心有言法正念者所謂能見清淨法故三謂菩薩生如是心我已得住僧正念故生安隱心爲令他住僧正念故起安慰心有言僧正念者所謂得入菩薩住故四謂菩薩生如是心我已得住捨正念故生安隱心爲令他住捨正念故起安慰心有言捨正念者所謂捨彼一切取故五謂菩薩生如是心我已得住戒正念故生安隱心爲令他住戒正念故起安慰心有言戒正念者所謂得入一切法故文殊師利是名五法諸菩薩摩訶薩得此五法故能清淨初歡喜地得大無畏安隱之處復次文殊師利菩薩摩訶薩有五種法則能清淨初歡喜地得大無畏

安隱之處何等爲五一謂菩薩生如是心我已得住無常觀故生安隱心爲令他住無常觀故起安慰心有言無常觀者所謂過彼欲貪色貪無色貪故二謂菩薩生如是心我已得住無我觀故生安隱心爲令他住無我觀故起安慰心有言無我觀者所謂不著一切觀故三謂菩薩生如是心我已得住實諦法故生安隱心爲令他住實諦法故起安慰心有言實諦法者所謂不誑諸天人故四謂菩薩生如是心我已得住實法故生安隱心爲令他住實法故起安慰心有言實法者不誑諸天及自身故五謂菩薩生如是心我已得住諸法行故生安隱心爲令他住諸法行故起安慰心有言諸法行者謂依一切諸法行故文殊師利是名五法諸菩薩摩訶薩得此

五法故能清淨初歡喜地得大無畏安隱之處復次文殊師利菩薩摩訶薩有五種法則能清淨初歡喜地得大無畏安隱之處何等爲五一謂菩薩生如是心我已得住堅固戒故生安隱心爲令他住堅固戒故起安慰心有言堅固戒者所謂乃至不犯小戒不作小罪故二謂菩薩生如是心我已得住不缺戒故生安隱心爲令他住不缺戒故起安慰心有言不缺戒者所謂不求諸餘乘故三謂菩薩生如是心我已得住不黠戒故生安隱心爲令他住不黠戒故起安慰心有言不黠戒者謂離一切諸惡行故四謂菩薩生如是心我已得住不濁戒故生安隱心爲令他住不濁戒故起安慰心有言不濁戒者謂攝一切諸菩薩故五謂菩薩生如是心我已得住善

護戒故生安隱心爲令他住善護戒故起安慰心有言善護戒者謂於一切諸菩薩所生尊心故文殊師利是名五法諸菩薩摩訶薩得此五法故能清淨初歡喜地得大無畏安隱之處復次文殊師利菩薩摩訶薩有五種法則能清淨初歡喜地得大無畏安隱之處何等爲五一謂菩薩生如是心我已得住善寂戒故生安隱心爲令他住善寂戒故起安慰心有言善寂戒者所謂善護一切根故二謂菩薩生如是心我已得住名稱戒故生安隱心爲令他住名稱戒故起安慰心有言名稱戒者謂入諸法無差別法界不二智無障礙故三謂菩薩生如是心我已得住知足戒故生安隱心爲令他住知足戒故起安慰心有言知足戒者離諸貪故四謂菩薩生如是心我已得住差別戒故生安隱心爲令他住差別戒故起安慰心有言差別戒者謂身寂靜故五謂菩薩生如是心我已得住阿蘭若處戒故生安隱心爲令他住阿蘭若處戒故起安慰心有言阿蘭若處戒者謂入諸法無中無邊故文殊師利是名五法諸菩薩摩訶薩得此五法故能清淨初歡喜地得大無畏安隱之處

信力入印法門經卷第一

音釋

嫌戶兼切慊也 楯竪尹切闌檻也 髦莫袍切 斫之道切

信力入印法門經卷第二

元魏三藏曇摩流支譯

復次文殊師利菩薩摩訶薩有五種法則能清淨初歡喜地得大無畏安隱之處何等爲五一謂菩薩生如是心我已得住大慈心故生安隱心爲令他住大慈心故起安慰心有言大慈心者所謂拔濟一切衆生諸苦惱故所謂身心修集一切諸功德故二謂菩薩生如是心我已得住大悲心故生安隱心爲令他住大悲心故起安慰心有言大悲心者所謂教化諸衆生故無有諸苦而不取故無有諸樂而不捨故三謂菩薩生如是心我已得住大喜心故生安隱心爲令他住大喜心故起安慰心有言大喜心者所謂得聞諸佛大事生歡喜故四謂菩薩生如是心我已得住大捨心故生安隱心爲令他住大捨心故起安慰心有言大捨心者所謂菩薩離愛心故五謂菩薩生如是心我已得住論義方便故生安隱心爲令他住論義方便故起安慰心有言論義方便者論入諸法無言語故文殊師利是名五法諸菩薩摩訶薩得此五法故能清淨初歡喜地得大無畏安隱之處復次文殊師利菩薩摩訶薩有五種法則能清淨初歡喜地得大無畏安隱之處何等爲五一謂菩薩生如是心我已得住忍辱戒故生安隱心爲令他住忍辱戒故起安慰心有言忍辱戒者謂於一切衆生不生瞋恨心故二謂菩薩生如是心我已得住精進戒故生安隱心爲令他住精進戒故起安慰心有言精進戒者所謂菩薩令諸衆生住不退法故三謂

菩薩生如是心我已得住禪定戒故生安隱心爲令他住禪定戒故起安慰心有言禪定戒者所謂菩薩令諸衆生住禪支故四謂菩薩生如是心我已得住般若戒故生安隱心爲令他住般若戒故起安慰心有言般若戒者所謂能令一切衆生住諸善根故五謂菩薩生如是心我已得住不麤獷戒故生安隱心爲令他住不麤獷戒故起安慰心有言不麤獷戒者謂於一切佛法柔輭心故文殊師利是名五法諸菩薩摩訶薩得此五法故能清淨初歡喜地得大無畏安隱之處復次文殊師利菩薩摩訶薩有五種法則能清淨初歡喜地得大無畏安隱之處何等爲五一謂菩薩生如是心我已得住不悔戒故生安隱心爲令他住不悔戒故起安慰心有言不悔戒者所謂善作所作業故二謂菩薩生如是心我已得住不憍慢戒故生安隱心爲令他住不憍慢戒故起安慰心有言不憍慢戒者所謂教化一切衆生故所謂佐助一切衆生所作業故三謂菩薩生如是心我已得住善戒故生安隱心爲令他住善戒故起安慰心有言善戒者所謂教化一切衆生能忍衆生罵辱瞋故四謂菩薩生如是心我已得住攝受法戒故生安隱心爲令他住攝受法戒故起安慰心有言攝受法戒者謂信諸法空解脱故五謂菩薩生如是心我已得住佛三昧戒故生安隱心爲令他住佛三昧戒故起安慰心有言佛三昧戒者謂於一切衆生得平等心故文殊師利是名五法諸菩薩摩訶薩得此五法故能清淨初歡喜地得大無畏安

隱之處復次文殊師利菩薩摩訶薩有五種法則能清淨初歡喜地得大無畏安隱之處何等爲五一謂菩薩生如是心我已得住苦諦智故生安隱心爲令他住苦諦智故起安慰心有言苦諦智者所謂諸陰不生智故二謂菩薩生如是心我已得住集諦智故生安隱心爲令他住集諦智故起安慰心有言集諦智者所謂斷除諸愛智故三謂菩薩生如是心我已得住滅諦智故生安隱心爲令他住滅諦智故起安慰心有言滅諦智者謂不生諸有無明使智故四謂菩薩生如是心我已得住道諦智故生安隱心爲令他住道諦智故起安慰心有言道諦智者謂得諸法平等不顛倒智故五謂菩薩生如是心我已得住觀察自身過故生安隱心爲令他住觀察自身過故起安慰心有言觀察自身過者謂觀察自戒自心寂靜故文殊師利是名五法諸菩薩摩訶薩得此五法故能清淨初歡喜地得大無畏安隱之處復次文殊師利菩薩摩訶薩有五種法則能清淨初歡喜地得大無畏安隱之處何等爲五一謂菩薩生如是心我已得住能護他心故生安隱心爲令他住能護他心故起安慰心有言能護他心者謂見他過不生瞋恨故二謂菩薩生如是心我已得住善輭心故生安隱心爲令他住善輭心故起安慰心有言善輭心者謂教化衆生不疲倦故三謂菩薩生如是心我已得住不瞋恨心故生安隱心爲令他住不瞋恨心故起安慰心有言不瞋恨心者謂於一切衆生不生惡心故四謂菩薩生如是心我已得

住觀察自身故生安隱心爲令他住觀察自身故起安慰心有言觀察自身者謂觀無我故五謂菩薩生如是心我已得住乃至無有微少煩惱故生安隱心爲令他住乃至無有微少煩惱故起安慰心有言乃至無有微少煩惱者所謂身業善寂靜故文殊師利是名五法諸菩薩摩訶薩得此五法故能清淨初歡喜地得大無畏安隱之處復次文殊師利菩薩摩訶薩有五種法則能清淨初歡喜地得大無畏安隱之處何等爲五一謂菩薩生如是心我已得住無生法忍故生安隱心爲令他住無生法忍故起安慰心有言無生法忍者謂證寂滅故二謂菩薩生如是心我已得住無滅法忍故生安隱心爲令他住無滅法忍故起安慰心有言無滅法忍者謂證無生法忍故三謂菩薩生如是心我已得住身念智故生安隱心爲令他住身念智故起安慰心有言身念智者謂離身心故四謂菩薩生如是心我已得住受念智故生安隱心爲令他住受念智故起安慰心有言受念智者謂息一切受故五謂菩薩生如是心我已得住心念智故生安隱心爲令他住心念智故起安慰心有言心念智者所謂觀心猶如幻故文殊師利是名五法諸菩薩摩訶薩得此五法故能清淨初歡喜地得大無畏安隱之處復次文殊師利菩薩摩訶薩有五種法則能清淨初歡喜地得大無畏安隱之處何等爲五一謂菩薩生如是心我已得住法念智故生安隱心爲令他住法念智故起安慰心有言法念智者謂如實知一切法故二謂菩

薩生如是心我巳得住信根故生安隱心爲令他住信根故起安慰心有言信根者謂於一切法中不依他故三謂菩薩生如是心我巳得住精進根故生安隱心爲令他住精進根故起安慰心有言精進根者謂如實知一切法故四謂菩薩生如是心我巳得住念根故生安隱心爲令他住念根故起安慰心有言念根者謂善作所作故五謂菩薩生如是心我巳得住定根故生安隱心爲令他住定根故起安慰心有言定根者謂得心解脫故文殊師利是名五法諸菩薩摩訶薩得此五法故能清淨初歡喜地得大無畏安隱之處復次文殊師利菩薩摩訶薩有五種法則能清淨初歡喜地得大無畏安隱之處何等爲五一謂菩薩生如是心我巳得住慧根故生安隱心爲令他住慧根故起安慰心有言慧根者所謂現知一切法故二謂菩薩生如是心我巳得住信力故生安隱心爲令他住信力故起安慰心有言信力者謂過一切諸魔業故三謂菩薩生如是心我巳得住智力故生安隱心爲令他住智力故起安慰心有言智力者所謂遠離無智故四謂菩薩生如是心我巳得住精進力故生安隱心爲令他住精進力故起安慰心有言精進力者所謂成就不退法故五謂菩薩生如是心我巳得住念力故生安隱心爲令他住念力故起安慰心有言念力者所謂住持一切佛法故文殊師利是名五法諸菩薩摩訶薩得此五法故能清淨初歡喜地得大無畏安隱之處復次文殊師利菩薩摩訶薩有五種法則能清淨

初歡喜地得大無畏安隱之處何等爲五一謂菩薩生如是心我已得住三昧力故生安隱心爲令他住三昧力故起安慰心有言三昧力者所謂遠離一切覺觀故二謂菩薩生如是心我已得住般若力故生安隱心爲令他住般若力故起安慰心有言般若力者謂他不能降伏智故三謂菩薩生如是心我已得住念覺分故生安隱心爲令他住念覺分故起安慰心有言念覺分者謂如實知念覺分諸法故四謂菩薩生如是心我已得住擇法覺分故生安隱心爲令他住擇法覺分故起安慰心有言擇法覺分者所謂照知一切法故五謂菩薩生如是心我已得住精進覺分故生安隱心爲令他住精進覺分故起安慰心有言精進覺分者謂如實知一切佛法故文殊師利是名五法諸菩薩摩訶薩得此五法故能清淨初歡喜地得大無畏安隱之處復次文殊師利菩薩摩訶薩有五種法則能清淨初歡喜地得大無畏安隱之處何等爲五一謂菩薩生如是心我已得住喜覺分故生安隱心爲令他住喜覺分故起安慰心有言喜覺分者所謂三昧三摩跋提故二謂菩薩生如是心我已得住猗覺分故生安隱心爲令他住猗覺分故起安慰心有言猗覺分者謂於一切佛法善作所作故三謂菩薩生如是心我已得住定覺分故生安隱心爲令他住定覺分故起安慰心有言定覺分者謂平等覺一切法故四謂菩薩生如是心我已得住捨覺分故生安隱心爲令他住捨覺分故起安慰心有言捨覺分者謂於諸聖法

中不生樂著心故於非聖法中不生猒背心故五謂菩薩生如是心我已得住正見故生安隱心爲令他住正見故起安慰心有言正見者謂入定位故文殊師利是名五法諸菩薩摩訶薩得此五法故能清淨初歡喜地得大無畏安隱之處復次文殊師利菩薩摩訶薩有五種法則能清淨初歡喜地得大無畏安隱之處何等爲五一謂菩薩生如是心我已得住正覺分故生安隱心爲令他住正覺分故起安慰心有言正覺分者所謂遠離分別異分別廣分別故二謂菩薩生如是心我已得住正語故生安隱心爲令他住正語故起安慰心有言正語者謂於一切名字聲響不生諸相故三謂菩薩生如是心我已得住正業故生安隱心爲令他住正業故起安慰心有言正業者所謂入一切法業果報故四謂菩薩生如是心我已得住正命故生安隱心爲令他住正命故起安慰心有言正命者所謂離諸求故五謂菩薩生如是心我已得住正修行故生安隱心爲令他住正修行故起安慰心有言正修行者謂捨此岸到彼岸故文殊師利是名五法諸菩薩摩訶薩得此五法故能清淨初歡喜地得大無畏安隱之處復次文殊師利菩薩摩訶薩有五種法則能清淨初歡喜地得大無畏安隱之處何等爲五一謂菩薩生如是心我已得住檀波羅蜜故生安隱心爲令他住檀波羅蜜故起安慰心有言檀波羅蜜者謂善教化慳嫉衆生故二謂菩薩生如是心我已得住尸波羅蜜故生安隱心爲令他住尸波羅蜜故起安慰

心有言尸波羅蜜者謂善教化毀禁衆生故三謂菩薩生如是心我已得住羼提波羅蜜故生安隱心爲令他住羼提波羅蜜故起安慰心有言羼提波羅蜜者謂善教化瞋恨衆生故四謂菩薩生如是心我已得住毗梨耶波羅蜜故生安隱心爲令他住毗梨耶波羅蜜故起安慰心有言毗梨耶波羅蜜者謂善教化懈怠衆生故五謂菩薩生如是心我已得住禪波羅蜜故生安隱心爲令他住禪波羅蜜故起安慰心有言禪波羅蜜者謂善教化散亂衆生故文殊師利是名五法諸菩薩摩訶薩得此五法故能清淨初歡喜地得大無畏安隱之處復次文殊師利菩薩摩訶薩有五種法則能清淨初歡喜地得大無畏安隱之處何等爲五一謂菩薩生如是心我已得住般若波羅蜜故生安隱心爲令他住般若波羅蜜故起安慰心有言般若波羅蜜者謂善教化愚癡衆生故二謂菩薩生如是心我已得住攝受正法戒故生安隱心爲令他住攝受正法戒故起安慰心有言攝受正法戒者所謂攝受諸菩薩故三謂菩薩生如是心我已得住諸功德故生安隱心爲令他住諸功德故起安慰心有言諸功德者所謂供養諸菩薩摩訶薩故爲稱十方諸菩薩名而讚歎故四謂菩薩生如是心我已得住智功德故生安隱心爲令他住智功德故起安慰心有言智功德者所謂與諸菩薩增上智故與衣服飲食卧具湯藥故五謂菩薩生如是心我已得住寂靜功德故生安隱心爲令他住寂靜功德故起安慰心有言寂靜功德者

謂入諸法平等不生高下心故文殊師利是名五法諸菩薩摩訶薩得此五法故能清淨初歡喜地得大無畏安隱之處復次文殊師利菩薩摩訶薩有五種法則能清淨初歡喜地得大無畏安隱之處何等爲五一謂菩薩生如是心我已得住正見功德故生安隱心爲令他住正見功德故起安慰心有言正見功德者所謂入一切法無初中後際故二謂菩薩生如是心我已得住布施故生安隱心爲令他住布施故起安慰心有言布施者所謂能捨一切法故三謂菩薩生如是心我已得住持戒故生安隱心爲令他住持戒故起安慰心有言持戒者所謂不起一切惡故四謂菩薩生如是心我已得住忍辱故生安隱心爲令他住忍辱故起安慰心有言忍辱者

所謂信諸業故五謂菩薩生如是心我已得住精進故生安隱心爲令他住精進故起安慰心有言精進者謂入一切功德不疲倦故文殊師利是名五法諸菩薩摩訶薩得此五法則能清淨初歡喜地得大無畏安隱之處復次文殊師利菩薩摩訶薩有五種法則能清淨初歡喜地得大無畏安隱之處何等爲五一謂菩薩生如是心我已得住禪定故生安隱心爲令他住禪定故起安慰心有言禪定者所謂不住一切念故二謂菩薩生如是心我已得住般若故生安隱心爲令他住般若故起安慰心有言般若者所謂現見諸法故三謂菩薩生如是心我已得住攝取一切如來法故生安隱心爲令他住攝取一切如來法故起安慰心有言攝取一切如來法者

謂直心攝取菩提心故四謂菩薩生如是心我已得住如說法故生安隱心爲令他住如說法故起安慰心有言如說法者謂隨如來言語智故五謂菩薩生如是心我已得住正念故生安隱心爲令他住正念故起安慰心有言正念者謂入諸法不忘念故文殊師利是名五法諸菩薩摩訶薩得此五法故能清淨初歡喜地得大無畏安隱之處復次文殊師利菩薩摩訶薩有五種法則能清淨初歡喜地得大無畏安隱之處何等爲五一謂菩薩生如是心我已得住意心故生安隱心爲令他住意心故起安慰心有言意心者謂如實知諸法次第意故二謂菩薩生如是心我已得住堅固心故生安隱心爲令他住堅固心故起安慰心有言堅固心者所謂成就威儀行故三謂菩薩生如是心我已得住去心故生安隱心爲令他住去心故起安慰心有言去心者謂入義故四謂菩薩生如是心我已得住正解脱故生安隱心爲令他住正解脱故起安慰心有言正解脱者謂證妙法故五謂菩薩生如是心我已得住離煩惱心故生安隱心爲令他住離煩惱心故起安慰心有言離煩惱心者謂悔已起諸煩惱過故更不造作新煩惱故生善法故文殊師利是名五法諸菩薩摩訶薩得此五法故能清淨初歡喜地得大無畏安隱之處復次文殊師利菩薩摩訶薩有五種法則能清淨初歡喜地得大無畏安隱之處何等爲五一謂菩薩生如是心我已得住如行故生安隱心爲令他住如行故起安慰心有言如行者謂住成就

菩薩行故二謂菩薩生如是心我已得住作所應作故生安隱心爲令他住作所應作故起安慰心有言作所應作者謂信空解脱故信諸業故三謂菩薩生如是心我已得住遠離惡心所求處故生安隱心爲令他住遠離惡心所求處故起安慰心有言遠離惡心所求處者謂不作諸惡求於供養恭敬等故四謂菩薩生如是心我已得住不自讚毀他故生安隱心爲令他住不自讚毀他故起安慰心有言不自讚毀他者謂於自身不生實功德想又於他身不毀不隱他實功德故五謂菩薩生如是心我已得住實法故生安隱心爲令他住實法故起安慰心有言實法者謂於諸法不起相故不執著相故文殊師利是名五法諸菩薩摩訶薩得此五法故能清淨初歡喜地得大無畏安隱之處復次文殊師利菩薩摩訶薩有五種法則能清淨初歡喜地得大無畏安隱之處何等爲五一謂菩薩生如是心我已得住斷除無明習氣煩惱故生安隱心爲令他住斷除無明習氣煩惱故起安慰心有言斷除無明習氣煩惱者謂本愚癡凡夫行不猒故不念聲聞辟支佛地故一謂菩薩生如是心我已得住不隨愛故生安隱心爲令他住不隨愛故起安慰心有言不隨愛者謂未生諸惡不善法令不生故已生諸善法令不散滅故三謂菩薩生如是心我已得住顯現智故生安隱心爲令他住顯現智故起安慰心有言顯現智者謂證聖諦故四謂菩薩生如是心我已得住直心故生安隱心爲令他住直心故起安慰心有言直

心者謂不分别聖道故五謂菩薩生如是心我已得住不生異身相故生安隱心爲令他住不生異身相故起安慰心有言不生異身相者謂離增惡法故文殊師利是名五法諸菩薩摩訶薩得此五法故能清淨初歡喜地得大無畏安隱之處復次文殊師利菩薩摩訶薩有五種法則能清淨初歡喜地得大無畏安隱之處何等爲五一謂菩薩生如是心我已得住先意語故生安隱心爲令他住先意語故起安慰心有言先意語者謂先發語言善來故及慰喻言來無疲勞諸難疾等故二謂菩薩生如是心我已得住無障礙智故生安隱心爲令他住無障礙智故起安慰心有言無障礙智者所謂十方一切世界世間之業出世間業諸論伎術自然知故三謂菩薩生如是心我已得住於諸業中無礙智故生安隱心爲令他住於諸業中無礙智故起安慰心有言於諸業中無礙智者所謂遠離常見斷見故四謂菩薩生如是心我已得住無言語說言語說故生安隱心爲令他住無言語說言語說故起安慰心有言無言語說言語說者謂離心意意識念故五謂菩薩生如是心我已得住法界智故生安隱心爲令他住法界智故起安慰心有言法界智者謂不離一切諸法法界不二智故文殊師利是名五法諸菩薩摩訶薩得此五法故能清淨初歡喜地得大無畏安隱之處復次文殊師利菩薩摩訶薩有五種法則能清淨初歡喜地得大無畏安隱之處何等爲五一謂菩薩生如是心我已得住心遠離故生安隱心爲

令他住心遠離故起安慰心有言心遠離者所謂無相於諸觀中不著相故二謂菩薩生如是心我已得住無障礙智故生安隱心爲令他住無障礙智故起安慰心有言無障礙智者謂邊無邊清淨智故三謂菩薩生如是心我已得住說言語意故生安隱心爲令他住說言語意故起安慰心有言說言語意者謂依勝願力迴向諸善根故四謂菩薩生如是心我已得住柔和法故生安隱心爲令他住柔和法故起安慰心有言柔和法者謂令一切衆生信善事故五謂菩薩生如是心我已得住離諸業故生安隱心爲令他住離諸業故起安慰心有言離諸業者謂知諸見故文殊師利是名五法諸菩薩摩訶薩得此五法故能清淨初歡喜地得大無畏安隱之處

復次文殊師利菩薩摩訶薩有五種法則能清淨初歡喜地得大無畏安隱之處何等爲五一謂菩薩生如是心我已得住歸依佛故生安隱心爲令他住歸依佛故起安慰心有言歸依佛者謂不毀犯如來戒故二謂菩薩生如是心我已得住歸依法故生安隱心爲令他住歸依法故起安慰心有言歸依法者謂不謗法故三謂菩薩生如是心我已得住歸依僧故生安隱心爲令他住歸依僧故起安慰心有言歸依僧者謂觀察戒故四謂菩薩生如是心我已得住無憍慢故生安隱心爲令他住無憍慢故起安慰心有言無憍慢者謂於一切衆生生尊重心故五謂菩薩生如是心我已得住不恨心故生安隱心爲令他住不恨心故起安慰心有言不恨心者謂

離心熱火故文殊師利是名五法諸菩薩摩訶薩得此五法故能清淨初歡喜地得大無畏安隱之處復次文殊師利菩薩摩訶薩有五種法則能清淨初歡喜地得大無畏安隱之處何等爲五一謂菩薩生如是心我已得住不諛諂故生安隱心爲令他住不諛諂故起安慰心有言不諛諂者謂離飲食諸供養等爲他作恩故二謂菩薩生如是心我已得住離妄語故生安隱心爲令他住離妄語故起安慰心有言離妄語者謂教化衆生不取不捨故三謂菩薩生如是心我已得住不爲利養語故生安隱心爲令他住不爲利養語故起安慰心有言不爲利養語者謂聖種成就滿足頭陁諸功德故四謂菩薩生如是心我已得住正命故生安隱心爲令他住正命故起安慰心有言正命者謂攝受法故無有少苦而不受故無有少樂而不捨故五謂菩薩生如是心我已得住無有同侶獨行處故生安隱心爲令他住無有同侶獨行處故起安慰心有言無有同侶獨行處者謂離語故文殊師利是名五法諸菩薩摩訶薩得此五法故能清淨初歡喜地得大無畏安隱之處復次文殊師利菩薩摩訶薩有五種法則能清淨初歡喜地得大無畏安隱之處何等爲五一謂菩薩生如是心我已得住法樂故生安隱心爲令他住法樂故起安慰心有言法樂者所謂怖畏三界苦故所謂不失菩提心故二謂菩薩生如是心我已得住離九種事故生安隱心爲令他住離九種事故起安慰心有言離九種事者謂離九種衆生住處故

三謂菩薩生如是心我已得住寂靜心故生安隱心爲令他住寂靜心故起安慰心有言寂靜心者謂心不悔故四謂菩薩生如是心我已得住奢摩他修行功德故生安隱心爲令他住奢摩他修行功德故起安慰心有言奢摩他修行功德者謂心柔輭故五謂菩薩生如是心我已得住心不放逸故生安隱心爲令他住心不放逸故起安慰心有言心不放逸者謂不放逸戒故行戒見毀過一切諸見故文殊師利是名五法諸菩薩摩訶薩得此五法故能清淨初歡喜地得大無畏安隱之處復次文殊師利菩薩摩訶薩有五種法則能清淨初歡喜地得大無畏安隱之處何等爲五一謂菩薩生如是心我已得住不誑天人故生安隱心爲令他住不誑天人故起安慰心有言不誑天人者所謂不捨菩提心故二謂菩薩生如是心我已得住修行故生安隱心爲令他住修行故起安慰心有言修行者謂與諸衆生安隱樂故安隱事上首故三謂菩薩生如是心我已得住不鄙惡行故生安隱心爲令他住不鄙惡行故起安慰心有言不鄙惡行者謂善調伏心故四謂菩薩生如是心我已得住一切衆生作弟子故生安隱心爲令他住一切衆生作弟子故起安慰心有言一切衆生作弟子者謂與一切衆生作弟子故一切衆生有所作業助彼作故五謂菩薩生如是心我已得住隨順伏從一切衆生故生安隱心爲令他住隨順伏從一切衆生故起安慰心有言隨順伏從一切衆生者謂於福田無憍慢心故文殊師利是名

五法諸菩薩摩訶薩得此五法故能清淨初歡喜地得大無畏安隱之處復次文殊師利菩薩摩訶薩有五種法則能清淨初歡喜地得大無畏安隱之處何等爲五一謂菩薩生如是心我已得住求法成就故生安隱心爲令他住求法成就故起安慰心有言求法成就者所謂教化一切衆生不疲惓故及得清淨佛國土故能增上故常求戒聞法故不取布施不捨慳嫉不取持戒不捨毀禁不取忍辱不捨瞋恨不取精進不捨懈怠不取禪定不捨覺觀不取般若不捨愚癡不取善根不捨不善根故二謂菩薩生如是心我已得住尊重心故生安隱心爲令他住尊重心故起安慰心有言尊重心者所謂於法如實修行故三謂菩薩生如是心我已得住於法師所尊重心故生安隱心爲令他住於法師所尊重心故起安慰心有言於法師所尊重心者謂於法師生佛想故四謂菩薩生如是心我已得住不惡口心故生安隱心爲令他住不惡口心故起安慰心有言不惡口心者謂作言語攝取衆生故五謂菩薩生如是心我已得住不瞋心故生安隱心爲令他住不瞋心故起安慰心有言不瞋心者謂入諸業故文殊師利是名五法諸菩薩摩訶薩得此五法故能清淨初歡喜地得大無畏安隱之處

信力入印法門經卷第二

音釋

獷古猛切麤惡也　猗於其切輕安也　羼初限切　諛諂諛羊朱切面從也諂丑琰切佞言也　鄙補靡切陋也

信力入印法門經卷第三

元魏三藏曇摩流支譯

復次文殊師利菩薩摩訶薩有五種法則能清淨初歡喜地得大無畏安隱之處何等爲五一謂菩薩生如是心我已得住布施故生安隱心爲令他住布施故起安慰心有言布施者謂如所聞法如是說故二謂菩薩生如是心我已得住愛語故生安隱心爲令他住愛語故起安慰心有言愛語者謂心不爲飲食說法故三謂菩薩生如是心我已得住利益故生安隱心爲令他住利益故起安慰心有言利益者所謂教化一切衆生爲令衆生受持讀誦不疲倦故四謂菩薩生如是心我已得住同事故生安隱心爲令他住同事故起安慰心有言同事者謂布施令諸衆生住大乘故五謂菩薩生如是心我已得住菩提心故生安隱心爲令他住菩提心故起安慰心有言菩提心者謂令諸法恒常住故爲不滅故生於欲心發精進心攝取之心正修行心故文殊師利是名五法諸菩薩摩訶薩得此五法故能清淨初歡喜地得大無畏安隱之處復次文殊師利菩薩摩訶薩有五種法則能清淨初歡喜地得大無畏安隱之處何等爲五一謂菩薩生如是心我已得住義無礙故生安隱心爲令他住義無礙故起安慰心有言義無礙者謂入如實法故二謂菩薩生如是心我已得住法無礙故生安隱心爲令他住法無礙故起安慰心有言法無礙者謂入一切佛法智故三謂菩薩生如是心我已得住辭無礙故生安隱心爲令他住辭無

礙故起安慰心有言辭無礙者謂入一切諸字名聲智故四謂菩薩生如是心我已得住樂說無礙故生安隱心爲令他住樂說無礙故起安慰心有言樂說無礙者謂入一切法文句差別方便智故五謂菩薩生如是心我已得住無障礙智故生安隱心爲令他住無障礙智故起安慰心有言無障礙智者所謂說一切佛法不休息智故取一句法於無邊劫住持演說而不起心故文殊師利是名五法諸菩薩摩訶薩得此五法故能清淨初歡喜地得大無畏安隱之處復次文殊師利菩薩摩訶薩有五種法則能清淨初歡喜地得大無畏安隱之處何等爲五一謂菩薩生如是心我已得住教化一切諸衆生故生安隱心爲令他住教化一切諸衆生故起安慰心有言教化一切諸衆生者謂能忍受一切衆生煩惱染故煩惱染者所謂身心俱遍惱故二謂菩薩生如是心我已得住無諸失故生安隱心爲令他住無諸失故起安慰心有言無諸失者所謂不失諸善根故三謂菩薩生如是心我已得住心不相觸故生安隱心爲令他住心不相觸故起安慰心有言心不相觸者所謂不失諸善根故四謂菩薩生如是心我已得住精進故生安隱心爲令他住精進故起安慰心有言精進者所謂滿足諸善法故遠離一切不善法故五謂菩薩生如是心我已得住慈心觀察諸衆生故生安隱心爲令他住慈心觀察諸衆生故起安慰心有言慈心觀察諸衆生者謂於一切諸衆生中平等心故文殊師利是名五法諸菩薩摩訶

薩得此五法故能清淨初歡喜地得大無畏安隱之處復次文殊師利菩薩摩訶薩有五種法則能清淨初歡喜地得大無畏安隱之處何等爲五一謂菩薩生如是心我已得住不害心故生安隱心爲令他住不害心故起安慰心有言不害心者謂護一切諸衆生故二謂菩薩生如是心我已得住遠離心故生安隱心爲令他住遠離心故起安慰心有言遠離心者謂入三世一切諸法悉平等故三謂菩薩生如是心我已得住法念慈心故生安隱心爲令他住法念慈心故起安慰心有言法念慈心者所謂不見一切法故而不執著不見法故四謂菩薩生如是心我已得住初功德故生安隱心爲令他住初功德故起安慰心有言初功德者所謂不捨菩提心故隨順一切菩薩行故隨順一切菩薩行者謂大慈心平等攝受一切衆生故降伏一切嫉妬心故遠離一切諸破戒故遠離一切瞋恨心故遠離一切懈怠心故不行一切散亂心故遠離一切愚癡心故有四攝法攝取教化諸衆生故於諸衆生心皆平等如大地故不念小乘狹劣心故隨順一切衆生所作諸善行故大悲布施持戒忍辱精進禪定般若滿足故攝受諸佛勝妙法故學諸善業般若根本故恒常修行功德智慧二莊嚴故五謂菩薩生如是心我已得住希有相故生安隱心爲令他住希有相故起安慰心有言希有相者謂一切法不二相故於一切行生自行相故文殊師利是名五法諸菩薩摩訶薩得此五法故能清淨初歡喜地得大無畏安隱之

處復次文殊師利菩薩摩訶薩有五種法則能清淨初歡喜地得大無畏安隱之處何等爲五一謂菩薩生如是心我已得住忍辱柔和故生安隱心爲令他住忍辱柔和故起安慰心有言忍辱柔和者所謂爲他惡口罵辱諸不善語毀謗說時不生瞋恨心故二謂菩薩生如是心我已得住顏色怡悅故生安隱心爲令他住顏色怡悅故起安慰心有言顏色怡悅者謂不說他諸過失故三謂菩薩生如是心我已得住一切法無事故生安隱心爲令他住一切法無事故起安慰心有言一切法無事者所謂惟是諸名字故何以故以無事體不異事體事體不異無事體故以即事體是無事故依彼事體無事智一切法無事故四謂菩薩生如是心我已得住法住持故生安隱心爲令他住法住持故起安慰心有言法住持者謂一切法不動故五謂菩薩生如是心我已得住法故生安隱心爲令他住法故起安慰心有言住法者謂無差別不依住故文殊師利是名五法諸菩薩摩訶薩得此五法故能清淨初歡喜地得大無畏安隱之處復次文殊師利菩薩摩訶薩有五種法則能清淨初歡喜地得大無畏安隱之處何等爲五一謂菩薩生如是心我已得住入非智慧斷煩惱非不智慧斷煩惱故生安隱心爲令他住入非智慧斷煩惱非不智慧斷煩惱故起安慰心何以故智慧體不異煩惱體煩惱體不異智慧體即智慧體是煩惱體即煩惱體是智慧體以是義故非即智慧能斷煩惱譬如指端不能自觸此亦如是非即

智慧能斷煩惱故二謂菩薩生如是心我已得住入如來非常非不常故生安隱心爲令他住入如來非常非不常故起安慰心有言入如來非常非不常者謂不取體相故三謂菩薩生如是心我已得住入不思議如來智故生安隱心爲令他住入不思議如來智故起安慰心有言入不思議如來智者謂隨可化諸衆生心如是說法不過彼故四謂菩薩生如是心我已得住入無色相故生安隱心爲令他住入無色相故起安慰心何以故無色相體不異色相體色相體不異無色相體即色相體無色相故依彼色相體無色相智一切法無色相故五謂菩薩生如是心我已得住方便故生安隱心爲令他住方便故起安慰心有言方便者所謂攝取一切法故文殊師利是名五法諸菩薩摩訶薩得此五法故能清淨初歡喜地得大無畏安隱之處復次文殊師利菩薩摩訶薩有五種法則能清淨初歡喜地得大無畏安隱之處何等爲五一謂菩薩生如是心我已得住無盡功德故生安隱心爲令他住無盡功德故起安慰心有言無盡功德者所謂迴諸善根向菩提故二謂菩薩生如是心我已得住智功德故生安隱心爲令他住智功德故起安慰心有言智功德者謂信一切諸法空故三謂菩薩生如是心我已得住善業根本般若法故生安隱心爲令他住善業根本般若法故起安慰心有言善業根本般若法者所謂自身住白法故有言善業根本般若法者謂令他住般若白法故四謂菩薩生如是心我已得住三

昧故生安隱心爲令他住三昧故起安慰心有言三昧者謂寂滅定三昧故五謂菩薩生如是心我已得住滿足心故生安隱心爲令他住滿足心故起安慰心有言滿足心者謂入一切諸事作故文殊師利是名五法諸菩薩摩訶薩得此五法故能清淨初歡喜地得大無畏安隱之處復次文殊師利菩薩摩訶薩有五種法則能清淨初歡喜地得大無畏安隱之處何等爲五一謂菩薩生如是心我已得住中道智故生安隱心爲令他住中道智故起安慰心有言中道智者所謂究竟清淨智故何以故以中道體不異邊體邊體不異中道體故以即邊體是中道體故二謂菩薩生如是心我已得住一切法無常故生安隱心爲令他住一切法無常故起安慰心有言一切法無常者所謂諸法有中有邊是故諸法有中有邊何以故以有爲體無異體故有中有邊體不異有爲體有爲體不異有中有邊體故三謂菩薩生如是心我已得住一切法常故生安隱心爲令他住一切法常故起安慰心有言一切法常者所謂諸法無中無邊是故諸法無中無邊何以故以無爲體無異體故無中無邊體不異無爲體無爲體不異無中無邊體故無中無邊者所謂常恒淨不變故四謂菩薩生如是心我已得住勝供養佛故生安隱心爲令他住勝供養佛故起安慰心有言勝供養佛者所謂供養現在佛故謂信大乘諸菩薩善供養恭敬諮請聞法飲食卧具等奉施給與如分如力令住大乘故五謂菩薩生如是心我已得住一切法

無爲故生安隱心爲令他住一切法無爲故起安慰心有言一切法無爲者謂有爲句故何以故以無爲體不異有爲體有爲體不異無爲體即有爲體是無爲故依彼有爲體無爲智一切法無爲故文殊師利是名五法諸菩薩摩訶薩得此五法故能清淨初歡喜地得大無畏安隱之處復次文殊師利菩薩摩訶薩有五種法則能清淨初歡喜地得大無畏安隱之處何等爲五一謂菩薩生如是心我已得住難見一切法故生安隱心爲令他住難見一切法故起安慰心有言難見一切法者謂一切法因緣體故二謂菩薩生如是心我已得住難知一切法故生安隱心爲令他住難知一切法故起安慰心有言難知一切法者謂觀心念無實體故三謂菩薩生如是心我已得住難覺一切法故生安隱心爲令他住難覺一切法故起安慰心有言難覺一切法者謂一切法覺所覺平等故四謂菩薩生如是心我已得住不濁一切法故生安隱心爲令他住不濁一切法故起安慰心有言不濁一切法者謂常清淨故五謂菩薩生如是心我已得住一切法不盡故生安隱心爲令他住一切法不盡故起安慰心有言一切法不盡者謂無譬喻體故文殊師利是名五法諸菩薩摩訶薩得此五法故能清淨初歡喜地得大無畏安隱之處復次文殊師利菩薩摩訶薩有五種法則能清淨初歡喜地得大無畏安隱之處何等爲五一謂菩薩生如是心我已得住一切法不壞故生安隱心爲令他住一切法不壞故起安慰心有言一

切法不壞者謂入三世諸法平等故以一切法不離法故不差別法故二謂菩薩生如是心我已得住四聖諦無差別故生安隱心爲令他住四聖諦無差別故起安慰心有言四聖諦無差別者謂四聖諦無差別故有言四聖諦無差別者常清淨故三謂菩薩生如是心我已得住無明緣行無差別故生安隱心爲令他住無明緣行無差別故起安慰心有言無明緣行無差別者所謂無明即是緣行何以故不異無明因有緣行故若異無明因有緣行者則應無因而有諸行以是義故不異無明因而有諸行果如是因果義成以本來清淨故四謂菩薩生如是心我已得住一切法常故生安隱心爲令他住一切法常故起安慰心有言一切法常者所謂無常體即是常體故何以故常體不異無常體無常體不異常體即無常體是常體故五謂菩薩生如是心我已得住如來不生不滅故生安隱心爲令他住如來不生不滅故起安慰心有言如來不生不滅者所謂以無對治法故譬如虛空不生不滅以虛空無邊無中際故而依因觀察見下中上此是針孔虛空此是瓶孔虛空此是無量孔虛空而虛空無下中上以不生不滅故而虛空不分別無分別而虛空自然無分別如是等事現前見以不共法相應故文殊師利如是如來應正遍知不生不滅無中無邊而依一切衆生見下中上依無中無邊心見如是等事此是聲聞乘此是辟支佛乘此是佛乘一切衆生能受能用而如來無分別離分別而自然無分別如是等

事作故以不共法相應故文殊師利譬如日光依住處觀見種種影而日光明不分別離分別以不共法相應故文殊師利如是如來應正遍知依衆生心觀智差別種種見而如來不分別離分別而自然無分別如是等諸事現見以不共法相應故而無諸乘及以大乘文殊師利是名五法諸菩薩摩訶薩得此五法故能清淨初歡喜地得大無畏安隱之處復次文殊師利菩薩摩訶薩有五種法則能清淨初歡喜地得大無畏安隱之處何等爲五一謂菩薩生如是心我已得住爲一切衆生離諸煩惱故生安隱心爲令他住爲一切衆生離諸煩惱故起安慰心有言爲一切衆生離諸煩惱者謂徧身心法門明故二謂菩薩生如是心我已得住般若門故生安隱心爲令他住般若門故起安慰心有言般若門者有四種法得名何等爲四謂信不放逸直心增上心是名四種法諸菩薩等得法明門般若成就依法明門般若諸菩薩摩訶薩離諸惡道故三謂菩薩生如是心我已得住智明門般若故生安隱心爲令他住智明門般若故起安慰心有言智明門般若者有四種法得名何等爲四謂功德信空解脫令諸衆生住菩提心是名四種法諸菩薩等得智明門般若成就依彼智明門般若諸菩薩摩訶薩斷諸魔業故四謂菩薩生如是心我已得住施心無盡修行般若故生安隱心爲令他住施心無盡修行般若故起安慰心有言施心無盡修行般若者謂能教化慳嫉衆生令成就故五謂菩薩生如是心我已得住戒

心無盡修行般若故生安隱心爲令他住戒心無盡修行般若故起安慰心有言戒心無盡修行般若者謂能教化破戒衆生令清淨故文殊師利是名五法諸菩薩摩訶薩得此五法故能清淨初歡喜地得大無畏安隱之處復次文殊師利菩薩摩訶薩有五種法則能清淨初歡喜地得大無畏安隱之處何等爲五一謂菩薩生如是心我已得住寂靜故生安隱心爲令他住寂靜故起安慰心有言寂靜者謂離身心故發起一切善根不怯弱故二謂菩薩生如是心我已得住有爲法故生安隱心爲令他住有爲法故起安慰心有言有爲法者謂一切法非空非不空非顛倒非不顛倒非增上非不增上非事非不事非有爲非無爲非相非不相非依非不依非二非不二非滅非不滅非取非不取如是入者是則名爲有爲法體故三謂菩薩生如是心我已得住無爲法故生安隱心爲令他住無爲法故起安慰心有言無爲法者謂即此諸法無差別不生心非顛倒不分別離分別是則名爲無爲法體故四謂菩薩生如是心我已得住正見故生安隱心爲令他住正見故起安慰心有言正見者謂入二不二相故何以故以不二體不異二體二體不異不二體故以即二體是不二故若能如是入二不二是名正見故五謂菩薩生如是心我已得住無瞋心故生安隱心爲令他住無瞋心故起安慰心有言無瞋心者謂安隱事故一切衆生得入業故文殊師利是名五法諸菩薩摩訶薩得此五法故能清淨初歡喜地得大無

畏安隱之處復次文殊師利菩薩摩訶薩有五種法則能清淨初歡喜地得大無畏安隱之處何等爲五一謂菩薩生如是心我已得住入波羅蜜道故生安隱心爲令他住入波羅蜜道故起安慰心有言入波羅蜜道者所謂方便攝取般若故二謂菩薩生如是心我已得住生諸佛家故生安隱心爲令他住生諸佛家故起安慰心有言生諸佛家者謂功德莊嚴智慧莊嚴故三謂菩薩生如是心我已得住發菩提心故生安隱心爲令他住發菩提心故起安慰心有言發菩提心者謂住大慈大悲心故何以故以得入於一切法故四謂菩薩生如是心我已得住般若故生安隱心爲令他住般若故起安慰心有言般若者所謂有爲無爲之法無差別故五謂菩薩生如是心我已得住方便故生安隱心爲令他住方便故起安慰心有言方便者所謂攝取一切法故文殊師利是名五法諸菩薩摩訶薩得此五法故能清淨初歡喜地得大無畏安隱之處復次文殊師利菩薩摩訶薩有五種法則能清淨初歡喜地得大無畏安隱之處何等爲五一謂菩薩生如是心我已得住有障礙行故生安隱心爲令他住有障礙行故起安慰心有言有障礙行者謂五波羅蜜故二謂菩薩生如是心我已得住無障礙行故生安隱心爲令他住無障礙行故起安慰心有言無障礙行者謂般若波羅蜜故三謂菩薩生如是心我已得住有漏行故生安隱心爲令他住有漏行故起安慰心有言有漏行者謂見諸法行故四謂菩薩生如是心

我已得住無漏行故生安隱心爲令他住無漏行故起安慰心有言無漏行者所謂不見諸法行故五謂菩薩生如是心我已得住有量行故生安隱心爲令他住有量行故起安慰心有言有量行者所謂有諸心相住故文殊師利是名王法諸菩薩摩訶薩得此五法故能清淨初歡喜地得大無畏安隱之處復次文殊師利菩薩摩訶薩有五種法則能清淨初歡喜地得大無畏安隱之處何等爲五一謂菩薩生如是心我已得住無量行故生安隱心爲令他住無量行故起安慰心有言無量行者所謂無諸心相行故二謂菩薩生如是心我已得住有量智故生安隱心爲令他住有量智故起安慰心有言有量智者所謂觀察陰界入因緣集是處非處觀察方便相智故三謂菩薩生如是心我已得住無量作智故生安隱心爲令他住無量作智故起安慰心有言無量作智者謂無作心行處所故四謂菩薩生如是心我已得住有邊故生安隱心爲令他住有邊故起安慰心有言有邊者謂五波羅蜜故五謂菩薩生如是心我已得住無邊故生安隱心爲令他住無邊故起安慰心有言無邊者所謂般若波羅蜜故文殊師利是名五法諸菩薩摩訶薩得此五法故能清淨初歡喜地得大無畏安隱之處復次文殊師利菩薩摩訶薩有五種法則能清淨初歡喜地得大無畏安隱之處何等爲五一謂菩薩生如是心我已得住自身能寂靜故生安隱心爲令他住自身能寂靜故起安慰心有言自身能寂靜者所謂觀察無我

法故二謂菩薩生如是心我已得住身心寂靜故生安隱心爲令他住身心寂靜故起安慰心有言身心寂靜者所謂教化一切衆生無疲倦故三謂菩薩生如是心我已得住直心清淨故生安隱心爲令他住直心清淨故起安慰心有言直心清淨者所謂觀察一切衆生故四謂菩薩生如是心我已得住觀察一切諸衆生故生安隱心爲令他住觀察一切諸衆生故起安慰心有言觀察一切諸衆生者所謂觀察一切衆生故五謂菩薩生如是心我已得住一切衆生平等功德故生安隱心爲令他住一切衆生平等功德故起安慰心有言一切衆生平等功德者謂五功德波羅蜜故文殊師利是名五法諸菩薩摩訶薩得此五法故能清淨初歡喜地得大無畏

安隱之處復次文殊師利菩薩摩訶薩有五種法則能清淨初歡喜地得大無畏安隱之處何等爲五一謂菩薩生如是心我已得住降伏慳嫉心故生安隱心爲令他住降伏慳嫉心故起安慰心有言降伏慳嫉心者謂能捨一切内外物故二謂菩薩生如是心我已得住不諂曲故生安隱心爲令他住不諂曲故起安慰心有言不諂曲者謂於一切衆生得平等心故三謂菩薩生如是心我已得住供養佛故生安隱心爲令他住供養佛故起安慰心有言供養佛者所謂依止供養住持能生諸佛出世法故復能成就説法法故爲供養彼佛菩薩故四謂菩薩生如是心我已得住供養如來智行故生安隱心爲令他住供養如來智行故起安慰心有言供養如來

智行者謂爲衆生一切令住不退法故五謂菩薩生如是心我已得住心口行故生安隱心爲令他住心口行故起安慰心有言心口行者謂令衆生離口心過得清淨故文殊師利是名五法諸菩薩摩訶薩得此五法故能清淨初歡喜地得大無畏安隱之處復次文殊師利菩薩摩訶薩有五種法則能清淨初歡喜地得大無畏安隱之處何等爲五一謂菩薩生如是心我已得住不見魔業住佛業故生安隱心爲令他住不見魔業住佛業故起安慰心有言不見魔業住佛業者謂不見魔業教化衆生故二謂菩薩生如是心我已得住信於諸佛如來常故生安隱心爲令他住信於諸佛如來常故起安慰心有言信於諸佛如來常者謂諸佛常以無差别故三謂菩薩生如是心我已得住信於諸佛如來恒故生安隱心爲令他住信於諸佛如來恒故起安慰心有言信於諸佛如來恒者謂信諸佛如來恒作一切佛行不休息故四謂菩薩生如是心我已得住信於諸佛如來淨故生安隱心爲令他住信於諸佛如來淨故起安慰心有言信於諸佛如來淨者所謂不空見聞念故五謂菩薩生如是心我已得住信於諸佛如來我故生安隱心爲令他住信於諸佛如來我故起安慰心有言信於諸佛如來我者謂諸如來身無邊故身無邊者謂說如來無邊身故文殊師利是名五法諸菩薩摩訶薩得此五法故能清淨初歡喜地得大無畏安隱之處復次文殊師利菩薩摩訶薩有五種法則能清淨初歡喜地得大無畏安隱

之處何等爲五一謂菩薩生如是心我已得住安隱事故生安隱心爲令他住安隱事故起安慰心有言安隱事者所謂爲令一切衆生護自身心逼惱事故無有少法能生苦者而不受故無有少法能生樂者而不捨故二謂菩薩生如是心我已得住一切法無相故生安隱心爲令他住一切法無相故起安慰心有言一切法無相者謂無相體何以故謂以不取無相體故三謂菩薩生如是心我已得住歸依佛故生安隱心爲令他住歸依佛故起安慰心有言歸依佛者所謂不作一切惡行故四謂菩薩生如是心我已得住歸依法故生安隱心爲令他住歸依法故起安慰心有言歸依法者謂歸依法因緣集故五謂菩薩生如是心我已得住歸依僧故生安隱心爲令他住歸依僧故起安慰心有言歸依僧者所謂遠離愛憎心故亦謂菩薩生如是心我已得住菩提心故生安隱心爲令他住菩提心故起安慰心有言菩提心者謂起不可思議智故文殊師利是名五法諸菩薩摩訶薩得此五法故能清淨初歡喜地得大無畏安隱之處復次文殊師利菩薩摩訶薩有五種法則能清淨初歡喜地得大無畏安隱之處何等爲五一謂菩薩生如是心我已得住身無差別故生安隱心爲令他住身無差別故起安慰心有言身無差別者謂過一切諸法相故二謂菩薩生如是心我已得住信無差別故生安隱心爲令他住信無差別故起安慰心有言信無差別者謂信諸業及果報故三謂菩薩生如是心我已得住三摩䟦

提智故生安隱心爲令他住三摩跋提智故起安慰心有言三摩跋提智者所謂觀察入體智故四謂菩薩生如是心我已得住法無差別故生安隱心爲令他住法無差別故起安慰心有言法無差別者謂法修行故五謂菩薩生如是心我已得住善知識無差別故生安隱心爲令他住善知識無差別故起安慰心有言善知識無差別者所謂不誑諸善知識故文殊師利是名五法諸菩薩摩訶薩得此五法故能清淨初歡喜地得大無畏安隱之處復次文殊師利菩薩摩訶薩有五種法則能清淨初歡喜地得大無畏安隱之處何等爲五一謂菩薩生如是心我已得住隨順法故生安隱心爲令他住隨順法故起安慰心有言隨順法者謂於諸法如實修行故二謂菩薩生如是心我已得住慚愧行故生安隱心爲令他住慚愧行故起安慰心有言慚愧行者謂身口意業修善行故三謂菩薩生如是心我已得住離愛心故生安隱心爲令他住離愛心故起安慰心有言離愛心者所謂能生未生善法故四謂菩薩生如是心我已得住離瞋心故生安隱心爲令他住離瞋心故起安慰心有言離瞋心者所謂不失已生善法故五謂菩薩生如是心我已得住防護自身他身善根故生安隱心爲令他住防護自身他身善根故起安慰心有言防護自身善根者謂護令入業所作故有言防護他身善根者謂護令住大慈大悲故文殊師利是名五法諸菩薩摩訶薩得此五法故能清淨初歡喜地得大無畏安隱之處復次文

殊師利菩薩摩訶薩有五種法則能清淨初歡喜地得大無畏安隱之處何等爲五一謂菩薩生如是心我已得住無障礙解脫智故生安隱心爲令他住無障礙解脫智故起安慰心有言無障礙解脫智者謂非二清淨故二謂菩薩生如是心我已得住信於因緣諸法生故生安隱心爲令他住信於因緣諸法生故起安慰心有言信於因緣諸法生者謂見諸因緣法體不生故三謂菩薩生如是心我已得住諸法無住處故生安隱心爲令他住諸法無住處故起安慰心有言諸法無住處者謂一切法無十方界差別處故四謂菩薩生如是心我已得住諸佛如來如虛空故生安隱心爲令他住諸佛如來如虛空故起安慰心有言諸佛如來如虛空者謂佛無差別無依止故五謂菩薩生如是心我已得住諸佛如來離心意意識故生安隱心爲令他住諸佛如來離心意意識故起安慰心有言諸佛如來離心意意識者謂諸佛得至自然智以得無障礙智故文殊師利是名五法諸菩薩摩訶薩得此五法故能清淨初歡喜地得大無畏安隱之處

信力入印法門經卷第三

音釋

怡（弋支切和悅也）　慳嫉（慳苦閑切悋也嫉秦悉切害賢曰嫉）　跋（蒲撥切）

信力入印法門經卷第四

元魏三藏曇摩流支譯

爾時文殊師利法王子知如來說法竟而問普賢菩薩摩訶薩言佛子云何諸佛如來無障礙智云何諸佛如來教化衆生力云何諸佛如來自然智普門現前云何諸佛如來不可思議智清淨佛國土云何諸佛如來無邊之身一切徧見云何諸佛如來不可思議境界云何諸佛如來無差別無依止智云何諸佛如來無障礙身爾時普賢菩薩摩訶薩語文殊師利法王子言文殊師利此法門難見難知非覺境界無覺境界難可得信文殊師利若有人信此法門當知彼人已曾供養無量無邊百千萬億那由他佛文殊師利我爲一切生盲衆生說此法門作照明燈文殊師利法王子言如是如是佛子彼諸衆生已曾修集無量無邊功德智慧是故我爲彼衆生問彼諸衆生多有無量阿僧祇業應入地獄餓鬼畜生爲令現身即得消滅是故我爲彼衆生問以何等衆生不空見聞而供養者爲彼衆生是故我問佛子若有不信此法門者終不能得阿耨多羅三藐三菩提佛子爲多衆生得安隱故爲與無量衆生樂故爲多憐愍諸世間故爲令多人得利益故爲多天人安隱樂故說此法門爾時普賢菩薩摩訶薩答文殊師利法王子言文殊師利云何諸佛如來無障礙智文殊師利所謂諸佛如來十方世界一切世界一一世界一一四天下可化天人及諸菩薩若有應見眞金色者諸佛如來即爲示現令彼衆生得見如來眞金之

色無有障礙文殊師利可化衆生若有應見火光明焰如意寶王色者諸佛如來即爲示現令彼衆生得見如來火光明焰如意寶王之色無有障礙文殊師利可化衆生若有應見電光明焰如意寶王色者諸佛如來即爲示現令彼衆生得見如來電光明焰如意寶王之色無有障礙文殊師利可化衆生若有應見日月燈明如意寶王色者諸佛如來即爲示現令彼衆生得見如來日月燈明如意寶王之色無有障礙文殊師利可化衆生若有應見集一切光明如意寶王色者諸佛如來即爲示現令彼衆生得見如來集一切光明如意寶王之色無有障礙文殊師利可化衆生若有應見自在王如意寶王色者諸佛如來即爲示現令彼衆生得見如來自在王如意寶王之色無有障礙文殊師利可化衆生若有應見師子王如意寶王色者諸佛如來即爲示現令彼衆生得見如來師子王如意寶王之色無有障礙文殊師利可化衆生若有應見師子幢如意寶王色者諸佛如來即爲示現令彼衆生得見如來師子幢如意寶王之色無有障礙文殊師利可化衆生若有應見帝釋王瓔珞如意寶王色者諸佛如來即爲示現令彼衆生得見如來帝釋王瓔珞如意寶王之色無有障礙文殊師利可化衆生若有應見一切諸天光明如意寶王色者諸佛如來即爲示現令彼衆生得見如來一切諸天光明如意寶王之色無有障礙文殊師利可化衆生若有應見金剛如意寶王色者諸佛如來即爲示現令彼衆生得見如

來金剛如意寶王之色無有障礙文殊師利可化衆生若有應見清水如意寶王色者諸佛如來即爲示現令彼衆生得見如來清水如意寶王之色無有障礙文殊師利可化衆生若有應見波頭摩華如意寶王色者諸佛如來即爲示現令彼衆生得見如來波頭摩華如意寶王之色無有障礙文殊師利可化衆生若有應見隨心思惟如意寶王色者諸佛如來即爲示現令彼衆生得見如來隨心思惟如意寶王之色無有障礙文殊師利可化衆生若有應見大瑠璃如意寶王色者諸佛如來即爲示現令彼衆生得見如來大瑠璃如意寶王之色無有障礙文殊師利可化衆生若有應見帝釋王大青瑠璃如意寶王色者諸佛如來即爲示現令彼衆生得見如來帝釋王大青瑠璃如意寶王之色無有障礙文殊師利可化衆生若有應見碼碯如意寶王色者諸佛如來即爲示現令彼衆生得見如來碼碯如意寶王之色無有障礙文殊師利可化衆生若有應見勝功德藏如意寶王色者諸佛如來即爲示現令彼衆生得見如來勝功德藏如意寶王之色無有障礙文殊師利可化衆生若有應見清淨莊嚴如意寶王色者諸佛如來即爲示現令彼衆生得見如來清淨莊嚴如意寶王之色無有障礙文殊師利可化衆生若有應見無障礙如意寶王色者諸佛如來即爲示現令彼衆生得見如來無障礙如意寶王之色無有障礙文殊師利可化衆生若有應見白眞珠如意寶王色者諸佛如來即爲示現令彼衆生得見

如來白眞珠如意寶王之色無有障礙文殊師利可化衆生若有應見青眞珠如意寶王色者諸佛如來即爲示現令彼衆生得見如來青眞珠如意寶王之色無有障礙文殊師利可化衆生若有應見雜眞珠如意寶王色者諸佛如來即爲示現令彼衆生得見如來雜眞珠如意寶王之色無有障礙文殊師利可化衆生若有應見虛空光明眞珠如意寶王色者諸佛如來即爲示現令彼衆生得見如來虛空光明眞珠如意寶王之色無有障礙文殊師利可化衆生若有應見出阿僧祇功德莊嚴大海音聲如意寶王色者諸佛如來即爲示現令彼衆生得見如來出阿僧祇功德莊嚴大海音聲如意寶王之色無有障礙文殊師利可化衆生若有應見出阿僧祇智功德莊嚴大海音聲如意寶王色者諸佛如來即爲示現令彼衆生得見如來出阿僧祇智功德莊嚴大海音聲如意寶王之色無有障礙文殊師利可化衆生若有應見出阿僧祇波羅蜜大海音聲如意寶王色者諸佛如來即爲示現令彼衆生得見如来出阿僧祇波羅蜜大海音聲如意寶王之色無有障礙文殊師利可化衆生若有應見出阿僧祇住地大海音聲如意寶王色者諸佛如來即爲示現令彼衆生得見如來出阿僧祇住地大海音聲如意寶王之色無有障礙文殊師利可化衆生若有應見出阿僧祇陀羅尼大海音聲如意寶王色者諸佛如来即爲示現令彼衆生得見如來出阿僧祇陀羅尼大海音聲如意寶王之色無有障礙文殊師利可

化衆生若有應見出阿僧祇三昧大海音聲如意寶王色者諸佛如來即爲示現令彼衆生得見如來出阿僧祇三昧大海音聲如意寶王之色無有障礙文殊師利可化衆生若有應見出阿僧祇無礙樂説辯才大海音聲如意寶王色者諸佛如來即爲示現令彼衆生得見如來出阿僧祇無礙樂説辯才大海音聲如意寶王之色無有障礙文殊師利可化衆生若有應見出阿僧祇神通大海音聲如意寶王色者諸佛如來即爲示現令彼衆生得見如來出阿僧祇神通大海音聲如意寶王之色無有障礙文殊師利可化衆生若有應見出阿僧祇發勤精進大海音聲如意寶王色者諸佛如來即爲示現令彼衆生得見如來出阿僧祇發勤精進大海音聲如意寶王之色無有障礙文殊師利可化衆生若有應見出阿僧祇得安隱大海音聲如意寶王色者諸佛如來即爲示現令彼衆生得見如來出阿僧祇得安隱大海音聲如意寶王之色無有障礙文殊師利可化衆生若有應見出阿僧祇令入菩薩行大海音聲如意寶王色者諸佛如來即爲示現令彼衆生得見如來出阿僧祇令入菩薩行大海音聲如意寶王之色無有障礙文殊師利可化衆生若有應見出阿僧祇令入如來大海音聲如意寶王色者諸佛如來即爲示現令彼衆生得見如來出阿僧祇令入如來大海音聲如意寶王之色無有障礙文殊師利可化衆生若有應見出阿僧祇令入劫大海音聲如意寶王色者諸佛如來即爲示現令彼衆生得見

如來出阿僧祇令入劫大海音聲如意寶王之色無有障礙文殊師利可化衆生若有應見出阿僧祇令入三世大海音聲如意寶王色者諸佛如來即爲示現令彼衆生得見如來出阿僧祇令入三世大海音聲如意寶王之色無有障礙文殊師利可化衆生若有應見出阿僧祇令入不疲倦心大海音聲如意寶王色者諸佛如來即爲示現令彼衆生得見如來出阿僧祇令入不疲倦心大海音聲如意寶王之色無有障礙文殊師利可化衆生若有應見出阿僧祇令入無差別智大海音聲如意寶王色者諸佛如來即爲示現令彼衆生得見如來出阿僧祇令入無差別智大海音聲如意寶王之色無有障礙何以故以得不共法相應故文殊師利如大瑠璃如意寶王垢衣所纏依垢衣故種種事現而大瑠璃如意寶王不分別離分別而自然如是無分別離分別自然如是種種事現何以故以不共法相應故文殊師利如是諸佛如來應正遍知依可化衆生如是示現種種色行而諸佛如來不分別離分別而自然如是無分別離分別自然如是種種異異諸事可見何以故以得不共法相應故文殊師利是名諸佛如來無障礙智文殊師利云何諸佛如來無障礙智文殊師利所謂諸佛如來十方世界一切種種異異世界一一世界微塵數世界入如是微塵數世界智大海無有障礙文殊師利一切種種異異世界一一世界一一四天下一切世界微塵數異異功德一一功德莊嚴大海於念念間有阿僧祇異異說

智無有障礙如是種種異異世界一切佛國土微塵數智功德莊嚴大海於念念間有阿僧祇異異說智無有障礙如是種種異異世界一切佛國土微塵數智功德莊嚴大海於念念間有阿僧祇異異說智無有障礙如是種種異異世界一切佛國土微塵數波羅蜜大海於念念間有阿僧祇異異境界異異說智無有障礙如是種種異異世界一切佛國土微塵數住地大海於念念間有阿僧祇異異說智無有障礙如是種種異異世界一切佛國土微塵數三昧大海於念念間有阿僧祇異異說智無有障礙如是種種異異世界一切佛國土微塵數解脫大海於念念間有阿僧祇異異說智無有障礙如是種種異異世界一切佛國土微塵數無礙樂說辯才大海於念念間有阿僧祇異異說智無有障礙如是種種異異世界一切佛國土微塵數神通大海於念念間有阿僧祇異異說智無有障礙如是種種異異世界一切佛國土微塵數大願大海於念念間有阿僧祇異異說智無有障礙如是種種異異世界一切佛國土微塵數發勤精進大海於念念間有阿僧祇異異說智無有障礙如是種種異異世界一切佛國土微塵數得安隱大海於念念間有阿僧祇異異說智無有障礙如是種種異異世界一切佛國土微塵數令入菩薩行大海於念念間有阿僧祇勝異異智無有障礙如是種種異異世界一切佛國土微塵數令入如來大海於念念間有阿僧祇異異說智無有障礙如是種種異異世界一切佛國土微

塵數令入隨順衆生心行大海於念念間有阿僧祇異異説智無有障礙如是種種異異世界一切佛國土微塵數令入世界大海於念念間有阿僧祇異異説智無有障礙如是種種異異世界一切佛國土微塵數令入刼大海於念念間有阿僧祇異異説智無有障礙何以故以得自然智故文殊師利譬如山河深谷等中聞于響聲依異異聲異異名字而出種種異異響聲而山谷等不分別離分別而自然如是無作心無分別離分別自然如是種種聲現何以故以不共法相應故文殊師利諸佛如來説法音聲亦復如是隨衆生心隨諸衆生可化種種法門聞種種聲種種自説而諸佛如來不分別離分別而自然如是無分別離分別自然如是種種聲現何以故以得不共法相應故文殊師利是名略説諸佛如來無障礙智若廣説者盡未來際刼數住持不可説盡文殊師利云何諸佛如來教化衆生力文殊師利所謂諸佛如來肉髻十方世界一切世界一切住處一一世界一一閻浮提無障無礙無有差別徧覆一切虛空法界一切世間教化衆生盡未來際徧至無邊世界刼數住持無有休息文殊師利如是如來肉髻十方世界一切世界一切住處一一世界一一閻浮提無障無礙無有差別徧覆一切虛空法界一切世間教化衆生盡未來際徧至無邊世界刼數住持無有休息文殊師利如是如來三十二相於一一相十方世界一切世界一切住處一一世界一一閻浮提無障無礙無有差別遍覆一切虛

空法界一切世間教化衆生盡未來際遍至無邊世界劫數住持無有休息文殊師利如是如來八十種好於一一好十方世界一切世界一切住處一一世界一一閻浮提無障無礙無有差別徧覆一切虛空法界一切世間教化衆生盡未來際遍至無邊世界劫數住持無有休息文殊師利如是如來一切毛孔一一毛孔十方世界一切世界一切住處一一世界一一閻浮提無障無礙無有差別遍覆一切虛空法界一切世間教化衆生盡未來際遍至無邊世界劫數住持無有休息文殊師利如是如來一切資生十方世界一切世界一切住處一一世界一一閻浮提無障無礙無有差別遍覆一切虛空法界一切世間教化衆生盡未來際遍至無邊世界劫數住持無有休息何以故以得不共法相應故不共法相應者依本願力故爲諸衆生住持力故文殊師利是名略說諸佛如來教化衆生力若廣說者盡未來際劫數住持不可說盡文殊師利云何諸佛如來普門現前文殊師利所謂諸佛如來十方世界一切世界一切住處一一世界一一閻浮提一一微塵文殊師利過五十世界微塵數世界微塵大海阿僧祇百千萬億那由他微塵數一切世界一一世界微塵數種種差別菩薩大海如是處住而不障礙一衆生住於四天下諸須彌山大須彌山斫迦羅山摩訶斫迦羅山城邑聚落諸國土等大河大池無所妨礙如本不異而有是事何以故以得不共法相應故而隨衆生心隨衆生可化天龍夜叉乾闥婆

阿脩羅迦樓羅緊那羅摩睺羅伽帝釋梵天人及非人諸菩薩等各各皆見諸佛如來普現其前何以故以得不共法相應故文殊師利譬如白月於十五日正中夜時閻浮提中若男若女童男童女一切皆見月輪現前而彼月輪不分別離分別而自然如是無分別離分別自然如是一切皆見何以故以不共法相應故文殊師利諸佛如來亦復如是十方世界一切世界住處衆生隨衆生心隨衆生可化各各皆見諸佛如來現於其前而諸佛如來不分別離分別而自然如是無分別離分別自然如是一切皆見何以故以得不共法相應故文殊師利是名略說諸佛如來普門現前若廣說者盡未來際劫數住持不可說盡文殊師利云何諸佛如來清淨佛國土文殊師利所謂諸佛如來十方世界一切世界種種住處一一世界一一微塵中入一切世界微塵數世界海功德莊嚴大海有阿僧祇異異說智能清淨之或有世界海智功德莊嚴大海有阿僧祇異異說智能清淨之或有世界海波羅蜜大海有阿僧祇異異說智能清淨之或有世界海陀羅尼大海有阿僧祇異異說智能清淨之或有世界海三昧大海有阿僧祇異異說智能清淨之或有世界海解脫大海有阿僧祇異異說智能清淨之或有世界海三昧大海有阿僧祇異異說智能清淨之或有世界海解脫大海有阿僧祇異異說智能清淨之或有世界海發勤精進大海有阿僧祇異異說智能清淨之或有世界海得安隱大海有阿僧祇異異說智能

清淨之或有世界海令入菩薩行大海有阿僧祇異異說智能清淨之或有世界海令入如來大海有阿僧祇異異說智能清淨之或有世界海令入隨順衆生心行大海有阿僧祇異異說智能清淨之或有世界海令入世界大海有阿僧祇異異說智能清淨之或有世界海令入劫大海有阿僧祇異異說智能清淨之或有世界海令入三世說大海有阿僧祇異異說智能清淨之或有世界海令入三世大海有阿僧祇異異說智能清淨之或有世界海令入不疲倦心大海有阿僧祇異異說智能清淨之或有世界海令入無差別智大海有阿僧祇異異說智能清淨之而諸佛如來不動本處何以故以得不動法故文殊師利是名略說諸佛如來清淨佛國土而無所畏若廣說者盡未來際劫數住持不可說盡文殊師利云何諸佛如來無邊之身文殊師利所謂諸佛如來十方世界一切世界一一世界一一四天下過五十世界微塵數世界微塵大海阿僧祇百千萬億那由他微塵數諸佛如來菩薩大衆一一菩薩大衆大海各各皆得阿僧祇種種異異諸勝功德莊嚴大海而自莊嚴以得如是種種異異諸勝功德莊嚴力住持故一切皆得現見爾數諸佛如來文殊師利過五十世界微塵數世界微塵大海阿僧祇百千萬億那由他微塵數諸佛如來菩薩大衆一一菩薩大衆大海各各皆得阿僧祇種種異異諸勝智功德莊嚴大海而自莊嚴以得如是種種異異諸勝智功德莊嚴力住持故一切皆得現見爾數諸

佛如來文殊師利過五十世界微塵數世界微塵大海阿僧祇百千萬億那由他微塵數諸佛如來菩薩大衆一一菩薩大衆大海各各皆得阿僧祇種種異異諸勝波羅蜜大海而自莊嚴以得如是種種異異諸勝波羅蜜力住持故一切皆得現見爾數諸佛如來文殊師利過五十世界微塵數世界微塵大海阿僧祇百千萬億那由他微塵數諸佛如來菩薩大衆一一菩薩大衆大海各各皆得阿僧祇種種異異諸勝住地大海而自莊嚴以得如是種種異異諸勝住地力住持故一切皆得現見爾數諸佛如來文殊師利過五十世界微塵數世界微塵大海阿僧祇百千萬億那由他微塵數諸佛如來菩薩大衆一一菩薩大衆大海各各皆得阿僧祇種種異異諸勝陀羅尼大海而自莊嚴以得如是種種異異諸勝陀羅尼力住持故一切皆得現見爾數諸佛如來文殊師利過五十世界微塵數世界微塵大海阿僧祇百千萬億那由他微塵數諸佛如來菩薩大衆一一菩薩大衆大海各各皆得阿僧祇種種異異諸勝三昧大海而自莊嚴以得如是種種異異諸勝三昧力住持故一切皆得現見爾數諸佛如來文殊師利過五十世界微塵數世界微塵數大海阿僧祇百千萬億那由他微塵數諸佛如來菩薩大衆一一菩薩大衆大海各各皆得阿僧祇種種異異諸勝解脱大海而自莊嚴以得如是諸勝解脱力住持故一切皆得現見爾數諸佛如來文殊師利過五十世界微塵世界微塵大海阿僧祇百千萬億那由

他微塵數諸佛如來菩薩大衆一一菩薩大衆大海各各皆得阿僧祇種種異異諸勝無礙樂說辯才大海而自莊嚴以得如來種種異異諸勝無礙樂說辯才力住持故一切皆得現見爾數諸佛如來文殊師利過五十世界微塵數世界微塵大海阿僧祇百千萬億那由他微塵數諸佛如來菩薩大衆一一菩薩大衆大海各各皆得阿僧祇種種異異諸勝神通大海而自莊嚴以得如是種種異異諸勝神通力住持故一切皆得現見爾數諸佛如來文殊師利過五十世界微塵數世界微塵大海阿僧祇百千萬億那由他微塵數諸佛如來菩薩大衆一一菩薩大衆大海各各皆得阿僧祇種種異異諸勝大願大海而自莊嚴以得如是種種異異諸勝大願力住持故一切皆得現見爾數諸佛如來文殊師利如是略說得諸依止諸希有相行善知識發勤精進得心安隱教化衆生禁戒受記入菩薩行入如來行入衆生行入世界海入諸劫海入三世法入心發起不生疲惓差別諸智陀羅尼門說諸如來普賢諸心普賢諸行種種法相大慈之心菩薩心因緣恭敬善知識發心諸行諸修行清淨諸波羅蜜如實覺知得如實入諸力妙力平等諸道說諸佛法專取樂說諸智增上得不執著心得平等發起諸智作諸應化住持諸法得大安隱入諸深法依佛依法依止而住得生慈心不怯弱心斷諸疑網得發起心不思議心依何意說種種方便諸智差別方便而說得諸三昧得一切入得諸解脫諸通諸明一切得心自在

解脱諸妙水池諸妙樓閣諸勝莊嚴諸心不退不捨心住一切直心智如海入猶如諸寶菩薩發心得如金剛而起發心大乘發心平等發心究竟發心得不毁壞諸尊重心受記諸法諸善根迴向得智增上無邊無中平等發心得諸寶藏得諸禁戒得諸自在得諸奮迅一切境界一切諸力一切無畏具足無量不共之法教化一切諸菩薩等一切身業一切諸身得諸口業諸心發心心徧普覆一切諸根諸質直心諸增上心諸行諸信入信世界入諸熏習得入諸取入如實行入成就行入菩薩位諸菩薩法定諸法進趣道親近善知識得諸善知識是道非道是量非量成就見道具道功德修行諸道諸道莊嚴文殊師利如是一一皆應廣説而諸佛如來不分别離分别而自然如是無分别離分别自然如是種種示現何以故以得不共法相應故文殊師利如是如來十方世界一切世界一切住處一一世界一一閻浮提一時示現隨衆生可化而自見諸佛如來而諸佛如來不分别離分别而自然如是無分别離分别自然如是種種示現何以故以得不共法相應故以無障礙如來身故文殊師利是名略説諸佛如來無邊之身若廣説者盡未來際劫數住持不可説盡文殊師利云何諸佛如來徧見文殊師利我譬喻説何以故有智慧者依諸譬喻得解義故文殊師利如大池水五百由旬若干由旬溢滿地平大蓮華葉覆彼池水蓮華葉上中有一人乘駕鐵車行華葉上彼鐵車輪具有千輻其車駕馬行疾之速過

金翅鳥彼鐵車行如是速疾而水不濕車輪車輪及以馬足車輪馬足不損華葉彼池上人如是車行當爾之時即水池中生大毒蛇以何等時彼車一轉依彼念時彼大毒蛇繞車七帀文殊師利以何等時彼大毒蛇繞車一帀依彼刹那阿難比丘十徧說法又復更有示現彼義以何等時阿難比丘一徧說法依彼刹那舍利弗比丘千徧說法令衆生知以何等時舍利弗比丘一徧說法依彼刹那大目揵連能過八十千世界外以何等時大目揵連過一世界依彼刹那諸佛如來一切世界一切住處一一世界一一閻浮提於一時間非前後時從兜率天退生出家行於苦行坐於道場降伏魔怨現證正覺轉於法輪示大涅槃住持佛法示諸法滅能令一切外道行中諸本生處令一時見非前後見何以故以無障礙故無障礙者以無差別無差別者以無依止文殊師利如大瑠璃如意寶珠無價色衣以用纒裹依彼衣故見種種相而大瑠璃如意寶珠不分別離分別而自然如是無分別離分別自然如是見種種相何以故以得不共法相應故文殊師利諸佛如來應正遍知亦復如是依可化衆生十方世界一切世界一切住處於一時間非前後時念念如是種種異見而諸佛如來非分別離分別而自然如是無分別離分別自然如是種種異見何以故以得不共法相應故文殊師利譬如月輪或如日輪於閻浮提一切器水清淨不濁離於障礙皆悉現見而日月輪本處不動文殊師利如來應正遍知十方世界

一切世界無障無礙如是如是可化衆生自心清淨皆見如來而諸佛如來兜率陀天如本不動如是十方一切世界一切衆生發起心中皆悉現前何以故以如來得不退智故文殊師利譬如世間一切衆生依下中上諸果報故則下中上有爲諸行皆悉成就而有爲行不分別離分別而自然如是無分別離分別自然如是如是種種諸事成就何以故以不共法相應故文殊師利如是衆生依下中上業果報故見諸佛如來有下中上而諸佛如來不分別離分別而自然如是無分別離分別自然如是見下中上何以故以得不共法相應故文殊師利譬如一兩一色味等墮閻浮提依種種器有種種色有種種味有種種香而大兩不分別離分別而自然如是無分別離分別自然如是色香味異何以故以不共法相應故文殊師利如是諸佛如來一味法界依可化衆生見有種種差別諸法而諸佛如來不分別離分別而自然如是無分別離分別自然如是見差別法何以故以得不共法相應故文殊師利譬如何處出生自在如意寶王如是彼處無有鐵生種種鐵器彼處不生何以故以不共法相應故文殊師利如是何處出生諸佛如來光明彼處不生火之光明及電光明日月光明不生種種如意摩尼寶王光明不生天龍夜叉乾闥婆阿脩羅迦樓羅緊那羅摩睺羅伽天帝釋王大梵天王護世四王等諸光明彼處天子詔勑不行彼處不生四種姓氏彼處不生八種諸難地獄餓鬼畜生等難彼處不生十惡業

道彼處不生種種諸亂彼處不生諸餘外道惡命生活尼乾子等文殊師利而諸佛如來不分別離分別而自然如是無分別離分別自然如是諸事不生何以故以得不共法相應故文殊師利是名略說諸佛如來不可思議境界若廣說者盡未來際劫數住持不可說盡

信力入印法門經卷第四

音釋

髻古詣切　怯苦協切畏懦也　目揵連梵語也此云采菽氏揵渠焉切

信力入印法門經卷第五

元魏三藏曇摩流支譯

文殊師利云何諸佛如來自然智文殊師利譬如十方各過五十世界微塵數世界微塵大海阿僧祇百千萬億那由他微塵數世界一切世界一一世界一一閻浮提於念念間見佛色身於一時見非前後見而諸佛如來不分別離分別而自然如是無分別離分別自然如是一時遍見何以故以得不共法相應故文殊師利十方各過五十世界微塵數世界微塵數大海阿僧祇百千萬億那由他微塵數世界一切世界一一世界一一閻浮提於念念間諸佛如來自然智依諸眾生異異善根異異修行一切種種異異伎術自然而現而諸佛如來不分別離分別而自然如是無分別離分別自然如是諸伎術現何以故以得不共法相應故文殊師利十方世界一切世界海一切所住處世間出世間一切法成就彼一切種事皆諸佛如來自然而現在前何以故以得不共法相應故文殊師利譬如大地依大地故住持一切種子草木諸樹林等能生能長廣狹大小皆悉成就而彼大地不分別離分別而自然如是無分別離分別自然如是生長廣狹大小成就何以故以不共法相應故文殊師利如是依諸佛如來住持十方世界海剎外道尼乾子等一切作業及諸眾生諸善根業若世間業出世間業生長廣狹大小成就而諸佛如來不分別離分別而自然如是無分別離分別自然如是生長廣狹大小成就何以故以得不共法

相應故文殊師利譬如有人到離惡刺諸藥草處一切惡刺皆自墮落然彼到處不分別離分別而自然如是無分別離分別自然如是惡刺藥草悉皆墮落何以故以不共法相應故文殊師利如是一切諸眾生等乃至盡解諸佛如來或有經刺彼諸眾生因彼因故一切貪欲瞋恚癡刺悉皆墮落而諸佛如來不分別離分別而自然如是無分別離分別自然如是貪瞋癡刺悉皆墮落何以故以得不共法相應故文殊師利譬如如意寶王隨諸眾生有所須者悉皆能與而如意寶王不分別離分別而自然如是無分別離分別自然如是有所須者悉皆能與何以故以不共法相應故文殊師利如是若有人天若諸菩薩摩訶薩等往到諸佛如來之所欲得如是如是聞法思義彼人天等一切悉得聞彼彼法而諸佛如來不分別離分別而自然如是無分別離分別自然如是一切悉得聞彼彼法何以故以得不共法相應故文殊師利是名略說諸佛如來無障無礙智若廣說者盡未來際劫數住持不可說盡文殊師利云何諸佛如來不可思議境界文殊師利所謂諸佛如來十方世界一切世界一一世界一切微塵一一微塵入一切世界海微塵世界一一世界一一閻浮提亦復如是文殊師利過五十世界微塵數世界微塵大海阿僧祇百千萬億那由他微塵數諸佛如來種種異異功德莊嚴大海有阿僧祇異異說法異異差別念念示現無障無礙無差別遍虛空法界無有邊際盡未來際劫數住持如是種種異

異智功德莊嚴大海有阿僧祇異異說法異
異差別念念示現無障無礙無差別遍虛空
法界無有邊際盡未來際劫數住持如是種
種異異波羅蜜大海有阿僧祇異異說法異
異差別念念示現無障無礙無差別遍虛空
法界無有邊際盡未來際劫數住持如是種
種異異住地大海有阿僧祇異異說法異異
差別念念示現無障無礙無差別遍虛空法
界無有邊際盡未來際劫數住持如是種種
異異陀羅尼大海有阿僧祇異異說法異異
差別念念示現無障無礙無差別遍虛空法
界無有邊際盡未來際劫數住持如是種種
異異三昧大海有阿僧祇異異說法異異差
別念念示現無障無礙無差別遍虛空法界
無有邊際盡未來際劫數住持如是種種異

異解脫大海有阿僧祇異異說法異異差別
念念示現無障無礙無差別遍虛空法界無
有邊際盡未來際劫數住持如是種種異異
無礙樂說辯才大海有阿僧祇異異說法異
異差別念念示現無障無礙無差別遍虛空
法界無有邊際盡未來際劫數住持如是種
種異異大願大海有阿僧祇異異說法異異
差別念念示現無障無礙無差別遍虛空法
界無有邊際盡未來際劫數住持如是種種
異異得安隱大海有阿僧祇異異說法異異
差別念念示現無障無礙無差別遍虛空法
界無有邊際盡未來際劫數住持如是種種
異異令入菩薩行大海有阿僧祇異異說法
異異差別念念示現無障無礙無差別遍虛
空法界無有邊際盡未來際劫數住持如是

種種異異令入如來大海有阿僧祇異異説法異異差別念念示現無障無礙無差別遍虚空法界無有邊際盡未來際劫數住持如是種種異異念入隨順衆生心行大海有阿僧祇異異説法異異差別念念示現無障無礙無差別遍虚空法界無有邊際盡未來際劫數住持如是種種異異令入世界大海有阿僧祇異異説法異異差別念念示現無障無礙無差別遍虚空法界無有邊際盡未來際劫數住持如是種種異異令入劫大海有阿僧祇異異説法異異差別念念示現無障無礙無差別遍虚空法界無有邊際盡未來際劫數住持文殊師利十方世界一切世界過去未來現在世界大海諸佛如來一切毛孔一一毛孔於一時間非前後時皆悉示現何以故以得無邊無中際故文殊師利是名略説諸佛如來不可思議境界若廣説者盡未來際劫數住持説不可盡文殊師利云何諸佛如來普見文殊師利所謂諸佛如來十方世界一切世界中見諸衆生若退若生若入善道若入惡道見如是如來頂上相見如是如來白毫相見如是如來一切諸相一一遍見如是如來一切諸好一一遍見如是如來一切毛孔一一遍見如是一時非前後見一切世界見諸衆生若退若生若入善道若入惡道文殊師利是名略説諸佛如來遍見若廣説者盡未來際劫數住持不可説盡文殊師利云何諸佛如來名稱文殊師利所謂諸佛如來十方世界一切世界一一世界一一閻浮提一一微塵一切微塵世界入一切

世界海如是一一世界一一閻浮提於念念間一切世界微塵數衆生奮迅示現無障無礙無差别遍虚空法界無有邊際可化衆生盡未來際劫數住持何以故以得不共法相應故如是佛國土奮迅如是身奮迅如是願奮迅如是境界奮迅如是智奮迅如是神通奮迅如是力奮迅如是等於念念間一切世界微塵數奮迅示現無障無礙無差别遍處虚空法界無有邊際可化衆生盡未來際劫數住持何以故以得不共法相應故文殊師利是名略説諸佛如來名稱若廣説者盡未來際劫數住持不可説盡文殊師利云何諸佛如來無差别無依止文殊師利所謂諸佛如來非此世界差别餘世界無差别文殊師利諸佛如來非依止此世界不依止餘世界

文殊師利諸佛如來非此閻浮提差别餘閻浮提無差别文殊師利諸佛如來非依止此閻浮提不依止餘閻浮提文殊師利諸佛如來非此畜生道差别餘畜生道無差别文殊師利諸佛如來非此餓鬼道差别餘餓鬼道無差别文殊師利諸佛如來非此畜生道依止餘畜生道不依止文殊師利諸佛如來非欲界差别色界依止文殊師利是名略説諸佛如來無差别無依止若廣説者盡未來際劫數住持不可説盡文殊師利云何諸佛如來身無障礙文殊師利所謂諸佛如來十方世界一切世界國土大海一切住處三世無邊一切衆生隨衆生心隨其可化於念念間頂相示現法相生滅如彼衆生所應見聞令見聞知乃可虚空容有遍見如來頂相終不

可見如是如來十方世界一切世界國土大海一切住處三世無邊一切衆生隨衆生心隨其可化於念念間一切相好一一相好一切毛孔一一毛孔皆悉示現法相生滅如彼衆生所應見聞令見聞知乃可虛空容有遍見諸佛如來一毛孔相終不可見如有天人菩薩隨衆生心隨其可化依彼生滅法相而說如彼所信令入法中文殊師利或有天人菩薩見如來頂相出阿僧祇功德莊嚴大海異異說法知是法爲衆生說令衆生聞如彼所信入於法中或有衆生知阿僧祇智功德莊嚴大海異異說法或有衆生聞阿僧祇波羅蜜大海勝說法聲或有衆生聞阿僧祇住地大海勝說法聲或有衆生聞阿僧祇陀羅尼大海勝說法聲或有衆生聞阿僧祇三昧大海勝說法聲或有衆生聞阿僧祇解脫大海勝說法聲或有衆生聞阿僧祇無礙樂說辯才大海勝說法聲或有衆生聞阿僧祇神通大海勝說法聲或有衆生聞阿僧祇發勤精進大海勝說法聲或有衆生聞阿僧祇得安隱大海勝說法聲或有衆生聞阿僧祇令入菩薩行大海勝說法聲或有衆生聞阿僧祇令入如來大海勝說法聲或有衆生聞阿僧祇令入隨衆生心行大海勝說法聲或有衆生聞阿僧祇令入世界大海勝說法聲或有衆生聞阿僧祇令入劫大海勝說法聲或有衆生聞阿僧祇令入三世大海勝說法聲或有衆生聞阿僧祇令入三世說大海勝說法聲或有衆生聞阿僧祇令入不疲倦心大海勝說法聲或有天人菩薩見佛頂相出阿

僧祇無差别智大海異異説法知如是法爲衆生説令衆生聞如彼所信入於法中如是念念一切相好一一相好一切毛孔一一毛孔如是十方世界一切世界一一世界隨衆生心隨其可化天人菩薩見佛如來一毛孔相出阿僧祇異異法海異異説法知如是法爲衆生説令衆生聞如彼所信入於法中文殊師利是名略説諸佛如來身無障礙若廣説者盡未來際刦數住持不可説盡文殊師利云何諸佛如來頂相不可得見文殊師利所謂諸佛如來過五十世界微塵數世界微塵大海阿僧祇百千萬億那由他微塵數諸佛如來菩薩摩訶薩大衆大海文殊師利如是過五十世界微塵數世界微塵大海阿僧祇百千萬億那由他微塵數諸佛如來菩薩

摩訶薩大衆大海文殊師利或有菩薩見如來身高百由旬或有菩薩見十二十三十四十百由旬高如是或有菩薩見如來身高千由旬或有菩薩見十二十三十四十千由旬高或有菩薩即於如是大衆中見高萬由旬或有菩薩見十二十三十四十萬由旬高如是或有菩薩即於如是大衆中見高億由旬或有菩薩見十二十三十四十億由旬高或有菩薩見如來身高百億由旬或有菩薩見十二十三十四十百億由旬高如是或有菩薩見如來身高千億由旬或有菩薩見十二十三十四十千億由旬高或有菩薩見如來身高萬億由旬或有菩薩見十二十三十四十萬億由旬十方世界一切世界海剎一切閻浮提同一時中皆見如來非前後見文殊

師利譬如若有菩薩摩訶薩住不思議解脫三昧於念念間五十世界微塵世界以爲一步行東方世界其一一步經五十世界微塵數世界大海去向東方爲欲觀察如來頂相如是而去經五十世界微塵數劫大海而去彼處觀察如來頂相二倍轉高何以故以如來得不共法相應故文殊師利是名略說如來頂相不可觀察若廣說者盡未來際劫數住持不可說盡文殊師利云何諸佛如來住持菩薩行教化衆生文殊師利所謂諸佛如來十方世界微塵數世界猶尚是少諸佛如來過於是數一切世界一一世界一一微塵教化行事文殊師利所謂隨若干數如來身中說爾許菩薩行爾許如來無見頂相一切諸相一一相中一切諸好一一好中一切毛孔一一毛孔念念常出一切世界微塵數阿僧祇光明大海或有常出一切世界微塵數阿僧祇功德莊嚴光明大海或有常出阿僧祇智功德莊嚴光明大海或有常出阿僧祇波羅蜜光明大海或有常出阿僧祇住地光明大海或有常出阿僧祇陁羅尼光明大海或有常出阿僧祇解脫光明大海或有常出阿僧祇無礙樂說辯才光明大海或有常出阿僧祇大願光明大海或有常出阿僧祇得安隱光明大海或有常出阿僧祇令入菩薩行光明大海或有常出阿僧祇令入如來光明大海或有常出阿僧祇令入隨順衆生心行光明大海或有常出阿僧祇令入世界光明大海或有常出阿僧祇令入劫光明大海或有常出阿僧祇令入三世說光明大海或

有常出阿僧祇令入不疲倦心光明大海文殊師利如是常出阿僧祇光明大海無差别智大海無障無礙無差别遍虚空法界無有邊際劫數住持教化衆生而無所畏文殊師利諸佛如來如是不思議事十方世界一切世界大海一時念念衆生大海同時教化或有衆生海以阿僧祇異異功德莊嚴大海異異說智而教化之或有衆生海以阿僧祇異異智功德莊嚴大海異異說智而教化之或有衆生海以阿僧祇異異波羅蜜大海異異說智而教化之或有衆生海以阿僧祇異異三昧大海異異說智而教化之或有衆生海以阿僧祇異異解脱大海異異說智而教化之或有衆生海以阿僧祇異異無礙樂說辯才大海異異說智而教化之或有衆生海以阿僧祇異異神通大海異異說智而教化之或有衆生海以阿僧祇異異大願大海異異說智而教化之或有衆生海以阿僧祇異異發勤精進大海異異說智而教化之或有衆生海以阿僧祇異異得安隱大海異異說智而教化之或有衆生海以阿僧祇異異令入菩薩行大海異異說智而教化之或有衆生海以阿僧祇異異令入如來大海異異說智而教化之或有衆生海以阿僧祇異異令入隨順衆生心行大海異異說智而教化之或有衆生海以阿僧祇異異令入世界大海異異說智而教化之或有衆生海以阿僧祇異異令入劫大海異異說智而教化之如是或有衆生海令入三世或有衆生海令入三世說或有衆生海令入不疲倦心或有衆生海

令入無差別智或有衆生海令入奮迅智或有衆生海令入國土奮迅智或有衆生海令入法奮迅智或有衆生海令入身奮迅智或有衆生海令入願奮迅智或有衆生海令入境界奮迅智或有衆生海令入智奮迅智或有衆生海令入神通奮迅智或有衆生海令入力奮迅智如是念念衆生大海一切微塵數一切若干微塵數智以阿僧祇異異說智而教化之文殊師利是名略說諸佛如來教化衆生而無所畏若廣說者盡未來際劫數住持不可說盡文殊師利若有善男子善女人於一切世界微塵數諸衆生日日以天甘露百味飲食及天衣服卧具湯藥給施供養如是乃至阿僧祇恒河沙數世界微塵等數劫海給施供養文殊師利若復有善男子善女人於一優婆塞不信餘尊持十善業道攝取彼人生如是心此是學佛諸戒行人乃至一日以一食施文殊師利此福勝前無量阿僧祇文殊師利若有善男子善女人於一切世界微塵數不信餘尊持十善業道諸優婆塞日日以天甘露百味飲食及天衣服卧具湯藥給施供養如是乃至阿僧祇恒河沙數世界微塵等數劫海而供養之文殊師利若復有善男子善女人於一比丘攝取彼人乃至一日以一食施文殊師利此福勝前無量阿僧祇文殊師利若有善男子善女人於一切世界微塵數比丘日日以天甘露百味飲食及天衣服卧具湯藥奉施供養如是乃至阿僧祇恒河沙數世界微塵等數劫海而供養之文殊師利若復有善男子善女人於一

信行人攝取彼人乃至一日以一食施文殊師利此福勝前無量阿僧祇文殊師利若有善男子善女人於一切世界微塵數諸信行人日日以天甘露百味飲食及天衣服卧具湯藥奉施供養如是乃至阿僧祇恒河沙數世界微塵等數劫海而供養之文殊師利若復有善男子善女人於一法行人攝取彼人乃至一日以一食施文殊師利此福勝前無量阿僧祇文殊師利若有善男子善女人於一切世界微塵數諸法行人日日以天甘露百味飲食及天衣服卧具湯藥奉施供養如是乃至阿僧祇恒河沙數世界微塵等數劫海而供養之文殊師利若復有善男子善女人於八人中一人攝取彼人乃至一日以一食施文殊師利此福勝前無量阿僧祇文殊師利若復有善男子善女人於一切世界微塵數諸八人日日以天甘露百味飲食及天衣服卧具湯藥奉施供養如是乃至阿僧祇恒河沙數世界微塵等數劫海而供養之文殊師利若復有善男子善女人於一須陀洹向攝取彼人乃至一日以一食施文殊師利此福勝前無量阿僧祇文殊師利若有善男子善女人於一切世界微塵數諸須陀洹向日日以天甘露百味飲食及天衣服卧具湯藥奉施供養如是乃至阿僧祇恒河沙數世界微塵等數劫海而供養之文殊師利若復有善男子善女人於一須陀洹攝取彼人乃至一日以一食施文殊師利此福勝前無量阿僧祇文殊師利若有善男子善女人於一切世界微塵數諸須陀洹日日以天甘露百

味飲食及天衣服臥具湯藥奉施供養如是乃至阿僧祇恒河沙數世界微塵等數劫海而供養之文殊師利若復有善男子善女人於一斯陀含向攝取彼人乃至一日以一食施文殊師利此福勝前無量阿僧祇文殊師利若有善男子善女人於一切世界微塵數諸斯陀含向日日以天甘露百味飲食及天衣服臥具湯藥奉施供養如是乃至阿僧祇恒河沙數世界微塵等數劫海而供養之文殊師利若復有善男子善女人於一斯陀含攝取彼人乃至一日以一食施文殊師利此福勝前無量阿僧祇文殊師利若有善男子善女人於一切世界微塵數諸斯陀含日日以天甘露百味飲食及天衣服臥具湯藥奉施供養如是乃至阿僧祇恒河沙數世界微塵等數劫海而供養之文殊師利若復有善男子善女人於一阿那含向攝取彼人乃至一日以一食施文殊師利此福勝前無量阿僧祇文殊師利若有善男子善女人於一切世界微塵數諸阿那含向日日以天甘露百味飲食及天衣服臥具湯藥奉施供養如是乃至阿僧祇恒河沙數世界微塵等數劫海而供養之文殊師利若復有善男子善女人於一阿那含攝取彼人乃至一日以一食施文殊師利此福勝前無量阿僧祇文殊師利若有善男子善女人於一切世界微塵數諸阿那含日日以天甘露百味飲食及天衣服臥具湯藥奉施供養如是乃至阿僧祇恒河沙數世界微塵等數劫海而供養之文殊師利若復有善男子善女人於一阿羅漢攝取

彼人乃至一日以一食施文殊師利此福勝前無量阿僧祇文殊師利若有善男子善女人於一切世界微塵數諸阿羅漢日日以天甘露百味飲食及天衣服卧具湯藥奉施供養如是乃至阿僧祇恒河沙數世界微塵等數劫海而供養之文殊師利若復有善男子善女人於一辟支佛攝取彼人乃至一日以一食施文殊師利此福勝前無量阿僧祇文殊師利若有善男子善女人於一切世界微塵數諸辟支佛日日以天甘露百味飲食及天衣服卧具湯藥奉施供養如是乃至阿僧祇恒河沙數世界微塵等數劫海而供養之文殊師利若復有善男子善女人見於壁上一畫佛像或經篋中見畫佛像文殊師利此福勝前無量阿僧祇何況合掌若以一華奉施佛像或以一香或以末香或以塗香或然一燈文殊師利此福勝前無量阿僧祇文殊師利若有善男子善女人於一恒河沙等世界諸佛如來及聲聞僧日日以天甘露百味飲食及天衣服卧具湯藥奉施供養如是乃至無量無邊阿僧祇恒河沙數世界微塵等數劫海而供養之文殊師利若復有善男子善女人於一羊車乘行菩薩得直心人隨一善根能作佛種攝取彼菩薩乃至一日以麤飲食一施其人文殊師利此福勝前無量阿僧祇文殊師利若有善男子善女人於一切世界微塵數諸羊車乘行菩薩人日日以天甘露百味飲食及天衣服卧具湯藥奉施供養如是乃至阿僧祇恒河沙數世界微塵等數劫海而供養之文殊師利若復有善男子

善女人於一象乘行菩薩人隨一善根能作佛種攝取彼人乃至一日以一食施文殊師利此福勝前無量阿僧祇文殊師利若有善男子善女人於一切世界微塵數諸象乘行菩薩人日日以天甘露百味飲食及天衣服卧具湯藥奉施供養如是乃至阿僧祇恒河沙數世界微塵等數劫海而供養之文殊師利若復有善男子善女人於一日月乘行菩薩人種佛善根攝取彼人乃至一日以一食施文殊師利此福勝前無量阿僧祇文殊師利若有善男子善女人於一切世界微塵數諸日月乘行菩薩人日日以天甘露百味飲食及天衣服卧具湯藥奉施供養如是乃至阿僧祇恒河沙數世界微塵等數劫海而供養之文殊師利若復有善男子善女人於一聲聞乘神通行菩薩人攝取彼人乃至一日以一食施文殊師利此福勝前無量阿僧祇文殊師利若有善男子善女人於一切世界微塵數諸聲聞乘神通行菩薩人日日以天甘露百味飲食及天衣服卧具湯藥奉施供養如是乃至阿僧祇恒河沙數世界微塵等數劫海而供養之文殊師利若復有善男子善女人於一如來神通行菩薩人攝取彼人乃至一日以一食施文殊師利此福勝前無量阿僧祇文殊師利若有善男子善女人於一切世界微塵數諸如來神通行菩薩摩訶薩日日以天甘露百味飲食及天衣服卧具湯藥奉施供養如是乃至阿僧祇恒河沙數世界微塵等數劫海而供養之文殊師利若復有善男子善女人於此法門能自書寫若

令他書寫文殊師利此福勝前無量阿僧祇文殊師利不善業罪亦如是說應當善知文殊師利如是羊乘行人象乘行人日月乘行人聲聞乘神通行人菩薩乃至爲畜生道令生善根若男子若女人起微瞋心貌相變異乃至畜生障一善根文殊師利此罪過前無量阿僧祇文殊師利若有男子女人於十方世界一切世界微塵數諸衆生挑却其眼劫奪一切資生財物文殊師利若復有男子女人於一菩薩所起欺慢心罵辱毀呰文殊師利此罪過前無量阿僧祇文殊師利若有男子女人於一菩薩乃至微少隨何因緣以欺慢心罵辱毀呰彼男子女人墮大叫喚地獄之中身形大小五百由旬有五百頭於一一頭有五百口於一一口有五百舌於一一舌有五百犁以耕其舌文殊師利若有男子女人於三千世界所有衆生若以刀杖斫打殺之劫奪一切資生財物文殊師利若復有男子女人於菩薩所生欺慢心起瞋恨意文殊師利此罪過前無量阿僧祇文殊師利若有男子女人起於惡心不生衆生安隱之心於恒河沙等一切諸世界一一世界一一閻浮提恒河沙等諸阿羅漢盡皆殺害恒河沙等諸佛如來七寶塔廟七寶欄楯寶幢旛蓋皆悉破壞盡令消滅文殊師利若復有男子女人於信大乘菩薩乃至微少隨何因緣生欺慢心瞋罵毀呰文殊師利此罪過前無量阿僧祇何以故以從菩薩生諸佛故以從菩薩不斷諸佛如來種故若其有人謗菩薩者彼人名爲謗佛謗法何以故以不異法有菩薩

故以諸菩薩即是法故文殊師利若有男子女人於十方世界一切世界一切衆生以瞋恚心繫縛安置黑闇地獄文殊師利若復有男子女人瞋於菩薩乃至迴身異方看項文殊師利此罪過前無量阿僧祇文殊師利若有男子女人於一切閻浮提一切衆生所有資生一切財物悉皆奪盡文殊師利若復有男子女人隨一菩薩若好若惡以瞋恨心罵辱毀呰文殊師利此罪過前無量阿僧祇文殊師利譬如須彌山王勝於諸山光明照曜勝者所謂高下廣狹文殊師利如是菩薩信此法門十方世界一切世界微塵等數諸菩薩中最勝最上何以故若有菩薩信此法門五波羅蜜所起功德一切善根阿僧祇劫之所修行信此法門其福爲勝所謂勝者高下廣狹文殊師利若有善男子善女人於十方世界微塵數菩薩令發菩提心文殊師利若復有善男子善女人信此法門是出世間法文殊師利此福勝前無量阿僧祇文殊師利若有善男子善女人一切衆生信此法門令發菩提心文殊師利若復有善男子善女人信此法門信已書寫若教他書若自身誦若教他誦乃至經篋書寫信敬受持供養然燈香華末香塗香華鬘供養此法門者文殊師利此福勝前無量阿僧祇文殊師利若有善男子善女人一切世界所有衆生住聲聞道彼聲聞道一一衆生皆與無量阿僧祇轉輪聖王住處善根及與生天勝妙善根盡皆斷滅文殊師利若復有異人於一菩薩摩訶薩障一善根文殊師利此罪過前無量阿僧祇

何況瞋恚罵辱毀呰文殊師利若有男子女人恒河沙等諸佛塔廟破壞焚燒文殊師利若復有男子女人於信大乘菩薩衆生起瞋恚心罵辱毀呰文殊師利此罪過前無量阿僧祇何以故以從菩薩生諸佛故以從諸佛有塔廟故以因佛有一切世間諸天人故是故供養諸菩薩者即是供養諸佛如來若有供養諸菩薩者即是供養三世諸佛毀呰菩薩即是毀呰三世諸佛文殊師利若有善男子善女人若欲得依無上供養諸如來者應當供養諸菩薩也文殊師利若有城邑聚落等中或有一億或有千億或有百千億無量無邊阿僧祇菩薩於此法門不生信心彼諸菩薩若有王亂或有業亂或有水難或有除難或有火難或有賊難而彼城邑聚落等中有一菩薩信此法門而彼菩薩有阿僧祇罪業皆盡遠離諸難然此菩薩於彼城邑聚落等中無有王難無有業難無有水難無有除難無有火難無有賊難無惡衆生不信法難菩薩若信此法門者阿僧祇劫所有衆罪應入地獄畜生餓鬼即現身滅然彼菩薩有阿僧祇不可說劫阿鼻地獄極重罪業即現身滅一切諸難悉皆消盡若十二十若三十劫阿鼻地獄極重罪業即現身中皆得消滅何以故以大功德積聚集故文殊師利如大水池廣百由旬彼池中水具足八味若有人以一波羅毒著彼池中乃至千斤即無毒氣何以故以得大水多聚集故文殊師利如是雖有無量無邊諸惡罪業應墮地獄畜生餓鬼滿一劫住而即消滅何以故信此法門有大

功德無量無邊故佛說此法門已十方世界
阿僧祇諸來菩薩摩訶薩大會之衆及諸天
龍夜叉乾闥婆阿脩羅迦樓羅緊那羅摩睺
羅伽等聞佛所說歡喜奉行

信力入印法門經卷第五

音釋

狹胡夾切隘也 迅息晉切疾也 篋苦協切箱屬